回目

下冊

第六一回　趙雲截江奪阿斗　孫權遺書退老瞞……五〇九
第六二回　取涪關楊高授首　攻雒城黄魏爭功……五一七
第六三回　諸葛亮痛哭龐統　張翼德義釋嚴顔……五二六
第六四回　孔明定計捉張任　楊阜借兵破馬超……五三五
第六五回　馬超大戰葭萌關　劉備自領益州牧……五四四
第六六回　關雲長單刀赴會　伏皇后為國捐生……五五四
第六七回　曹操平定漢中地　張遼威震逍遙津……五六三
第六八回　甘寧百騎劫魏營　左慈擲盃戲曹操……五七二
第六九回　卜周易管輅知機　討漢賊五臣死節……五八〇
第七〇回　猛張飛智取瓦口隘　老黄忠計奪天蕩山……五八八

第一〇三回　上方谷司馬受困　五丈原諸葛禳星……八六八
第一〇四回　隕大星漢丞相歸天　見木像魏都督喪膽……八七八
第一〇五回　武侯預伏錦囊計　魏主拆取承露盤……八八五
第一〇六回　公孫淵兵敗死襄平　司馬懿詐病賺曹爽……八九五
第一〇七回　魏主政歸司馬氏　姜維兵敗牛頭山……九〇三
第一〇八回　丁奉雪中奮短兵　孫峻席間施密計……九一三
第一〇九回　困司馬漢將奇謀　廢曹芳魏家果報……九二〇
第一一〇回　文鴦單騎退雄兵　姜維背水破大敵……九二八
第一一一回　鄧士載智敗姜伯約　諸葛誕義討司馬昭……九三六
第一一二回　救壽春于詮死節　取長城伯約鏖兵……九四三
第一一三回　丁奉定計斬孫綝　姜維鬬陣破鄧艾……九五〇
第一一四回　曹髦驅車死南闕　姜維棄糧勝魏兵……九五八
第一一五回　詔班師後主信讒　託屯田姜維避禍……九六五
第一一六回　鍾會分兵漢中道　武侯顯聖定軍山……九七二
第一一七回　鄧士載偷渡陰平　諸葛瞻戰死綿竹……九七九
第一一八回　哭祖廟一王死孝　入西川二士爭功……九八七

第一一九回　假投降巧計成虛話　再受禪依樣畫葫蘆……九九四
第一二〇回　薦杜預老將獻新謀　降孫皓三分歸一統……一〇〇三

玄德非比他人。」眾將曰：「雖玄德無此心，他手下人皆欲併西川，以圖富貴。」璋曰：「汝等無間吾兄弟之情。」遂不聽，日與玄德歡敘。

忽報「張魯整頓兵馬，將犯葭萌關」。劉璋便請玄德往拒之。玄德慨然領諾，即日引本部兵望葭萌關去了。眾將勸劉璋令大將堅守各處關隘，以防玄德兵變。璋初時不從，後因眾人苦勸，乃令白水都督楊懷、高沛二人，把守涪水關。劉璋自回成都。玄德到葭萌關，嚴禁軍士，廣施恩惠，以收民心。

早有細作報入東吳。吳侯孫權會文武商議。顧雍進曰：「劉備分兵遠涉山險而去，未易往還。何不差一軍先截川口，斷其歸路，後盡起東吳之兵，一鼓而下荊、襄？此不可失之機會也。」權曰：「此計大妙！」

正商議間，忽屏後一人大喝而出曰：「進此計者可斬之！欲害吾女之命耶？」眾驚視之，乃吳國太也。國太怒曰：「吾一生唯有一女，嫁與劉備。今若動兵，吾女性命如何？」因叱孫權曰：「汝掌父兄之業，坐領八十一州，尚自不足，乃顧小利而不念骨肉！」孫權諾諾連聲，答曰：「老母之訓，豈敢有違！」遂叱退眾官，國太恨恨而入。孫權立於軒下，自思「此機會一失，荊、襄何日可得？」

正沈吟間，只見張昭入，問曰：「主公有何憂疑？」孫權曰：「正思適間之事。」張昭曰：「此極易也。今差心腹將一人，只帶五百軍，潛入荊州，下一封密書與郡主，只說國太病危，欲見親女，取郡主星夜回東吳，玄德平生只有一子，就教帶來。那時玄德定把荊州來換阿斗。如其不然，一任動兵，更有何礙？」權曰：「此計大妙！吾有一人，姓周名善，最有膽量；自幼穿房入戶，多隨吾兄，今可差他去。」昭曰：「切勿洩漏，只此便令起程。」

法正之謀太急，不如玄德之緩。急則不免於忍，緩則不失為仁。

於是密遣周善，將五百人，扮為客商，分作五船；更詐修國書，以備盤詰。船內暗藏兵器。周善領命，取荊州水路而來。船泊江邊，善自入荊州，令門吏報孫夫人。夫人命周善入，善呈上密書。夫人見說國太病危，洒淚動問。周善拜訴曰：「國太好生病重，旦夕只是思念夫人。倘去得遲，恐不能相見。就教夫人帶阿斗去見一面。」夫人曰：「皇叔引兵遠出，我今欲回，須使人知會軍師，方可以行。」周善曰：「若軍師回言道，『須報知皇叔，候了回命，方可下船』，如之奈何？」夫人曰：「若不辭而去，恐有阻當。」周善曰：「大江之中，已準備下船隻。只今便請夫人上車出城。」

孫夫人聽知母病危，如何不慌；便將七歲孩兒阿斗，載在車中；隨行帶三十餘人，各跨刀劍上馬離荊州城，便來江邊上船。府中人欲報時，孫夫人已到沙頭鎮，下在船中了。

周善方欲開船，只聽得岸上有人大叫：「且休開船，容與夫人餞行！」視之，乃趙雲也。原來趙雲巡哨方回。聽得這個消息，吃了一驚，只帶四五騎旋風般沿江趕來。周善手執長戈，大喝曰：「汝何人，敢當主母！」叱令軍士一齊開船，令將軍器出來，排列在船上。順風水急，船皆順流而去。趙雲沿江趕叫：「任從夫人去，只有一句話拜稟。」

周善不睬，只催船速進。趙雲沿江趕到十餘里，忽見江灘斜攬一隻漁船在那裡。趙雲棄馬執槍，跳上漁船。只兩人駕船前來，望著夫人所坐大船追趕。周善教軍士放箭，趙雲以槍撥之，箭皆紛紛落水。離大船懸隔丈餘，吳兵用槍亂刺。趙雲棄槍，在小船上，掣所佩「青釭劍」在手，分開槍搠，望吳船湧身一跳，早登大船。吳兵盡皆驚倒。

趙雲入艙中，見夫人抱阿斗於懷中，喝趙雲曰：「何故無禮？」雲插劍聲喏曰：「主母欲何往？何

必有近憂』。子明之見甚遠。」便差軍數萬築濡須塢。曉夜併工，刻期告竣。

卻說曹操在許都威福日甚。長史董昭進曰：「自古以來，人臣未有如丞相之功者。雖周公、呂望，莫可及也。櫛風沐雨，三十餘年，掃蕩群凶，與百姓除害，使漢室復存，豈可與諸臣宰同列乎？合受魏公之位，加『九錫』以彰功德。」你道那「九錫」：

一，車馬；二，衣服；三，樂縣；四，朱戶；五，納陛；六，虎賁；七，鈇鉞；八，弓矢；九，秬鬯圭瓚。

侍中荀彧曰：「不可。丞相本興義兵，匡扶漢室，當秉忠貞之志，守謙退之節。君子愛人以德，不宜如此。」曹操聞言，勃然變色。董昭曰：「豈可以一人而阻眾望？」遂上表請尊操為魏公，加九錫。荀彧歎曰：「吾不想今日見此事！」

操聞深恨之，以為不助己也。建安十七年冬十月，曹操興兵下江南，就命荀彧同行。彧已知操有殺己之心，託病止於壽春。忽曹操使人送飲食一盒至，盒上有操親筆封記，開盒視之，並無一物。彧會其意，遂服毒而亡。年五十歲。後人有詩歎曰：

文若才華天下聞，可憐失足在權門。
後人漫把留侯比，臨歿無顏見漢君。

其子荀惲，發哀書報曹操。操甚懊悔，命厚葬之，謚曰敬侯。

且說曹操大軍至濡須，先差曹洪領三萬鐵甲馬軍，哨至江邊。回報云：「遙望沿江一帶，旗旛無數，不知兵聚何處。」操放心不下，自領兵前進，就濡須口排開軍陣。操領百餘人上山坡，遙望戰船，各分隊伍，依次排列。旗分五色，兵器鮮明，當中大船上青羅傘下，坐著孫權。左右文武，侍立兩傍。操以鞭指曰：「生子當如孫仲謀！若劉景升兒子豚犬耳！」

忽一聲響動，南船一齊飛奔過來。濡須塢內又一軍出，衝動曹兵。曹操軍馬退後便走，止喝不住。忽有千百騎趕到山邊，為首馬上一人，碧眼紫髯，眾人認得正是孫權。權自引一隊馬軍來擊曹操，操大驚，急回馬時，東吳大將韓當、周泰兩騎馬直衝將上來。操背後許褚縱馬舞刀，敵住二將，曹操得脫歸寨。許褚與二將戰三十合方回。操回寨，重賞許褚，責罵眾將：「臨敵先退，挫吾銳氣！後若如此，盡皆斬首！」

是夜三更時分，忽寨外喊聲大震。操急上馬，見四下裡火起，卻被吳兵劫入大寨。殺至天明，曹兵退五十餘里下寨。操心中鬱悶，閒看兵書。程昱曰：「丞相既知兵法，豈不知『兵貴神速』乎？丞相起兵，遷延日久，故孫權得以準備。夾濡須水口為塢，難於攻擊。不若且退兵回許都，別作良圖。」

操不應，程昱出。操伏几而臥，忽聞潮聲洶湧，如萬馬爭奔之狀。操急視之，見大江中推出一輪紅日，光華射目；仰望天上，又有兩輪太陽對照。忽見江心那輪紅日，直飛起來，墜於寨前山中，其聲如雷。猛然驚覺，原來在帳中做了一夢。帳前軍報道午時。曹操教備馬，引五十餘騎，逕奔出寨。至夢中所見落日山邊，正看之間，忽見一簇人馬，當先一人，金盔金甲。操視之，乃孫權也。

權見操至，也不慌忙，在山上勒住馬，以鞭指操曰：「丞相坐鎮中原，富貴已極，何故貪心不足，

聞玄德據住涪關，大怒，屢欲提兵往戰，又恐這條路上有兵來。當日聞知張飛兵到，便點起本部五六千人馬，準備迎敵。或獻計曰：「張飛在當陽長坂，一聲喝退曹兵百萬之眾。曹操亦聞風而避之，不可輕敵。今只宜深溝高壘，堅守不出。彼軍無糧，不過一月，自然退去。更兼張飛性如烈火，專要鞭撻士卒；如不與戰，必怒；怒則必以暴厲之氣，待其軍士；軍心一變，乘勢擊之，張飛可擒也。」

嚴顏從其言，教軍士盡數上城守護。忽見一個軍士，大叫：「開門！」嚴顏教放入問之。那軍士告說是張將軍差來的，把張飛言語依直便說。嚴顏大怒，罵曰：「匹夫怎敢無禮！吾嚴將軍豈降賊者乎！借你口說與張飛！」喚武士把軍士割下耳鼻，卻放回寨。

軍人回見張飛，哭告嚴顏如此毀罵。張飛大怒，咬牙睜目，披挂上馬，引數百騎來巴郡城下搦戰。城上眾軍百般痛罵。張飛性急，幾番殺到弔橋，要過護城河，又被亂箭射回。到晚全無一個人出，張飛忍一肚氣還寨。次日早晨，又引軍去搦戰。那嚴顏在城敵樓上，一箭射中張飛頭盔。飛指而恨曰：「吾拏住你這老匹夫，必親食你肉！」到晚又空回。

第三日，張飛引了軍，沿城去罵。原來那座城子是個山城，周圍都是亂山。張飛自乘馬登山，下視城中，見軍士盡皆披挂，分列隊伍，伏在城中，只是不出；又見民夫來來往往，搬磚運石，相助守城。張飛教馬軍下馬，步軍皆坐，引他出敵，並無動靜。又罵了一日，依舊空回。

張飛在寨中，自思「終日叫罵，彼只不出，如之奈何？」猛然思得一計，教眾軍不要前去搦戰，都結束停當在寨中等候廝殺；卻只教三五十個軍士，直去城下叫罵，引嚴顏領軍出來，便與廝殺。張飛摩拳擦掌，只等敵軍出來。小軍連罵了三日，全然不出。

張飛眉頭一皺，又生一計，傳令教軍士四散砍打柴草，尋覓路徑，不來搦戰。嚴顏在城中，連日不見張飛動靜，心中疑惑，著十數個小軍，扮作張飛砍柴的軍士，潛地出城，雜在軍內，入山中探聽。

當日諸軍回寨。張飛坐在寨中，頓足大罵：「嚴顏老匹夫枉氣殺我！」只見帳前三四個人說道：「將軍不須心焦。這幾日打探得有一條小路，可以偷過巴郡。」張飛故意大叫曰：「既有這個去處，何不早來說？」眾應曰：「這幾日卻纔哨探得。」張飛曰：「事不宜遲，只今夜二更造飯，趁三更月明，拔寨都起，人啣枚，馬去鈴，悄悄而行。我自前面開路，汝等依次而行。」傳了令便滿寨告報。

探細小軍，聽得這個消息，盡回城中來，報與嚴顏。顏大喜曰：「我算定這匹夫忍耐不得！你偷小路過去，須是糧草輜重在後；我截住後路，你如何得過？好無謀匹夫，中我之計！」即時傳令，教軍士準備赴敵：「今夜二更也造飯，三更出城，伏於樹木叢雜去處。只等張飛過咽喉小路去了，車仗來時，只聽鼓響，一齊殺出。」傳了號令，看看近夜，嚴顏全軍盡皆飽食，披挂停當，悄悄出城，四散伏住，只聽鼓響；嚴顏自引十數裨將，下馬伏於林中。

約三更後，遙望見張飛親自在前，橫矛縱馬，悄悄引軍前進。去不得三四里，背後車仗人馬，陸續進發。嚴顏看得分曉，一齊擂鼓，四下伏兵盡起。正來搶奪車仗，背後一聲鑼響，一彪軍掩到，大喝：「老賊休走！我等的你恰好！」

嚴顏猛回頭看時，為首一員大將，豹頭環眼，燕頷虎鬚，使丈八矛，騎深烏馬，乃是張飛。四下裡鑼聲大震，眾軍殺來。嚴顏見了張飛，舉手無措。交馬戰不一合，張飛賣個破綻；嚴顏一刀砍來，張飛閃過，撞將入去，扯住嚴顏勒甲絛，生擒過來，擲於地下；眾軍向前，用索綁縛住了。原來先過去的是假張飛。料道嚴顏擊鼓為號，張飛卻教鳴金為號；金響諸軍齊到，川兵大半棄甲倒戈而降。

二語傳為千古美談。

張飛殺到巴郡城下，後軍已自入城。張飛叫休殺百姓，出榜安民。群刀手把嚴顏推至。飛坐於廳上，嚴顏不肯跪下，飛怒目咬牙大叱曰：「大將到此，為何不降，而敢拒敵？」嚴顏全無懼色，回叱飛曰：「汝等無義，侵我州郡！但有斷頭將軍，無降將軍！」飛大怒，喝左右斬來。嚴顏喝曰：「賊匹夫！要砍便砍，何怒也？」

張飛見嚴顏聲音雄壯，面不改色，乃回嗔作喜，下階喝退左右，親解其縛，取衣衣之，扶在正中高坐，低頭便拜曰：「適來言語冒瀆，幸勿見責。吾素知老將軍乃豪傑之士也。」嚴顏感其恩義，乃降。

後人有詩讚嚴顏曰：

白髮居西蜀，清名震大邦。忠心如皎日，浩氣捲長江。
寧可斷頭死，安能屈膝降？巴州年老將，天下更無雙。

又有讚張飛詩曰：

生獲嚴顏勇絕倫，惟憑義氣服軍民。
至今廟貌留巴蜀，社酒雞豚日日春。

張飛請問入川之計。嚴顏曰：「敗軍之將，荷蒙厚恩，無以為報，願施犬馬之勞。不須張弓隻箭，逕取成都。」正是：只因一將傾心後，致使連城唾手降。未知其計如何，且看下文分解。

第六四回　孔明定計捉張任　楊阜借兵破馬超

只因一個斷頭將軍，
引出無數降將軍。

卻說張飛問計於嚴顏。顏曰：「從此至雒城，凡守禦關隘，都是老夫所管；官軍皆出於掌握之中。今感將軍之恩，無可以報，老夫當為前部，所到之處，盡喚出拜降。」

張飛稱謝不已。於是嚴顏為前部，張飛領軍隨後。凡到之處，盡是嚴顏所管，都喚出投降。有遲疑未決者，顏曰：「我尚且投降，何況汝乎？」自是望風歸順，並不曾廝殺一場。

卻說孔明已將起程日期申報玄德，都教會聚雒城。玄德與眾官商議：「今孔明、翼德分兩路取川，會於雒城，同入成都。水陸舟車，已於七月二十日起程，此時將及待到。今我等便可進兵。」黃忠曰：「張任每日來搦戰，見城中不出，彼軍懈怠，不做準備，今日夜間分兵劫寨，勝如白晝廝殺。」

玄德從之，教黃忠引兵取左，魏延引兵取右。玄德取中路。當夜二更，三路軍馬齊發。張任果然不做準備。漢軍擁入大寨，放起火來，烈燄騰空。蜀兵奔走，連夜趕報雒城，城中兵接應入去。玄德還中路下寨；次日，引兵直到雒城，圍住攻打。張任按兵不出。攻到第四日，玄德自提一軍攻打西門，令黃忠、魏延在東門攻打，留南門北門放軍兵行走。原來南門一帶都是山路，北門有涪水，因此不圍。

張任望見玄德在西門，騎馬往來，指揮打城，從辰至未，人馬漸漸力乏。張任教吳蘭、雷同二將引兵出北門，轉東門，敵黃忠、魏延；自己卻引軍出南門，轉西門，單迎玄德。城內盡撥民兵上城，擂鼓助喊。

卻說玄德見紅日平西，教後軍先退。軍士方回身，城上一片聲喊起，南門內軍馬突出。張任逕來軍中捉玄德。玄德軍中大亂。黃忠、魏延又被吳蘭、雷同敵住，兩下不能相顧。玄德敵不住張任，撥馬往山僻小路而走。張任從背後追來，看看趕上。玄德獨自一人一馬，張任引數騎趕來。

玄德正望前儘力加鞭而行，忽山路一軍衝出。玄德馬上叫苦曰：「前有伏兵，後有追兵，天亡我也！」只見來軍當頭一員大將，乃是張飛。原來張飛與嚴顏正從那條路上來，望見塵埃起，知與川兵交戰。張飛當先而來，正撞著張任，便就交馬。戰到十餘合，背後嚴顏引兵大進。張任火速回身。張飛直趕到城下。張任退入城，拽起弔橋。

張飛回見玄德曰：「軍師泝江而來，尚且未到，反被我奪了頭功。」玄德曰：「山路險阻，如何無軍阻當，長驅大進，先到於此？」張飛曰：「於路關隘四十五處，皆出老將嚴顏之功；因此一路並不曾費分毫之力。」遂把義釋嚴顏之事，從頭說了一遍，引嚴顏見玄德。玄德謝曰：「若非老將軍，吾弟安能到此？」即脫身上黃金鎖子甲以賜之。嚴顏拜謝。

正待安排宴飲，忽聞哨馬回報：「黃忠、魏延和川將吳蘭、雷同交鋒，城中吳懿、劉璝又引兵助戰，兩下夾攻，我軍抵敵不住，魏、黃二將敗陣投東去了。」

張飛聽得，便請玄德分兵兩路，殺去救援。於是張飛在左，玄德在右，殺奔前來。吳懿、劉璝見後面喊聲起，慌退入城中。吳蘭、雷同只顧引兵追趕黃忠、魏延，卻被玄德、張飛截住歸路。黃忠、魏延又回馬轉攻。吳蘭、雷同料敵不住，只得將本部軍馬前來投降。玄德准其降，收兵近城下寨。

卻說張任失了二將，心中疑慮。吳懿、劉璝曰：「兵勢甚危，不決一死戰，如何得退兵？一面差人去成都見主公告急，一面用計敵之。」張任曰：「吾來日領一軍搦戰，詐敗，引轉城北；城內再以一軍衝出，截斷其中，可獲勝也。」吳懿曰：「劉將軍相輔公子守城，我引兵衝出助戰。」約會已定。次日，張任引數千人馬，搖旗吶喊，出城搦戰。張飛上馬出迎，更不打話，與張任交鋒。戰不十餘合，張任詐敗，遶城而走。張飛儘力追之。吳懿一軍截住，張任引軍復回，把張飛圍在垓心，進退不得。

正沒奈何，只見一隊軍從江邊殺出。當先一員大將，挺槍躍馬，與吳懿交鋒；只一合，生擒吳懿，戰退敵軍，救出張飛。視之，乃趙雲也。飛問：「軍師何在？」雲曰：「軍師已至，想此時已與主公相見也。」

二人擒吳懿回寨。張任自退入東門去了。張飛、趙雲同回寨中見孔明。簡雍、蔣琬已在帳中。飛下馬來參軍師。孔明驚問曰：「如何得先到？」玄德具述義釋嚴顏之事。孔明賀曰：「張將軍能用謀，皆主公之洪福也。」

趙雲解吳懿見玄德。玄德曰：「汝降否？」吳懿曰：「我既被捉，如何不降？」玄德大喜，親解其縛。孔明問：「城中有幾人守城？」吳懿曰：「有劉季玉之子劉循、輔將劉璝、張任。劉璝不打緊，張任乃蜀郡人，極有膽略，不可輕敵。」孔明曰：「先捉張任，然後取雒城。」問：「城東這座橋名為何橋？」吳懿曰：「金雁橋。」

孔明遂乘馬至橋邊，遶河看了一遍，回到寨中，喚黃忠、魏延聽令曰：「離金雁橋南五六里，兩岸都是蘆葦蒹葭，可以埋伏。魏延引一千槍手伏於左，單戳馬上將；黃忠引一千刀手伏於右，單砍坐下馬。殺敗彼軍，張任必投山東小路而去。張翼德引一千軍伏在那裡，就彼處擒之。」又喚趙雲伏於金雁橋北：「待我引張任過橋，你便將橋拆斷，卻勒兵於橋北，遙為之勢，使張任不敢望北走，退投南去，卻好中計。」調遣已定，孔明自去誘敵。

卻說劉璋差卓膺、張翼二將，前至雒城助戰。張任教張翼與劉璝守城，自與卓膺為前後二隊，任為前隊，膺為後隊，出城退敵。孔明引一隊不整不齊軍，過金雁橋來，與張任對陣。孔明乘四輪車，綸巾羽扇而出，兩邊百餘騎簇擁，遙指張任曰：「曹操以百萬之眾，聞吾之名，望風而逃；今汝何人，敢不投降！」

張任看見孔明軍伍不齊，在馬上冷笑曰：「人說諸葛亮用兵如神，原來有名無實！」把槍一招，大小軍校齊殺過來。孔明棄了四輪車，上馬退走過橋。張任從背後趕來。過了金雁橋，見玄德軍在左，嚴顏軍在右，衝殺將來。張任知是計，急回軍時，橋已拆斷了；欲投北去，只見趙雲一軍隔岸排開，遂不敢投北，逕往南遶河而走。

走不五六里，早到蘆葦叢雜處。魏延一軍從蘆中忽起，都用長槍亂戳。黃忠一軍伏在蘆葦裡，用長刀只剁馬蹄。馬軍盡倒，皆被執縛。步軍那裡敢來？張任引數十騎望山路而走，正撞著張飛。張任方欲退走，張飛大喝一聲，眾軍齊上，將張任活捉了。原來卓膺見張任中計，已投趙雲軍前降了，一發都到大寨。

玄德賞了卓膺，張飛解張任至。孔明亦坐於帳中。玄德謂張任曰：「蜀中諸將，望風而降，汝何不

不肯詐

降是硬漢，便說實話是直漢。

早投降？」張任瞋目怒叫曰：「忠臣豈肯事二主乎？」玄德曰：「汝不識天時耳。降即免死。」任曰：「今日便降，久後也不降！可速殺我！」玄德不忍殺之。張任厲聲高罵，孔明命斬之以全其名。後人有詩讚曰：

烈士豈甘從二主？張君忠勇死猶生。
高明正似天邊月，夜夜流光照雒城。

玄德感歎不已，令收其屍首，葬於金雁橋側，以表其忠。次日，令嚴顏、吳懿等一班蜀中降將為前部，直至雒城，大叫：「早開門受降，免一城生靈受苦！」劉璝在城中大罵，嚴顏方待取箭射之，忽見城上一將，拔劍砍翻劉璝，開門投降。玄德軍馬入雒城，劉循開西門走脫，投成都去了。玄德出榜安民。殺劉璝者，乃武陽人張翼也。

玄德得了雒城，重賞諸將。孔明曰：「雒城已破，成都只在目前；唯恐外州郡不寧。可令張翼、吳懿引趙雲撫外水、定江、犍為等處所屬州郡，令嚴顏、卓膺引張飛撫巴西、德陽所屬州郡；就委官按治平靖，即勒兵回成都取齊。」

張飛、趙雲領命，各自引兵去了。孔明問：「前去有何關隘？」蜀中降將曰：「止綿竹有重兵守禦，若得綿竹，成都唾手可得。」孔明便商議進兵。法正曰：「雒城既破，蜀中危矣。主公欲以仁義服眾，且勿進兵。某作一書上劉璋，陳說利害，璋自然降矣。」孔明曰：「孝直之言甚善。」便令寫書遣人逕往成都。

卻說劉循逃回見父，說雒城已陷，劉璋慌聚眾官商議。從事鄭度獻策曰：「今劉備雖攻城奪地，然兵不甚多，士眾未附，野穀是資，軍無輜重。不如盡驅巴西、梓潼民，過涪水以西。其倉廩野穀，盡皆燒除，深溝高壘，靜以待之。彼至請戰勿許，久無所資，不過百日，彼兵自走。我乘虛擊之，備可擒也。」劉璋曰：「不然。吾聞拒敵以安民，未聞動民以備敵也。此言非保全之計。」

正議間，人報法正有書至。劉璋喚入，呈上書，璋拆開視之。其略曰：

前蒙遣差結好荊州，不意主公左右不得其人，以致如此。今荊州眷念舊情，不忘族誼。主公若能幡然歸順，量不薄待。望三思裁示。

劉璋大怒，扯毀其書，大罵：「法正賣主求榮，忘恩背義之賊！」逐其使者出城，即時遣妻弟費觀，提兵前去，把守綿竹。費觀保舉南陽人姓李，名嚴，字正方，一同領兵。當下費觀、李嚴點三萬軍來守綿竹。益州太守董和，字幼宰，南郡枝江人也，上書於劉璋，請往漢中借兵。璋曰：「張魯與吾世讎，安肯相救？」和曰：「雖然與我有讎，劉備軍在雒城，勢在危急，脣亡則齒寒，若以利害說之，必然肯從。」璋乃修書遣使前赴漢中。

卻說馬超自兵敗入羌，二載有餘，結好羌兵，攻打隴西州郡。所到之處，盡皆歸降；惟冀城攻打不下。刺史韋康，累遣人求救於夏侯淵，淵不得曹操言語，未敢動兵。韋康見救兵不來，與眾商議：「不如投降馬超。」參軍楊阜哭諫曰：「超等叛君之徒，豈可降之？」康曰：「事勢至此，不降何待？」阜苦諫不從。韋康大開城門，投降馬超。超大怒曰：「汝今事急請降，非真心也！」將韋康等四十餘人盡斬之，不留一人。有人言：「楊阜勸韋康休降，可斬之。」超曰：「此人守義，不可斬也。」復用楊阜為參軍。阜薦梁寬、趙衢二人，超盡用為軍官。楊阜告馬超曰：「阜妻死於臨洮，乞告兩個月假，歸葬某妻，便回。」

馬超從之。楊阜過歷城，來見撫彝將軍姜敘。敘與阜是姑表兄弟。敘之母是阜之姑，時年已八十二。當日楊阜入姜敘內宅，拜見其姑，哭告曰：「阜守城不能保，主亡不能死，愧無面目見姑。馬超叛君，妄殺郡守，一州士民，無不恨之。今吾兄坐據歷城，竟無討賊之心，此豈人臣之理乎？」言罷，淚流出血。

敘母聞言，喚姜敘入，責之曰：「韋使君遇害，亦爾之罪也。」又謂阜曰：「汝既降人，且食其祿，何故又動心討之？」阜曰：「吾從賊者，欲留殘生，與主報冤也。」敘曰：「馬超英勇，急難圖之。」阜曰：「有勇無謀，易圖也。吾已暗約下梁寬、趙衢。兄若肯興兵，二人必為內應。」敘母曰：「汝不早圖，更待何時？誰不有死？死於忠義，死得其所也。勿以我為念，汝若不聽義山之言，吾當先死，以絕汝念。」

敘乃與統兵校尉尹奉、趙昂商議。原來趙昂之子趙月，現隨馬超為裨將。趙昂當日應允，歸見其妻王氏曰：「吾今日與姜敘、楊阜、尹奉一處商議，欲報韋康之讎。想吾子趙月現隨馬超，今若興兵，超必先殺吾子，奈何？」其妻厲聲曰：「雪君父之大恥，雖喪身亦不惜，何況一子乎？君若顧子而不行，吾當先死矣。」趙昂乃決。次日一同起兵。姜敘、楊阜屯歷城，尹奉、趙昂屯祁山。王氏乃盡將首飾資帛，親自往祁山軍中，賞勞軍士，以勵其眾。

馬超聞姜敘、楊阜會合尹奉、趙昂興兵舉事，大怒，即將趙月斬之；令龐德、馬岱盡起軍馬，殺奔歷城來。姜敘、楊阜引兵出。兩陣圓處，楊阜、姜敘衣白袍而出，大罵曰：「叛君無義之賊！」馬超大怒，衝將過來，兩軍混戰。姜敘、楊阜如何抵得馬超，大敗而走。馬超驅兵趕來。背後喊聲起處，尹奉、趙昂殺來。超急回時，兩下夾攻，首尾不能相顧。

正鬬間，斜刺裡大隊軍馬殺來。原來是夏侯淵得了曹操軍令，正領軍來破馬超。超如何當得三路軍馬，大敗奔回，走了一夜。比及天明，到得冀城叫門時，城上亂箭射下。梁寬、趙衢立在城上，大罵馬超，將馬超妻楊氏從城上一刀砍了，撇下屍首來；又將馬超幼子三人，並至親十餘口，都從城上，一刀一個，剁將下來。

超氣噎塞胸，幾乎墜下馬來。背後夏侯淵引兵追趕。超見勢大，不敢戀戰，與龐德、馬岱殺開一條路走。前面又撞見姜敘、楊阜，殺了一陣；衝得過去，又撞著尹奉、趙昂，殺了一陣。零零落落，剩得五六十騎，連夜奔走。四更前後，走到歷城下，守門者只道姜敘兵回，大開城門接入。超從城南門邊殺起，盡洗城中百姓。至姜敘宅，拏出老母。母全無懼色，指馬超而大罵。超大怒，自取劍殺之。尹奉、趙昂全家老幼，亦盡被馬超所殺。昂妻王氏因在軍中，得免於難。

次日，夏侯淵大軍至，馬超棄城殺出，望西而逃。行不得二十里，前面一軍擺開，為首的是楊阜。超切齒而恨，拍馬挺槍刺之。阜兄弟七人，一齊來助戰。馬岱、龐德敵住後軍。阜等七人，皆被馬超殺死。阜身中五槍，猶然死戰。後面夏侯淵大軍趕來，馬超遂走。只有龐德、馬岱六七騎後隨而去。

夏侯淵自行安撫隴西諸州人民，令姜敘等各各分守，用車載楊阜赴許都，見曹操。操封阜為關內侯。

可謂操之忠臣。

阜辭曰：「阜無捍難之功，又無死難之節，於法當誅，何顏受職？」操嘉之，卒與之爵。

卻說馬超與龐德、馬岱商議，逕往漢中投張魯。張魯大喜，以為得馬超，則西可以吞益州，東可以拒曹操，乃商議欲以女招超為壻。大將楊柏諫曰：「馬超妻子遭慘禍，皆超之貽害也，主公豈可以女與之？」魯從其言，遂罷招壻之議。或以楊柏之言，告知馬超。超大怒，有殺楊柏之意。楊柏知之，與兄楊松商議，亦有圖馬超之心。

正值劉璋遣使求救於張魯，魯不從。忽報劉璋又遣黃權到。權先來見楊松，說：「東、西兩川，實為脣齒；西川若破，東川亦難保矣。今若肯相救，當以二十州相酬。」松大喜，即引黃權來見張魯，說脣齒利害，更以二十州相謝。魯喜其利，從之。巴西閻圃諫曰：「劉璋與主公世讎，今事急求救，詐許割地，不可從也。」忽階下一人進曰：「某雖不才，願乞一旅之師，生擒劉備。務要割地以還。」正是：

方看真主來西蜀，又見精兵出漢中。

未知其人是誰，且看下文分解。

第六五回　馬超大戰葭萌關　劉備自領益州牧

卻說閻圃正勸張魯勿助劉璋，只見馬超挺身出曰：「超感主公之恩，無可上報。願領一軍攻取葭萌關，生擒劉備。務要劉璋割二十州奉還主公。」張魯大喜，先遣黃權從小路而回，隨即點兵二萬與馬超。此時龐德臥病不能行，留於漢中。張魯令楊柏監軍。超與弟馬岱選日起程。

卻說玄德軍馬在雒城。法正所差下書人回報說：「鄭度勸劉璋盡燒野谷，並各處倉廩，率巴西之民，避於涪水西，深溝高壘而不戰。」玄德、孔明聞之，皆大驚曰：「若用此言，吾勢危矣！」法正笑曰：「主公勿憂，此計雖毒，劉璋必不能用也。」

不一日，人傳劉璋不肯遷動百姓，不從鄭度之言。玄德聞之，方始寬心。孔明曰：「可速進兵取綿竹；如得此處，成都易取矣。」遂遣黃忠、魏延領兵前進。費觀聽知玄德兵來，差李嚴出迎。嚴領三千兵出，各布陣完。黃忠出馬，與李嚴戰四五十合，不分勝負。孔明在陣中教鳴金收軍，黃忠回陣，問曰：「正待要擒李嚴，軍師何故收兵？」孔明曰：「吾已見李嚴武藝，不可力取。來日再戰，汝可詐敗，引入山谷，出奇兵以勝之。」

黃忠領計。次日，李嚴再引兵來，黃忠又出戰，不十合詐敗，引兵便走。李嚴趕來，迤邐趕入山谷，猛然省悟。急待回時，前面魏延引兵擺開。孔明自在山頭，喚曰：「公如不降，兩下已伏強弩，欲與吾龐士元報讎矣。」李嚴忙下馬卸甲投降，軍士不曾傷害一人。孔明引李嚴見玄德，玄德待之甚厚。嚴曰：「費觀雖是劉益州親戚，與某甚密，當往說之。」玄德即命李嚴回城招降費觀。

嚴入綿竹城，對費觀讚玄德如此仁德；今若不降，必有大禍。觀從其言，開門投降。玄德遂入綿竹，商議分兵取成都。忽流星馬急報，言：「孟達、霍峻守葭萌關，今被東川張魯遣馬超與楊柏、馬岱領兵攻打甚急，救遲則關隘休矣。」玄德大驚。孔明曰：「須是張、趙二將，方可與敵。」玄德曰：「子龍引兵在外未回。翼德已在此，可急遣之。」孔明曰：「主公且勿言，容亮激之。」

卻說張飛聞馬超攻關，大叫而入曰：「辭了哥哥，便去戰馬超也！」孔明佯作不聞，對玄德曰：「今馬超侵犯關隘，無人可敵；除非往荊州取關雲長來，方可與敵。」張飛曰：「軍師何故小覷吾？吾曾獨拒曹操百萬之兵，豈愁馬超一匹夫乎？」孔明曰：「翼德拒水斷橋，此因曹操不知虛實耳。若知虛實，將軍豈得無事？今馬超之勇，天下皆知。渭橋大戰，殺得曹操割鬚棄袍，幾乎喪命，非等閒之比，雲長且未必能勝。」飛曰：「我只今便去；如勝不得馬超，甘當軍令！」孔明曰：「既爾肯寫文書，便為先鋒。請主公親自去一遭，留亮守綿竹。待子龍來，卻作商議。」魏延曰：「某亦願往。」

孔明令魏延帶五百哨馬先行，張飛第二，玄德後隊，望葭萌關進發。魏延哨馬先到關下，正遇楊柏。魏延與楊柏交戰，不十合，楊柏敗走。魏延要奪張飛頭功，乘勢趕去，前面一軍擺開，為首乃是馬岱。魏延只道是馬超，舞刀躍馬迎之。與馬岱戰不十合，岱敗走。延趕去，被岱回身一箭，中了魏延左臂，延急回馬走。馬岱趕至關前，只見一將喊聲如雷，從關上飛馬奔至面前。原來是張飛初到關上，聽得關前廝殺，便來看時，正見魏延中箭，因驟馬下關，救了魏延。

飛喝馬岱曰：「汝是何人？先通名姓，然後廝殺！」馬岱曰：「吾乃西涼馬岱是也。」張飛曰：「你原來不是馬超！快回去！非吾對手！只令馬超那廝自來！說道燕人張翼德在此！」馬岱大怒曰：「汝焉敢小覷我！」挺槍躍馬，直取張飛。戰不十合，馬岱敗走。張飛欲待追趕，關上一騎馬到來，叫「兄弟且休趕！」飛回視之，原來是玄德到來。飛遂不趕，一同上關。玄德曰：「恐怕你性躁，故我隨後趕來到此。既然勝了馬岱，且歇一宵，來日戰馬超。」

次日天明，關下鼓聲大震，馬超兵到。玄德在關上看時，門旗影裡，馬超縱馬提槍而出；獅盔獸帶，銀甲白袍；一來結束❶非凡，二者人才出眾。玄德歎曰：「人言『錦馬超』，名不虛傳！」張飛便要下關。玄德急止之曰：「且休出戰，當先避其銳氣。」關下馬超單搦張飛出戰，關上張飛恨不得平吞馬超，三五番皆被玄德擋住。

在玄德眼中，極寫馬超。

看看午後，玄德望見馬超陣上人馬皆倦，遂選五百騎，跟著張飛，衝下關來。馬超見張飛軍到，把槍望後一招，約退軍有一箭之地。張飛軍馬一齊紮住；關上軍馬，陸續出來。張飛挺槍出馬，大呼「認得燕人張翼德麼！」馬超曰：「吾家累世公侯，豈識村野匹夫！」張飛大怒。兩馬齊出，二槍並舉。約戰百餘合，不分勝負。玄德觀之，歎曰：「真虎將也！」恐張飛有失，急鳴金收軍，兩將各回。

張飛回到陣中，略歇馬片時，不用頭盔，只裹包巾上馬，又出陣前搦馬超廝殺。超又出，兩個再戰。玄德恐張飛有失，自披挂下關，直至陣前；看張飛與馬超又鬬百餘合，兩個精神倍加，玄德教鳴金收軍。二將分開，各回本陣。是日天色已晚。玄德謂張飛曰：「馬超英勇，不可輕敵。且退上關，來日再戰。」

❶ 結束：結束有二義，這裡作裝束解。

張飛殺得性起，那裡肯休；大叫曰：「誓死不回！」玄德曰：「今日天晚，不可戰矣。」飛曰：「可多點火把，安排夜戰！」馬超亦換了馬，再出陣前，大叫曰：「張飛！敢夜戰麼？」張飛性起，向玄德換了坐下馬，搶出陣來，叫曰：「我捉你不得，誓不上關！」超曰：「我勝你不得，誓不回寨！」

兩軍吶喊，點起千百火把，照耀如同白日。兩將又向陣前鏖戰。到二十餘合，馬超撥回馬便走。張飛大叫曰：「走那裡去！」原來馬超見贏不得張飛，心生一計，詐敗佯輸，賺張飛趕來，暗掣銅鎚在手，紐回身覷著張飛便打來。張飛見馬超走，心中也提防；比及銅鎚打來時，張飛一閃，從耳朵邊過去。張飛便勒回馬時，馬超卻又趕來。張飛帶住馬，拈弓搭箭，回射馬超；超卻閃過，兩將各自回陣。玄德自於陣前叫曰：「吾以仁義待人，不施譎詐。馬孟起，你收兵歇息，我不乘勢趕你。」馬超聞言，親自斷後，諸軍漸退。玄德亦收軍上關。

次日，張飛又欲下關戰馬超。人報「軍師來到」。玄德接著孔明。孔明曰：「亮聞孟起世之虎將，若與翼德死戰，必有一傷；故令子龍、漢升，守住綿竹，我星夜來此。可使條小計，令馬超歸降主公。」玄德曰：「吾見馬超英勇，甚愛之。如何可得？」孔明曰：「亮聞東川張魯，欲自立為漢寧王。手下謀士楊松，極貪賄賂。可差人從小路逕投漢中，先用金銀結好楊松，後進書與張魯云：『吾與劉璋爭西川，是與汝報讎。不可聽信離間之語。事定之後，保汝為漢寧王。』令其撤回馬超兵。待其來撤時，便可用計招降馬超矣。」

玄德大喜，即時修書，差孫乾齎金珠從小路逕至漢中，先來見楊松，說知此事，送了金珠。松大喜，先引孫乾見張魯，陳言方便。魯曰：「玄德只是左將軍，如何保得我為漢寧王？」楊松曰：「備是大漢

> 未聞有奸臣在內，而大將能立功於外者。

皇叔，正合保奏。」張魯大喜，便差人教馬超罷兵。孫乾只在楊松家聽回信。

不一日，使者回報：「馬超言未成功，不可退兵。」張魯又遣人去喚，又不肯回，一連三次不至。楊松曰：「此人素無信行，不肯罷兵，其意必反。」遂使人流言云：「馬超意欲奪西川，自為蜀王，與父報讎，不肯臣於漢中。」張魯聞之，問計於楊松。松曰：「一面差人去說與馬超：『汝既欲成功，與汝一月限，要依我三件事。若依得，便有賞；否則必誅。一要取西川，二要劉璋首級，三要退荊州兵。三件事不成，可獻頭來。』一面教張衛點軍把守關隘，防馬超兵變。」

魯從之，差人到馬超寨中，說這三件事。超大驚曰：「如何變得恁的❷！」乃與馬岱商議：「不如罷兵。」楊松又流言曰：「馬超回兵，必懷異心。」於是張衛分七路軍，堅守隘口，不放馬超兵入。超進退不得，無計可施。孔明謂玄德曰：「今馬超正在進退兩難之際，亮憑三寸不爛之舌，親往超寨，說馬超來降。」玄德曰：「先生乃吾之股肱心腹，倘有疎虞，如之奈何？」孔明堅意要去，玄德再三不肯放去。

正躊躇間，忽報趙雲有書薦西川一人來降。玄德召入問之，其人乃建寧俞元人也；姓李，名恢，字德昂。玄德曰：「向日聞公苦諫劉璋，今何故歸我？」恢曰：「吾聞『良禽相木而棲，賢臣擇主而事』。前諫劉益州者，以盡人臣之心；既不能用，知必敗矣。今將軍仁德布於蜀中，知事必成，故來歸耳。」玄德曰：「先生此來，必有益於劉備。」恢曰：「今聞馬超在進退兩難之際。恢昔在隴西，與彼有一面之交，願往說馬超歸降，若何？」孔明曰：「正欲得一人替我一往，願聞公之說詞。」

❷ 恁的：如此、這般。

李恢與孔明耳畔陳說如此如此。孔明大喜，即時遣行。恢行至超寨，先使人通姓名。馬超曰：「吾知李恢乃辯士，今必來說我。」先喚二十刀斧手伏於帳下，囑曰：「令汝砍，即砍為肉醬！」

須臾，李恢昂然而入。馬超端坐帳中不動，叱李恢曰：「汝來為何？」恢曰：「特來作說客。」超曰：「吾匣中寶劍新磨。汝試言之，其言不通，便請試劍！」恢笑曰：「將軍之禍不遠矣！但恐新磨之劍，不能試吾之頭，將欲自試也！」超曰：「吾有何禍？」恢曰：「吾聞越之西子，善毀者不能閉其美；齊之無鹽，善譽者不能掩其醜。『日中則昃，月滿則虧』，此天下之常理也。今將軍與曹操有殺父之讎，而隴西又有切齒之恨；前不能救劉璋而退荊州之兵，後不能制楊松而見張魯之面；目下四海難容，一身無主；若復有渭橋之敗、冀城之失，何面目見天下之人乎？」超頓首謝曰：「公言極善；但超無路可行。」恢曰：「公既聽吾言，帳外何故伏刀斧手？」

超大慚，盡叱退。恢曰：「劉皇叔禮賢下士，吾知其必成，故捨劉璋而歸之，公之尊人，昔年曾與皇叔約共討賊，公何不棄暗投明，以圖上報父讎，下立功名乎？」馬超大喜，即喚楊柏入，一劍斬之，將首級共恢一同上關來降玄德。玄德親自接入，待以上賓之禮，超頓首謝曰：「今遇明主，如撥雲霧而見青天！」

時孫乾已回。玄德復命霍峻、孟達守關，便撤兵來取成都。趙雲、黃忠接入綿竹。人報「蜀將劉晙、馬漢引軍到」。趙雲曰：「某願往擒此二人！」言訖，上馬引軍出。玄德在城上款待馬超吃酒。未曾安席，子龍已斬二人之頭，獻於筵前。馬超亦驚，倍加敬重。超曰：「不須主公廝殺，超自喚出劉璋來降。如不肯降，超自與弟馬岱取成都，雙手奉獻。」玄德大喜。是日盡歡。

卻說敗兵回到益州，報劉璋。璋大驚，閉門不出。人報城北馬超救兵到，劉璋方敢登城望之。見馬超、馬岱立於城下，大叫「請劉季玉答話」。劉璋在城上問之。超在馬上以鞭指曰：「吾本領張魯兵來救益州，誰想張魯聽信楊松讒言，反欲害我，今已歸降劉皇叔。公可納土拜降，免致生靈受苦。如或執迷，吾先攻城矣！」

劉璋驚得面如土色，氣倒於城上。眾官救醒。璋曰：「吾之不明，悔之何及！不若開門投降，以救滿城百姓。」董和曰：「城中尚有兵三萬餘人；錢帛糧草，可支一年；奈何便降？」劉璋曰：「吾父子在蜀二十餘年，無恩德以加百姓；攻戰三年，血肉捐於草野；皆我罪也。我心何安？不如投降以安百姓。」

眾人聞之，皆墮淚。忽一人進曰：「主公之言，正合天意。」視之，乃巴西西充國人也；姓譙，名周，字允南，此人素曉天文。璋問之，周曰：「某夜觀乾象，見群星聚於蜀郡；其大星光如皓月，乃帝王之象也。況一載之前，小兒謠云：『若要吃新飯，須待先主來。』此乃預兆。不可逆天道。」黃權、劉巴聞言皆大怒，欲斬之，劉璋擋住。忽報「蜀郡太守許靖，踰城出降矣」。劉璋大哭歸府。

劉璋失仁，豈在仁，失在仁而不智耳。

次日，人報「劉皇叔遣幕賓簡雍在城下喚門」。璋令開門接入。雍坐車中，傲睨自若。忽一人掣劍大喝曰：「小輩得志，傍若無人！汝敢藐視吾蜀中人物耶！」雍慌下車迎之。此人乃廣漢綿竹人也；姓秦名宓，字子勅。雍笑曰：「不識賢兄，幸勿見責。」遂同入見劉璋，具說玄德寬洪大度，並無相害之意。於是劉璋決計投降，厚待簡雍；次日，親齎印綬文籍，與簡雍同車出城投降。玄德出寨迎接，握手流淚曰：「非吾不行仁義，奈勢不得已也！」共入寨，交割印綬文籍，並馬入城。

玄德入成都，百姓香花燈燭，迎門而接。玄德到公廳，陞堂坐定。郡內諸官，皆拜於堂下；惟黃權、劉巴閉門不出。眾將忿怒，欲往殺之。玄德慌忙傳令曰：「如有害此二人者，滅其三族！」玄德親自登門，請二人出仕。二人感玄德恩禮，乃出。孔明請曰：「今西川平定，難容二主；可將劉璋送去荊州。」玄德曰：「吾方得蜀郡，未可令季玉遠去。」孔明曰：「劉璋失基業者，皆因太弱也。主公若以婦人之仁，臨事不決，恐此土難以長久。」

玄德從之，設一大宴，請劉璋收拾財物，佩領振威將軍印綬，將妻子良賤，盡赴南郡，公安住歇，即日起行。玄德自領益州牧，其所降文武，盡皆重賞，定擬名爵。嚴顏為前將軍，法正為蜀郡太守，董和為掌軍中郎將，許靖為左將軍長史，龐義為營中司馬，劉巴為左將軍，黃權為右將軍。其餘吳懿、費觀、彭羕、卓膺、李嚴、吳蘭、雷同、李恢、張翼、秦宓、譙周、呂義、霍峻、鄧芝、楊洪、周群、費禕、費詩、孟達……文武投降官員，共六十餘人，並皆擢用。諸葛亮為軍師，關雲長為盪寇將軍漢壽亭侯，張飛為征遠將軍新亭侯，趙雲為鎮遠將軍，黃忠為征西將軍，魏延為揚武將軍，馬超為平西將軍。孫乾、簡雍、糜竺、糜芳、劉封、關平、周倉、廖化、馬良、馬謖、蔣琬、伊籍，及舊日荊、襄一班文武官員，盡皆陞賞。遣使齎黃金五百斤，白銀一千斤，錢五千萬，蜀錦一千疋，賜與雲長。其餘官將，給賜有差。殺牛宰馬，大餉士卒，開倉賑濟百姓，軍民大悅。

益州既定，玄德欲將成都有名田宅，分賜諸官。趙雲諫曰：「益州人民，屢遭兵火，田宅皆空，今當歸還百姓，令安居復業，民心方定；不宜奪之為私賞也。」

玄德大喜，從其言，使諸葛軍師定擬治國條例。刑法頗重。法正曰：「昔高祖約法三章，黎民皆感其德。願軍師寬刑省法，以慰民望。」孔明曰：「君知其一，未知其二。秦用法暴虐，萬民皆怨，故高

孔明治蜀，是刑亂國、用重典。

祖以寬仁德之。今劉璋闇弱，德政不舉，威刑不肅；君臣之道，漸以陵替。寵之以位，位極則殘；順之以恩，恩竭則慢。所以致弊，實由於此。吾今威之以法，法行則知恩；限之以爵，爵加則知榮。恩榮並濟，上下有節，為治之道，於斯著矣。」

法正拜服。自此軍民安靖，四十一州地面，分兵鎮撫，並皆平定。法正為蜀郡太守，凡平日一餐之德、睚眦之怨，無不報復。或告孔明曰：「孝直太横，宜稍斥之。」孔明曰：「昔主公困守荊州，北畏曹操，東憚孫權，賴孝直為之輔翼，遂翻然翱翔，不可復制。今奈何禁孝直，使不得少行其意耶？」因竟不問。法正聞之，亦自斂戢❸。

一日，玄德正與孔明閒敘，忽報雲長遣關平來謝所賜金帛。玄德召入，平拜罷，呈上書信曰：「父親知馬超武藝過人，要入川來與之比試高低，教就稟伯父此事。」玄德大驚曰：「若雲長入蜀，與孟起比試，勢不兩立。」孔明曰：「無妨，亮自作書回之。」玄德只恐雲長性急，便教孔明寫了書，發付關平星夜回荊州。平回至荊州，雲長問曰：「我欲與馬孟起比試，汝曾說否？」平答曰：「軍師有書在此。」雲長拆開視之。其書曰：

亮聞將軍欲與孟起分別高下。以亮度之，孟起雖雄烈過人，不過黥布、彭越之徒耳；當與翼德並驅爭先，猶未及美髯公之絕倫超群也。今公受任荊州，不為不重；倘一入川，若荊州有失，罪莫大焉。惟冀明照。

❸ 斂戢：約束行動的意思。

雲長看畢，自綽其髯笑曰：「孔明真知我心也。」將書遍示賓客，遂無入川之意。

卻說東吳孫權，知玄德併吞西川，將劉璋逐於公安，遂召張昭、顧雍商議曰：「當初劉備借我荊州時，說取了西川，便還荊州。今已得巴蜀四十一州，須用取索漢上諸郡。如其不還，即動干戈。」張昭曰：「吳中方寧，不可動兵。昭有一計，使劉備將荊州雙手奉還主公。」正是：西蜀方開新日月，東吳又索舊山川。未知其計如何，且看下文分解。

第六六回 關雲長單刀赴會 伏皇后為國捐生

卻說孫權要索荊州。張昭獻計曰：「劉備所倚重者，諸葛亮耳。其兄諸葛瑾今仕於吳，何不將瑾老小執下，使瑾入川告其弟，令勸劉備交割荊州？『如其不還，必累及我老小』，亮念同胞之情，必然應允。」權曰：「諸葛瑾乃誠實君子，安忍拘其老小？」昭曰：「明教知是計策，自然放心。」掩耳盜鈴。

權從之，即召諸葛瑾老小虛監在府；一面修書，打發諸葛瑾往西川去。不數日，到了成都，先使人報知玄德。玄德問孔明曰：「令兄此來為何？」孔明曰：「來索荊州耳。」玄德曰：「何以答之？」孔明曰：「只須如此如此。」

計會已定，孔明出郭接瑾。不到私宅，逕入賓館參拜畢，瑾放聲大哭。兄亦假哭，弟亦假應。亮曰：「兄長有事但說，何故發哀？」瑾曰：「吾一家老小休矣！」亮曰：「莫非為不還荊州乎？因弟之故，執下兄長老小，弟心何安？兄休憂慮，弟自有計還荊州便了。」

瑾大喜，即同孔明入見玄德，呈上孫權書。玄德看了，怒曰：「孫權既以妹嫁我，卻乘我不在荊州，竟將妹子潛地取去，情理難容！我正要大起川兵，殺下江南，報我之恨，卻還想來索荊州乎！」孔明哭拜於地，曰：「吳侯執下亮兄長老小，倘若不還，吾兄將全家被戮。兄死亮豈能獨生？望主公看亮之面，將荊州還了東吳，全亮兄弟之情！」

玄德再三不肯，孔明只是哭求。玄德徐徐曰：「既如此，看軍師面，分荊州一半還之；將長沙、零陵、桂陽三郡與他。」亮曰：「既蒙見允，便可寫書與雲長令交割三郡。」玄德曰：「子瑜到彼，須用善言求吾弟。吾弟性如烈火，吾尚懼之，切宜仔細。」

瑾求了書，辭了玄德，別了孔明，登途逕到荊州。雲長請入中堂，賓主相敘。瑾出玄德書曰：「皇叔許先以三郡還東吳，望將軍即日交割，令瑾好回見吾主。」雲長變色曰：「吾與吾兄桃園結義，誓共匡扶漢室。荊州本大漢疆土，豈得妄以尺寸與人？『將在外，君命有所不受』。雖吾兄有書來，我卻只不還。」

提出大漢二字，辭嚴義正。

瑾曰：「今吳侯執下瑾老小，若不還荊州，必將被誅。望將軍憐之！」雲長曰：「此是吳侯譎計，如何瞞得我過！」瑾曰：「將軍何太無面目？」雲長執劍在手曰：「休再言！此劍上並無面目！」關平告曰：「軍師面上不好看，望父親息怒。」雲長曰：「不看軍師面上，教你回不得東吳！」

瑾滿面羞慚，急辭下船，再往西川見孔明，孔明已自出巡去了。瑾只得再見玄德，哭告雲長欲殺之事。玄德曰：「吾弟性急，極難與言。子瑜可暫回，容吾取了東川、漢中諸郡，調雲長往守之，那時方得交付荊州。」瑾不得已，只得回東吳見孫權，具言前事。孫權大怒曰：「子瑜此去，反覆奔走，莫非皆是諸葛亮之計？」瑾曰：「非也；吾弟亦哭告玄德，方許將三郡先還，又無奈雲長恃頑不肯。」孫權曰：「既劉備有先還三郡之言，便可差官前去長沙、零陵、桂陽三郡赴任，且看如何。」瑾曰：「主公所言極是。」

權乃令瑾取回老小，一面差官往三郡赴任。不一日，三郡差去官吏，盡被逐回，告孫權曰：「關雲長不肯相容，連夜趕逐回吳，遲後者便要殺。」孫權大怒，差人召魯肅責之曰：「子敬昔為劉備作保，借吾荊州；今劉備已得西川，不肯歸還，子敬豈得坐視？」肅曰：「肅已思得一計，正欲告主公。」權問何計，肅曰：「今屯兵於陸口，使人請關雲長赴會。若雲長肯來，以善言說之，如其不從，伏下刀斧手殺之；如彼不肯來，隨即進兵，與決勝負，奪取荊州便了。」孫權曰：「正合吾意，可即行之。」闞澤進曰：「不可。關雲長乃世之虎將，非等閒可及。恐事不諧，反遭其害。」孫權怒曰：「若如此，荊州何日可得！」便命魯肅速行此計。

肅乃辭孫權，至陸口，召呂蒙、甘寧商議；設宴於陸口寨外臨江亭上，修下請書，選帳下能言快語一人為使，登舟渡江。江口關平問了，遂引使入荊州，叩見雲長，具道魯肅相邀赴會之意，呈上請書。雲長看書畢，謂來人曰：「既子敬相請，我明日便來赴宴。汝可先回。」

使者辭去。關平曰：「魯肅相邀，必無好意；父親何故許之？」雲長笑曰：「吾豈不知耶？此是諸葛瑾回報孫權，說吾不肯還三郡，故令魯肅屯兵陸口，邀我赴會，便索荊州。吾若不往，道吾怯矣。吾來日獨駕小舟，只用親隨十餘人，單刀赴會，看魯肅如何近我。」平諫曰：「父親奈何以萬金之軀，親蹈虎狼之穴？恐非所以重伯父之寄託也。」雲長曰：「吾於千鎗萬刀之中，矢石交攻之際，匹馬縱橫，如入無人之境；豈憂江東群鼠乎？」馬良亦諫曰：「魯肅雖有長者之風，但今事急，不容不生異心，將軍不可輕往。」雲長曰：「昔戰國時趙人藺相如，無縛雞之力，於澠池會上，覷秦國君臣如無物；況吾曾學萬人敵者乎？既已許諾，不可失信。」良曰：「縱將軍去，亦當有準備。」雲長曰：「只教吾兒選快船十隻，藏善水軍五百，於江上等候。看吾紅旗起處，便過江來。」平領命自去準備。

極寫關公神威。

卻說使者回報魯肅，說雲長慨然應允，來日准到。肅與呂蒙商議：「此來若何？」蒙曰：「彼帶軍馬來，某與甘寧各人領一軍伏於岸側，放砲為號，準備廝殺；如無軍來，只於庭後伏刀斧手五十人，就筵間殺之。」

計會已定。次日，肅令人於岸口遙望。辰時後，見江面上一隻船來，梢公水手只數人，一面紅旗，風中招颭，顯出一個大「關」字來。船漸近岸，見雲長青巾綠袍，坐於船上；傍邊周倉捧著大刀；八九個關西大漢，各跨腰刀一口。魯肅驚疑，接入亭內。敘禮畢，入席飲酒，舉盃相勸，不敢仰視。雲長談笑自若。

儒雅之極，英雄之極。

酒至半酣，肅曰：「有一言訴與君侯，幸垂聽焉。昔日令兄皇叔，使肅於吾主之前，保借荊州暫住，約於取西川之後歸還。今西川已得，而荊州未還，得毋失信乎？」雲長曰：「此國家之事，筵間不必論之。」肅曰：「吾主只區區江東之地，而肯以荊州相借者，為念君侯等兵敗遠來，無以為資故也。今已得益州，則荊州自應見還；乃皇叔但肯先割三郡，而君侯又不從，恐於理上說不去。」

雲長曰：「烏林之役，左將軍親冒矢石，戮力破敵，豈得徒勞而無尺土相資？今足下復來索地耶？」肅曰：「不然。君侯始與皇叔同敗於長坂，計窮力竭，將欲遠竄，吾主矜愍皇叔身無處所，不愛土地。使有所託，足以圖後功；而皇叔愆德隳好，已得西川，又占荊州，貪而背義，恐為天下所恥笑。惟君侯察之。」雲長曰：「此皆吾兄之事，非某所宜與也。」肅曰：「某聞君侯與皇叔桃園結義，誓同生死。皇叔即君侯也，何得推托乎？」

雲長未及回答，周倉在階下厲聲言曰：「天下土地，惟有德者居之。豈獨是汝東吳當有耶？」雲長變色而起，奪周倉所執大刀，立於庭中，目視周倉而叱曰：「此國家之事，汝何敢多言！可速去！」倉會意，先到岸口，把紅旗一招。關平船如箭發，奔過江東來。雲長右手提刀，左手挽住魯肅手，佯推醉曰：「公今請吾赴宴，莫提起荊州之事。吾今已醉，恐傷故舊之情。他日令人請公到荊州赴會，另作商議。」

魯肅魂不附體，被雲長扯至江邊。呂蒙、甘寧各引本部軍欲出；見雲長手提大刀，親握魯肅，恐肅被傷，遂不敢動。雲長到船邊，卻纔放手，早立於船首，與魯肅作別。肅如癡似呆，看關公船已乘風而去。後人有詩讚關公曰：

藐視吳臣若小兒，單刀赴會敢平欺？
當年一段英雄氣，尤勝相如在澠池。

雲長自回荊州。魯肅與呂蒙共議：「此計又不成，如之奈何？」蒙曰：「可即申報主公，起兵與雲長決戰。」肅即時使人申報孫權。權聞之大怒，商議起傾國之兵，來取荊州。忽報曹操又起三十萬大軍來也。權大驚，且教魯肅休惹荊州之兵，移兵向合淝、濡須，以拒曹操。

卻說操將欲起程南征，參軍傅幹，字彥材，上書諫操。書略曰：

幹聞用武則先威，用文則先德；威德相濟，而後王業成。往者天下大亂，明公用武攘之，十平其九；今未承王命者，吳與蜀耳。吳有長江之險，蜀有崇山之阻，難以威勝。愚以為且宜增修文德，

關公把臂，不獨魯肅喪膽，兼使二將寒心。

按甲寢兵，息軍養士，待時而動。今若舉數十萬之眾，屯長江之濱，倘賊憑險深藏，使我士馬不得逞其能，奇變無所用其權，則天威屈矣。惟明公詳察焉。

曹操覽畢，遂罷南征，興設學校，延禮文士。於是侍中王粲、杜襲、衛凱、和洽四人，議欲尊曹操為魏王。中書令荀攸曰：「不可。丞相官至魏公，榮加九錫，位已極矣；今又進陞王位，於理不可。」曹操聞之，怒曰：「此人欲效荀彧耶！」荀攸知之，憂憤成疾，臥病十數日而卒，亡年五十八歲。操厚葬之，遂罷魏王事。

一日，曹操帶劍入宮，獻帝正與伏后共坐。伏后見操來，慌忙起身。帝見曹操，戰慄不已。操曰：「孫權、劉備各霸一方，不尊朝廷，當如之何？」帝曰：「盡在魏公裁處。」操怒曰：「陛下出此言，外人聞之，只道吾欺君也。」帝曰：「君若肯相輔則幸甚；不爾，願垂恩相捨。」

操聞言，怒目視帝，恨恨而出。左右或奏帝曰：「近聞魏公欲自立為王，不久必將篡位。」帝與伏后大哭。后曰：「妾父伏完常有殺操之心，妾今當修書一封，密與父圖之。」帝曰：「昔董承為事不密，反遭大禍；今又恐泄漏，朕與汝皆休矣！」后曰：「旦夕如坐針氈，似此為人，不如早亡！妾看宦官中之忠義可託者，莫如穆順。當令寄此書。」乃即召穆順入屏後，退去左右近侍。帝后大哭，告順曰：「操賊欲為魏王，早晚必行篡奪之事。朕欲令后父伏完，密圖此賊，而左右之人，俱賊心腹，無可託者。欲汝將皇后密書，寄與伏完。量汝忠義，必不負朕。」順泣曰：「臣感陛下大恩，敢不以死報？臣即請行。」

后乃修書付順。順藏書於髮中，潛出禁宮，逕至伏完宅，將書呈上。完見是伏后親筆，乃謂穆順曰：

「操賊心腹甚眾，不可遽圖。除非江東孫權、西川劉備，二處起兵於外。操必自往。此時卻求在朝忠義之臣，一同謀之。內外夾攻，庶可有濟。」順曰：「皇丈可作書覆帝后，求密詔，暗遣人往吳蜀二處，令約會起兵，討賊救主。」伏完即取紙寫書付順。順乃藏於頭髻內，辭完回宮。

原來早有人報知曹操。操先於宮門等候。穆順回遇曹操，操問：「那裡去來？」順答曰：「皇后有病，命求醫去。」操曰：「召得醫人何在？」順曰：「還未召至。」操喝左右，遍搜身上，並無夾帶，放行。忽然風吹落其帽。操又喚回，取帽視之，遍觀無物，還帽令戴。穆順雙手倒戴其帽。操心疑，令左右搜其頭髮中，搜出伏完書來。操看時，書中言欲結連孫、劉為外應。操大怒，執下穆順於密室問之，順不肯招。操連夜點起甲兵三千，圍住伏完私宅，老幼並皆拏下；搜出伏后親筆之書，隨將伏氏三族盡皆下獄。平明使御林將軍郗慮持節入宮，先收皇后璽綬。

是日帝在外殿，見郗慮引三百甲兵直入。帝問曰：「有何事？」慮曰：「奉魏公命收皇后璽。」帝知事泄，心膽皆碎。慮至後宮，伏后方起。慮便喚管璽綬人索取玉璽而出。伏后情知事發，便於殿後椒房內夾壁中藏躲。

少頃，尚書令華歆，引五百甲兵入到後殿，問宮人「伏后何在？」宮人皆推不知。歆教甲兵打開朱戶，尋覓不見；料在壁中，便喝甲士破壁搜尋。歆親自動手揪后頭髻拖出。后曰：「望免我一命！」歆叱曰：「汝自見魏公訴去！」后披髮跣足，二甲士推擁而出。

原來華歆素有文名，向與邴原、管寧相友善。時人稱三人為一龍：華歆為龍頭，邴原為龍腹，管寧為龍尾。一日，寧與歆共種園蔬，鋤地見金。寧揮鋤不顧；歆拾而視之，然後擲下。又一日，寧與歆同坐觀書，聞戶外傳呼之聲，有貴人乘軒而過。寧端坐不動，歆棄書往觀。寧自此鄙歆之為人，遂割席分坐，不復與之為友。後來管寧避居遼東，常帶白帽，坐臥一樓，足不履地，終身不肯仕魏，而歆乃先事孫權，後歸曹操，至此乃有收捕伏皇后一事。後人有詩歎華歆曰：

華歆當日逞兇謀，破壁生將母后收。
助虐一朝添虎翼，罵名千載笑龍頭。

又有詩讚管寧曰：

遼東傳有管寧樓，人去樓空名獨留。
笑殺子魚貪富貴，豈如白帽自風流。

且說華歆將伏后擁至外殿。帝望見后，乃下殿抱后而哭。歆曰：「魏公有命，可速行！」后哭謂帝曰：「不能復相活耶！」帝曰：「我命亦不知在何時也！」甲士擁后而去，帝搥胸大慟。見郗慮在側，帝曰：「郗公！天下寧有是事乎！」哭倒在地。郗慮令左右扶帝入宮。

華歆拏伏后見操。操罵曰：「吾以誠心待汝等，汝等反欲害我耶！吾不殺汝，汝必殺我。」喝左右亂棒打死，隨即入宮，將伏后所生二子，皆酖殺之。當晚將伏完、穆順等宗族二百餘口，皆斬於市。朝野之人，無不驚駭。時建安十九年十一月也。後人有詩歎曰：

為天子不能庇一渾家，為之一哭。

曹瞞兇殘世所無，伏完忠義欲何如？
可憐帝后分離處，不及民間婦與夫。

獻帝自從壞了伏后，連日不食。操入曰：「陛下無憂。臣無異心。臣女已與陛下為貴人，大賢大孝，宜居正宮。」獻帝安敢不從；於建安二十年正月朔，就慶賀正旦之節，冊立曹操女曹貴人為正宮皇后。群下莫敢有言。

此時曹操威勢日甚，會大臣商議收吳滅蜀之事。賈詡曰：「須召夏侯惇、曹仁二人回，商議此事。」操即時發使，星夜喚回。夏侯惇未至，曹仁先到，連夜便入府中見操。操方被酒而臥，許褚仗劍立於堂門之內。曹仁欲入，被許褚當住。曹仁大怒曰：「吾乃曹氏宗族，汝何敢阻當耶？」許褚曰：「將軍雖親，乃外藩鎮守之官；許褚雖疏，現充內侍。主公醉臥堂上，不敢放入。」曹操聞之，歎曰：「許褚真忠臣也！」

逆臣手下偏有忠臣，為之一歎。

不數日，夏侯惇亦至，共議征伐。惇曰：「吳蜀急未可攻，宜先取漢中張魯，以得勝之兵取蜀，可一鼓而下也。」曹操曰：「正合吾意。」遂起兵西征。正是：方逞兇謀欺弱主，又驅勁卒掃偏邦。未知後事如何，且看下文分解。

第六七回 曹操平定漢中地 張遼威震逍遙津

卻說曹操興師西征分兵三隊，前部先鋒夏侯淵、張郃；操自領諸將居中；後部曹仁、夏侯惇，押運糧草，早有細作報入漢中來。張魯與弟張衛，商議退敵之策。衛曰：「漢中最險，無如陽平關。可於關之左右，依山傍林，下十餘個寨柵，迎敵曹兵。兄在漢寧，多撥糧草應付。」張魯依言，遣大將楊昂、楊任，與其弟即日起程。軍馬到陽平關，下寨已定。夏侯淵、張郃前軍隨到；聞陽平關已有準備，離關一十五里下寨。是夜軍士疲困，各自歇息。忽寨後一把火起，楊昂、楊任兩路兵殺來劫寨。夏侯淵、張郃急上得馬，四下裡大兵擁入，曹兵大敗，退見曹操。操怒曰：「汝二人行軍許多年，豈不知『兵若遠行疲困，須防劫寨』？如何不作準備？」欲斬二人，以明軍法。眾官告免。

操次日自引兵為前隊；見山勢險惡，林木叢雜，不知路逕，恐有伏兵，即引軍回寨，謂許褚、徐晃二將曰：「吾若知此處如此險惡，必不起兵來。」許褚曰：「兵已至此，主公不可憚勞。」次日操上馬，只帶許褚、徐晃二人，來看張衛寨柵。三匹馬轉過山坡，早望見張衛寨柵。操揚鞭遙指，謂二將曰：「如此堅固，急切難下！」

言未已，背後一聲喊起，箭如雨發。楊昂、楊任分兩路殺來。操大驚。許褚大呼曰：「吾當敵賊！徐公明善保主公！」說罷，提刀縱馬向前，力敵二將。楊昂、楊任不能當許褚之勇，回馬退去，其餘不敢向前。徐晃保著曹操奔過山坡，前面又一軍到；看時，卻是夏侯淵、張郃二將，聽得喊聲，故引軍殺來接應。於是殺退楊昂、楊任，救得曹操回寨。操重賞四將。自此兩邊相拒，五十餘日，只不交戰。曹操傳令退軍。賈詡曰：「賊勢未見強弱，主公何故自退耶？」操曰：「吾料賊兵每日提備，急難取勝。吾以退軍為名，使賊懈而無備，然後分輕騎抄襲其後，必勝賊矣。」賈詡曰：「丞相神機，不可測也。」

於是令夏侯淵、張郃，分兵兩路，各引輕騎三千，取小路抄陽平關後。曹操一面引大軍拔寨，盡起。楊昂聽得曹兵退，請楊任商議，欲乘勢擊之。楊任曰：「操詭計極多，未知真實，不可追趕。」楊昂曰：「公不往，吾當自去。」楊任苦諫不從。楊昂盡提五寨軍馬前進，只留些少軍士守寨。是日大霧迷漫，對面不相見。楊昂軍至半路，不能行，且權紮住。

卻說夏侯淵一軍抄過山後，見重霧垂空，又聞人語馬嘶，恐有伏兵，急催人馬行動，大霧中誤走到楊昂寨前。守寨軍士，聽得馬蹄響，只道是楊昂回，開門納之。曹軍一擁而入，見是空寨，便就寨中放起火來。五寨軍士，盡皆棄寨而走。比及霧散，楊任領兵來救，與夏侯淵戰不數合，背後張郃兵到。楊任殺條出路，奔回南鄭。楊昂待要回時，已被夏侯淵、張郃兩個占了寨柵。背後曹操大隊軍馬趕來。兩下夾攻，四面無路。楊昂欲突陣而出，正撞著張郃。兩個交手，被張郃殺死。敗兵回投陽平關，來見張衛。原來衛知二將敗走，諸營已失，半夜棄關，奔回去了。曹操遂得陽平關并諸寨。

張衛、楊任回見張魯。衛言二將失了隘口，因此守關不住。張魯大怒，欲斬楊任。任曰：「某曾諫楊昂，休追操兵。他不肯聽信，故有此敗。任再乞一軍前去挑戰，必斬曹操。如不勝，甘當軍令。」張魯取了軍令狀。楊任上馬，引二萬軍離南鄭下寨。

若非大霧，曹操未必能勝。

卻說曹操提軍將進，先令夏侯淵領五千軍，往南鄭路上哨探，正迎著楊任軍馬，兩軍擺開。任遣部將昌奇出馬，與淵交鋒；戰不三合，被淵一刀斬於馬下。楊任自挺槍出馬，與淵戰三十餘合，不分勝負。淵佯敗而走，任從後追來；被淵用拖刀計，斬於馬下。軍士大敗而回。

曹操知夏侯淵斬了楊任，即時進兵，直抵南鄭下寨。張魯慌聚文武商議。閻圃曰：「某保一人，可敵曹操手下諸將。」魯問是誰。圃曰：「南安龐德，前隨馬超，投降主公；後馬超往西川，龐德臥病不曾行。現今蒙主公恩養，何不令此人去？」

張魯大喜，即召龐德至，厚加賞勞；點一萬軍馬，令龐德出。離城十餘里，與曹兵相對，龐德出馬搦戰。曹操在渭橋時，深知龐德之勇，乃囑諸將曰：「龐德乃西涼勇將，原屬馬超；今雖依張魯未稱其心。吾欲得此人，汝等須皆與緩鬭，使其力乏，然後擒之。」

張郃先出，戰了數合便退。夏侯淵也戰數合退了。徐晃又戰三五合也退了。臨後許褚戰五十餘合亦退。龐德力戰四將，並無懼怯。各將皆於操前誇龐德好武藝。曹操心中大喜，與眾將商議：「如何得此人投降？」賈詡曰：「某知張魯手下，有一謀士楊松，其人極貪賄賂。今可暗以金帛送之，使譖龐德於張魯，便可圖矣。」操曰：「何由得人南鄭。」詡曰：「來日交鋒詐敗佯輸棄寨而走，使龐德據我寨，我卻於黃夜引兵劫寨；龐德必退入城，卻選一能言軍士，扮作彼軍，雜在陣中，便得入城。」

操聽其計，選一精細軍士，重加賞賜，付與金掩心甲一付，令披在貼肉，外穿漢中軍士號衣，先於半路上等候。次日，先撥夏侯淵、張郃兩枝軍，遠去埋伏；卻教徐晃挑戰，不數合敗走。龐德招軍掩殺，曹兵盡退。龐德卻奪了曹操寨柵。見寨中糧草極多，大喜，即時申報張魯；一面在寨中設宴慶賀。

當夜二更之後，忽然三路火起：正中是徐晃、許褚，左張郃，右夏侯淵。三路軍馬，齊來劫寨。龐德不及提備，只得上馬衝殺出來，望城而走。背後三路兵追來。龐德即喚開城門，領兵一擁而入。此時細作已雜到城中，逕投楊松府下謁見，具說「魏公曹丞相久聞盛德，特使某送金甲為信，更有密書呈上」。松大喜，看了密書中言語，謂細作曰：「上覆魏公，但請放心。某自有良策奉報。」打發來人先回，便連夜入見張魯，說龐德受了曹操賄賂，賣此一陣。張魯大怒，喚龐德責罵，欲斬之。閻圃苦諫。張魯曰：「你來日出戰，不勝必斬！」龐德抱恨而退。

次日，曹兵攻城，龐德引兵衝出。操令許褚交戰。褚詐敗，龐德趕來。操自乘馬於山坡上喚曰：「龐令名何不早降？」龐德尋思：「拏住曹操，抵一千員上將！」遂飛馬上坡。一聲喊起，天崩地塌，連人和馬，跌入陷坑內去；四壁鉤索一齊上前，活捉了龐德，押上坡來。曹操下馬，叱退軍士，親釋其縛，問龐德肯降否。龐德尋思張魯不仁，情願拜降。曹操親扶上馬，共回大寨，故意教城上望見。人報張魯，德與操並馬而行。魯益信楊松之言為實。

偏是受賄人，專要謗人受賄。

次日，曹操三面豎立雲梯，飛砲攻打。張魯見其勢已極，與弟張衛商議。衛曰：「放火盡燒倉廩府庫，出奔南山去守巴中，可也。」楊松曰：「不如開門投降。」張魯猶豫未定。衛曰：「只是燒了便行。」張魯曰：「我向本欲歸命國家，而意未得達；今不得已而出奔，倉廩府庫，國家之有，不可廢也。」遂盡封鎖。

是夜二更。張魯引全家老小，開南門殺出。曹操教休追趕，提兵入南鄭；見魯封閉庫藏，心甚憐之，遂差人往巴中，勸使投降。張魯欲降，張衛不肯。楊松以密書報操，便教進兵，松為內應。操得書，親自引兵往巴中。張魯使弟衛領兵出敵，與許褚交鋒；被褚斬於馬下。敗軍回報張魯，魯欲堅守。楊松曰：「今若不出，坐以待斃矣。某守城，主公當親與決一死戰。」魯從之。閻圃諫魯休出。魯不聽，遂引軍出迎。未及交鋒，後軍已走。張魯急退，背後曹兵趕來。魯到城下，楊松閉門不納。張魯無路可走，操從後追至，大叫「何不早降！」魯乃下馬投拜。操大喜；念其封倉庫之心，優禮相待，封魯為鎮南將軍，閻圃等皆封列侯，於是漢中皆平。曹操傳令各郡分設太守，置都尉，大賞士卒。惟有楊松賣主求榮，即命斬之於市曹示眾。後人有詩歎曰：

妨賢賣主逞奇功，積得金銀總是空。
家未榮華身受戮，令人千載笑楊松。

曹操已得東川。主簿司馬懿進曰：「劉備以詐力取劉璋，蜀人尚未歸心。今主公已得漢中，益州震動。可速進兵攻之，勢必瓦解。知者貴於乘時，時不可失也。」曹操歎曰：「人苦不知足，既得隴，復望蜀耶？」劉曄曰：「司馬仲達之言是也。若少遲緩，諸葛亮明於治國而為相，關、張等勇冠三軍而為將，蜀民既定，據守關隘，不可犯矣。」操曰：「士卒遠涉勞苦，且宜存恤。」遂按兵不動。

卻說西川百姓，聽知曹操已取東川，料必來取西川，一日之間，數遍驚恐。玄德請軍師商議。孔明曰：「亮有一計，曹操自退。」玄德問何計。孔明曰：「曹操分軍屯合淝，懼孫權也。今我若分江夏、長沙、桂陽三郡還吳，遣舌辯之士，陳說利害，令吳起兵襲合淝，牽動其勢，操必勒兵南向矣。」玄德問：「誰可為使？」伊籍曰：「某願往。」

玄德大喜，遂作書具禮，令伊籍先到荊州，知會雲長，然後入吳。到秣陵，來見孫權，先通了姓名。權召籍入。籍見權禮畢，權問曰：「汝到此何為？」籍曰：「昨承諸葛子瑜取長沙等三郡，為軍師不在，有失交割，今傳書送還。所有荊州、南郡、零陵，本欲送還；被曹操襲取東川，使關將軍無容身之地。今合淝空虛，望君侯起兵攻之，使曹操撤兵回南。吾主若取了東川，即還荊州全土。」權曰：「汝且歸館舍，容吾商議。」

伊籍退出，權問計於眾謀士。張昭曰：「此是劉備恐曹操取西川，故為此謀。雖然如此，今因操在漢中，乘勢取合淝，亦是上計。」權從之，發付伊籍回蜀去訖，便議起兵攻操。令魯肅收取長沙、江夏、桂陽三郡，屯兵於陸口；取呂蒙、甘寧回；又去餘杭取凌統回。

不一日，呂蒙、甘寧先到。蒙獻策曰：「現今曹操令廬江太守朱光屯兵於皖城，大開稻田，納穀於合淝，以充軍實，今可先取皖城，然後攻合淝。」權曰：「此計甚合吾意。」遂教呂蒙、甘寧為先鋒；蔣欽、潘璋為合後；權自引周泰、陳武、董襲、徐盛為中軍。時程普、黃蓋、韓當在各處鎮守，都未隨征。

卻說軍馬渡江，取和州，逕到皖城。皖城太守朱光，使人往合淝求救；一面固守城池，堅壁不出。權自到城下看時，城上箭如雨發，射中孫權麾蓋。權回寨，問眾將曰：「如何取得皖城？」董襲曰：「可差軍士築起土山攻之。」徐盛曰：「可豎雲梯，造虹橋，下觀城中而攻之。」呂蒙曰：「此法皆費日月而成，合淝救軍一至，不可圖矣。今我軍初到，士氣方銳，正可乘此銳氣，奮力攻擊。來日平明進兵，午未時便當破城。」

權從之。次日五更，飯畢，三軍大進。城上矢石齊下。甘寧手執鐵鍊，冒矢石而上。朱光令弓弩手齊射，甘寧撥開箭林，一鍊打倒朱光。呂蒙親自擂鼓。士卒皆一擁而上，亂刀砍死朱光。餘眾多降，得了皖城，方纔辰時。張遼引軍至半路，哨馬回報皖城已失。遼即回兵歸合淝。

孫權入皖城，凌統亦引軍到。權慰勞畢，大犒三軍，重賞呂蒙、甘寧諸將，設宴慶功。呂蒙遜甘寧上坐，盛稱其功勞。酒至半酣，凌統想起甘寧殺父之讎，又見呂蒙誇美之，心中大怒，瞪目直視；良久，忽拔左右所佩之劍，立於筵上曰：「筵前無樂，看吾舞劍。」甘寧知其意，推開席桌起身，兩手取兩枝戟挾定，縱步出曰：「看我筵前使戟。」呂蒙見二人各無好意，便一手挽牌，一手提刀，立於其中曰：「二公雖能，皆不如我巧也。」說罷，舞起刀牌，將二人分於兩下。

早有人報知孫權。權慌跨馬，直到筵前。眾見權至，方各放下軍器。權曰：「吾常言二人休念舊讎，今日又何如此？」凌統哭拜於地。孫權再三勸止。至次日，起兵進取合淝，三軍盡發。

張遼為失了皖城，回到合淝，心中愁悶。忽曹操差薛悌送木匣一個，上有操封，傍書云：「賊來乃發。」是日報說「孫權自引十萬大軍，來攻合淝」。張遼便開匣觀之。內書云：「若孫權至，張、李二將軍出戰，樂將軍守城。」張遼將教帖❶與李典、樂進觀之。樂進曰：「將軍之意若何？」張遼曰：「主公遠征在外，吳兵以為破我必矣。今可發兵出迎，奮力與戰，折其鋒銳，以安眾心，然後可守也。」

李典素與張遼不睦，聞遼此言，默然不答。樂進見李典不語，便道：「賊眾我寡，難以迎敵，不如堅守。」張遼曰：「公等皆是私意，不顧公事。吾今自出迎敵，決一死戰。」便教左右備馬。李典慨然

❶ 教帖：指諸侯、大臣的命令。

而起曰：「將軍如此，典豈敢以私憾而忘公事乎？願聽指揮。」張遼大喜曰：「既曼成肯相助，來日引一軍於逍遙津北埋伏；待吳兵殺過來，可先斷小師橋，吾與樂文謙擊之。」李典領命，自去點軍埋伏。

卻說孫權令呂蒙、甘寧為前隊，自與淩統居中。其餘諸將陸續進發，望合淝殺來。呂蒙、甘寧前隊兵進，正與樂進相迎。甘寧出馬與樂進交鋒，戰不數合，樂進詐敗而走。甘寧招呼呂蒙一齊引軍趕去。孫權在第二隊，聽得前軍得勝，催兵行至逍遙津北，忽聞連珠砲響，左邊張遼一軍殺來，右邊李典一軍殺來。孫權大驚，急令人喚呂蒙、甘寧回救時，張遼兵已到。淩統手下，止有三百餘騎，當不得曹軍勢如山倒。淩統大呼曰：「主公何不速渡小師橋？」

言未畢，張遼引二千餘騎，當先殺至。淩統翻身死戰。孫權縱馬上橋，橋南已折丈餘，並無一片板。孫權驚得手足無措。牙將谷利大呼曰：「主公可將馬退後，再放馬向前，跳過橋去。」孫權收回馬來有三丈餘遠，然後縱轡加鞭。那馬一跳飛過橋南。後人有詩曰：

的盧當日跳檀溪，又見吳侯敗合淝。
退後著鞭馳駿騎，逍遙津上玉龍飛。

孫權跳過橋南，徐盛、董襲駕舟相迎。淩統、谷利抵住張遼。甘寧、呂蒙引軍回救，卻被樂進從後追來，李典又截住廝殺，吳兵折了大半。淩統所領三百餘人盡被殺死。統身中數槍，殺到橋邊，橋已折斷，遶河而逃。孫權在舟中望見，急令董襲掉舟接之，乃得渡回。呂蒙、甘寧皆死命逃過河南。這一陣殺得江南人人害怕；聞張遼大名，小兒也不敢夜啼。眾將保護孫權回營。權乃重賞淩統、谷利，收軍回

與玄德檀溪躍馬，遙遙相對。

濡須，整頓船隻，商議水陸並進；一面差人回江南，再起人馬來助戰。

卻說張遼聞孫權住濡須，將欲興兵進攻，恐合淝兵少，難以抵敵，急令薛悌星夜往漢中，報知曹操，求請救兵。操同眾官議曰：「此時可收西川否？」劉曄曰：「今蜀中稍定，已有準備，不可擊也。不如撤兵去救合淝之急，就下江南。」

操乃留夏侯淵守漢中，定軍山隘口，留張郃守蒙頭巖等隘口。其餘軍兵拔寨都起，殺奔濡須塢來。正是：鐵騎甫能平隴右，旌旄又復指江南。未知勝負如何，且看下文分解。

第六八回 甘寧百騎劫魏營 左慈擲盃戲曹操

卻說孫權在濡須口收拾軍馬，忽報曹操自漢中領兵四十萬前來救合淝。孫權與謀士計議，先撥董襲、徐盛二人，領五十隻大船，在濡須口埋伏；令陳武帶領人馬，往來江岸巡哨。張昭曰：「今曹操遠來，必須先挫其銳氣。」權乃問帳下曰：「曹操遠來，誰敢當先破敵，以挫其銳氣？」凌統出曰：「某願往。」權曰：「帶多少軍去？」統曰：「三千人足矣。」甘寧曰：「只須百騎，便可破敵，何必三千？」凌統大怒。兩個就在孫權面前爭競起來。權曰：「曹軍勢大，不可輕敵。」乃命凌統帶三千軍出濡須口去哨探，遇曹兵，便與交戰。

凌統領命，引著三千人馬，離濡須塢。塵頭起處，曹兵早到。先鋒張遼與凌統交鋒，鬬五十合，不分勝負。孫權恐凌統有失，令呂蒙接應回營。甘寧見凌統回。即告權曰：「寧今夜只帶一百人馬去劫曹營；若折了一人一騎，也不算功。」孫權壯之，乃調撥帳下一百精銳馬兵付寧，又以酒五十瓶，羊肉五十斤，賞賜軍士。甘寧回到寨中，教一百人皆列坐，先將銀碗斟酒，自吃兩碗。乃語百人曰：「今夜奉命劫寨，請諸公各滿飲一觴，努力向前。」眾人聞言，面面相覷。甘寧見眾人有難色，乃拔劍在手，怒叱曰：「我為上將，且不惜命；汝等何得遲疑！」眾人見甘寧作色，皆起拜曰：「願效死力。」

甘寧將酒肉與百人共飲。食盡，約至二更時候，取白鵝翎一百根，插於盔上為號；都披甲上馬，飛

一可當百，則百可當萬。

既寫甘寧有膽，又寫曹操能軍。

奔曹操寨邊，拔開鹿角，大喊一聲，殺入寨中，逕奔中軍來殺曹操。原來中軍人馬，以車仗伏路，穿連圍得鐵桶相似，不能得進。甘寧只將百騎，左衝右突。曹兵驚慌，正不知敵兵多少，自相擾亂。那甘寧百騎，在營內縱橫馳驟，逢著便殺。各營鼓譟，舉火如星，喊聲大震。甘寧從寨之南門殺出，無人敢當。孫權令周泰引一枝兵來接應。甘寧將百騎回到濡須。操兵恐有埋伏，不敢追襲。後人有詩讚曰：

鼙鼓聲喧震地來，吳師到處鬼神哀。
百翎直貫曹軍寨，盡說甘寧虎將才。

甘寧引百騎到寨，不折一人一騎；至營門，令百人皆擊鼓吹笛，口稱「萬歲！」歡聲大震。孫權自來迎接。甘寧下馬拜伏。權扶起，攜寧手曰：「將軍此去，足使老賊驚駭。非孤相捨，正欲觀卿膽耳。」即賜絹千匹，利刃百口。寧拜受訖，遂分賞百人。權語諸將曰：「孟德有張遼，孤有甘興霸，足以相敵也。」

寧善將兵，權善將將。

次日。張遼引兵搦戰。凌統見甘寧有功，奮然曰：「統願敵張遼。」權許之。統遂領兵五千，離濡須。權自引甘寧臨陣觀戰。對陣圓處，張遼出馬，左有李典，右有樂進。凌統縱馬提刀，出至陣前。張遼使樂進出迎。兩個鬪到五十合，未分勝敗。曹操聞知，親自策馬到門旗下來看，見二將酣鬪，乃令曹休暗放冷箭。曹休便閃往張遼背後，開弓一箭，正中凌統坐下馬。那馬直立起來，把凌統掀翻在地。樂進連忙持槍來刺。槍還未到，只聽得弓弦響處，一箭射中樂進面門，翻身落馬。兩軍齊出，各救一將回營，鳴金罷戰。

凌統回寨中拜謝孫權。權曰：「放箭救你者，甘寧也。」凌統乃頓首拜寧曰：「不想公能如此垂恩！」自此與甘寧結為生死之交，再不為惡。

且說曹操見樂進中箭，乃自到帳中調治。次日，分兵五路來襲濡須：操自領中路；左一路張遼、二路李典；右一路徐晃、二路龐德。每路各帶一萬人馬，殺奔江邊來。時董襲、徐盛二將在船上，見五路軍馬來到，諸軍各有懼色。徐盛曰：「食君之祿，忠君之事，何懼哉？」遂引猛士數百人，用小船渡過江邊，殺入李典軍中去了。

董襲在船上，令眾軍擂鼓吶喊助威。忽然江上猛風大作，白浪掀天，波濤洶湧。軍士見大船將覆，爭下腳艦逃命。董襲仗劍大喝曰：「將受君命，在此防賊，怎敢棄船而去？」立斬下船軍士十餘人。須臾，風急船覆，董襲竟死於江口水中。徐盛在李典軍中，往來衝突。

卻說陳武聽得江邊廝殺，引一軍來，正與龐德相遇，兩軍混戰。孫權在濡須塢中，聽得曹兵殺到江邊，親自與周泰引軍前來助戰。正見徐盛在李典軍中攪做一團廝殺，便麾軍殺入接應。卻被張遼、徐晃兩枝軍，把孫權困在垓心。曹操上高阜處看見孫權被圍，急令許褚縱馬持刀殺入軍中，把孫權軍衝作兩段，彼此不能相救。

卻說周泰從軍中殺出，到江邊不見了孫權，勒回馬，從外又殺入陣中，問本部軍：「主公何在？」軍人以手指兵馬厚處，曰：「主公被圍甚急！」周泰挺身殺入，尋見孫權。泰曰：「主公可隨泰殺出。」於是泰在前，權在後，奮力衝突。泰到江邊，回頭又不見孫權，乃復翻身殺入圍中，又尋見孫權。權曰：「弓弩齊發，不能得出，如何？」泰曰：「主公在前，某在後，可以出圍。」

劫營難，救主尤難。

孫權乃縱馬前行。周泰左右遮護，身被數槍，箭透重鎧，救得孫權。到江邊，呂蒙引一枝水軍前來接應下船。權曰：「吾虧周泰三番衝殺，得脫重圍。但徐盛在垓心，如何得脫？」周泰曰：「吾再救去。」遂輪槍復翻身殺入重圍之中，救出徐盛。二將各帶重傷。呂蒙教軍士亂箭射住岸上兵，救二將下船。

卻說陳武與龐德大戰，後面又無應兵，被龐德趕到谷口，樹林叢密，陳武再欲回身交戰，被樹株抓住袍袖，不能迎敵，為龐德所殺。曹操見孫權走脫了，自策馬驅兵，趕到江邊對射。呂蒙箭盡，正慌間，忽對江一隊船到，為首一員大將，乃是孫策女壻陸遜，自引十萬兵到；一陣射退曹兵，乘勢登岸追殺曹兵，復奪戰馬數千匹，——曹兵傷者，不計其數？大敗而回。——於亂軍中尋見陳武屍首。

孫權知陳武已亡，董襲又沈江而死，哀痛至切，令人入水中尋見董襲屍首，與陳武屍一齊厚葬之；又感周泰救護之功，設宴款之。權親自把盞，撫其背，淚流滿面，曰：「卿兩番相救，不惜性命，被槍數十，膚如刻畫，孤亦何心不待卿以骨肉之恩，委卿以兵馬之重乎？卿乃孤之功臣，孤當與卿共榮辱同休戚也。」言罷，令周泰解衣與眾將視之。皮肉肌膚，如同刀剜，盤根遍體。孫權手指其痕，一一問之。周泰具言戰鬬被傷之狀。一處傷令吃一觥酒。是日周泰大醉。權以青羅傘賜之，令出入張蓋，以為顯耀。

孫曹之相和自此始。

權在濡須，與操相拒月餘，不能取勝。張昭、顧雍上言：「曹操勢大，不可力取；若與久戰，大損士卒；不若求和安民為上。」孫權從其言，令步騭往曹營求和，許年納歲貢。操見江南急未可下，乃從之；令孫權先撤人馬，吾然後班師。步騭回覆。權只留蔣欽、周泰守濡須口，盡發大兵上船，回秣陵。

操留曹仁、張遼屯合淝，班師回許昌。文武眾官皆議立曹操為魏王。尚書崔琰力言不可。眾官曰：「汝獨不見荀文若乎？」琰大怒曰：「時乎！時乎！會當有變！任自為之！」有與琰不和者，告知操。

操大怒，收琰下獄問之。琰虎目虬髯，只是大罵曹操欺君奸賊。廷尉白操，操令杖殺崔琰於獄中。後人有詩讚曰：

清河崔琰，天性堅剛。虬髯虎目，鐵石心腸。
奸邪辟易，聲節顯昂。忠於漢主，千古名揚！

建安二十一年，夏五月，群臣表奏獻帝，頌魏公曹操功德，極天際地，伊周莫及，宜進爵為王。獻帝即令鍾繇草詔，冊立曹操為魏王。曹操假意上書三辭。詔三報不許，操乃拜命受魏王之爵，冕十二旒，乘金根車，駕六馬，用天子車服鑾儀，出警入蹕，於鄴郡蓋魏王宮，議立世子。操大妻丁夫人無出。妾劉氏生子曹昂，因征張繡時死於宛城。卞氏所生四子：長曰丕，次曰彰，三曰植，四曰熊。於是黜丁夫人，而立卞氏為魏王妃。第三子曹植，字子建，極聰明，舉筆成章，操欲立之為後嗣。長子曹丕，恐不得立，乃問計於中大夫賈詡。詡教如此如此。自是但凡操出征，諸子送行，曹植乃稱述功德，發言成章；惟曹丕辭父，只是流涕而拜，左右皆感傷。於是操疑植乖巧，誠心不及丕也。丕又使人買囑近侍，皆言丕之德。操欲立後嗣，躊躇不定，乃問賈詡曰：「孤欲立後嗣，當立誰？」賈詡不答。操問其故。詡曰：「正有所思，故不能即答耳。」操曰：「何所思？」詡對曰：「思袁本初、劉景升父子也。」

裝腔作勢，可發一笑。

自稱魏王，便是其子篡漢之兆。

操大笑，遂立長子曹丕為王世子。冬十月，魏王宮成，差人往各處收取奇花異果，栽植後苑。有使者到吳地，見了孫權，傳魏王令旨，再往溫州取柑子。時孫權正尊讓魏王，便令人於本城選了大柑子四十餘擔，星夜送往鄴郡。至中途，挑擔役夫疲困，歇於山腳下，見一先生，眇一目，跛一足，頭戴白藤冠，身穿青懶衣，來與腳夫作禮，言曰：「你等挑擔勞苦，貧道都替你挑一肩，何如？」眾人大喜。於是先生每擔各挑五里，但是先生挑過的擔兒都輕了，眾皆驚疑。先生臨去，與領柑子官說：「貧道乃魏王鄉中故人；姓左，名慈，字元放，道號烏角先生。如你到鄴郡，可說左慈申意。」遂拂袖而去。

取柑人至鄴郡見操，呈上柑子。操親剖之，但只空殼，內並無肉。操大驚，問取柑人。取柑人以左慈之事對，操未肯信。門吏忽報：「有一先生，自稱左慈，求見大王。」操召入。取柑人曰：「此正途中所見之人。」操叱之曰：「汝以何妖術，攝吾佳果？」慈笑曰：「豈有此事？」取柑剖之，內皆有肉，其味甚甜。但操自剖者，皆空殼。

操愈驚，乃賜左慈坐而問之。慈索酒肉，操令與之，飲酒五斗不醉，肉食全羊不飽。操問曰：「汝有何術，以至於此？」慈曰：「貧道於西川嘉陵峨嵋山中，學道三十年，忽聞石壁中有聲呼我之名；及視則又不見。如此者數日，忽有天雷震碎石壁，得天書三卷，名曰『遁甲天書』。上卷名『天遁』，中卷名『地遁』，下卷名『人遁』。天遁能騰雲跨風，飛升太虛；地遁能穿山透石；人遁能雲遊四海，藏形變身，飛劍擲刀，取人首級。大王位極人臣，何不退步，跟貧道往峨嵋山中修行？當以三卷天書相授。」

操曰：「我亦久思急流勇退，奈朝廷未得其人耳。」慈笑曰：「益州劉玄德乃帝室之胄，何不讓此位與之？不然，貧道當飛劍取汝之頭也。」操大怒曰：「此正是劉備細作！」喝左右拏下。慈大笑不止。操令十數獄卒，捉下拷之。獄卒著力痛打，看左慈時，卻齁齁熟睡，全無痛楚。操怒，命取大枷，鐵釘釘了，鐵鎖鎖了，送入牢中監收，令人看守。只見枷鎖盡落，左慈臥於地上，並無傷損。連監禁七日，不與飲食。及看時，慈端坐於地上，面皮轉紅。獄卒報知曹操，操取出問之。慈曰：「我數十年不食，亦不妨；日食千羊，亦能盡。」操無可奈何。

老賊奸詐百出，亦有無可奈何之日。

是日，諸官皆至王宮大宴。正行酒間，左慈足穿木履，立於筵前。眾官驚怪。左慈曰：「大王今日水陸俱備，大宴群臣，四方異物極多，內中欠少何物？貧道願取之。」操曰：「我要龍肝作羹，汝能取否？」慈曰：「有何難哉！」取墨筆於粉牆上畫一條龍，以袍袖一拂，龍腹自開。左慈於龍腹中提出龍肝一副，鮮血尚流。操不信，叱之曰：「汝先藏於袖中耳！」慈曰：「即今天寒，草木枯死；大王要甚好花，隨意所欲。」操曰：「吾只要牡丹花。」慈曰：「易耳。」令取大花盆放筵前，以水噀之。頃刻發出牡丹一株，開放雙花。眾官大驚，邀慈同坐而食。

少頃，庖人進魚膾。慈曰：「膾必松江鱸魚者方美。」操曰：「千里之隔，安能取之？」慈曰：「此亦何難取！」教把釣竿取來，於堂下魚池中釣之。頃刻釣出數十尾大鱸魚，放在殿上。操曰：「吾池中原有此魚。」慈曰：「大王何相欺耶？天下鱸魚只兩腮，惟松江鱸魚有四腮，此可辨也。」眾官視之，果是四腮。慈曰：「烹松江鱸魚，須紫芽薑方可。」操曰：「汝亦能取之否？」慈曰：「易耳。」令取金盆一個，慈以衣覆之。須臾得紫芽薑滿盆，進上操前。操以手取之，忽盆內有書一本，題曰「孟德新書」。操取視之，一字不差。操大疑。慈取桌上玉盃，滿斟佳釀進操曰：「大王可飲此酒，壽有千年。」操曰：「汝可先飲。」

慈遂拔冠上玉簪，於盃中一畫，將酒分為兩半；自飲一半，將一半奉操。操叱之。慈擲盃於空中，

虎衛將軍之威，至此亦全無用處。

化成一白鳩，遶殿而飛。眾官仰面視之，左慈不知所往。左右忽報：「左慈出宮門去了。」操曰：「如此妖人，必當除之！否則必將為害。」遂命許褚引三百鐵甲軍追擒之。褚上馬引軍趕至城門，望見左慈穿木履在前，慢步而行。褚飛馬追之，卻只追不上。直趕到一山中，有牧羊小童，趕著一群羊而來，慈走入羊群內。褚取箭射之，慈即不見。褚盡殺群羊而回。

牧羊小童守羊而哭。忽見羊頭在地上作人言，喚小童曰：「汝可將羊頭都湊在死羊腔子上。」小童大驚，掩面而走。忽聞有人在後呼曰：「不須驚走，還你活羊。」小童回顧，見左慈已將地上死羊湊活，趕將來了。小童急欲問時，左慈已拂袖而去；其行如飛，倏忽不見。

小童歸告主人，主人不敢隱諱，報知曹操。操畫影圖形，各處捉拏左慈。三日之內，城內城外，所捉眇一目，跛一足，白藤冠，青懶衣，穿木履先生，都一般模樣者，有三四百個。鬨動街市。操令眾將，將豬羊血潑之，押送城南教場。曹操親自引甲兵五百人圍住，盡皆斬之。人人頸腔內各起一道青氣，飛到半天，聚成一處，化成一個左慈，向空招白鶴一隻騎坐，拍手大笑曰：「土鼠隨金虎，奸雄一旦休！」

操令眾將以弓箭射之，忽然狂風大作，走石揚沙；所斬之屍，皆跳起來，手提其頭，奔上演武廳來打曹操。文官武將掩面驚倒，各不相顧。正是：奸雄權勢能傾國，道士仙機❶更異人。未知曹操性命如何，且看下文分解。

---

❶ 仙機：神人的奧妙之處。

第六九回　卜周易管輅知機　討漢賊五臣死節

卻說當日曹操，見黑風中群屍皆起，驚倒於地。須臾風定，群屍皆不見。左右扶操回宮，驚而成疾。後人有詩讚左慈曰：

飛步凌雲遍九州，獨憑遁甲自遨遊。
等閒施設神仙術，點悟曹瞞不轉頭。

曹操染病，服藥無愈。適太史丞許芝，自許昌來見操。操令芝卜易。芝曰：「大王曾聞神卜管輅否？」操曰：「頗聞其名，未知其術。汝可詳言之。」

芝曰：「管輅字公明，平原人也。容貌粗醜，好酒疎狂。其父曾為瑯琊郡丘長。輅自幼便喜仰視星辰，夜不思寐。父母不能禁止。常云：『家雞野鵠，尚自知時，何況為人在世乎？』與鄰兒共戲，輒畫地為天文，分布日月星辰。及稍長，即深明周易，仰觀風角❶，數學通神，兼善相術。」

「瑯琊太守單子春聞其名，召輅相見。時有坐客百餘人，皆能言之士。輅謂子春曰：『輅年少膽氣未堅，先請美酒三升，飲而後言。』子春奇之，遂與酒三升。飲畢，輅問子春：『今欲與輅為對者，若

❶ 風角：用風來占吉凶；古代一種迷信的方術。

晉人清談，已兆於此。

府君四座之士耶？』子春曰：『吾自與卿旗鼓相當。』於是與輅講論易理。輅亹亹而談，言言精奧。子春反覆辯難，輅對答如流，從曉至暮，酒食不行。子春及眾賓客，無不歎服。於是天下號為『神童』。」

「後有居民郭恩者，兄弟三人，皆得躄疾，請輅卜之。輅曰：『卦中有君家本墓中女鬼，非君伯母即叔母也。昔饑荒之年，謀數升米之利，推之落井，以大石壓破其頭，孤魂痛苦，自訴於天；故君兄弟有此報，不可禳也。』郭恩等涕泣伏罪。」

「安平太守王基，知輅神卜，延輅至家。適信都令妻，常患頭風；其子又患心痛；因請輅卜之。輅曰：『此堂之西角有二死屍。一男持矛，一男持弓箭。頭在壁內，腳在壁外，持矛者主刺頭，故頭痛；持弓箭者主刺胸腹，故心痛。』乃掘之。入地八尺，果有二棺。一棺中有矛，一棺中有角弓及箭，木俱已朽爛。輅令徙骸骨去城外十里埋之，妻與子遂無恙。」

「館陶令諸葛原，遷新興太守。輅往送行。客言輅能射覆。諸葛原不信，暗取燕卵、蜂窠、蜘蛛三物，分置三盒之中，令輅卜之。卦成，各寫四句於盒上。其一曰：『含氣須變，依乎堂宇；雌雄以形，羽翼舒張。此燕卵也。』其二曰：『家室倒懸，門戶眾多；藏精育毒，得秋乃化。此蜂窠也。』其三曰：『觳觫長足，吐絲成羅；尋網求食，利在昏夜。此蜘蛛也。』滿座驚駭。」

「鄉中有老婦失牛，求卜之。輅判曰：『北溪之濱，七人宰烹；急往追尋，皮肉尚存。』老婦果往尋之，見七人於茅舍後煮食，皮肉猶存。婦告本郡太守劉邠，捕七人罪之，因問老婦曰：『汝何以知之？』婦告以管輅之神卜。劉邠不信，請輅至府，取印囊及山雞毛藏於盒中，令卜之。輅卜其一曰：『內方外圓，五色成文；含寶守信，出則有章。此印囊也。』其二曰：『高岳巖巖，有鳥朱身；羽翼玄黃，嗚不失晨。此山雞毛也。』劉邠大驚，遂待為上賓。」

「一日出郊閒行，見一少年耕於田中，輅立道傍觀之。良久，問曰：『少年高姓貴庚？』答曰：『姓趙，名顏。年十九歲矣。敢問先生為誰？』輅曰：『吾管輅也。吾見汝眉間有死氣，三日內必死。汝貌美，可惜無壽。』趙顏回家，急告其父。父聞之，趕上管輅，哭拜於地曰：『請歸救吾子！』輅曰：『此乃天命也，安可禳乎？』父告曰：『老夫止有此子，望乞垂救！』趙顏亦哭求。輅見其父子情切，乃謂趙顏曰：『汝可備淨酒一瓶，鹿脯一塊，來日齎往南山之中，大樹之下，看盤石上有二人弈棋。一人向南坐，穿白袍，其貌甚惡；一人向北坐，穿紅袍，其貌甚美。汝可乘其弈興濃時，將酒及鹿脯跪進之。待其飲食畢，汝可哭拜求壽，必得益算矣。——但切勿言是吾所教。』

「老人留輅在家。次日，趙顏攜酒脯盃盤入南山之中。約行五六里，果有二人於大松樹下盤石上弈棋，全然不顧。趙顏跪進酒脯。二人貪著棋，不覺飲酒已盡。趙顏哭拜於地而求壽，二人大驚。穿紅袍者曰：『此必管子之言也。吾二人既受其私，必須憐之。』穿白袍者，乃於身邊取出簿籍檢看，謂趙顏曰：『汝今年十九歲，當死。吾今於「十」字上添一「九」字，汝壽可至九十九。回見管輅，教再休泄漏天機；不然，必致天譴。』穿紅者出筆添訖，一陣香風過處，二人化作二白鶴，沖天而去。

「趙顏歸問管輅。輅曰：『穿紅者，南斗也；穿白者，北斗也。』顏曰：『吾聞北斗九星，何止一人？』輅曰：『散而為九，合而為一也。北斗注死，南斗注生。今已添注壽算，子復何憂？』父子拜謝。自此管輅恐泄天機，更不輕為人卜。此人現在平原，大王欲知休咎，何不召之？」

操大喜，即差人往平原召輅。輅至，參拜訖，操令卜之。輅答曰：「此幻術耳，何必為憂？」操心安，病乃漸可。操令卜天下之事。輅卜曰：「三八縱橫，黃豬遇虎；定軍之南，傷折一股。」又令卜傳祚修短之數。輅卜曰：「獅子宮中，以安神位；王道鼎新，子孫極貴。」操問其詳。輅曰：「茫茫天數，不可預知。待後自驗。」

操欲封輅為太史。輅曰：「命薄相窮，不稱此職，不敢受也。」操問其故。答曰：「輅額無主骨，眼無守睛；鼻無梁柱，腳無天根；背無三甲，腹無三壬。只可泰山治鬼，不能治生人也。」操曰：「汝相吾若何？」輅曰：「位極人臣，又何必相？」再三問之，輅但笑而不答。操令輅遍相文武官僚。輅曰：「皆治世之臣也。」操問休咎，皆不肯盡言。後人有詩讚管輅曰：

相君之面，位止人臣；相君之背，貴不可言。

平原神卜管公明，能算南辰北斗星。八卦幽微通鬼竅，六爻玄奧究天庭。
預知相法應無壽，自覺心源極有靈。可惜當年奇異術，後人無復授遺經。

操令卜東吳、西蜀二處。輅設卦令：「東吳主亡一大將，西蜀有兵犯界。」操不信。忽合淝報來：「東吳陸口守將魯肅身故。」操大驚，便差人往漢中探聽消息。不數日，飛報：「劉玄德遣張飛、馬超屯兵下辨取關。」操大怒，便欲自領兵再入漢中，令管輅卜之，輅曰：「大王未可妄動，來春許都必有火災。」

操見輅言累驗，故不敢輕動，留居鄴郡，使曹洪領兵五萬，往助夏侯淵、張郃同守東川；又差夏侯惇領兵三萬，於許都來往巡警，以備不虞；又教長史王必總督御林軍馬。主簿司馬懿曰：「王必嗜酒性寬，恐不堪任此職。」操曰：「王必是孤披荊棘歷艱難時相隨之人，忠而且勤，心如鐵石，最足相當。」

遂委王必領御林軍馬屯於許都東華門外。

時有一人姓耿，名紀，字季行，洛陽人也；舊為丞相府掾，後遷侍中少府，與司馬直、韋晃甚厚；見曹操進封王爵，出入用天子車服，心甚不平。建安二十三年春正月，耿紀與韋晃密議曰：「操賊奸惡日甚，將來必為篡逆之事。吾等為漢臣，豈可同惡相濟？」韋晃曰：「吾有心腹人，姓金名禕，乃漢相金日磾之後，素有討操之心；更兼與王必甚厚。若得同謀，大事濟矣。」耿紀曰：「他既與王必交厚。豈肯與我等同謀乎？」韋晃曰：「且往說之，看是如何。」

於是二人同至金禕宅中。禕接入後堂，坐定。晃曰：「德偉與王長史甚厚，吾二人特來告求。」禕曰：「所求何事？」晃曰：「吾聞魏王早晚受禪，將登大寶，公與王長史必高遷。望不相棄，曲賜提攜，感德非淺！」禕拂袖而起。適從者奉茶至，便將茶潑於地上。晃佯驚曰：「德偉故人，何薄情也？」禕曰：「吾與汝交厚，為汝等是漢朝臣宰之後；今不思報本，欲輔造反之人，吾有何面目與汝為友！」耿紀曰：「奈天數如此，不得不然耳！」

禕大怒。耿紀、韋晃見禕果有忠義之心，乃以實情相告曰：「吾等本欲討賊來求足下。前言特相試耳。」禕曰：「吾累世漢臣，安能從賊？公等欲扶漢室，有何高見？」晃曰：「雖有報國之心，未有討賊之計。」禕曰：「吾欲裡應外合，殺了王必，奪其兵權，扶助鑾輿，更結劉皇叔為外援，操賊可滅矣。」

二人聞之，撫掌稱善。禕曰：「吾有心腹二人，與操賊有殺父之仇，現居城外，可用為羽翼。」耿紀問是何人。禕曰：「太醫吉平之子：長名吉邈，字文然；次名吉穆，字思然。操昔日為董承衣帶詔事，曾殺其父。二子逃竄遠鄉，得免於難。今已潛歸許都。若得相助討賊，無有不從。」

一忠臣之後，

又有兩孝子。

耿紀、韋晃大喜。金禕即使人密喚二吉。須臾，二人至。禕具言其事。二人感憤流淚，怨氣沖天，誓殺國賊。金禕曰：「正月十五日夜間，城中大張燈火，慶賀元宵。耿少府、韋司直，你二人各領家僮，殺到王必營前；只看營中火起，分兩路殺入；殺了王必，逕跟我入內，請天子登五鳳樓，召百官面諭討賊。吉文然兄弟於城外殺入，放火為號，各要揚聲，叫百姓誅殺國賊，截住城內救軍；待天子降詔，招安已定，便進兵殺奔鄴郡擒曹操，即發使齎詔召劉皇叔。今日約定，至期二更舉事，勿似董承自取其禍。」五人對天設誓，歃血為盟，各自歸家，整頓軍馬器械，臨期而行。

且說耿紀、韋晃二人，各有家僮三四百，預備器械。吉邈兄弟，亦聚三、四百人口，只推圍獵。安排已定，金禕先期來見王必，言：「方今海宇稍安，魏王威震天下；今值元宵令節，不可不放燈火，以示太平氣象。」王必然其言，告諭城內居民，盡張燈結彩，慶賀佳節。至正月十五夜，天色晴霽，星月交輝。六街三市，競放花燈。真個金吾不禁，玉漏無催❷！

射不殺王必，便是天數。

王必與御林諸將，在營中飲宴。二更以後，忽聞營中吶喊，人報「營後火起！」王必慌忙出帳看時，只見火光亂滾；又聞喊殺連天，知是營中有變，急上馬出南門，正遇耿紀，一箭射中肩膊，幾乎墜馬，遂望西門而走。背後有軍趕來。王必著忙，棄馬步行，至金禕門首，慌叩其門。原來金禕一面使人於營中放火；一面親領家僮隨後助戰，只留婦女在家。

時家中聞王必叩門之聲，只道金禕歸來。禕妻從隔門便問曰：「王必那廝殺了麼？」王必大驚，方

❷ 金吾不禁二句：京城裡的人，在元宵的夜裡遊玩，可以不受皇帝禁衛軍的干涉和時間的限制。金吾，原指武器；後當作官名，負責皇帝警衛的事務。漏，古時計時的器具。

悟金禕同謀，逕投曹休家報知金禕、耿紀等同謀反。休急披挂上馬，引千餘人在城中拒敵。城內四下火起，燒著五鳳樓，帝避於深宮。曹氏心腹爪牙，死據宮門。城中但聞人叫：「殺盡曹賊，以扶漢室！」

原來夏侯惇奉曹操命，巡警許昌，領三萬軍，離城五里屯紮；是夜遙望見城中火起，便領大軍前來，圍住許都，使一枝軍入城接應。曹休直混殺至天明。耿紀、韋晃等無人相助。人報金禕、二吉皆被殺死。耿紀、韋晃奪路殺出城門，正遇夏侯惇大軍圍住，活捉去了。手下百餘人皆被殺。夏侯惇入城救滅遺火，盡收五人老小宗族，使人飛報曹操。操傳令教將耿、韋二人，及五家宗族老小，皆斬於市；並將在朝大小百官，盡行拏解鄴郡，聽候發落。

夏侯惇押耿、韋二人至市曹。耿紀厲聲大叫曰：「曹阿瞞，吾生不能殺汝，死當作厲鬼以擊賊！」劊子手以刀搠其口，流血滿地，大罵不絕而死。韋晃以面頰頓地曰：「可恨！可恨！」咬牙皆碎而死。後人有詩讚曰：

耿紀精忠韋晃賢，各持空手欲扶天。
誰知漢祚相將盡，恨滿心胸喪九泉。

夏侯惇盡斬五家老小宗族，將百官解赴鄴郡。曹操於教場立紅旗於左，白旗於右，下令曰：「耿紀、韋晃等造反，放火焚許都，汝等亦有出救火者，亦有閉門不出者。如曾救火者，可立於紅旗下；如不曾救火者，可立於白旗下。」眾官自思救火者必無罪，於是多奔紅旗之下。三停內只有一停立於白旗之下。操教盡拏立於紅旗下者。眾官各言無罪。操曰：「汝當時之心，非是救火，實欲助賊耳。」盡命牽出漳

五人之外，又波及眾人，慘毒已極。

河邊斬之，死者三百餘員。其立於白旗下者，盡皆賞賜，仍令還許都。

時王必已被箭瘡發而死，操命厚葬之。令曹休總督御林軍馬，鍾繇為相國，華歆為御史大夫。遂定侯爵六等十八級，關西侯爵十七級，皆金印紫綬。又置關內外侯十六級，銀印龜組墨綬；五大夫十五級，銅印鐶組綬。定爵封官，朝廷又換一班人物。曹操方悟管輅火災之說，遂重賞輅。輅不受。

卻說曹洪領軍到漢中，令張郃、夏侯淵各據險要。曹洪親自進兵拒敵。時張飛自與雷同把守巴西。馬超兵至下辨，令吳蘭為先鋒，領兵哨出，正與曹洪軍相遇，吳蘭欲退。牙將任夔曰：「賊兵初至，若不先挫其銳氣，何顏見孟起乎？」於是驟馬挺槍搦曹洪戰。洪自提刀躍馬而出。交鋒三合，斬任夔於馬下，乘勢掩殺。吳蘭大敗，回見馬超。超責之曰：「汝不得吾令，何故輕敵致敗？」吳蘭曰：「任夔不聽吾言，故有此敗。」馬超曰：「可緊守隘口，勿與交鋒。」一面申報成都聽候行止。

曹洪見馬超連日不出，恐有詐謀，引軍退回南鄭。張郃來見曹洪，問曰：「將軍既已斬將，如何退兵？」洪曰：「吾見馬超不出，恐有別謀。且我在鄴郡，聞神卜管輅有言，當於此地折一員大將。吾疑此言，故不敢輕進。」張郃大笑曰：「將軍行兵半生，今奈何信卜者之言，而惑其心哉？郃雖不才，願以本部兵取巴西。若得巴西，蜀郡易耳。」洪曰：「巴西守將張飛，非比等閒，不可輕敵。」張郃曰：「人皆怕張飛，吾視之如小兒耳！此去必擒之！」洪曰：「倘有疏失，若何？」郃曰：「甘當軍令。」洪勒了文狀，張郃進兵。正是：自古驕兵多致敗，從來輕敵少成功。未知勝負如何，且看下文分解。

第七〇回 猛張飛智取瓦口隘 老黃忠計奪天蕩山

卻說張郃部兵三萬，向分三寨，各傍山險：一名巖渠寨、一名蒙頭寨、一名蕩石寨。當日張郃於三寨中，各分軍一半，去取巴西，留一半守寨。早有探馬報到巴西，說張郃引兵來了。張飛急喚雷同商議。同曰：「閬中地惡山險，可以埋伏。將軍引兵出戰，我出奇兵相助，郃可擒矣。」

張飛撥精兵五千與雷同去訖。飛自引兵一萬，離閬中三十里，與張郃兵相遇。兩軍排開，張飛出馬，單搦張郃。郃挺槍縱馬而出。戰到三十餘合，後軍忽然喊起。原來望見山背後有蜀兵旗旛，故此擾亂。張郃不敢戀戰，撥馬回走。張飛從後掩殺。前面雷同又引兵殺出。兩下夾攻，郃兵大敗。張飛、雷同連夜追襲，直趕到巖渠山。張郃仍舊分兵守住三寨，多置擂木砲石，堅守不戰。張飛離巖渠十里下寨，次日引兵搦戰。郃在山上大吹大擂飲酒，並不下山。張飛令軍士大罵，郃只不出。飛只得還營。

次日，雷同又去山下搦戰。郃又不出。雷同驅軍士上山，山上擂木礮石打將下來。雷同急退。蕩石、蒙頭兩寨兵出，殺敗雷同。次日，張飛又去搦戰。張郃又不出。飛使軍人百般穢罵，郃在山上亦罵。張飛尋思，無計可施。相拒五十餘日，飛在山前紮住大寨，每日飲酒；飲至大醉，坐於山前辱罵。

玄德差人犒軍，見張飛終日飲酒，使者回報玄德。玄德大驚，忙來問孔明。孔明笑曰：「原來如此。軍前恐無好酒；成都佳釀極多，可將五十甕作三車裝，送到軍前與張將軍飲。」玄德曰：「吾弟自來飲酒失事，軍師何故反送酒與他？」孔明笑曰：「主公與翼德做了許多年兄弟，還不知其為人耶？翼德自來剛強，然前於收川之時，義釋嚴顏。此非勇夫所為也。今與張郃相拒五十餘日，酒醉之後，便坐山前辱罵，傍若無人；此非貪盃，乃敗張郃之計耳。」玄德曰：「雖然如此，未可託大❶。可使魏延助之。」孔明令魏延解酒赴軍前，車上各插黃旗，大書「軍前公用美酒」。

魏延領命，解酒到寨中，見張飛，傳說主公賜酒，飛拜受訖，分付魏延、雷同各引一枝人馬，為左右翼；只看軍中紅旗起，便各進兵；教將酒擺列帳下，令軍士大開旗鼓而飲。有細作報上山來，張郃自來山頂觀望。見張飛坐於帳下飲酒，令二小卒於面前相撲為戲。郃曰：「張飛欺我太甚！」傳令今夜下山劫飛寨。令蒙頭、蕩石二寨，皆出為左右援。

當夜張郃乘著月色微明，引軍從山側而下，逕到寨前。遙望張飛大明燈燭，正在帳中飲酒。張郃當先大喊一聲，山頭擂鼓為助，直殺入中軍。但見張飛端坐不動。張郃驟馬到面前一槍刺到，卻是一個草人。急勒馬回時，帳後連珠砲起。一將當先，攔住去路，睜圓環眼，聲如巨雷，乃張飛也；挺矛躍馬，直取張郃。

兩將在火光中，戰到三五十合。張郃只盼兩寨來救，誰知兩寨救兵，已被魏延、雷同兩將殺退，就勢奪了二寨，張郃不見救兵，正沒奈何，又見山上火起，已被張飛後軍奪了寨柵。張郃三寨俱失，只得奔瓦口關去了。張飛大獲勝捷，報入成都。玄德大喜，方知翼德飲酒是計，只要誘張郃下山。

方知醉張飛，卻是醒張飛。

卻說張郃退守瓦口關，三萬軍已折了二萬，遣人問曹洪求救。洪大怒曰：「汝不聽吾言，強要進兵，

❶ 託大：自信強大，滿不在乎的意思。

失了緊要隘口，卻又來求救！」遂不肯發兵，使人催督張郃出戰。郃心慌，只得定計，分兩軍去關口前山僻埋伏；分付曰：「我詐敗，張飛必然趕來，汝等就截其歸路。」

當日張郃引軍前進，正遇雷同。戰不數合，張郃敗走，雷同趕來。兩軍齊出，截斷回路。張郃復回，刺雷同於馬下。敗軍回報張飛。飛自來與張郃挑戰，郃又詐敗，張飛不趕。郃又回戰，不數合，又敗走。張飛知是計。收軍回寨，與魏延商議曰：「張郃用埋伏計，殺了雷同，又要賺吾，何不將計就計？」延問曰：「如何？」飛曰：「我明日先引一軍前往，汝卻引精兵於後。待伏兵出，汝可分兵擊之。用車十餘乘，各藏柴草，塞住小路，放火燒之。吾乘勢擒張郃，與雷同報讎。」

魏延領計。次日，張飛引兵前進。張郃兵又至，與張飛交鋒。戰到十合，郃又詐敗。張飛引馬步軍趕來，郃且戰且走。引張飛過山谷口，郃將後軍為前，復紮住營，與飛又戰。指望兩彪伏兵出，要圍困張飛。不想伏兵卻被魏延精兵到，趕入谷口，將車輛截住山路，放火燒車，山谷草木皆著，煙迷其徑，兵不得出。

張飛只顧引軍衝突，張郃大敗，死命殺開條路，走上瓦口關，收聚殘兵，堅守不出。張飛和魏延，連日攻打關隘不下。飛見不濟事，把軍退二十里，卻和魏延引數十騎，自來兩邊哨探小路。忽見男女數人，各背小包，於山僻路攀藤附葛而走。飛於馬上用鞭指與魏延曰：「奪瓦口關，只在這幾個百姓的身上。」便喚軍士分付：「休要驚恐他，好生喚那幾個百姓來。」

軍士連忙喚到馬前。飛用好言以安其心，問其何來。百姓告曰：「某等皆漢中居民，今欲還鄉，聽知大軍廝殺，塞閉閬中官道；今過蒼溪，從梓潼山檜釿川入漢中，還家去。」飛曰：「這條路取瓦口關

以翼德而知人之計已奇，又能將人之計，就己之計更奇。

遠近若何？」百姓曰：「從梓潼山小路，卻是瓦口關背後。」飛大喜，帶百姓入寨中，與了酒食，分付魏延引兵扣關攻打，「我親自引輕騎出梓潼山攻關後」。便令百姓引路，選輕騎五百，從小路而進。

卻說張郃為救軍不到，心中正悶。人報：「魏延在關下攻打。」張郃披挂上馬，卻待下山，忽報：「關後四五路火起，不知何處兵來。」郃自領兵來迎。旗開處，早見張飛。郃大驚，急往小路而走，馬不堪行。後面張飛追趕甚急，郃棄馬上山，尋逕而逃，方得走脫。隨行只有十餘人，步行入南鄭，見曹洪。

前以張飛為小兒，今卻被小兒騙了。

洪見張郃只剩下十餘人，大怒曰：「吾教汝休去，汝取下文狀要去；今日折盡大兵，尚不自死，還來做甚！」喝令左右推出斬之。行軍司馬郭淮諫曰：「『三軍易得，一將難求。』張郃雖然有罪，乃魏王所深愛者也，不可便誅。可再與五千兵逕取葭萌關，牽動其各處之兵，漢中自安矣。如不成功，二罪俱罰。」曹洪從之，又與兵五千，教張郃取葭萌關。郃領命而去。

卻說葭萌關守將孟達、霍峻，知張郃兵來。霍峻只要堅守，孟達定要迎敵。引軍下關與張郃交鋒，大敗而回。霍峻急申文書到成都。玄德聞知，請軍師商議。孔明聚眾將於堂上，問曰：「今葭萌關緊急，必須閬中取翼德，方可退張郃也。」法正曰：「今翼德兵屯瓦口，鎮守閬中，亦是緊要之地，不可取回。帳中諸將內，選一人去破張郃。」孔明笑曰：「張郃乃魏之名將，非等閒可及。除非翼德，無人可當。」忽一人厲聲而出曰：「軍師何輕視眾人耶？吾雖不才，願斬張郃首級，獻於麾下。」

慣用激

眾視之，乃老將黃忠也。孔明曰：「漢升雖勇，爭奈年老，恐非張郃對手。」忠聽了，白鬚倒豎而

將之法。

言曰：「某雖老，兩臂尚開三石之弓，渾身還有千斤之力；豈不足敵張郃匹夫耶？」孔明曰：「將軍年近七十，如何不老？」忠趨步下堂，取架上大刀，輪動如飛；壁上硬弓，連拽折兩張。孔明曰：「將軍要去，誰為副將？」忠曰：「老將嚴顏，可同我去。但有疏虞，先納下這白頭。」玄德大喜，即時令黃忠、嚴顏去與張郃交戰。趙雲諫曰：「今張郃親犯葭萌關，軍師休為兒戲。若葭萌關一失，益州危矣。何故以二老將當此大敵乎？」孔明曰：「汝以二人老邁，不能成事，吾料漢中必於此二人手內可得。」趙雲等各各哂笑而退。

卻說黃忠、嚴顏到關上，孟達、霍峻見了，心中亦笑孔明欠調度：「是這般緊要去處，如何只教兩個老的來！」黃忠謂嚴顏曰：「你見諸人動靜麼？他笑我二人年老，今可立奇功，以服眾心。」嚴顏曰：「願聽將軍之令。」

兩個商議定了，黃忠引軍下關，與張郃對陣。張郃出馬，見了黃忠，笑曰：「你許大年紀，猶不識羞，尚欲出戰耶！」忠怒曰：「豎子欺我年老！吾手中寶刀卻不老！」遂拍馬向前與郃決戰。二馬相交，約戰二十餘合，忽然背後喊聲起。原來是嚴顏從小路抄在張郃軍後。兩軍夾攻，張郃大敗。連夜趕去，張郃兵退八九十里。黃忠、嚴顏收兵入寨，俱各按兵不動。曹洪聽知張郃輸了一陣，又欲見罪。郭淮曰：「張郃被逼，必投西蜀；今可遣將助之，就近監督，使不生外心。」

曹洪從之，即遣夏侯惇之姪夏侯尚，並降將韓玄之弟韓浩，二人引五千兵，前來助戰。二將即時起行，到張郃寨中，問及軍情。郃言：「老將黃忠，甚是英雄；更有嚴顏相助，不可輕敵。」韓浩曰：「我在長沙知此老賊利害。他和魏延獻了城池，害吾親兄，今既相遇，必當報讎。」遂與夏侯尚，引新軍離寨前進。

原來黃忠連日哨探，已知路徑。嚴顏曰：「此去有山名天蕩山。山中乃是曹操屯糧積草之地。若取得那個去處，斷其糧草，漢中可得也。」忠曰：「將軍之言，正合吾意，可與吾如此如此。」嚴顏依計，自領一枝軍去了。

亦是老謀深算。

卻說黃忠聽知夏侯尚、韓浩來，遂引軍馬出營。韓浩在陣前，大罵黃忠「無義老賊！」拍馬挺槍，來取黃忠。夏侯尚便出夾攻。黃忠力戰二將，各鬬十餘合，黃忠敗走。二將趕二十餘里，奪了黃忠營寨。忠又草創一營。次日，夏侯尚、韓浩趕來，忠又出陣，戰數合，又敗走，二將又趕二十餘里，奪了黃忠營寨，喚張郃守後寨。郃來前寨諫曰：「黃忠連退二日，於中必有詭計。」夏侯尚叱張郃曰：「你如此膽怯，可知屢次戰敗！今再休多言，看吾二人建功！」

張郃羞赧而退。次日，二將又戰，黃忠又敗退二十里；二將迤邐趕上。次日，二將兵出，黃忠望風而走，連敗數陣，直退在關上。二將扣關下寨，黃忠堅守不出。孟達暗暗發書，申報玄德，說「黃忠連敗數陣，現今退在關上！」玄德慌問孔明。孔明曰：「此乃老將驕兵之計也。」

趙雲等不信。玄德差劉封來關上接應黃忠。忠與封相見，問劉封曰：「小將軍來助戰何意？」封曰：「父親得知將軍數敗，故差某來。」忠笑曰：「此老夫驕兵之計也。看今夜一陣，可盡復諸營，奪其糧食馬匹，此是借寨與彼屯輜重耳。今夜留霍峻守關，孟將軍可與我搬糧草奪馬匹。小將軍看我破敵。」

以空寨換實寨，大得便宜。

是夜二更，忠引五千軍開關直下。原來夏侯尚、韓浩二將，連日見關上不出，盡皆懈怠；被黃忠破寨直入，人不及甲，馬不及鞍，二將各自逃命而走，軍馬自相踐踏，死者無數。比及天明，連奪三寨。

寶刀不老，黃忠亦不老。

寨中丟下軍器鞍馬無數，盡教孟達搬運入關。黃忠催軍馬隨後而進。劉封曰：「軍士力困，可以暫歇。」忠曰：「不入虎穴，焉得虎子？」策馬先進，士卒皆努力向前。張郃軍兵反被自家敗兵衝動，都屯紮不住望後而走，盡棄了許多柵寨，直奔至漢水傍。

張郃尋見夏侯尚、韓浩。議曰：「此天蕩山，乃糧草之所；更接米倉山，亦屯糧之地；是漢中軍士養命之源。倘若疏失，是無漢中也。當思所以保之。」夏侯尚曰：「米倉山有吾叔夏侯淵分兵守護，那裡正接定軍山，不必憂慮。天蕩山有吾兄夏侯德鎮守，我等宜往投之，就保此山。」

於是張郃與二將連夜投天蕩山來，見夏侯德，具言前事。夏侯德曰：「吾此處屯十萬兵，你可引去，復取原寨。」郃曰：「只宜堅守，不可妄動。」忽聽山前金鼓大震，人報：「黃忠兵到。」夏侯德大笑曰：「老賊不諳兵法，只恃勇耳！」郃曰：「黃忠有謀，非止勇也。」德曰：「川兵遠涉而來，連日疲困。更兼深入敵境，此無謀也。」郃曰：「亦不可輕敵。且宜堅守。」韓浩曰：「願借精兵三千擊之，當無不克。」

德遂分兵與浩下山。黃忠整兵來迎。劉封諫曰：「日已西沈矣，軍皆遠來勞困，且宜暫息。」忠笑曰：「不然；此天賜奇功，不取是逆天也。」言畢，鼓譟大進。韓浩引兵來戰。黃忠揮刀直取浩，只一合，斬浩於馬下。蜀兵大喊，殺上山來。張郃、夏侯尚急引軍來迎。忽聽山後大喊，火光沖天而起，上下通紅。夏侯德提兵來救火時，正遇老將嚴顏，手起刀落，斬夏侯德於馬下。原來黃忠預先使嚴顏引軍埋伏於山僻去處，只等黃忠軍到，卻來放火；柴草堆上一齊點著，烈燄飛騰，照耀山谷。

嚴顏既斬夏侯德，從山後殺來。張郃、夏侯尚前後不能相顧，只得棄天蕩山，望定軍山投奔夏侯淵去了。黃忠、嚴顏守住天蕩山，捷音飛報成都。玄德聞之，聚眾將慶喜。法正曰：「昔曹操降張魯，定漢中，不因此勢以圖巴蜀，乃留夏侯淵、張郃二將屯守，而自引大軍北還，此失計也。今張郃新敗，天蕩失守，主公若乘此時，舉大兵親往征之，漢中可定也。既定漢中，然後練兵積粟，觀釁伺隙，進可討賊，退可自守。此天與之時，不可失也。」

得人和亦得天時。

玄德、孔明皆深然之，遂傳令趙雲、張飛為先鋒。玄德與孔明親自引兵十萬，擇日圖漢中；傳檄各處，嚴加提備。時建安二十三年，秋七月吉日。玄德大軍出葭萌關下營，召黃忠、嚴顏到寨，厚賞之。玄德曰：「人皆言將軍老矣，惟軍師獨知將軍之能。今果立奇功。但今漢中定軍山，乃南鄭保障，糧草積聚之所；若得定軍山，陽平一路，無足憂矣。將軍還敢取定軍山否？」

可乘此以取地利。

黃忠慨然應諾，便要領兵前去。孔明急止之曰：「老將軍雖然英勇，然夏侯淵非張郃之比也。淵深通韜略，善曉兵機。曹操倚之為西涼藩蔽；先曾屯兵長安，拒馬孟起；今又屯兵漢中。操不託他人，而獨託淵者，以淵有將才也。今將軍雖勝張郃，未卜能勝夏侯淵。吾欲酌量著一人去荊州，替回關將軍來，方可敵之。」

忠奮然答曰：「昔廉頗年八十，尚食斗米，肉十斤，諸侯畏其勇，不敢侵犯趙界，何況黃忠未及七十乎？軍師言吾老，吾今並不用副將，只將本部兵三千人去，立斬夏侯淵首級，納於麾下。」孔明再三不容。黃忠只是要去。孔明曰：「既將軍要去，吾使一人為監軍同去，若何？」正是：請將須行激將法，少年不若老年人。未知其人是誰，且看下文分解。

第七一回　占對山黃忠逸待勞　據漢水趙雲寡勝眾

卻說孔明分付黃忠：「你既要去，吾教法正助你。凡事計議而行。吾隨後撥人馬來接應。」黃忠應允，和法正領本部兵去了。孔明告玄德曰：「此老將不著言語激他，雖去不能成功。他今既去，須撥人馬前去接應。」乃喚趙雲將一枝人馬，從小路出奇兵接應：「黃忠若勝，不必出戰；倘忠有失，即去救應。」又遣劉封、孟達：「領三千兵於山中險要去處，多立旌旗，以壯我兵之聲勢，令敵人驚疑。」三人各自領兵去了。又差人往下辨，授計與馬超，令他如此而行。又差嚴顏往巴西閬中守隘，替張飛、魏延，來同取漢中。

卻說張郃與夏侯尚來見夏侯淵，說：「天蕩山已失，折了夏侯德、韓浩。今聞劉備親自領兵來取漢中，可速奏魏王，早發精兵猛將，前來策應。」夏侯淵便差人報知曹洪。

洪星夜前到許都，稟知曹操。操大驚，急聚文武商議發兵救漢中。長史劉曄進曰：「漢中若失，中原震動。大王休辭勞苦，必須親自征討。」操自悔曰：「恨當時不用卿言，以致如此！」忙傳令旨，起兵四十萬親征。時建安二十三年秋七月也。曹操分兵三路而進：前部先鋒夏侯惇，操自領中軍，使曹休押後。三軍陸續起行。操騎白馬金鞍，玉帶錦衣。武士手執大紅羅銷金傘蓋。左右金爪銀鉞，鐙棒戈矛。打日月龍鳳旌旗。護駕龍虎官軍二萬五千，分為五隊，每隊五千，按青黃赤白黑五色。旗旛甲馬，並依

僭稱王號之後

，又是一種氣象。

本色。光耀燦爛，極其雄壯。

兵出潼關，操在馬上，望見一簇林木，極其茂盛，問近侍曰：「此何處也？」答曰：「此名藍田。林木之間，乃蔡邕莊也。今邕女蔡琰，與其夫董祀居此。」原來操與蔡邕相善。先時其女蔡琰，乃衛道玠之妻；後被北方擄去，於北地生二子，作胡笳十八拍，流入中原。操深憐之，使人持千金入北方贖之。左賢王懼操之勢，送蔡琰還漢。操乃以琰配與董祀為妻。

昔有姓曹的孝女，今有姓曹的奸臣，老瞞辱沒曹氏多矣。

當日到莊前，因想起蔡邕之事，令軍馬先行，操引近侍百餘騎，到莊門下馬。時董祀出仕於外，止有蔡琰在家。琰聞操至，忙出迎接。操至堂，琰問起居畢，侍立於側。操偶見壁間懸一碑文圖軸，起身觀之，問於蔡琰。琰答曰：「此乃曹娥之碑也，昔和帝時，上虞有一巫者，名曹旴，能婆娑樂神；五月五日，醉舞舟中，墮江而死。其女年十四歲，遶江啼哭七晝夜，跳入波中；後五日，負父屍浮於江面；里人葬之江邊。上虞令度尚奏聞朝廷，表為孝女。度尚令邯鄲淳作文鐫碑以記其事。時邯鄲淳年方十三歲，文不加點，一揮而就，立石墓側，時人奇之。妾父蔡邕聞而往觀，時日已暮，乃於暗中以手摸碑文而讀之，索筆大書八字於其背。後人鐫石，並鐫此八字。」

多應是老賊油

操讀八字云：「黃絹幼婦，外孫虀臼。」操問琰曰：「汝解此意否？」琰曰：「雖先人遺筆，妾實不解其意。」操回顧眾謀士曰：「汝等解否？」眾皆不能答。於內一人出曰：「某已解其意。」操視之，乃主簿楊修也。操曰：「卿且勿言，容吾思之。」遂辭了蔡琰，引眾出莊。上馬行三里，忽省悟，笑謂修曰：「卿試言之。」修曰：「此隱語耳。黃絹乃顏色之絲也。色傍加絲，是『絕』字。幼婦者，少女也。女傍少字，是『妙』字。外孫乃女之子也。女傍子字，是『好』字。虀臼乃受五辛之器也。受傍辛

嘴。若既曉得，何不寫在掌中，而乃虛言合我意耶？

字，是『辭』字。總而言之，是『絕妙好辭』四字。」操大驚曰：「正合孤意！」眾將皆歎羨楊修才識之敏。

不一日，軍至南鄭。曹洪接著，備言張郃之事。操曰：「非郃之罪，『勝負乃兵家常事』耳。」洪曰：「目今劉備使黃忠攻打定軍山，夏侯淵知大王兵至，固守未曾出戰。」操曰：「若不出戰，是示懦也。」便差人持節到定軍山，教夏侯淵進兵。劉曄諫曰：「淵性太剛，恐中奸計。」操乃作手書與之。使命持節到淵營。淵接入。使者出書，淵拆視之。略曰：

凡為將者，當以剛柔相濟，不可徒恃其勇。若但任勇，則是一夫之敵耳。吾今屯大軍於南鄭，欲觀卿之「妙才」，勿辱二字可也。

夏侯淵覽畢大喜，打發使命回訖，乃與張郃商議曰：「今魏王率大兵屯於南鄭，以討劉備。吾與汝久守此地，豈能建立功業？來日吾出戰，務要生擒黃忠。」張郃曰：「黃忠謀勇兼備，況有法正相助，不可輕敵。此間山路險峻，只宜堅守。」淵曰：「若他人建了功勞，吾與汝有何面目見魏王耶？汝只守山，吾去出戰。」遂下令曰：「誰敢出哨誘敵？」夏侯尚曰：「吾願往。」淵曰：「汝去出哨，與黃忠交戰，只宜輸不宜贏。吾有妙計，如此如此。」尚受令，引三千軍離定軍山大寨前行。

卻說黃忠與法正屯兵於定軍山口，累次挑戰，夏侯淵堅守不出；欲要進攻，又恐山路危險，難以料敵，只得據守。是日，忽報山上曹兵下來搦戰。黃忠恰待引兵出迎，牙將陳式曰：「將軍休動，某願當之。」

將有大敗，必有小勝。

忠大喜，遂令陳式引軍一千出山口列陣。夏侯尚兵至，遂與交鋒。不數合，尚詐敗而走。式趕去，行到半路，被兩山上擂木砲石，打將下來，不能前進。正欲回時，背後夏侯淵引兵突出，陳式不能抵當，被夏侯淵生擒回寨。部卒多降。有敗軍逃得性命，回報黃忠，說陳式被擒。忠慌與法正商議。正曰：「淵為人輕躁，恃勇少謀；可激勵士卒，拔寨前進，步步為營，誘淵來戰而擒之。此乃『反客為主』之法。」

忠用其謀，將應有之物，盡賞三軍，歡聲滿谷，願效死戰。黃忠即日拔寨而進，步步為營；每營住數日，又進。淵聞知，欲出戰。張郃曰：「此乃反客為主之計，不可出戰；戰則有失。」淵不從，令夏侯尚領數千兵出戰，直到黃忠寨前。忠上馬提刀出迎，與夏侯尚交馬，只一合，生擒夏侯尚歸寨。餘皆敗走，回報夏侯淵。淵急使人到黃忠寨，言願將陳式來換夏侯尚。忠約定來日陣前相換。

次日，兩軍皆到山谷闊處，布成陣勢。黃忠、夏侯淵各立馬於本陣門旗之下。黃忠帶著夏侯尚，夏侯淵帶著陳式，各不與袍鎧，只穿蔽體薄衣。一聲鼓響，陳式、夏侯尚各望本陣奔回。夏侯尚比及到陣門時，被黃忠一箭，射中後心。尚帶箭而回。淵大怒，驟馬逕取黃忠。忠正要激淵廝殺。兩將交馬，戰到二十餘合，曹營內忽然鳴金收兵。淵慌撥馬而回，被忠乘勢殺了一陣。淵回陣問押陣官：「為何鳴金？」答曰：「某見山凹中有蜀兵旗旛數處，恐是伏兵，故急招將軍回。」

淵信其說，遂堅守不出。黃忠追到定軍山下，與法正商議。正以手指曰：「定軍山西，巍然有一座高山，四下皆是險道。此山上足可下視定軍山之虛實。將軍若取得此山，定軍山只在掌中也。」忠仰見山頭稍平，山上有些少人馬。是夜二更，忠引軍士鳴金擊鼓，直殺上山頂。此山有夏侯淵部將杜襲把守，止有數百餘人。當時見黃忠大隊擁上，只得棄山而走。

忠得了山頂，正與定軍山相對。法正曰：「將軍可守在半山，某居山頂。待夏侯淵兵至，吾舉白旗為號，將軍卻按兵勿動；待他倦怠無備，吾卻舉起紅旗，將軍便下山擊之：以逸待勞，必當取勝。」忠大喜，從其計。

卻說杜襲引軍逃回，見夏侯淵，說黃忠奪了對山。淵大怒曰：「黃忠占了對山，不容我不出戰。」張郃諫曰：「此乃法正之謀也。將軍不可出戰，只宜堅守。」淵曰：「占了吾對山，觀吾虛實，如何不出戰？」郃苦諫不聽。淵分軍圍住對山，大罵挑戰。法正在山上舉起白旗；任從夏侯淵百般辱罵，黃忠只不出戰。午時以後，法正見曹兵倦怠，銳氣已墮，多下馬坐息，乃將紅旗招展。鼓角齊鳴，喊聲大震。黃忠一馬當先，馳下山來，猶如天崩地塌之勢。夏侯淵措手不及，被黃忠趕到麾蓋之下，大喝一聲，猶如雷吼。淵未及相迎，黃忠寶刀已落，連頭帶肩，砍為兩段。後人有詩讚黃忠曰：

夏侯妙才絕於此。

蒼頭臨大敵，皓首逞神威。力趁雕弓發，風迎雪刃揮。
雄聲如虎吼，駿馬似龍飛。獻馘功勳重，開疆展帝畿。

黃忠斬了夏侯淵，曹兵大潰，各自逃生。黃忠乘勢去奪定軍山，張郃領兵來迎。忠與陳式兩下夾攻，混殺一陣，張郃敗走。忽然山傍閃出一彪人馬，當住去路；為首一員大將，大叫：「常山趙子龍在此！」張郃大驚，引敗軍奪路，望定軍山而走。只見前面一枝兵來迎，乃杜襲也。襲曰：「今定軍山已被劉封、孟達奪了。」

管輅占

郃大驚，遂與杜襲引敗兵到漢水紮營；一面令人飛報曹操。操聞淵死，放聲大哭，方悟管輅所言：

辭，至此方悟。

「三八縱橫」，建安二十四年也；「黃豬遇虎」，乃歲在己亥正月也；「定軍之南」，乃定軍山之南也；「傷折一股」，乃淵與操有兄弟之親情也。

操令人尋管輅時，不知何處去了。操深恨黃忠，遂親率大軍，來定軍山與夏侯淵報讎，令徐晃作先鋒。行到漢水，張郃、杜襲接著曹操。二將曰：「今定軍山已失，可將米倉山糧草移於北山寨中屯積，然後進兵。」曹操依允。

卻說黃忠斬了夏侯淵首級，來葭萌關上見玄德獻功。玄德大喜，加忠為征西大將軍，設宴慶賀。忽牙將張著來報說：「曹操自引大軍二十萬，來與夏侯淵報讎。目今張郃在米倉山搬運糧草，移於漢水北山腳下。」孔明曰：「今操引大兵至此，恐糧草不敷，故勒兵不進；若得一人深入其境，燒其糧草，奪其輜重，則操之銳氣挫矣。」黃忠曰：「老夫願當此任。」孔明曰：「操非夏侯淵之比，不可輕敵。」玄德曰：「夏侯淵雖是總帥，乃一勇夫耳，安及張郃？若斬得張郃，勝斬夏侯淵十倍也。」忠奮然曰：「吾願往斬之。」孔明曰：「你可與趙子龍同領一枝兵去；凡事計議而行，看誰立功。」

忠應允便行。孔明就令張著為副將同去。雲謂忠曰：「今操引二十萬眾，分屯十營，將軍在主公前要去奪糧，非小可之事。將軍當用何策？」忠曰：「看我先去，如何？」雲曰：「等我先去。」忠曰：「我是主將，你是副將，如何爭先？」雲曰：「我與你都一般為主公出力，何必計較？我二人拈鬮，拈著的先去。」忠依允。當時黃忠拈著先去。雲曰：「既將軍先去，某當相助。可約定時刻。如將軍依時而還，某按兵不動；若將軍過時而不還，某即引軍來接應。」忠曰：「公言是也。」

於是二人約定午時為期。雲回本寨。謂部將張翼曰：「黃漢升約定明日去奪糧草，若午時不回，我當往助。吾營前臨漢水，地勢危險；我若去時，汝可謹守寨柵，不可輕動。」張翼應諾。

卻說黃忠回到寨中，謂副將張著曰：「我斬了夏侯淵，張郃喪膽；吾明日領命去劫糧草，只留五百軍守營。你可助吾。今夜三更，盡皆飽食；四更離營，殺到北山腳下，先捉張郃，後劫糧草。」

張著依令。當夜黃忠領人馬在前，張著在後，偷過漢水，直到北山之下。東方日出，見糧積如山。有些少軍士看守，見蜀兵到，盡棄而走。黃忠教馬軍一齊下馬，取柴堆於米糧之上。正欲放火。張郃兵到，與忠混戰一處。曹操聞知，急令徐晃接應。晃領兵前進，將黃忠困在垓心。張著引三百軍走脫，正要回寨，忽一枝兵撞出，攔住去路；為首大將，乃是文聘；後面曹兵又至，把張著圍住。

卻說趙雲在營中，看看等到午時，不見忠回，急忙披挂上馬，引三千軍向前接應；臨行，謂張翼曰：「汝可堅守營寨。兩壁廂多設弓弩，以為準備。」

翼連聲應諾。雲挺鎗驟馬直殺往前去。迎頭一將攔住，乃文聘部將慕容烈也，拍馬舞刀來迎趙雲；被雲手起一鎗刺死。曹兵敗走。雲直殺入重圍，又一枝兵截住；為首乃魏將焦炳。雲喝問曰：「蜀兵何在？」炳曰：「已殺盡矣！」雲大怒，驟馬一槍，又刺死焦炳。殺散餘兵，直至北山之下，見張郃、徐晃兩人圍住黃忠，軍士被困多時。雲大喊一聲，挺槍驟馬，殺入重圍；左衝右突，如入無人之境；那槍渾身上下，若舞梨花；偏體紛紛，如飄瑞雪。

張郃、徐晃，心驚膽戰，不敢迎敵。雲救出黃忠，且戰且走；所到之處，無人敢阻。操於高處望見，驚問眾將曰：「此何人也？」有識者告曰：「此乃常山趙子龍也。」操曰：「昔日當陽長坂，英雄尚在！」急傳令曰：「所到之處，不許輕敵。」

趙雲極其精細，黃忠極其勇往。

先聲奪人，又

為前事
渲染。

趙雲救了黃忠，殺透重圍，有軍士指曰：「東南上圍的，必是副將張著。」雲不回本寨，遂望東南殺來。所到之處，但見「常山趙雲」四字旗號，曾在當陽長坂知其勇者，互相傳說，盡皆逃竄。雲又救了張著。

曹操見雲東衝西突，所向無前，莫敢迎敵，——救了黃忠，又救了張著，——奮然大怒，自領左右將士來趕趙雲。雲已殺回本寨。部將張翼接著，望見後面塵起，知是曹兵追來。即謂雲曰：「追兵漸近，可令軍士閉上寨門，上敵樓防護。」雲喝曰：「休閉寨門，汝豈不知吾昔在當陽長坂時，單槍匹馬，覷曹兵八十三萬如草芥！今有軍有將，又何懼哉！」遂撥弓弩手於寨外壕中埋伏；將營內旗槍，盡皆倒偃；金鼓不鳴。雲匹馬單槍，立於營門之外。

卻說張郃、徐晃，領兵追至蜀寨，天色已暮；見寨中偃旗息鼓，又見趙雲匹馬單槍，立於營外，寨門大開，二將不敢前進。正疑之間，曹操親到，急催督眾軍向前。眾軍聽令，大喊一聲，殺奔營前；見趙雲全然不動，曹兵翻身就回。趙雲把槍一招，壕中弓弩齊發。時天色昏黑，正不知蜀兵多少。操先撥馬回走。只聽後面喊聲大震，鼓角齊鳴，蜀兵趕來。曹兵自相踐踏；擁到漢水河邊，落水死者，不知其數。趙雲、黃忠、張著各引兵一枝，追殺甚急。

操正奔走間，忽劉封、孟達率二枝兵，從米倉山路殺來，放火燒糧草。操棄了北山糧草，忙回南鄭。徐晃、張郃，紮腳不住，亦棄本寨而走。趙雲占了曹寨，黃忠奪了糧草，漢水所得軍器無數，大獲勝捷，差人去報玄德。玄德遂同孔明前至漢水，問趙雲的部卒曰：「子龍如何廝殺？」軍士將子龍救黃忠拒漢水之事，細述一遍。玄德大喜，看了山前山後險峻之路，欣然謂孔明曰：「子龍一身都是膽也！」後人

子龍一

人有膽，曹操數十萬軍皆喪膽。

有詩讚曰：

昔日戰長坂，威風猶未減。突陣顯英雄，被圍施勇敢。
鬼哭與神號，天驚並地慘。常山趙子龍，一身都是膽！

於是玄德號子龍為虎威將軍，大勞將士，歡宴至晚。忽報曹操復遣大軍從斜谷小路而進，來取漢水。玄德笑曰：「操此來無能為也。我料必得漢水矣。」乃率兵於漢水之西以迎之。曹操命徐晃為先鋒，前來決戰。帳前一人出曰：「某深知地理，願助徐將軍同去破蜀。」操視之，乃巴西巖渠人也；姓王，名平，字子均；見充牙門將軍。操大喜，遂命王平為副先鋒，相助徐晃。操屯兵於定軍山北。徐晃、王平引軍至漢水，晃令前軍渡水列陣。平曰：「軍若渡水，儻要急退，如之奈何？」晃曰：「昔韓信背水為陣，所謂『置之死地而後生』也。」平曰：「不然。昔者韓信料敵人無謀而用此計。今將軍能料趙雲、黃忠之意否？」晃曰：「汝可引步軍拒敵，看我引馬軍破之。」遂令搭起浮橋，隨即過河來戰蜀兵。正是：魏人妄意❶宗韓信，蜀相那知是子房？未知勝負如何，且看下文分解。

趙雲黃忠，誠非陳餘之比。

---

❶ 妄意：妄想。

第七二回　諸葛亮智取漢中　曹阿瞞兵退斜谷

卻說徐晃引軍渡漢水，王平苦諫不聽，渡過漢水紮營。黃忠、趙雲告玄德曰：「某等各引本部兵去迎曹兵。」玄德應允，二人引兵而行。忠謂雲曰：「今徐晃恃勇而來，且休與敵；待日暮兵疲，你我分兵兩路擊之，可也。」雲然之，各引一軍據住寨柵。徐晃引兵從辰時搦戰，直至申時，蜀兵不動。晃盡教弓弩手向前，望蜀營射去。黃忠謂趙雲曰：「徐晃令弓弩射者，其軍必將退也；可乘時擊之。」言未已，忽報曹兵後隊，果然退動。於是蜀營鼓聲大震，黃忠領兵左出，趙雲領兵右出。兩下夾攻，徐晃大敗。軍士逼入漢水，死者無數。晃死戰得脫，回營責王平曰：「汝見吾軍勢將危，如何不救？」平曰：「我若來救，此寨亦不能保。我曾諫公休去，公不肯聽，以致此敗。」晃大怒，欲殺王平。平當夜引本部軍就營中放起火來，曹兵大亂，徐晃棄營而走。王平渡漢水來投趙雲。雲引見玄德。王平盡言漢水地理。玄德大喜曰：「孤得王子均，取漢中無疑矣。」遂命王平為偏將軍，領鄉導使。

卻說徐晃逃回見操，說王平反去降劉備矣。操大怒，親統大軍來奪漢水寨柵。趙雲恐孤軍難立，遂退於漢水之西。兩軍隔水相拒。玄德與孔明來觀形勢。孔明見漢水上流頭，有一帶土山，可伏千餘人；乃回到營中。喚趙雲吩咐：「汝可引五百人，皆帶鼓角，伏於土山之下；或半夜，或黃昏，只聽我營中

但聞擊鼓其鏜，不見踴躍用兵。

砲響，砲響一番，擂鼓一番，只不要出戰。」

子龍受計去了。孔明卻在高山上暗窺。次日，曹兵到來搦戰，蜀營中一人不出，弓弩亦都不發。曹兵自回。當夜更深，孔明見曹營燈火方息，軍士歇定，遂放號砲。子龍聽得，令鼓角齊鳴。曹兵驚慌，只疑劫寨。及至出營，不見一軍；方纔回營欲歇，號砲又響，鼓角又鳴；吶喊震地，山谷應聲。曹兵徹夜不安。一連三夜，如此驚疑，操心怯拔寨，退三十里，就空闊處紮營。孔明笑曰：「曹操雖知兵法，不知詭計。」遂請玄德親渡漢水，背水結營。玄德問計。孔明曰：「可如此如此。」

曹操見玄德背水下寨，心中疑惑，使人來下戰書。孔明批來日決戰。次日，兩軍會於中路五界山前，排成陣勢。操出馬立於門旗下，兩行布列龍鳳旌旗，擂鼓三通，喚玄德答話。玄德引劉封、孟達，並川中諸將而出。操揚鞭大罵曰：「劉備忘恩失義，反叛朝廷之賊！」玄德曰：「吾乃大漢宗親，奉詔討賊。汝上弒母后，自立為王，僭用天子鑾輿，非反而何？」

操怒，命徐晃出馬來戰。劉封出迎。交戰之時，玄德先走入陣。封敵晃不住，撥馬便走。操下令：「捉得劉備，便為西川之主。」大軍一齊吶喊殺過陣來。蜀兵望漢水而逃，盡棄營寨；馬匹軍器，丟滿道上。曹軍競相爭取。操急鳴金收軍。眾將曰：「某等正待捉劉備，大王何故收軍？」操曰：「吾見蜀兵背漢水安營，其可疑一也；多棄馬匹軍器，其可疑二也。可急退軍，休取衣物。」遂下令曰：「妄取一物者立斬。火速退兵。」

曹兵方回頭時，孔明號旗舉起。玄德中軍領兵便出，黃忠左邊殺來，趙雲右邊殺來。曹兵大潰而逃。孔明連夜追趕。操傳令軍回南鄭。只見五路火起。原來魏延、張飛得嚴顏代守閬中，分兵殺來，先得了

曹操善疑，孔明又善信。惟信得真，斯拿得穩。

南鄭。

操心驚，望陽平關而走。玄德大兵追至南鄭、褒州。安民已畢，玄德問孔明曰：「曹操此來，何敗之速也？」孔明曰：「操平生為人多疑，雖能用兵，疑則多敗。吾以疑兵勝之。」玄德曰：「今操退守陽平關，其勢已孤，先生將何策以退之？」孔明曰：「亮已算定了。」便差張飛、魏延，分兵兩路去截曹操糧道，令黃忠、趙雲，分兵兩路去放火燒山。四路軍將，各引鄉導官軍去了。

卻說曹操退守陽平關，令軍哨探。回報曰：「今蜀兵將遠近小路，盡皆塞斷；砍柴去處，盡放火燒絕；不知兵在何處。」

操正疑惑間，又報張飛、魏延分兵劫糧。操問曰：「誰敢敵張飛？」許褚曰：「某願往！」操令許褚引一千精兵，去陽平關路上護接糧草。解糧官接著，喜曰：「若非將軍到此，糧不得到陽平矣。」遂將車上的酒肉，獻與許褚。褚痛飲，不覺大醉，便乘酒興，催糧車行。解糧官曰：「日已暮矣，前褒州之地，山勢險惡，未可過去。」褚曰：「吾有萬夫之勇，豈懼他人哉！今夜乘著月色，正好使糧車行走。」許褚當先，橫刀縱馬，引軍前進。二更已後，往褒州路上而來。行至半路，忽山凹裡鼓角震天，一枝軍當住。為首大將，乃張飛也；挺矛縱馬，直取許褚。褚舞刀來迎，卻因酒醉，敵不住張飛；戰不數合，被飛一矛刺中肩膀，翻身落馬；軍士急忙救起，退後便走。張飛盡奪糧草車輛而回。

卻說眾將保著許褚，回見曹操。操令醫士療治金瘡，一面親自提兵來與蜀兵決戰。玄德引軍出迎。兩陣對圓，玄德令劉封出馬。操罵曰：「賣履小兒，常使假子拒敵；吾若喚黃鬚兒來，汝假子為肉泥矣！」劉封大怒，挺鎗驟馬，逕取曹操。操令徐晃來迎，封詐敗而走。操引兵追趕，蜀兵營中，四下砲響。鼓角齊鳴，操恐有伏兵。急教退軍。曹兵自相踐踏，死者極多。奔回陽平關，方纔歇定，蜀兵趕到城下，東門放火，西門吶喊；南門放火，北門擂鼓。操大懼，棄關而走。蜀兵從後追襲。

操正走之間，前面張飛引一枝兵截住，趙雲引一枝兵從背後殺來，黃忠又引兵從褒州殺來。操大敗。諸將保護曹操，奪路而走。方逃至斜谷界口，前面塵頭忽起，一枝兵到。操曰：「此軍若是伏兵，吾休矣！」及兵將近，乃操次子曹彰也。

彰字子文，少善騎射；膂力過人，能手格猛獸。操嘗戒之曰：「汝不讀書而好弓馬，此匹夫之勇，何足貴乎？」彰曰：「大丈夫當學衛青、霍去病，立功沙漠，長驅數十萬眾，縱橫天下；何能作博士❶耶？」操嘗問諸子之志。彰曰：「好為將。」操問：「為將何如？」彰曰：「披堅執銳，臨難不顧，身先士卒；賞必行，罰必信。」操大笑。建安二十三年，代郡、烏桓反，操令彰引兵五萬討之；臨行戒之曰：「『居家為父子，受事為君臣。』法不徇情，爾宜深戒。」彰到代北，身先戰陣，直殺至桑乾，北方皆平；因聞操在陽平關，故來助戰。

操見彰至，大喜曰：「我黃鬚兒來，破劉備必矣！」遂勒兵復回，於斜谷界口安營。有人報玄德，言曹彰到。玄德問曰：「誰敢去戰曹彰？」劉封曰：「某願往。」孟達又說要去。玄德曰：「汝二人同去，看誰成功。」各引兵五千來迎。劉封在先，孟達在後。曹彰出馬與封交戰，只三合，封大敗而回。孟達引兵前進，方欲交鋒，只見曹兵大亂。

原來馬超、吳蘭兩軍殺來，曹兵驚動。孟達引兵夾攻。馬超士卒，蓄銳日久，到此耀武揚威，勢不

❶ 博士：猶言文人、學士，此指王粲、楊修等人。

可當。曹兵敗走。曹彰正遇吳蘭，兩個交鋒，不數合，曹彰一戟刺吳蘭於馬下。三軍混戰，操收兵於斜谷界口紮住。操屯兵日久，欲要進兵，又被馬超拒守；欲收兵回，又恐被蜀兵恥笑；心中猶豫不決。適庖官進雞湯。操見碗中有雞肋，因而有感於懷。

正沈吟間，夏侯惇入帳，稟請夜間口號。操隨口曰：「雞肋！雞肋！」惇傳令眾官，都稱「雞肋」。行軍主簿楊修，見傳「雞肋」二字，便教隨行軍士，各收拾行裝，準備歸程。有人報知夏侯惇。惇大驚，遂請楊修至帳中問曰：「公何收拾行裝？」修曰：「以今夜號令，便知魏王不日將退兵歸也。雞肋者，食之無味，棄之可惜。今進不能勝，退恐人笑，在此無益，不如早歸。來日魏王必班師矣，故先收拾行裝，免得臨行慌亂。」夏侯惇曰：「公真知魏王肺腑也！」遂亦收拾行裝。

於是寨中諸將，無不準備歸計。當夜曹操心亂，不能穩睡，遂手提鋼斧，遶寨私行。只見夏侯惇寨內軍士，各準備行裝。操大驚，急回帳召惇問其故。惇曰：「主簿楊德祖先知大王欲歸之意。」操喚楊修問之。修以雞肋之意對。操大怒曰：「汝怎敢造謠，亂我軍心！」喝刀斧手推出斬之，將首級號令於轅門外。

原來楊修為人恃才放曠，數犯曹操之忌。操嘗造花園一所；造成，操往觀之，不置褒貶，只取筆於門上書一「活」字而去。人皆不曉其意。修曰：「『門』內添『活』字，乃『闊』字也。丞相嫌園門闊耳。」於是再築園牆。改造停當，又請操觀之。操大喜，問曰：「誰知吾意？」左右曰：「楊修也。」操雖稱美，心甚忌之。

非忌其才，忌其知吾意也。

又一日，塞北送酥一盒至。操自寫「一合酥」三字於盒上，置之案頭。修入見之，竟取匙與眾分食

假夢假睡，假問假哭，一片是假。

訖。操問其故。修答曰：「盒上明書『一人一口酥』，豈敢違丞相之命乎？」操雖喜笑，而心惡之。

操恐人暗中謀害己身，常分付左右：「吾夢中好殺人；凡吾睡著，汝等切勿近前。」一日，晝寢帳中，落被於地。一近侍慌取覆蓋。操躍起拔劍斬之，復上牀睡；半晌而起，佯驚問：「何人殺吾近侍？」眾以實對。操痛哭，命厚葬之。人皆以為操果夢中殺人。惟修知其意，臨葬時指而歎曰：「丞相非在夢中，君乃在夢中耳！」操聞而愈惡之。

操第三子曹植，愛修之才，常邀修談論，終夜不息。操與眾商議，欲立植為世子。曹丕知之，密請朝歌長吳質入內府商議；因恐有人知覺，乃用大簏藏吳質於中，只說是絹匹在內，載入府中。修知其事，逕來告操。操令人於丕府門伺察之。丕慌告吳質。質曰：「無憂也。明日用大簏裝絹，再入以惑之。」丕如其言，以大簏載絹入。使者搜看簏中，果絹也，回報曹操。操因疑修譖害曹丕，愈惡之。

修教人殺人，操又以殺人為能，都不是好人。

操欲試曹丕、曹植之才幹。一日，令各出鄴城門；卻密使人分付門吏，令勿放出。曹丕先至。門吏阻之，丕只得退回。植聞知，問於修。修曰：「君奉王命而出，如有阻當者，竟斬之可也。」植然其言。及至門，門吏阻住。植叱曰：「吾奉王命，誰敢阻當！」立斬之。於是曹操以植為能。後有人告操曰：「此乃楊修之所教也。」操大怒，因此亦不喜植。

修又嘗為曹植作答教十餘條。但操有問，植即依條答之。操每以軍國之事問植，植對答如流，操心中甚疑。後曹丕暗買植左右，偷答教來告操。操見了大怒曰：「匹夫安敢欺我耶！」此時已有殺修之心。今乃借惑亂軍心之罪殺之。修死年三十四歲。後人有詩歎曰：

聰明楊德祖，世代繼簪纓。筆下龍蛇走，胸中錦繡成。
開談驚四座，捷對冠群英。身死因才誤，非關欲退兵。

曹操既殺楊修，佯怒夏侯惇，亦欲斬之。眾官告免。操乃叱退夏侯惇，下令來日進兵。次日，兵出斜谷界口，前面一軍相迎，為首大將乃魏延也。操招魏延歸降，魏延大罵。操令龐德出戰。二將正鬭間，曹寨內火起。人報馬超劫了中後二寨。操拔劍在手曰：「諸將退後者斬！」眾將努力上前。魏延詐敗而走，操方麾軍回戰馬超，自立馬於高阜處，看兩軍爭戰。忽一彪軍撞至面前，大叫：「魏延在此！」拈弓搭箭，射中曹操。操翻身落馬。延棄弓綽刀，驟馬上山坡來殺曹操。刺斜裡閃出一將，大叫「休傷吾主！」視之，乃龐德也。德奮力向前，戰退魏延，保操前行。馬超兵已退。操帶傷歸寨。原來被魏延射中人中，折卻門牙兩個，急令醫士調治。方憶楊修之言，隨將修屍收回厚葬，就令班師；卻教龐德斷後。操臥於氈車之中，左右虎賁軍護衛而行。忽報斜谷山上兩邊火起，伏兵趕來。曹兵人人驚恐。正是：依稀昔日潼關厄，彷彿當年赤壁危。未知曹操性命如何，且看下文分解。

第七三回　玄德進位漢中王　雲長攻拔襄陽郡

卻說曹操退兵至斜谷，孔明料他必棄漢中而走，故差馬超等諸將，分兵十數路，不時攻劫；因此操不能久住。又被魏延射了一箭，急急班師。三軍銳氣墮盡。前隊纔行，兩下火起，乃是馬超伏兵追趕。曹兵人人喪膽。操令軍士急行，曉夜奔走無停；直至京兆，方始安心。

且說玄德命劉封、孟達、王平等，攻取上庸諸郡。申耽等聞操已棄漢中而走，遂皆投降。玄德安民已定，大賞三軍，人心大悅。於是眾將皆有推尊玄德為帝之心；未敢逕啟，卻來稟告諸葛軍師。孔明曰：「吾意已有定奪了。」隨引法正等入見玄德曰：「今曹操專權，百姓無主；主公仁義著於天下，今已撫有兩川之地，可以應天順人，即皇帝位，名正言順，以討國賊。事不宜遲，便請擇吉。」玄德大驚曰：「軍師之言差矣。劉備雖然漢之宗室，乃臣子也；若為此事，是反漢矣。」孔明曰：「非也。方今天下分崩，英雄並起，各霸一方，四海才德之士，捨死亡生而事其上者，皆欲攀龍附鳳，建立功名也。今主公避嫌守義，恐失眾人之望。願主公熟思之。」玄德曰：「要吾僭居尊位，吾必不敢。可再商議長策。」諸將齊言曰：「主公若只推卻，眾心解矣。」

孔明曰：「主公平生以義為本，未肯便稱尊號。今有荊、襄、兩川之地，可暫為漢中王。」玄德曰：「汝等雖欲尊吾為王，不得天子明詔，是僭也。」孔明曰：「今宜從權，不可拘執常理。」張飛大叫曰：

「異姓之人，皆欲為君，何況哥哥乃漢朝宗派！莫說漢中王，就稱皇帝，有何不可！」玄德叱曰：「汝勿多言。」孔明曰：「主公宜從權變，先進位漢中王，然後表奏天子，未為遲也。」

玄德再三推辭不過，只得依允。建安二十四年秋七月，築壇於沔陽，方圓九里，分布五方，各設旌旗儀仗。群臣皆依次序排列。許靖、法正請玄德登壇，進冠冕璽綬訖，面南而坐，受文武官員拜賀為漢中王。子劉禪立為王世子。封許靖為太傅，法正為尚書令。諸葛亮為軍師，總理軍國重事。封關羽、張飛、趙雲、馬超、黃忠為五虎大將；魏延為漢中太守。其餘各擬功勳定爵。

稱得堂堂正正，與魏王加九錫不同。

玄德既為漢中王，遂修表一道，差人齎赴許都。表曰：

備以具臣之才，荷上將之任，總督三軍，奉辭於外，不能掃除寇難，靖匡王室，久使陛下聖教陵遲；六合之內，否而未泰，惟憂反側，疢如疾首。

曩者，董卓造為亂階，自是之後，群凶縱橫，殘剝海內。賴陛下聖德威臨，人臣同應，或忠義奮討，或上天降罰，暴逆並殪，以漸冰消。惟獨曹操，久未梟除，侵擅國權，恣心極亂。臣昔與車騎將軍董承圖謀討操，事機不密，承見陷害。臣播越失據，忠義不果，遂得使操窮凶極逆。主后戮殺，皇子鴆害。雖糾合同盟，念在奮力；懦弱不武。歷年未效。常恐殞越，辜負國恩；寤寐永歎，夕惕若厲。

今臣群僚，以為在昔虞書，敦敘九族，庶明勵翼，帝王相傳，此道不廢；周監二代，並建諸姬，實賴晉、鄭夾輔之力；高祖龍興，尊王子弟，大啟九國，卒斬諸呂，以安大宗；今操惡直醜正，實繁有徒，包藏禍心，篡盜已顯；既宗室微弱，帝族無位，斟酌古式，依假權宜；上臣為大司馬漢中王。

臣伏自三省，受國厚恩，荷任一方，陳力未效，所獲已過，不宜復忝高位，以重罪謗。群僚見逼，迫臣以義。臣退惟寇賊不梟，國難未已；宗廟傾危，社稷將墜；誠臣憂心碎首之日。若應權通變，以寧靜聖朝，雖赴水火，所不得辭。輒順眾議，拜受印璽，以崇國威。

仰惟爵號，位高寵厚；俯思報效，憂深責重；驚怖惕息，如臨於谷。敢不盡力輸誠，獎勵六師，率齊群義，應天順時，撲討兇逆，以寧社稷？謹拜表以聞。

表到許都，曹操在鄴郡聞知玄德自立為漢中王，大怒曰：「織蓆小兒，安敢如此！吾誓滅之！」即時傳令，盡起傾國之兵，赴兩川與漢中王決雌雄。一人出班諫曰：「大王不可因一時之怒，親勞車駕遠征。臣有一計，不須張弓隻箭，令劉備在蜀自受其禍；待其兵衰力盡，只須一將往征之，便可成功。」

操視其人，乃司馬懿也。操喜問曰：「仲達有何高見？」懿曰：「江東孫權以妹嫁劉備，而又乘間竊取回去；劉備又據占荊州不還；彼此俱存切齒之恨。今可差一舌辯之士，齎書往說孫權，使興兵取荊州，劉備必發兩川之兵以救荊州。那時大王興兵去取漢川，令劉備首尾不能相救，勢必危矣。」

仲達此時漸漸出頭。

操大喜，即修書令滿寵為使，星夜投江東來見孫權。權知滿寵到，遂與謀士商議。張昭進曰：「魏與吳本無讎；前因聽諸葛之說詞，致兩家連年征戰不息，生靈遭其塗炭。今滿伯寧來，必有講和之意，可以禮接之。」

權依其言，令眾謀士接滿寵入城相見。禮畢，權以賓禮待寵。寵呈上操書曰：「吳、魏自來無讎，皆因劉備之故，致生釁隙。魏王差某到此，約將軍攻取荊州，魏王以兵臨漢川，首尾夾擊。破劉之後，共分疆土，誓不相侵。」

孫權覽書畢，設筵相待滿寵，送歸館舍安歇。權與眾謀士商議。顧雍曰：「雖是說詞，其中有理。今可一面送滿寵回，約會曹操，首尾相擊；一面使人過江探雲長動靜，方可行事。」諸葛瑾曰：「某聞雲長自到荊州，劉備娶與妻室，先生一子，次生一女。其女尚幼，未許字人。某願往與主公世子求婚。若雲長肯許，即與雲長計議共破曹操；若雲長不肯，然後助曹取荊州。」

諸葛瑾有魯肅之風。

孫權用其謀，先送滿寵回許都；卻遣諸葛瑾為使，投荊州來。入城見雲長禮畢。雲長曰：「子瑜此來何意？」瑾曰：「特來求結兩家之好。吾主吳侯有一子，甚聰明。聞將軍有一女，特來求親。兩家結好，併力破曹。此誠美事，請君侯思之。」雲長勃然大怒曰：「吾虎女安肯嫁犬子乎！不看汝弟之面，立斬汝首！再休多言！」遂喚左右逐出。

虎女犬子，太覺言重。

瑾抱頭鼠竄，回見吳侯；不敢隱匿，遂以實告。權大怒曰：「何太無禮耶！」便喚張昭等文武官員，商議取荊州之策。步騭曰：「曹操久欲篡漢，所懼者劉備也；今遣使來令吳興兵吞蜀，此嫁禍於吳也。」權曰：「孤亦欲取荊州久矣。」

騭曰：「今曹仁見屯兵於襄陽、樊城，又無長江之險，旱路可取荊州，如何不取，卻令主公動兵？只此便見其心。主公可遣使去許都見操，令曹仁旱路先起兵取荊州，雲長必掣荊州之兵而取樊城。若雲長一動，主公可遣一將，暗取荊州，一舉可得矣。」

權從其議，即時遣使過江，上書曹操，陳說此事。操大喜，發付使者先回，隨遣滿寵往樊城助曹仁為參謀官，商議動兵；一面馳檄東吳，令領兵水路接應，以取荊州。

卻說漢中王令魏延總督軍馬，守禦東川，遂引百官回成都，差官起造宮庭，又置館舍。自成都至白水，共建四百餘處館舍郵亭。廣積糧草，多造軍器，以圖進取中原。細作人探聽得曹操結連東吳，欲取荊州，即飛報入蜀。漢中王忙請孔明商議。孔明曰：「某已料曹操必有此謀；然吳中謀士極多，必教操令曹仁先興兵矣。」漢中王曰：「似此，如之奈何？」孔明曰：「可差使命就送官誥與雲長，令先起兵取樊城，使敵軍膽寒，自然瓦解矣。」

明見萬里，是以謂之孔明。

漢中王大喜，即差前部司馬費詩為使，齎捧誥命投荊州來。雲長出郭，迎接入城。至公廳禮畢，雲長問曰：「漢中王封我何爵？」詩曰：「『五虎大將』之首。」雲長問那「五虎將」。詩曰：「關、張、趙、馬、黃是也。」雲長怒曰：「翼德吾弟也；孟起世代名家；子龍久隨吾兄，即吾弟也；位與吾相並，可也。黃忠何等人，敢與吾同列！大丈夫終不與老卒為伍！」遂不肯受印。

詩笑曰：「將軍差矣。昔蕭何、曹參，與高祖同舉大事，最為親近，而韓信乃楚之亡將也；然信位為王，居蕭、曹之上，未聞蕭、曹以此為怨。今漢中王雖有『五虎將』之封，而與將軍有兄弟之義，視同一體。將軍即漢中王，漢中王即將軍也。豈與諸人等哉？將軍受漢中王厚恩，當與同休戚，共禍福，不宜計較官號之高下。願將軍熟思之。」

雲長大悟，乃再拜曰：「某之不明，非足下見教，幾誤大事。」即拜受印綬。費詩方出王旨，令雲長領兵取樊城。雲長領命，即時便差傅士仁、糜芳二人為先鋒，先引一軍於荊州城外屯紮；一面設宴城中，款待費詩。

飲至二更，忽報城外寨中火起。雲長即披挂上馬，出城看時，乃是傅士仁、糜芳飲酒，帳後遺火，燒著火砲，滿營撼動，把軍器糧草，盡皆燒燬。雲長引兵救撲，至四更方纔火滅。

雲長入城，召傅士仁、糜芳，責之曰：「吾令汝二人作先鋒，不曾出師，先將許多軍器糧草燒燬，火砲打死本部軍馬；如此誤事，要你二人何用！」叱令斬之。費詩告曰：「未曾出師，先斬大將，於軍不利。可暫免其罪。」雲長怒氣不息，叱二人曰：「吾不看費司馬之面，必斬汝二人之首！」乃喚武士各杖四十，摘去先鋒印綬，罰糜芳守南郡，傅士仁守公安；且曰：「若吾得勝回來之日，稍有差池，二罪俱罰！」

二人滿面羞慚，喏喏而去。雲長便令廖化為先鋒，關平為副將，自總中軍，馬良、伊籍為參軍，一同征進。先是有胡華之子胡班，到荊州來投降關公；公念其舊日相救之情，甚愛之。令隨費詩入川，見漢中王受爵。費詩辭別關公，帶了胡班自回蜀中去了。

且說關公是日祭了帥字大旗，假寐於帳中。忽見一豬，其大如牛，渾身黑色，奔入帳中，徑咬雲長之足。雲長大怒，急拔劍斬之，聲如裂帛。霎時驚覺，乃是一夢，便覺左足陰陰疼痛；心中大疑，喚關平至，以夢告之。平對曰：「豬亦有龍象。附足乃是升騰之意，不必疑忌。」雲長聚眾官於帳下，告以夢兆。或言吉祥者，或言不祥者，眾論不一。雲長曰：「大丈夫年近六旬，即死亦何憾！」

正言間，蜀使至，傳漢中王旨，拜雲長為前將軍，假節鉞，都督荊、襄九郡事。雲長受命訖，眾官拜賀曰：「此足見豬龍之瑞也。」

於是雲長坦然不疑，遂起兵奔襄陽大路而來。曹仁正在城中，忽報雲長自領兵來。仁大驚，欲堅守不出。副將翟元曰：「今魏王令將軍約會東吳取荊州，今彼自來，是送死也，何故避之？」參謀滿寵諫曰：「吾素知雲長勇而有謀，未可輕敵。不如堅守，乃為上策。」驍將夏侯存曰：「此書生之言耳。豈不聞『水來土掩，將至兵迎』？我軍以逸待勞，自可取勝。」

曹仁從其言，令滿寵守樊城，自領兵來迎雲長。雲長知曹兵來，喚關平、廖化二將，受計而往。與曹兵兩陣對圓。廖化出馬搦戰，翟元出迎。二將戰不多時，化詐敗撥馬便走，翟元從後追殺，荊州兵退二十里。次日，又來搦戰。夏侯存、翟元一齊出迎，荊州兵又敗。又追殺二十餘里。忽聽得背後喊聲大震，鼓角齊鳴。曹仁急命前軍速回，背後關平，廖化殺來，曹兵大亂。曹仁知是中計，先掣一軍飛奔襄陽；離城數里，前面繡旗招颭，雲長勒馬橫刀，攔住去路。曹仁膽戰心驚，不敢交鋒，望襄陽斜路而走。雲長不趕。

須臾，夏侯存軍至，見了雲長，大怒，便與雲長交鋒；只一合，被雲長砍死。翟元便走，被關平趕上，一刀斬之。乘勢追殺，曹兵大半死於襄江之中。曹仁退守樊城。

雲長得了襄陽，賞軍撫民。隨軍司馬王甫曰：「將軍一鼓而下襄陽，曹兵雖然喪膽，然以愚意論之：今東吳，呂蒙屯兵陸口，常有吞併荊州之意；倘率兵逕取荊州，如之奈何？」雲長曰：「吾亦念及此。汝便可提調此事：去沿江上下，或二十里，或三十里，選高阜處置一烽火臺。每臺用五十軍守之。倘吳兵渡江，夜則明火，晝則舉煙為號。吾當親往擊之。」

王甫曰：「糜芳、傅士仁守二隘口，恐不竭力；必須再得一人以總督荊州。」雲長曰：「吾已差治中潘濬守之，有何慮焉？」甫曰：「潘濬平生多忌而好利，不可任用。可差軍前都督糧料官趙累代之。

先退後進，公亦善於用兵。

趙累為人忠誠廉直，若用此人，萬無一失。」雲長曰：「吾素知潘濬為人，今既差定，不必更改。趙累現掌糧料，亦是重事。汝勿多疑，只與我築烽火臺去。」王甫怏怏拜辭而行。雲長令關平準備船隻渡襄江，攻打樊城。

卻說曹仁折了二將，退守樊城，謂滿寵曰：「不聽公言，兵敗將亡，失卻襄陽，如之奈何？」寵曰：「雲長虎將，足智多謀，不可輕敵，只宜堅守。」

正言間，人報雲長渡江而來，攻打樊城。仁大驚。寵曰：「只宜堅守。」部將呂常奮然曰：「某乞兵數千，願當來軍於襄江之內。」寵諫曰：「不可。」呂常怒曰：「據汝等文官之言，只宜堅守，何能退敵？豈不聞兵法云：『軍半渡可擊。』今雲長軍半渡襄江，何不擊之？若兵臨城下，將至壕邊，急難抵當矣。」

仁即與兵二千，令呂常出樊城迎戰。呂常來至江口，只見前面繡旗開處，雲長橫刀出馬。呂常卻欲來迎。後面眾軍見雲長神威凜凜，不戰先走，呂常喝止不住。雲長混殺過來，曹兵大敗，馬步軍折其大半。敗殘軍奔入樊城，曹仁急差人求救。命使星夜至長安，將書呈上曹操，言：「雲長破了襄陽，現圍樊城甚急。望撥大將前來救援。」

曹操指班部內一人而言曰：「汝可去解樊城之圍。」其人應聲而出。眾視之，乃于禁也。禁曰：「某求一將作先鋒，領兵同去。」操又問眾人曰：「誰敢作先鋒？」一人奮然出曰：「某願施犬馬之勞，生擒關某，獻於麾下。」操視之大喜。正是：未見東吳來伺隙❶，先看北魏又添兵。未知此人是誰，且看下文分解。

曹操此時頗無眼力。

❶ 伺隙：等待機會。

第七四回　龐令名抬櫬決死戰　關雲長放水渰七軍

卻說曹操欲使于禁赴樊城救援，問眾將誰敢作先鋒，一人應聲願往。操視之，乃龐德也。操大喜曰：「關某威震華夏，未逢對手；今遇令名，真勁敵也。」遂加于禁為征南將軍，加龐德為征西都先鋒，大起七軍，前往樊城。這七軍，皆北方強壯之士。兩員領軍將校：一名董衡，一名董超。當日引各頭目參拜于禁。董衡曰：「今將軍提七枝重兵，去解樊城之厄，期在必勝；乃用龐德為先鋒，豈不誤事。」禁驚問其故。衡曰：「龐德原係馬超手下副將，不得已而降魏，今其故主在蜀，職居『五虎上將』；況其親兄龐柔亦在西川為官；今使他為先鋒，是潑油救火也。將軍何不啟知魏王，別換一人去？」禁聞此語，遂連夜入府啟知曹操。操省悟，即喚龐德至階下，令納下先鋒印。德大驚曰：「某正欲與大王出力，何故不肯見用？」操曰：「孤本無猜疑；但今馬超現在西川，汝兄龐柔亦在西川，俱佐劉備；孤縱不疑，奈眾口何。」

龐德聞之，免冠頓首，流血滿面而告曰：「某自漢中投降大王，每感厚恩；雖肝腦塗地，不能補報。大王何疑於德也？德昔在故鄉時，與兄同居；嫂甚不賢，德乘醉殺之；兄恨德入骨髓，誓不相見，恩已斷矣。故主馬超，有勇無謀，兵敗地亡，孤身入川，今與德各事其主，舊義已絕。德感大王恩遇，安敢萌異志？惟大王察之。」操乃扶起龐德，撫慰曰：「孤素知卿忠義，前言特以安眾人之心耳。卿可努力

老賊善

於用人。

建功，卿不負孤，孤亦必不負卿也。」

德拜謝回家，令匠人造一木櫬。次日，請諸友赴席，列櫬於堂。眾親友見之皆驚，問曰：「將軍出師，何用此不祥之物？」德舉盃謂親友曰：「吾受魏王厚恩，誓以死報。今去樊城，與關某決戰，我若不能殺彼，必為彼所殺；即不為彼所殺，我亦當自殺；故先備此櫬，以示無空回之理。」眾皆嗟歎。德喚其妻李氏與其子龐會出，謂其妻曰：「吾今為先鋒，義當效死疆場。我若死，汝好生看養吾兒。吾兒有異相，長大必當與吾報讎也。」妻子痛哭送別，德令扶櫬而行。臨行謂部將曰：「吾今去與關某死戰，我若被關某所殺，汝等急取吾屍置此櫬中；我若殺了關某，吾亦即取其首，置此櫬內，回獻魏王。」部將五百人皆曰：「將軍如此忠勇，某等敢不竭力相助？」

賈詡先料其敗。

於是引軍前進。有人將此言報知曹操。操喜曰：「龐德忠勇如此，孤何憂焉！」賈詡曰：「龐德恃血氣之勇，欲與關某決死戰，臣竊慮之。」操然其言，急令人傳旨戒龐德曰：「關某智勇雙全，切不可輕敵。可取則取，不可取則宜謹守。」龐德聞命，謂眾將曰：「大王何重視關某也？吾料此去，當挫關某三十年之聲價。」禁曰：「魏王之言，不可不從。」德奮然趲軍前至樊城，耀武揚威，鳴鑼擊鼓。

卻說關公正坐帳中，忽探馬飛報：「曹操差于禁為將，領七枝精壯兵到來。前部先鋒龐德，軍前抬一木櫬，口出不遜之言，誓欲與將軍決一戰。兵離城止三十里矣。」關公聞言，勃然變色，美髯飄動，大怒曰：「天下英雄，聞吾之名，無不畏服；龐德豎子，何敢藐視吾耶！令關平一面攻打樊城，吾自去斬此匹夫，以雪吾恨！」平曰：「父親不可以泰山之重，與頑石爭高下。辱子願代父去戰龐德。」關公曰：「汝試一往，吾隨後便來接應。」

關平出帳，提刀上馬，領兵來迎龐德。兩陣對圓，魏營一面皂旗上大書「南安龐德」四個白字。龐德青袍銀鎧，鋼刀白馬，立於陣前；背後五百軍兵緊隨，步卒數人肩抬木櫬而出。關平大罵龐德：「背主之賊！」龐德問部卒曰：「此何人也？」或答曰：「此關公義子關平也。」德叫曰：「吾奉魏王旨，來取汝父之首！汝乃疥癩小兒，吾不殺汝！快喚汝父來！」平大怒，縱馬舞刀，來取龐德。德橫刀來迎，戰三十合，不分勝負，兩家各歇。

早有人報知關公。公大怒，令廖化去攻樊城，自己親來迎敵龐德。關平接著，言與龐德交戰，不分勝負。關公隨即橫刀出馬，大叫曰：「關雲長在此，龐德何不早來受死！」鼓聲響處，龐德出馬曰：「吾奉魏王旨，特來取汝首！恐汝不信，備櫬在此。汝若怕死，早下馬受降！」關公大罵曰：「量汝一匹夫，又何能為！可惜我青龍刀斬汝鼠賊！」縱馬舞刀，來取龐德。德輪刀來迎。二將戰有百餘合，精神倍長。兩軍各看得癡呆了。魏軍恐龐德有失，急令鳴金收軍，關平恐父年老，亦急鳴金。二將各退。龐德歸寨，對眾曰：「人言關公英雄，今日方信也。」

不是寫龐德，是寫關公。

正言間，于禁至。相見畢，禁曰：「聞將軍戰關公，百合之上，未得便宜，何不且退軍避之？」德奮然曰：「魏王命將軍為大將，何太弱也？吾來日與關某共決一死，誓不退避！」禁不敢阻而回。

卻說關公回寨，謂關平曰：「龐德刀法慣熟，真吾敵手。」平曰：「俗云：『初生之犢不懼虎。』父親縱然斬了此人，只是西羌一小卒耳；倘有疏虞，非所以重伯父之託也。」關公曰：「吾不殺此人，何以雪恨？吾意已決，再勿多言！」次日，上馬引兵前進。龐德亦引兵來迎，兩陣對圓，二將齊出，更不打話，出馬交鋒。鬭至五十餘合，龐德撥回馬拖刀而走。關公從後追趕。關平恐有疏失，亦隨後趕去。

關平之言，深見大體。

關公口中大罵：「龐賊欲使拖刀計，吾豈懼汝！」

原來龐德虛作拖刀勢，卻把刀就鞍轎挂住，偷拽雕弓，搭上箭，射將來。關平眼快，見龐德拽弓，大叫：「賊將休放冷箭！」關公急睜眼看時，弓弦響處，箭早到來；躲閃不及，正中左臂。關平馬到，救父回營。龐德勒回馬掄刀趕來，忽聽得本營鑼聲大震。德恐後軍有失，急勒馬回。原來于禁見龐德射中關公，恐他成了大功，滅禁威風，故鳴金收軍。

龐德回馬，問何故鳴金。于禁曰：「魏王有戒：關公智勇雙全。他雖中箭，只恐有詐，故鳴金收軍。」德曰：「若不收軍，吾已斬了此人也。」禁曰：「緊行無好步，當緩圖之。」龐德不知于禁之意，只懊悔不已。

卻說關公回營，拔了箭頭。幸得箭射不深，用金瘡藥敷之。關公痛恨龐德，謂眾將曰：「吾誓報此一箭之讎！」眾將對曰：「將軍且待安息幾日，然後與戰未遲。」

次日，人報龐德引兵搦戰。關公就要出戰。眾將勸住。龐德令小軍毀罵。關平把住隘口，分付眾將休報知關公。龐德搦戰十餘日，無人出迎，乃與于禁商議曰：「眼見關公箭瘡舉發，不能動作；不若乘此機會，統七軍一擁殺入寨中，可救樊城之圍。」

寫關平精細之極。

于禁恐龐德成功，只把魏王戒旨相推，不肯動兵。龐德累欲動兵，于禁只是不允；乃移七軍轉過山口，離樊城北十里，依山下寨。禁自領兵截斷大路，令龐德屯兵於谷後，使德不能進兵成功。

卻說關平見關公箭瘡已合，甚是喜悅。忽聽得于禁移七軍於樊城之北下寨，未知其謀，即報知關公。公遂上馬，引數騎上高阜處望之，見樊城城上旗號不整，軍士慌亂；城北十里山谷之內，屯著軍馬；又見襄江水勢甚急。看了半晌，喚鄉導官問曰：「樊城北十里山谷，是何地名？」對曰：「罾口川也。」關公大喜曰：「于禁必為我擒矣。」眾軍士問曰：「將軍何以知之？」關公曰：「『于』入『罾口』，豈能久乎？」

諸將未信。公回本寨。時值八月秋天，驟雨數日。公令人預備船筏，收拾水具。關平問曰：「陸地相持，何用水具？」公曰：「非汝所知也。于禁七軍不屯於廣易之地，而聚於罾口川險隘之處；方今秋雨連綿，襄江之水，必然泛漲；吾已差人堰住各處水口，待水發時，乘高就船放水，一渰樊城；罾口川之兵，皆為魚鼈矣。」關平拜服。

卻說魏軍屯於罾口川，連日大雨不止。督將成何來見于禁曰：「大軍屯於川口，地勢甚低；雖有土山，離營稍遠，今秋雨連綿，軍士艱辛。近有人報說荊州兵移於高阜處，又於漢水口預備船筏；倘江水泛漲，我軍危矣。宜早為計。」于禁叱曰：「匹夫惑吾軍心耶！再有多言者斬之！」成何羞慚而退，卻來見龐德，說此事。德曰：「汝所見甚當。于將軍不肯移兵，吾明日自移軍屯於他處。」計議方定，是夜風雨大作。龐德坐於帳中，只聽得萬馬爭奔，征鼙震地。德大驚，急出帳上馬看時，四面八方，大水驟至；七軍亂竄，隨波逐浪者，不計其數；平地水深丈餘。于禁、龐德與諸將各登小山避水。比及平明，關公及眾將皆搖旗鼓譟，乘大船而來。于禁見四下無路，左右止有五六十人，料不能逃，口稱願降。關公令盡去衣甲，拘收入船，然後來擒龐德。

時龐德并二董及成何與步卒五百人皆無衣甲，立在堤上。見關公來，龐德全無懼怯，奮然前來接戰。關公將船四面圍定，軍士一齊放箭，射死魏兵大半。董衡、董超見勢已危，乃告龐德曰：「軍士折傷大半，四下無路，不如投降。」龐德大怒曰：「吾受魏王厚恩，豈肯屈節於人！」遂親斬董衡、董超於前，厲聲曰：「再說降者，以此二人為例！」於是眾皆奮力禦敵。自平明戰至日中，勇力倍增。關公催四面急攻，矢石如雨。德令軍士用短兵接戰。德回顧成何曰：「吾聞『勇將不怯死以苟免，壯士不毀節以求生』。今日乃我死日也。汝可努力死戰。」

先敘其功，後出其名。

成何依令向前，被關公一箭射落水中。眾軍皆降，止有龐德一人力戰。正遇荊州數十人，駕小舟近隄來，德提刀飛身一躍，早上小船，立殺十餘人，餘皆棄船赴水逃命。龐德一手提刀，一手使短棹，欲向樊城而走。只見上流頭，一將撐大筏而至，將小船撞翻，龐德落於水中。船上那將跳下水去，生擒龐德上船。眾視之，擒龐德者，乃周倉也。倉素知水性，又在荊州住了數年，愈加慣熟；更兼力大，因此擒了龐德。于禁所領七軍，皆死於水中。其會水者料無去路，亦俱投降。後人有詩曰：

夜半征鼙響震天，襄樊平地作深淵。
關公神算誰能及？華夏威名萬古傳！

關公回到高阜去處，升帳而坐。群刀手押過于禁來。禁拜伏於地，乞哀請命。關公曰：「汝怎敢抗吾？」禁曰：「上命差遣，身不由己。望君侯憐憫，誓以死報。」公綽髯笑曰：「吾殺汝，猶殺狗彘耳，空污刀斧！」令人縛送荊州大牢內監候，「待吾回，別作區處」。

發落去訖，關公又令押過龐德。德睜眉怒目，立而不跪。關公曰：「汝兄現在漢中；汝故主馬超，亦在蜀中為大將；汝如何不早降？」德大怒曰：「吾寧死於刀下，豈降汝耶！」罵不絕口。公大怒，喝令刀斧手推出斬之。德引頸受刑。關公憐而葬之。於是乘水勢未退，復上戰船，引大小將校來攻樊城。

卻說樊城周圍，白浪滔天，水勢益甚；城垣漸漸浸塌，男女擔土搬磚，填塞不住。曹軍眾將，無不喪膽，慌忙來告曹仁。仁曰：「今日之危，非力可救；可趁敵軍未至，乘舟夜走；雖然失城，尚可全身。」

正商議，方欲備船出走，滿寵諫曰：「不可。山水驟至，豈能長存？不旬日即當自退。關公雖未攻城，已遣別將在郟下。其所以不敢輕進者，慮吾軍襲其後也。今若棄城而去，黃河以南，非國家所有矣。願將軍固守此城，以為保障。」

仁拱手稱謝曰：「非伯寧之教，幾誤大事。」乃自騎馬上城，聚眾發誓曰：「吾受魏王命，保守此城；但有言棄城而去者斬！」諸將皆曰：「某等願以死據守！」仁大喜，就城上設弓弩數百。軍士晝夜防護，不敢懈怠。老幼居民，擔土石填塞城垣。旬日之內，水勢漸退。

關公自擒魏將于禁等，威震天下，無不驚駭。忽次子關興來寨內省親。公就令興齎諸官立功文書去成都見漢中王，各求陞遷。興拜辭父親，逕投成都去訖。

關興於此處出現。

卻說關公分兵一半，直抵郟下。公自領兵四面攻打樊城。當日關公自到北門，立馬揚鞭，指而問曰：「汝等鼠輩，不早來降，更待何時？」

正言間，曹仁在敵樓上，見關公身上止披掩心甲，斜袒著綠袍，乃急招五百弓弩手，一齊放箭。公急勒馬回時，右臂上中一弩箭，翻身落馬。正是：水裡七軍方喪膽，城中一箭忽傷身。未知關公性命如何，且看下文分解。

第七五回　關雲長刮骨療毒　呂子明白衣渡江

卻說曹仁見關公落馬，即引兵衝出城來；被關平一陣殺回，救關公歸寨，拔出臂箭。原來箭頭有藥，毒已入骨，右臂青腫，不能運動。關平慌與眾將商議曰：「父親若損此臂，安能出敵？不如暫回荊州調理。」於是與眾將入帳見關公。公問曰：「汝等來有何事？」眾對曰：「某等因見君侯右臂損傷，恐臨敵致怒，衝突不便。眾議可暫班師回荊州調理。」公怒曰：「吾取樊城，只在目前；取了樊城，即當長驅大進，逕到許都，剿滅曹賊，以安漢室。豈可因小瘡而誤大事？汝等敢慢吾軍心耶！」

曹仁箭毒心亦毒。

不必有是事，不可無是心。

平等默然而退。眾將見公不肯退兵，瘡又不痊，只得四方訪問名醫。忽一日，有人從江東駕小舟而來，直至寨前。小校引見關平。平視其人，方巾闊服，臂挽青囊，自言姓名，乃沛國譙郡人，姓華，名佗，字元化。「因聞關將軍乃天下英雄，今中毒箭，特來醫治」。平曰：「莫非昔日醫東吳周泰者乎？」佗曰：「然。」

平大喜，即與眾將同引華佗入帳見關公。時關公本是臂痛，恐慢軍心，無可消遣，正與馬良弈棋；聞有醫者至，即召入禮畢，賜坐。茶罷，佗請臂視之。公袒下衣袍，伸臂令佗看視。佗曰：「此乃弩箭所傷，其中有烏頭❶之藥，直透入骨；若不早治，此臂無用矣。」公曰：「用何物治之？」佗曰：「某

❶ 烏頭：即附子，莖、葉、根都有毒。

自有治法。但恐君侯懼耳。」公笑曰：「吾視死如歸，有何懼哉？」佗曰：「當於靜處立一標柱，上釘大環，請君侯將臂穿於環中，以繩繫之，然後以被蒙其首。吾用尖刀割開皮肉，直至於骨，刮去骨上箭毒，用藥敷之，以線縫其口，方可無事。但恐君侯懼耳。」公笑曰：「如此容易，何用柱環？」令設酒席相待。

公飲數盃酒畢，一面仍與馬良弈棋，伸臂令佗割之。佗取尖刀在手，令一小校，捧一大盆於臂下接血。佗曰：「某便下手，君侯勿驚。」公曰：「任汝醫治。吾豈比世間俗子，懼痛者耶？」佗乃下刀割開皮肉，直至於骨，骨上已青；佗用刀刮骨，悉悉有聲。帳上帳下見者皆掩面失色。公飲酒食肉，談笑弈棋，全無痛苦之色。

須臾，血流盈盆，佗刮盡其毒，敷上藥，以線縫之。公大笑而起，謂眾將曰：「此臂伸舒如故，並無痛矣。先生真神醫也！」佗曰：「某為醫一生，未嘗見此。君侯真天神也！」後人有詩曰：

治病須分內外科，世間妙藝苦無多。
神威罕及惟關將，聖手能醫說華佗。

關公箭瘡既愈，設席款謝華佗。佗曰：「君侯箭瘡雖治，然須愛護。切勿怒氣傷觸。過百日後，平復如舊矣。」關公以金百兩酬之。佗曰：「某聞君侯高義，特來醫治，豈望報乎？」堅辭不受，留藥一帖，以敷瘡口，辭別而去。

如此醫人是神醫，如此病人，亦是神人。

卻說關公擒了于禁，斬了龐德，威名大震，華夏皆驚。探馬報到許都。曹操大驚，聚文武商議曰：

此時老

賊亦膽落矣。

「孤素知雲長智勇蓋世，今據荊、襄，如虎生翼。于禁被擒，龐德被斬，魏兵挫銳；倘彼率兵直至許都，如之奈何？孤欲遷都以避之。」

司馬懿諫曰：「不可。于禁等被水所渰，非戰之故，於國家大計，本無所損。今孫、劉失好，雲長得志，孫權必不喜。大王可遣使去東吳陳說利害，令孫權暗暗起兵躡雲長之後，許事平之日，割江南之地以封孫權，則樊城之危自解矣。」主簿蔣濟曰：「仲達之言是也。今可即發使往東吳，不必遷都動眾。」操依允，遂不遷都；因歎謂諸將曰：「于禁從孤三十年，何期臨危反不如龐德也！」令一面遣使致書東吳，一面必得一大將以當雲長之銳。

言未畢，階下一將應聲而出曰：「某願往。」操視之，乃徐晃也。操大喜，遂發精兵五萬，令徐晃為將，呂建副之，剋日起兵，前到楊陵陂駐紮；看東南有應，然後征進。

卻說孫權接得曹操書信，覽畢，欣然應允，即修書發付使者先回，乃聚文武商議。張昭曰：「近聞雲長擒于禁，斬龐德，威震華夏，操欲遷都以避其鋒。今樊城危急，遣使求救，事定之後，恐有反覆。」權未及發言，忽報呂蒙乘小舟自陸口來，有事面稟。權召入問之。蒙曰：「今雲長提兵圍樊城，可乘其遠出，襲取荊州。」權曰：「孤欲北取徐州，如何？」蒙曰：「今操遠在河北，未暇東顧。徐州守兵無多，往自可克；然其地勢利於陸戰，不利水戰，縱然得之，亦難保守，不如先取荊州，全據長江，別作良圖。」權曰：「孤本欲取荊州，前言特以試卿耳。卿可速為孤圖之，孤當隨後便起兵也。」

呂蒙辭了孫權，回至陸口。早有哨馬報說：「沿江上下，或二十里，或三十里，高阜處各有烽火臺。」又聞荊州軍馬整肅，預有準備。蒙大驚曰：「若如此，急難圖也。我一時在吳侯面前勸取荊州，今卻如何處置？」尋思無計，乃託病不出，使人回報孫權。權聞呂蒙患病，心甚怏怏。陸遜進言曰：「呂子明之病，乃詐耳，非真病也。」權曰：「伯言既知其詐，可往視之。」

陸遜領命，星夜至陸口寨中，來見呂蒙，果然面無病色。遜曰：「某奉吳侯命，敬探子明貴恙。」蒙曰：「賤軀偶病，何勞探問？」遜曰：「吳侯以重任付公，公不乘時而動，空懷鬱結，何也？」蒙目視陸遜，良久不語。遜又曰：「愚有小方，能治將軍之疾，未審可用否？」蒙乃屏退左右而問曰：「伯言良方，乞早賜教。」遜笑曰：「子明之疾，不過因荊州兵馬整肅，沿江有烽火臺之備耳。予有一計，令沿江守吏，不能舉火；荊州之兵，束手歸降，可乎？」

蒙驚謝曰：「伯言之語，如見我肺腑。願聞良策。」陸遜曰：「雲長倚恃英雄，自料無敵，所慮者惟將軍耳。將軍乘此機會，託疾辭職，以陸口之任讓之他人，使他人卑辭讚美關公以驕其心，彼必盡撤荊州之兵，以向樊城；若荊州無備，用一旅之師，別出奇計以襲之，則荊州在掌握之中矣。」蒙大喜曰：「真良策也！」

由是呂蒙託病不起，上書辭職。陸遜回見孫權，具言前計。孫權乃召呂蒙還建業養病。蒙至，入見權。權問曰：「陸口之任，昔周公瑾薦魯子敬以自代；後子敬又薦卿自代；今卿亦須薦一才望兼隆者，代卿為妙。」蒙曰：「若用望重之人，雲長必然防備。陸遜意思深長，而未有遠名，非雲長所忌；若即用以代臣之任，必有所濟。」

權大喜，即日拜陸遜為偏將軍右都督，代蒙守陸口。遜謝曰：「某年幼無學，恐不堪大任。」權曰：「子明保卿，必不差錯。卿毋得推辭。」遜乃拜受印綬，連夜往陸口；交割馬步水三軍已畢，即修書一

天下有名無實之人儘多，有實無名之人，正不可多得。

封，具名馬、異錦、酒禮等物，遣使齎赴樊城見關公。

時公正將息箭瘡，按兵不動。忽報：「江東陸口守將呂蒙病危，孫權取回調理，近拜陸遜為將，代呂蒙守陸口。今遜差人齎書具禮，特來拜見。」關公召入，指來使而言曰：「仲謀見識短淺，用此孺子為將！」來使伏地告曰：「陸將軍呈書備禮，一來與君侯作賀，二來求兩家和好，幸乞笑留。」公拆書視之，書詞極其卑謹。關公覽畢，仰面大笑，令左右收了禮物，發付使者回去。使者回見陸遜曰：「關公欣喜，無復有憂江東之意。」

言之太甘，其中必苦。

遜大喜，密遣人探得關公果然撤荊州大半兵赴樊城聽調，只待箭瘡痊可，便欲進兵。遜察知備細，即差人星夜報知孫權。孫權召呂蒙商議曰：「今雲長果撤荊州之兵，攻取樊城，便可設計襲取荊州。卿與吾弟孫皎同引大軍前去，如何？」孫皎字叔明，乃孫權叔父孫靜之次子也。蒙曰：「主公若以蒙可用則獨用蒙；若以叔明可用則獨用叔明。豈不聞昔日周瑜、程普為左右都督，事雖決於瑜，然普自以舊臣而居瑜下，頗不相睦；後因見瑜之才，方始敬服？今蒙之才不及瑜，而叔明之親勝於普，恐未必能相濟也。」

兼用則敗，專任則勝，自古而然。

權大悟，遂拜呂蒙為大都督，總制江東諸路軍馬；令孫皎在後接應糧草。蒙拜謝，點兵三萬，快船八十餘隻，選會水者扮作商人皆穿白衣；在船上搖櫓，卻將精兵伏於𦪇艫船中。次調韓當、蔣欽、朱然、潘璋、周泰、徐盛、丁奉等七員大將，相繼而進。其餘皆隨吳侯為合後救應。一面遣使致書曹操，令進兵以襲雲長之後；一面先傳報陸遜，然後發白衣人，駕快船往潯陽江去。晝夜趲行，直抵北岸。江邊烽火臺上，守臺軍盤問時，吳人答曰：「我等皆是客商；因江中阻風，到此一避。」隨將財物送與守臺軍

此非呂蒙好處，正是呂蒙奸計。

士。軍士信之，遂任其停泊江邊。

約至二更，艨艟中精兵齊出，將烽火臺上官軍縛倒，暗號一聲，八十餘船精兵俱起，將緊要去處墩臺之軍，盡行捉入船中，不曾走了一個。於是長驅大進，逕取荊州，無人知覺。將至荊州，呂蒙將沿江墩臺所獲官軍，用好言撫慰，各各重賞，令賺開城門，縱火為號。眾軍領命，呂蒙便教前導。比及半夜，到城下叫門。門吏認得是荊州之兵，開了城門。眾軍一聲喊起，就城門裡放起號火。吳兵齊入，襲了荊州。呂蒙便傳令軍中：「如有妄殺一人，妄取民間一物者，定按軍法。」原任官吏，並依舊職。將關公家屬另養別宅，不許閒人攪擾。一面遣人申報孫權。

一日大雨，蒙上馬引數騎點看四門。忽見一人取民間箬笠以蓋鎧甲，蒙喝左右執下問之，乃蒙之鄉人也。蒙曰：「汝雖係我同鄉，但吾號令已出，汝故犯之，當按軍法。」其人泣告曰：「某恐雨濕官鎧，故取遮蓋，非為私用。乞將軍念同鄉之情。」蒙曰：「吾固知汝為覆官鎧，然終是不應取民間之物。」叱左右推下斬之。梟首傳示畢，然後收其尸首，泣而葬之。自是三軍震肅。

不一日，孫權領眾至。呂蒙出郭迎接入衙。權慰勞畢，仍命潘濬為治中，掌荊州事；監內放出于禁，遣歸曹操；安民賞軍，設宴慶賀。權謂呂蒙曰：「今荊州已得，但公安傅士仁、南郡糜芳，此二處如何收復？」

言未畢，忽一人出曰：「不須引弓發箭，某憑三寸不爛之舌，說公安傅士仁來降，可乎？」眾視之，乃虞翻也。權曰：「仲翔有何良策，可使傅士仁歸降？」翻曰：「某自幼與士仁交厚；今若以利害說之，彼必歸降。」權大喜，遂令虞翻領五百軍，逕奔公安來。

卻說傅士仁聽知荊州已失，急令閉城堅守。虞翻至，見城門緊閉，遂寫書拴於箭上，射入城中。軍士拾得，獻與傅士仁。士仁拆書視之，乃招降之意。覽畢，想起關公去日恨吾之意，不如早降；即令大開城門，請虞翻入城。二人禮畢，各訴舊情。翻說吳侯寬洪大度，禮賢下士。士仁大喜，即同虞翻齎印綬來荊州投降。孫權大悅，仍令去守公安。

呂蒙密謂權曰：「今雲長未獲，留士仁於公安，久必有變；不若使往南郡招糜芳歸降。」權乃召傅士仁謂曰：「糜芳與卿交厚，卿可招來歸降，孤自當有重賞。」傅士仁慨然領諾，遂引十餘騎，徑投南郡招安糜芳。正是今日公安無守志，從前王甫是良言。未知此去如何，且看下文分解。

第七六回　徐公明大戰沔水　關雲長敗走麥城

卻說糜芳聞荊州已失，正無計可施。忽報公安守將傅士仁至，芳忙接入城，問其事故。士仁曰：「吾非不忠，勢危力困，不能支持。我今已降東吳，將軍亦不如早降。」芳曰：「吾等受漢中王厚恩，安肯背之？」士仁曰：「關公去日痛恨吾二人；倘一日得勝而回，必無輕恕。公細察之。」芳曰：「吾兄弟久事漢中王，豈可一朝相背？」

正猶豫間，忽報關公遣使至，接入廳上。使者曰：「關公軍中缺糧，特來南郡、公安二處取白米十萬石，令二將軍星夜去解，軍前交割，如遲立斬。」芳大驚，顧謂傅士仁曰：「今荊州已被東吳所取，此糧怎得過去？」士仁厲聲曰：「不必多疑！」遂拔劍斬來使於堂上。芳驚曰：「公如何？」士仁曰：「關公此意，正要斬我二人。我等安可束手受死？公今不早降東吳，必被關公所殺。」

正說間，忽報呂蒙引兵殺至城下。芳大驚，乃同傅士仁出城投降。蒙大喜，引見孫權。權重賞二人。安民已畢，大犒三軍。

時曹操在許都，正與眾謀士議荊州之事，忽報東吳遣使奉書至。操召入，使者呈上書信。操拆視之，書中具言吳兵將襲荊州，求操夾攻雲長；且囑勿洩漏，使雲長有備也。操與眾謀士商議。主簿董昭曰：「今樊城被困，引頸望救，不如令人將書射入樊城，以寬軍心；且使關公知東吳將襲荊州。彼恐荊州有失，必速退兵，卻令徐晃乘勢掩殺，可獲全功。」操從其謀，一面差人催徐晃急戰；一面親統大兵，逕往雒陽之南陽陸坡駐紮，以救曹仁。

卻說徐晃正坐帳中，忽報魏王使至。晃接入問之。使曰：「今魏王引兵，已過雒陽；令將軍急戰關公，以解樊城之困。」

正說間，探馬報說：「關平屯兵在偃城，廖化屯兵在四冢。前後一十二個寨柵，連絡不絕。」晃即差副將徐商、呂建，假著徐晃旗號，前赴偃城與關平交戰。晃卻自引精兵五百，循沔水去襲偃城之後。

且說關平聞徐晃自引兵至，遂提本部兵迎敵。兩陣對圓，關平出馬，與徐商交鋒，只三合，商大敗而走；呂建出戰，五六合亦敗走。平乘勢追殺二十餘里，忽報城中火起。平知中計，急勒兵回救偃城，正遇一彪軍擺開。徐晃立馬在門旗下，高叫曰：「關平賢姪，好不知死！汝荊州已被東吳奪了，猶然在此狂為！」

故意在軍前說出，以亂眾軍之心。

平大怒，縱馬掄刀，直取徐晃；不三四合，三軍喊叫，偃城中火光大起。平不敢戀戰，殺條大路，逕奔四冢寨來。廖化接著。化曰：「人言荊州已被呂蒙襲了，軍心驚慌，如之奈何？」平曰：「此必訛言也。軍士再言者斬之。」

忽流星馬到，報說正北第一屯被徐晃領兵攻打。平曰：「若第一屯有失，諸營豈得安寧？此間皆靠沔水，賊兵不敢到此。吾與汝同去救第一屯。」廖化喚部將分付曰：「汝等堅守營寨，如有賊到，即便舉火。」部將曰：「四冢寨鹿角十重，雖飛鳥亦不能入，何慮賊兵？」於是關平、廖化盡起四冢寨精兵，奔至第一屯駐紮。關平看見魏兵屯於淺山之上，謂廖化曰：「徐晃屯兵，不得地利，今夜可引兵劫寨。」

寫得徐晃出沒不測。

關公之威，雖死猶在，何況當日。

化曰：「將軍可分兵一半前去，某當謹守本寨。」

是夜關平引一枝兵殺入魏寨，不見一人。平知是計，火速退時，左邊徐商，右邊呂建，兩下夾攻。平大敗回營，魏兵乘勢追殺前來，四面圍住。關平、廖化支持不住，棄了第一屯，逕投四冢寨來。早望見寨中火起。急到寨前，只見皆是魏兵旗號。關平等退兵，忙奔樊城大路而走。前面一軍攔住，為首大將，乃徐晃也。平、化二人奮力死戰，奪路而走，回到大寨，來見關公曰：「今徐晃奪了偃城等處；又兼曹操自引大軍，分三路來救樊城；多有人言荊州已被呂蒙襲了。」關公喝曰：「此敵人訛言，以亂我軍心耳！東吳呂蒙病危，孺子陸遜代之，不足為慮！」

言未畢，忽報徐晃兵至，公令備馬。平諫曰：「父體未痊，不可與敵。」公曰：「徐晃與我有舊，深知其能，若彼不退，吾先斬之，以警魏將。」遂披挂提刀上馬，奮然而出。魏軍見之，無不驚懼，公勒馬問曰：「徐公明安在？」魏營門旗開處，徐晃出馬，欠身而言曰：「自別君侯，倏忽數載。不想君侯鬚髮已蒼白矣。憶昔壯年相從，多蒙教誨，感謝不忘。今君侯英風震於華夏，使故人聞之，不勝歎羨。茲幸得一見，深慰渴懷。」公曰：「吾與公明交契深厚，非比他人；今何故數窮吾兒耶？」晃回顧眾將，厲聲大叫曰：「若取得雲長首級者，重賞千金！」公驚曰：「公明何出此言？」晃曰：「今日乃國家之事，某不敢以私廢公。」

言訖，揮大斧直取關公。公大怒，亦揮刀迎之，戰八十餘合。公雖武藝絕倫，終是右臂少力。關平恐公有失，火急鳴金。公撥馬回寨，忽聞四下裡喊聲大震。原來是樊城曹仁聞曹操救兵至，引軍殺出城來，與徐晃會合，兩下夾攻。荊州兵大亂。關公上馬，引眾將急奔襄江上流頭。背後魏兵追至。關公急

公此時之志，已誓在必死。

渡過襄江，望襄陽而奔。忽流星馬到，報說：「荊州已被呂蒙所奪，家眷被陷。」關公大驚，不敢奔襄陽，提兵投公安來。探馬又報：「公安傅士仁已降東吳了。」關公大怒。忽催糧人到，報說：「公安傅士仁往南郡，殺了使命，招糜芳都降東吳去了。」

關公聞言，怒氣沖塞，瘡口迸裂，昏絕於地。眾將救醒。公顧謂司馬王甫曰：「悔不聽足下之言，今日果有此事！」因問：「沿江上下，何不舉火？」探馬答曰：「呂蒙使水手盡穿白衣，扮作客商渡江，將精兵伏於𦪇𦪙之中，先擒了守臺士卒，因此不得舉火。」公跌足歎曰：「吾中奸賊之謀矣！有何面目見兄長耶！」管糧都督趙累曰：「今事急矣，可一面差人往成都求救，一面從旱路去取荊州。」關公依言，差馬良、伊籍齎文三道，星夜赴成都求救；一面引兵來取荊州；自領前隊先行，留廖化、關平斷後。

卻說樊城圍解，曹仁引眾將來見曹操，泣拜請罪。操曰：「此乃天數，非汝等之罪也。」操重賞三軍，親至四冢寨，周圍閱視，顧謂諸將曰：「荊州兵圍塹鹿角數重，徐公明深入其中，竟獲全功。孤用兵三十餘年，未敢長驅逕入敵圍。公明真膽識兼優者也！」眾皆歎服。操班師還於摩陂駐紮。徐晃兵至，操親出寨迎之。見晃軍皆按隊伍而行，並無差亂。操大喜曰：「徐將軍真有周亞夫之風矣！」遂封徐晃為平南將軍，同夏侯尚守襄陽，以遏關公之師。操因荊州未定，就屯兵於摩陂，以候消息。

卻說關公在荊州路上，進退無路，謂趙累曰：「目今前有吳兵，後有魏兵，吾在其中，救兵不至，如之奈何？」累曰：「昔呂蒙在陸口時，嘗致書君侯，兩家約好，共誅操賊；今卻助曹而襲我，是背盟也。君侯暫駐軍於此，可差人遣書呂蒙責之，看彼如何對答。」關公從其言，遂修書差使赴荊州來。

卻說呂蒙在荊州，傳下號令：凡荊州諸郡，有隨關公出征將士之家，不許吳兵攪擾，按月給與糧米；

不是呂

蒙好處，正是呂蒙奸處。

有患病者，遣醫治療。將士之家，感其恩惠，安堵❶不動。忽報關公使至，呂蒙出郭迎接入城。以賓禮相待。使者呈書與蒙。蒙看畢，謂來使曰：「蒙昔日與關將軍結好，乃一己之私見；今日之事，乃上命差遣，不得自主。煩使者回報將軍，善言致意。」遂設宴款待，送歸館驛安歇。於是隨征將士之家，皆來問信。有附家書者，有口傳音信者，皆言家門無恙，衣食不缺。

使者辭別呂蒙，蒙親送出城。使者回見關公，具道呂蒙之語，並說荊州城中，君侯寶眷并諸將家屬，俱各無恙，供給不缺。公大怒曰：「此奸賊之計也！我生不能殺此賊，死必殺之，以雪我恨！」喝退使者。使者出寨，眾將皆來探問家中之事。使者具言各家安好，呂蒙極其恩恤，並將書信傳送各將。各將欣喜，皆無戰心。

關公率兵取荊州，軍行之次，將士多有逃回荊州者。關公愈加恨怒，遂催軍前進。忽然喊聲大震，一彪軍攔住；為首大將，乃蔣欽也；勒馬挺槍大叫曰：「雲長何不早降！」關公罵曰：「吾乃漢將，豈降賊乎！」拍馬舞刀，直取蔣欽。不三合，欽敗走。關公提刀追殺二十餘里，喊聲忽起，左邊山谷中，韓當領兵衝出；右邊山谷中，周泰引軍衝出；蔣欽回馬復戰：三路夾攻。關公急撤軍回走。

行無數里，只見南山岡上人煙聚集。一面白旗招颭，上寫「荊州土人」四字，眾人都叫本處人速速投降。關公大怒，欲上岡殺之。山崦內又有兩軍撞出，左邊丁奉，右邊徐盛，並合蔣欽等三路軍馬，喊聲震地，鼓角喧天，將關公困在垓心。手下將士，漸漸離散。

比及殺到黃昏，關公遙望四山之上，皆是荊州土兵，呼兄喚弟，覓子尋爺，喊聲不住。軍心盡變，

❶ 安堵：安居。

皆應聲而去。關公止喝不住。部從止有三百餘人。殺至三更，正東上喊聲連天，乃是關平、廖化，分兩路兵殺入重圍，救出關公。關平告曰：「軍心亂矣，必得城池暫屯，以待援兵。麥城雖小，足可屯紮。」關公從之，催促殘軍前至麥城，分兵緊守四門，聚將士商議。趙累曰：「此處相近上庸，現有劉封、孟達在彼把守，可速差人往求救兵。若得這枝軍馬接濟，以待川兵大至，軍心自安矣。」

正議間，忽報吳兵已至，將城四面圍定。公問曰：「誰敢突圍而出，往上庸求救？」廖化曰：「某願往。」關平曰：「我護送汝出重圍。」關公即修書付廖化藏於身畔，飽食上馬，開門出城。正遇吳將丁奉截住，被關平奮力衝殺。奉敗走。廖化乘勢殺出重圍，投上庸去了。關平入城，堅守不出。

且說劉封、孟達自取上庸，太守申耽率眾歸降，因此漢中王加劉封為副將軍，與孟達同守上庸。當日探知關公兵敗，二人正議間，忽報廖化至。封令請入問之。化曰：「關公兵敗，見困於麥城，被圍至急。蜀中援兵，不能旦夕即至。特令某突圍而出，來此求救。望二將軍速起上庸之兵，以救此危。倘稍遲延，公必陷矣。」封曰：「將軍且歇，容某計議。」

如此急事，有何計議？

化乃至館驛安歇，耑候發兵。劉封謂孟達曰：「叔父被困，如之奈何？」達曰：「東吳兵精將勇；且荊州九郡，俱已屬彼，止有麥城，乃彈丸之地；又聞曹操親督大軍四五十萬，屯於摩陂；量我等山城之眾，安能敵兩家之強兵？不可輕動。」封曰：「吾亦知之。奈關公是吾叔父，安忍坐視而不救乎。」達笑曰：「將軍以關公為叔，恐關公未必以將軍為姪也。某聞漢中王初嗣將軍之時，關公即不悅。後漢中王登位之後，欲立後嗣，問於孔明。孔明曰：『此家事也，問關、張可矣。』漢中王遂遣人至荊州問關公。關公以將軍乃螟蛉之子，不可僭立，勸漢中王遠置將軍於上庸山城之地，以杜後患。此事人人知之，將軍豈反不知耶？何今日猶沾沾以叔姪之義，而欲冒險輕動乎？」封曰：「君言雖是，但以何詞卻之？」達曰：「但言山城初附，民心未定，不敢造次興兵，恐失所守。」封從其言；次日請廖化至，言：「此山城初附之所，未能分兵相救。」化大驚以頭叩地曰：「若如此，則關公休矣！」達曰：「我今即往，一杯之水，安能救一車薪之火乎？將軍速回，靜候蜀兵至可也。」化大慟告求。劉封、孟達皆拂袖而入。廖化知事不諧，尋思須告漢中王求救，遂上馬大罵出城，望成都而去。

卻說關公在麥城盼望上庸兵到，卻不見動靜；手下止有五六百人，多半帶傷；城中無糧，甚是苦楚。忽報：「城下一人教休放箭，有話來見君侯。」公令放入，問之，乃諸葛瑾也。禮畢茶罷，瑾曰：「今奉吳侯命，特來勸諭將軍。自古道：『識時務者為俊傑。』今將軍所統漢上九郡，皆已屬他人矣；止有孤城一區，內無糧草，外無救兵，危在旦夕。將軍何不從瑾之言，歸順吳侯，復鎮荊、襄？可以保全家眷。幸君侯熟思之。」

關公正色而言曰：「吾乃解良一武夫，蒙吾主以手足相待，安肯背義投敵國乎？城若破，有死而已。玉可碎而不可改其白，竹可焚而不可毀其節。身雖殞，名可垂於竹帛也。汝勿多言，速請出城。吾欲與孫權決一死戰！」瑾曰：「吳侯欲與君侯結秦、晉之好，同力破曹，共扶漢室，別無他意。君侯何執迷如是？」

言貫金石。

言未畢，關平拔劍而前，欲斬諸葛瑾。公止之曰：「彼弟孔明在蜀佐汝伯父，今若殺彼，傷其兄弟之情也。」遂令左右逐出諸葛瑾。瑾滿面羞慚，上馬出城，回見吳侯曰：「關公心如鐵石，不可說也。」

孫權曰：「真忠臣也！似此如之奈何？」呂範曰：「某請卜其休咎。」權即令卜之。範揲蓍成象，乃地水師卦，更有玄武臨應，主敵人遠奔。權問呂蒙曰：「卦主敵人遠奔，卿以何策擒之？」蒙笑曰：「卦象正合某之機也。關公雖有沖天之翼，飛不出吾羅網矣！」正是：龍游溝壑遭蝦戲，鳳入牢籠被鳥欺。畢竟呂蒙之計若何，且看下文分解。

第七七回　玉泉山關公顯聖　洛陽城曹操感神

卻說孫權求計於呂蒙。蒙曰：「吾料關某兵少，必不從大路而逃。麥城正北有險峻小路，必從此路而去。可令朱然引精兵五千，伏於麥城之北二十里。彼軍至，不可與敵，只可隨後掩殺。彼軍定無戰心，必奔臨沮。卻令潘璋引精兵五百，伏於臨沮山僻小路，關某可擒矣。今遣將士各門攻打，只空北門，待其出走。」

> 權志在於得荊州耳，何必害關公而後快？若使魯肅在，決不為此。

權聞計，令呂範再卜之。卦成，範告曰：「此卦主敵人投西北而走，今夜亥時必然就擒。」權大喜，遂令朱然、潘璋，領兩枝精兵，各依軍令，埋伏去訖。

且說關公在麥城計點馬步軍兵，止剩三百餘人，糧草又盡；是夜城外吳兵招喚各軍姓名，越城而去者甚多，救兵又不見到；心中無計，謂王甫曰：「吾悔昔日不用公言！今日危急，將復如何？」甫哭告曰：「今日之事，雖子牙復生，亦無計可施也。」趙累曰：「上庸救兵不至，乃劉封、孟達按兵不發之故。何不棄此孤城，奔入西川，再整兵來，以圖恢復？」公曰：「吾亦欲如此。」遂上城觀之。見北門外敵軍不多，因問本城居民：「此去往北地勢若何？」答曰：「此去皆是山僻小路，可通西川。」公曰：「今夜可走此路。」王甫諫曰：「小路有埋伏，可走大路。」公曰：「雖有埋伏，吾何懼哉！」即下令：馬步官軍，嚴整裝束，準備出城。甫哭曰：「君侯於路小心保重，某與部卒百餘人，死據此城；城雖破，身不降也！專望君侯速來救援！」

（公於此時不即自殺者，尚欲圖後舉以報漢中王也。）

公亦與泣別。遂留周倉與王甫同守麥城。關公自與關平、趙累，引殘卒二百餘人，突出北門。關公橫刀前進，行至初更以後，約走二十餘里，只見山凹處，金鼓齊鳴，喊聲大震，一彪軍馬；為首大將朱然，驟馬挺槍叫曰：「雲長休走！趁早投降，免得一死！」公大怒，拍馬輪刀來戰。朱然便走。公乘勢追殺，一棒鼓響，四下伏兵皆起。公不敢戰，望臨沮小路而走。朱然率兵掩殺。

關公所隨之兵，漸漸稀少。走不得四五里，前面喊聲又震，火光大起，潘璋驟馬舞刀殺來。公大怒，輪刀相迎；只三合，潘璋敗走。公不敢戀戰，急望山路而走。背後關平趕來，報說趙累已死於亂軍中矣。關公不勝悲惶，遂令關平斷後。公自在前開路，隨行止剩得十餘人。行至決口，兩下是山，山邊皆蘆葦敗草，樹木叢雜。時已五更將盡。

正走之間，一聲喊起，兩下伏兵盡出，長鉤套索，一齊並舉，先把關公坐下馬絆倒。關公翻身落馬，被潘璋部將馬忠所獲。關平知父被擒，火速來救；背後潘璋、朱然率兵齊至，把關平四下圍住。平孤身獨戰，力盡亦被執。至天明，孫權聞關公父子已被擒獲，大喜，聚眾將於帳中。

（讀至此，令人拍案一叫。）

少時，馬忠簇擁關公至前。權曰：「孤久慕將軍盛德，欲結秦、晉之好，何相棄耶？公平昔自以為天下無敵，今日何由被吾所擒？將軍今日還服孫權否？」關公厲聲罵曰：「碧眼小兒，紫髯鼠輩！吾與劉皇叔桃園結義，誓扶漢室，豈與汝叛漢之賊為伍耶！我今誤中奸計，有死而已，何必多言！」

（罵得快暢！）

權回顧眾官曰：「雲長世之豪傑，孤深愛之。今欲以禮相待，勸使歸降，如何？」主簿左咸曰：「不可。昔曹操得此人時，封侯賜爵，三日一小宴，五日一大宴；上馬一提金，下馬一提銀；如此恩禮，畢竟留之不住，聽其斬關殺將而去。致使今日反為所逼，幾欲遷都以避其鋒。今主公既已擒之，若不即除，恐貽後患。」

孫權沈吟半晌，曰：「斯言是也。」遂命推出。於是關公父子皆遇害，時建安二十四年冬十月也。關公卒年五十八歲。後人有詩歎曰：

漢末才無敵，雲長獨出群；神威能奮武，儒雅更知文。
天日心如鏡，春秋義薄雲。昭然垂萬古，不止冠三分。

又有詩曰：

人傑惟追古解良，士民爭拜漢雲長。桃園一日兄和弟，俎豆千秋帝與王。
氣挾風雷無匹敵，志垂日月有光芒。至今廟貌盈天下，古木寒鴉幾夕陽。

關公既歿，坐下赤兔馬被馬忠所獲，獻與孫權。權即賜馬忠騎坐。其馬數日不食草料而死。

卻說王甫在麥城中，骨顫肉驚，乃問周倉曰：「昨夜夢見主公渾身血污，立於前，急問之，忽然驚覺。不知主何吉凶？」

正說間，忽報吳兵在城外，將關公父子首級招安。王甫、周倉大驚，急登城視之，果關公父子首級也。王甫大叫一聲，墮城而死。周倉自刎而亡。於是麥城亦屬東吳。

卻說關公英魂不散，蕩蕩悠悠，直至一處，乃荊門州當陽縣一座山，名為玉泉山。山上有一老僧，

權不及曹操多矣。

二人死且不朽。

法名普淨，原是汜水關鎮國寺中長老；後因雲遊天下，來到此處，見山明水秀，就此結草為菴，每日坐禪參道；身邊只有一小行者，化飯度日。是夜月白風清，三更以後，普淨正在菴中默坐，忽聞空中有人大呼曰：「還我頭來！」普淨仰面諦觀，只見空中一人，騎赤兔馬，提青龍刀；左有一白面將軍，右有一黑臉虬髯之人相隨，一齊按落雲頭，至玉泉山頂。普淨認得是關公，遂以手中麈尾擊其戶曰：「雲長安在？」

關公英魂領悟，即下馬乘風落於菴前，叉手問曰：「吾師何人？願求法號。」普淨曰：「老僧普淨，昔日汜水關前鎮國寺中，曾與君侯相會，今日豈遂忘之耶？」公曰：「向蒙相救，銘感不忘。今某已遇禍而死，願求清誨，指點迷途。」普淨曰：「昔非今是，一切休論；後果前因，彼此不爽。今將軍為呂蒙所害，大呼『還我頭來』，然則顏良、文醜、五關六將等眾人之頭，又將向誰索耶？」

於是關公恍然大悟，稽首皈依而去。後往往於玉泉山顯聖護民。鄉人感其德，就於山頂上建廟，四時致祭。後人題一聯於其廟云：

赤面秉赤心，騎赤兔追風，馳驅時無忘赤帝。
青燈觀青史，仗青龍偃月，隱微處不愧青天。

卻說孫權既害了關公，遂盡得荊、襄之地，賞犒三軍，設宴大會諸將慶功；置呂蒙於上座，顧謂眾將曰：「孤久不得荊州，今唾手而得，皆子明之功也。」蒙再三遜謝。權曰：「昔周郎雄略過人，破曹操於赤壁，不幸早夭，魯子敬代之。子敬初見孤時，便及帝王大略，此一快也；曹操東下，諸人皆勸孤降，子敬獨勸孤召公瑾逆而擊之，此二快也。惟勸吾借荊州與劉備，是其一短。今子明設計定謀，立取荊州，勝子敬、周郎多矣。」

借備以荊州，合力拒曹，正是長策，何云短也？

於是親酌酒賜呂蒙。呂蒙接酒欲飲，忽然擲盃於地，一手揪住孫權，厲聲大罵曰：「碧眼小兒！紫髯鼠輩！還識我否？」眾將大驚。急救時，蒙推倒孫權，大步前進，坐於孫權位上，兩眉倒豎，雙眼圓睜，大喝曰：「我自破黃巾以來，縱橫天下三十餘年，今被汝一旦以奸計圖我，我生不能啖汝之肉，死當追呂賊之魂！我乃漢壽亭侯關雲長也。」

權大驚，慌忙率大小將士，皆下拜。只見呂蒙倒於地上，七竅流血而死。眾將見之，無不恐懼。權將呂蒙屍首，具棺安葬，贈南郡太守潺陵侯；命其子呂霸襲爵。孫權自此感關公之事，驚訝不已。忽報張昭自建業而來。權召入問之。昭曰：「今主公損了關公父子，江東禍不遠矣。此人與劉備桃園結義之時，誓同生死。今劉備已有兩川之兵，更兼諸葛亮之謀，張、黃、馬、趙之勇；備若知雲長父子遇害，必起傾國之兵，奮力報讎。恐東吳難與敵也。」

權聞之大驚，跌足曰：「孤失計較也！似此如之奈何？」昭曰：「主公勿憂，某有一計，令西蜀之兵不犯東吳，荊州如磐石之安。」權問何計。昭曰：「今曹操擁百萬之眾，虎視華夏，劉備急欲報讎，必與操約和。若二處連兵而來，東吳危矣；不如先遣人將關公首級，轉送與曹操，明教劉備知是操之所使，必痛恨於操。西蜀之兵，不向吳而向魏矣。吾乃觀其勝負，於中取事，此為上策。」

既欲嫁禍於人，又欲取利於己，人情大抵如是。

權從其言，遂遣使者以木匣盛關公首級，星夜送與曹操。時操從摩陂班師回洛陽，聞東吳送關公首級至，喜曰：「雲長已死，吾夜眠貼席矣。」階下一人出曰：「此乃東吳移禍之計也。」操視之，乃主簿司馬懿也。操問其故。懿曰：「昔劉、關、張三人桃園結義之時，誓同生死。今東吳害了關公，懼其復讎，故將首級獻與大王，使劉備遷怒大王，不攻吳而攻魏，他卻於中乘便而圖事耳。」操曰：「仲達之言是也。孤以何策解之？」懿曰：「此事極易。大王可將關公首級，刻一香木之軀以配之，葬以大臣之禮。劉備知之，必深恨孫權，盡力南征。我卻觀其勝負；蜀勝則擊吳，吳勝則擊蜀。二處若得一處，那一處亦不久也。」操大喜，從其計，遂召吳使入。呈上木匣。操開匣視之，見關公面如平日。操笑曰：「雲長公別來無恙？」

與華容道相見之語一般，前是恭敬，此是戲謔。

言未畢，只見關公口開目動，鬚髮皆張。操驚倒，眾官急救，良久方醒，顧謂眾官曰：「關將軍真天神也！」吳使又將關公顯聖附體，罵孫權追呂蒙之事告操。操愈加恐懼，遂設牲醴祭祀，刻沈香木為軀，以王侯之禮，葬於洛陽南門外。令大小官員送殯，操自拜祭，贈為荊王，差官守墓，即遣吳使回江東去訖。

前嚇倒孫權，此嚇倒曹操。

卻說漢中王自東川回成都。法正奏曰：「主上先夫人去世；孫夫人又南歸，未必再來。人倫之道，不可廢也。必納王妃，以襄內政。」漢中王從之。法正復奏曰：「吳懿有一妹，美而且賢。嘗聞有相者，相此女後必大貴。先曾許劉焉之子劉瑁。瑁早殀。其女至今寡居，大王可納之為妃。」漢中王曰：「劉瑁與我同宗，於理不可。」法正曰：「論其親疏，何異晉文之與懷嬴乎？」漢中王乃依允，遂納吳氏為王妃。後生二子：長劉永，字公壽；次劉理，字奉孝。

且說東、西兩川，民安國富，田禾大成。忽有人自荊州來，言東吳求婚於關公，關公力拒之。孔明曰：「荊州危矣！可使人替關公回。」

正商議間，荊州捷報使命，絡繹而至。不一日，關興到，具言水渰七軍之事。忽又報馬到來，報說關公於江邊多設墩臺，提防甚密，萬無一失。因此玄德放心。

忽一日，玄德自覺渾身肉顫，行坐不安；至夜不能寧睡，起坐內室，秉燭看書，覺神思昏迷，伏几而臥；室中忽起一陣冷風，燈滅復明，抬頭見一人立於燈下。玄德問曰：「汝何人，夤夜至吾內室？」其人不答。玄德疑怪，自起視之，乃是關公於燈影下往來躲避。玄德曰：「賢弟別來無恙？夜深至此，必有大故。吾與汝情同骨肉，因何迴避？」關公泣告曰：「願兄起兵，以雪弟恨！」言訖，冷風驟起，關公不見。玄德忽然驚覺，乃是一夢。時正三鼓，玄德大疑，急出前殿，使人請孔明來。孔明入見。玄德細言夢警。孔明曰：「此乃主上心思關公，故有此夢。何必多疑？」玄德再三疑慮，孔明以善言解之。

孔明辭出，至中門外，迎見許靖。靖曰：「某纔赴軍師府上報一機密，聽知軍師入宮，特來至此。」孔明曰：「有何機密？」靖曰：「某適聞外人傳說，東吳呂蒙已襲荊州，關公已遇害，故特來密報軍師。」孔明曰：「吾夜觀天象，見將星落於荊、楚之地，已知雲長必然被禍；但恐主上憂慮，故未敢言。」

二人正說之間，忽然殿內轉出一人，扯住孔明衣袖而言曰：「如此凶信，公何瞞我！」孔明視之，乃玄德也。孔明許靖奏曰：「適來所言，皆傳聞之事，未足深信。願主上寬懷，勿生憂慮。」玄德曰：「孤與雲長，誓同生死；彼若有失，孤豈能獨生耶！」

孔明、許靖正勸解之間，忽近侍奏曰：「馬良、伊籍至。」玄德即召入問之。二人具說荊州有失，關公兵敗求救，呈上表章。未及拆觀，侍臣又奏荊州廖化至。玄德即召入。化哭拜於地，細奏劉封、孟

與玉泉山頂，孫權座間，另是一般光景。

方知孔明心中已是明白。

有此言，不必有此事。

達不發救兵之事。

玄德大驚曰：「若如此，吾弟休矣！」孔明曰：「劉封、孟達如此無禮，罪不容誅！主上寬心，亮親提一旅之師，去救荊州之危。」玄德泣曰：「雲長有失，孤斷不獨生！孤來日自提一軍去救雲長！」遂一面差人赴閬中報知翼德，一面差人會集人馬。

未及天明，一連數次，報說關公夜走臨沮，為吳將所獲，義不屈節，父子歸神。玄德聽罷，大叫一聲，昏絕於地。正是：為念當年同誓死，忍教今日獨捐生？未知玄德性命如何，且看下文分解。

第七八回　治風疾神醫身死　傳遺命奸雄數終

卻說漢中王聞關公父子遇害，哭倒於地；眾文武急救，半晌方醒，扶入內殿。孔明勸曰：「主上少憂。自古道：『死生有命。』關公平日剛而自矜，故今日有此禍。主上且宜保養尊體，徐圖報讎。」玄德曰：「孤與關、張二弟桃園結義時，誓同生死。今雲長已亡，孤豈能獨享富貴乎！」

言未畢，只見關興號慟而來。玄德見了，大叫一聲，又哭絕於地。眾官救醒。一日哭絕三五次，三日水漿不進，只是痛哭；淚濕衣襟，斑斑成血。孔明與眾官再三勸解。玄德曰：「孤與東吳，誓不同日月也！」孔明曰：「聞東吳將關公首級獻與曹操，操以王侯禮祭葬之。」玄德曰：「此何意也？」孔明曰：「此是東吳欲移禍於曹操，操知其謀，故以厚禮葬關公，令主上歸怨於吳也。」玄德曰：「吾今即提兵問罪於吳，以雪吾恨！」孔明諫曰：「不可。方今吳欲令我伐魏，魏亦欲令我伐吳；各懷譎計，伺隙而乘。主上只宜按兵不動，且與關公發喪。待吳、魏不和，乘時而伐之，可也。」

眾官又再三勸諫，玄德方纔進膳，傳旨川中大小將士，盡皆挂孝。漢中王親出南門招魂祭奠，號哭終日。

卻說曹操在洛陽，自葬關公後，每夜合眼便見關公。操甚驚懼，問於眾官。眾官曰：「洛陽行宮舊殿多妖，可造新殿居之。」操曰：「吾欲起一殿，名建始殿，恨無良工。」賈詡曰：「洛陽良工有蘇越

樹亦有血，奈何人無血性。

者，最有巧思。」操召入，令畫圖樣。蘇越畫成九間大殿，前後廊廡樓閣，呈與操。操視之曰：「汝畫甚合孤意，但恐無棟梁之材。」蘇越曰：「此去離城三十里，有一潭，名躍龍潭。前有一祠，名躍龍祠。祠傍有一株大梨樹，高十餘丈，堪作建始殿之梁。」

操大喜，即令工人到彼砍伐。次日，回報梨樹鋸解不開，斧砍不入，不能斬伐。操不信，自領數百騎，直至躍龍祠前下馬，仰觀那樹，亭亭如華蓋，直侵雲霄❶，並無曲節。操命砍之，鄉老數人前來諫曰：「此樹已數百年矣，常有神人居其上，恐未可伐。」操大怒曰：「吾平生遊歷普天之下，四十餘年，上至天子，下至庶人，無不懼孤；是何妖神，敢違孤意！」

言訖，拔所佩劍親自砍之，錚然有聲，血濺滿身。操愕然大驚，擲劍上馬，回至宮內。是夜二更，操睡臥不安，坐於殿中，隱几而寐。忽見一人披髮仗劍，身穿皂衣，直至面前，指操喝曰：「吾乃梨樹之神也。汝蓋建始殿，意欲篡逆，卻來伐吾神木！吾知汝數盡，特來殺汝！」操大驚，急呼「武士安在？」皂衣人仗劍砍操。操大叫一聲，忽然驚覺，頭腦疼痛不可忍；急傳旨遍求良醫治療，不能痊可。眾官皆憂。

華歆入奏曰：「大王知有神醫華佗否？」操曰：「即江東醫周泰者乎？」歆曰：「是也。」操曰：「雖聞其名，未知其術。」歆曰：「華佗字元化，沛國譙郡人也。其醫術之妙，世所罕有。但有患者，或用藥，或用針，或用灸，隨手而愈。若患五臟六腑之疾，藥不能效者，以麻肺湯飲之，令病者如醉死，卻用尖刀剖開其腹，以藥湯洗其臟腑，病人略無疼痛。洗畢，然後以藥線縫口，用藥敷之。或一月，或

❶ 雲霄：銀河。

二十日，即平復矣。其神妙如此。」

「一日，佗行於道上，聞一人呻吟之聲。佗曰：『此飲食不下之病。』問之果然。佗令取蒜齏汁三升飲之，吐蛇一條，長二三尺，飲食即下。廣陵太守陳登，心中煩懣，面赤不能飲食，求佗醫治。佗以藥飲之，吐蟲三升，皆赤頭，首尾動搖。登問其故。佗曰：『此因多食魚腥，故有此毒。今日雖癒，三年之後，必將復發，不可救也。』後陳登果三年而死。」

「又有一人眉間生一瘤，癢不可當，令佗視之。佗曰：『內有飛物。』人皆笑之。佗以刀割開，一黃雀飛去，病者即癒。有一人被犬咬足指，隨長肉二塊，一痛一癢，俱不可忍。佗曰：『痛者內有針十個，癢者內有黑白棋子二枚。』人皆不信。佗以刀割開，果如其言。此人真扁鵲、倉公一流也。現居金城，離此不遠。大王何不召之。」

操即差人星夜請華佗入內，令診脈視疾。佗曰：「大王頭腦疼痛，因患風而起。病根在腦袋中，風涎不能出。枉服湯藥，不可治療。某有一法：先飲麻肺湯，然後用利斧砍開腦袋，取出風涎，方可除根。」操大怒曰：「汝要殺孤耶！」佗曰：「大王曾聞關公中毒箭，傷其右臂，某刮骨療毒，關公略無懼色？今大王小可之疾，何多疑焉？」操曰：「臂痛可刮，腦袋安可砍開？汝必與關公情熟，乘此機會，欲報讎耳！」呼左右拏下獄中，拷問其情。賈詡諫曰：「似此良醫，世罕其匹，未可廢也。」操叱曰：「此人欲乘機害我，正與吉平無異！」急令追拷。

華佗在獄，有一獄卒，姓吳，人皆稱為吳押獄。此人每日以酒食供奉華佗。佗感其恩，乃告曰：「我今將死，恨有青囊書未傳於世。感公厚意，無可為報；我修一書，公可遣人送與我家，取青囊書來贈公，

非但為關公報讎，直將為天子討賊。

以繼吾術。」吳押獄大喜曰：「我若得此書，棄了此役，醫治天下病人，以傳先生之德。」佗即修書付吳押獄。吳押獄直至金城，問佗之妻取了青囊書回至獄中，付與華佗。檢看畢，佗即將書贈與吳押獄。吳押獄持回家中藏之。

旬日之後，華佗竟死於獄中。吳押獄買棺殯殮訖，脫了差役回家，欲取青囊書看習，只見其妻正將書在那裡焚燒。吳押獄大驚，連忙搶奪，全卷已被燒毀，只剩得一兩頁。吳押獄怒罵其妻。妻曰：「縱然學得與華佗一般神妙，只落得死於牢中，要它何用？」吳押獄嗟歎而止。因此青囊書不曾傳於世，所傳者止閹雞豬等小法，乃燒剩一兩頁中所載。後人有詩歎曰：

亦是達人之言。

華佗仙術比長桑，神識如窺垣一方。
惆悵人亡書亦絕，後人無復見青囊。

卻說曹操自殺華佗之後，病勢愈重，又憂吳、蜀之事。正慮間，近臣忽奏東吳遣使上書。操取書拆視之。略曰：

臣孫權久知天命已歸主上，伏望早正大位，遣將剿滅劉備，掃平兩川，臣即率群下納土歸降矣。

孫權此時之甘為漢賊無疑矣。

操觀畢大笑，出示群臣曰：「是兒欲使吾居爐火上耶！」侍中陳群等奏曰：「漢室久已衰微，殿下功德巍巍，生靈仰望。今孫權稱臣歸命，此天人之應，異氣齊聲。殿下宜應天順人，早正大位。」操笑曰：「吾事漢多年，雖有功德及民，然位至於王，名爵已極，何敢更有他望？苟天命在孤，孤為周文王

隱然以

篡逆之事，留於曹丕。

矣。」司馬懿曰：「今孫權既稱臣歸附，主上可封官賜爵，令拒劉備。」操從之，表奏孫權為驃騎將軍南昌侯領荊州牧。即日遣使齎誥敕赴東吳去訖。

操病勢轉加。忽一夜夢三馬同槽而食，及曉問賈詡曰：「孤向日曾夢三馬同槽，疑是馬騰父子為禍；今騰已死，昨宵復夢三馬同槽，主何吉凶？」詡曰：「祿馬吉兆也。祿馬歸於曹，主上何必疑乎？」操因此不疑。後人有詩曰：

三馬同槽事可疑，不知已植晉根基。
曹瞞空有奸雄略，豈識朝中司馬師？

是夜操臥寢室，至三更，覺頭目昏眩，乃起，伏几而臥。忽聞殿中聲如裂帛，操驚視之，忽見伏皇后、董貴人、二皇子並伏完、董承等二十餘人，渾身血污，立於愁雲之內，隱隱聞索命之聲。操急拔劍望空砍去，忽然一聲響亮，震塌殿宇西南一角。操驚倒於地，近侍救出，遷於別宮養病。次夜又聞殿外男女哭聲不絕。至曉，操召群臣入曰：「孤在戎馬之中，三十餘年，未嘗信怪異之事；今日為何如此？」群臣奏曰：「大王當命道士設醮修禳。」操歎曰：「聖人云：『獲罪於天，無所禱也。』孤天命已盡，安可救乎？」遂不允設醮。

次日，覺氣沖上焦，目不見物，急召夏侯惇商議。惇至殿門前，忽見伏皇后、董貴人、二皇子、伏完、董承等，立在陰雲之中。惇大驚昏倒，左右扶出，自此得病。操召曹洪、陳群、賈詡、司馬懿等，同至臥榻前，囑以後事。曹洪等頓首曰：「大王善保玉體，不日定當霍然。」操曰：「孤縱橫天下三十餘年，群雄皆滅，止有江東孫權、西蜀劉備，未曾剿除。孤今病危，不能再與卿等相敘，特以家事相託。孤長子曹昂，劉氏所生，不幸早年歿於宛城。卞氏生四子：丕、彰、植、熊。孤平生所愛第三子植，為人虛華少誠實，嗜酒放縱，因此不立；次子曹彰，勇而無謀；四子曹熊，多病難保；惟長子曹丕，篤厚恭謹，可繼我業。卿等宜輔佐之。」

曹洪等涕泣領命而出。操令近侍取平日所藏名香，分賜諸侍妾，且囑曰：「吾死之後，汝等須勤習女工，多造絲履，賣之可以得錢自給。」又命諸妾多居於銅雀臺中，每日設祭，必令女伎奏樂上食。又遺命於彰德府、講武城外，設立疑塚七十二，勿令後人知吾葬處，恐為人所發掘故也。囑畢，長歎一聲，淚如雨下。須臾，氣絕而死。壽六十六歲。時建安二十五年春正月也。後人有鄴中歌一篇，歎曹操云：

但言家事而不言國事，是老賊奸滑處。

城則鄴城水漳水，定有異人從此起。雄謀韻事與文心，君臣兄弟而父子。英雄未有俗胸中，出沒豈隨人眼底？功首罪魁非兩人，遺臭流芳本一身。文章有神霸有氣，豈能苟爾化為群？橫槊築臺距太行，氣與理勢相低昂。安有斯人不作逆，小不為霸大不王？霸王降作兒女鳴，無可奈何中不平。請禱明知非有益，分香未可謂無情。嗚呼！古人作事無鉅細，寂寞豪華皆有意。書生輕議塚中人，塚中笑爾書生氣！

卻說曹操身亡，文武官員，盡皆舉哀；一面遣人赴世子曹丕、鄢陵侯曹彰、臨淄侯曹植、蕭懷侯曹熊處報喪。眾官用金棺銀槨將操入殮，星夜舉靈櫬赴鄴郡來。曹丕聞知父喪，放聲痛哭，率大小官員出城十里，伏道迎櫬入城，停於偏殿。官僚挂孝，聚哭於殿上。忽一人挺身而出曰：「請世子息哀，且議大事。」

眾視之，乃中庶子司馬孚也。孚曰：「魏王既薨，天下震動；當早立嗣王，以安眾心，何但哭泣耶？」群臣曰：「世子宜嗣位。但未得天子詔命，豈可造次而行？」兵部尚書陳矯曰：「王薨於外，愛子私立，彼此生變，則社稷危矣。」遂拔劍割下袍袖，厲聲曰：「即今日便請世子嗣位。眾官有異議者，以此袍為例！」百官悚懼。忽報華歆自許昌飛馬而至。眾皆大驚。

須臾，華歆入。眾問其來意。歆曰：「今魏王薨逝，天下震動，何不早請世子嗣位？」眾官曰：「正因不及候詔命，方議欲以王后卞氏慈旨立世子為王。」歆曰：「吾已於漢帝處索得詔命在此。」眾皆踴躍稱賀，歆於懷中取出詔命開讀。原來華歆諂事魏，故草此詔，威逼獻帝降之；帝只得聽從，故下詔即封曹丕為魏王丞相冀州牧。丕即日登位，受大小官僚拜舞起居。

正宴會慶賀間，忽報鄢陵侯曹彰，自長安領十萬大軍來到。丕大驚，遂問群臣曰：「黃鬚小弟，平日性剛，深通武藝。今提兵遠來，必與孤爭王位也。如之奈何？」忽堦下一人應聲出曰：「臣請往見鄢陵侯，以片言折之。」眾皆曰：「非大夫莫能解此禍也。」正是：試看曹氏丕、彰事，幾作袁家譚、尚爭。未知此人是誰，且看下文分解。

一班亂賊贊成曹丕篡漢之基。

第七九回　兄逼弟曹植賦詩　姪陷叔劉封伏法

卻說曹丕聞曹彰提兵而來，驚問眾官；一人挺身而出，願往折服之。眾視其人，乃諫議大夫賈逵也。曹丕大喜，即命賈逵前往。逵領命出城，迎見曹彰。彰問曰：「先王璽綬安在？」逵正色而言曰：「家有長子，國有儲君，先王璽綬，非君侯之所宜問也。」彰默然無語，乃與賈逵同入城。至宮門前，逵問曰：「君侯此來，欲奔喪耶？欲爭位耶？」彰曰：「吾來奔喪，別無異心。」逵曰：「既無異心，何故帶兵入城？」彰即時叱退左右將士，隻身入內，拜見曹丕。兄弟二人，相抱大哭。曹彰將本部軍馬盡交與曹丕。丕令彰回鄢陵自守，彰拜辭而去。

於是曹丕安居王位，改建安二十五年為延康元年。封賈詡為太尉，華歆為相國，王朗為御史大夫。大小官僚，盡皆陞賞。謚曹操曰武王，葬於鄴郡高陵。令于禁董治陵事。禁奉令到彼，只見陵屋中白粉壁上，圖畫關雲長水渰七軍擒獲于禁之事：畫雲長儼然上坐，龐德憤怒不屈，于禁拜伏於地，哀求乞命之狀。原來曹丕以于禁兵敗被擒，不能死節，既降敵而復歸，心鄙其為人，故先令人圖畫陵屋粉壁，故意使之往見以愧之。當下于禁見此畫像，又羞又惱，氣憤成病，不久而死。後人有詩歎曰：

未篡位，先改元，即此便為篡位之兆。

三十年來說舊交，可憐臨難不忠曹。

知人未向心中識，畫虎今從骨裡描。

卻說華歆奏曹丕曰：「鄢陵侯已交割軍馬，赴本國去了；臨淄侯植、蕭懷侯熊，二人竟不來奔喪，理當問罪。」丕從之，即分遣二使往二處問罪。

不一日，蕭懷使者回報：「蕭懷侯曹熊懼罪自縊身死。」丕令厚葬之，追贈蕭懷王。又過了一日，臨淄使者回報，說：「臨淄侯日與丁儀、丁廙兄弟二人酣飲，悖慢無禮；聞使命至，臨淄侯端坐不動。丁儀罵曰：『昔日先王本欲立吾主為世子，被讒臣所阻；今王喪未遠，便問罪於骨肉，何也？』丁廙又曰：『據吾主聰明冠世，自當承嗣大位，今反不得立。汝那廟堂之臣，何不識人才若此！』臨淄侯因大怒叱武士，將臣亂棒打出。」

不知兄弟之義者，定不善處人兄弟之間。

丕聞之，大怒，即令許褚領虎衛軍三千，火速至臨淄擒曹植等一干人來。褚奉命，引軍至臨淄城。臨淄守將攔阻，褚立斬之，直入城中，無一人敢當鋒銳，逕到府堂。只見曹植與丁儀、丁廙等盡皆醉倒。褚皆縛之，載於車上，並將府下大小屬官，盡行拿解鄴郡，聽候曹丕發落。丕下令，先將丁儀、丁廙等盡行誅戮。丁儀字正禮，丁廙字敬禮，沛國人，乃一時文士；及其被殺，人多惜之。

文章不能免禍，為之一歎。

卻說曹丕之母卞氏，聽得曹熊縊死，心甚悲傷；忽又聞曹植被擒，其黨丁儀等已殺，大驚，急出殿，召曹丕相見。丕見母出殿，慌來拜謁。卞氏哭謂丕曰：「汝弟植平生嗜酒疏狂，蓋因自恃胸中之才，故爾放縱。汝可念同胞之情，存其性命。吾至九泉亦瞑目矣。」丕曰：「兒亦深愛其才，安肯害他？今正欲戒其性耳。母親勿憂。」

卞氏洒淚而入。丕出偏殿，召曹植入見。華歆問曰：「適來莫非太后勸殿下勿殺子建乎？」丕曰：「然。」歆曰：「子建懷才抱智，終非池中物；若不早除，必為後患。」丕曰：「母命不可違。」歆曰：「人皆言子建出口成章，臣未深信。主上可召入以才試之。若不能即殺之，若果能則貶之，以絕天下文人之口。」

丕從之。須臾，曹植入見，惶恐伏拜請罪。丕曰：「吾與汝情雖兄弟，義屬君臣；汝安敢恃才蔑禮？昔先君在日，汝常以文章誇示於人，吾深疑汝必用他人代筆。吾今限汝行七步吟詩一首。若果能則免一死，若不能則從重治罪，決不姑恕。」植曰：「願乞題目。」

時殿上懸一水墨畫，畫著兩隻牛，鬭於土牆之下，一牛墜井而亡。丕指畫曰：「即以此畫為題。詩中不許犯著『二牛鬭牆下，一牛墜井死』字樣。」植行七步，其詩已成。詩曰：

兩肉齊道行，頭上帶凹骨。相遇凸山下，欻起相搪突。
二敵不俱剛，一肉臥土窟。非是力不如，盛氣不泄畢。

曹丕及群臣皆驚。丕又曰：「七步成章，吾猶以為遲。汝能應聲而作詩一首否？」植曰：「願即命題。」丕曰：「吾與汝乃兄弟也。以此為題。亦不許犯著『兄弟』字樣。」植略不思索，即口占一首曰：

煮豆燃豆萁，豆在釜中泣。
本是同根生，相煎何太急！

曹丕聞之，潸然淚下。其母卞氏，從殿後出曰：「兄何逼弟之甚耶？」丕慌忙離坐告曰：「國法不可廢耳。」於是貶曹植為安鄉侯。植拜辭上馬而去。

曹丕自繼位之後，法令一新，威逼漢帝，甚於其父。早有細作報入成都。漢中王聞之，大驚，即與文武商議曰：「曹操已死，曹丕繼位，威逼天子，更甚於操。東吳孫權拱手稱臣。孤欲先伐東吳，以報雲長之讎；次討中原，以除亂賊。」

言未畢，廖化出班，哭拜於地曰：「關公父子遇害，實劉封、孟達之罪。乞誅此二賊。」玄德便欲遣人擒之。孔明諫曰：「不可。且宜緩圖之，急則生變矣。可陞此二人為郡守，分調開去，然後可擒。」玄德從之，遂遣使陞劉封去守綿竹。原來彭羕與孟達甚厚，聽知此事，急回家作書，遣心腹人馳報孟達。使者方出南門外，被馬超巡視軍捉獲，解見馬超。超審知此事，即往見彭羕。羕接入，置酒相待。酒至數巡，超以言挑之曰：「昔漢中王待公甚厚，今何漸薄也？」羕因酒醉，恨罵曰：「老革❶荒悖，吾必有以報之！」超又探曰：「某亦懷怨心久矣。」羕曰：「公起本部軍，結連孟達為外合，某領川兵為內應，大事可圖也。」超曰：「先生之言甚當，來日再議。」

超辭了彭羕，即將人與書解見漢中王，細言其事。玄德大怒，即令擒彭羕下獄，拷問其情。羕在獄中，悔之無及。玄德問孔明曰：「彭羕有謀反之意，當何以治之？」孔明曰：「羕雖狂士，然留之久必生禍。」於是玄德賜彭羕死於獄。

彭羕既死，有人報知孟達。達大驚，舉止失措。忽使命至，調劉封回守綿竹去訖。孟達慌請上庸房

試了好文字，猶然降等；若文字不佳，將不止降等矣。

馬超性直，此亦能用詐。

❶ 老革：革，兵革。老革，猶言老卒，老兵。

陵都尉申耽、申儀弟兄二人商議曰：「我與法孝直同有功於漢中王；今孝直已死，而漢中王忘我前功，乃欲見害，為之奈何？」耽曰：「某有一計，使漢中王不能加害於公。」

達大喜，急問何計。耽曰：「吾弟兄欲投魏久矣；公可作一表，辭了漢中王，投魏王曹丕，丕必重用；吾二人亦隨後來降也。」達猛然省悟，即寫表一通，付與來使；當晚引五十餘騎投魏去了。使命持表回成都，奏漢中王，言孟達投魏之事。先主大怒。覽其表曰：

臣達伏惟殿下，將建伊呂之業，追桓文之功，大事草創，假勢吳楚，是以有為之士，望風歸順。臣委質以來，愆戾山積；臣猶自知，況於君乎？今王朝英俊鱗集，臣內無輔佐之器，外無將領之才，列次功臣，誠足自愧！

臣聞范蠡識機，浮於五湖；舅犯謝罪，逡巡河上。夫際會之間，請命乞身，何哉？欲潔去就之分也。況臣卑鄙，無元功臣勳，自繫於時，竊慕前賢，早思遠恥。昔申生至孝，見疑於親；子胥至忠，見誅於君；蒙恬拓境而被大刑，樂毅破齊而遭讒佞。臣每讀其書，未嘗不感慨流涕；而親當其事，益用傷悼！

邇者，荊州覆敗，大臣失節，百無一還；惟臣尋事，自致房陵上庸，而復乞身，自放於外。伏願殿下聖恩感悟，愍臣之心，悼臣之舉。臣誠小人，不能始終。知而為之，敢謂非罪？臣每聞「交絕無惡聲，去臣無怨辭」。臣數奉教於君子，願君王勉之。臣不勝惶恐之至！

玄德看畢，大怒曰：「匹夫叛吾，安敢以文辭相戲耶！」即欲起兵擒之。孔明曰：「可就遣劉封進兵，令二虎相併；劉封或有功，或敗績，必歸成都，就而除之，可絕兩害。」玄德從之，遂遣使到綿竹，傳諭劉封。封受命，率兵來擒孟達。

一舉兩得，殊不費力。

卻說曹丕正聚文武議事，忽近臣奏曰：「蜀將孟達來降。」丕召入問曰：「汝此來，莫非詐降乎？」達曰：「臣為不救關公之危，漢中王欲殺臣，因此懼罪來降，別無他意。」曹丕尚未准信，忽報劉封引五萬兵來。取襄陽，單搦孟達廝殺。丕曰：「汝既是真心，便可去襄陽取劉封首級來，孤方准信。」達曰：「臣以利害說之，不必動兵，令劉封亦來降也。」

丕大喜，遂加孟達為散騎常侍建武將軍平陽亭侯，領新城太守，去守襄陽、樊城。原來夏侯尚、徐晃已先在襄陽，正將收取上庸諸部。孟達到了襄陽，與二將禮畢。探得劉封離城五十里下寨。達即修書一封，使人齎赴蜀寨招降劉封。劉封覽畢大怒曰：「此賊誤吾叔姪之義，又間吾父子之親，使吾為不忠不孝之人也！」遂扯碎來書，斬其使。次日，引軍前來搦戰。

孟達知劉封扯書斬使，勃然大怒，亦領兵出迎。兩陣對圓，封立馬於門旗下，以刀指罵曰：「背國反賊，安敢亂言！」孟達曰：「汝死已臨頭，還自執迷不省！」封大怒，拍馬舞刀，直奔孟達。戰不三合，達敗走。封乘虛追殺二十餘里，一聲喊起，伏兵盡出。左邊夏侯尚殺來，右邊徐晃殺來，孟達回身復戰：三軍夾攻。劉封大敗而走，連夜奔回上庸，背後魏兵趕來。劉封到城下叫門，城上亂箭射下。申耽在敵樓上叫曰：「吾已降了魏也！」

封大怒，欲待攻城，背後追軍將至。封立腳不住，只得望房陵而奔，見城上已盡插魏旗。申儀在敵樓上將旗一颭，城後一彪軍出，旗上大書「右將軍徐晃」。封抵敵不住，急望西川而走。晃乘勢追殺。劉封部下只剩得百餘騎，到了成都，入見漢中王，哭拜於地，細奏前事。玄德怒曰：「辱子有何面目復來見吾！」封曰：「叔父之難，非兒不救，因孟達諫阻故耳。」玄德轉怒曰：「汝須食人食、穿人衣！非土木偶人，安可聽讒賊所阻！」命左右推出斬之。漢中王既斬劉封，後聞孟達招之，毀書斬使之事，心中頗悔；又哀痛關公，以致染病，因此按兵不動。

且說魏王曹丕，自即王位，將文武官僚，盡皆陞賞；遂統甲兵三十萬，南巡沛國譙縣，大饗先塋。鄉中父老，揚塵遮道，奉觴進酒，效漢高祖還沛之事。人報大將軍夏侯惇病篤，丕即還鄴郡。時惇已卒，丕為挂孝，以厚禮殯葬。

是歲八月間，報稱石邑縣鳳凰來儀，臨淄城麒麟出現，黃龍現於鄴郡。於是中郎將李伏、太史丞許芝商議：種種瑞徵，乃魏當代漢之兆，可安排受禪之禮，令漢帝將天下讓於魏王。遂同華歆、王朗、辛毗、賈詡、劉廙、劉曄、陳矯、陳群、桓楷等，一班文武官僚，四十餘人，直入內殿，來奏漢獻帝，請禪位於魏王曹丕。正是：魏家社稷今將建，漢代江山忽已移。未知獻帝如何回答，且看下文分解。

此鳳、此麟、此龍，不當來而來，非魏之禎祥，乃漢之妖孽耳。

第八〇回　曹丕廢帝篡炎劉　漢王正位續大統

卻說華歆等一班文武，入見獻帝。歆奏曰：「伏覩魏王，自登位以來，德布四方，仁及萬物；越古超今，雖唐虞無以過此。群臣會議，言漢祚已終，望陛下效堯舜之道，以山川社稷，禪與魏王；上合天心，下合民意，則陛下安享清閒之福。祖宗幸甚！生靈幸甚！臣等議定，特來奏請。」

帝聞奏大驚，半晌無言，覷百官而哭曰：「朕想高祖提三尺劍，斬蛇起義，平秦滅楚，創造基業，世統相傳，四百年矣。朕雖不才，初無過惡，安忍將祖宗大業，等閒棄了？汝百官再從公計議。」

華歆引李伏、許芝近前奏曰：「陛下若不信，可問此二人。」李伏奏曰：「自魏王即位以來，麒麟降生，鳳凰來儀，黃龍出現，嘉禾蔚生，甘露下降；此即上天示瑞，魏當代漢之象也。」

許芝又奏曰：「臣等職掌司天，夜觀乾象，見炎漢氣數已終，陛下帝星隱匿不明；魏國乾象，極天察地，言之難盡。更兼上應圖讖。其讖曰：『鬼在邊，委相連；當代漢，無可言。言在東，午在西；兩日並光上下移。』以此論之，陛下可早禪位。『鬼在邊』，『委相連』，是『魏』字也；『言在東，午在西』，乃『許』字也；『兩日並光上下移』，乃『昌』字也：此是魏在許昌應受漢禪也。願陛下察之。」

帝曰：「祥瑞圖讖，皆虛妄之事；奈何以虛妄之事，而遽欲朕舍祖宗之基業乎？」王朗奏曰：「自古以來，有興必有廢，有盛必有衰。豈有不亡之國、不敗之家乎？漢室相傳四百餘年，延至陛下，氣數

語語喪心。

已盡，宜早退避，不可遲疑，遲則生變矣。」帝大哭，入後殿去了。百官哂笑而退。

次日，官僚又集於大殿，令宦官入請獻帝。帝憂懼不敢出。曹后曰：「百官請陛下設朝，陛下何故推阻？」帝泣曰：「汝兄欲篡位，令百官相逼，朕故不出。」曹后大怒曰：「吾兄奈何為此亂逆之事耶！」言未畢，只見曹洪、曹休帶劍而入，請帝出殿。曹后大罵曰：「俱是汝等亂賊，希圖富貴，共造逆謀！吾父功蓋寰區，威震天下，然且不敢篡竊神器。今吾兄嗣位未幾，輒思篡漢，皇天必不祚爾！」言罷，痛哭入宮。左右侍者皆欷歔流涕。

曹后深明大義。

曹洪、曹休力請獻帝出殿。帝被逼不過，只得更衣出前殿。華歆奏曰：「陛下可依臣等昨日之議，免遭大禍。」帝痛哭曰：「卿等皆食漢祿久矣；中間多有漢朝功臣子孫，何忍作此不臣之事？」歆曰：「陛下若不從眾議，恐旦夕蕭牆禍起，非臣等不忠於陛下也。」帝曰：「誰敢弒朕耶？」歆厲聲曰：「天下之人，皆知陛下無人君之福，以致四方大亂！若非魏王在朝，弒陛下者，何止一人？陛下尚不知恩報本，直欲令天下人共伐陛下耶？」

帝大驚，拂袖而起。王朗以目視華歆。歆縱步向前扯住龍袍，變色而言曰：「許與不許，早發一言！」帝戰慄不能答。曹洪、曹休拔劍大呼曰：「符寶郎何在？」祖弼應聲出曰：「符寶郎在此！」曹洪索要玉璽。祖弼叱曰：「玉璽乃天子之寶，安得擅索！」洪喝令武士推出斬之。祖弼大罵不絕口而死。後人有詩讚曰：

姦宄專權漢室亡，詐稱禪位效虞唐。

滿朝百辟皆尊魏，僅見忠臣符寶郎。

帝顫慄不已。只見階下披甲持戈數百餘人，皆是魏兵。帝泣謂群臣曰：「朕願將天下禪於魏王，幸留殘喘，以終天年。」賈詡曰：「魏王必不負陛下。陛下可急降詔，以安眾心。」帝只得令陳群草禪國之詔，令華歆齎捧詔璽，引百官直至魏王宮獻納。曹丕大喜。開讀詔曰：

朕在位三十二年，遭天下蕩覆，幸賴祖宗之靈，危而復存。然今仰瞻天象，俯察民心，炎精之數既終，行運在乎曹氏。是以前王既樹神武之蹟，今王又光耀明德，以應其期。歷數昭明，信可知矣。夫大道之行，天下為公。唐堯不私於厥子，而名播於無窮，朕竊慕焉。今其追踵堯典，禪位於丞相魏王。王其毋辭！

曹丕聽畢，便欲受詔。司馬懿諫曰：「不可。雖然詔璽已至，殿下宜且上表謙辭，以絕天下之謗。」丕從之，令王朗作表，自稱德薄，請別求大賢以嗣大位。帝覽表，心甚驚疑，謂群臣曰：「魏王謙遜，如之奈何？」華歆曰：「昔魏武王受王爵之時，三辭而詔不許，然後受之。今陛下可再降詔，魏王自當允從。」

帝不得已，又令桓楷草詔，遣高廟使張音，持節奉璽至魏王宮。曹丕開讀詔曰：

咨爾魏王，上書謙讓。朕竊為漢道陵遲，為日已久；幸賴武王操，德膺符運，奮揚神武，芟除兇暴，清定區夏。今王丕纘承前緒，至德光昭，聲教被四海，仁風扇八區；天之歷數，實在爾躬。

昔虞舜有大功二十，而放勳禪以天下；大禹有疏導之績，而重華禪以帝位。漢承堯運，有傳聖之義。加順靈祇，紹天明命，使行御史大夫張音，持節奉皇帝璽綬。王其受之！

曹丕接詔欣喜，謂賈詡曰：「雖二次有詔，然終恐天下後世，不免篡竊之名也。」詡曰：「此事極易。可再命張音齎回璽綬，卻教華歆令漢帝築一臺，名『受禪臺』；擇吉日良辰，集大小公卿，盡到臺下，令天子親奉璽綬，禪天下與王；便可以釋群疑，而絕眾議矣。」

丕大喜，即令張音捧回璽綬，仍作表謙辭。音回奏獻帝。帝問群臣曰：「魏王又讓，其意若何？」華歆奏曰：「陛下可築一臺，名曰『受禪臺』，聚集公卿庶民，明白禪位；則陛下子子孫孫，必蒙魏恩矣。」帝從之，乃遣太常院官，卜地於繁陽，築起三層高臺，擇於十月庚午日寅時禪讓。

至期，獻帝請魏王曹丕登臺受禪。臺下集大小官僚四百餘員，御林虎賁禁軍三十餘萬。帝親捧玉璽奉曹丕。丕受之，臺下群臣跪聽冊曰：

咨爾魏王：昔者唐堯禪位於虞舜，舜亦以命禹：天命不於常，惟歸有德。漢道陵遲，世失其序；降及朕躬，大亂滋昏，群凶恣逆，宇內顛覆。賴武王神武，拯茲難於四方，唯清區夏，以保綏我宗廟；豈予一人獲乂，俾九服實受其賜。今王欽承前緒，光於乃德；恢文武之大業，昭爾考之弘烈。皇靈降瑞，人神告徵；誕惟亮采，師錫朕命。僉曰爾度克協於虞舜，用率我唐典，敬遜爾位。於戲！天之歷數在爾躬，君其祇順大禮，饗萬國以肅承天命！

既畏此名，何如不做？

眾目昭彰，其罪愈著。

讀冊已畢，魏王曹丕，即受禪位大禮，登了帝位。賈詡引大小官僚朝於臺下。改延康元年為黃初元年，國號大魏。丕即傳旨，大赦天下，謚父曹操為太祖武皇帝。華歆奏曰：「『天無二日，民無二王。』漢帝既禪天下，理宜退就藩服。乞降明旨安置劉氏於何地？」

華歆之惡，一至於此。

言訖，扶獻帝跪於臺下聽旨。丕降旨封帝為山陽公，即日便行。華歆按劍指帝厲聲而言曰：「立一帝，廢一帝，古之常道！今上仁慈，不忍加害，封汝為山陽公。今日便行，非宣詔不許入朝！」獻帝含淚拜謝，上馬而去。臺下軍民人等見之，傷感不已。丕謂群臣曰：「舜禹之事，朕知之矣！」群臣皆呼萬歲。後人觀此「受禪臺」，有詩歎曰：

兩漢經營事頗難，一朝失卻舊江山。
黃初欲學唐虞事，司馬將來作樣看。

百官請曹丕答謝天地。丕方下拜，忽然臺前捲起一陣怪風，飛砂走石，急如驟雨，對面不見；臺上火燭，盡皆吹滅。丕驚倒於臺上，百官急救下臺，半晌方醒。侍臣扶入宮中，數日不能設朝。後病稍可，方出殿受群臣朝賀。封華歆為司徒，王朗為司空。大小官僚，一一陞賞。丕疾未痊，疑許昌宮室多妖，乃自許昌幸洛陽，大建宮室。

此亦祥瑞也？

早有人到成都，報說曹丕自立為大魏皇帝，於洛陽蓋造宮殿；且傳言漢帝已遇害。漢中王聞知，痛哭終日，下令百官掛孝，遙望設祭，上尊謚曰：孝愍皇帝。玄德因此憂慮，致染成疾，不能理事，政務皆託與孔明。孔明與太傅許靖、光祿大夫譙周商議，言天下不可一日無君，欲尊漢中王為帝。譙周曰：

曹丕逼勒天子之詔，先主不受群臣之表，相去甚遠。

「近有祥鳳慶雲之瑞；成都西北角有黃氣數十丈沖霄而起，帝星見於畢、胃、昴之分，煌煌如月；此正應漢中王當即帝位，以繼漢統，更復何疑？」

於是孔明與許靖，引大小官僚上表，請漢中王即皇帝位。漢中王覽表，大驚曰：「卿等欲陷孤為不忠不義之人耶？」孔明奏曰：「非也。曹丕篡漢自立，主上乃漢室苗裔，理合繼統以延漢祀。」漢中王勃然變色曰：「孤豈效逆賊所為！」拂袖而起，入於後宮。眾官皆散。

三日後，孔明又引眾官入朝，請漢中王出，眾皆拜伏於前。許靖奏曰：「今漢天子已被曹丕所弒。主上不即帝位，興師討逆，不得為忠義也。今天下無不欲主上為君，為孝愍皇帝雪恨；若不從臣等所議，是失民望矣。」漢中王曰：「孤雖是景帝之孫，並未有德澤以布於民；今一旦自立為帝，與篡竊何異？」孔明苦勸數次，漢中王堅執不從。孔明乃設一計，謂眾官曰：「如此如此。」於是孔明託病不出。

漢中王聞孔明病篤，親到府中，直入臥榻邊問曰：「軍師所感何疾？」孔明答曰：「憂心如焚，命不久矣。」漢中王曰：「軍師所憂何事？」連問數次，孔明只推病重，瞑目不答。漢中王再三請問。孔明喟然歎曰：「臣自出茅廬，得遇大王，相隨至今，言聽計從；今幸大王有兩川之地，不負臣夙昔之言。目今曹丕篡位，漢祀將斬，文武官僚，咸欲奉大王為帝，滅魏興劉，共圖功名；不想大王堅執不肯，眾官皆有怨心，不久必盡散矣。若文武皆散，吳、魏來攻，兩川難保，臣安得不憂乎？」漢中王曰：「吾非推阻，恐天下人議論耳。」孔明曰：「聖人云：『名不正，則言不順。』今大王名正言順，有何可議？豈不聞『天與弗取，反受其咎』？」漢中王曰：「待軍師病可，行之未遲。」

孔明聽罷，從榻上躍然而起，將屏風一擊，外面文武眾官皆入，拜伏於地曰：「主上既允，便請擇日以行大禮。」漢中王視之，乃是太傅許靖、安漢將軍糜竺、青衣侯尚舉、陽泉侯劉豹、別駕趙祚、治中楊洪、議曹杜瓊、從事張爽、太常卿賴忠、光祿卿黃權、祭酒何曾、學士尹默、司業譙周、大司馬殷純、偏將軍張裔、少府王謀、昭文博士伊籍、從事郎秦宓等眾也。

漢中王驚曰：「陷孤於不義，皆卿等也。」孔明曰：「主上既允所請，便可築臺擇吉恭行大禮。」即時送漢中王還宮，一面令博士許慈、諫議郎孟光掌禮，築臺於成都武擔之南。諸事齊備，多官整設鑾駕，迎請漢中王登壇致祭。譙周在壇上，高聲朗讀祭文曰：

維建安二十六年四月丙午朔，越十二日丁巳。皇帝備，敢昭告於皇天后土：漢有天下，歷數無疆。曩者，王莽篡盜，光武皇帝震怒致誅，社稷復存。今曹操阻兵殘忍，戮殺主后，罪惡滔天；操子丕，載肆凶逆，竊據神器。群下將士，以為漢祀墮廢，備宜延之，嗣武二祖，躬行天罰。備懼無德忝帝位，詢於庶民，外及遐荒君長，僉曰：天命不可以不答，祖業不可以久替，四海不可以無主。率土式望，在備一人。備畏天明命，又懼高光之業，將墜於地，謹擇吉日，登壇祭告，受皇帝璽綬，撫臨四方。惟神饗祚漢家，永綏歷服！

讀罷祭文，孔明率眾官恭上玉璽。漢中王受了，捧於壇上，再三推讓曰：「備無才德，請擇有才德者受之。」孔明奏曰：「主上平定四海，功德昭於天下，況是大漢宗派，宜即正位。已祭告天神，復何讓焉？」文武各官，皆呼萬歲。拜舞禮畢，改元章武元年。立妃吳氏為皇后，長子劉禪為太子。封次子劉永為魯王、劉理為梁王。封諸葛亮為丞相，許靖為司徒。大小官僚，一一陞賞。大赦天下。兩川軍民，

此讓雖是虛文，然與曹丕之讓不同。

無不欣躍。

次日設朝，文武官僚拜畢，列為兩班。先主降詔曰：「朕自桃園與關、張結義，誓同生死；不幸二弟雲長，被東吳孫權所害。若不報讎，是負盟也。朕欲起傾國之兵，剪伐東吳，生擒逆賊，以雪此恨！」言未畢，班內一人，拜伏於階下，諫曰：「不可。」先主視之，乃虎威將軍趙雲也。正是：君王未及行天討，臣下曾聞進直言。未知子龍所諫若何，且看下文分解。

第八一回　急兄讎張飛遇害　雪弟恨先主興兵

卻說先主起兵東征。趙雲諫曰：「國賊乃曹操，非孫權也。今曹丕篡漢，神人共怒。陛下可早圖關中，屯兵渭河上流，以討凶逆，則關東義士，必裹糧策馬以迎王師；若舍魏以伐吳，兵勢一交，豈能驟解？願陛下察之。」先主曰：「孫權害了朕弟；又兼傅士仁、糜芳、潘璋、馬忠，皆有切齒之讎；啖其肉而滅其族，方雪朕恨。卿何阻耶？」雲曰：「漢賊之讎，公也；兄弟之讎，私也。願以天下為重。」先主答曰：「朕不為弟報讎，雖有萬里江山，何足為貴？」遂不聽趙雲之諫，下令起兵伐吳；且發使往五谿，借番兵五萬，共相策應；一面差使往閬中，遷張飛為車騎將軍，領司隸校尉，西鄉侯，兼閬中牧。使命齎詔而去。

子龍見識有大臣諫臣之風。

卻說張飛在閬中，聞知關公被東吳所害，旦夕號泣，血溼衣襟。諸將以酒勸解，酒醉怒氣愈加。帳上帳下，但有犯者即鞭撻之；多有鞭死者。每日望南切齒睜目怒恨，放聲痛哭不已。忽報使至，慌忙接入，開讀詔旨。飛受爵望北拜畢，設酒款待來使。

飛曰：「吾兄被害，讎深似海；廟堂之臣，何不早奏興兵？」使者曰：「多有勸先滅魏而後伐吳者。」飛怒曰：「是何言也！昔我三人桃園結義，誓同生死；今不幸二兄半途而逝，吾安得獨享富貴耶！吾當面見天子，願為前部先鋒，挂孝伐吳，生擒逆賊，祭告二兄，以踐前盟！」言訖，就同使命望成都而來。

獨生且不願，況獨受富貴也

卻說先主每日自下教場操演軍馬，剋日興師，御駕親征。於是公卿都至丞相府中，見孔明曰：「今天子初臨大位，親統軍伍，非所以重社稷也。丞相秉鈞衡之職，何不規諫？」孔明曰：「吾苦諫數次，只是不聽。今日公等隨我入教場諫去。」當下孔明引百官來奏先主曰：「陛下初登寶位，若欲北討漢賊，以伸大義於天下，方可親統六師；若只欲伐吳，命一上將統軍伐之，可也，何必親勞聖駕？」

先主見孔明苦諫，心中稍回。忽報張飛到來，先主急召入。飛至演武廳拜伏於地，抱先主足而哭。先主亦哭。飛曰：「陛下今日為君，早忘了桃園之誓！二兄之讎，如何不報？」先主曰：「多官諫阻，未敢輕舉。」飛曰：「他人豈知昔日之盟？若陛下不去，臣捨此軀與二兄報讎！若不能報時，臣寧死不見陛下也！」先主曰：「朕與卿同往。卿提本部兵，自閬州而出；朕統精兵會於江州，共伐東吳，以雪此恨。」飛臨行，先主囑曰：「朕素知卿酒後暴怒，鞭撻健兒，而復令在左右，此取禍之道也。今後務宜寬容，不可如前。」飛拜辭而去。

次日，先主整兵要行。學士秦宓奏曰：「陛下捨萬乘之軀，而徇小義，古人所不取也。願陛下思之。」先主曰：「雲長與朕，猶一體也。大義尚在，豈可忘耶？」宓伏地不起曰：「陛下不從臣言，誠恐有失。」先主大怒曰：「朕欲興兵，爾何出此不利之言！」叱武士推出斬之。宓面不改色，回顧先主而笑曰：「臣死無恨，但惜新創之業，又將顛覆耳！」眾官皆為秦宓告免。先主曰：「暫且囚下，待朕報讎回時發落。」

孔明聞知，即上表救秦宓。其略曰：

臣亮等，竊以吳賊逞奸詭之計，致荊州有覆亡之禍。隕將星於斗牛，折天柱於楚地，此情哀痛，

非此一怒，則眾官之諫不息。

誠不可忘。但念遷漢鼎者，罪由曹操；移劉祚者，過非孫權。竊謂魏賊若除，則吳自賓服。願陛下納秦宓金石之言，以養士卒之力，別作良圖，則社稷幸甚！天下幸甚！

先主看畢，擲表於地曰：「朕意已決，無得再諫！」遂命丞相諸葛亮保太子守兩川；驃騎將軍馬超，並弟馬岱，助鎮北將軍魏延守漢中，以當魏兵；虎威將軍趙雲為後應，兼督糧草；黃權、程畿為參謀；馬良、陳震掌理文書；黃忠為前部先鋒；馮習、張南為副將；傅彤、張翼為中軍護尉；趙融、廖淳為合後。川將數百員，并五谿番將等，共兵七十五萬。擇定章武元年七月丙寅日出師。

卻說張飛回到閬中，下令軍中：限三日內製辦白旗白甲，三軍挂孝伐吳。次日，帳下兩員末將范疆、張達入帳告曰：「白旗白甲，一時無措，須寬限方可。」飛大怒曰：「吾急欲報讎，恨不明日便到逆賊之境。汝安敢違我將令！」叱武士縛於樹上，各鞭背五十。鞭畢，以手指之曰：「來日俱要完備！若違了限，即殺汝二人示眾！」打得二人滿口出血，回到營中商議。

范疆曰：「今日受了刑責，明日如何辦得？其人性暴如火，倘來日不完，你我皆被殺矣！」張達曰：「比如他殺我，不如我殺他。」疆曰：「怎奈不得近前。」達曰：「我兩個若不當死，則他醉於牀上；若是當死，則他不醉。」二人商議停當。

卻說張飛在帳中，神思皆亂，動止恍惚，乃問部將曰：「吾今心驚肉顫，坐臥不安，此何意也？」部將答曰：「此是君侯思念關公，以致如此。」

飛令人將酒來與部將同飲，不覺大醉，臥於帳中。范、張兩賊，探知消息，初更時分，各藏短刀，

本欲以

密入帳中，詐言欲稟機密重事，直至牀前。原來張飛每睡不合眼，當夜寢於帳中，二賊見他鬚豎目張，本不敢動手；因聞鼻息如雷，方敢近前，以短刀刺入飛腹。飛大叫一聲而亡。時年五十五歲。後人有詩歎曰：

安喜曾聞鞭督郵，黃巾掃盡佐炎劉。虎牢關上聲先震，長坂橋邊水逆流。
義釋嚴顏安蜀境，智欺張郃定中州。伐吳未克身先死，秋草長遺閬地愁！

卻說二賊當夜割了張飛首級，便引數十人連夜投東吳去了。次日，軍中聞知，起兵追之不及。時有張飛部將吳班，向自荊州來見先主，先主用為牙門將，使佐張飛守閬中。當下吳班先發表章，奏知天子，然後令長子張苞具棺槨盛貯，令弟張紹守閬中。苞自來報先主。時先主已擇期出師。大小官員，皆隨孔明送十里方回。孔明回至成都，怏怏不樂，顧謂眾官曰：「法孝直若在，必能制主上東行也。」

卻說先主是夜心驚肉顫，寢臥不安。出帳仰觀天文，見西北一星，其大如斗，忽然墜地。先主驚疑，連夜令人來問孔明。孔明回奏曰：「合損一上將。三日之內，必有警報。」先主因此按兵不動。忽侍臣奏曰：「閬中張車騎部將吳班，差人齎表至。」先主頓足曰：「噫！三弟休矣！」及至覽表，果報張飛凶信。先主放聲大哭，昏絕於地。眾官救醒。

次日，人報一隊軍馬驟風而至。先主出營觀之，良久，見一員小將，白袍銀鎧，滾鞍下馬；伏地而哭，乃張苞也。苞曰：「范疆、張達殺了臣父，將首級投東吳去了！」先主哀痛至甚，飲食不進。群臣苦諫曰：「陛下方欲為二弟報讎，何可先自摧殘龍體？」先主方纔進膳；遂謂張苞曰：「卿與吳班，敢

酒節哀，誰知以酒致死。

引本部軍作先鋒，為卿父報讎否？」苞曰：「為國為父，萬死不辭！」

先主正欲遣苞起兵，又報一彪軍蜂擁而至。先主令侍臣探之。須臾，侍臣引一小將軍，白袍銀鎧，入營伏地而哭。先主視之，乃關興也。先主見了關興，想起關公，又放聲大哭。眾官苦勸。先主曰：「朕想布衣時，與關、張結義，誓同生死；今朕為天子，正欲與兩弟共享富貴，不幸俱死於非命！見此二姪，能不斷腸！」

言訖又哭。眾官曰：「二小將軍且退。容聖上將息龍體。」侍臣奏曰：「陛下年過六旬，不宜過於哀痛。」先主曰：「二弟俱亡，朕安忍獨生！」言訖，以頭頓地而哭。多官商議曰：「今天子如此煩惱，將何解勸？」馬良曰：「主上親統大兵伐吳，終日號泣，於軍不利。」陳震曰：「吾聞成都青城山之西，有一隱者：姓李，名意。世人傳說此老已三百餘歲，能知人之生死吉凶，乃當世之神仙也。何不奏知天子，召此老來，問他吉凶？勝如吾等之言。」遂入奏先主。先主從之，即遣陳震齎詔，往青城山宣召。震星夜到了青城，令鄉人引入山谷深處，遙望仙莊，清雲隱隱，瑞氣非凡。忽見一小童來迎曰：「來者莫非陳孝起乎？」震大驚曰：「仙童如何知我姓字？」童子曰：「吾師昨夜有言：『今日必有皇帝詔命至，使者必是陳孝起。』」震曰：「真神仙也！人言信不誣矣！」遂與小童同入仙莊，拜見李意，宣天子詔命。李意推老不行。震曰：「天子急欲見仙翁一面，幸勿吝鶴駕。」

再三敦請，李意方行。既至御營，入見先主。先主見李意鶴髮童顏，碧眼方瞳，灼灼有光。身如古柏之狀，知是異人，優禮相待。李意曰：「老夫乃荒山村叟，無學無識。辱陛下宣召，不知有何見諭？」先主曰：「朕與關、張二弟結生死之交，三十餘年矣。今二弟被害，親統大軍報讎，未知休咎如何。久

先主從來善哭，宜其哭個不住。

作者欲寫二小將英雄，故借爭印稍加點染。

聞仙翁通曉玄機，望乞賜教。」李意曰：「此乃天數，非老夫所知也。」

先主再三求問，意乃索紙筆畫兵馬器械四十餘張，畫畢便一一扯碎。又畫一大人仰臥於地上，傍邊一人掘土埋之，上寫一大「白」字，遂稽首而去。先主不悅，謂群臣曰：「此狂叟也！不足為信！」即以火焚之，便催軍前進。

張苞入奏曰：「吳班軍馬已至。小臣乞為先鋒。」先主壯其志，即取先鋒印賜張苞。苞方欲挂印，又一少年將奮然出曰：「留下印與我！」視之乃關興也。苞曰：「我已奉詔矣。」興曰：「汝有何能，敢當此任？」苞曰：「我自幼學習武藝，箭無虛發。」先主曰：「朕正要觀賢姪武藝，以定優劣。」苞令軍士於百步之外，立一面旗，旗上畫一紅心。苞拈弓取箭，連射三箭，皆中紅心。眾皆稱善。關興挽弓在手曰：「射中紅心，何足為奇！」

正言間，忽值頭上一行雁過。興指曰：「吾射這飛雁第三隻。」一箭射去，那隻雁應弦而落。文武官僚，齊聲喝采。苞大怒，飛身上馬，手挺父所使丈八點鋼矛，大叫曰：「你敢與我比試武藝否？」興亦上馬，綽家傳大砍刀縱馬而出曰：「偏你能使矛！吾豈不能使刀！」

二將方欲交鋒，先主喝曰：「二子休得無禮！」興、苞二人慌忙下馬，各棄兵器，拜伏請罪。先主曰：「朕自涿郡與卿等之父結異姓之交，親如骨肉；今汝二人亦是昆仲之分，正當同心協力，共報父讎；奈何自相爭競，失其大義！父喪未遠而猶如此，況日後乎？」

二人再拜伏罪。先主問曰：「卿二人誰年長？」苞曰：「臣長關興一歲。」先主即命興拜苞為兄。二人就帳前折箭為誓，永相救護。先主下詔使吳班為先鋒，令張苞、關興護駕。水陸並進，船騎雙行。

浩浩蕩蕩，殺奔吳國來。

卻說范疆、張達，將張飛首級，投獻吳侯，細告前事。孫權聽罷，收了二人，乃謂百官曰：「今劉玄德即了帝位，統精兵七十餘萬，御駕親征，其勢甚急，如之奈何？」百官盡皆失色，面面相覷。諸葛瑾出曰：「某食君侯之祿久矣；無可報效，願捨殘生，去見蜀主，以利害說之，使兩國相和，共討曹丕之罪。」權大喜，即遣諸葛瑾為使，來說先主罷兵。正是：兩國相爭通使命，一言解難賴行人。未知諸葛瑾此去如何，且看下文分解。

第八二回　孫權降魏受九錫　先主征吳賞六軍

卻說章武元年秋八月，先主起大軍至夔關，駕屯白帝城。前隊軍馬已至川口。近臣奏曰：「吳使諸葛瑾至。」先主傳旨教休放入。黃權奏曰：「瑾弟在蜀為相，必有事而來，陛下何故絕之？當召入，看他言語。可從則從；如不可，則就借彼口說與孫權，令知問罪有名也。」

先主從之，召瑾入城。瑾拜伏於地。先主問曰：「子瑜遠來，有何事故？」瑾曰：「臣弟久事陛下，臣故不避斧鉞，特來奏荊州之事。前者，關公在荊州時，吳侯數次求親，關公不允。後關公取襄陽，曹操屢次致書吳侯，使襲荊州；吳侯本不肯許，因呂蒙與關公不睦，故擅自興兵，誤成大事。今吳侯悔之不及。此乃呂蒙之罪，非吳侯之過也。今呂蒙已死，冤讎已息。孫夫人一向思歸。今吳侯令臣為使，願送歸夫人，縛還降將，並將荊州仍舊交還，永結盟好，共滅曹丕，以正篡逆之罪。」

先主怒曰：「汝東吳害了朕弟，今日敢以巧言來說乎！」瑾曰：「臣請以輕重大小之事，與陛下論之。陛下乃漢朝皇叔，今漢帝已被曹丕篡奪，不思剿除，卻為異姓之親，而屈萬乘之尊，是捨大義而就小義也。中原乃海內之地，兩都皆大漢創業之方，陛下不取，而但爭荊州，是棄重而取輕也。天下皆知陛下即位，必興漢室，恢復山河；今陛下置魏不問，反欲伐吳，竊為陛下不取。」先主大怒曰：「殺吾弟之讎，不共戴天！欲朕罷兵，除死方休！不看丞相之面，先斬汝首！今且放汝回去，說與孫權，洗頸就戮！」諸葛瑾見先主不聽，只得自回江南。

卻說張昭見孫權曰：「諸葛子瑜知蜀兵勢大，故假以請使為辭，欲背吳入蜀。此去必不回矣。」權曰：「孤與子瑜，有生死不易之盟。孤不負子瑜，子瑜亦不負孤。昔子瑜在柴桑時，孔明來吳，孤欲使子瑜留之。子瑜曰：『弟已事玄德，義無二心；弟之不留，猶瑾之不往。』其言足貫神明。今日豈肯降蜀乎？孤與子瑜可謂神交，非外言所得間也。」

正言間，忽報諸葛瑾回。權曰：「孤言若何？」張昭滿面羞慚而退。瑾見孫權，言先主不肯通和之意。權大驚曰：「若如此，則江南危矣！」堦下一人進曰：「某有一計，可解此危。」視之，乃中大夫趙咨也。權曰：「德度有何良策？」咨曰：「主公可作一表，某願為使，往見魏帝曹丕陳說利害，使襲漢中，則蜀兵自危矣。」權曰：「此計雖善。但卿此去，休失了東吳氣象。」咨曰：「若有些小差失，即投江而死。安有面目見江南人物乎？」

權大喜，即寫表稱臣，令趙咨為使。星夜到了許都，先見太尉賈詡等，並大小官僚。次日早朝，賈詡出班奏曰：「東吳遣中大夫趙咨上表。」曹丕笑曰：「此欲退蜀兵故也。」即令召入。咨拜伏於丹墀。丕覽表畢，遂問咨曰：「吳侯乃何如主也？」咨曰：「聰明仁智雄略之主也。」丕笑曰：「卿褒獎毋乃太甚？」咨曰：「臣非過譽也。吳侯納魯肅於凡品，是其聰也；拔呂蒙於行陣，是其明也；獲于禁而不害，是其仁也；取荊州兵不血刃，是其智也；據三江虎視天下，是其雄也；屈身於陛下，是其略也：——以此論之，豈不為聰明仁智雄略之主乎？」

有此一段議論，愈襯孫權知人之明。

丕又問曰：「吳主頗知學乎？」咨曰：「吳主浮江萬艘，帶甲百萬，任賢使能，志存經略；少有餘

[illegible]，博覽書傳，歷觀史籍，採其大旨，不效書生尋章摘句而已。」丕曰：「朕欲伐吳，可乎？」咨曰：「大國有征伐之兵，小國有禦備之策。」丕曰：「吳畏魏乎？」咨曰：「帶甲百萬，江漢為池，何畏之有？」丕曰：「東吳如大夫者幾人？」咨曰：「聰明特達者八九十人；如臣之輩，車載斗量，不可勝數。」丕歎曰：「『使於四方，不辱君命』，卿可以當之矣。」

於是即降詔，命太常卿邢貞，齎冊封孫權為吳王，加九錫。趙咨謝恩出城。大夫劉曄諫曰：「今孫權懼蜀兵之勢，故來請降。以臣愚見，蜀、吳交兵，乃天亡之也。今若遣上將提數萬之兵，渡江襲之，蜀攻其外，魏攻其內，吳國之亡，不出旬日。吳亡則蜀孤矣。陛下何不早圖之？」丕曰：「孫權既以禮服朕，朕若攻之，是沮天下欲降者之心；不若納之為是。」劉曄又曰：「孫權雖有雄才，乃殘漢驃騎將軍南昌侯之職。官輕則勢微，尚有畏中原之心；若加以王位，則去陛下一階耳。今陛下信其詐降，崇其位號，以封殖之，是與虎添翼也。」丕曰：「不然。朕不助吳，亦不助蜀。待看吳、蜀交兵，若滅一國，止存一國，那時除之，有何難哉？朕意已決，卿勿復言。」遂命太常卿邢貞，同趙咨捧執冊錫，逕至東吳。

與曹操加九錫相反而相對。

卻說孫權聚集百官，商議禦蜀兵之策，忽報魏帝封主公為王，禮當遠接。顧雍諫曰：「主公宜自稱上將軍九州伯之位，不當受魏帝封爵。」權曰：「當日沛公受項羽之封，蓋因時也；何故卻之？」遂率百官出城迎接。邢貞自恃上國天使，入門不下車。張昭大怒，厲聲曰：「禮無不敬，法無不肅，而君敢自尊大，豈以江南無方寸之刃耶？」邢貞慌忙下車，與孫權相見，並車入城。忽車後一人放聲哭曰：「吾等不能奮身捨命，為主併魏吞蜀，乃令主公受人封爵，不亦辱乎！」眾視之，乃徐盛也。邢貞聞之。歎曰：「江東將相如此，終非久在人下者也！」

卻說孫權受了封爵，眾文武官僚，拜賀已畢，命收拾美玉明珠等物，遣人齎進謝恩。早有細作報說：「蜀主引本國大兵，及蠻王沙摩柯番兵數萬，又有洞溪漢將杜路、劉寧二枝兵，水陸並進，聲勢震天。水路軍已出巫口，旱路軍已到秭歸。」時孫權雖登王位，奈魏主不肯接應，乃問文武曰：「蜀兵勢大，當復如何？」眾皆默然。權歎曰：「周郎之後有魯肅；魯肅之後有呂蒙；今呂蒙已死，無人與孤分憂也！」言未畢，忽班部中一少年將，奮然而出，伏地奏曰：「臣雖年幼，頗習兵書。願乞數萬之兵，以破蜀兵。」權視之，乃孫桓也。桓字叔武，其父名河，本姓俞氏，孫策愛之，賜姓孫，因此亦係吳王宗族。河生四子。桓居其長，弓馬熟嫻，常從吳王征討，累立奇功，官授武衛都尉；時年二十五歲。

權曰：「汝有何策勝之？」桓曰：「臣有大將二員，一名李異，一名謝旌，俱有萬夫不當之勇。乞數萬之眾，往擒劉備。」權曰：「姪雖英勇，爭奈年幼；必得一人相助，方可。」虎威將軍朱然出曰：「臣願與小將軍同擒劉備。」權許之，遂點水陸軍五萬，封孫桓為左都督，朱然為右都督，即日起兵。哨馬探得蜀兵已至宜都下寨，孫桓引二萬五千軍馬，屯於宜都界口，前後分作三營，以拒蜀兵。

卻說蜀將吳班領先鋒之印，自出川以來，所到之處，望風而降；兵不血刃，直到宜都；探知孫桓在彼下寨，飛奏先主。時先主已到秭歸，聞奏怒曰：「量此小兒，安敢與朕抗耶！」關興奏曰：「既孫權令此子為將，不勞陛下遣大將，臣願往擒之。」先主曰：「朕正欲觀汝壯氣。」即命關興前往。興拜辭欲行，張苞出曰：「既關興前去討賊，臣願同行。」先主曰：「二姪同去甚妙；但須謹慎，不可造次。」

二人拜辭先主，會合先鋒，一同進兵，列成陣勢。孫桓聽知蜀兵大至，合寨多起。兩陣對圓，孫桓

王位九錫豈足以彈壓蜀兵乎？

讀至此疑有神助。

領李異、謝旌，立馬於門旗之下，見蜀營中，擁出二員大將，皆銀盔銀鎧，白馬白旗：上首張苞挺丈八點鋼矛，下首關興橫著大砍刀。苞大罵曰：「孫桓豎子！死在臨時，尚敢抗拒天兵乎！」桓亦罵曰：「汝父已作無頭之鬼，今汝又來討死，好生不智！」

張苞大怒，挺槍直取孫桓。桓背後謝旌，驟馬來迎。兩將戰有三十餘合，旌敗走，苞乘勝趕來。李異見謝旌敗了，慌忙拍馬掄蘸金斧接戰。張苞與戰二十餘合，不分勝負。吳軍中裨將譚雄，見張苞英勇，李異不能勝，卻放一冷箭。正射中張苞所騎之馬。那馬負痛奔回本陣，未到門旗邊，撲地便倒，將張苞掀在地上。李異急向前掄起大斧，望張苞腦袋便砍。忽一道紅光閃處，李異頭早落地。原來關興見張苞馬回，正待接應，忽見張苞馬倒，李異趕來；興大喝一聲，劈李異於馬下，救了張苞，乘勢掩殺。孫桓大敗。各自鳴金收軍。

次日，孫桓又引軍來。張苞、關興齊出。關興立馬於陣前，單搦孫桓交鋒。桓大怒，拍馬揮刀，與關興戰三十餘合，氣力不加，大敗回陣。二小將追殺入營，吳班引著張南、馮習驅兵掩殺。張苞奮勇當先，殺入吳軍，正遇謝旌，被苞一矛刺死。吳軍四散奔走。蜀將得勝收兵，只不見了關興。張苞大驚曰：「安國有失，吾不獨生！」言訖，綽槍上馬。尋不數里，只見關興左手提刀，右手活挾一將。苞問曰：「此是何人？」興笑答曰：「吾在亂軍中，正遇讎人，故生擒來。」苞視之，乃昨日放冷箭的譚雄也。苞大喜，同回本營，斬首瀝血，祭了死馬，遂寫表差人赴先主處報捷。

孫桓折了李異、謝旌、譚雄等許多將士，力窮勢孤，不能抵敵，即差人回吳求救。蜀將張南、馮習謂吳班曰：「目今吳兵勢敗，正好乘虛劫寨。」班曰：「孫桓雖然折了許多將士，朱然水軍現今結營江上，未曾損折。今日若去劫寨，倘水軍上岸，斷我歸路，如之奈何？」南曰：「此事至易。可教關、張二將軍，各引五千軍伏於山谷中；如朱然來救，左右兩軍齊出夾攻，必然取勝。」班曰：「不如先使小卒，詐作降兵，卻將劫寨事告知朱然；然見火起，必來救應，卻令伏兵擊之，則大事濟矣。」馮習等大喜，遂依計而行。

卻說朱然聽知孫桓損兵折將，正欲來救，忽伏路軍引幾個小卒上船投降。然問之，小卒曰：「我等是馮習帳下士卒，因賞罰不明，特來投降，就報機密。」然曰：「所報何事？」小卒曰：「今晚馮習乘虛要劫孫將軍營寨，約定舉火為號。」

朱然聽畢，即使人報知孫桓。報事人行至半途，被關興殺了。朱然一面商議，欲引兵去救應孫桓。部將崔禹曰：「小卒之言，未可深信。倘有疏虞，水陸二軍，盡皆休矣。將軍只宜穩守水寨，某願替將軍一行。」

然從之，遂令崔禹引一萬軍前去。是夜馮習、張南、吳班分兵三路，直殺入孫桓寨中，四面火起，吳兵大亂，尋路奔走。

且說崔禹正行之間，忽見火起，急催兵前進。剛纔轉過山來，忽山谷中鼓聲大震，左邊關興、右邊張苞，兩路夾攻。崔禹大驚，方欲奔走，正遇張苞；交馬只一合，被苞生擒而回。朱然聽知危急，將船往下水退五六十里去了。

孫桓引敗軍逃走，問部將曰：「前去何處城堅糧廣？」部將曰：「此去正北彝陵城，可以屯兵。」桓引敗軍急望彝陵而走。方進得城，吳班等追至，將城四面圍定。關興、張苞等解崔禹到秭歸來。先主

關興殺一人擒一人，張苞亦殺一人擒一人。

大喜，就將崔禹斬卻，大賞三軍。自此威風震動，江南諸將，無不膽寒。

卻說孫桓令人求救於吳王，吳王大驚，即召文武商議曰：「今孫桓受困於彝陵，朱然大敗於江中，蜀兵勢大，如之奈何？」張昭奏曰：「今諸將雖多物故，然尚有十餘人，何慮於劉備？可命韓當為正將，周泰為副將，潘璋為先鋒，凌統為合後，甘寧為救應，起兵十萬拒之。」權依所奏，即命諸將速行。此時甘寧正患痢疾，帶病從征。

卻說先主從巫峽、建平起，直接彝陵界分，七十餘里，連結四十餘寨；見關興、張苞屢立大功，歎曰：「昔日從朕諸將，皆老邁無用矣；復有二姪如此英雄，朕何慮孫權乎！」正言間，忽報韓當、周泰領兵來到。先主方欲遣將迎敵，近臣奏曰：「老將黃忠，引五六人投東吳去了。」先主笑曰：「黃漢升非反叛之人也；因朕失口誤言老者無用，彼必不服老，故奮力去相持矣。」即召關興、張苞曰：「黃漢升此去必然有失。賢姪休辭勞苦，可去相助。略有微功，便可令回，勿使有失。」二小將拜辭先主，引本部軍來助黃忠。正是：老臣素矢忠君志，年少能成報國功。未知黃忠此去如何，且看下文分解。

第八三回　戰猇亭先主得讎人　守江口書生拜大將

卻說章武二年，春正月，武威後將軍黃忠，隨先主伐吳；忽聞先主言老將無用，即提刀上馬，引親隨五六人，逕到彝陵營中。吳班與張南、馮習接入，問曰：「老將軍此來，有何事故？」忠曰：「吾自長沙跟天子到今，多負勤勞。今雖七旬有餘，尚食肉十斤，臂開二石之弓，能乘千里之馬，未足為老。昨日主上言吾等老邁無用，故來此與東吳交鋒，看吾斬將，老也不老！」

正言間，忽報吳兵前部已到，哨馬臨營。忠奮然而起，出帳上馬。馮習等勸曰：「老將軍且休輕進。」忠不聽，縱馬而去。吳班令馮習引兵助戰。忠在吳軍陣前，勒馬橫刀，單搦先鋒潘璋交戰。璋引部將史蹟出馬，蹟欺忠年老，挺槍出戰；鬬不三合，被忠一刀斬於馬下。潘璋大怒，揮關公使的青龍刀，來戰黃忠。交馬數合，不分勝負。忠奮力戀戰，璋料敵不過，撥馬便走。忠乘勢追殺，全勝而回，路逢關興、張苞。興曰：「我等奉聖旨來助老將軍；既已立了功，速請回營。」忠不聽。

此老倔強猶昔。

次日，潘璋又來搦戰。黃忠奮然上馬。興、苞二人要助戰，忠不從；吳班要助戰，忠亦不從；只自引五千軍出迎。戰不數合，璋拖刀便走。忠縱馬追之，厲聲大叫曰：「賊將休走！吾今為關公報讎！」追至三十餘里，四面喊聲大震，伏兵齊出。左邊周泰，右邊韓當，前有潘璋，後有淩統，把黃忠困在垓心。忽然狂風大起，忠急退時，山坡上馬忠引一軍出，一箭射中黃忠肩窩，險些兒落馬。

中箭而

偏不落馬，亦是他不老處。

不以江東為重，而以中原為重，與趙雲一樣見識。

吳兵見忠中箭，一齊來攻。忽後面喊聲大起，兩路軍殺來，吳兵潰散，救出黃忠，乃關興、張苞也。二小將保送黃忠逕到御前營中。忠年老血衰，箭瘡痛裂，病甚沈重。先主御駕自來看視，撫其背曰：「令老將軍中傷，朕之過也！」忠曰：「臣乃一武夫耳，幸遇陛下。臣今年七十有五，壽亦足矣。望陛下善保龍體，以圖中原！」言訖，不省人事。是夜殞於御營。後人有詩歎曰：

老將說黃忠，收川立大功。重披金鎖甲，雙挽鐵胎弓。
膽氣驚河北，威名鎮蜀中。臨亡頭似雪，猶自顯英雄。

先主見黃忠氣絕，哀傷不已，敕具棺槨，葬於成都。先主歎曰：「五虎大將，已亡三人，朕尚不能復讎，深可痛哉？」乃引御林軍直至猇亭，大會諸將，分軍八路，水陸俱進。水路令黃權領兵，先主自率大軍於旱路進發。時章武二年二月中旬也。

韓當、周泰聽知先主御駕來征，引兵出迎。兩陣對圓，韓當、周泰出馬，只見蜀營門旗開處，先主自出，黃羅銷金傘蓋，左右白旄黃鉞，金銀旌節，前後圍繞。當大叫曰：「陛下今為蜀主，何自輕出？倘有疎虞，悔之何及！」先主遙指罵曰：「汝等吳狗，傷朕手足，誓不與立於天地之間！」當回顧眾將曰：「誰敢衝突蜀兵？」

部將夏恂，挺槍出馬。先主背後張苞挺丈八矛，縱馬而出，大喝一聲，直取夏恂。恂見苞聲如巨雷，心中驚懼；恰待要走，周泰弟周平見恂抵敵不住，揮刀縱馬而來。關興見了，躍馬提刀來迎。張苞大喝一聲，一矛刺中夏恂，倒撞下馬。周平大驚，措手不及，被關興一刀斬了。二小將便取韓當、周泰。韓、周二人慌忙入陣。先主視之，歎曰：「虎父無犬子也！」用御鞭一指，蜀兵一齊掩殺過去，吳兵大敗。那八路兵，勢如泉湧，殺的那吳軍屍橫遍野，血流成河。

卻說甘寧正在船中養病，聽知蜀兵大至，火急上馬，正遇一彪蠻兵，人皆披髮跣足，皆使弓弩長槍，搪牌刀斧；為首乃是番王沙摩柯，生得面如噀血，碧眼突出，使兩個鐵蒺藜骨朵❶，腰帶兩張弓，威風抖擻。甘寧見其勢大，不敢交鋒，撥馬而走；被沙摩柯一箭射中頭顱。寧帶箭而走，到得富池口，坐於大樹之下而死。樹上群鴉數百，圍繞其屍。吳王聞之，哀痛不已，具禮厚葬，立廟祭祀。後人有詩歎曰：

吳郡甘興霸，長江錦幔舟。酬君重知己，報友化仇讎。
劫寨將輕騎，驅兵飲巨甌。神鴉能顯聖，香火永千秋。

寫得番王可畏。

卻說先主乘勢追殺，遂得猇亭。吳兵四散逃走。先主收兵，只不見關興。先主慌令張苞等四面跟尋。原來關興殺入吳陣，正遇讎人潘璋，驟馬追之。璋大驚，奔入山谷內，不知所往。興尋思只在山裡，往來尋覓不見。看看天晚，迷蹤失路。幸得星月有光。追至山僻之間，時已二更。到一莊上，下馬叩門。一老者出問何人。興曰：「吾是戰將，迷路到此，求一飯充飢。」老人引入，興見堂內點著明燭，中堂繪畫關公神像。興大哭而拜。老人問曰：「將軍何故哭拜？」興曰：「此吾父也。」老人聞言，即便下拜。興曰：「何故供養吾父？」老人答曰：「此間皆是尊神地方。在生之日，家家奉侍，何況今日為神乎？老夫只望蜀兵早早報讎。今將軍到此，百姓有福矣。」遂

❶ 鐵蒺藜骨朵：古兵器名，用鐵或硬木做成。一頭是柄，一頭是橢圓形的棰，上附鐵刺。

置酒食待之，卸鞍喂馬。

三更以後，忽門外又一人擊戶。老人出而問之，乃吳將潘璋亦來投宿。恰入草堂，關興見了，按劍大喝曰：「反賊休走！」璋回身便出。忽門外一人，面如重棗，丹鳳眼，臥蠶眉，飄三縷美髯，綠袍金鎧，按劍而入。璋見是關公顯聖，大叫一聲，神魂驚散；欲待轉身，早被關興手起劍落，斬於地上，取心瀝血，就關公神像前祭祀。興得了父親的青龍偃月刀，卻將潘璋首級，擐於馬項之下，辭了老人，就騎了潘璋的馬，望本營而來。老人自將潘璋之屍拖出燒化。

非關興殺之，而關公殺之也。

且說關興行無數里，忽聽得人喊馬嘶，一彪軍來到；為首一將，乃潘璋部將馬忠也。忠見興殺了主將潘璋，將首級擐於馬項之下；青龍刀又被興得了；勃然大怒，縱馬來取關興。興見馬忠是害父讎人，氣沖牛斗，舉青龍刀望忠便砍。忠部下三百軍併力上前，一聲喊起，將關興圍在垓心。興力孤勢危。忽見西北上一彪軍殺來，乃是張苞。馬忠見救兵到來，慌忙引軍自退。關興、張苞一同趕來。趕不數里，前面糜芳、傅士仁引兵來尋馬忠。兩軍相合，混戰一場。苞、興二人兵少，慌忙撤退，回至猇亭，來見先主，獻上首級，具言此事。先主驚異，賞犒三軍。

卻說馬忠回見韓當、周泰，收聚敗軍，各分頭把守。軍士中傷者不計其數。馬忠帶傅士仁、糜芳於江渚屯箚。當夜三更，軍士皆哭聲不止。糜芳暗聽之，有一夥軍言曰：「我等皆是荊州之兵，被呂蒙詭計送了主公性命，今劉皇叔御駕親征，東吳早晚休矣。所恨者，糜芳、傅士仁也。我等何不殺此二賊，去蜀營投降？功勞不小。」又一夥軍言曰：「不要性急，等個空兒便就下手。」

糜芳聽畢，大驚，遂與傅士仁商議曰：「軍心變動，我二人性命難保。今蜀主所恨者，馬忠耳；何不殺了他，將首級獻去蜀主，告稱『我等不得已而降吳，今知御駕前來，特地詣營請罪』？」仁曰：「不可，去必有禍。」芳曰：「蜀主寬仁厚德，目今阿斗太子是我外甥，彼但念我國戚之情，必不肯加害。」

二人計較已定，先備了馬。三更時分，入帳刺殺馬忠，將首級割了，二人帶數十騎，逕投猇亭而來。伏路軍人，先引見張南、馮習，具說其事。次日，到御營中來見先主，獻上馬忠首級，哭告於前曰：「臣等實無反心；被呂蒙詭計，稱是關公已亡，賺開城門，臣等不得已而降。今聞聖駕前來，特殺此賊，以雪陛下之恨。伏乞陛下恕臣等之罪。」先主大怒曰：「朕自離成都許多時，你兩個如何不來請罪？今見勢危，故來巧言，欲全性命！朕若饒你，至九泉之下，有何面目見關公乎！」

言訖，令關興在御營中，設立關公靈位。先主親捧馬忠首級，詣前祭祀。又令關興將糜芳、傅士仁剝去衣服，跪於靈前，親自用刀剮之，以祭關公。忽張苞上帳哭拜於前曰：「二伯父讎人皆已誅戮，臣父冤讎，何日可報？」先主曰：「賢姪勿憂。朕當削平江南，殺盡吳狗，務擒二賊，與汝親自醢之，以祭汝父。」苞泣謝而退。

此時先主威聲大震，江南之人，盡皆膽裂，日夜號哭。韓當、周泰大驚，急奏吳王。具言糜芳、傅士仁殺了馬忠，去歸蜀帝，亦被蜀帝殺了。孫權心怯，遂聚文武商議。步騭奏曰：「蜀主所恨者，乃呂蒙、潘璋、馬忠、糜芳、傅士仁也。今此數人皆亡，獨有范疆、張達二人，現在東吳。何不擒此二人，並張飛首級，遣使送還？交與荊州，送還夫人，上表求和，再會前情，共圖滅魏，則蜀兵自退矣。」權從其言，遂具沈香木匣，盛貯飛首，綁縛范疆、張達，囚於檻車之內，令程秉為使，齎國書，望猇亭而來。

卻說先主欲發兵前進。忽近臣奏曰：「東吳遣使送張車騎之首，並囚范疆、張達二賊至。」先主兩手加額曰：「此天之所賜，亦由三弟之靈也！」即令張苞設飛靈位。先主見張飛首級在匣中面不改色，放聲大哭。張苞自仗利刀，將范疆、張達萬剮凌遲，祭父之靈。

祭畢，先主怒氣不息，定要滅吳。馬良奏曰：「讎人盡戮，其恨可雪矣。吳大夫程秉到此，欲還荊州，送回夫人，永結盟好，共圖滅魏，伏候聖旨。」先主怒曰：「朕切齒讎人，乃孫權也。今若與之連和，是負二弟當日之盟矣。今先滅吳，次滅魏。」便欲斬來使，以絕吳情。多官苦告方免。程秉抱頭鼠竄，回奏吳主曰：「蜀不從講和，誓欲先滅東吳，然後伐魏。眾臣苦諫不聽，如之奈何？」

不肯得風便轉，卻是不識時務。

權大驚，舉止失措。闞澤出班奏曰：「見有擎天之柱，如何不用耶？」權急問何人。澤曰：「昔日東吳大事，全任周郎；後魯子敬代之；子敬亡後，決於呂子明；今子明雖喪，現有陸伯言在荊州。此人名雖儒生，實有雄才大略。以臣論之，不在周郎之下。前破關公，其謀皆出於伯言。主上若能用之，破蜀必矣。如或有失，臣願與同罪。」

權曰：「非德潤之言，孤幾誤大事。」張昭曰：「陸遜乃一書生耳，非劉備敵手；恐不可用。」顧雍亦曰：「陸遜年幼望輕，恐諸公不服；若不服則生禍亂，必誤大事。」步騭亦曰：「遜才堪治郡耳，若託以大事，非其宜也。」闞澤大呼曰：「若不用陸伯言，則東吳休矣！臣願以全家保之！」權曰：「孤亦素知陸伯言乃奇才也。孤意已決，卿勿復言。」

於是命召陸遜。遜本名陸議，後改名遜，字伯言，乃吳郡吳人也。漢城門校尉陸紆之孫，九江都尉陸駿之子。身長八尺，面如美玉。官領鎮西將軍。當下奉召而至，參拜畢。權曰：「今蜀兵臨境，孤特命卿總督軍馬以破劉備。」遜曰：「江東文武，皆大王故舊之臣；臣年幼無才，安能制之？」權曰：「闞德潤以全家保卿，孤亦素知卿才。今拜卿為大都督，卿勿推辭。」遜曰：「倘文武不服，何如？」

權取所佩劍與之曰：「如有不聽號令者，先斬後奏。」遜曰：「荷蒙重託，敢不拜命？但乞大王於來日會聚眾官，然後賜臣。」闞澤曰：「古之命將，必築壇會眾，賜白旄黃鉞，印綬兵符，然後威行令肅。今大王宜遵此禮，擇日築壇，拜伯言為大都督，假節鉞，則眾人自無不服矣。」

權從之，命人連夜築壇完備，大會百官，請陸遜登壇，拜為大都督，右護軍鎮西將軍，進封婁侯，賜以寶劍印綬，令掌六郡八十一州兼荊楚諸路軍馬。吳王囑之曰：「閫以內，孤主之；閫以外，將軍制之。」

遜領命下壇，令徐盛、丁奉為護衛，即日出師；一面調諸路軍馬，水陸並進。文書到猇亭，韓當、周泰大驚曰：「主上如何以一書生總兵耶？」比及遜至，眾皆不服。遜升帳議事，眾人勉強參賀。遜曰：「主上命吾為大將，督軍破蜀。軍有常法，公等各宜遵守。違者王法無親，勿致後悔。」

眾皆默然。周泰曰：「目今安東將軍孫桓，乃主上之姪，現困於彝陵城中，內無糧草，外無救兵；請都督早施良策，救出孫桓，以安主上之心。」遜曰：「吾素知孫安東深得軍心，必能堅守，不必救之。待吾破蜀後，彼自出矣。」眾皆暗笑而退。韓當謂周泰曰：「命此孺子為將，東吳休矣！公見彼所行乎？」泰曰：「吾聊以言試之，並無一計，安能破蜀也？」

次日，陸遜傳下號令，教諸將各處關防，牢守隘口，不許輕敵。眾皆笑其懦，不肯堅守。次日，陸遜升帳喚諸將曰：「吾欽奉王命，總督諸軍，昨已三令五申，令汝等各處堅守；俱不遵吾命，何也？」

此時陸遜將將，亦大難事。

忍辱負重四字，從來成大事者，無不由此。

韓當曰：「吾自從孫將軍平定江南，經數百戰；其餘諸將，或從討逆將軍，或從當今大王，皆披堅執銳，出生入死之士。今主上命公為大都督，令退蜀兵，早宜定計，調撥軍馬，分頭征進，以圖大事；乃只令堅守勿戰，豈欲待天自殺賊耶？吾非貪生怕死之人，奈何使吾等墮其銳氣？」

於是帳下諸將，皆應聲而言曰：「韓將軍之言是也。吾等情願決一死戰。」陸遜聽畢，掣劍在手，厲聲曰：「僕雖一介書生，今蒙主上託以重任者，以吾有尺寸可取，能忍辱負重故也。汝等各宜守隘口，牢把險要，不許妄動。如違者皆斬！」眾皆憤憤而退。

卻說先主自猇亭布列軍馬，直至川口，接連七百里，前後四十營寨，晝則旌旗蔽日，夜則火光耀天。忽細作報說：「東吳用陸遜為大都督，總制軍馬。遜令諸將各守險要不出。」先主問曰：「陸遜何如人也？」馬良奏曰：「遜雖東吳一書生，然年幼多才，深有謀略；前襲荊州，皆係此人之詭計。」先主大怒曰：「豎子詭謀，損朕二弟，今當擒之！」便傳令進兵。馬良諫曰：「陸遜之才，不亞周郎，未可輕敵。」先主曰：「朕用兵老矣，豈反不如一黃口孺子耶！」遂親領前軍，攻打諸處關津隘口。

韓當見先主兵來，差人報知陸遜。遜恐韓當妄動，急飛馬自來觀看，正見韓當立馬於山上，遠望蜀兵漫山遍野而來，軍中隱隱有黃羅蓋傘。韓當接著陸遜，並馬而觀。當指曰：「軍中必有劉備，吾欲擊之。」遜曰：「劉備舉兵東下，連勝十餘陣，銳氣正盛；今只乘高守險，不可輕出，出則不利。但宜獎勵將士，廣布守禦之策，以觀其變。今彼馳騁於平原曠野之間，正自得志；我堅守不出，彼求戰不得，必移屯於山林樹木間，吾當以奇計勝之。」

韓當口雖應諾，心中只是不服。先主使前隊搦戰，辱罵百端。遜令塞耳休聽，不許出迎，親自遍歷諸關隘口，撫慰將士，皆令堅守。先主見吳軍不出，心中焦躁。馬良曰：「陸遜深有謀略，今陛下遠來攻戰，自春歷夏，彼之不出，欲待我軍之變也。願陛下察之。」先主曰：「彼有何謀？但怯敵耳。向者數敗，今安敢再出？」先鋒馮習奏曰：「即今天氣炎熱，軍屯於赤火之中，取水深為不便。」

先主遂命各營，皆移於山林茂盛之地，近溪傍澗；待過夏到秋，併力進兵。馮習遂奉旨，將諸寨皆移於林木陰密之處。馬良奏曰：「吾軍若動，倘吳兵驟至，如之奈何？」先主曰：「朕令吳班引萬餘弱兵，近吳寨平地屯住；朕親選八千精兵，伏於山谷之中。若陸遜知朕移營，必乘勢來擊，卻令吳班詐敗；遜若追來，朕引兵突出，斷其歸路，小子可擒矣。」

文武皆賀曰：「陛下神機妙算，諸臣不及也！」馬良曰：「近聞諸葛丞相在東川點看各處隘口，恐魏兵入寇。陛下何不將各營移居之地，畫成圖本，問於丞相？」先主曰：「朕亦頗知兵法，何必又問丞相？」良曰：「古云『兼聽則明，偏聽則蔽』。望陛下察之。」先主曰：「卿可自去各營，畫成四至八道圖本，親到東川去問丞相。如有不便，可急來報知。」

馬良之智，不輸於陸遜。

馬良領命而去。於是先主移兵於林木陰密處避暑。早有細作報知韓當、周泰。二人聽得此事，大喜，來見陸遜曰：「目今蜀兵四十餘營，皆移於山林密處，依溪傍澗，就水歇涼；都督可乘虛擊之。」正是：

蜀主有謀能設伏，吳兵好勇定遭擒。未知陸遜可聽其言否，且看下文分解。

棋高一著，先被猜破。

第八四回　陸遜營燒七百里　孔明巧布八陣圖

卻說韓當、周泰探知先主移營就涼，急來報知陸遜。遜大喜，遂引兵自來觀看動靜。只見平地一屯，不滿萬餘人，大半皆是老弱之眾，大書「先鋒吳班」旗號。周泰曰：「吾視此等兵如兒戲耳。願同韓將軍分兩路擊之。如其不勝，甘受軍令。」陸遜看了良久，以鞭指曰：「前面山谷中，隱隱有殺氣起；其下必有伏兵，故於平地設此弱兵，以誘我耳。諸公切不可出。」

眾將聽了，皆以為懦。次日，吳班引兵到關前搦戰，耀武揚威，辱罵不絕；多有解衣卸甲，赤身裸體，或睡或坐。徐盛、丁奉入帳稟陸遜曰：「蜀兵欺我太甚！某等願出擊之！」遜笑曰：「公等但恃血氣之勇，未知孫吳兵法。此彼誘敵之計也。三日後必見其詐矣。」徐盛曰：「三日後，彼移營已定，安能擊之乎？」遜曰：「吾正欲令彼移營也。」諸將哂笑而退。過三日後會諸將於關上觀望，見吳班兵已退去。遜指曰：「殺氣起矣。劉備必從山谷中出也。」

言未畢，只見蜀兵皆全裝慣束，擁先主而過。吳兵見了，盡皆膽裂。遜曰：「吾之不聽諸公擊班者，正為此也。今伏兵已出，旬日之內，必破蜀矣。」諸將皆曰：「破蜀當在初時；今連營五六百里，相守經七八月，其諸要害，皆已固守，安能破乎？」遜曰：「諸公不知兵法。備乃世之梟雄，更多智謀，其兵始集，法度精專；今守之久矣，不得我便，兵疲意阻，取之正在今日。」諸將方纔歎服。後人有詩讚曰：

虎帳談兵按六韜，安排香餌釣鯨鰲。
三分自是多英俊，又顯江南陸遜高。

卻說陸遜已定了破蜀之策，遂修箋遣使奏聞孫權，言指日可以破蜀之意。權覽畢，大喜曰：「江東復有此異人，孤何憂哉？諸將皆上書言其懦，孤獨不信。今觀其言，果非懦也。」於是大起吳兵來接應。

卻說先主於猇亭盡驅水軍，順流而下，沿江屯箚水寨，深入吳境。黃權諫曰：「水軍沿江而下，進則易，退則難。臣願為前驅。陛下宜在後陣，庶萬無一失。」先主曰：「吳賊膽落，朕長驅大進，有何礙乎？」眾官苦諫，先主不從，遂分兵兩路，命黃權督江北之兵，以防魏寇。先主自督江南諸軍，夾江分立營寨，以圖進取。細作探知，連夜報知魏主，言蜀兵伐吳樹柵連營，縱橫七百餘里，分四十餘屯，皆傍山林下寨；今黃權督兵在江北岸，每日出哨百餘里，不知何意。

魏主聞之，仰面笑曰：「劉備將敗矣。」群臣請聞其故。魏主曰：「劉玄德不曉兵法：豈有連營七百里，而可以拒敵者乎？包原隰險阻❶屯兵者，此兵法之大忌也。玄德必敗於東吳陸遜之手。旬日之內，消息必至矣。」群臣猶未信，皆請撥兵備之。魏主曰：「陸遜若勝，必盡舉東吳兵去取西川；吳兵遠去，國中空虛，朕虛託以兵助戰，令三路一齊進兵，東吳唾手可取也。」眾皆拜服。魏主下令，使曹仁督一軍出濡須，曹休督一軍出洞口，曹真督一軍出南郡：「三路軍馬

旁觀者明。

❶隰險阻：包括了高原、低地和險阻的地方。隰，陰濕的地方。

不好說得先主，卻把別人來罵。

會合日期，暗襲東吳。朕隨後自來接應。」調遣已定。

不說魏兵襲吳。且說馬良至川，入見孔明，呈上圖本而言曰：「今移營夾江橫占七百里，下四十餘屯，皆依溪傍澗，林木茂盛之處。主上令良將圖本來與丞相觀之。」孔明看訖，拍案叫苦曰：「是何人教主上如此下寨？可斬此人！」馬良曰：「皆主上自為，非他人之謀。」孔明歎曰：「漢朝氣數休矣！」良問其故。孔明曰：「包原隰險阻而結營，此兵家之大忌。倘彼用火攻，何以解救？又豈有連營七百里而可拒敵乎？禍不遠矣！陸遜拒守不出，正為此也。汝當速去見天子，改屯諸營，不可如此。」良曰：「倘今吳兵已勝，如之奈何？」孔明曰：「陸遜不敢來追，成都可保無虞。」良曰：「遜何故不追？」孔明曰：「恐魏兵襲其後也。主上若有失，當投白帝城避之。吾入川時，已伏下十萬兵在魚腹浦矣。」良大驚曰：「某於魚腹浦往來數次，未嘗見一卒，丞相何作此詐語？」孔明曰：「後來必見，不勞多問。」馬良求了表章，火速投御營來。孔明自回成都，調撥軍馬救應。

卻說陸遜見蜀兵懈怠，不復提防，升帳聚大小將士聽令曰：「吾自受命以來，未嘗出戰。今觀蜀兵，足知動靜。故欲先取江南岸一營。誰敢去取？」

言未畢，韓當、周泰、淩統等，應聲而出曰：「某等願往。」遜教皆退不用，獨喚階下末將淳于丹曰：「吾與汝五千軍，去取江南第四營，——蜀將傅彤所守。——今晚就要成功。吾自提兵接應。」淳于丹引兵去了，又喚徐盛、丁奉曰：「汝等各領兵三千，屯於寨外五里。如淳于丹敗回，有兵趕來，當出救之，卻不可追去。」二將自引軍去了。

卻說淳于丹於黃昏時分，領兵前進。到蜀寨時，已三更之後。丹令眾軍鼓譟而入。蜀營內傅彤引軍

> 蜀兵虛實，遜已盡知。

> 驕敵極矣，焉得不敗！

殺出，挺槍直取淳于丹；丹敵不住，撥馬便回。忽然喊聲大震，一彪軍攔住去路；為首大將趙融。丹奪路而走，折其大半。

正走之間，山後一彪蠻兵攔住；為首番將沙摩柯，丹死戰得脫。背後三路軍趕來。比及離營五里，吳軍徐盛、丁奉二人兩下殺來，蜀兵退去，救了淳于丹回營。丹帶箭入見陸遜請罪。遜曰：「非汝之過也。吾欲試敵人之虛實耳。破蜀之計，吾已定矣。」徐盛、丁奉曰：「蜀兵勢大，難以破之，空自損兵折將耳。」遜笑曰：「吾這條計，但瞞不過諸葛亮耳。天幸此人不在，使我成大功也。」

遂集大小將士聽令：使朱然於水路進兵，來日午後東南風大作，用船裝載茅草，依計而行。韓當引一軍攻江北岸，周泰引一軍攻江南岸。每人手執茅草一把，內藏硫黃焰硝，各帶火種，各執槍刀，一齊而上。但到蜀營，順風舉火。蜀兵四十屯，只燒二十屯，每間一屯燒一屯。各軍預帶乾糧，不許暫退。晝夜追襲，只擒了劉備方止。眾將聽了軍令，各受計而去。

卻說先主正在御營，尋思破吳之計，忽見帳前中軍旗旛，無風自倒，乃問程畿曰：「此為何兆？」畿曰：「今夜莫非吳兵來劫營。」先主曰：「昨夜殺盡，安敢再來？」畿曰：「倘是陸遜試敵，奈何？」

正言間，人報山上遠遠望見吳兵盡沿山望東去了。先主曰：「此是疑兵。」令眾休動，命關興、張苞各引五百騎出巡。黃昏時分，關興回奏曰：「江北營中火起。」先主急令關興往江北，張苞往江南，探看虛實：「倘吳兵到時，可急回報。」

二將領命去了。初更時分，東南風驟起。只見御營左屯火起，方欲救時，御營右屯又火起，風緊火急，樹木皆著。喊聲大震。兩屯軍馬齊出，奔至御營中。御營軍自相踐踏，死者不知其數。後面吳兵殺

總寫火光。

到，又不知多少軍馬。先主急上馬，奔馮習營時，習營中火光連天而起。江南、江北，照耀如同白日。馮習慌上馬引數十騎而走，正逢吳將徐盛軍到，敵住廝殺。先主見了，撥馬投西便走。徐盛捨了馮習，引兵追來。先主正慌，前面又一軍攔住，乃是吳將丁奉。兩下夾攻，先主大驚。四面無路。忽然喊聲大震，一彪軍殺入重圍，乃是張苞，救了先主，引御林軍奔走。

正行之間，前面一軍又到，乃蜀將傅彤也，合兵一處而行。背後吳兵追至。先主前到一山，名馬鞍山。張苞、傅彤請先主上得山時，山下喊聲又起；陸遜大隊人馬，將馬鞍山圍住。張苞、傅彤死據山口。先主遙望遍野火光不絕，死屍重疊，塞江而下。

次日，吳兵又四下放火燒山，軍士亂竄，先主驚慌。忽然火光中一將引數騎殺上山來，視之乃關興也。興伏地請曰：「四下火光逼近，不可久停。陛下速奔白帝城，再收軍馬可也。」先主曰：「誰敢斷後？」傅彤奏曰：「臣願以死當之！」當日黃昏，關興在前，張苞在中，留傅彤在後，保著先主，殺下山來。吳兵見先主奔走，皆要爭功，各引大軍，遮天蓋地，往西追趕。先主令軍士盡脫袍鎧，塞道而焚，以斷後軍。

正奔走間，喊聲大震，吳將朱然引一軍從江岸邊殺來，截住去路。先主叫曰：「朕死於此矣！」關興、張苞縱馬衝突，被亂箭射回，各帶重傷，不能殺出。背後喊聲又起，陸遜引大軍從山谷中殺來。先主正慌急之間，——此時天色已微明。——只見前面喊聲震天，朱然軍紛紛落澗，滾滾投巖，一彪軍殺入，前來救駕。先主大喜；視之，乃常山趙子龍也。時趙雲在川中江州，聞吳、蜀交兵，遂引軍出；忽見東南一帶火光沖天，雲心驚，遠遠探視；不想先主被困，雲奮勇衝殺而來。陸遜聞是趙雲，急令軍退。

雲正殺之間，忽遇朱然，便與交鋒；不一合，一槍刺朱然於馬下，殺散吳兵，救出先主，望白帝城而走。先主曰：「朕雖得脫，諸將士將奈何？」雲曰：「敵軍在後，不可久遲。陛下且入白帝城歇息，臣再引兵去救應諸將。」此時先主僅存百餘人入白帝城。後人有詩讚陸遜曰：

持茅舉火破連營，玄德窮奔白帝城。
一旦威名驚蜀魏，吳王寧不敬書生。

卻說傅彤斷後，被吳軍八面圍住。丁奉大叫曰：「川兵死者無數，降者極多。汝主劉備已被擒獲，今汝力窮勢孤，何不早降？」傅彤叱曰：「吾乃漢將，安肯降吳狗乎！」挺槍縱馬，率蜀軍奮力死戰，不下百餘合；往來衝突，不能得脫。彤長歎曰：「吾今休矣！」言訖，口中吐血，死於吳軍之中。後人有詩讚傅彤曰：

彝陵吳蜀大交兵，陸遜施謀用火焚。
至死猶然罵吳狗，傅彤不愧漢將軍！

蜀祭酒程畿，匹馬奔至江邊，招呼水軍赴敵，吳兵隨後追來，水軍四散奔逃。畿部將叫曰：「吳兵至矣！程祭酒快走罷！」畿怒曰：「吾自從主上出軍，未嘗赴敵而逃！」言未畢，吳兵驟至，四下無路，畿拔劍自刎。後人有詩讚曰：

傅彤勝黃權多矣。

文臣亦有武將

之風。

慷慨蜀中程祭酒，身留一劍答君王。
臨危不改平生志，博得聲名萬古香。

時吳班、張南久圍彝陵城，忽馮習到，言蜀兵敗，遂引軍來救先主，孫桓方纔得脫。張、馮二將正行之間，前面吳兵殺來，背後孫桓從彝陵城殺出，兩下夾攻。張南、馮習奮力衝突，不能得脫，死於亂軍之中。後人有詩讚曰：

馮習忠無二，張南義少雙。
沙場甘戰死，史冊共流芳。

番將能為漢死節，亦為漢之忠臣。

吳班殺出重圍，又遇吳兵追趕；幸得趙雲接著，救回白帝城去了。時有蠻王沙摩柯，匹馬奔走，正逢周泰，戰二十餘合，被泰所殺。蜀將杜路、劉寧，盡皆降吳。蜀營一應糧草器仗，尺寸不存。蜀將川兵，降者無數。時孫夫人在吳，聞猇亭兵敗，訛傳先主死於軍中，遂驅車至江邊，望西遙哭，投江而死。後人立廟江濱，號曰梟姬祠。尚論者作詩歎之曰：

先主兵歸白帝城，夫人聞難獨捐生。
至今江畔遺碑在，猶著千秋烈女名。

卻說陸遜大獲全功，引得勝之兵，往西追襲。前離夔關不遠，遜在馬上看見前面臨山傍江，一陣殺氣，沖天而起；遂勒馬回顧眾將曰：「前面必有埋伏。三軍不可輕進。」即倒退十餘里，於地勢空闊處，排成陣勢以禦敵軍；即差哨馬前去探視。回報並無軍屯在此。遜不信，下馬登高望之，殺氣復起。遜再令人仔細探視，哨馬回報，前面並無一人一騎。

遜見日將西沈，殺氣越加，心中猶豫，令心腹人再往探看。回報江邊止有亂石八九十堆，並無人馬。遜大疑，令著土人問之。須臾，有數人到。遜問曰：「何人將亂石作堆？如何亂石堆中有殺氣沖起？」土人曰：「此處地名魚腹浦，諸葛亮入川之時，驅兵到此，取石排成陣勢於沙灘之上；自此常常有氣如雲，從內而起。」

陸遜聽罷，上馬引數十騎來看石陣；立馬於山坡之上，但見四面八方，皆有門有戶。遜笑曰：「此乃惑人之術耳，有何益焉！」遂引數騎下山坡來，直入石陣觀看。部將曰：「日暮矣，請都督早回。」遜方欲出陣，忽然狂風大作。一霎時，飛沙走石，遮天蓋地。但見怪石嵯峨，槎枒似劍；橫沙立土，重疊如山；江聲浪湧，有如劍鼓之聲。遜大驚曰：「吾中諸葛之計也！」急欲回時，無路可出。

正驚疑間，忽見一老人立於馬前笑曰：「將軍欲出此陣乎？」遜曰：「願長者引出。」老人策杖徐徐而行，徑出石陣，並無所礙，送至山坡之上。遜問曰：「長者何人？」老人答曰：「老夫乃諸葛孔明之岳父黃承彥也。昔小壻入川之時，於此布下石陣，名『八陣圖』。反復八門，按遁甲休、生、傷、杜、景、死、驚、開。每日每時，變化無端，可比十萬精兵。臨去之時，曾分付老夫道：『後有東吳大將迷於陣中，莫要引他出來。』老夫適於山巖之上，見將軍從死門而入，料想不識此陣，必為所迷。老夫平生好善，不忍將軍陷沒於此，故特自生門引出也。」遜曰：「公曾學此陣法否？」黃承彥曰：「變化無

陸遜以火為兵，不若孔明以石為兵。

當面嘲笑。

窮，不能學也。」遜慌忙下馬拜謝而回。後杜工部有詩曰：

功蓋三分國，名成八陣圖。
江流石不轉，遺恨失吞吳。

陸遜回寨歎曰：「孔明真『臥龍』也！吾不能及！」於是下令班師。左右曰：「劉備兵敗勢窮，困守一城，正好乘勢擊之；今見石陣而退，何也？」遜曰：「吾非懼石陣而退；吾料魏主曹丕，其奸詐與父無異，今知吾追趕蜀兵，必乘虛來襲。吾若深入西川，急難退矣。」遂令一將斷後，遜率大軍而回。退兵未及二日，三處人來飛報：「魏兵曹仁出濡須，曹休出洞口，曹真出南郡：三路兵馬數十萬，星夜至境，未知何意。」遜笑曰：「不出吾之所料，吾已令兵拒之矣。」正是：雄心方欲吞西蜀，勝算還須禦北朝。未知如何退兵，且看下文分解。

曹丕在陸遜算中，陸遜又在孔明算中。

第八五回　劉先主遺詔託孤兒　諸葛亮安居平五路

卻說章武二年，夏六月，東吳陸遜，大破蜀兵於猇亭彝陵之地；先主奔回白帝城，趙雲引兵據守；忽馬良至，見大軍已敗，懊悔不及，將孔明之言，奏知先主。先主歎曰：「朕早聽丞相之言，不致今日之敗！今有何面目復回成都見群臣乎！」遂傳旨就白帝城駐紮，將館驛改為永安宮。人報馮習、張南、傅彤、程畿、沙摩柯等，皆歿於王事，先主傷感不已。又近臣奏稱：「黃權引江北之兵，降魏去了。陛下可將彼家屬送有司問罪。」先主曰：「黃權被吳兵隔斷在江北岸，欲歸無路，不得已而降魏，是朕負權，非權負朕也，何必罪其家屬？」仍給祿米以養之。

卻說黃權降魏，諸將引見曹丕，丕曰：「卿今降朕，欲追慕於陳、韓耶？」權泣而奏曰：「臣受蜀帝之恩，殊遇甚厚，令臣督諸軍於江北；被陸遜絕斷，臣歸蜀無路，降吳不可，故來投陛下。敗軍之將，免死為幸，安敢追慕於古人耶？」丕大喜，遂拜黃權為鎮南將軍。權堅辭不受。忽近臣奏曰：「有細作人自蜀中來，說蜀主將黃權家屬盡皆誅戮。」權曰：「臣與蜀主，推誠相信，知臣本心，必不肯殺臣之家小也。」丕然之。後人有詩責黃權曰：

降吳不可卻降曹，忠義安能事兩朝？
先主之待黃權，勝於曹丕之待于禁。

堪歎黃權惜一死，紫陽書法不輕饒。

曹丕問賈詡曰：「朕欲一統天下，先取蜀乎？先取吳乎？」詡曰：「劉備雄才，更兼諸葛亮善能治國；東吳孫權能識虛實，陸遜現屯兵於險要；隔江泛湖，皆難卒謀。以臣觀之，諸將之中，皆無孫權、劉備敵手。雖以陛下天威臨之，亦未見萬全之勢也。只可持守，以待二國之變。」

丕曰：「朕已遣三路大兵伐吳，安有不勝之理？」尚書劉曄曰：「近東吳陸遜，新破蜀兵七十萬，上下齊心，更有江湖之阻，不可卒制。陸遜多謀，必有準備。」丕曰：「卿前勸朕伐吳，今又諫阻，何也？」曄曰：「時有不同也。昔東吳累敗於蜀，其勢頓挫，故可擊耳；今既獲全勝，銳氣百倍，未可攻也。」

丕曰：「朕意已決，卿勿復言。」遂引御林軍親往接應三路兵馬。早有哨馬報說東吳已有準備：令呂範引兵拒住曹休，諸葛瑾引兵在南郡拒住曹真，朱桓引兵當住濡須以拒曹仁。劉曄曰：「既有準備，去恐無益。」丕不從，引兵而去。

卻說吳將朱桓，年方二十七歲，極有膽略，孫權甚愛之；時督軍於濡須，聞曹仁引大軍去取羨溪，桓遂盡撥軍把守羨溪去了，止留五千騎守城。忽報曹仁令大將常雕，同諸葛虔、王雙，引五萬精兵飛奔濡須城來，眾軍皆有懼色。

桓按劍而言曰：「勝負在將，不在兵之多寡。兵法云：『客兵倍而主兵半者，主兵尚能勝於客兵。』今曹仁千里跋涉，人馬疲困。吾與汝等，共據高城，南臨大江，北背山險，以逸待勞，以主待客；此乃百戰百勝之勢。雖曹丕自來，尚不足憂，況仁等耶？」於是傳令，教眾軍偃旗息鼓，只作無人把守之狀。

且說魏將先鋒常雕，領精兵來取濡須城，遙望城上並無軍馬，雕催軍急進，離城不遠，一聲砲響，旌旗齊豎。朱桓橫刀飛馬而出，直取常雕。戰不三合，被桓一刀斬常雕於馬下。吳兵乘勢衝殺一陣，魏兵大敗，死者無數。朱桓大勝，得了無數旌旗軍器戰馬。曹仁領兵隨後到來，卻被吳兵從羨溪殺出。曹仁大敗而退，回見魏主，細奏大敗之事，丕大驚。

正議之間，忽探馬報：「曹真、夏侯尚圍了南郡，被陸遜伏兵於內，諸葛瑾伏兵於外，內外夾攻，因此大敗。」言未畢，忽探馬又報：「曹休亦被呂範殺敗。」丕聽知三路兵敗，乃喟然歎曰：「朕不聽賈詡、劉曄之言，果有此敗！」時值夏天，大疫流行，馬步軍十死六七，遂引軍回洛陽。吳、魏自此不和。

吳魏不和，此大關目處。

卻說先主在永安宮染病不起，漸漸沈重。至章武三年，夏四月，先主自知病入四肢；又哭關、張二弟，其病愈深，兩目昏花，厭見侍從之人，乃叱退左右，獨臥於龍榻之上。忽然陰風驟起，將燈吹搖，滅而復明。只見燈影之下，二人侍立。先主怒曰：「朕心緒不寧，教汝等且退！何故又來。」叱之不退，先主起而視之：上首乃雲長，下首乃翼德也。先主大驚曰：「二弟原來尚在！」雲長曰：「臣等非人，乃是鬼也。上帝以臣二人平生不失信義，皆敕命為神。哥哥與兄弟聚會不遠矣。」

先主扯定大哭，忽然驚覺，二弟不見；即喚從人問之，時正三更。先主歎曰：「朕不久於人世矣！」遂遣使往成都。請丞相諸葛亮、尚書令李嚴等，星夜來永安宮，聽受遺命。孔明等與先主次子魯王劉永、梁王劉理來永安宮見帝，留太子劉禪守成都。

且說孔明到永安宮，見先主病危，慌忙拜伏於龍榻之下。先主傳旨，請孔明坐於龍榻之側，撫其背曰：「朕自得丞相，幸成帝業；何期智識淺陋，不納丞相之言，自取其敗。悔恨成疾，死在旦夕。嗣子孱弱，不得不以大事相託。」言訖，淚流滿面。孔明亦涕泣曰：「願陛下善保龍體，以副天下之望！」先主以目遍視。只見馬良之弟馬謖在旁，先主令且退。謖退出。先主謂孔明曰：「丞相觀馬謖之才何如？」孔明曰：「此人亦當世之英才也。」先主曰：「不然。朕觀此人，言過其實，不可大用。丞相宜深察之。」

以三顧始，以託孤終。

分付畢，傳旨召諸臣入殿，取紙筆寫了遺詔，遞與孔明而歎曰：「朕不讀書，粗知大略。聖人云：『鳥之將死，其鳴也哀；人之將死，其言也善。』朕本待與卿等同滅曹賊，共扶漢室，不幸中道而別。煩丞相將詔付與太子禪，令勿以為常言。凡事更望丞相教之！」

孔明等泣拜於地曰：「願陛下將息龍體，臣等願效犬馬之勞，以報陛下知遇之恩也。」先主命內侍扶起孔明，一手掩淚，一手執其手，曰：「朕今死矣！有心腹之言相告！」孔明曰：「有何聖諭？」先主泣曰：「君才十倍曹丕，必能安邦定國，終定大事。若嗣子可輔，則輔之；如其不才，君可自為成都之主。」

獨以曹丕比較，是以伐魏為重也。

孔明聽畢，汗流遍體，手足失措，泣拜於地曰：「臣安敢不竭股肱之力，效忠貞之節，繼之以死乎！」言訖，叩頭流血。先主又請孔明坐於榻上，喚魯王劉永、梁王劉理近前，分付曰：「爾等皆記朕言，朕亡之後，爾兄弟三人，皆以父事丞相，不可怠慢。」言罷，遂命二王同拜孔明。二王拜畢，孔明曰：「臣雖肝腦塗地，安能報知遇之恩也！」

先主謂眾官曰：「朕已託孤於丞相，令嗣子以父事之。卿等俱不可怠慢，以負朕望。」又囑趙雲曰：「朕與卿於患難之中，相從到今，不想於此地分別。卿可想朕故交，早晚看覷❶吾子，勿負朕言。」雲泣拜曰：「臣敢不效犬馬之勞！」先主又謂眾官曰：「卿等眾官，朕不能一一分囑，願皆自愛。」言畢，駕崩，壽六十三歲。時章武三年，夏四月二十四日也。後杜工部有詩歎曰：

蜀主窺吳向三峽，崩年亦在永安宮。翠華想在空山外，玉殿虛無野寺中。
古廟杉松巢水鶴，歲時伏臘走村翁。武侯祠屋長鄰近，一體君臣祭祀同。

先主駕崩，文武官僚，無不哀痛。孔明率眾官奉梓宮還成都。太子劉禪出城迎接靈柩，安於正殿之內。舉哀行禮畢，開讀遺詔。詔曰：

朕初得疾，但下痢耳；後轉生雜病，殆不自濟。朕聞「人年五十，不稱夭壽」。今朕年六十有餘，死復何恨。但以汝兄弟為念耳。勉之！勉之！勿以惡小而為之，勿以善小而不為。惟賢惟德可以服人；汝父德薄，不足效也。吾亡之後，汝與丞相從事，事之如父，勿怠！勿忘！汝兄弟更求聞達，至囑！至囑！

群臣讀詔已畢。孔明曰：「『國不可一日無君』，請立嗣君，以承漢統。」乃立太子禪即皇帝位，改元建興。加諸葛亮為武鄉侯，領益州牧。葬先主於惠陵，謚曰昭烈皇帝。尊皇后吳氏為皇太后。謚甘夫

❶ 看覷：看顧。

人為昭烈皇后。糜夫人亦追謚為皇后。陞賞群臣，大赦天下。

早有魏軍探知此事，報入中原。近臣奏知魏主，曹丕大喜曰：「劉備已亡，朕無憂矣。何不乘其國中無主，起兵伐之？」賈詡諫曰：「劉備雖亡，必託孤於諸葛亮，亮感備知遇之恩，必傾心竭力，扶持嗣主。陛下不可倉卒伐之。」

正言間，忽一人從班部中奮然而出曰：「不乘此時進兵，更待何時？」眾視之，乃司馬懿也。丕大喜，遂問計於懿。懿曰：「若只起中國之兵，急難取勝。須用五路大兵，四面夾攻，令諸葛亮首尾不能救應，然後可圖。」

丕問何五路？懿曰：「可修書一封，差使往遼東鮮卑國王❷軻比能，賂以金帛，令起遼西羌兵十萬，先從旱路取西平關：此一路也。再修書遣使齎官誥賞賜，直入南蠻，見蠻王孟獲，令起兵十萬攻打益州、永昌、牂牁、越嶲四郡，以擊西川之南：此二路也。再遣使入吳修好，許以割地，令孫權起兵十萬，攻兩川夾口，徑取涪城：此三路也。又可遣使至降將孟達處，起上庸兵十萬，西攻漢中：此四路也。然後命大將軍曹真為大都督，提兵十萬，由京兆徑出陽平關取西川：此五路也。——共大兵五十萬，五路並進。諸葛亮便有呂望之才，安能當此乎？」

丕大喜，隨即密遣能言官四員為使前去；又命曹真為大都督，領兵十萬，徑取陽平關。此時張遼等一班舊將，皆封列侯，俱在冀、徐、青及合淝等處，據守關津隘口，故不復調用。

卻說蜀漢後主劉禪，自即位以來，舊臣多有病亡者，不能細說。凡一應朝廷選法錢糧詞訟等事，皆

❷ 遼東鮮卑國：原本有誤，依下文應作西番國。

聽諸葛丞相裁處。時後主未立皇后，孔明與群臣上言曰：「故車騎將軍張飛之女甚賢，年十七歲，可納為正宮皇后。」後主即納之。

建興元年秋八月，忽有邊報說：「魏調五路大兵來取西川：第一路，曹真為大都督，起兵十萬，取陽平關；第二路，乃反將孟達，起上庸兵十萬，犯漢中；第三路，乃東吳，孫權起精兵十萬，取峽口入川；第四路，乃蠻王孟獲，起蠻兵十萬，犯益州四郡；第五路，乃番王軻比能，起羌兵十萬，犯西平關。——此五路軍馬，甚是利害。已先報知丞相，丞相不知為何數日不出視事。」

後主聽罷大驚，即差近侍齎旨，宣召孔明入朝。使命去了半日，「回報丞相府下人言，丞相染病不出」。後主轉慌；次日，又命黃門侍郎董允、諫議大夫杜瓊，去丞相臥榻前，告此大事。董、杜二人到丞相府前皆不得入。杜瓊曰：「先帝託孤於丞相，今主上初登寶位，被曹丕五路兵犯境，軍情至急，丞相何故推病不出？」良久，門吏傳丞相令，言病體稍可，明早出都堂議事。董、杜二人歎息而回。

次日，眾官又來丞相府前伺候。從早至晚，又不見出。眾官惶惶，只得散去。杜瓊入奏後主曰：「請陛下聖駕，親往丞相府問計。」後主即引眾官入宮，啟奏皇太后。太后大驚曰：「丞相何故如此？有負先帝委託之意也！我當自往。」董允奏曰：「娘娘未可輕往。臣料丞相必有高明之見。且待主上先往。如果怠慢，請娘娘於太廟中，召丞相問之未遲。」太后依奏。

次日，後主車駕親至相府。門吏見駕到，慌忙拜伏於地而迎。後主問曰：「丞相在何處？」門吏曰：「不知在何處。只有丞相鈞旨，教擋住百官，勿得輒入。」後主乃下車步行，獨進第三重門，見孔明獨倚竹杖，在小池邊觀魚。後主在後立久，乃徐徐而言曰：「丞相安樂否？」孔明回顧，見是後主，慌忙

觀魚者

，觀吳也。

棄杖，拜伏於地曰：「臣該萬死！」後主扶起，問曰：「今曹丕分兵五路，犯境甚急，相父❸緣何不肯出府視事？」

孔明大笑，扶後主入內室坐定，奏曰：「五路兵至，臣安得不知？臣非觀魚，有所思也。」後主曰：「如之奈何？」孔明曰：「羌王軻比能、蠻王孟獲、反將孟達、魏將曹真：此四路兵，臣已皆退去也。止有孫權這一路兵，臣已有退兵之計，但須一能言之人為使。因未得其人，故熟思之。陛下何必憂乎？」

後主聽罷，又驚又喜曰：「相父果有鬼神不測之機也，願聞退兵之策。」孔明曰：「先帝以陛下付託與臣，臣安敢旦夕怠慢？成都眾官，皆不曉兵法之妙，貴在使人不測，豈可洩漏於人？老臣先知西番國王軻比能，引兵犯西平關；臣料馬超積祖西川人氏，素得羌人之心，羌人以超為神威大將軍，臣已先遣一人，星夜馳檄，令馬超緊守西平關，伏四路奇兵，每日交換，以兵拒之：此一路不必憂矣。又南蠻孟獲，兵犯四郡，臣亦飛檄遣魏延領一軍左出右入，右出左入，為疑兵之計：蠻兵惟憑勇力，其心多疑，若見疑兵，必不敢進：此一路又不足憂矣。又知孟達引兵出漢中，孟達與李嚴曾結生死之交，臣回成都時，留李嚴守永安宮；臣已作一書，只做李嚴親筆，令人送與孟達；達必然推病不出，以慢軍心：此一路又不足憂矣。又知曹真引兵犯陽平關；此地險峻，可以保守，臣已調趙雲引一軍把守關隘，並不出戰；曹真若見我軍不出，不久自退矣。」

「此四路兵俱不足憂，臣尚恐不能全保，又密調關興、張苞二將，各引兵三萬，屯於緊要之處，為各路救應。此數處調遣之事，皆不曾經由成都，故無人知覺。只有東吳一路兵，未必便動：如見四路兵

❸ 相父：皇帝對宰相最尊敬的稱呼。

勝，川中危急，必來相攻；若四路不濟，安肯動乎？臣料孫權想曹丕三路侵吳之怨，必不肯從其言。雖然如此，須用一舌辯之士，逕往東吳，以利害說之，則先退東吳，其四路之兵，何足憂乎？但未得說吳之人，臣故躊躇。何勞陛下聖駕來臨？」後主曰：「太后亦欲來見相父。今朕聞相父之言，如夢初覺，復何憂哉？」

孔明與後主共飲數杯，送後主出府。眾官皆環立於門外，見後主面有喜色。後主別了孔明，上御車回朝。眾皆疑惑不定。孔明見眾官中一人，仰天而笑，面亦有喜色。孔明視之，乃義陽，新野人；姓鄧，名芝，字伯苗；現為戶部尚書；漢司馬鄧禹之後。孔明暗令人留住鄧芝。眾官皆散。

孔明請芝到書院中，問芝曰：「今蜀、魏、吳鼎分三國，欲討二國，一統中興，當先伐何國？」芝曰：「以愚意論之，魏雖漢賊，其勢甚大，急難搖動，當徐徐緩圖。今主上初登寶位，民心未安，當與東吳連合，結為脣齒，一洗先帝舊怨，此乃長久之計也。未審丞相鈞意若何。」孔明大笑曰：「吾思之久矣；奈未得其人，今日方得也。」芝曰：「丞相欲其人何為？」孔明曰：「吾欲使人往結東吳。公既能明此意，必能不辱君命。使吳之任，非公不可。」芝曰：「愚才疏智淺，恐不堪當此重任。」孔明曰：「吾來日奏知天子，便請伯苗一行，切勿推辭。」芝應允而退。至次日，孔明奏准後主，差鄧芝往說東吳。芝拜辭，望東吳而來。正是：吳人方見干戈息，蜀使還將玉帛通。未知鄧芝此去若何，且看下文分解。

第八六回　難張溫秦宓逞天辯　破曹丕徐盛用火攻

卻說東吳陸遜自退魏兵之後，吳王拜遜為輔國將軍江陵侯，領荊州牧；自此軍權皆歸於遜。張昭、顧雍啟奏吳王，請自改元。權從之，遂改為黃武元年。忽報魏主遣使至，權召入。使命陳說：「蜀前使人求救於魏，魏一時不明，故發兵應之；今已大悔，欲起四路兵收川，東吳可來接應。若得蜀土，各分一半。」

魏曰黃初、吳曰黃武，皆應黃天當立之讖，已在孔明算中。

權聞言，不能決，乃問於張昭、顧雍等。昭曰：「陸伯言極有高見，可問之。」權即召陸遜。遜至，奏曰：「曹丕坐鎮中原，急不可圖；今若不從，必為讎矣。臣料魏與吳皆無諸葛亮之敵手。今且勉強應允，整軍預備，只探聽四路如何。若四路兵勝，川中危急，諸葛亮首尾不能救，主上則發兵以應之，先取成都此為上策；如四路兵敗，別作商議。」

權從之，乃謂魏使曰：「軍需未辦，擇日便當起程。」使者拜辭而去。權令人探得西番兵出西平關，見了馬超，不戰自退；南蠻孟獲，起兵攻四郡，皆被魏延用疑兵計殺退，回洞去了；上庸孟達兵至半路，忽然染病不能行；曹真兵出陽平關，趙子龍拒住各處險道，——果然一將守關，萬夫莫開。——曹真屯兵於斜谷道，不能取勝而回。

孫權知了此信，乃謂文武曰：「陸伯言真神算也。孤若妄動，又結怨於西蜀矣。」忽報西蜀遣鄧芝到。張昭曰：「此又是諸葛亮退兵之計，遣鄧芝為說客也。」權曰：「當何以答之？」昭曰：「先於殿前立一大鼎，貯油數百斤，下用炭燒。待其油沸，可選身長面大武士一千人，各執刀在手，從宮門前直排至殿上，卻喚芝入見。休等此人開言下說詞，責以酈食其說齊故事，效此例烹之，且看其人如何對答。」

如此恐嚇，亦是下著。

權從其言，遂立油鼎，命武士立於左右，各執軍器，召鄧芝入。芝整衣冠而入。行至宮門前，只見兩行武士，威風凜凜，各持鋼刀、大斧、長劍、短戟，直列至殿前。芝曉其意，並無懼色，昂然而行至殿前，又見鼎鑊內熱油正沸。左右武士以目視之，芝但微微而笑。近臣引至簾前，鄧芝長揖不拜。

權令捲起珠簾，大喝曰：「何不拜！」芝昂然而答曰：「上國天使，不拜小邦之主。」權大怒曰：「汝不自料，欲掉三寸之舌，效酈生說齊乎？可速入油鼎！」芝大笑曰：「人皆言東吳多賢，誰想懼一儒生！」權轉怒曰：「孤何懼爾一匹夫耶？」芝曰：「既不懼鄧伯苗，何愁來說汝等也？」權曰：「爾欲為諸葛亮作說客，來說孤絕魏向蜀，是否？」芝曰：「吾乃蜀中一儒生，特為吳國利害而來。乃設兵陳鼎，以拒一使，何其局量❶之不能容物耶？」

不說為蜀，反說為吳。

權聞言惶愧，即叱退武士，命芝上殿，賜坐而問曰：「吳、魏之利害若何？願先生教我。」芝曰：「大王欲與蜀講和，還是欲與魏講和？」權曰：「孤正欲與蜀主講和；但恐蜀主年輕識淺，不能全始全終耳。」芝曰：「大王乃命世之英豪，諸葛亮亦一時之俊傑；蜀有山川之險，吳有三江之固；若二國連和，共為唇齒，進則可以兼吞天下，退則可以鼎足而立，今大王若委贄稱臣於魏，魏必望大王朝覲，求太子以為內侍；如其不從，則興兵來攻，蜀亦順流而進取，如此則江南之地，不復為大王有矣。若大王

權欺後主之幼，芝乃以孔明對說。

❶ 局量：器量，度量。

以愚言為不然，愚將就死於大王之前，以絕說客之名也。」

言訖，撩衣下殿，望油鼎中便跳。權急命止之，請入後殿，以上賓之禮相待。權曰：「先生之言，正合孤意。孤今欲與蜀主連和，先生肯為我介紹乎？」芝曰：「適欲烹小臣者，乃大王也；今欲使小臣者，亦大王也；大王猶自狐疑未定，安能取信於人？」權曰：「孤意已決，先生勿疑。」

於是吳王留住鄧芝，集多官問曰：「孤掌江南八十一州，更有荊、楚之地，反不如西蜀偏僻之處也，蜀有鄧芝，不辱其主；吳並無一人入蜀，以達孤意。」忽一人出班奏曰：「臣願為使。」眾視之，乃吳郡吳人，姓張，名溫，字惠恕，現為中郎將。權曰：「恐卿到蜀見諸葛亮，不能達孤之情。」溫曰：「孔明亦人耳，臣何畏彼哉？」權大喜，重賞張溫，使同鄧芝入川通好。

卻說孔明自鄧芝去後，奏後主曰：「鄧芝此去，其事必成。吳地多賢，定有人來答禮。陛下當禮貌之，令彼回吳，以通盟好。吳若通和，魏不敢加兵於蜀矣。吳、魏寧靖，臣當征南，平定蠻方，然後圖魏，魏削則東吳亦不能久存，可以復一統之基業也。」後主然之。

忽報東吳遣張溫與鄧芝入川答禮。後主聚文武於丹墀，令鄧芝、張溫入。溫自以為得志，昂然上殿，見後主施禮。後主賜錦墩，坐於殿左，設御宴待之。後主但敬禮而已。宴罷，百官送張溫到館舍。次日，孔明設宴相待。孔明謂張溫曰：「先帝在日，與吳不睦，今已晏駕。當今主上，深慕吳王，欲捐舊忿，永結盟好，併力破魏。望大夫善言回奏。」

張溫領諾。酒至半酣，張溫喜笑自若，頗有傲慢之意。次日，後主將金帛賜與張溫，設宴於城南郵亭之上，命眾官相送。孔明慇懃勸酒。正飲酒間，忽一人乘醉而入，昂然長揖，入席就坐。溫怪之，乃

此人定

是孔明約來。

問孔明曰：「此何人也？」孔明答曰：「姓秦，名宓，字子敕；現為益州學士。」溫笑曰：「名稱學士，未知胸中曾學事否？」

宓正色而言曰：「蜀中三尺小童，尚皆就學，何況於我？」溫曰：「且說公何所學？」宓對曰：「上至天文，下至地理，三教九流，諸子百家，無所不通；古今興廢，聖賢經傳，無所不覽。」溫笑曰：「公既出大言，請即以天為問。天有頭乎？」宓曰：「有頭。」溫曰：「頭在何方？」宓曰：「在西方。詩云：『乃眷西顧。』以此推之，頭在西方也。」溫又問：「天有耳乎？」宓曰：「天處高而聽卑。詩云：『鶴鳴於九皐，聲聞於天。』無耳何能聽？」溫又問：「天有足乎？」宓曰：「有足。詩云：『天步艱難。』無足何能步？」溫又問：「天有姓乎？」宓曰：「豈得無姓！」溫曰：「何姓？」宓答曰：「姓劉。」溫曰：「何以知之？」宓曰：「天子姓劉，以故知之。」溫又問曰：「日生於東乎？」宓對曰：「雖生於東，而沒於西。」

此時秦宓語言清朗，答問如流，滿座皆驚。張溫無語。宓乃問曰：「先生東吳名士，既以天事下問，必能深明天之理。昔混沌既分，陰陽剖判；輕清者上浮而為天，重濁者下凝而為地；至共工氏戰敗，頭觸不周山，天柱折，地維缺；天傾西北，地陷東南。天既輕清而上浮，何以傾其西北乎？又未知輕清之外，還有何物？願先生教我。」

張溫無言可對，乃避席而謝曰：「不意蜀中多出俊傑！恰聞講論，使僕頓開茅塞。」孔明恐溫羞愧，故以善言解之曰：「席間問難，皆戲談耳。足下深知安邦定國之道，何在唇齒之戲哉？」溫拜謝。孔明暗約秦宓來，又令鄧芝入吳答禮，就與張溫同行。張、鄧二人拜辭孔明，望東吳而來。

難倒了他，卻又自己收場。

自此一和之後，永不相伐，又是大關目處。

便為司馬氏專權之兆。

卻說吳王見張溫入蜀未還，乃聚文武商議。忽近臣奏曰：「蜀遣鄧芝同張溫入國答禮。」權召入。張溫拜於殿前，備稱後主孔明之德，願求永結盟好，特遣鄧尚書又來答禮。權大喜，乃設宴待之。權問鄧芝曰：「若吳、蜀二國同心滅魏，得天下太平，二主分治，豈不樂乎？」芝答曰：「『天無二日，民無二王』。如滅魏之後，未識天命所歸何人。但為君者，各修其德；為臣者，各盡其忠；則戰爭方息耳。」權大笑曰：「君之誠款，乃如是耶！」遂厚贈鄧芝還蜀。自此吳、蜀通好。

卻說魏國細作人探知此事，火速報入中原。魏主曹丕聽知，大怒曰：「吳、蜀連和，必有圖中原之意也。不若朕先伐之。」於是大集文武，商議起兵伐吳。此時大司馬曹仁、太尉賈詡已亡。侍中辛毗出班奏曰：「中原之地，土闊民稀，而欲用兵，未見其利。今日之計，莫若養兵屯田十年，足食足兵，然後用之，則吳、蜀方可破也。」丕怒曰：「此迂儒之論也！今吳、蜀連和，早晚必來侵境，何暇等待十年？」即傳旨起兵伐吳。司馬懿奏曰：「吳有長江之險，非船莫渡。陛下必御駕親征，可選大小戰船，從蔡潁而入淮，取壽春，至廣陵，渡江口，逕取南徐，此為上策。」

丕從之。於是日夜併工，造龍舟十隻，長二十餘丈，可容二千餘人；收拾戰船三千餘隻。魏黃初五年秋八月，會聚大小將士，令曹真為前部；張遼、張郃、文聘、徐晃等為大將先行；許褚、呂虔為中軍護衛；曹休為合後；劉曄、蔣濟為參謀。前後水陸軍馬三十餘萬，剋日起兵。封司馬懿為尚書僕射，留在許昌。凡國政大事，並皆聽懿決斷。

不說魏兵起程。卻說東吳細作探知此事，報入吳國。近臣慌奏吳王曰：「今魏王曹丕，親自乘駕龍舟，提水陸大軍三十餘萬，從蔡潁出淮，必取廣陵，渡江來下江南，甚為利害。」孫權大驚，即聚眾文武商議。顧雍曰：「今主上既與西蜀連和，可修書與諸葛孔明，令起兵出漢中以分其勢；一面遣一大將，屯兵南徐以拒之。」權曰：「非陸伯言不可當此重任。」雍曰：「陸伯言鎮守荊州，不可輕動。」權曰：「孤非不知，奈眼前無替力之人。」

言未盡，一人從班部內應聲而出曰：「臣雖不才，願統一軍以當魏兵。若曹丕親渡大江，臣必生擒，以獻殿下；若不渡江，亦殺魏兵大半，令魏兵不敢正視東吳。」權視之，乃徐盛也。權大喜曰：「如得卿守江南一帶，孤何憂哉？」遂封徐盛為安東將軍，總鎮都督建業、南徐軍馬。盛謝恩，領命而退，即傳令教眾官軍多置器械，多設旌旗，以為守護江岸之計。

忽一人挺身出曰：「今日大王以重任委託將軍，欲破魏兵以擒曹丕，將軍何不早發軍馬渡江，於淮南之地迎敵？直待曹丕兵至，恐無及矣。」盛視之，乃吳王姪孫韶也。韶字公禮，官授揚威將軍，曾在廣陵守禦；年幼負氣，極有膽勇。盛曰：「曹丕勢大，更有名將為先鋒，不可渡江迎敵。待彼船皆集於北岸，吾自有計破之。」韶曰：「吾手下自有三千軍馬，更兼深知廣陵路勢，吾願自去江北，與曹丕決一死戰。如不勝，甘當軍令。」

盛不從。韶堅執要去。盛只是不肯，韶再三要行。盛怒曰：「汝如此不聽號令，吾安能制諸將乎？」叱武士推出斬之。刀斧手擁孫韶出轅門之外，立起皂旗。韶部將飛報孫權，權聽知，急上馬來救。武士恰待行刑，孫權早到，喝散刀斧手，救了孫韶。韶哭奏曰：「臣往年在廣陵，深知地理；不就那裡與曹丕廝殺，直待他下了長江，東吳指日休矣！」

孫韶有終軍宗慤之風。

權逕入營來。徐盛迎接入帳，奏曰：「大王命臣為都督，提兵拒魏，今揚威將軍孫韶，不遵軍法，違令當斬，大王何故赦之？」權曰：「韶倚血氣之壯，誤犯軍法，萬希寬恕。」盛曰：「法非臣所立，亦非大王所立，乃國家之典刑也。若以親而免之，何以令眾乎？」權曰：「韶犯法本應任將軍處治；奈此子雖本姓俞氏，然孤兄甚愛之，賜姓孫。於孤頗有勞績，今若殺之，負兄義矣。」盛曰：「且看大王之面，寄下死罪。」

權令孫韶拜謝。韶不肯拜，厲聲而言曰：「據吾之見，只是引軍破曹丕！便死也不服你的見識！」徐盛變色。權叱退孫韶，謂徐盛曰：「便無此子，何損於吳？今後勿再用之。」言訖自回。是夜人報徐盛，說孫韶引本部三千精兵，潛地過江去了。盛恐有失，於吳王面上不好看，乃喚丁奉授以密計，引三千兵渡江接應。

卻說魏王駕龍舟至廣陵，前部曹真已領兵列於大江之岸。曹丕問曰：「江岸有多少兵？」真曰：「隔岸遠望，並不見一人，亦無旌旗營寨。」丕曰：「此必詭計也，朕自往觀其虛實。」於是大開江道，放龍舟直至大江。泊於江岸。船上建龍鳳日月五色旌旗，鑾儀簇擁，光耀射目。曹丕端坐舟中，遙望江南，不見一人，回顧劉曄、蔣濟曰：「可渡江否？」曄曰：「兵法實實虛虛。彼見大軍至，如何不作準備？陛下未可造次。且待三五日，看其動靜，然後發先鋒渡江以探之。」丕曰：「卿言正合朕意。」

是日天晚，宿於江中。當夜月黑，軍士皆執燈火，明耀天地，恰如白晝。遙望江南，並不見半點兒火光。丕問左右曰：「此何故也？」近臣奏曰：「想聞陛下天兵來到，故望風逃竄耳。」丕暗笑。及至天曉，大霧迷漫，對面不見。須臾風起，霧散雲收，望見江南一帶皆是連城；城樓上槍刀耀日，遍城盡插旌旗號帶。頃刻數次人來報：「南徐沿江一帶，直至石頭城，一連數百里，城郭舟車，連綿不絕，一夜成就。」曹丕大驚。原來徐盛束縛蘆葦為人，盡穿青衣，執旌旗，立於假城疑樓之上。魏兵見城上許多人馬，如何不膽寒？丕歎曰：「魏雖有武士千群，無所用之。江南人物，未可圖也！」

正驚訝間，忽然狂風大作，白浪滔天，江水濺濕龍袍，大船將覆。曹真慌令文聘撐小舟急來救駕。龍舟上人站立不住。文聘跳上龍舟，負丕下得小舟，奔入河港。忽流星馬報：「趙雲引兵出陽平關，逕取長安。」丕聽得，大驚失色，便教收軍，眾軍各自奔走。背後吳兵追至，丕傳旨教盡棄御用之物而走。龍舟將次入淮，忽然鼓角齊鳴，喊聲大震，刺斜裡一彪軍殺到；為首大將，乃孫韶也。魏兵不能抵當，折其大半，渰死者無數。

少年負氣未嘗誤事，與近日少年不同。

諸將奮力救出魏主。魏主渡淮河，行不三十里，淮河中一帶蘆葦，預灌魚油，盡皆火著，順風而下；風勢甚急，火焰漫空；截住龍舟，丕大驚，急下小船。傍岸時，龍舟上早已火著。丕慌忙上馬，岸上一彪軍殺來，為首大將，乃丁奉也。張遼急拍馬來迎，被奉一箭射中其腰，卻得徐晃救了，同保魏主而走，折軍無數。背後孫韶、丁奉奪得馬匹、車仗、船隻、器械，不計其數。魏兵大敗而回，吳將徐盛，全獲大功，吳王重加賞賜。張遼回到許昌，箭瘡迸裂而亡。曹丕厚葬之，不在話下。

卻說趙雲引兵殺出陽平關之次，忽報丞相有文書到，說益州耆帥雍闓結連蠻王孟獲，起十萬蠻兵，侵掠四郡；因此宣雲回軍，令馬超堅守陽平關，丞相欲自南征，趙雲乃急收兵而回。此時孔明在成都整飭軍馬，親自南征。正是：方見東吳敵北魏，又看西蜀戰南蠻。未知勝負如何，且看下文分解。

第八七回　征南寇丞相大興師　抗天兵蠻王初受執

卻說諸葛丞相在於成都，事無大小，皆親自從公決斷。兩川之民，忻樂太平，夜不閉戶，路不拾遺。又幸連年大熟，老幼鼓腹謳歌，凡遇差役，爭先早辦：因此軍需器械應用之餉，無不完備；米滿倉廒，財盈府庫。

建興三年，益州飛報：「蠻王孟獲，大起蠻兵十萬，犯境侵掠。建寧太守雍闓，乃漢朝什邡侯雍齒之後，今連結孟獲造反。牂牁郡太守朱褒、越巂郡太守高定二人獻了城；止有永昌郡太守王伉不肯反。現今雍闓、朱褒、高定三人部下人馬，皆與孟獲為鄉導官，攻打永昌郡。賴王伉與功曹呂凱，會集百姓，死守此城，其勢甚急。」

孔明乃入朝奏後主曰：「臣觀南蠻不服，實國家之大患也。臣當自領大軍，前去征討。」後主曰：「東有孫權，北有曹丕，今相父棄朕而去，倘吳、魏來攻，如之奈何？」孔明曰：「東吳方與我國講和，料無異心；若有異心，李嚴在白帝城，此人可當陸遜也。曹丕新敗，銳氣已喪，未能遠圖；且有馬超守把漢中諸處關口，不必憂也。臣又留關興、張苞等分兩軍為救應，保陛下萬無一失。今臣先去掃蕩蠻方，然後北伐，以圖中原，報先帝三顧之恩，託孤之重。」後主曰：「朕年幼無知，惟相父斟酌行之。」

不征魏而親自征蠻，出人意外。

言未畢，班部內一人出曰：「不可！不可！」眾視之，乃南陽人也；姓王，名連，字文儀；現為諫議大夫。連諫曰：「南方不毛之地❶，瘴疫之鄉；丞相秉鈞衡之重任，而自遠征，非所宜也。且雍闓等乃癬疥之疾，丞相只須遣一大將討之，必然成功。」孔明曰：「南蠻之地，離國甚遠，人多不習王化，收服甚難，吾當親往征之。可剛可柔，別有斟酌，非可容易託人。」

王連再三苦勸，孔明不從。是日，孔明辭了後主，令蔣琬為參軍；費褘為長史；董厥、樊建二人為掾史；趙雲、魏延為大將，總督軍馬；王平、張翼為副將；并川將數十員，共起川兵五十萬，前望益州進發。忽有關公第三子關索入軍來見孔明曰：「自荊州失陷，逃難在鮑家莊養病。每要赴川見先帝報讎，瘡痕未合，不能起行。近已安痊，打探得東吳讎人已皆誅戮，逕來西川見帝，恰在途中遇見征南之兵，特來投見。」

孔明聞之，嗟訝不已；一面遣人申報朝廷，就令關索為前部先鋒，一同征南。大隊人馬，各依隊伍而行。饑餐渴飲，夜住曉行。所經之處，秋毫無犯。

的是王者之兵。

卻說雍闓聽知孔明自統大軍而來，即與高定、朱褒商議，分兵三路：高定取中路，雍闓在左，朱褒在右；三路各引兵五六萬迎敵。於是高定令鄂煥為前部先鋒。煥身長九尺，面貌醜惡，使一枝方天戟，有萬夫不當之勇；領本部兵，離了大寨來迎蜀兵。

卻說孔明引大軍已到益州界分。前部先鋒魏延，副將張翼、王平，纔入界口，正遇鄂煥軍馬。兩陣對圓，魏延出馬大罵曰：「反賊早早受降！」鄂煥拍馬與魏延交鋒。戰不數合，延詐敗走，煥隨後趕來。走不數里，喊聲大震。張翼、王平兩路軍殺來，絕其後路。延復回，三員將併力拒戰，生擒鄂煥，解到

❶ 不毛之地：不能種植五穀的地方。

大寨，入見孔明。孔明令去其縛，以酒食待之，問曰：「汝是何人部將？」煥曰：「某是高定部將。」孔明曰：「吾知高定乃忠義之士，今為雍闓所惑，以致如此。吾今放汝回去，令高太守早早歸降，免遭大禍。」鄂煥拜謝而去，回見高定，說孔明之德，定亦感激不已。

次日，雍闓至寨禮畢，闓曰：「如何得鄂煥回也？」定曰：「諸葛亮以義放之。」闓曰：「此乃諸葛亮反間之計；欲令我兩人不和，故施此謀也。」定半信半疑，心中猶豫。忽報蜀將搦戰，闓自引三萬兵出迎。戰不數合，闓撥馬便走。魏延率兵追殺二十餘里。次日，雍闓又起兵來迎。孔明一連三日不出。至第四日，雍闓、高定分兵兩路，來取蜀寨。

卻說孔明令魏延等兩路伺候；果然雍闓、高定兩路兵來，被伏兵殺傷大半，生擒者無數，都解到大寨來。雍闓的人，囚在一邊，高定的人，囚在一邊。卻令軍士稱說：「但是高定的人免死，雍闓的人盡殺。」眾軍皆聞此言。

少時，孔明令取雍闓的人到帳前，問曰：「汝等是何人部從？」眾偽曰：「高定部下人也。」孔明教皆免其死，與酒食賞勞，令人送出界首，縱放回寨。孔明又喚高定的人問之，眾皆告曰：「吾等實是高定部下軍士。」孔明亦皆免其死，賜以酒食；卻揚言曰：「雍闓今日使人投降，要獻汝主並朱褒首級以為功勞，吾甚不忍。汝等既是高定部下軍，吾放汝等回去，再不可背反。若再擒來，決不輕恕。」

眾皆拜謝而去；回到本寨，入見高定，說知此事。定乃密遣人去雍闓寨中探聽，卻有一半放回的人，言說孔明之德；因此雍闓部軍，多有歸順高定之心。雖然如此，高定心中不穩，又令一人來孔明寨中探聽虛實；被伏路軍捉來見孔明，孔明故意認做雍闓的人，喚入帳中問曰：「汝元帥既約下獻高定、朱褒二人首級，因何誤了日期？汝這廝不精細，如何做得細作！」軍士含糊答應。孔明以酒食賜之，修密書一封，付軍士曰：「汝持此書付雍闓，教他早早下手，休得誤事。」

細作拜謝而去，回見高定，呈上孔明之書，說雍闓如此如此。定看書畢，大怒曰：「吾以真心待之，彼反欲害吾，情理難容！」便喚鄂煥商議。煥曰：「孔明乃仁人，背之不祥。我等謀反作惡，皆雍闓之故；不如殺雍闓以投孔明。」定曰：「如何下手？」煥曰：「可設一席令人去請雍闓。彼若無異心，必坦然而來；若其不來，必有異心。我主上可攻其前，某伏於寨後小路候之，闓可擒矣。」

高定從其言，設席請雍闓。闓果疑前日放回軍士之言，懼而不來。是夜高定引兵殺投雍闓寨中。原來有孔明放回免死的人，皆想高定之德，乘勢助戰，雍闓軍不戰自亂。闓上馬望山路而走，行不二里，鼓聲響處，一彪軍出，乃鄂煥也；挺方天戟驟馬當先。雍闓措手不及，被煥一戟刺於馬下，就梟其首級。闓部下軍士皆降高定。定引兩部軍來降孔明，獻雍闓首級於帳下。孔明高坐於帳上，喝令左右推轉高定，斬首報來。

定曰：「某感丞相大恩，今將雍闓首級來降，何故斬也？」孔明大笑曰：「汝來詐降，敢瞞吾耶！」定曰：「丞相何以知吾詐降？」孔明於匣中取出一緘，與高定曰：「朱褒已使人密獻降書，說你與雍闓結生死之交，豈肯一日便殺此人？吾故知汝詐也。」定叫屈曰：「朱褒乃反間之計也，丞相切不可信。」孔明曰：「吾亦難憑一面之詞，汝若捉得朱褒，方表真心。」定曰：「丞相休疑，某去擒朱褒來見丞相，若何？」孔明曰：「若如此，吾疑心方息也。」

高定即引部將鄂煥並本部兵，殺奔朱褒營來。比及離寨，約有十里，山後一彪軍到，乃朱褒也。褒見高定軍來，慌忙與高定答話。定大罵曰：「汝如何寫書與諸葛丞相處，使反間之計害吾耶？」褒目瞪口呆，不能回答。忽然鄂煥於馬後轉過，一戟刺朱褒於馬下。定厲聲而言曰：「如不順者皆戮之！」於是眾軍一齊拜降。定引兩部軍來見孔明，獻朱褒首級於帳下。孔明大笑曰：「吾故使汝殺此二賊，以表忠心。」遂命高定為益州太守，總攝三郡；令鄂煥為牙將。三路軍馬已平。

玩高定於股掌之上。

於是永昌太守王伉，出城迎接孔明。孔明入城已畢，問曰：「誰與公守此城，得保無虞？」伉曰：「某今日得此郡無危者，皆賴永昌不韋人，姓呂，名凱，字季平，皆此人之力。」孔明遂請呂凱至，凱入見禮畢，孔明曰：「久聞公乃永昌高士，多虧公保守此城。今欲平蠻方。公有何高見？」呂凱遂取一圖，呈與孔明曰：「某自歷仕以來知南人欲反久矣；故密遣人入其境，察看可屯兵交戰之處，畫成一圖，名曰『平蠻指掌圖』。今敢獻與明公。明公試觀之，可為征蠻之一助也。」孔明大喜，就用呂凱為行軍教授，兼鄉導官。於是孔明提兵大進，深入南蠻之境。

無呂凱不能平孟獲。

正行軍之次，忽報天子差使命至。孔明請入中軍，但見一人素袍白衣而進，乃馬謖也；為兄馬良新亡，因此挂孝。謖曰：「奉主上敕命，賜眾軍酒帛。」孔明接詔已畢，依命一一給散，遂留馬謖在帳敘話。孔明問曰：「吾奉天子詔，削平蠻方，久聞幼常高見，望乞賜教。」謖曰：「愚有片言，望丞相察之。南蠻恃其地遠山險，不服久矣；雖今日破之，明日復叛。丞相大軍到彼，必然平服；但班師之日，必用北伐曹丕；蠻兵若知內虛，其反必速。夫用兵之道，『攻心為上，攻城為下；心戰為上，兵戰為下』。願丞相但服其心足矣。」孔明歎曰：「幼常足知吾肺腑也！」於是孔明遂令馬謖為參軍，即統大兵前進。

孔明虛心，非今人所及。

卻說蠻王孟獲聽知孔明智破雍闓等，遂聚三洞元帥商議：第一洞乃金環三結元帥、第二洞乃董荼那元帥、第三洞乃阿會喃元帥。三洞元帥入見孟獲。獲曰：「今諸葛丞相領大軍來侵我境界，不得不併力敵之。汝三人可分兵三路而進，如得勝者，便為洞主。」於是分金環三結取中路，董荼那取左路，阿會喃取右路，各引五萬蠻兵，依令而行。

卻說孔明正在寨中議事，忽哨馬飛報，說三洞元帥分兵三路到來。孔明聽畢，即喚趙雲、魏延至，卻都不分付；更喚王平、馬忠至，囑之曰：「今蠻兵三路而來，吾欲令子龍、文長去；此二人不識地理，未敢用之。王平可往左路迎敵，馬忠可往右路迎敵。吾卻使子龍、文長隨後接應。今日整頓軍馬，來日平明進發。」

二人聽令而去，又喚張嶷、張翼分付曰：「汝二人同領一軍，往中路迎敵。今日整點軍馬，來日與王平、馬忠約會而進，吾欲令子龍、文長去取，奈二人不識地理，故未敢用之。」

張嶷、張翼聽令去了。趙雲、魏延見孔明不用，各有慍色。孔明曰：「吾非不用汝二人，但恐汝涉險入深，為蠻人所算，失其銳氣耳。」趙雲曰：「倘我等識地理，若何？」孔明曰：「汝二人只宜小心，休得妄動。」

二人怏怏而退。趙雲請魏延到自己寨內商議曰：「吾二人為先鋒，卻說不識地理，而不肯用。今用此後輩，吾等豈不羞乎？」延曰：「吾二人只今就上馬，親去探之；捉住土人，便教引進，以敵蠻兵，大事可成。」

雲從之，遂上馬逕取中路而來。方行不數里，遠遠望見塵頭大起。二人上山坡看時，果見數十騎蠻兵，縱馬而來。二人兩路衝出。蠻兵見了，大驚而走。趙雲、魏延各生擒幾人，回到本寨，以酒食待之，

皆在孔明算中。

卻細問其故。蠻兵告曰：「前面是金環三結元帥大寨，正在山口。寨邊東西兩路，卻通五溪洞並董荼那、阿會喃各寨之後。」

趙雲、魏延聽知此話，遂點精兵五千，教擒來蠻兵引路。比及起身時，已是二更天氣；月明星朗，趁著月色而行。剛到金環三結大寨之時，約有四更。蠻兵方起造飯，準備天明廝殺。忽然趙雲、魏延兩路殺入，蠻兵大亂。趙雲直殺入中軍，正逢金環三結元帥，交馬只一合，被雲一槍刺落馬下，就梟其首級，餘軍潰散。魏延便分兵一半，望東路抄董荼那寨來。趙雲分兵一半，望西路抄阿會喃寨來。比及殺到蠻兵大寨之時，天已平明。

先說魏延殺奔董荼那寨來。董荼那聽知寨後有軍殺至，便引兵出寨拒敵。忽然寨前門一聲喊起，蠻兵大亂。原來王平軍馬早已到了。兩下夾攻，蠻兵大敗。董荼那奪路走脫，魏延追趕不上。

卻說趙雲引兵殺到阿會喃寨後之時，馬忠已殺至寨前。兩下夾攻。蠻兵大敗。阿會喃乘亂走脫，各自收軍，回見孔明。孔明問曰：「三洞蠻兵，走了兩洞之主，金環三結元帥首級安在？」趙雲將首級獻功。眾皆言曰：「董荼那、阿會喃皆棄馬越嶺而去，因此趕他不上。」孔明大笑曰：「二人吾已擒下了。」趙、魏二人並諸將皆不信。

少頃，張嶷解董荼那到，張翼解阿會喃到。眾皆驚訝。孔明曰：「吾觀呂凱圖本，已知他各人下的寨子，故以言激子龍、文長之銳氣，故教深入重地，先破金環三結，隨即分兵左右寨後抄出，以王平、馬忠應之，非子龍、文長不可當此任也。吾料董荼那、阿會喃必從便徑往山路而走，故遣張嶷、張翼以伏兵待之，令關索以兵接應，擒此二人。」諸將皆拜伏曰：「丞相機算，神鬼莫測！」

孔明令押過董荼那、阿會喃至帳下，盡去其縛，以酒食衣服賜之；令各自歸洞，勿得助惡。二人泣拜，各投小路而去。孔明謂諸將曰：「來日孟獲必然親自引兵廝殺，便可就此擒之。」乃喚趙雲、魏延至，付與計策，各引五千兵去了。又喚王平、關索，同引一軍，授計而去。孔明分撥已畢，坐於帳上待之。

卻說蠻王孟獲在帳中正坐，忽哨馬報來，說三洞元帥，俱被孔明捉將去了；部下之兵，各自潰散。獲大怒，遂起蠻兵迤邐進發，正遇王平軍馬。兩陣對圓，王平出馬橫刀望之。只見旗門開處，數百南蠻騎將兩陣擺開。中間孟獲出馬，頭頂嵌寶紫金冠；身披纓絡紅錦袍；腰繫碾玉獅子帶；腳穿鷹嘴抹綠靴；騎一匹捲毛赤兔馬；懸兩口松紋鑲寶劍；昂然觀望，回顧左右蠻將曰：「人每說諸葛亮善能用兵；今觀此陣，——旌旗雜亂，隊伍交錯；刀槍器械，無一可能勝吾者。——始知前日之言謬也。早知如此，吾反多時矣。誰敢去擒蜀將，以振軍威？」

言未畢，一將應聲而出，名喚忙牙長；使一口截頭大刀，騎一匹黃驃馬，來取王平。二將交鋒，戰不數合，王平便走。孟獲驅兵大進，迤邐追趕。關索略戰又走，約退二十餘里。孟獲正追殺之間，忽然喊聲大起，左有張嶷，右有張翼，兩路兵殺出，截斷歸路。王平、關索復引兵殺回。前後夾攻，蠻兵大敗。孟獲引部將死戰得脫，望錦帶山而逃。背後三路兵追殺將來。

獲正奔走之間，前面喊聲大起，一彪軍攔住；為首大將乃常山趙子龍也，獲見了大驚，慌忙奔錦帶山小路而走。子龍衝殺一陣，蠻兵大敗，生擒者無數。孟獲止與數十騎奔入山谷之中，背後追兵至近，前面路狹，馬不能行，乃棄了馬匹，爬山越嶺而逃。忽然山谷中一聲鼓響，乃是魏延受了孔明計策，引

此是一擒。

令孟獲見漢兵威儀。

五百步軍，伏於此處。孟獲抵敵不住，被魏延生擒活捉了，從騎皆降。

魏延解孟獲到大寨來見孔明。孔明早已殺牛宰馬，設宴在寨；卻教帳中排開七重圍子手，刀槍劍戟，燦若霜雪；又執御賜黃金鉞斧，曲柄傘蓋，前後羽葆鼓吹，左右排開御林軍，布列得十分嚴整。孔明端坐於帳上，只見蠻兵紛紛攘攘，解到無數。孔明喚到帳中，盡去其縛，撫諭曰：「汝等皆是好百姓，不幸被孟獲所拘，今受驚嚇，吾想汝等父母兄弟妻子必倚門而望；若聽知陣敗，定然割肚牽腸，眼中流血。吾今盡放汝等回去，以安各人父母兄弟妻子之心。」言訖，各賜酒食米糧而遣之。蠻兵深感其恩，泣拜而去。孔明教喚武士押過孟獲來。

不移時，前推後擁，縛至帳前。獲跪於帳下。孔明曰：「先帝待汝不薄，汝何敢背反？」獲曰：「兩川之地，皆是他人所占地土；汝主倚強奪之，自稱為帝。吾世居此處，汝等無禮，侵我土地，何為反耶？」孔明曰：「吾今擒汝，汝心服否？」獲曰：「山僻路狹，誤遭汝手，如何肯服？」孔明曰：「汝既不服，吾放汝去，若何？」獲曰：「汝放我回去，再整軍馬，共決雌雄；若能再擒吾，吾方服也。」孔明即令去其縛，與衣服穿了，賜以酒食，給與鞍馬，差人送出路徑，望本寨而去。正是：寇入掌中還放去，人居化外未能降。未知再來交戰若何，且看下文分解。

第八八回　渡瀘水再縛番王　識詐降三擒孟獲

卻說孔明放了孟獲，眾將上帳問曰：「孟獲乃南蠻渠魁。今幸被擒，南方便定；丞相何故放之？」孔明笑曰：「吾擒此人，如囊中取物耳，直須降伏其心，自然平矣。」諸將聞言，皆未肯信。

當日孟獲行至瀘水，正遇手下敗殘的蠻兵，皆來尋探。眾兵見了孟獲，且驚且喜，拜問曰：「大王如何能夠回來？」獲曰：「蜀人監我在帳中，被我殺死十餘人，乘夜黑而走。正行間，逢著一哨馬軍，又被我殺之，奪了此馬；因此得脫。」

眾皆大喜，擁孟獲渡了瀘水，下住寨柵，會集各洞酋長，陸續招聚原放回的蠻兵，約有十餘萬騎。此時董荼那、阿會喃已在洞中。孟獲使人去請，二人懼怕，只得也引洞兵來。獲傳令曰：「吾已知諸葛亮之計矣，不可與戰，戰則中他詭計。彼川兵遠來勞苦，況即日天炎，彼兵豈能久住？吾等有此瀘水之險，將船筏盡拘在南岸一帶，皆築土城，深溝高壘，看諸葛亮如何施謀。」

眾酋長從其計，盡拘船筏於南岸一帶，築起土城。有依山傍崖之地，高豎敵樓；樓上多設弓弩砲石，準備久處之計。糧草皆是各洞供運。孟獲以為萬全之策，坦然不憂。

卻說孔明提兵大進，前軍已至瀘水，哨馬飛報說：「瀘水之內，並無船筏；又兼水勢甚急，隔岸一帶築起土城，皆有蠻兵把守。」時值五月，天氣炎熱，南方之地，分外炎酷，軍馬衣甲，皆穿不得。

蠻子膽怯。

孔明自至瀘水邊觀畢，回到本寨，聚諸將至帳中，傳令曰：「今孟獲兵屯瀘水之南，深溝高壘，以拒我兵；吾既提兵至此，如何空回？汝等各各引兵，依山傍樹，揀林木茂盛之處，與我將息人馬。」乃遣呂凱離瀘水百里，揀陰涼之地，分作兩個寨子；使王平、張嶷、張翼、關索各守一寨，內外皆搭草棚，遮蓋馬匹，將士乘涼以避暑氣。參軍蔣琬看了，入問孔明曰：「某看呂凱所造之寨甚不好，正犯昔日先帝敗於東吳時之地勢矣。倘蠻兵偷渡瀘水，前來劫寨，若用火攻，如何解救？」孔明笑曰：「公勿多疑，吾自有妙算。」蔣琬等皆不曉其意。

忽報蜀中差馬岱解暑藥並糧米到。孔明令入。岱參拜畢，一面將米藥分派各寨。孔明問曰：「汝今帶多少軍來？」馬岱曰：「有三千軍。」孔明曰：「吾軍累戰疲困，欲用汝軍，未知肯向前否？」岱曰：「皆是朝廷軍馬，何分彼我？丞相要用，雖死不辭。」孔明曰：「今孟獲拒住瀘水，無路可渡。吾欲先斷其糧道，令彼軍自亂。」岱曰：「如何斷得？」孔明曰：「離此一百五十里，瀘水下流沙口，此處水慢，可以紮筏而渡。汝提本部三千軍渡水，直入蠻洞，先斷其糧，然後會合董荼那、阿會喃兩個洞主，使為內應，不可有誤。」

馬岱欣然去了，領兵前到沙口，驅兵渡水；因見水淺，大半不下筏，只裸衣而過，半渡皆倒；急救傍岸，口鼻出血而死。馬岱大驚，連夜回告孔明。孔明遂喚鄉導土人問之，土人曰：「目今炎天，毒聚瀘水，日間甚熱，毒氣正發。有人渡水，必中其毒。或飲此水，其人必死。若要渡時，須待夜靜水冷，毒氣不起，飽食渡之，方可無事。」

孔明遂令土人引路；又選精壯軍五六百，隨著馬岱，來到瀘水沙口，紮起木筏，半夜渡水，果然無事。岱領著二千壯軍，令土人引路，逕取蠻洞運糧總路口夾山谷而來。那夾山谷，兩下是山，中間一條路，止容一人一馬而過。馬岱占了夾山谷，分撥軍士，立起寨柵。洞蠻不知，正解糧到，被岱前後截住，奪糧百餘車。蠻人報入孟獲大寨中。

此時孟獲在寨中，終日飲酒取樂，不理軍務，謂眾酋長曰：「吾若與諸葛亮對敵，必中奸計。今靠此瀘水之險，深溝高壘以待之。蜀人受不過酷熱，必然退走。那時吾與汝等隨後擊之，便可擒諸葛亮也。」言訖，呵呵大笑。忽然班內一酋長曰：「沙口水淺，倘蜀兵透漏過來，深為利害；當分軍把守。」獲笑曰：「汝是本處土人，如何不知？吾正要蜀兵來渡此水，渡則必死於水中矣。」酋長又曰：「倘有土人說與夜渡之法，當復何如？」獲曰：「不必多疑。吾境內之人，安肯助敵人耶？」

正言之間，忽報蜀兵不知多少，暗渡瀘水，絕斷了夾山糧道，打著「平北將軍馬岱」旗號。獲笑曰：「量此小輩，何足道哉！」即遣副將忙牙長，引三千兵投夾山谷來。

卻說馬岱望見蠻兵已到，遂將二千軍擺在山前。兩陣對圓，忙牙長出馬，與馬岱交鋒；只一合，被岱一刀，斬於馬下。蠻兵大敗走回，來見孟獲，細言其事。獲喚諸將問曰：「誰敢去敵馬岱？」言未畢，董荼那出曰：「某願往。」孟獲大喜，遂與三千兵而去。獲又恐有人再渡瀘水，即遣阿會喃，引三千兵，去守把沙口。

卻說董荼那引蠻兵到了夾山谷下寨，馬岱引兵來迎。部內軍有認得是董荼那，說與馬岱如此如此。岱縱馬向前大罵曰：「無義背恩之徒！吾丞相饒你性命，今又背反，豈不自羞！」董荼那滿面羞慚，無言可答，不戰而退。馬岱掩殺一陣而回。董荼那回見孟獲曰：「馬岱英雄，抵敵不住。」獲大怒曰：「吾

蠻子無用。

蠻子原有良心。

知汝原受諸葛亮之恩，今故不戰而退！正是賣陣之計！」喝教推出斬了。眾酋長再三哀告，方纔免死，叱武士將董荼那打了一百大棍，放歸本寨。

諸多酋長，皆來告董荼那曰：「我等雖居蠻方，未嘗敢犯中國；中國亦不曾侵我。今因孟獲勢力相逼，不得已而造反，想孔明神機莫測，曹操、孫權尚自懼之，何況我等蠻方乎？況我等皆受其活命之恩，無可為報。今欲捨一死命，殺孟獲去投孔明，以免洞中百姓塗炭之苦。」董荼那曰：「未知汝等心下若何？」內有原蒙孔明放回的人，一齊同聲應曰：「願往！」

皆在孔明算中。

於是董荼那手執鋼刀，引百餘人，直奔大寨而來。時孟獲大醉於帳中。董荼那引眾人持刀而入，帳下有兩將侍立。董荼那以刀指曰：「汝等亦受諸葛丞相活命之恩，宜當報效。」二將曰：「不須將軍下手，某當生擒孟獲，去獻丞相。」於是一齊入帳，將孟獲執縛已定，押到瀘水邊，駕船直過北岸，先使人報知孔明。

此是二擒。

卻說孔明已有細作探知此事，於是密傳號令，教各寨將士，整頓軍器，方教為首酋長，解孟獲入來，其餘皆回本寨聽候。董荼那先入中軍，見孔明，細說其事。孔明重加賞勞，用好言撫慰，遣董荼那引眾酋長去了，然後令刀斧手推孟獲入。孔明笑曰：「汝前者有言：『但再擒得，便肯降服。』今日如何？」獲曰：「此非汝之能也，乃吾手下之人自相殘害，以致如此。如何肯服？」

孔明曰：「吾今再放汝去，若何？」孟獲曰：「吾雖蠻人，頗知兵法；若丞相端的肯放吾回洞中，吾當率兵再決勝負。若丞相這番再擒得我，那時傾心吐膽歸降，並不敢改移也。」孔明曰：「這番生擒，如又不服，必無輕恕。」令左右去其繩索，仍前賜以酒食，列坐於帳上。孔明曰：「吾自出茅廬，戰無不勝，攻無不取。汝蠻邦之人，何為不服？」

獲默然不答。孔明酒後，喚孟獲同上馬出寨，看視諸營寨柵所屯糧草，所積軍器。孔明指謂孟獲曰：「汝不降吾，真愚人也。吾有如此之精兵猛將，糧草器械，汝安能勝吾哉？汝若早降，吾當奏聞天子，令汝不失王位，子子孫孫，永鎮蠻邦。意下如何？」獲曰：「某雖肯降，怎奈洞中之人，未肯心服？若丞相肯再放回去，就當招安本部人馬，同心合膽，方可歸順。」

孔明欣然，又與孟獲回到大寨，飲酒至晚，獲辭去。孔明親自送至瀘水邊，以船送獲歸寨。孟獲來到本寨，先伏刀斧手於帳下，差心腹人到董荼那、阿會喃寨中，只推孔明有使命至，將二人賺到大寨帳下，盡皆殺之，棄屍於澗。孟獲隨即遣親信之人，把守隘口，自引軍出了夾山谷，要與馬岱交戰，卻並不見一人；及問土人，皆言昨夜盡搬糧草復渡瀘水，歸大寨去了。獲再回洞中，與親弟孟優商議曰：「如今諸葛亮之虛實，吾已盡知。汝可去如此如此。」

孟優領了兄計，引百餘蠻兵，搬載金珠寶貝象牙犀角之類，渡了瀘水，逕投孔明大寨而來；方纔過了河時，前面鼓角齊鳴，一彪軍擺開，為首大將，乃馬岱也。孟優大驚。岱問了來情，令在外廂，差人來報孔明。孔明正在帳中與馬謖、呂凱、蔣琬、費禕等共議平蠻之事，忽帳下一人，報稱孟獲差弟孟優來進寶貝。孔明回顧馬謖曰：「汝知其來意否？」謖曰：「不敢明言。容某暗寫於紙上，呈與丞相，看合鈞意否？」

孔明從之。馬謖寫訖，呈與孔明。孔明看畢，撫掌大笑曰：「擒孟獲之計，吾已差派下也。汝之所見，正與吾同。」遂喚趙雲入，向耳畔分付如此如此；又喚魏延入，亦低言分付；又喚王平、馬忠、關

名為波斯獻寶，卻是夜叉作怪。

索人，亦各密地分付。

各人受了計策，皆依令而去，方召孟優入帳。優再拜於帳下曰：「家兄孟獲，感丞相活命之恩，無可奉獻，輒具金珠寶貝若干，權為賞軍之資。續後別有進貢天子禮物。」孔明曰：「汝兄今在何處？」優曰：「為感丞相大恩，逕往銀坑山中收拾寶物去了，少時便回來也。」孔明曰：「汝帶多少人來？」優曰：「不敢多帶，只是隨行百餘人，皆運貨物者。」孔明盡教入帳；看時，皆是青眼黑面，黃髮紫鬚，耳帶金環，鬅頭❶跣足，身長力大之士。孔明就令隨席而坐，教諸將勸酒，慇懃相待。

卻說孟獲在帳中專望回音，忽報有二人回了；喚入問之，具說：「諸葛亮受了禮物大喜，將隨行之人，皆喚入帳中，殺牛宰馬，設宴相待。二大王令某密報大王，今夜二更，裡應外合，以成大事。」孟獲聽知甚喜，即點起三萬蠻兵，分為三隊。獲喚各洞酋長，分付曰：「各軍盡帶火具，今晚到了蜀寨時，放火為號。吾當自取中軍，以擒諸葛亮。」諸多蠻將，受了計策，黃昏左右，各渡瀘水而來。孟獲帶領心腹蠻將百餘人，逕投孔明大寨，於路並無一軍阻擋。前至寨門，獲率眾將驟馬而入，乃是空寨，並不見一人。獲撞入中軍，只見帳中燈燭熒煌，孟優並番兵盡皆醉倒。原來孟優被孔明教馬謖、呂凱二人管待，令樂人搬做雜劇，慇懃勸酒，酒內下藥，盡皆醉倒，渾如醉死之人。

孟獲入帳問之，內有醒者，但指口而已。獲知中計，急救了孟優等一干人；卻待奔回中隊，前面喊聲大震，火光驟起，蠻兵各自逃竄，一彪軍殺到，乃是蜀將王平。獲大驚，急奔左隊時，火光衝天，一

❶ 鬅頭：頭髮散亂紛披的樣子。

彪軍殺到，為首蜀將乃是魏延。獲慌忙望右隊而來，只見火光又起，又一彪軍殺到，為首蜀將乃是趙雲。三路軍夾攻將來，四下無路。孟獲棄了軍士，匹馬望瀘水而逃。正見瀘水上數十個蠻兵，駕一小舟，獲慌令近岸。人馬方纔下船，一聲號起，將孟獲縛住。原來馬岱受了計策，引本部兵扮作蠻兵，撐船在此誘擒孟獲。

此是三擒。

於是孔明招安蠻兵，降者無數。孔明一一撫慰，並不加害，就教救滅了餘火。須臾，馬岱擒孟獲至；趙雲擒孟優至；魏延、馬忠、王平、關索擒諸洞酋長至。孔明指孟獲而笑曰：「汝先令汝弟以禮詐降，如何瞞得我過！今番又被我擒，汝可服否？」獲曰：「此乃吾弟貪口腹之故，誤中汝毒，因此失了大事。吾若自來，弟以兵應之，必然成功。此乃天敗，非吾之不能也，如何肯服？」孔明曰：「今已三次，如何不服？」孟獲低頭無語。孔明笑曰：「吾再放汝回去。」孟獲曰：「丞相若肯放我弟兄回去，收拾家下親丁，和丞相大戰一場，那時擒得，方纔死心塌地而降。」孔明曰：「再若擒住，必不輕恕。汝可小心在意，勤攻韜略之書，再整親信之士，早用良策，勿生後悔。」遂令武士去其繩索，放起孟獲並孟優及各洞酋長，一齊都放。孟獲等拜謝去了。

每次不服，必有一段解說。

此時蜀兵已渡瀘水。孟獲等過了瀘水，只見岸口陳兵列將，旗幟紛紛。獲到營前，馬岱高坐以劍指之曰：「這番拏住，必無輕放！」孟獲到了自己寨時，趙雲早已襲了此寨，布列兵馬。雲坐於大旗下，按劍而言曰：「丞相如此相待，休忘大恩！」獲喏喏連聲而去。將出界口山坡，魏延引一千精兵，擺在坡上，勒馬厲聲而言曰：「吾今已深入巢穴，奪汝險要；汝尚自愚迷，抗拒大軍！這回拏住，碎屍萬段，決不輕饒！」孟獲等抱頭鼠竄，望本洞而去。後人有詩讚曰：

五月驅兵入不毛，月明瀘水瘴煙高。
誓將雄略酬三顧，豈憚征蠻七縱勞？

卻說孔明渡了瀘水，下寨已畢，大賞三軍，聚諸將於帳下曰：「孟獲第二番擒來，吾令遍觀各營虛實，正欲令其來劫營也。吾知孟獲頗曉兵法，吾將兵馬糧草炫耀，實令孟獲看吾破綻，必用火攻。彼令其弟詐降，欲為內應耳。吾三番擒之而不殺，誠欲服其心，不欲滅其類也。吾今明告汝等，勿得辭勞，可用心報國。」眾將拜伏曰：「丞相智、仁、勇三者足備。雖子牙、張良，不能及也。」孔明曰：「吾今安敢望古人耶？皆賴汝等之力，共成功業耳。」帳下諸將聽得孔明之言，盡皆喜悅。

卻說孟獲受了三擒之氣，忿忿歸到銀坑洞中，即差心腹人齎金珠寶貝，往八番九十三甸等處，並蠻方部落，借使牌刀獠丁軍健數十萬，剋日齊備。各隊人馬，雲推霧擁，俱聽孟獲調用。伏路軍探知其事，來報孔明。孔明笑曰：「吾正欲令蠻兵皆至，見吾之能也。」遂上小車而行。正是：若非洞主威風猛，怎顯軍師手段高？未知勝負如何，且看下文分解。

引出無數蠻子來。

第八九回　武鄉侯四番用計　南蠻王五次遭擒

卻說孔明自駕小車，引數百騎前來探路。前有一河，名曰西洱河。水勢雖慢，並無一隻船筏。孔明令伐木為筏而渡，其木到水皆沈。孔明遂問呂凱，凱曰：「聞西洱河上流有一山，其山多竹，大者數圍。可令人伐之，於河上搭起竹橋，以渡軍馬。」

孔明即調三萬人入山，伐竹數十萬根，順水放下，於河面狹處，搭起竹橋，闊十餘丈。乃調大軍於河北岸，一字兒下寨，便以為壕塹，以浮橋為門，壘土為城；過橋南岸，一字下三個大營，以待蠻兵。

卻說孟獲引數十萬蠻兵，恨怒而來。將近西洱河，孟獲引前部一萬刀牌獠丁，直扣寨前搦戰。孔明頭戴綸巾，身披鶴氅，手執羽扇，乘駟馬車，左右眾將簇擁而出。孔明見孟獲身穿犀皮甲，頭頂朱紅盔，左手挽牌，右手執刀，騎赤毛牛，口中辱罵；手下萬餘洞丁，各舞刀牌，往來衝突。孔明急令退回本寨，四面緊閉，不許出戰。蠻兵皆裸衣赤身，直到寨門前叫罵。

諸將大怒，皆來稟孔明曰：「某等情願出寨，決一死戰！」孔明不許。諸將再三欲戰。孔明止曰：「蠻方之人，不遵王化，今此一來，狂惡正盛，不可迎也；且宜堅守數日，待其猖狂少懈，吾自有妙計破之。」

於是蜀兵堅守數日。孔明在高阜處探之，窺見蠻兵已多懈怠，乃聚諸將曰：「汝等敢出戰否？」眾

蠻人正

使蠻性，必須要讓他頭勢。

將欣然要出。孔明先喚趙雲、魏延入帳，向耳畔低言，分付如此如此，二人受了計策先進。卻喚王平、馬忠入帳受計去了。又喚馬岱分付曰：「吾今棄此三寨，退過河北；吾軍一退，汝可便拆浮橋，移於下流，卻渡趙雲、魏延軍馬過河來接應。」岱受計而去。又喚張翼曰：「吾軍退去，寨中多設燈火。孟獲知之，必來追趕，汝卻斷其後。」張翼受計而去。孔明只教關索護車。眾軍退去，寨中多設燈火。蠻兵望見，不敢衝突。

次日平明，孟獲引大隊蠻兵逕到蜀寨之時，只見三個大寨，皆無人馬，於內棄下糧草車仗數百餘輛。孟優曰：「諸葛亮棄寨而走，莫非有計否？」孟獲曰：「吾料諸葛亮棄輜重而去，必因國中有緊急之事。若非吳侵，定是魏伐。故虛張燈火以為疑兵，棄車仗而去也。可速追之，不可錯過。」

於是孟獲自驅前部，直到西洱河邊。望見河北岸上，寨中旗幟整齊如故，燦若雲錦；沿河一帶，又設錦城。蠻兵哨見，皆不敢進。獲謂優曰：「此是諸葛亮懼吾追趕，故就河北岸少住，不二日必走矣。」遂將蠻兵屯於河岸；又使人去山上砍竹為筏，以備渡河，卻將敢戰之兵，皆移於寨前面。卻不知蜀兵早已入自己之境。

是日，狂風大起，四壁廂火明鼓響。蜀兵殺到，蠻兵獠丁，自相衝突。孟獲大驚，急引宗族洞丁殺開條路，逕奔舊寨。忽一彪軍從寨中殺出，乃是趙雲。獲慌忙回西洱河，向山僻處而走。又一彪軍殺出，乃是馬岱。孟獲只剩得數十個殘兵，望山谷中而逃。見南北西三處，塵頭火光，因此不敢前進，只得望東奔走。方纔轉過山口，見一大林之前，數十從人，引一輛小車；車上端坐孔明，呵呵大笑曰：「蠻王孟獲大敗至此，吾已等候多時也！」獲大怒，回顧左右曰：「吾遭此人詭計，受辱三次，今幸得在此相遇。汝等可奮力前進，連人帶馬砍為粉碎！」

數騎蠻兵，猛力向前。孟獲當先吶喊。搶到大林之前，趷踏一聲，踏了陷坑，一齊塌倒，大林之內，轉出魏延，引數百兵來，一個個拖出，用索縛定。孔明先到寨中，招安蠻兵，並諸甸酋長洞丁。此時大半皆歸本鄉去了，除死傷外，其餘盡皆歸降。孔明以酒肉相待，以好言撫慰，盡令放回。蠻兵皆感歎而去。

少頃，張翼解孟優至。孔明誨之曰：「汝兄愚迷，汝當諫之。今被吾擒了四次，有何面目再見人耶？」孟優羞慚滿面，伏地告求免死。孔明曰：「吾殺汝不在今日，吾且饒汝性命，勸諭汝兄。」令武士解其繩索，放起孟優，優泣拜而去。

不一時，魏延解孟獲至。孔明大怒曰：「你今番又被吾擒了，有何理說？」獲曰：「吾今誤中詭計，死不瞑目！」孔明叱武士推出斬之。獲全然無懼色，回顧孔明曰：「若敢再放吾回去，必然報四番之恨。」孔明大笑，令左右去其縛，賜酒壓驚，就坐於帳中。孔明問曰：「吾今四次以禮相待，汝尚然不服，何也？」獲曰：「吾雖是化外之人，不似丞相專施詭計，吾如何肯服？」孔明曰：「吾再放汝回去，復能戰否？」獲曰：「丞相若再拏住，吾那時傾心降服，盡獻本洞之物犒軍，誓不反亂。」

此是四擒。蠻子偏會強辯。

孔明即笑而遣之。獲忻然拜謝而去。於是聚得諸洞壯丁數千人，望南迤邐而行。早望見塵頭起處，一隊兵到，乃是兄弟孟優，重整殘兵，來與兄報讎。兄弟二人，抱頭大哭，訴說前事。優曰：「我兵屢敗，蜀兵屢勝，難以抵當。只可就山陰洞中，退避不出。蜀兵受不過暑氣，自然退矣。」獲問曰：「何處可去？」優曰：「此去西南有一洞，名曰禿龍洞。洞主朵思大王，與弟甚厚，可投之。」

於是孟獲先教孟優到禿龍洞，見了朵思大王。朵思慌引洞兵出迎。孟獲入洞，禮畢，訴說前事。朵思曰：「大王寬心；若川兵到來，令他一人一騎，不得還鄉，與諸葛亮皆死於此處！」

獲大喜，問計於朵思。朵思曰：「此洞中，此有兩條路：東北上一路，就是大王所來之路，地勢平坦，土厚水甜，人馬可行；若以木石壘斷洞口，雖有百萬之眾，不能進也。西北上有一條路，山險嶺惡，道路窄小；其中雖有小路，多藏毒蛇惡蝎；黃昏時分，煙瘴大起，直至巳午時方收，惟未申酉三時，可以往來；水不可飲，人馬難行。」

關門塞洞，不算好漢。

「此處更有四個毒泉：一名啞泉，其水頗甜，人若飲之，則不能言，不過旬日必死；二曰滅泉，此水與湯無異，人若沐浴，則皮肉皆爛，見骨而死；三曰黑泉，其水微清，人若濺之在身，則手足皆黑而死；四曰柔泉，其水如冰，人若飲之，咽喉無煖氣，身軀軟弱如綿而死。此處蟲鳥皆無，惟有漢伏波將軍曾到。自此以後，更無一人到此。今壘斷東北大路，令大王隱居敝洞，若蜀兵見東路截斷，必從西路而入；於路無水，若見此四泉，定然飲水：雖百萬之眾，皆無歸矣，何用刀兵耶？」

孟獲大喜，以手加額曰：「今日方有容身之地！」又望北指曰：「任諸葛神機妙算，難以施設！四泉之水，足以報四番敗兵之恨也！」自此，孟獲、孟優終日與朵思大王筵宴。

卻說孔明連日不見孟獲兵出，遂傳號令教大軍離西洱河，望南進發。此時正當六月炎天，其熱如火。有後人詠南方苦熱詩曰：

山澤欲焦枯，火光覆太虛。

不知天地外，暑氣更何如？

又有詩曰：

赤帝司權柄，陰雲不敢生。雲蒸孤鶴喘，海熱巨鰲驚。
忍捨溪邊坐，慵拋竹裡行。如何沙塞客，擐甲復長征？

孔明統領大軍，正行之際，忽哨馬飛報：「孟獲退往禿龍洞中不出，將洞口要路壘斷，內有兵把守；山惡嶺峻，不能前進。」孔明請呂凱問之。凱曰：「某曾聞此洞有條路，實不知詳細。」蔣琬曰：「孟獲四次遭擒，既已喪膽，安敢再出。況今天氣炎熱，人馬疲乏，征之無益；不如班師回國。」孔明曰：「若如此，正中孟獲之計也。吾軍一退，彼必乘勢追之。今已到此，安有復回之理？」遂令王平，領數百軍為前部；卻教新降蠻兵引路，尋西北小徑而入。前到一泉，人馬皆渴，爭飲此水。王平探有此路，回報孔明。比及到大寨之時，皆不能言，但指口而已。

孔明大驚，知是中毒，遂自駕小車，引數十人前來看時，見一潭清水，深不見底，水氣凜凜，軍不敢試，孔明下車，登高望之，四壁峰嶺，鳥雀不聞，心中大疑。忽望見遠遠山岡之上，有一古廟。孔明攀藤附葛而上，見一石屋之中，塑一將軍端坐，旁有石碑，乃漢伏波將軍馬援之廟。因平蠻到此，土人立廟祀之。孔明再拜曰：「亮受先帝托孤之重，今承聖旨，到此平蠻；欲待蠻方既平，然後伐魏吞吳，重安漢室。今軍士不識地理，誤飲毒水，不能出言。萬望尊神，念本朝恩義，通靈顯聖，護佑三軍！」

祈禱已畢，出廟尋土人問之，隱隱望見對山一老叟扶杖而來，形容甚異。孔明請老叟入廟禮畢，對坐於石上。孔明問曰：「丈者高姓？」老叟曰：「老夫久聞大國丞相隆名，幸得拜見。蠻方之人，多蒙丞相活命，皆感恩不淺。」孔明問泉水之故。老叟答曰：「軍所飲之水，乃啞泉之水也；飲之難言，數日而死。此泉之外，又有三泉。東南有一泉，其水至冷，人若飲之，咽喉無煖氣，身軀軟弱而死，名曰柔泉。正南有一泉，人若濺之在身，手足皆黑而死，名曰黑泉。西南有一泉，沸如熱湯，人若浴之，皮肉盡脫而死，名曰滅泉。敝處有此四泉，毒氣所聚，無藥可治。又煙瘴甚起，惟未申酉三個時辰可往來；餘者時辰，皆瘴氣密布，觸之即死。」

忽然絕處逢生。

孔明曰：「如此則蠻方不可平矣。蠻方不平，安能併吞吳、魏，再興漢室？有負先帝託孤之重，生不如死也！」老叟曰：「丞相勿憂，老夫指引一處，可以解之。」孔明曰：「老丈有何高見，望乞指教。」老叟曰：「此去正西數里，有一山谷。入內行二十里，有一溪名曰萬安溪，溪上有一高士，號為萬安隱者。此人不出溪，有數十餘年矣。其草庵後有一泉，名安樂泉。人若中毒，汲其水飲之即愈。有人或生疥癩，或感瘴氣，於萬安溪內浴之，自然無事。更兼庵前有一等草，名曰『薤葉芸香』。人若口含一葉，則瘴氣不染。丞相可速往求之。」孔明拜謝，問曰：「承丈者如此活命之德，感刻不勝。願聞高姓？」老叟入廟曰：「吾乃本處山神，奉伏波將軍之命，特來指引。」言訖，揭開廟後石壁而入。孔明驚訝不已，再拜廟神，尋舊路上車，回到大寨。

次日，孔明備信香❶禮物，引王平及眾啞軍，連夜望山神所言去處，迤邐而進。入山谷小徑，約行

❶ 信香：虔誠地燒香，這香氣便可當作信使，達到神的面前，使神了解他的願望。

二十餘里，但見長松大柏，茂竹奇花，環繞一莊；籬落之中，有數間茅屋，聞得馨香噴鼻。孔明大喜，到莊前扣戶，有一小童出。孔明方欲通姓名，早有一人，竹冠草履，白袍皂絛，碧眼黃髮，忻然出曰：「來者莫非漢丞相否？」孔明笑曰：「高士何以知之？」隱者曰：「久聞丞相大纛南征，安得不知？」遂邀孔明入草堂。禮畢，分賓主坐定。孔明告曰：「亮受昭烈皇帝託孤之重，今承嗣君聖旨，領軍到此，欲服蠻邦，使歸王化。不期孟獲潛入洞中，軍士誤飲啞泉之水。夜來蒙伏波將軍顯聖，言高士有藥泉，可以治之。望乞矜念，賜神水以救眾兵殘生。」隱者曰：「量老夫山野廢人，何勞丞相枉駕？此泉就在庵後。」教取來飲。

於是童子引王平等一起啞軍，來到溪邊，汲水飲之；隨即吐出惡涎，便能言語。童子又引眾軍到萬安溪中沐浴。隱者於庵中進栢子茶、松花菜，以待孔明。隱者告曰：「此間蠻洞多毒蛇惡蝎，柳花飄入溪泉之間，水不可飲；但掘地為泉，汲水飲之方可。」孔明求「薤葉芸香」，隱者令眾軍儘意採取：「各人口含一葉，自然瘴氣不侵。」孔明拜求隱者姓名，隱者笑曰：「某乃孟獲之兄孟節是也。」

孔明愕然。隱者又曰：「丞相休疑，容伸片言。某一父母，所生三人：長即老夫孟節，次孟獲，又次孟優。父母皆亡。二弟強惡，不歸王化。某屢諫不從，故更名改姓，隱居於此。今辱弟造反，又勞丞相深入不毛之地，如此困苦，孟節合該萬死；故先於丞相之前請罪。」孔明歎曰：「方信盜跖、柳下惠事，今亦有之。」遂與孟節曰：「吾申奏天子，立公為王，可乎？」節曰：「為嫌功名而逃於此，豈復有貪富貴之意？」孔明乃具金帛贈之，孟節堅辭不受。孔明嗟歎不已，拜別而回。後人有詩曰：

高士幽棲獨閉關，武侯曾此破諸蠻。
至今古木無人境，猶有寒煙鎖舊山。

孔明回到大寨之中，令軍士掘地取水。掘下二十餘丈，並無滴水。凡掘十餘處，皆是如此，軍心驚慌。孔明夜半焚香告天曰：「臣亮不才，仰承大漢之福，受命平蠻。今途中乏水，兵馬枯渴。倘上天不絕大漢，即賜甘泉！若氣運已終，臣亮等願死於此處。」是夜祝罷，平明視之，皆得滿井甘泉。後人有詩曰：

為國平蠻統大兵，心存正道合神明。
耿恭拜井甘泉出，諸葛虔誠水夜生。

孔明軍馬既得甘泉，遂安然由小徑直入禿龍洞前下寨。蠻兵探知，來報孟獲曰：「蜀兵不染瘴疫之氣，又無枯渴之患，諸泉皆不應。」朵思大王聞知不信，自與孟獲來高山望之。只見蜀兵安然無事，大桶小擔，搬運水漿，飲馬造飯。朵思見之，毛髮聳然，回顧孟獲曰：「此乃神兵也！」獲曰：「吾兄弟二人與蜀兵決一死戰，就殞於軍前，安肯束手受縛！」朵思曰：「若大王兵敗，吾妻子亦休矣。當殺牛宰馬，大賞洞丁，不避水火，直衝蜀寨，方可得勝。」

孟獲非失地利，乃失人和耳。

於是大賞蠻兵。正欲起程，忽報洞後迤西銀冶洞二十一洞主楊鋒引三萬兵來助戰。孟獲大喜曰：「鄰兵助我，我必勝矣！」即與朵思大王出洞迎接。楊鋒引兵入曰：「吾有精兵三萬，皆披鐵甲，能飛山越嶺，足以敵蜀兵百萬。我有五子，皆武藝足備，願助大王。」鋒令五子入拜，皆彪軀虎體，威風抖擻。孟獲大喜，遂設席相待楊鋒父子。酒至半酣，鋒曰：「軍中少樂，吾隨軍有蠻姑，善舞刀牌，以助一笑。」獲忻然從之。

須臾，數十蠻姑，皆披髮跣足，從帳外舞跳而入，群蠻拍手以歌和之。楊鋒令二子把盞，二子舉盃詣孟獲、孟優前。二人接盃，方欲飲酒，鋒大喝一聲，二子早將孟獲、孟優執下座來。朵思大王卻待要走，已被楊鋒擒了。蠻姑橫截於帳上，誰敢近前？獲曰：「『兔死狐悲，物傷其類』。吾與汝皆是各洞之主，往日無冤，何故害我？」鋒曰：「吾兄弟子姪皆感諸葛丞相活命之恩，無以為報。今汝反叛，何不擒獻？」

於是各洞蠻兵，皆走回本鄉。楊鋒將孟獲、孟優、朵思等解赴孔明寨來。孔明令入，楊鋒等拜於帳下曰：「某等子姪皆感丞相恩德，故擒孟獲、孟優等呈獻。」孔明重賞之，令驅孟獲入。孔明笑曰：「汝今番心服乎？」獲曰：「非汝之能，乃吾洞中之人，自相殘害，以致如此。要殺便殺，只是不服！」孔明曰：「汝賺吾入無水之地，更以啞泉、滅泉、黑泉、柔泉如此之毒，吾軍無恙，豈非天意乎？汝何如此執迷？」獲曰：「吾祖居銀坑山中，有三江之險，重關之固。汝若就彼擒之，吾當子子孫孫，傾心服事。」孔明曰：「吾再放汝回去，重整兵馬，與吾共決勝負；如那時擒住，汝再不服，當滅九族。」叱左右去其縛，放起孟獲，獲再拜而去。孔明又將孟優并朵思大王皆釋其縛，賜酒食壓驚。二人悚懼，不敢正視。孔明令鞍馬送回。正是：深臨險地非容易，更展奇謀豈偶然？未知孟獲整兵再來，勝負如何，且看下文分解。

此是五擒。

第九〇回　驅巨獸六破蠻兵　燒藤甲七擒孟獲

卻說孔明放了孟獲等一干人，楊鋒父子皆封官爵，重賞洞兵，楊鋒等拜謝而去。孟獲等連夜奔回銀坑洞，那洞外有三江：乃是瀘水、甘南水、西城水。三路水會合，故為三江。其洞北近平坦三百餘里，多產萬物；洞西二百餘里，有鹽井；西南二百里，直抵瀘甘；正南三百里，乃是梁都洞洞中有山環抱，其洞山中出銀礦，故名為銀坑山。山中置宮殿樓臺，以為蠻王巢穴。其中建一祖廟，名曰「家鬼」。四時殺牛宰馬享祭，名曰「卜鬼」。每年常以蜀人并外鄉之人祭之。若人患病，不肯服藥，只禱巫師，名曰「藥鬼」。其處無刑法，但犯罪即斬。有女長成，卻於溪中沐浴，男女自相混淆，任其自配，父母不禁，名曰「學藝」。年歲雨水均調，則種稻穀；倘若不熟，殺蛇為羹，煮象為飯。每方隅之中，上戶號曰「洞主」，次曰「酋長」。每月初一、十五兩日，皆在三江城中買賣，轉易貨物。其風俗如此。

如此風俗，何必設官理之？

卻說孟獲在洞中，聚集宗黨千餘人，謂之曰：「吾屢受辱於蜀兵，立誓欲報之。汝等有何高見？」言未畢，一人應曰：「吾舉一人，可破諸葛亮。」眾視之，乃孟獲妻弟，現為八番部長，名曰帶來洞主。獲大喜，急問何人。帶來洞主曰：「此去西南八納洞，洞主木鹿大王，深通法術：出則騎象；能呼風喚雨；常有虎豹豺狼，毒蛇惡蝎跟隨。手下更有三萬神兵，甚是英勇。大王可修書具禮，某親往求之。

此人若允，何懼蜀兵哉？」獲忻然，令國舅齎書而去。卻令朵思大王守把三江城，以為前面屏障。

卻說孔明提兵直至三江城遙望，見此城三面傍江，一面通旱；即遣魏延、趙雲，同領一軍於旱路打城。軍到城下時，城上弓弩齊發，原來洞中之人，多習弓弩。一弩齊發十矢。箭頭上皆用毒藥。但有中箭者，皮肉皆爛，見五臟而死。

趙雲、魏延不能取勝回見孔明言藥箭之事。孔明自乘小車，到軍前看了虛實，回到寨中，令軍退數里下寨。蠻兵望見蜀兵遠退，皆大笑作賀，只疑蜀兵懼怯而退；因此夜間安心穩睡，不去哨探。

已在孔明算中。

卻說孔明約軍退後，即閉寨不出。一連五日，並無號令。黃昏左側，忽起微風。孔明傳令曰：「每軍要衣襟一幅，限一更時分應點，無者立斬。」諸將皆不知其意。眾軍依令預備。初更時分，又傳令曰：「每軍衣襟一幅，包土一包。無者立斬。」眾軍亦不知其意，只得依令預備。孔明又傳令曰：「諸軍包土，俱在三江城下交割，先到者有賞。」

眾軍聞令，皆包淨土，飛奔城下。孔明令積土為磴道❶，先上城者為頭功。於是蜀兵十餘萬，並降兵萬餘，將所包之土，一齊棄於城下。一霎時，積土成山，接連城上。一聲暗號，蜀兵皆上城。蠻兵急放弩時，大半早被執下。餘者棄城而走。朵思大王死於亂軍之中。蜀將督軍分路剿殺。孔明取了三江城，所得珍寶，皆賞三軍。敗殘蠻兵，奔回見孟獲，說：「朵思大王身死，失了三江城。」獲大驚。

正慮之間，人報「蜀兵已渡江，現在本洞前下寨」。孟獲甚是慌張。忽然屏風後一人大笑而出曰：「既為男子，何無智也？我雖是一婦人，願與你出戰。」獲視之，乃妻祝融夫人也。夫人世居南蠻，乃

❶ 磴道：有階踏的道路。

祝融氏之後；善使飛刀，百發百中。孟獲起身稱謝。夫人忻然上馬，引宗族猛將數百員，生力洞兵五萬，出銀坑宮闕，來與蜀兵對敵。

方纔轉過洞口，一彪軍攔住，為首蜀將，乃是張嶷。蠻兵見之，卻早兩路擺開。祝融夫人背插五口飛刀，手挺丈八長標，坐下捲毛赤兔馬。張嶷見之，暗暗稱奇。二人驟馬交鋒，戰不數合，夫人撥馬便走。張嶷趕去，空中一把飛刀落下。嶷急用手隔，正中左臂，翻身落馬。蠻兵發一聲喊，將張嶷執縛去了。

馬忠聽得張嶷被執，急出救時，早被蠻兵困住。望見祝融夫人挺標勒馬而立，忠忿怒向前去戰，坐下馬絆倒，亦被擒了，都解入洞中來見孟獲，獲設席慶賀。夫人叱刀斧手推出張嶷、馬忠要斬，獲止曰：「諸葛亮放吾五次，今番若斬彼將，是不義也。且囚在洞中，待擒住諸葛亮，殺之未遲。」夫人從其言，笑飲作樂。

卻說敗殘兵來見孔明，告知其事。孔明即喚馬岱、趙雲、魏延三人受計，各自領軍前去。次日，蠻兵報入洞中，說趙雲搦戰。祝融夫人即上馬出迎。二人戰不數合，雲撥馬便走。夫人恐有埋伏，勒兵而回。魏延又引軍來戰，夫人縱馬相迎。正交鋒緊急，延詐敗而逃，夫人只不趕。次日，趙雲又引軍來搦戰，夫人領洞兵出迎。二人戰不數合，雲詐敗而走，夫人按標不趕。欲收兵回洞時，魏延引兵齊聲辱罵，夫人急挺標來取魏延，延撥馬便走。夫人忿怒趕來，延驟馬奔入山僻小路。忽然背後一聲響亮，延回頭視之，夫人仰鞍落馬。

原來馬岱埋伏在此，用絆馬索絆倒，就裡擒縛，解投大寨而來。蠻將洞兵皆來救時，趙雲一陣殺散。

孔明端坐於帳上。馬岱解祝融夫人到，孔明急令武士去其縛，請在別帳賜酒壓驚，遣使往告孟獲，欲送夫人換張嶷、馬忠二將。

孟獲允諾，即放出張嶷、馬忠，還了孔明。孔明遂送夫人入洞。孟獲接著，又喜又惱。忽報八納洞主到。孟獲出洞迎接，見其人騎著白象，身穿金珠纓絡，腰懸兩口大刀，領著一班喂養虎豹豺狼之輩，簇擁而入。獲再拜哀告，訴說前事。木鹿大王許以報讎，獲大喜，設宴相待。

次日，木鹿大王引本洞兵帶猛獸而出。趙雲、魏延聽知蠻兵出，遂將軍馬布成陣勢。二將並轡立於陣前視之，只見蠻兵旌旗器械皆別；人多不穿衣甲，盡裸身赤體，面目醜陋；身帶四把尖刀；軍中不鳴鼓角，但篩金為號；木鹿大王腰挂兩口寶刀，手執蒂鐘，身騎白象，從大旗中而出。趙雲見了，謂魏延曰：「我等上陣一生，未嘗見如此人物。」

二人正沈吟之際，只見木鹿大王，口中不知念甚咒語，手搖蒂鐘。忽然狂風大作，飛砂走石，如同驟雨；一聲畫角響，虎豹豺狼，毒蛇猛獸，乘風而出，張牙舞爪，衝將過來。蜀兵如何抵當，往後便退。蠻兵隨後追殺，直趕到三江界口方回。趙雲、魏延收聚敗兵，來孔明帳前請罪，細說此事。

孔明笑曰：「非汝二人之罪。吾未出茅廬之時，先知南蠻有『驅虎豹』之法。吾在蜀中已辦下破此陣之物也。隨軍有二十輛車，俱封記在此。今日且用一半，留下一半，後有別用。」遂令左右取了十輛紅油櫃車到帳下，留下十輛黑油櫃車在後。眾皆不知其意。孔明遂將櫃打開，皆是木刻綵畫巨獸，俱用五色絨線為毛衣，鋼鐵為牙爪，一個可騎坐十人。孔明選了精壯軍士一千餘人，領了一百口袋，內裝煙火之物，藏在車中。

車中何物，令人不測。

次日，孔明驅兵大進，布於洞口。蠻兵探知，入洞報與蠻王。木鹿大王自謂無敵，即與孟獲引洞兵而出。孔明綸巾羽扇，身衣道袍，端坐於車上。孟獲指曰：「車上坐的便是諸葛亮！若擒住此人，大事定矣！」

木鹿大王口中念咒，手搖蒂鐘。頃刻之間，狂風大作，猛獸突出。孔明將羽扇一搖，其風便回吹彼陣中去了。蜀陣中假獸擁出。蠻洞真獸見蜀陣巨獸口吐火焰，鼻出黑煙，身搖銅鈴，張牙舞爪而來，諸惡獸不敢前進，皆奔回本洞，反將蠻兵衝倒無數。孔明驅兵大進，鼓角齊鳴，望前追殺。木鹿大王死於亂軍之中。洞內孟獲宗黨，皆棄宮闕，爬山越嶺而走。孔明大軍占了銀坑洞。

次日，孔明正要分兵緝擒孟獲，忽報：「蠻王孟獲妻弟帶來洞主，因勸孟獲歸降，孟獲不從，今將孟獲並祝融夫人及宗黨數百餘人盡皆擒來，獻與丞相。」

孔明聽知，即喚張嶷、馬忠，分付如此如此。二將受了計，引二千精壯兵，伏於兩廊。孔明即令守門將，俱放進來，帶來洞主引刀斧手解孟獲等數百人，拜於殿下。孔明大喝曰：「與吾擒下！」兩廊壯兵齊出，二人捉一人，盡被執縛。孔明大笑曰：「量汝些小詭計，如何瞞得我！汝見二次俱是本洞人擒汝來降，吾不加害汝，只道吾深信，故來詐降，欲就洞中殺吾！」喝令武士搜其身畔，果然各帶利刀。

孔明問孟獲曰：「汝原說在汝家擒住，方始心服；今日如何？」獲曰：「此是我等自來送死，非汝之能也。吾心未服。」孔明曰：「吾擒汝六番，尚然不服，欲待何時耶？」獲曰：「汝若第七次擒住，吾當傾心歸服，誓不反矣。」孔明曰：「巢穴已破，吾何慮哉？」便令武士盡去其縛，叱之曰：「這番擒住，再若支吾，必不輕恕！」孟獲等抱頭鼠竄而去。

此是六擒。

卻說敗殘蠻兵有千餘人，大半中傷而逃，正遇蠻王孟獲。獲收了敗兵，心中稍喜，卻與帶來洞主商議曰：「吾今洞府已被蜀兵所占，卻投何地安身？」帶來洞主曰：「止有一國可以破蜀。」獲喜曰：「何處可去？」帶來洞主曰：「此去東南七百里，有一國名烏戈國，國主兀突骨，身長二丈，不食五穀，以生蛇惡獸為飯；身有鱗甲，刀箭不能侵。其手下軍士，俱穿藤甲，——其藤生於山澗之中，盤於石壁之內；國人採取浸於油中，半年方取出晒之；晒乾復浸，凡十餘遍，卻纔造成藤甲；穿在身上，渡江不沈，經水不濕，刀箭不能入。——因此號為『藤甲軍』。今大王可往求之。若得彼相助，擒諸葛亮如利刀破竹耳。」

孟獲大喜，遂投烏戈國，來見兀突骨。其洞無宇舍，皆居土穴之內。孟獲入洞，再拜哀告前事。兀突骨曰：「吾起本國之兵，與汝報讎。」獲欣然拜謝。於是兀突骨喚兩個領兵俘長，——一名土安，一名奚泥，——起三萬兵，皆穿藤甲，離烏戈國望東北而來。行至一江，名桃花水。兩岸有桃樹，歷年落葉於水中，若別國人飲之盡死；惟烏戈國人飲之，倍添精神。兀突骨兵至桃花渡口下寨，以待蜀兵。

卻說孔明令蠻人哨探孟獲消息，回報曰：「孟獲請烏戈國主，引三萬藤甲軍，現屯於桃花渡口。孟獲又在各番聚集蠻兵，併力拒戰。」孔明聽說，提兵大進，直至桃花渡口，隔岸望見蠻兵不類人形，甚是醜惡；又問土人，言說即日桃葉正落，水不可飲。孔明退五里下寨，留魏延守寨。

次日，烏戈國主引一彪藤甲軍過河來，金鼓大震。魏延引兵出迎。蠻兵捲地而至。蜀兵以弩箭射到藤甲之上，皆不能透，俱落於地；刀砍槍刺，亦不能入。蠻兵皆使利刀鋼叉，蜀兵如何抵當，盡皆敗走。蠻兵不趕而回。魏延復回。趕到桃花渡口，只見蠻兵帶甲渡水而去；內有困乏者，將甲脫下，放在水面，以身坐其上而渡。

魏延急回大寨，來稟孔明，細言其事。孔明請呂凱並土人問之，凱曰：「某素聞南蠻中有一烏戈國，無人倫者也。更有藤甲護身，急切難傷。又有桃葉惡水，本國人飲之，反添精神；別國人飲之，即死。如此蠻方，縱使全勝，有何益焉？不如班師早回。」孔明笑曰：「吾非容易到此，豈可便去？吾明日自有平蠻之策。」於是令趙雲助魏延守寨，且休輕出。

次日，孔明令土人引路，自乘小車到桃花渡口北岸山僻去處，遍觀地理。山險嶺峻之處，車不能行，孔明棄車步行。忽到一山，望見一谷，形如長蛇，皆危峭石壁，並無樹木，中間一條大路。孔明問土人曰：「此谷何名？」土人答曰：「此處名為盤蛇谷，出谷則三江城大路，谷前名塔郎甸。」孔明大喜曰：「此乃天賜吾成功於此也！」遂回舊路，上車歸寨，喚馬岱分付曰：「與汝黑油櫃車十輛，須用竹竿千條。櫃中之物，如此如此。可將本部兵去把住盤蛇谷兩頭，依法而行。與汝半月限，一切完備。至期如此施設，倘有走漏，定按軍法。」

妙在不說明櫃中何物。

馬岱受計而去。又喚趙雲分付曰：「汝去盤蛇谷後，三江大路口如此把守。所用之物，剋日完備。」趙雲受計而去。又喚魏延分付曰：「汝可引本部兵去桃花渡口下寨。如蠻兵渡水來敵，便棄了寨，望白旗處而走，限半個月內，須要連輸十五陣，棄七個寨柵。若輸十四陣，也休來見我。」

魏延領命，心中不樂，怏怏而去。孔明又喚張翼另引一軍，依所指之處，築立寨柵去了。卻令張嶷、馬忠引本洞所降千人，如此行之。各人都依計而行。

卻說孟獲與烏戈國主兀突骨曰：「諸葛亮多有巧計，只是埋伏。今後交戰，分付三軍：但見山谷之中，林木多處，切不可輕進。」兀突骨曰：「大王說的有理，吾已知道中國人多有詭計，今後依此言行之。吾在前面廝殺，汝在背後教道。」

兩人商量已定。忽報蜀兵在桃花渡口北岸立起營寨。兀突骨即差二俘長引藤甲軍渡河來，與蜀兵交戰。不數合，魏延敗走。蠻兵恐有埋伏，不趕自回。次日，魏延又去立了營寨。蠻兵哨得，又有眾軍渡過河來戰。延出迎之。不數合，延敗走。蠻兵追殺十餘里，見四下並無動靜，便在蜀寨中屯住。

次日，二俘長請兀突骨到寨，說知此事。兀突骨即引兵大進，將魏延追殺一陣，蜀兵皆棄甲拋戈而走。只見前有白旗，延引敗兵，急奔回白旗處，早有一寨，就寨中屯住。兀突骨驅兵追至，魏延引兵棄寨而走。蠻兵得了蜀寨。次日，又望前追殺。魏延回兵交戰，不三合又敗，只看白旗處而走。又有一寨，延就寨屯住。次日，蠻兵又至。延略戰又走。蠻兵占了蜀寨。

話休絮煩❷。魏延且戰且走，已敗十五陣，連棄七個營寨。蠻兵追殺大進。兀突骨自在軍前破敵，於路但見林木茂盛之處，便不敢進；卻使人遠望，果見樹陰之中，旌旗招颭。兀突骨謂孟獲曰：「果不出大王所料。」孟獲大笑曰：「諸葛亮今番被吾識破！大王連日勝他十五陣，奪了七個營寨，蜀兵望風而逃，諸葛亮已是計窮；只此一進，大事定矣！」

兀突骨大喜，遂不以蜀兵為念。至第十六日，魏延引敗殘兵來，與藤甲軍對敵。兀突骨騎象當先，頭戴日月狼鬚帽；身披金珠纓絡；兩肋下露出生鱗甲；眼目中微露光芒；手指魏延大罵。延撥馬便走。後面蠻兵大進。魏延引兵轉過了盤蛇谷，望白旗而走。兀突骨統引兵眾，隨後追殺。兀突骨望見山上並

❷ 絮煩：絮聒、嘮叨、囉嗦。

無草木，料無埋伏，放心追殺。趕到谷中，見數十輛黑油櫃車在當路。蠻兵報曰：「此是蜀兵運糧道路，因大王兵至，撇下糧車而走。」

兀突骨大喜，催兵追趕。將出谷口，不見蜀兵。只見橫木亂石滾下，壘斷谷口。兀突骨令兵開路而進，忽見前面大小車輛，裝載柴草，盡皆火起。兀突骨忙教退兵，只聞後軍發喊，報說谷口已被乾柴壘斷。車中原來皆是火藥，一齊燒著。

兀突骨見無草木，心尚不慌，令尋路而走。只見山上兩邊亂丟火把。火把到處，地中藥線燃著，就地飛起鐵砲。滿谷中火光亂舞。但逢藤甲，無有不著。將兀突骨並三萬藤甲軍，燒得互相擁抱，死於盤蛇谷中。

孔明在山上往下看時，只見蠻兵被火燒的伸拳舒腿，大半被鐵砲打的頭臉粉碎，皆死於谷中，臭不可聞。孔明垂淚而歎曰：「吾雖有功於社稷，必損壽矣！」左右將士，無不感歎。

此為後日好殺者說法耳。

卻說孟獲在寨中，正望蠻兵回報。忽然千餘人哭拜於寨前，言說：「烏戈國兵與蜀兵大戰，將諸葛亮圍在盤蛇谷中了。特請大王前去接應。我等皆是本洞之人，不得已而降蜀，今知大王前來，特來助戰。」孟獲大喜，即引宗黨並所聚番人，連夜上馬；就令蠻兵引路。方到盤蛇谷時，只見火光甚烈，臭味難聞。獲知中計，急退兵時，左邊張嶷，右邊馬忠，兩路軍殺出。獲方欲抵敵，一聲喊起，蠻兵中大半皆是蜀兵，將蠻王宗黨並聚集的番人，盡皆擒了。孟獲匹馬殺出重圍，望山徑而走。

正走之間，見山凹裡一簇人馬，擁出一輛小車；車中端坐一人，綸巾羽扇，身衣道袍，乃孔明也。孔明大喝曰：「反賊孟獲！今番如何？」獲即回馬走。旁邊閃過一將，攔住去路，乃是馬岱。孟獲措手

此是七擒。

不及，被馬岱生擒活捉了。此時王平、張翼已引一軍，趕至蠻寨，將祝融夫人並一應老小皆活捉而來。

孔明歸到寨中，升帳而坐，謂眾將曰：「吾今此計，不得已而用之，大損陰德。我料敵人必算吾於林木多處埋伏，吾卻空設旌旗，實無兵馬，疑其心也。吾令魏文長連輸十五陣者，堅其心也。吾見盤蛇谷止一條路，兩壁廂皆是光石，並無樹木，下面都是沙土，因令馬岱將黑油車安排於谷中。車中油櫃內，皆是預先造下的火砲，名曰『地雷』。一砲中藏九砲，三十步埋之。中用竹竿通線，以引藥線；方一發動，山損石裂。」

「吾又令趙子龍預備草車，安排於谷口。又於山上準備大木亂石。卻令魏延賺兀突骨並藤甲軍入谷，放出魏延，即斷其路，隨後焚之。吾聞『利於水者必不利於火』。藤甲雖刀箭不能入，乃油浸之物，見火必著。蠻兵如此頑皮，非火攻安能取勝？使烏戈國之人不留種類者，是吾之大罪也！」

眾將拜伏曰：「丞相天機，鬼神莫測也！」孔明令押過孟獲來，孟獲跪於帳下。孔明令去其縛，教且在別帳與酒食壓驚。孔明喚管酒食官至坐榻前，如此如此，分付而去。

攻心之法，至此方才戰勝。

卻說孟獲與祝融夫人並孟優、帶來洞主，一切宗黨在別帳飲酒。忽一人入帳謂孟獲曰：「丞相面羞，不欲與公相見。特令我來放公回去，再招人馬來決勝負，公今可速去。」孟獲垂淚言曰：「七擒七縱，自古未嘗有也。吾雖化外之人，頗知禮義，直如此無羞恥乎？」遂同兄弟妻子宗黨人等，皆匍匐跪於帳下，肉袒謝罪曰：「丞相天威，南人不復反矣！」孔明曰：「公今服乎？」獲泣謝曰：「某子子孫孫皆感覆載生成之恩，安得不服？」

孔明乃請孟獲上帳，設宴慶賀，就令永為洞主。所奪之地，盡皆退還。孟獲宗黨及諸蠻兵，無不感戴，皆欣然跳躍而去。後人有詩讚孔明曰：

羽扇綸巾擁碧幢，七擒妙策制蠻王。
至今溪洞傳威德，為選高原立廟堂。

長史費禕入諫曰：「今丞相親提士卒，深入不毛，收服蠻方；今蠻王既已歸服，何不置官吏，與孟獲一同守之？」孔明曰：「如此有三不易：留外人則當留兵，兵無所食，一不易也；蠻人傷破，父兄死亡，留外人而不留兵，必成禍患，二不易也；蠻人累有廢殺之罪，自有嫌疑，留外人終不相信，三不易也。今吾不留人、不運糧，與相安於無事而已。」

眾人盡服。於是南方皆感孔明恩德，乃為孔明立生祠，四時享祀；皆呼之為「慈父」；各送珍珠金寶、丹漆藥材、耕牛戰馬，以資軍用，誓不再反。南方已定。

如此人，不愧生祠矣。

卻說孔明犒軍已畢，班師回蜀，令魏延引本部兵為前鋒。延引兵方至瀘水，忽然陰雲四合，水面上一陣狂風驟起，飛沙走石，軍不能進。延退兵回報孔明。孔明遂請孟獲問之。正是：塞外蠻人方貼服，水邊鬼卒又猖狂。未知孟獲所言若何，且看下文分解。

第九一回　祭瀘水漢相班師　伐中原武侯上表

卻說孔明班師回國，孟獲率引大小洞主酋長，及諸部落羅拜相送；前軍至瀘水，時值九月秋天，忽然陰雲布合，狂風驟起；兵不能渡，回報孔明，孔明遂問孟獲。獲曰：「此水原有猖神作禍，往來者必須祭之。」孔明曰：「用何物享祭？」獲曰：「舊時國中因猖神作禍，用七七四十九顆人頭並黑牛白羊祭之，自然風恬浪靜，更兼連年豐稔。」孔明曰：「吾今事已平定，安可妄殺一人？」遂自到瀘水岸邊觀看。果見陰風大起，波濤洶湧，人馬皆驚。

孔明甚疑，即尋土人問之。土人告說：「自丞相經過之後，夜夜只聞得水邊鬼哭神號。自黃昏直至天曉，哭聲不絕。瘴烟之內，陰鬼無數。因此作禍，無人敢渡。」孔明曰：「此乃我之罪愆也。前者馬岱引蜀兵千餘，皆死於水中；更兼殺死南人，皆棄於此；狂魂怨鬼，不能解釋，以致如此。吾今晚當親自往祭於水濱。」土人曰：「須依舊例，殺四十九顆人頭為祭，則怨鬼自散也。」孔明曰：「本為人死而成怨鬼，豈可又殺生人耶？吾自有主意。」喚行廚宰殺牛馬，和麵為劑，塑成人頭，內以牛羊等肉代之，名曰「饅頭」。

當夜於瀘水岸上，設香案，鋪祭物，列燈四十九盞，揚旛招魂；將饅頭等物，陳設於地。三更時分，孔明金冠鶴氅，親自臨祭，令董厥讀祭文。其文曰：

維大漢建興三年秋九月一日，武鄉侯領益州牧丞相諸葛亮，謹陳祭儀，享於故歿王事蜀中將校以及南人亡者陰魂曰：

我大漢皇帝，威勝五霸，明繼三王。昨自遠方侵境，異俗起兵；縱蠆尾以興妖，盜狼心而逞亂。我奉王命，問罪遐荒；大舉貔貅，悉除螻蟻；雄軍雲集，狂寇冰消。纔聞破竹之聲，便是失猿之勢。但士卒兒郎，盡是九州豪傑；官僚將校，皆為四海英雄。習武從戎，投明事主，莫不同申三令，共展七擒；齊堅奉國之誠，共效忠君之志。何期汝等偶失兵機，緣落奸計；或為流矢所中，魂掩泉臺；或為刀劍所傷，魄歸長夜。生則有勇，死則成名。

今凱歌欲還，獻俘將及。汝等英靈尚在，祈禱必聞。隨我旌旗，逐我部曲，同回上國，各認本鄉，受骨肉之蒸嘗，領家人之祭祀；莫作他鄉之鬼，徒為異域之魂。我當奏之天子，使汝等各家盡霑恩露；年給衣糧，月賜廩祿。用茲酬答，以慰汝心。

至於本境土神，南方亡鬼，血食有常，憑依不遠。生者既凜天威，死者亦歸王化。想宜寧帖，毋致號啕。聊表丹誠，敬陳祭祀。嗚呼，哀哉！伏惟尚饗！

讀祭文畢，孔明放聲大哭，極其痛切，情動三軍，無不下淚。孟獲等眾，盡皆哭泣。只見愁雲怨霧之中，隱隱有數千鬼魂，皆隨風而散。於是孔明令左右將祭物盡棄於瀘水之中。

蠻子原有良心，若沒良心，十擒十縱亦不

次日，孔明引大軍俱到瀘水南岸，但見雲散霧收，風靜浪平。蜀兵安然盡渡瀘水。果然鞭敲金鐙響，人唱凱歌還。行到永昌，孔明留王伉、呂凱守四郡；發付孟獲領眾自回，囑其勤政馭下，善撫居民，勿

服也。

失農務。孟獲等涕泣拜別而去。

孔明自引大軍回成都。後主排鑾駕出郭三十里迎接，下輦立於道旁，以候孔明。孔明慌下車，伏道而言曰：「臣不能速平南方，使主上懷憂，臣之罪也。」後主扶起孔明，並車而回，設太平筵會，重賞三軍。自此遠邦進貢來朝者二百餘處。孔明奏准後主，將歿於王事者之家，一一優恤。人心懽悅，朝野清平。

卻說魏主曹丕在位七年，即蜀漢建興四年也。丕先納夫人甄氏，即袁紹次子袁熙之婦，前破鄴城時所得。後生一子，名叡，字元仲，自幼聰明，丕甚愛之。後丕又納安平廣宗人郭永之女為貴妃，甚有顏色。其父嘗曰：「吾女乃女中之王也。」故號為「女王」。自丕納為貴妃，因甄夫人失寵，郭貴妃欲謀為后，卻與幸臣張韜商議。時丕有疾，韜乃詐稱於甄夫人宮中掘得桐木偶人，上書天子年月日時，為魘鎮❶之事。丕大怒，遂將甄夫人賜死，立郭貴妃為皇后。因無出，養曹叡為己子；雖甚愛之，不立為嗣。

叡年至十五歲，弓馬熟嫻。當年春二月，丕帶叡出獵。行於山塢之間，趕出子母二鹿，丕一箭射倒母鹿，回視小鹿，馳於曹叡馬前。丕大呼曰：「吾兒何不射之？」叡在馬上泣告曰：「陛下已殺其母，安忍復殺其子？」丕聞之，擲弓於地曰：「吾兒真仁德之主也！」於是遂封叡為平原王。

夏五月，丕感寒疾，醫治不痊，乃召中軍大將軍曹真、鎮軍大將軍陳群、撫軍大將軍司馬懿三人入寢宮。丕喚曹叡至，指謂曹真等曰：「今朕病已沈重，不能復生。此子年幼，卿等三人，可善輔之，勿負朕心。」三人皆告曰：「陛下何出此言？臣等願竭力以事陛下，至千秋萬歲。」丕曰：「今年許昌城

---

❶ 魘鎮：一種害人的巫術。魘，音一ㄢˇ。

門無故自崩，乃不祥之兆，朕故自知必死也。」

正言間，內侍奏征東大將軍曹休入宮問安。丕召入謂曰：「卿等皆國家柱石之臣也。若能同心輔朕之子，朕死亦瞑目矣！」言訖，墮淚而薨。時年四十歲，在位七年。於是曹真、陳群、司馬懿、曹休等，一面舉哀，一面擁立曹叡為大魏皇帝。諡父丕為文皇帝，諡母甄氏為文昭皇后。封鍾繇為太傅，曹真為大將軍，曹休為大司馬，華歆為太尉，王朗為司徒，陳群為司空，司馬懿為驃騎大將軍。其餘文武官僚，各各封贈。大赦天下。時雍、涼二州缺人把守，司馬懿上表乞守西涼等處。曹叡從之，遂封懿提督雍、涼等處兵馬。領詔去訖。

司馬懿患蜀，蜀亦患司馬懿。

早有細作飛報入川。孔明大驚曰：「曹丕已死，孺子曹叡即位，餘皆不足慮，司馬懿深有謀略，今督雍、涼兵馬，倘訓練成時，深為蜀中之大患，不如先起兵伐之。」參軍馬謖曰：「今丞相平南方回，軍馬疲敝，只宜存恤，豈可復遠征？某有一計，使司馬懿自死於曹叡之手，未知丞相鈞意允否？」孔明問是何計。馬謖曰：「司馬懿雖是魏國大臣，曹叡素懷疑忌，何不密遣人往洛陽、鄴郡等處，布散流言，道此人欲反？更作司馬懿告示天下榜文，遍貼諸處，使曹叡心疑，必然殺此人也。」孔明從之，即遣人密行此計去了。

卻說鄴城門上，忽一日見貼下告示一道。守門者揭了，來奏曹叡。叡觀之，其文曰：

驃騎大將軍總領雍、涼等處兵馬事司馬懿，謹以信義布告天下：昔太祖武皇帝，創立基業，本欲立陳思王子建為社稷主；不幸奸讒交集，歲久潛龍。皇孫曹叡，素無德行，妄自居尊，有負太祖之遺意。今吾應天順人，剋日興師，以慰萬民之望。告示到日，各宜歸命新君。如不順者，當滅九族！先此告聞，想宜知悉。

曹叡覽畢，大驚失色，急問群臣。太尉華歆奏曰：「司馬懿上表乞守雍、涼，正為此也。先時太祖武皇帝嘗謂臣曰：『司馬懿鷹視狼顧，不可付以兵權；久必為國家大禍。』今日反情已萌，可速誅之。」王朗奏曰：「司馬懿深明韜略，善曉兵機，素有大志；若不早除，久必為禍。」

叡乃降旨，欲興兵御駕親征。忽班部中閃出大將軍曹真奏曰：「不可。文皇帝託孤於臣等數人，是知司馬仲達無異志也。今事未知真假，遽爾加兵，乃逼之反耳。或者蜀、吳奸細行反間之計，使我君臣自亂，彼卻乘虛而擊，未可知也，陛下幸察之。」叡曰：「司馬懿若果謀反，將奈何？」真曰：「如陛下心疑，可倣漢高偽遊雲夢之計❷。御駕幸安邑，司馬懿必然來迎；觀其動靜，就車前擒之，可也。」

叡從之，遂命曹真監國，親自領御林軍十萬，徑到安邑。司馬懿不知其故，欲令天子知其威嚴，乃整兵馬，率甲士數萬來迎。近臣奏曰：「司馬懿果率兵十餘萬，前來抗拒，實有反心矣。」叡慌命曹休先領兵迎之。司馬懿見兵馬前來，只疑車駕親至，伏道而迎。曹休出曰：「仲達受先帝託孤之重，何故反耶？」

懿大驚失色，汗流遍體，乃問其故。休備言前事。懿曰：「此吳、蜀奸細反間之計，欲使我君臣自相殘害，彼卻乘虛而來。某當自見天子辯之。」遂即退了兵馬，至叡車前俯伏泣奏曰：「臣受先帝託孤

---

❷漢高偽遊雲夢之計：漢高祖用陳平的計策，假裝到雲夢去遊玩，騙韓信迎接，因而收捕韓信。

之重，安敢有異心？必是吳、蜀之奸計。臣請提一旅之師，先破蜀，後伐吳，報先帝與陛下，以明臣心。」叡疑慮未決。華歆奏曰：「不可付之兵權，可即罷歸田里。」叡依言。將司馬懿削職回鄉，命曹休總督雍、涼兵馬。曹叡駕回洛陽。

卻說細作探知此事，報入川中。孔明聞知大喜曰：「吾欲伐魏久矣，奈有司馬懿總雍、涼之兵。今既中計遭貶，吾有何憂？」次日，後主早朝，大會官僚。孔明出班上出師表一道。表曰：

臣亮言：先帝創業未半，而中道崩殂；今天下三分，益州罷敝，此誠危急存亡之秋也。然侍衛之臣，不懈於內；忠志之士，忘身於外者；蓋追先帝之殊遇，欲報之於陛下也。誠宜開張聖聽，以光先帝之遺德，恢宏志士之氣；不宜妄自菲薄，引喻失義，以塞忠諫之路也。宮中府中，俱為一體；陟罰臧否，不宜異同。若有作奸犯科，及為忠善者，宜付有司，論其刑賞，以昭陛下平明之治；不宜偏私，使內外異法也。

侍中侍郎郭攸之、費禕、董允等，此皆良實，志慮忠純，是以先帝簡拔以遺陛下。愚以為宮中之事，事無大小，悉以咨之，然後施行，必得裨補闕漏，有所廣益。將軍向寵，性行淑均，暢曉軍事，試用之於昔日，先帝稱之曰「能」，是以眾議舉寵以為督。愚以為營中之事，事無大小，悉以咨之，必能使行陣和穆，優劣得所也。

親賢臣，遠小人，此先漢所以興隆也；親小人，遠賢臣，此後漢所以傾頹也。先帝在時，每與臣論此事，未嘗不歎息痛恨於桓靈也！侍中、尚書、長史、參軍，此悉貞亮死節之臣也。願陛下親之，信之，則漢室之隆，可計日而待也。臣本布衣，躬耕南陽，苟全性命於亂世，不求聞達於諸侯。先帝不以臣卑鄙，猥自枉屈，三顧臣於草廬之中，諮臣以當世之事，由是感激，遂許先帝以馳驅。後值傾覆，受任於敗軍之際，奉命於危難之間，爾來二十有一年矣。先帝知臣謹慎，故臨崩寄臣以大事也。受命以來，夙夜憂慮，恐付託不效，以傷先帝之明；故五月渡瀘，深入不毛。今南方已定，甲兵已足，當獎帥三軍，北定中原，庶竭駑鈍，攘除姦凶，興復漢室，還於舊都，此臣所以報先帝而忠陛下之職分也。至於斟酌損益，進盡忠言，則攸之、禕、允之任也。願陛下託臣以討賊興復之效，不效則治臣之罪，以告先帝之靈；若無興復之言，則責攸之、禕、允等之咎，以彰其慢。陛下亦宜自謀，以諮諏善道，察納雅言，深追先帝遺詔。臣不勝受恩感激！今當遠離，臨表涕泣，不知所云。

後主覽表曰：「相父南征，遠涉艱難；方始回都，坐未安席；今又欲北伐，恐勞神思。」孔明曰：「臣受先帝託孤之重，夙夜未嘗有怠；今南方已平，可無內顧之憂；不就此時討賊，恢復中原，更待何日？」忽班部中太史譙周出奏曰：「臣夜觀天象，北方旺氣正盛，星曜倍明，未可圖也。」乃謂孔明曰：「丞相深明天文，又何故強為？」孔明曰：「天道變易不常，豈可拘執？吾今且駐兵馬於漢中，觀其動靜而後行。」

譙周苦諫不從。於是孔明乃留郭攸之、董允、費禕等為侍中，總攝宮中之事。又留向寵為大將，總

至此方大伸討賊之義。

督御林軍馬；陳震為侍中，蔣琬為參軍，張裔為長史，掌丞相府事；杜瓊為諫議大夫；杜微、楊洪為尚書；孟光、來敏為祭酒；尹默、李譔為博士；郤正、費詩為秘書；譙周為太史。內外文武官僚一百餘員，同理蜀中之事。

孔明受詔歸府，喚諸將聽令。前督部鎮北將軍領丞相司馬涼州刺史都亭侯魏延、前軍都督領扶風太守張翼、牙門將裨將軍王平、後軍領兵使安漢將軍領建寧太守李恢、副將定遠將軍漢中太守呂義、兼管運糧左軍領兵使平北將軍陳倉侯馬岱、副將飛衛將軍廖化、右軍領兵使奮威將軍博陽亭侯馬忠、鎮撫將軍關內侯張嶷、行中軍師車騎大將軍都鄉侯劉琰、中監軍揚武將軍鄧芝、中參軍安遠將軍馬謖、前將軍都亭侯袁綝、左將軍高陽侯吳懿、右將軍玄都侯高翔、後將軍安樂侯吳班、領長史綏軍將軍楊儀、前將軍征南將軍劉巴、前護軍偏將軍漢成亭侯許允、左護軍篤信中郎將丁咸、右護軍偏將軍劉敏、後護軍典軍中郎將宮雝、行參軍昭武中郎將胡濟、行參軍諫議將軍閻晏、行參軍偏將軍爨習、行參軍裨將軍杜義、武略中郎將杜祺、綏軍都尉盛敦、從事武略中郎將樊岐、典軍書記樊建、丞相令史董厥、帳前左護衛使龍驤將軍關興、右護衛使虎翼將軍張苞。——以上一應官員，都隨著平北大都督丞相武鄉侯領益州牧知內外事諸葛亮。

分撥已定，又檄李嚴等守川口以拒東吳。選定建興五年春三月丙寅日，出師伐魏。忽帳下一老將，厲聲而進曰：「我雖年邁，尚有廉頗之勇、馬援之雄。此二古人皆不服老，何故不用我耶？」眾視之，乃趙雲也。孔明曰：「吾自平南回都，馬孟起病故，吾甚惜之，以為折一臂也。今將軍年紀已高，倘稍有參差，動搖一世英名，減卻蜀中銳氣。」雲厲聲曰：「吾自隨先帝以來，臨陣不退，遇敵則先，大丈夫得死於疆場者幸也。吾何恨焉，願為前部先鋒。」孔明再三苦勸不從，雲曰：「如不教我為先鋒，就撞死於階下！」孔明曰：「將軍既要為先鋒，須得一人同去。」

言未盡，一人應曰：「某雖不才，願助老將軍先引一軍前去破敵。」孔明視之，乃鄧芝也。孔明大喜。即撥精兵五千，副將十員，隨趙雲、鄧芝去訖。孔明出師，後主引百官送於北門外十里。孔明辭後主，旌旗蔽野，戈戟如林，率軍望漢中迤邐進發。

卻說邊庭探知此事，報入洛陽。是日曹叡設朝，近臣奏曰：「邊官報稱：諸葛亮率大兵三十餘萬，出屯漢中，令趙雲、鄧芝為前部先鋒，引兵入境。」叡大驚，問群臣曰：「誰可為將，以退蜀兵？」忽一人應聲而出曰：「臣父死於漢中，切齒之恨，未嘗得報。今蜀兵犯境，臣願引本部猛將，更乞陛下賜關西之兵，前往破蜀。上為國家效力，下報父讎，臣萬死不恨！」

眾視之，乃夏侯淵之子夏侯楙也。楙字子休；其性最急，又最吝。自幼嗣與夏侯惇為子。後夏侯淵為黃忠所斬，曹操憐之，以女清河公主招楙為駙馬，因此朝中欽敬。雖掌兵權，未嘗臨陣。當時自請出征，曹叡即命為大都督，調關西諸路軍馬前去破敵。

司徒王朗奏曰：「不可。夏侯駙馬素不曾經戰，今付以大任，非其所宜。更兼諸葛亮足智多謀，深通韜略，不可輕敵。」夏侯楙曰：「司徒莫非結連諸葛亮，欲為內應耶？吾自幼從父習學韜略，深通兵法，汝何欺我年幼？吾若不生擒諸葛亮，誓不回見天子！」

王朗等皆不敢言。夏侯楙辭了魏主，星夜來到長安，調關西諸路軍馬二十餘萬，來敵孔明。正是：

欲秉白旄麾將士，卻教黃吻掌兵權。未知勝負如何，且看下文分解。

寫得孔明堂堂正正，十分聲勢。

夫志大言大之人，每每無用。

第九二回　趙子龍力斬五將　諸葛亮智取三城

此亦韓信暗渡陳倉之計，惜孔明之不用也。

卻說孔明率軍前至沔縣，經過馬超墳墓，乃令其弟馬岱挂孝。孔明親自祭之。祭畢，回到寨中，商議進兵。忽哨馬報道：「魏主曹叡遣駙馬夏侯楙，調關中諸路軍馬，前來拒敵。」魏延上帳獻策曰：「夏侯楙乃膏粱子弟❶，懦弱無能。延願得精兵五千，取路出褒中，循秦嶺以東，當子午谷而投北，不過十日，可到長安。夏侯楙若聞某驟至，必然棄城望邸閣橫門而走。某卻從東方而來，丞相可大驅士馬，自斜谷而進。如此行之，則咸陽以西，一舉可定也。」

孔明笑曰：「此非萬全之計也。汝欺中原無好人物，倘有人進言，於山僻中以兵截殺，非惟五千人受害，亦大傷銳氣。決不可用。」魏延又曰：「丞相兵從大路進發，彼必盡起關中之兵，於路迎敵；則曠日持久，何時而得中原？」孔明曰：「吾取隴右從平坦大路，依法進兵，何憂不勝？」遂不用魏延之計。魏延怏怏不悅。孔明差人令趙雲進兵。

卻說夏侯楙在長安聚集諸路軍馬。時有西涼大將韓德，善用開山大斧，有萬夫不當之勇，引西羌諸路兵八萬到來；見了夏侯楙，楙重賞之，就令為先鋒。德有四子，皆精通武藝，弓馬過人：長子韓瑛、次子韓瑤、三子韓瓊、四子韓琪。韓德帶四子並西羌兵八萬，取路至鳳鳴山，正遇蜀兵。兩陣對圓。韓

❶ 膏粱子弟：膏，肥肉；粱，好的糧食。膏粱子弟，指富貴人家的子弟。

德出馬，四子列於兩邊。德厲聲大罵曰：「反國之賊，安敢犯吾境界！」

趙雲大怒，挺槍縱馬，單搦韓德交戰。長子韓瑛，躍馬出迎；戰不三合，被趙雲一槍刺死於馬下。次子韓瑤見之，縱馬揮刀來戰。趙雲施逞舊日虎威，抖擻精神迎戰。瑤抵敵不住。三子韓瓊，急挺方天戟驟馬前來夾攻。雲全然不懼，槍法不亂。四子韓琪，見二兄戰雲不下，也縱馬掄兩口日月刀而來，圍住趙雲。雲在中央獨戰三將。

少時，韓琪中槍落馬。韓陣中偏將急出救去。雲拖槍便走。韓瓊按戟，急取弓箭射之；連放三箭，皆被雲用槍撥落。瓊大怒，仍綽方天戟縱馬趕來；卻被雲一箭射中面門，落馬而死。韓瑤縱馬舉寶刀便砍趙雲。雲棄槍於地，閃過寶刀，生擒韓瑤歸陣，復縱馬取槍殺過陣來。

韓德見四子皆喪於趙雲之手，肝膽皆裂，先走入陣去。西羌兵素知趙雲之名，今見其英勇如昔，誰敢交鋒；趙雲馬到處，陣陣倒退。趙雲匹馬單槍，往來衝突，如入無人之境。後人有詩讚曰：

憶昔常山趙子龍，年登七十建奇功。
獨誅四將來衝陣，猶似當陽救主雄。

鄧芝見趙雲大勝，率蜀兵掩殺，西涼兵大敗而走。韓德險被趙雲擒住，棄甲步行而逃。雲與鄧芝收軍回寨。芝賀曰：「將軍壽已七旬，英勇如昨。今日陣前力斬四將，世所罕有！」雲曰：「丞相以吾年邁，不肯見用，吾故聊以自表耳。」遂差人解韓瑤申報捷書，以達孔明。

卻說韓德引敗兵回見夏侯楙，哭告其事。楙自統兵來迎趙雲。探馬報入蜀寨，說夏侯楙引兵到。雲綽槍上馬，引千餘軍就鳳鳴山前，擺成陣勢。當日夏侯楙戴金盔，坐白馬，手提大砍刀，立在門旗之下。見趙雲躍馬挺槍，往來馳騁，楙欲自戰。韓德曰：「殺吾四子之讎，如何不報！」縱馬輪開山大斧，直取趙雲。雲大怒，挺槍來迎；戰不三合，槍起處，刺死韓德於馬下，急撥馬直取夏侯楙，楙慌忙閃入本陣。鄧芝驅兵掩殺，魏兵又折一陣，退十餘里下寨。

楙連夜與眾將商議曰：「吾久聞趙雲之名，未嘗見面；今日年老，英雄尚在，方信當陽、長坂之事。似此無人可敵，如之奈何？」參軍程武乃程昱之子也，進言曰：「某料趙雲有勇無謀，不足為慮。來日都督再引兵出，先伏兩軍於左右；都督臨陣先退，誘趙雲到伏兵處；都督卻登山指揮四面軍馬，重疊圍住，雲可擒矣。」楙從其言，遂遣董禧引三萬軍伏於左，薛則引三萬軍伏於右。二人埋伏已定。

次日，夏侯楙重整金鼓旗旛，率兵而進。趙雲、鄧芝出迎。芝在馬上謂趙雲曰：「昨夜魏兵大敗而走，今日復來，必有計也，老將軍防之。」子龍曰：「量此乳臭小兒，何足道哉！吾今日必當擒之！」便躍馬而出。魏將潘遂出迎，戰不三合，撥馬便走。趙雲趕去，魏陣中八員將一齊來迎。放過夏侯楙先走，八將陸續奔走。趙雲乘勢追殺，鄧芝引兵繼進。趙雲深入重地，只聽得四面喊聲大震。鄧芝急收兵退回，左有董禧，右有薛則，兩路兵殺到。鄧芝兵少，不能解救。

趙雲被困在垓心，東衝西突，魏兵越厚。時雲手下止有千餘人，殺到山下，只見夏侯楙在山上指揮三軍。趙雲投東則望東指，投西即望西指；因此趙雲不能突圍，乃引兵欲上山來。半山中擂木砲石打將下來，不能上山。

趙雲從辰時殺到酉時，不能得出，只得下馬少歇，且待月明再戰；方纔卸甲而坐，月光方出，忽四下火光沖天，鼓聲大震，矢石如雨。魏兵殺到，皆叫曰：「趙雲早降！」雲即上馬迎敵。四面兵馬漸漸逼近，八方弩箭交射甚急，人馬皆不能向前。雲仰天歎曰：「吾不服老，死於此地矣！」

忽東北角上喊聲大起，魏兵紛紛亂竄。一彪軍殺到，為首大將持丈八點鋼矛，馬項下挂一顆人頭，雲視之，乃張苞也，苞見了趙雲，言曰：「丞相恐老將軍有失，特遣某引五千兵接應。聞老將軍被困，故殺透重圍。正遇魏將薛則，被某殺之。」

雲大喜，即與張苞殺出西北角來。只見魏兵棄戈奔走。一彪軍從外吶喊殺入，為首大將提青龍偃月刀，手挽人頭。雲視之，乃關興也。興曰：「奉丞相之命，恐老將軍有失，特引五千兵前來接應。卻纔陣上逢著魏將董禧，被吾一刀斬之，梟首在此。丞相隨後便到也。」雲曰：「二將軍已建奇功，何不趁今日擒住夏侯楙，以定大事？」

張苞聞言，遂引兵去了。興曰：「我也幹功去。」亦引兵去了。雲回顧左右曰：「他兩個是吾子姪輩，尚且爭先幹功；吾乃國家上將，朝廷舊臣，反不如此小輩耶？吾當捨老命以報先帝之恩！」於是引兵來捉夏侯楙。當夜三路兵夾攻，大破魏軍一陣。鄧芝引兵接應，殺得屍橫遍野，血流成河。夏侯楙乃無謀之人，更兼年幼，不曾經戰；見兵大亂，遂引帳下驍將百餘人，望南安郡而走。眾兵因見無主將，盡皆逃竄。

興、苞二將，聞夏侯楙望南安郡去了，二人連夜趕來。楙走入城中，令緊閉城門，驅兵守禦。興、苞二人趕到，將城圍住；趙雲隨後也到，三面攻打。少時，鄧芝亦引兵到來。一連圍了十日，攻打不下。忽報丞相留後軍住沔縣，左軍屯陽平，右軍屯石城，自引中軍來到。趙雲、鄧芝、關興、張苞皆來拜問

殺了一日，猶然如此，子龍到底不老。

孔明，說連日攻城不下。孔明遂乘小車，親到城邊周圍看了一遍，回寨升帳而坐，眾將環立聽令。孔明曰：「此郡壕深城峻，不易攻也。吾正事不在此城，如汝等只久攻，倘魏兵分道而出，以取漢中，吾軍危矣。」鄧芝曰：「夏侯楙乃魏之駙馬，若擒此人，勝斬百將。今困於此，豈可棄之而去？」孔明曰：「吾自有計。此處西連天水郡，北抵安定郡。二處太守，不知何人？」探卒答曰：「天水太守馬遵，安定太守崔諒。」

孔明大喜，乃喚魏延受計，如此如此；又喚關興、張苞受計，如此如此；又喚心腹軍士二人受計，如此行之。各將領命，引兵而去。孔明卻在南安城外，令軍運柴草堆於城下，口稱燒城。魏兵聞知，皆大笑不懼。

卻說安定太守崔諒，在城中聞蜀兵圍了南安，困住夏侯楙，十分慌懼，即點軍馬約共四千，守住城池。忽見一人自正南而來，口稱有機密事。崔諒喚入問之，答曰：「某是夏侯都督帳下心腹將裴緒，奉都督將令，特來求救於天水、安定二郡。南安甚急，每日城上縱火為號，專望二郡救兵，並不見到；因復差某殺出重圍，來此告急。可星夜起兵為外應。都督若見二郡兵到，卻開城門接應也。」諒曰：「有都督文書否？」緒貼肉取出，汗已溼透；略教一視，急令手下換了馬匹，便出城望天水而去。

不二日，又有報馬到，說天水太守已起兵救援南安去了，教安定早早接應。崔諒與府官商議，多官曰：「若不去救，失了南安，送了夏侯駙馬，皆我兩郡之罪也；只得救之。」諒即點起人馬，離城而去，只留文官守城。

崔諒提兵向南安大路進發，遙見火光沖天，催兵星夜前進。離南安尚有五十餘里，忽聞前後喊聲大震，哨馬報道：「前面關興截住去路，背後張苞殺到！」安定之兵，四下逃竄。諒大驚，乃領手下百餘人，往小路死戰得脫，奔回安定。方到城壕邊，城上亂箭射下來。蜀將魏延在城上叫曰：「吾已取了城也！何不早降？」原來魏延扮作安定軍，夤夜賺開城門，蜀兵盡入；因此得了城池。

崔諒慌投天水郡來。行不到一程，前面一彪軍擺開。大旗之下，一人綸巾羽扇，道袍鶴氅，端坐於車上。諒視之，乃孔明也，急撥回馬走。關興、張苞兩路兵追到，只叫「早降！」崔諒見四面皆是蜀兵，不得已遂降，同歸大寨。孔明以上賓相待。孔明曰：「南安太守與足下交厚否？」諒曰：「此人乃楊阜之族弟楊陵也；與某鄰郡，交契甚厚。」孔明曰：「今欲煩足下入城，說楊陵擒夏侯楙，可乎？」諒曰：「丞相若令某去，可暫退軍馬，容某入城說之。」

孔明從其言，即時傳令，教四面軍馬各退二十里下寨。崔諒匹馬到城邊叫開城門，入到府中，與楊陵禮畢，細言其事。陵曰：「我等受魏主大恩，安忍背之？可將計就計而行。」遂引崔諒到夏侯楙處，備細說知。楙曰：「當用何計？」楊陵曰：「只推某獻城門，賺蜀兵入，卻就城中殺之。」

崔諒依計而行，出城見孔明，說：「楊陵獻城門，放大軍入城，以擒夏侯楙。楊陵本欲自捉，因手下勇士不多，未敢輕動。」孔明曰：「此事至易。今有足下原降兵百餘人，於內暗藏蜀將扮作安定軍馬，帶入城去，先伏於夏侯楙府下；卻暗約楊陵，待半夜之時，獻開城門，裡應外合。」崔諒暗思：「若不帶蜀將去，恐孔明生疑。且帶入去，就內先斬之，舉火為號，賺孔明入來殺之，可也。」因此應允。孔明囑曰：「吾遣親信將關興、張苞，隨足下先去，只說救軍殺入城中，以安夏侯楙之心；但舉火，吾當親自入城擒之。」

時值黃昏，關興、張苞受了孔明密計，披挂上馬，各執兵器，雜在安定軍中，隨崔諒來到南安城下。楊陵在城上撐起懸空板，倚定護心欄，問曰：「何處軍馬？」崔諒曰：「安定救軍來到。」諒先射號箭上城，箭上帶著密書曰：「今諸葛亮先遣二將，伏於城中，要裡應外合；且不可驚動，恐泄漏計策。待入府中圖之。」楊陵將書見了夏侯楙，細言其事。楙曰：「既然諸葛亮中計，且教刀斧手百餘人，伏於府中。如二將隨崔太守到，閉門斬之，卻於城上舉火，賺諸葛亮入城。伏兵齊出，亮可擒矣。」

安排已畢，楊陵回到城上言曰：「既是安定軍馬，可放入城。」關興跟崔諒先行，張苞在後。楊陵下城，在門邊迎接。興手起刀落，斬楊陵於馬下。崔諒大驚，急撥馬走。到弔橋邊，張苞大喝曰：「賊子休走！汝等詭計，如何瞞得丞相耶！」手起一槍，刺崔諒於馬下。關興早到城上，放起火來。四面蜀兵齊入。夏侯楙措手不及，開南門併力殺出。一彪軍攔住，為首大將，乃是王平；交馬只一合，生擒夏侯楙於馬上，餘皆殺死。

孔明入南安，招諭軍民，秋毫無犯。眾將各各獻功。孔明將夏侯楙囚於車中。鄧芝問曰：「丞相何故知崔諒詐也？」孔明曰：「吾已知此人無降心，故意使入城。彼必盡情告與夏侯楙，欲將計就計而行。吾見來情，足知其詐，復使二將同去，以穩其心。此人若有真心，必然見阻；彼忻然同去者，恐吾疑也。他意中度二將同去，賺入城中殺之未遲；又令吾軍有託，放心而進。吾已暗囑二將，就城門下圖之。城內必無準備，吾軍隨後便去，此出其不意也。」

眾將拜服。孔明曰：「賺崔諒者，吾使心腹人，詐作魏將裴緒也。吾又去賺天水郡，至今未到，不知何故。今可乘勢取之。」乃留吳懿守南安、劉琰守安定，替出魏延軍馬去取天水郡。

丈人做盡了人，女婿卻如此出醜。

卻說天水郡太守馬遵，聽知夏侯楙困在南安城中，乃聚文武官商議。功曹梁緒、主簿尹賞、主記梁虔等曰：「夏侯駙馬乃金枝玉葉，倘有疏虞，難逃坐視之罪。太守何不盡起本部兵以救之？」馬遵正疑慮間，忽報夏侯駙馬差心腹將裴緒到。緒入府，取公文付馬遵，說：「都督求安定、天水兩郡之兵，星夜接應。」言訖，匆匆而去。

次日又有報馬到，稱說：「安定兵已先去了，教太守火速前來會合。」馬遵正欲起兵，忽一人自外而入曰：「太守中諸葛亮之計矣！」眾視之，乃天水，冀人也；姓姜，名維，字伯約。父名冏，昔日曾為天水郡功曹，因羌人亂，沒於王事。維自幼博覽群書，兵法武藝，無所不通；奉母至孝，郡人敬之；後為中郎將，就參本部軍事。

當日姜維謂馬遵曰：「近聞諸葛亮殺敗夏侯楙，困於南安，水泄不通，安得有人自重圍之中而出？又且裴緒乃無名下將，從不曾見；況安定報馬，又無公文；以此察之，此人乃蜀將詐稱魏將。賺得太守出城，料城中無備，必然暗伏一軍於左近，乘虛而取天水也。」馬遵大悟曰：「非伯約之言，則誤中奸計矣！」維笑曰：「太守放心。某有一計，可擒諸葛亮解南安之危。」正是：運籌更遇強中手，鬬智還逢意外人。未知其計如何，且看下文分解。

孔明瞞過夏侯楙，卻瞞不過姜維。

第九三回　姜伯約歸降孔明　武鄉侯罵死王朗

卻說姜維獻計曰：「諸葛亮必伏兵於郡後，賺我兵出城，乘虛襲我。某願請精兵三千，伏於要路。太守隨後發兵出城，不可遠去，止行三十里便回；但看火起為號，前後夾攻，可獲大勝。如諸葛亮自來，必為某所擒矣。」

遵用其計，付精兵與姜維去訖，然後自與梁虔引兵出城等候；只留梁緒、尹賞守城。原來孔明果遣趙雲引一軍伏於山僻之中，待天水人馬離城，便乘虛襲之。當日細作回報趙雲，說天水太守馬遵，起兵出城，只留文官守城。趙雲大喜，即令人報與張翼、高翔，教於要路截殺馬遵。此二處兵亦是孔明預先埋伏。

卻說趙雲引五千兵，逕到天水郡城下，高叫曰：「吾乃常山趙子龍也。汝知中計。早獻城池，免遭誅戮。」城上梁緒大笑曰：「汝中吾姜伯約之計，尚然不知耶？」雲恰待攻城，忽然喊聲大震，四面火光沖天。當先一員少年將軍，挺槍躍馬而言曰：「汝見天水姜伯約乎？」雲挺槍直取姜維。戰不數合，維精神百倍，雲大驚，暗忖曰：「誰想此處有這般人物！」

正戰時，兩路軍夾攻來，乃是馬遵、梁虔引軍殺回。趙雲首尾不能相顧，衝開條路，引敗兵奔走。姜維趕來，虧得張翼、高翔兩路軍殺出，接應回去。趙雲歸見孔明，說中了敵人之計。孔明驚問曰：「此是何人，識吾玄機？」有南安人告曰：「此人姓姜，名維，字伯約，天水冀人也。事母至孝，文武雙全，智勇足備，真當世之英傑也。」趙雲又誇獎姜維槍法，與他人大不同。孔明曰：「吾今欲取天水，不想有此人。」遂起大軍前來。

卻說姜維回見馬遵曰：「趙雲敗去，孔明必然自來。彼料我軍必在城中。可將本部軍馬，分為四枝。某引一軍伏於城東，如彼兵到則截之。太守與梁虔、尹賞，各引一軍伏於城外。梁緒率百姓在城上守禦。」分撥已定。

卻說孔明因慮姜維，自為前部，望天水郡進發。將到城邊，孔明傳令曰：「凡攻城池，以初到之日，激勵三軍，鼓譟直上。若遲延日久，銳氣盡隳，急難破矣。」於是大軍逕到城下。因見城上旗幟整齊，未敢輕攻。候至半夜，忽然四下火光沖天，喊聲震地，正不知何處兵到，但見城上亦鼓譟吶喊相應，蜀兵亂竄。孔明急上馬，有關興、張苞二將保護，殺出重圍。回頭視之，正東上軍馬，一帶火光，勢若長蛇。

孔明令關興探視，回報曰：「此姜維兵也。」孔明歎曰：「兵不在多，在人之調遣耳。此人真將才也！」收兵歸寨，思之良久，乃喚安定人問曰：「姜維之母，現在何處？」答曰：「維母今居冀縣。」孔明喚魏延分付曰：「汝可引一軍，虛張聲勢，詐取冀縣。若姜維到，可放入城。」又問：「此地何處緊要？」安定人曰：「天水錢糧，皆在上邽；若打破上邽，則糧道自絕矣。」

孔明大喜，教趙雲引一軍攻上邽。孔明離城三十里下寨。早有人報入天水郡，說蜀兵分為三路：一軍攻此城，一軍攻上邽，一軍取冀縣，姜維聞之，哀告馬遵曰：「維母現居冀城，恐母有失。維乞一軍

欲取天水，卻

不於去處用計。

去救此城，兼保老母。」馬遵從之，遂令姜維領三千兵去保冀城；梁虔引三千軍去保上邽。

卻說姜維引兵至冀城，前面一軍擺開，為首蜀將，乃是魏延。二將交鋒數合，延詐敗奔走。維入城閉門，率兵守禦，回家拜見老母，並不出戰，趙雲亦放過梁虔入上邽城去了。

孔明乃令人去南安郡，取夏侯楙至帳下。孔明曰：「汝懼死乎？」楙慌拜伏乞命。孔明曰：「目今姜維現守冀城，使人持書來說：『但得駙馬在，我願來降。』吾今饒汝性命，汝肯招安姜維否？」楙曰：「某願招安。」孔明乃與衣服鞍馬，不令人跟隨，放之自行。

楙得脫出寨，欲尋路而走，奈不知路徑。正行之間，忽逢數人奔走。楙問之，答曰：「我等是冀縣百姓；今被姜維獻了城池，降了諸葛亮，蜀將魏延縱火劫掠，我等因此棄家奔走，投上邽去也。」楙又問曰：「今守天水郡是誰？」土人曰：「天水城中乃馬太守也。」

楙聞之，縱馬望天水而行。又見百姓攜男抱女而來，所說皆同。楙至天水城下叫門，城上人認得是夏侯楙，慌忙開門迎接。馬遵驚拜問之。楙細言姜維之事；又將百姓所言說之。遵歎曰：「不想姜維反投蜀矣！」梁緒曰：「彼意欲救都督，故以此言虛降。」楙曰：「今維已降，何為虛也？」

正躊躇間，時已初更，蜀兵又來攻城。火光中見姜維在城下挺槍勒馬，大叫曰：「請夏侯都督答話！」夏侯楙與馬遵等皆到城上；見姜維耀武揚威，大叫曰：「我為都督而降，都督何背前言？」楙曰：「汝受魏恩，何故降蜀，有何前言耶？」維應曰：「汝寫書教我降蜀，何出此言？汝要脫身，卻將我陷了。今我降蜀，加為上將，安有還魏之理？」言訖，驅兵打城，至曉方退。原來夜間假粧姜維者，乃孔明之計；令部卒形貌相似者，假扮姜維攻城，因火光之中，不辨真偽。

孔明卻引兵來攻冀城。城中糧少，軍食不敷。姜維在城上見蜀兵，大車小輛，搬運糧草，入魏延寨中去了。姜維引三千兵出城，逕來劫糧。蜀兵盡棄了糧車，尋路而走。姜維奪得糧草，欲要入城，忽然一彪軍攔住，為首蜀將張翼也。二將交鋒，戰不數合，王平引一軍又到，兩下夾攻。維力窮抵敵不住，奪路歸城；城上早插蜀兵旗號。原來已被魏延襲了。

維殺條路奔天水城，手下尚有十餘騎；又遇張苞殺了一陣，維止剩得匹馬單槍，來到天水城下叫門。城上兵見是姜維，慌報馬遵。遵曰：「此是姜維來賺我城門也。」令城上亂箭射下。姜維回顧蜀兵至近，遂飛奔上邽城來。城上梁虔見了姜維，大罵曰：「反國之賊，安敢來賺我城池！吾已知汝降蜀矣！」遂亂箭射下。

姜維不能分說，仰天長歎，兩眼流淚，撥馬望長安而走。行不數里，前至一派大樹茂林之處，一聲喊起，數千兵擁出；為首蜀將關興，截住去路。維人困馬乏，不能抵當，勒回馬便走。忽然一輛小車從山坡中轉出，其人頭戴綸巾，手搖羽扇，身披鶴氅，乃孔明也。孔明喚姜維曰：「伯約此時何尚不降？」

維尋思良久，前有孔明，後有關興，又無去路，只得下馬投降。孔明慌忙下車而迎，執維手曰：「吾自出茅廬以來，遍求賢者，欲傳受平生所學，恨未得其人。今遇伯約，吾願足矣。」

一見便有此深談，乃收拾英雄之法。

維大喜拜謝。孔明遂同姜維回寨，升帳商議取天水、上邽之計。維曰：「天水城中梁緒、尹賞與某至厚；當寫密書二封，射入城中，使其自亂，城可得矣。」

孔明從之。姜維寫了二封密書，拴在箭上，縱馬直至城下，射入城中。小校拾得，呈與馬遵。遵大疑，與夏侯楙商議曰：「梁緒、尹賞與姜維結連，欲為內應，都督宜早決之。」楙曰：「可殺二人。」

尹賞知此消息，乃謂梁緒曰：「不如納城降蜀，以圖進用。」是夜夏侯楙數次使人請梁、尹二人說話。二人料知事急，遂披挂上馬，各執兵器，引本部兵大開城門，放蜀兵入，夏侯楙、馬遵驚慌，引數百人出西門，棄城投羌中而去。梁緒、尹賞迎接孔明入城，安民已畢，孔明問取上邽之計。梁緒曰：「此城乃某親弟梁虔守之，願招來降。」

孔明大喜。緒當日到上邽喚梁虔出城來降，孔明重加賞勞，遂加梁緒為天水太守，尹賞為冀城令，梁虔為上邽令。孔明分撥已畢，整兵進發。諸將問曰：「丞相何不去擒夏侯楙？」孔明曰：「吾放夏侯楙，如放一鴨耳；今得伯約，得一鳳也。」

孔明自得三城之後，威聲大震，遠近州郡，望風歸順。孔明整頓軍馬，盡提漢中之兵，前出祁山，兵臨渭水之西，細作報入洛陽。

時魏主曹叡太和元年，升殿設朝。近臣奏曰：「夏侯駙馬已失三郡，逃竄羌中去了；今蜀兵已到祁山，前軍臨渭水之西，乞早發兵破敵。」

叡大驚，乃問群臣曰：「誰可為朕退蜀兵耶？」司徒王朗出班奏曰：「臣觀先帝每用大將軍曹真，所到必克；今陛下何不拜為大都督，使退蜀兵？」叡准奏。乃宣曹真曰：「先帝託孤與卿，今蜀兵入寇中原，卿忍坐視乎？」真奏曰：「臣才疎智淺，不稱其職。」王朗曰：「將軍乃社稷之臣，不可固辭；老臣雖駑鈍，願隨將軍前往。」真又奏曰：「臣受大恩，安敢推辭？但乞一人為副將。」叡曰：「卿自舉之。」

真乃保太原陽曲人，姓郭，名淮，字伯濟，官封射亭侯，領雍州刺史。叡從之，遂拜曹真為大都督，

是一出祁山。

老而不死，是為賊。

賜節鉞；令郭淮為副都督，王朗為軍師——朗時年已七十六歲矣。——選撥東西二京軍馬二十萬與曹真。真命宗弟曹遵為先鋒，又命盪寇將軍朱讚為副先鋒。時年十一月出師，魏主曹叡親自送出西門之外方回。曹真領大軍來到長安，過渭水之西下寨。真與王朗、郭淮共議退兵之策。朗曰：「來日可嚴整隊伍，大展旌旗。老夫自出，只用一席話，敢教諸葛亮拱手而降，蜀兵不戰自退。」

真大喜，是夜傳令：來日四更造飯，平明務要隊伍整齊。人馬威儀，旌旗鼓角，各按次序。當時使人先下戰書。次日，兩軍相迎，列成陣勢於祁山之前。蜀軍見魏兵甚是雄壯，與夏侯楙大不相同。

三軍鼓角已罷，司徒王朗乘馬而出。上首乃都督曹真，下首乃副都督郭淮。兩個先鋒壓住陣角。探子馬出軍前，大叫曰：「請對陣主將答話！」只見蜀兵門旗開處，關興、張苞分左右而出，立馬於兩邊；次後一隊隊驍將分列；門旗影下，中央一輛四輪車，孔明端坐車中，綸巾羽扇，素衣皂絛，飄然而出。

孔明舉目見魏陣前三個麾蓋，旗上大書姓名。中央白髯老者，乃軍師司徒王朗，孔明暗忖曰：「王朗必下說詞，吾當隨機應之。」遂教推車出陣外，令護軍小校傳曰：「漢丞相與司徒會話。」

王朗縱馬而出。孔明在車上拱手，王朗在馬上欠身答禮。朗曰：「久聞公之大名，今幸一會。公既知天命、識時務，何故興無名之師？」孔明曰：「吾奉詔討賊，何謂無名？」

朗曰：「天數有變，神器❶更易，而歸有德之人，此自然之理也。曩自桓、靈以來，黃巾倡亂，天下爭橫。降至初平，建安之歲，董卓造逆，傕、汜繼虐；袁術僭號於壽春，袁紹稱雄於鄴上；劉表占據荊州，呂布虎吞徐郡；盜賊蜂起，奸雄鷹揚，社稷有累卵之危，生靈有倒懸之急。」

❶ 神器：指帝位。

「我太祖武皇帝，掃清六合，席捲八荒；萬姓傾心，四方仰德；非以權勢取之，實天命所歸也。世祖文帝，聖神文武，以膺大統，應天合人，法堯禪舜，處中國以治萬邦，豈非天心人意乎？今公蘊大才，抱大器，欲自比於管樂，何乃強欲逆天理，背人情而行事耶？豈不聞古人云：『順天者昌，逆天者亡？』今我大魏帶甲百萬，良將千員；諒腐草之螢光，怎及天心之皓月？公可倒戈卸甲，以禮來降，不失封侯之位。國安民樂，豈不美哉！」

罵盡漢臣，暗切王朗。

孔明在車上大笑曰：「吾以為漢朝大老元臣，必有高論；豈期出此鄙言！吾有一言，諸軍靜聽。昔日桓、靈之世，漢統淩替，宦官釀禍；國亂歲凶，四方擾攘。黃巾倡亂，董卓、傕、汜等接踵而起，遷劫漢帝，殘暴生靈。因廟堂之上，朽木為官；殿陛之間，禽獸食祿。狼心狗行之輩，滾滾❷當朝；奴顏婢膝之徒，紛紛秉政。以致社稷邱墟，蒼生塗炭。吾素知汝所行！世居東海之濱，初舉孝廉入仕，理合匡君輔國，安漢興劉，何期反助逆賊，同謀篡位！罪惡深重，天地不容！天下之人，願食汝肉！」

「今幸天意不絕炎漢，昭烈皇帝繼統西川。吾今奉嗣君之旨，興師討賊。汝既為諂諛之臣，只可潛身縮首，苟圖衣食；安敢在行伍之前，妄稱天數耶！皓首匹夫！蒼髯老賊！汝即日將歸於九泉之下，何面目見二十四帝乎！老賊速退！可叫反臣與吾共決勝負！」

王朗聽罷，氣滿胸膛，大叫一聲，撞死於馬下。後人有詩讚孔明曰：

兵馬出西秦，雄才敵萬人。

---

❷ 滾滾：繼續、繁多的意思。

孔明以扇指曹真曰：「吾不逼汝。汝可整頓軍馬，來日決戰。」言訖回車。於是兩軍各退。曹真將王朗屍首，用棺木盛貯，送回長安去了。副都督郭淮曰：「諸葛亮料吾軍中治喪，今夜必來劫寨。可分兵四路：兩路兵從山僻小路，乘虛去劫蜀寨；兩路兵伏於本寨外，左右擊之。」曹真大喜曰：「此計與吾相合。」遂傳令喚曹遵、朱讚兩個先鋒分付曰：「汝二人各引一萬軍，抄出祁山之後。但見蜀兵望吾寨而來，汝可進兵去劫蜀寨。如蜀兵不動，便撤兵回，不可輕進。」

二人受計，引兵而去。真謂淮曰：「我二人各引一枝軍，伏於寨外；寨中虛堆柴草，只留數人。如蜀兵到，放火為號。」諸將皆分左右，各自準備去了。

卻說孔明歸帳，先喚趙雲、魏延聽令。孔明曰：「汝二人各引本部兵去劫魏寨。」魏延進曰：「曹真深明兵法，必料我乘喪劫寨。他豈不提防？」孔明笑曰：「吾正欲曹真知吾去劫寨也。彼必伏兵在祁山之後，待我兵過去，卻來襲我寨；吾故令汝二人，引兵前去，過山腳後路，遠下營寨，待魏兵來劫吾寨。汝看火起為號，分兵兩路，——文長拒住山口，子龍引兵殺回，——必遇魏兵，卻放彼走回，汝乘勢攻之，彼必自相掩殺，可獲全勝。」二將引兵，受計而去。又喚關興、張苞，分付曰：「汝二人各引一軍，伏於祁山要路；放過魏兵，卻從魏兵來路，殺奔魏寨而去。」二人引兵受計去了。又令馬岱、王平、張翼、張嶷四將，伏於寨外，四面迎擊魏兵。孔明乃虛立寨柵，居中堆起柴草，以備火號；自引諸將退於寨後，以觀動靜。

此是以魏伐魏。

卻說魏先鋒曹遵、朱讚，黃昏離寨，迤邐前進。二更左側，遙望山前隱隱有兵行動。曹遵自思曰：「郭都督真神機妙算！」遂催兵急進。到蜀寨時，將及三更。曹遵先殺入寨，卻是空寨，並無一人。料知中計，急撤兵回，寨中火起，朱讚兵到，自相掩殺，人馬大亂。曹遵與朱讚交馬，方知自相踐踏。急合兵時，忽然四面喊聲大震，王平、馬岱、張嶷、張翼殺到。曹、朱二人引心腹軍百餘騎，望大路奔走。忽然鼓角齊鳴，一彪軍截住去路；為首大將，乃常山趙子龍也，大叫曰：「賊將那裡去！早早受死！」曹、朱二人奪路而走，忽喊聲又起，魏延又引一彪軍殺到。曹、朱二人大敗，奪路奔回本寨。守寨軍士，只道蜀兵來劫寨，慌忙放起火號。左邊曹真殺來，右邊郭淮殺來，自相掩殺。背後三路蜀兵殺到：中央魏延，左邊關興，右邊張苞。大殺一陣，魏兵敗走十餘里。魏兵死者極多。孔明全獲大勝，方始收兵。曹真、郭淮收拾敗軍回寨，商議曰：「今魏兵勢孤，蜀兵勢大，將何策以退之？」淮曰：「『勝負乃兵家常事』，不足為憂。某有一計，使蜀兵首尾不能相顧，定然自走矣。」正是：可憐魏將難成事，欲向西方索救兵。未知其計如何，且看下文分解。

第九四回　諸葛亮乘雪破羌兵　司馬懿剋日擒孟達

卻說郭淮謂曹真曰：「西羌之人，自太祖時連年入貢，文皇帝亦有恩惠加之；我等今可據住險阻，遣人從小路直入羌中求救，許以和親，羌人必起兵襲蜀兵之後。吾卻以大兵擊之，首尾夾攻，豈不大勝？」真從之，即遣人星夜馳書赴羌。

卻說西羌國王徹里吉，自曹操時年年入貢；手下有一文一武：文乃雅丹丞相，武乃越吉元帥。時魏使齎金珠並書到國，先來見雅丹丞相；送了禮物，具言求救之意。雅丹引見國王，呈上書禮。徹里吉見了書，與眾商議。雅丹曰：「我與魏國素相往來，今曹都督求救，且許和親，理合依允。」徹里吉從其言，即命雅丹與越吉元帥起羌兵二十五萬，皆慣使弓弩刀槍蒺藜飛鎚等器；又有戰車，用鐵葉裹釘，裝載糧食軍器什物。或用駱駝駕車，或用騾馬駕車，號為「鐵車兵」。二人辭了國王，領兵直扣西平關。守關蜀將韓禎，急差人齎文報知孔明。

孔明聞報，問眾將曰：「誰敢去退羌兵？」張苞、關興應曰：「某等願往。」孔明曰：「汝二人要往，奈路途不熟。」遂喚馬岱曰：「汝素知羌人之性，久居彼處，可作鄉導。」便起精兵五萬，與興、苞二人同往。興、苞等引兵而去。行有數日，早遇羌兵。關興先領百餘騎，登山坡看時，只見羌兵把鐵車首尾相連，隨處結寨；車上遍排兵器，就似城池一般。

興睹之良久，無破敵之策，回寨與張苞、馬岱商議。岱曰：「且待來日見陣，觀其虛實，另作計議。」次早，分兵三路：關興在中，張苞在左，馬岱在右，三路兵齊進。羌兵陣裡，越吉元帥手挽鐵鎚，腰懸寶雕弓，躍馬奮勇而出。關興招三路兵逕進，忽見羌兵分在兩邊，中央放出鐵車，如潮湧一般，弓弩一齊驟發，蜀兵大敗。馬岱、張苞兩軍先退。關興一軍，被羌兵一裹，直圍入西北角上去了。

興在垓心，左衝右突，不能得脫；鐵車密圍，就如城池。蜀兵你我不能相顧。興望山谷中尋路而走，看看天晚，但見一簇皂旗，蜂擁而來；一員羌將，手提鐵鎚大叫曰：「小將休走！吾乃越吉元帥也！」關興急走到前面，儘力縱馬加鞭。正遇斷澗，只得回馬來戰越吉。興終是膽寒，抵敵不住，望澗中而逃；被越吉趕到，一鐵鎚打來，興急閃過，正中馬胯。那馬望澗中便倒，興落於水中。

忽聽得一聲響處，背後越吉連人帶馬，平白地倒下水來。興就水中掙起看時，只見岸上一員大將，殺退羌兵。興提刀待砍越吉，吉躍水而走。關興得了越吉馬，牽到岸上，整頓鞍轡，綽刀上馬，只見那員將，尚在前面追殺羌兵。興自思此人救我性命，當與相見，遂拍馬趕來。看看至近，只見雲霧之中，隱隱有一大將，面如重棗，眉若臥蠶，綠袍金鎧，提青龍刀，騎赤兔馬，手綽美髯；分明認得是父親關公。

關公又於此處顯聖，卻是意想不到。

興大驚。忽見關公以手望東南指曰：「吾兒可速望此路去，吾當護汝歸寨。」言訖不見。關興望東南急走，至半夜，忽見一彪軍殺到，乃張苞也，問興曰：「汝曾見二伯父否？」興曰：「你何由知之？」苞曰：「我被鐵車軍追急，忽見伯父自空至下，驚退羌兵，指曰：『汝從這條路去救我兒。』」因此引軍逕來尋你。」關興亦說前事，共相嗟異。二人同歸寨內。馬岱接著，對二人說：「此軍無計可退。我守

雖有關公顯聖

，終賴諸葛奇謀。

住寨柵，你二人去稟丞相，用計破之。」

於是興、苞二人，星夜來見孔明，備說此事。孔明遂命趙雲、魏延各引一軍埋伏去訖；然後點三萬兵，帶了姜維、張翼、關興、張苞，親自來到馬岱寨中歇定。次日上高阜處觀看，見鐵車連絡不絕，人馬縱橫，往來馳驟。孔明曰：「此不難破也。」喚馬岱、張翼，分付如此如此。

二人受計去了。乃喚姜維曰：「伯約知破陣之法否？」維曰：「羌人恃一勇力，豈知妙計乎？」孔明笑曰：「汝知吾心也。今彤雲密布，朔風緊急，天將降雪，吾計可施矣。」便令關興、張苞二人引兵埋伏去訖。令姜維領兵出戰，但有鐵車兵來，退後便走；寨口虛立旌旗，不設軍馬。準備已定。

是年十二月終，果然天降大雪。姜維引軍出，越吉引鐵車兵來，姜維即退走。羌兵趕到寨前，姜維從寨後而去。羌兵直到寨外觀看，聽得寨內鼓琴之聲，四壁皆空豎旌旗，急回報越吉。越吉心疑，未敢輕進。雅丹丞相曰：「此諸葛亮詭計，虛設疑兵耳，可以攻之。」

越吉引兵至寨前，但見孔明攜琴上車，引數騎入寨，望後而去。羌兵搶入寨柵，直趕過山口，見小車隱隱轉入林中去了。雅丹謂越吉曰：「這等兵雖有埋伏，不足為懼。」遂引大兵追趕。又見姜維之兵俱在雪地之中奔走。越吉大怒，催兵急追。山路被雪漫蓋，一望平坦。

正趕之間，忽報蜀兵自山後而出。雅丹曰：「縱有些小伏兵，何足懼哉！」只顧催趲兵馬，往前進發。忽然一聲響如山崩地陷，羌兵俱落於坑塹之中；背後鐵車正行得緊溜，急難收止，併擁而來，自相踐踏。後軍急要回時，右邊張苞，左邊關興，兩軍衝出，萬弩齊發；背後姜維、馬岱、張翼三路軍又殺到，鐵車兵大亂。越吉元帥望後面山谷中而逃，正逢關興；交馬只一合，被興舉刀大喝一聲，砍死於馬下。雅丹丞相早被馬岱活捉，解投大寨來。羌兵四散亂竄。

孔明升帳。馬岱押過雅丹來。孔明叱武士去其縛，賜酒壓驚，用好言撫慰。雅丹深感其德。孔明曰：「吾主乃大漢皇帝，今命吾討賊，爾如何反助逆？吾今放爾回去，說與汝主：吾國乃與爾鄰邦，永結盟好，勿聽反賊之言。」遂將所獲羌兵及車馬器械，盡給還雅丹，俱放回國，眾皆拜謝而去。孔明引三軍連夜投祁山大寨而來，命關興、張苞引軍先行；一面差人齎表奏報捷音。

卻說曹真連日望羌人消息，忽有伏路軍來報說：「蜀兵拔寨收拾起程。」郭淮大喜曰：「此因羌兵攻擊，故爾退去。」遂分兩路追趕。前面蜀兵亂走，魏兵隨後追趕。

先鋒曹遵正趕之間，忽然鼓聲大震，一彪軍閃出；為首大將，乃魏延也；大叫：「反賊休走！」曹遵大驚，拍馬交鋒；不三合，被魏延一刀斬於馬下。副先鋒朱讚引兵追趕，忽然一彪軍閃出；為首大將，乃趙雲也。朱讚措手不及，被雲一槍刺死。

曹真、郭淮見兩路先鋒有失，欲收兵回；背後喊聲大震，鼓角齊鳴，關興、張苞兩路兵殺到，圍了曹真、郭淮，痛殺一陣。曹、郭二人，引敗兵衝路走脫。蜀兵全勝，直追到渭水，奪了魏寨。曹真折了兩個先鋒，哀傷不已；只得寫本申朝，乞撥援兵。

卻說魏主曹叡設朝，近臣奏曰：「大都督曹真，數敗於蜀，折了兩個先鋒，羌兵又折了無數，其勢甚急。今上表求救，請陛下裁處。」叡大驚，急問退兵之策。華歆奏曰：「須是陛下御駕親征，大會諸侯，人皆用命，方可退也。不然，長安有失，關中危矣。」太傅鍾繇奏曰：「凡為將者，知過於人，則能制人。孫子云：『知彼知己，百戰百勝。』臣量曹真雖久用兵，非諸葛亮對手。臣以全家良賤保舉一

也得孔明罵他一場便好。

人，可退蜀兵。未知聖意准否？」

叡曰：「卿乃大老元臣；有何賢士，可退蜀兵，早召來與朕分憂。」鍾繇奏曰：「向者，諸葛亮欲興師犯境，但懼此人，故散布流言，使陛下疑而去之，方敢長驅大進。今若復用之，則亮自退矣。」叡問何人。繇曰：「驃騎大將軍司馬懿也。」叡歎曰：「此事朕亦悔之。今仲達現在何處？」繇曰：「近聞仲達在宛城閒住。」

叡即降詔，遣使持節，復司馬懿官職，加為平西都督，就起南陽諸路兵馬，前赴長安。叡御駕親征，令司馬懿剋日到彼聚會。使命星夜到宛城去了。

卻說孔明自出師以來，累獲大勝；心中甚喜，正在祁山寨中會聚議事，忽報鎮守永安宮李嚴，令子李豐來見。孔明只道東吳犯境，心甚驚疑，喚入帳中問之。豐曰：「特來報喜。」孔明曰：「有何喜？」豐曰：「昔日孟達降魏，乃不得已也。彼時曹丕愛其才，時以駿馬金珠賜之，曾同輦出入，封為散騎常侍，領新城太守，鎮守上庸、金城等處，委以西南之任。自丕死後，曹叡即位，朝中多人嫉妒，孟達日夜不安，常謂諸將曰：『吾本蜀人，勢逼於此。』今累差心腹人，持書來見家父，教早晚代稟丞相；前者五路下川之時，曾有此意；今在新城，聽知丞相伐魏，欲起金城、新城、上庸三處軍馬，就彼舉事，逕取洛陽，丞相取長安，兩京大定矣。今某領來人並累次書信呈上。」

此事若成，豈不大妙！

孔明大喜，厚賞李豐等。忽細作入報說魏主曹叡，一面駕幸長安；一面詔司馬懿復職，加為平西都督，起本處之兵，於長安聚會。孔明大驚。參軍馬謖曰：「量曹叡何足道！若來長安，可就而擒之。丞相何故驚訝？」孔明曰：「吾豈懼曹叡耶？所懼者惟司馬懿一人而已。今孟達欲舉大事，若遇司馬懿，必敗矣。達非司馬懿對手，必被所擒。孟達若死，中原不易得也。」馬謖曰：「何不急修書，令孟達提防？」孔明從之，即修書令來人星夜回報孟達。

卻說孟達在新城，專望心腹人回報。一日，心腹人到來，將孔明回書呈上。孟達拆封視之。書略曰：

近得書，足知公忠義之心，不忘故舊，吾甚喜慰。若成大事，則公漢朝中興第一功臣也。然極宜謹密，不可輕易託人。慎之！戒之！近聞曹叡復詔司馬懿起宛、洛之兵，若聞公舉事，必先至矣。須萬全提備，勿視為等閒也。

孟達覽畢，笑曰：「人言孔明心多，今觀此事可知矣。」乃具回書令心腹人來答孔明，孔明喚入帳中，其人呈上回書。孔明拆封視之，書略曰：

適承鈞教，安敢少怠？竊謂司馬懿之事，不必懼也。宛城離洛城約八百里，至新城約一千二百里。若司馬懿聞達舉事，須表奏魏主，往復一月間事。達城池已固，諸將與三軍皆在深險之地。司馬懿即來，達何懼哉？丞相寬懷，惟聽捷報。

孔明看畢，擲書於地而頓足曰：「孟達必死於司馬懿之手矣！」馬謖問曰：「丞相何謂也？」孔明曰：「兵法云：『攻其無備，出其不意。』豈容料在一月之期？曹叡既委任司馬懿，逢寇即除，何待奏聞？若知孟達反，不須十日，兵必至矣，安能措手耶？」眾將皆服。孔明急令來人回報曰：「若未舉事，切莫教同事者知之，知則必敗。」其人拜辭，歸新城去了。

卻說司馬懿在宛城閒住，聞知魏兵累敗於蜀，乃仰天長歎。懿長子司馬師，字子元；次子司馬昭，字子尚；二人素有大志，通曉兵書。當日侍立於側，見懿長歎，乃問曰：「父親何故長歎？」懿曰：「汝輩豈知大事耶？」司馬師曰：「莫非歎魏主不用乎？」司馬昭笑曰：「早晚必來宣召父親也。」言未已，忽報天使持節至。懿聽詔畢，遂調宛城諸路軍馬。忽又報金城太守申儀家人，有機密事求見。懿喚入密室問之。其人細說孟達欲反之事。更有孟達心腹人李輔並達外甥鄧賢，隨狀出首。司馬懿聽畢，以手加額曰：「此乃皇上齊天之洪福也！諸葛亮兵在祁山，殺得內外人皆膽落；今天子不得已而幸長安，若旦夕不用吾時，孟達一舉，兩京破矣！此賊必通謀諸葛亮。吾先擒之，諸葛亮定然心寒，自退兵也。」長子司馬師曰：「父親可急寫表申奏天子。」懿曰：「若等聖旨，往復一月之間，事無及矣。」

即傳令教人馬起程，一日要行兩日之路，如遲立斬；一面令參軍梁畿齎檄星夜去新城，教孟達等準備進征，使其不疑。梁畿先行，懿在後發兵。行了二日，山坡下轉出一軍，乃是右將軍徐晃。晃下馬見懿，說：「天子駕到長安，親拒蜀兵，今都督何往？」懿低言曰：「今孟達造反，吾去擒之耳。」晃曰：「某願為先鋒。」

懿大喜，合兵一處。徐晃為前部，懿在中軍，二子押後。又行了二日，前軍哨馬捉住孟達心腹人，搜出孔明回書，來見司馬懿。懿曰：「吾不殺汝，汝從頭細說。」其人將孔明、孟達往復之事，一一告說。

懿看了孔明回書，大驚曰：「世間能者所見皆同，吾機先被孔明識破，幸得天子有福，獲此消息。

孟達今無能為矣。」遂星夜催軍前行。

卻說孟達在新城，約下金城太守申儀、上庸太守申耽，剋日舉事，耽、儀二人佯許之。每日調練軍馬，只待魏兵到，便為內應；卻報孟達說軍器糧草，俱未完備，不敢約期起事，達信之不疑。

忽報參軍梁畿來到，孟達迎入城中，畿傳司馬懿將令曰：「司馬都督今奉天子詔，起諸路軍以退蜀兵。太守可集本部軍馬聽候調遣。」達問曰：「都督何日起程？」畿曰：「此時約離宛城，望長安去了。」達暗喜曰：「吾大事成矣！」遂設宴待了梁畿，送出城外，即報申儀、申耽知道，明日舉事，換上大漢旗號，發諸路軍馬，逕取洛陽。

忽報城外塵土沖天，不知何處兵來。孟達登城視之，只見一彪軍，打著右將軍徐晃旗號，飛奔城下。達大驚，急扯起吊橋。徐晃坐下馬收拾不住，直來到壕邊，高叫曰：「孟達反賊，早早受降！」達大怒，急用弓射之，正中徐晃頭額，魏將救去。城上亂箭射下，魏兵方退。孟達正待開門追趕，四面旌旗蔽日，司馬懿兵到。達仰天長歎曰：「果不出孔明所料也！」於是閉門堅守。

卻說徐晃被孟達射中頭額，眾軍救到寨中，取了箭頭，令醫調治，當晚身死；時年五十九歲。司馬懿令人扶柩還洛陽安葬。次日，孟達登城遍視，只見魏兵四面圍得鐵桶相似。達行坐不安，驚疑未定，忽見兩路兵自外殺來，旗上大書申耽、申儀。孟達只道是救兵到，忙引本部兵大開城門殺出。耽、儀大叫曰：「反賊休走！早早受死！」達見事變，撥馬望城中便走。城上亂箭射下。李輔、鄧賢二人在城上大罵曰：「吾等已獻了城也！」達奪路而走，申耽趕來。達人困馬乏，措手不及，被申耽一槍刺死於馬下，梟其首級。餘軍皆降。

李輔、鄧賢大開城門，迎接司馬懿入城。撫民勞軍已畢，遂遣人奏知魏主曹叡。叡大喜，教將孟達首級去洛陽城市示眾；加申耽、申儀官職，就隨司馬懿征進；命李輔、鄧賢守新城、上庸。

卻說司馬懿引兵到長安城外下寨。懿入城來見魏主。叡大喜曰：「朕一時不明，誤中反間之計，悔之無及！今達造反，非卿等制之，兩京休矣。」懿奏曰：「臣聞申儀密告反情，意欲表奏陛下，恐往來遲滯，故不待聖旨，星夜而去。若待奏聞，則中諸葛亮之計也。」

言訖，將孔明回孟達密書奉上。叡看畢，大喜曰：「卿之學識，過於孫、吳矣！」賜金鉞斧一對，後遇機密重事，不必奏聞，便宜行事。就令司馬懿出關破蜀。懿奏曰：「臣舉一大將，可為先鋒。」叡曰：「卿舉何人？」懿曰：「右將軍張郃，可當此任。」叡笑曰：「朕正欲用之。」遂命張郃為前部先鋒，隨司馬懿離長安來破蜀兵。正是：既有謀臣能用智，又求猛將助施威。未知勝負如何，且看下文分解。

第九五回　馬謖拒諫失街亭　武侯彈琴退仲達

卻說魏主曹叡令張郃為先鋒，與司馬懿一同征進；一面令辛毗、孫禮二人領兵五萬，往助曹真。二人奉詔而去。

且說司馬懿引二十萬軍，出關下寨，請先鋒張郃至帳下曰：「諸葛亮平生謹慎，未敢造次用事。若吾用兵，先從子午谷逕取長安，早得多時矣。他非無謀，但恐有失，不肯弄險。今必出軍斜谷，來取郿城。若取郿城，必分兵兩路，一軍取箕谷矣。吾已發檄文，令子丹拒守郿城，若兵來不可出戰；令孫禮、辛毗截住箕谷道口，若兵來則出奇兵擊之。」

郃曰：「今將軍當於何處進兵？」懿曰：「吾素知秦嶺之西，有一條路，地名街亭；傍有一城，名列柳城；此二處皆是漢中咽喉。諸葛亮欺子丹無備，定從此進。吾與汝逕取街亭，望陽平關不遠矣。亮若知吾斷其街亭要路，絕其糧道，則隴西一境，不能安守，必然連夜奔回漢中去也。彼若回動，吾提兵於小路擊之，可獲全勝；若不歸時，吾卻將諸處小路，盡皆壘斷，俱以兵守之。一月無糧，蜀兵皆餓死，亮必被吾擒矣。」

張郃大悟，拜伏於地曰：「都督神算也！」懿曰：「雖然如此，諸葛亮不比孟達。將軍為先鋒，不可輕進。當傳與諸將，循山西路，遠遠哨探。如無伏兵，方可前進，若是怠忽，必中諸葛亮之計也。」

張郃受計引軍而行。

卻說孔明在祁山寨中，忽報新城探細人來到，急喚入問之。細作告曰：「司馬懿倍道而行，八日已到新城，孟達措手不及；又被申耽、申儀、李輔、鄧賢為內應，孟達被亂軍所殺。今司馬懿撤兵到長安，見了魏主，同張郃引兵出關，來拒我師也。」

孔明大驚曰：「孟達作事不密，死固當然。今司馬懿出關，必取街亭，斷吾咽喉之路。」便問：「誰敢引兵去守街亭？」

言未畢，參軍馬謖曰：「某願往。」孔明曰：「街亭雖小，干係甚重。倘街亭有失，吾大軍皆休矣。汝雖深通謀略，此地奈無城郭，又無險阻，守之甚難。」謖曰：「某自幼熟讀兵書，深知兵法。豈一街亭不能守耶？」孔明曰：「司馬懿非等閒之輩；更有先鋒張郃，乃魏之名將；恐汝不能敵之。」謖曰：「休道司馬懿、張郃，便是曹叡親來，有何懼哉！若有差失，乞斬全家。」孔明曰：「軍中無戲言。」謖曰：「願立軍令狀。」

司馬懿之計，已在孔明料中。

孔明從之。謖遂寫了軍令狀呈上。孔明曰：「吾與汝二萬五千精兵，再撥一員上將，相助你去。」即喚王平分付曰：「吾素知汝平生謹慎，故特以此重任相託。汝可小心謹慎。此地下寨必當要道之處，使賊兵急切不能偷過。安營既畢，便畫四至八道地理形狀圖本來我看。凡事商議停當而行，不可輕易。如所守無危，則是取長安第一功也。戒之！戒之！戒之！」

二人拜辭引兵而去。孔明尋思，恐二人有失，又喚高翔曰：「街亭東北上有一城，名列柳城，乃山僻小路，此可以屯兵紮寨。與汝一萬兵，去此城屯紮。但街亭危，可引兵救之。」

高翔引兵而去。孔明又思高翔非張郃對手，必得一員大將，屯兵於街亭之右，方可防之！遂喚魏延引本部兵去街亭之後屯紮。

延曰：「某為前部，理合當先破敵，何故置某於安閒之地？」孔明曰：「前鋒破敵，乃偏裨之事耳。今令汝接應街亭，當陽平關衝要道路，總守漢中咽喉，此乃大任也。何為安閒乎？汝勿以等閒視之，失吾大事。切宜小心在意！」

魏延大喜，引兵而去。孔明心中稍安，乃喚趙雲、鄧芝，分付曰：「今司馬懿出兵，與往日不同。汝二人各引一軍出箕谷，以為疑兵。若逢魏兵，或戰或不戰，以驚其心。吾自統大軍，由斜谷逕取郿城。若得郿城，長安可破矣。」二人受命而去。孔明令姜維為先鋒，兵出斜谷。

卻說馬謖、王平二人兵到街亭，看了地勢。馬謖笑曰：「丞相何故多心也？量此山僻之處，魏兵如何敢來！」王平曰：「雖然魏兵不敢來，可就此五路總口下寨；即令軍士伐木為柵，以圖久計。」謖曰：「當道豈是下寨之地？此處側邊一山，四面皆不相連，且樹木極廣，此乃天賜之險也。可就山上屯軍。」平曰：「參軍差矣。若屯兵當道，築起城垣，賊兵縱有十萬，不能偷過；今若棄此要路，屯兵山上，倘魏兵驟至，四面圍定，將何策保之？」

謖大笑曰：「汝真女子之見！兵法云：『凭高視下，勢如破竹。』若魏兵到來，吾教他片甲不回！」平曰：「吾累隨丞相經陣，所到之處，丞相盡意指教。今觀此山，乃絕地也。若魏兵斷我汲水之道，軍士不戰自亂矣。」謖曰：「汝莫亂道。孫子云：『置之死地而後生。』若魏兵斷我汲水之道，蜀兵豈不死戰？以一可當百也。吾素讀兵書，丞相諸事尚問於我，汝奈何相阻耶？」平曰：「若參軍欲在山上下

會說大話的，每每誤事。

寨，可分兵與我，自於山西下一小寨，為犄角之勢。倘魏兵至，可以相應。」馬謖不從。忽然山中居民，成群結隊，飛奔而來，報說魏兵已到。王平欲辭去。馬謖曰：「汝既不聽吾令，與汝五千兵自去下寨。待吾破了魏兵，到丞相面前須分不得功。」王平引兵離山十里下寨，畫成圖本，星夜差人去稟孔明，具說馬謖自於山上下寨。

卻說司馬懿在軍中，先令次子司馬昭去探前路；若街亭有兵把守，即當按兵不行。司馬昭奉令探了一遍，回報父曰：「街亭有兵把守。」懿歎曰：「諸葛亮真乃神人，吾不如也！」昭笑曰：「父親何故自墮志氣耶？男料街亭易取。」懿問曰：「汝安敢出此大言耶？」昭曰：「男親自哨見，當道並無寨柵，軍皆屯於山上，故知可破也。」懿大喜曰：「若兵果屯山上，是天使吾成功矣！」遂更換衣服，引百餘騎親自來看。是夜天晴月朗，直至山下，周圍巡哨了一遍，方回。馬謖在山上見之，大笑曰：「彼若有命，不來圍山！」傳令與諸將：「倘兵來，只見山頂上紅旗招動，即四面皆下。」

卻說司馬懿回到寨中，使人打聽是何將把守街亭。回報曰：「乃馬良之弟馬謖也。」懿笑曰：「徒有虛名，乃庸才耳！孔明用如此人物，如何不誤事！」又問：「街亭左右別有軍否？」探馬報曰：「離山十里有王平安營。」懿乃命張郃引一軍，當住王平來路。又令申耽、申儀引兩路兵圍山，先斷了汲水道路；待蜀兵自亂，然後乘勢擊之。當夜調度已定。

果應王平之言。

次日平明，張郃引兵先往背後去了。司馬懿大驅軍馬，一擁而進，把山四面圍定。馬謖在山上看時，只見魏兵漫山遍野，旌旗隊伍，甚是嚴整。蜀兵見之，盡皆喪膽，不敢下山。馬謖將紅旗招動，軍將你我相推，無一人敢動。謖大怒，自殺二將。眾軍驚懼，只得努力下山來衝魏陣。魏兵端然不動，蜀兵又退上山去。馬謖見事不諧，教軍緊守寨門，只等外應。

卻說王平見魏兵到，引軍殺來，正遇張郃；戰有數十餘合，平力窮勢孤，只得退去。魏兵自辰時圍至戌時，山上無水，兵不得食，寨中大亂。嚷到半夜時分，山南蜀兵大開寨門，下山降魏，馬謖禁止不住。司馬懿又令人於沿山放火，山上蜀兵愈亂。馬謖料守不住，只得驅殘兵殺下山西逃奔。司馬懿放條大路，讓過馬謖。背後張郃引兵趕來，趕到三十餘里，前面鼓角齊鳴，一彪軍出，放過馬謖，攔住張郃；視之乃魏延也，揮刀縱馬，直取張郃，郃回軍便走。延驅兵趕來，復奪街亭。趕到五十餘里，一聲喊起，兩邊伏兵齊出：左邊司馬懿，右邊司馬昭。卻抄在魏延背後，把延困在垓心。張郃復來，三路兵合在一處，魏延左衝右突，不得脫身，折兵大半。

正危急間，忽一彪軍殺入，乃王平也。延大喜曰：「吾得生矣！」二將合兵一處，大殺一陣，魏兵方退，二將慌忙奔回寨時，營中皆是魏兵旌旗。申耽、申儀從營中殺出。王平、魏延逕奔列柳城，來投高翔。此時高翔聞知街亭有失，盡起列柳城之兵，前來救應，正遇延、平二人，訴說前事。高翔曰：「不如今晚去劫魏寨，再復街亭。」

當時三人在山坡下商議已定。待天色將晚，分兵三路。魏延引兵先進，逕到街亭，不見一人，心中大疑，不敢輕進，且伏在路口等候。忽見高翔兵到，二人共說魏兵不知在何處。正沒理會，卻不見王平兵到。忽然一聲砲響，火光沖天，鼓聲震地。魏兵齊來，把魏延、高翔圍在垓心。二人盡力衝突，不得脫身。忽聽得山坡後鼓聲若雷，一彪軍殺入，乃是王平，救了高、魏二人，逕奔列柳城來。比及奔到城下時，城邊早有一軍殺到，旗上大書「魏都督郭淮」字樣。原來郭淮與曹真商議，恐司馬懿得了全功，乃分淮來取街亭；聞知司馬懿、張郃成了此功，遂引兵逕襲列柳城。正遇三將，大殺一陣，蜀兵傷者極多。魏延恐陽平關有失，慌與王平、高翔望陽平關來。

卻說郭淮收了軍馬，乃謂左右曰：「吾雖不得街亭，卻取了列柳城，亦是大功。」引兵逕到城下叫門，只見城上一聲砲響，旗幟皆豎。當頭一面大旗，上書「平西都督司馬懿」。懿撐起懸空板，倚定護心木欄干，大笑曰：「郭伯濟來何遲也？」淮大驚曰：「仲達神機，吾不及也！」遂入城相見已畢。懿曰：「今街亭已失，諸葛亮必走。公可速與子丹星夜追之。」

郭淮從其言，出城而去。懿喚張郃曰：「子丹、伯濟恐吾全獲大勝，故來取此城池。吾非獨欲成功，乃僥倖而已。吾料魏延、王平、馬謖、高翔等輩，必先去據陽平關。吾若去取此關，諸葛亮必隨後掩殺，中其計矣，兵法云：『歸師勿掩，窮寇莫追。』汝可從小路抄箕谷退兵，吾自引兵當斜谷之兵。若彼敗走，不可相拒，只宜中途截住蜀兵，輜重可盡得也。」

張郃受計，引兵一半而去。懿下令：「逕取斜谷，由西城而進。西城雖山僻小縣，乃蜀兵屯糧之所，又南安、天水、安定三郡總路。若得此城，三郡可復矣。」於是司馬懿留申耽、申儀守列柳城，自領大軍望斜谷進發。

卻說孔明自令馬謖等守街亭去後，猶豫不定，忽報王平使人送圖本至。孔明喚入，左右呈上圖本。孔明就文几上拆開視之，拍案大驚曰：「馬謖無知，坑陷吾軍矣！」左右問曰：「丞相何故失驚？」孔明曰：「吾觀此圖本，失卻要路，占山為寨，倘魏兵大至，四面圍合，斷汲水道路，不須二日，軍自亂矣。若街亭有失，吾等安歸？」長史楊儀進曰：「某雖不才，願替馬幼常回。」

孔明將安營之法，……一一分付與楊儀。正待要行，忽報馬到來，說街亭、列柳城盡皆失了。孔明跌足長歎曰：「大事去矣！此吾之過也！」急喚關興、張苞，分付曰：「汝二人各引三千精兵，投武功山小路而行。如遇魏兵，不可大擊，只鼓噪吶喊，以為疑兵驚之。彼當自走，亦不可追。待軍退盡，便投陽平關去。」又令張翼先引軍去修理劍閣，以備歸路。又密傳號令，教大軍暗暗收拾行裝，以備起程。又令馬岱、姜維斷後，先伏於山谷中，待諸軍退盡，方始收兵。又令心腹人，分路報與天水、南安、安定三郡官吏軍民，皆入漢中。又差心腹人到冀縣搬取姜維老母，送入漢中。

孔明分撥已定，先引五千兵去西城縣搬運糧草。忽然十餘次飛馬報到，說司馬懿引大軍十五萬，望西城蜂擁而來。時孔明身邊並無大將，止有一班文官；所引五千軍，已分一半先運糧草去了，只剩二千五百軍在城中，眾官聽得這個消息，盡皆失色。

孔明登城望之，果然塵土沖天，魏兵分兩路望西城縣殺來。孔明傳令眾將，旌旗盡皆藏匿；諸軍各守城鋪❶，如有妄行出入，及高聲言語者，立斬；大開四門，每一門上用二十軍士，扮作百姓，洒掃街道，如魏兵到時，不可擅動，吾自有計。孔明乃披鶴氅，戴綸巾，引二小童攜琴一張，於城上敵樓前，凭欄而坐，焚香操琴。

卻說司馬懿前軍哨到城下，見了如此模樣，皆不敢進，急報與司馬懿，懿笑而不信，遂止住三軍，自飛馬遠遠望之。果見孔明坐於城樓之上，笑容可掬❷，焚香操琴。左有一童子，手捧寶劍；右有一童

❶ 城鋪：城上巡查的崗位。

子，手執麈尾。城門內外有二十餘百姓，低頭洒掃，傍若無人。

懿看畢大疑，便到中軍，教後軍作前軍，前軍作後軍，望北山路而退。次子司馬昭曰：「莫非諸葛亮無軍，故作此態？父親何故便退兵？」懿曰：「亮平生謹慎，不曾弄險。今大開城門，必有埋伏。我軍若進，中其計也。汝輩焉知，宜速退。」

於是兩路兵盡皆退去。孔明見魏軍遠去，撫掌而笑。眾官無不駭然，乃問孔明曰：「司馬懿乃魏之名將，今統十五萬精兵到此，見了丞相，便速退去，何也？」孔明曰：「此人料吾平生謹慎，必不弄險；見如此模樣，疑有伏兵，所以退去。吾非行險，蓋因不得已而用之。此人必引軍投山北小路去也。吾已令興、苞二人在彼等候。」

眾皆驚服曰：「丞相玄機，神鬼莫測。若某等之見，必棄城而走矣。」孔明曰：「吾兵止有二千五百，若棄城而走，必不能遠遁。得不為司馬懿所擒乎？」後人有詩讚曰：

瑤琴三尺勝雄師，諸葛西城退敵時。
十五萬人回馬處，後人指點到今疑。

言訖，拍手大笑曰：「吾若為司馬懿，必不便退也。」遂下令，教西城百姓，隨軍入漢中；司馬懿必將復來。於是孔明離西城望漢中而走。天水、安定、南安三郡官吏軍民，陸續而來。

卻說司馬懿望武功山小路而走。忽然山坡後喊殺連天，鼓聲震地。懿回顧二子曰：「吾若不走，必

不惟自己不嚇倒，還要去嚇人。

❷ 笑容可掬：笑容像可以用手捧來一樣。也就是說，笑得很自然。掬，兩手捧物。

中諸葛之計矣。」只見大路上一軍殺來，旗上大書「右護衛使虎翼將軍張苞」。魏兵皆棄甲拋戈而走。行不到一程，山谷中喊聲震地，鼓角喧天，前面一杆大旗，上書「左護衛使龍驤將軍關興」。山谷應聲，不知蜀兵多少；更兼魏軍心疑，不敢久停，只得盡棄輜重而去。興、苞二人皆遵將令，不敢追襲，多得軍器糧草而歸。司馬懿見山谷中皆是蜀兵，不敢出大路，遂回街亭。

此時曹真聽知孔明退兵，急引兵追趕。山背後一聲砲響，蜀兵漫山遍野而來；為首大將，乃是姜維、馬岱。真大驚，急退軍時，先鋒陳造已被馬岱所斬，真引兵鼠竄而還，蜀兵連夜皆奔回漢中。

寫趙雲更是精細。

卻說趙雲、鄧芝，伏兵於箕谷道中。聞孔明傳令退軍，雲謂芝曰：「魏軍知吾兵退，必然來追。吾先引一軍伏於其後，公卻引兵打吾旗號，徐徐而退，吾一步步自有護送也。」

卻說郭淮提兵再回箕谷道中，喚先鋒蘇顒分付曰：「蜀將趙雲，英勇無敵，汝可小心提防。彼軍若退，必有計也。」蘇顒欣然曰：「都督若肯接應，某當生擒趙雲。」遂引前部三千兵，奔入箕谷。看看趕上蜀兵，只見山坡後閃出紅旗白字，上書「趙雲」。蘇顒急收兵退走。行不到數里，喊聲大震，一彪軍撞出；為首大將，挺槍躍馬，大喝曰：「汝識趙子龍否！」蘇顒大驚曰：「如何這裡又有趙雲？」措手不及，被趙雲一槍刺死於馬下，餘軍潰散。

長坂坡

雲迤邐前進，背後又一軍到，乃郭淮部將萬政也。雲見魏兵追急，乃勒馬挺槍，立於路口，待來將交鋒。蜀兵已去三十餘里。萬政認得是趙雲，不敢前進。雲等得天色黃昏，方纔撥回馬緩緩而退。郭淮兵到，萬政言趙雲英勇如舊，因此不敢近前。淮傳令教軍急趕，政令壯士數百騎趕來。行至一大林，忽聽得背後大喝一聲曰：「趙子龍在此！」驚得魏兵落馬者百餘人，餘者皆越嶺而去。

之先聲，至此尤烈。

萬政勉強來敵，被雲一箭射中盔纓，驚跌於澗中。雲以槍指之曰：「吾饒汝性命回去！快教郭淮趕來！」萬政脫命而回。雲護送車仗人馬，望漢中而去，沿途並無遺失。曹真、郭淮復奪三郡，以為己功。

卻說司馬懿分兵而進；此時蜀兵盡回漢中去了，懿引一軍復到西城，因問遺下居民及山僻隱者，皆言孔明只有二千五百軍在城中，又無武將，只有幾個文官，別無埋伏。武功山小民告曰：「關興、張苞只各有三千軍，轉山吶喊，鼓譟驚追，又無別軍，並不敢廝殺。」

懿悔之不及，仰天長歎曰：「吾不如孔明也！」遂安撫了官民，引兵逕還長安，朝見魏主。叡曰：「今日復得隴西諸郡，皆卿之功也。」懿奏曰：「今蜀兵皆在漢中，未盡剿滅。臣乞大兵併力收川，以報陛下。」叡大喜，令懿即便興兵。忽班內一人出奏曰：「臣有一計，足可定蜀降吳。」正是：蜀中將相方歸國，魏地君臣又逞謀。未知獻計者是誰，且看下文分解。

第九六回　孔明揮淚斬馬謖　周魴斷髮賺曹休

卻說獻計者，乃尚書孫資也。曹叡問曰：「卿有何妙計？」資奏曰：「昔太祖武皇帝收張魯時，危而後濟；嘗對群臣曰：『南鄭之地，真為天獄。』中斜谷道為五百里石穴，非用武之地。今欲盡起天下之兵伐蜀，則東吳又將入寇。不如以現在之兵，分命大將據守險要，養精蓄銳。不過數年，中國日盛，吳、蜀二國，必自相殘害，那時圖之，豈非勝算？乞陛下裁之。」

叡乃問司馬懿曰：「此論若何？」懿奏曰：「孫尚書所言極當。」叡從之，命司馬懿分撥諸將守把險要，留郭淮、張郃守長安，大賞三軍，駕回洛陽。

卻說孔明回到漢中，計點軍士，只少趙雲、鄧芝，心中甚憂；乃令關興、張苞各引一軍接應。二人正欲起身，忽報趙雲、鄧芝到來，並不曾折一人一騎；輜重等物，亦無遺失。孔明大喜，親引諸將出迎。趙雲慌忙下馬伏地曰：「敗軍之將，何勞丞相遠接？」孔明急扶起，執手而言曰：「是吾不識賢愚，以致如此！各處兵將敗損，惟子龍不折一人一騎，何也？」

鄧芝告曰：「某引兵先行，子龍獨自斷後，斬將立功，敵人驚怕；因此軍資什物，不曾遺失。」孔明曰：「真將軍也！」遂取金五十斤以贈趙雲；又取絹一萬疋賞雲部卒。雲辭曰：「三軍無尺寸之功，某等俱各有罪；若反受賞，乃丞相賞罰不明也。且請寄庫，候今冬賜與諸軍未遲。」孔明歎曰：「先帝

敗而整旅，更難於勝而班師。

在日，常稱子龍之德，今果如此！」乃倍加欽敬。

忽報馬謖、王平、魏延、高翔至，孔明先喚王平入帳責之曰：「吾令汝與馬謖同守街亭，汝何不諫之，致使失事？」平曰：「某再三相勸，要在當道築土城把守。參軍大怒不從，某因此自引五千兵離山十里下寨。魏兵驟至，把山四面圍合，某引兵衝殺十餘次，皆不能入。次日土崩瓦解，降者無數。某孤軍難立，故投魏文長求救。半途又被魏兵困在山谷之中，某奮死殺出。比及歸寨，已被魏兵占了。及投列柳城時，路逢高翔，遂分兵三路去劫魏寨，指望克復街亭。因見街亭並無伏路軍，以此心疑。登高望之，只見魏延、高翔被魏兵圍住，某即殺入重圍，救出二將，就同參軍併在一處。某恐失卻陽平關，因此急來回守。非某之不諫也。丞相不信，可問各部將校。」

孔明喝退，又喚馬謖入帳。謖自縛跪於帳前。孔明變色曰：「汝自幼飽讀兵書，熟諳戰法。吾累次叮嚀告戒，街亭是吾根本，汝以全家之命，領此重任。汝若早聽王平之言，豈有此禍？今敗軍折將，失地陷城，皆汝之過也！若不明正軍律，何以服眾？汝今犯法，休得怨吾。汝死之後，汝之家小，吾按月給與祿米，汝不必挂心。」叱左右推出斬之。謖泣曰：「丞相視某如子，某以丞相為父。某之死罪，實已難逃；願丞相思舜帝殛鯀用禹❶之義，某雖死亦無恨於九泉！」言訖大哭。孔明揮淚曰：「吾與汝義同兄弟，汝之子即吾之子也，不必多囑。」

左右推出馬謖於轅門之外，將斬。參軍蔣琬自成都至；見武士欲斬馬謖，大驚，高叫留人，入見孔明曰：「昔楚殺得臣而文公喜❷。今天下未定，而戮智謀之士，豈不可惜乎？」孔明流涕而答曰：「昔

---

❶ 舜帝殛鯀用禹：相傳鯀治水失敗，舜帝把鯀殺了，然後用鯀的兒子禹去治水。

孫武所以能制勝於天下者，用法明也。今四方分爭，兵交方始，若須廢法，何以討賊耶？合當斬之。」

須臾，武士獻馬謖首級於階下。孔明大哭不已。蔣琬問曰：「今幼常得罪，既正軍法，丞相何故哭耶？」孔明曰：「吾非為馬謖哭。吾思先帝在白帝城臨危之時，曾囑吾曰：『馬謖言過其實，不可大用。』今果應此言，乃深恨己之不明，追思先帝之明，因此痛哭耳！」大小將士，無不流涕。馬謖亡年三十九歲。時建興六年夏五月也。後人有詩曰：

失守街亭罪不輕，堪嗟馬謖枉談兵。
轅門斬首嚴軍法，拭淚猶思先帝明。

卻說孔明斬了馬謖，將首級遍示各營已畢，用線縫在屍上，具棺葬之；自修祭文享祀；將謖家小加意撫恤，按月給與祿米。於是孔明自作表文，令蔣琬申奏後主，請自貶丞相之職。琬回成都，入見後主，進上孔明表章。後主拆開視之。曰：

臣本庸才，叨竊非據，親秉旄鉞，以勵三軍。不能訓章明法，臨事而懼，至有街亭違命之闕，箕谷不戒之失。咎皆在臣不明不知人，慮事多闇。春秋責備，罪何所逃？請自貶三等，以督厥咎。臣不勝慚愧，俯伏待命！

光明正大，無一毫掩飾之意。

❷ 楚殺得臣而文公喜：得臣是楚國的大將，由於與晉國作戰失敗，回國被迫自殺。晉文公聽到這個消息，大為高興。

後主覽畢曰：「勝負兵家常事，丞相何出此言？」侍中費禕奏曰：「臣聞治國者，必以奉法為重。法若不行，何以服人？丞相敗績，自行貶降，正其宜也。」後主從之，乃詔貶孔明為右將軍，行丞相事，照舊總督軍馬，就令費禕齎詔到漢中。

孔明受詔貶降訖，禕恐孔明羞赧，乃賀曰：「蜀中之民，知丞相初拔四縣，深以為喜。」孔明變色曰：「是何言也？得而復失，與不得同。公以此賀我，實足使我愧赧耳。」禕又曰：「近聞丞相得姜維，天子甚喜。」孔明怒曰：「兵敗師還，不曾奪得寸土，此吾之大罪也。量得一姜維，於魏何損？」禕又曰：「丞相現統雄師數十萬，可再伐魏乎？」孔明曰：「昔大軍屯於祁山、箕谷之時，我兵多於賊兵，而不能破賊，反為賊所破；此病不在兵之多寡，在主將耳。今欲減兵省將，明罰思過，較變通之道於將來；如其不然，雖兵多何用？自今而後，諸人有遠慮於國者，但勤攻吾之闕，責吾之短，則事可定，賊可滅，功可翹足而待矣。」

費禕諸將皆服其論。費禕自回成都。孔明在漢中，惜軍愛民，勵兵講武，置造攻城渡水之器，聚積糧草，預備戰筏，以為後圖。細作探知，報入洛陽。

魏主曹叡聞知，即召司馬懿商議收川之策。懿曰：「蜀未可攻也。方今天道亢炎，蜀兵必不出。若我軍深入其地，彼守其險要，急切難下。」叡曰：「倘蜀兵再來入寇，如之奈何？」懿曰：「臣已算定今番諸葛亮必效韓信暗渡陳倉之計。臣舉一人往陳倉道口，築城守禦，萬無一失。此人身長九尺，猿臂善射，深有謀略。若諸葛亮入寇，此人當之足矣。」叡大喜，問曰：「此何人也？」懿奏曰：「乃太原人，姓郝，名昭，字伯道。現為雜霸將軍，鎮守河西。」叡從之，加郝伯道為鎮西將軍，命把守陳倉道口。遣使持詔去訖。

忽報揚州司馬大都督曹休上表，說東吳鄱陽太守周魴，願以郡來降，密遣人陳言七事。說東吳可破，乞早發兵取之。叡就御床上拆開，與司馬懿同觀。懿奏曰：「此言極有理，吳當滅矣。臣願引一軍往助曹休。」忽班中一人奏曰：「吳人之言，反覆不一，未可深信。周魴智謀之士，必不肯降。此特誘兵之詭計也。」

眾視之，乃建威將軍賈逵也。懿曰：「此言亦不可不聽，機會亦不可錯失。」魏主曰：「仲達可與賈逵同助曹休。」二人領命去訖。於是曹休引大軍逕取皖城；賈逵引前將軍滿寵、東皖太守胡質，逕取陽城，直向東關；司馬懿引本部軍逕取江陵。

卻說吳主孫權，在武昌東關，會多官商議曰：「今有鄱陽太守周魴密表，奏稱魏揚州都督曹休，有入寇之意。今魴詐施詭計，暗陳七事，引誘魏兵深入重地，可設伏兵擒之。今魏兵分三路而來，諸卿有何高見？」顧雍進曰：「此大任非陸伯言不敢當也。」

權大喜，乃召陸遜，封為輔國大將軍，平北都元帥，統御林大兵，攝行王事；授以白旄黃鉞，文武百官，皆聽約束。權親自與遜執鞭。遜領命謝恩畢，乃保二人為左右都督，分兵以迎三道。權問何人。遜曰：「奮威將軍朱桓、綏南將軍全琮二人可為輔佐。」權從之，即命朱桓為左都督，全琮為右都督。

此時陸遜榮寵已極。

於是陸遜總率江南八十一州並荊湖之眾七十餘萬，令朱桓在左，全琮在右，遜自居中，三路進兵。朱桓獻策曰：「曹休以親見任，非智勇之將也。今聽周魴誘言，深入重地，元帥以兵擊之，曹休必敗。敗後必走兩條路：左乃夾石，右乃桂車。此二路，皆山僻小徑，最為險峻。某願與全子璜各引一軍，伏於山險，先以柴木大石塞斷其路，曹休可擒矣。若擒了曹休，便長驅直進，唾手而得壽春，以窺許、洛，乃萬世一時也。」遜曰：「此非善策，吾自有妙用。」於是朱桓懷不平而退。遜令諸葛瑾等拒守江陵，以敵司馬懿。諸路俱各調撥停當。

卻說曹休兵臨皖城，周魴來迎，逕到曹休帳下。休問曰：「近得足下之書，所陳七事，深為有理，奏聞天子，故起大軍三路進發。若得江東之地，足下之功不小。有人言足下多謀，誠恐所言不實，吾料足下必不欺我。」周魴大哭，急掣從人所佩劍欲自刎，休急止之。魴仗劍而言曰：「吾所陳七事，恨不能吐出心肝。今反生疑，必有吳人使反間之計也。若聽其言，吾必死矣，吾之忠心，惟天可表！」言訖，又欲自刎。曹休大驚，慌忙抱住曰：「吾戲言耳。足下何故如此？」魴乃用劍割髮擲於地曰：「吾以忠心待公，公以吾為戲，吾割父母所遺之髮，以表此心！」

曹休乃深信之，設宴相待。席罷，周魴辭去。忽報建威將軍賈逵來見，休令入，問曰：「汝來何為？」逵曰：「某料東吳之兵，必盡屯皖城。都督不可輕進，待某兩下夾攻，賊兵可破矣。」休怒曰：「汝欲奪吾功耶？」逵曰：「某聞周魴截髮為誓，此乃詐也。昔要離斷臂，刺殺慶忌❸，未可深信。」休大怒曰：「吾正欲起兵，汝何出此言以慢我軍心！」叱左右推出斬之。眾將告曰：「未及進兵，先斬大將，於軍不利。且乞暫免。」

休從之，將賈逵兵留在寨中調用，自引一軍來取東關。時周魴聽知賈逵削去兵權，暗喜曰：「曹休

---

❸ 要離斷臂二句：要離，春秋時的吳國人，奉公子光的命令，去刺吳王僚的兒子慶忌。他為了取得慶忌的信任，故意砍斷了自己的手臂，說是公子光砍的。後來果然把慶忌刺殺了。

若用賈逵之言，則東吳敗矣！今天使我成功也！」即遣人密到皖城，報知陸遜。遜喚諸將聽令曰：「前面石亭，雖是山路，足可埋伏。早先去占石亭闊處，布成陣勢，以待魏軍。」遂令徐盛為先鋒，引兵前進。

卻說曹休命周魴引兵前進。正行間，休問曰：「前至何處？」魴曰：「前面石亭也，堪以屯兵。」休從之，遂率大軍並車仗等器，盡赴石亭駐紮。次日，哨馬報道：「前面吳兵不知多少，據住山口。」休大驚曰：「周魴言無兵，為何有準備？」急尋魴問之，人報周魴引數十人，不知何處去了。休大悔曰：「吾中賊之計矣！雖然如此，亦不足懼。」

遂令大將張普為先鋒，引兵數千來與吳兵交戰。兩陣對圓，張普出馬罵曰：「賊將早降！」徐盛出馬相迎。戰無數合，普抵敵不住，勒馬收兵，回見曹休，言徐盛勇不可當。休曰：「吾當以奇兵勝之。」——就令張普引二萬軍伏於石亭之南，又令薛喬引二萬軍伏於石亭之北。——「明日吾自引一千兵搦戰，卻佯輸詐敗，誘到北山之前，放砲為號，三面夾攻，必獲大勝。」二將受計，各引二萬軍到晚埋伏去了。

卻說陸遜喚朱桓、全琮，分付曰：「汝二人各引三萬軍，從石亭山路抄到曹休寨後，放火為號。吾親率大軍從中路而進，可擒曹休也。」

當日黃昏，二將受計引兵而進。二更時分，朱桓引一軍正抄到魏寨後，迎著張普伏兵。普不知是吳兵，逕來問時，被朱桓一刀斬於馬下。魏兵便走，桓令後軍放火。全琮引一軍抄到魏寨後，正撞在薛喬陣裡，就那裡大殺一陣。薛喬敗走，魏兵大損，奔回本寨。後面朱桓、全琮兩路殺來。曹休寨中大亂，自相衝擊。

休慌上馬，望夾石道中奔走。徐盛引大隊軍馬，從正路殺來。魏兵死者不可勝數，逃命者盡棄兵甲。曹休大驚，在夾石道中，奮力奔走。忽見一彪軍從小路衝出，為首大將，乃賈逵也。休驚慌少息，自愧曰：「吾不用公言，果遭此敗！」逵曰：「都督可速出此道。若被吳兵以木石塞斷，吾等皆危矣！」於是曹休驟馬而行，賈逵斷後。逵於林木茂盛之處，及險峻小徑，多設旌旗以為疑兵。及至徐盛趕到，見山坡下閃出旗角，疑有埋伏，不敢追趕，收兵而回。因此救了曹休。司馬懿聽知休敗，亦引兵退去。

仲達此時亦虎頭蛇尾。

卻說陸遜正望捷音，須臾，徐盛、朱桓、全琮皆到，所得車仗牛馬驢騾軍資器械，不計其數，降兵數萬餘人。遜大喜，即同太守周魴並諸將班師還吳。吳主孫權，領文武官僚出武昌城迎接，以御蓋覆遜而入。諸將盡皆陞賞。權見周魴無髮，慰勞曰：「卿斷髮成此大事，功名當書於竹帛也。」即封周魴為關內侯，大設筵會，勞軍慶賀。

陸遜奏曰：「今曹休大敗，魏兵喪膽；可修國書，遣使入川，教諸葛亮進兵攻之。」權從其言，遂遣使齎書入川去。正是：只因東國能施計，致令西川又動兵。未知孔明再來伐魏，勝負如何，且看下文分解。

第九七回　討魏國武侯再上表　破曹兵姜維詐獻書

卻說蜀漢建興六年秋九月，魏都督曹休被東吳陸遜大破於石亭，車馬軍資器械，並皆罄盡。休惶恐之甚，氣憂成病，到洛陽，疽發背而死，魏主曹叡勅令厚葬。司馬懿引兵還。眾將接入問曰：「曹都督兵敗，即元帥之干係，何故急回耶？」懿曰：「吾料諸葛亮知吾兵敗，必乘虛來取長安。倘隴西緊急，何人救之？吾故回耳。」眾皆以為懼怯，哂笑而退。

卻說東吳遣使致書蜀中，請兵伐魏，並言大破曹休之事；一者顯自己之威風，二者通和會之好。後主大喜，令人持書至漢中，報知孔明。時孔明兵強馬壯，糧草豐足，所用之物，一切完備，正要出師；聽知此信，即設宴大會諸將，計議出師。忽一陣大風，自東北角上而起，把庭前松樹吹折。眾皆大驚。孔明就占一課，曰：「此風主損一大將！」諸將未信。

正飲酒間，忽報鎮南將軍趙雲長子趙統、次子趙廣來見。孔明大驚，擲杯於地曰：「子龍休矣！」二子入見，拜哭曰：「某父昨夜三更病重而死。」孔明跌足而哭曰：「子龍身故，國家損一棟樑，去吾一臂也！」眾將無不揮淚。孔明令二子入成都面君報喪。後主聞雲死，放聲大哭曰：「朕昔年幼，非子龍則死於亂軍之中矣！」即下詔追贈大將軍，謚順平侯，勅葬於成都錦屏山之東；建立廟堂，四時享祭。後人有詩曰：

疑其懼吳，卻是懼蜀。

常山有虎將，智勇匹關張。漢水功勳在，當陽姓字彰。

兩番扶幼主，一念答先皇。清史書忠烈，應流百世芳。

卻說後主思念趙雲昔日之功，祭葬甚厚；封趙統為虎賁中郎將，趙廣為牙門將，就令守墳。二人辭謝而去。忽近臣奏曰：「諸葛丞相將軍馬分撥已定，即日將出師伐魏。」後主問在朝諸臣，諸臣多言未可輕動。後主疑慮未決。忽奏丞相令楊儀齎出師表至。後主宣入，儀呈上表章。後主就御案上拆開視之。其表曰：

先帝慮漢賊不兩立，王業不偏安，故託臣以討賊也。以先帝之明，量臣之才，故知臣伐賊，才弱敵強也。然不伐賊，王業亦亡。惟坐而待亡，孰與伐之？是以託臣而弗疑也。

臣受命之日，寢不安席，食不甘味。思惟北征，宜先入南；故五月渡瀘，深入不毛，並日而食，臣非不自惜也。顧王業不可偏安於蜀都，故冒危難以奉先帝之遺意，而議者謂為非計。今賊適疲於西，又務於東，兵法乘勞，此進趨之時也。謹陳其事如左：

高帝明並日月，謀臣淵深，然涉險被創，危然後安；今陛下未及高帝，謀臣不如良、平，而欲以長策取勝，坐定天下：此臣之未解一也。

劉繇、王朗各據州郡，論安言計，動引聖人，群疑滿腹，眾難塞胸；今歲不戰，明年不征，使孫權坐大，遂併江東：此臣之未解二也。

曹操智計，殊絕於人，其用兵也，彷彿孫吳；然困於南陽，險於烏巢，危於祁連，逼於黎陽，幾敗北山，殆死潼關，然後僞定一時耳。況臣才弱，而欲以不危而定之？此臣之未解三也。曹操五攻昌霸不下，四越巢湖不成。任用李服，而李服圖之；委任夏侯，而夏侯敗亡。先帝每稱操為能，猶有此失，況臣駑下，何能必勝？此臣之未解四也。

自臣到漢中，中間期年耳。然喪趙雲、陽群、馬玉、閻芝、丁立、白壽、劉郃、鄧銅等，及曲長屯將七十餘人。突將無前，賨叟青羌，散騎武騎一千餘人。此皆數十年之內，所糾合四方之精銳，非一州之所有。若復數年，則損三分之二也。當何以圖敵？此臣之未解五也。

今民窮兵疲，而事不可息；事不可息，則住與行，勞費正等；而不及早圖之，欲以一州之地，與賊持久：此臣之未解六也。

夫難平者，事也。昔先帝敗軍於楚，當此之時，曹操拊手，謂天下已定。然後先帝東連吳越，西取巴蜀，舉兵北征，夏侯授首。此操之失計，而漢事將成也。然後吳更違盟，關羽毀敗，秭歸蹉跌，曹丕稱帝。凡事如是，難可逆料。臣鞠躬盡瘁，死而後已，至於成敗利鈍，非臣之明所能逆覩也。

後主覽表甚喜，即勅令孔明出師。孔明受命，起三十萬大兵，令魏延總督前部先鋒，逕奔陳倉道口而來。

早有細作報入洛陽。司馬懿奏知魏主，大會文武商議。大將軍曹真出班奏曰：「臣昨守隴西，功微罪大，不勝惶恐。今乞引大軍往擒諸葛亮。臣近得一員大將，使六十斤大刀，騎千里征駝馬，開兩石鐵胎弓，暗藏三個流星鎚，百發百中；有萬夫不當之勇。乃隴西狄道人；姓王，名雙，字子全。臣保此人為先鋒。」

叡大喜，便召王雙上殿。視之，身長九尺，面黑睛黃，熊腰虎背。叡笑曰：「朕得此大將，有何慮哉！」遂賜錦袍金甲，封為虎威將軍前部大先鋒。曹真為大都督。真謝恩出朝，遂引十五萬精兵，會合郭淮、張郃，分道把守隘口。

卻說蜀兵前隊哨至陳倉，回報孔明，說「陳倉道口已築起一城，內有一將郝昭把守，深溝高壘，遍排鹿角，十分謹嚴；不如棄了此城，從太白嶺烏道出祁山甚便」。孔明曰：「陳倉正北是街亭，必得此城，方可進兵。」命魏延引兵到城下，四面攻之。連日不能破，魏延復來告孔明，說城難破。孔明大怒，欲斬魏延。忽帳下一人告曰：「某雖無才，隨丞相多年，未嘗報效。願去陳倉城中，說郝昭來降，不用張弓隻箭。」

眾視之，乃部曲靳祥也。孔明曰：「汝用何言以說之？」祥曰：「郝昭與某，同是隴西人氏，自幼交契。某今到彼，以利害說之，必來降矣。」孔明即令前去。靳祥驟馬，逕到城下叫曰：「郝伯道，故人靳祥來見。」城上人報知郝昭。昭令開門放入，登城相見。昭問曰：「故人因何到此？」祥曰：「吾在西蜀孔明帳下，參贊軍機，待以上賓之禮。特令某來見公，有言相告。」昭勃然變色曰：「諸葛亮乃我國讎敵也！吾事魏，汝事蜀，各事其主！昔時為昆仲，今時為讎敵！汝再不必多言，便請出城！」

靳祥又欲開言，郝昭已出敵樓上了。魏兵急催上馬，趕出城外。祥回頭視之，見昭立定護心木欄桿。祥勒馬以鞭指之曰：「伯道賢弟，何太情薄耶？」昭曰：「魏國法度，兄所知也，吾受國恩，但有死而已。兄不必下說詞，早回見諸葛亮，教快來攻城，吾不懼也！」祥回見孔明曰：「郝昭未等某開言，就先阻卻。」孔明曰：「汝可再去見他，以利害說之。」

祥又到城下，請郝昭相見。昭出到敵樓上。祥勒馬高叫曰：「伯道賢弟，聽吾忠言。汝據守一孤城，怎拒數十萬之眾？今不早降，後悔無及！且不順大漢而事奸魏，抑何不知天命，不辨清濁乎？願伯道思之。」郝昭大怒；拈弓搭箭，指靳祥而喝曰：「吾前言已定，汝不必再言！可速退！吾亦不射汝！」

靳祥回見孔明，具言郝昭如此光景。孔明大怒曰：「匹夫無禮太甚！豈欺吾無攻城之具耶？」隨叫土人問曰：「陳倉城中，有多少人馬？」土人告曰：「雖不知的數，約有三千人。」孔明笑曰：「量此小城，安能禦我！休等他救兵到，火速攻之！」

於是軍中起百乘雲梯。一乘上可立十數人，周圍用木板遮護。軍士各把短梯軟索，聽軍中擂鼓，一齊上城。郝昭在城上，望見蜀兵裝起雲梯，四面而來，即令三千軍各執火箭，分布四面；待雲梯近城，一齊射之。

孔明只道城中無備，故大造雲梯，令三軍鼓噪吶喊而進；不期城上火箭齊發，雲梯盡焚，梯上軍士多被燒死。城上矢石如雨，蜀兵皆退。孔明大怒曰：「汝燒吾雲梯，吾卻用『衝車』之法！」

於是連夜安排下衝車。次日，又四面鼓噪吶喊而進。郝昭急命運石鑿眼，用葛索穿定飛打，衝車皆被打折。孔明又令人運土填城壕，教廖化引三千鍬钁軍，從夜間掘地道，暗入城去。郝昭又於城中掘重壕橫截之。如此晝夜相攻，二十餘日，無計可破。

孔明心中憂悶。忽報：「東邊救兵到了，旗上大書『魏先鋒大將王雙』。」孔明問曰：「誰可迎之？」魏延曰：「某願往。」孔明曰：「汝乃先鋒大將，未可輕出。」又問：「誰敢迎之？」裨將謝雄應聲而出。孔明與三千軍去了。孔明又問曰：「誰敢再去？」裨將龔起應聲要去。孔明亦與三千兵去了。孔明恐城內郝昭引兵衝出，乃把人馬退二十里下寨。

卻說謝雄引軍前行，正遇王雙；戰不三合，被雙一刀劈死。蜀兵敗走。雙隨後趕來。龔起接著，交馬只三合，亦被雙所斬。敗兵回報孔明。孔明大驚，忙令廖化、王平、張嶷三人出迎。兩陣對圓，張嶷出馬。王平、廖化壓住角。王雙縱馬，來與張嶷交馬數合，不分勝負。雙詐敗便走，嶷隨後趕去。王平見張嶷中計，忙叫曰：「休趕！」

嶷急回馬時，王雙流星鎚早到，正中其背。嶷伏鞍而走，雙回馬趕來。王平、廖化截住，救得張嶷回陣。王雙驅兵大殺一陣，蜀兵折傷甚多。嶷吐血數口，回見孔明，說：「王雙英雄無敵；如今將二萬兵就陳倉城外下寨，四面立起排柵，築起重城，深挖濠塹，守禦甚嚴。」

孔明見折二將，張嶷又被打傷，即喚姜維曰：「陳倉道口，這條路不可行。別有何策？」維曰：「陳倉城池堅固，郝昭守禦甚密；又得王雙相助，實不可取。不若令一大將，依山傍水，下寨固守；再令良將把守要道，以防街亭之攻；卻引大軍去襲祁山，某卻如此如此用計，可捉曹真也。」

孔明從其言，即令王平、李恢引二千兵守街亭小路；魏延引一軍守陳倉口。馬岱為先鋒，關興、張苞為前後救應使。從小徑出斜谷，望祁山進發。

此是二出祁山。

卻說曹真因思前番被司馬懿奪了功勞，因此到洛口分調郭淮、孫禮，東西把守；又聽得陳倉道口告急，已令王雙去救，聞知王雙斬將立功，大喜，乃令中護軍大將費耀，權攝前部總督，諸將各自把守隘口。忽報山谷中捉得細作來見。曹真令押入，跪於帳下。其人告曰：「小人不是奸細，乃有機密來見都督，誤被伏路軍捉來，乞退左右。」真乃教去其縛，左右暫退。其人告曰：「某乃姜伯約心腹人也，蒙本官遣送密書。」真曰：「書安在？」其人於貼肉衣內取出呈上，真拆視之，曰：

罪將姜維百拜，書呈大都督曹麾下：維念世食魏祿，忝守邊城；叨竊厚恩，無門補報。昨日誤遭諸葛亮詭計，陷身於巔崖之中。思念舊國，何日忘之？今幸蜀兵西出，諸葛亮甚不相疑。賴都督親提大兵而來，如遇敵人，可以詐敗。維當在後，以舉火為號，先燒蜀人糧草，卻以大兵翻身掩之，則諸葛亮可擒也。非敢立功報國，實欲自贖前罪。倘蒙照察，速須來命。

曹真看畢大喜曰：「此天使吾成功也！」遂重賞來人，便令回報，依期會合。真喚費耀商議曰：「今姜維暗獻密書，令吾如此如此。」耀曰：「諸葛亮多謀，姜維智廣，或者是諸葛亮所使，恐其中有詐。」真曰：「他原是魏人，不得已而降蜀，又何疑乎？」耀曰：「都督不可輕進，只守定本寨。某願引一軍接應姜維，如成功，歸都督；倘有奸計，某自支當。」

太便宜了曹真。

真大喜，遂令費耀引兵五萬，望斜谷而進。行了兩三程，屯下軍馬，令人哨探。當日申時分，回報「斜谷道中，有蜀兵來也」。耀忙催進兵。蜀兵未及交戰先退，耀令兵追之，蜀兵又來，方欲對陣，蜀兵又退。如此者三次。俄延至次日申時分，魏兵一日一夜，不曾敢歇，只恐蜀兵攻擊。方欲屯軍造飯，忽然四面喊聲大震，鼓角齊鳴，蜀兵漫山遍野而來。

門旗開處，閃出一輛四輪車，孔明端坐其上，令人請魏軍主將答話。耀縱馬而出，遙見孔明，心中暗喜，回顧左右曰：「如蜀兵掩至，便退後走。若見山後火起，卻回身殺去，自有兵來相應。」分付畢，躍馬出呼曰：「前者敗將，今何敢又來！」孔明曰：「汝喚曹真來答話！」耀罵曰：「曹都督乃金枝玉葉，安肯與反賊相見乎！」

孔明大怒，把羽扇一招，左有馬岱，右有張嶷，兩路兵衝出。魏兵便退。行不到三十里，望見蜀兵背後火起，喊聲不絕。費耀只道火號，便回身殺來。蜀兵齊退。耀提刀在前，只望喊處追趕。將次近火，山路中鼓角喧天，喊聲震地。兩軍殺出，左有關興，右有張苞。山上矢石如雨，往下射來。魏兵大敗。費耀知是中計，急退軍望山谷中而走，人困馬乏。背後關興引生力軍趕來，魏兵自相踐踏及落澗身死者，不知其數。耀逃命而走，正遇山坡口一彪軍，乃是姜維。耀大罵曰：「反賊無信！吾不幸誤中汝之奸計也！」維笑曰：「吾欲擒曹真，誤賺汝矣！速下馬受降！」耀躍馬奪路，望山谷中而走。忽見谷中火光沖天，背後追兵又至。耀自刎身死，餘眾盡降。

孔明連夜驅兵，直至祈山前下寨，收住軍馬，重賞姜維。維曰：「某恨不得殺曹真也。」孔明亦曰：「可惜大計小用矣。」

是曹真替死鬼。

卻說曹真聽知折了費耀，悔之無及，遂與郭淮商議退兵之計。於是孫禮、辛毗星夜具表申奏魏主，言蜀兵又出祁山，曹真損兵折將，勢甚危急。叡大驚，即召司馬懿入內曰：「曹真損兵折將，蜀兵又出祁山，卿有何策，可以退之？」懿曰：「臣已有退諸葛亮之計。不用耀武揚威，蜀兵自然走矣。」正是：

已見子丹無勝術，全憑仲達有良謀。未知其計如何，且看下文分解。

第九八回　追漢軍王雙受誅　襲陳倉武侯取勝

司馬懿之意，只是利在不戰。

卻說司馬懿奏曰：「臣嘗奏陛下，言孔明必出陳倉，故以郝昭守之。今果然矣。彼若從陳倉入寇，運糧甚便。今幸有郝昭、王雙把守，不敢從此路運糧。其餘小道，搬運艱難。臣算蜀兵行糧止有一月，利在急戰。我軍只宜久守。陛下可降詔，令曹真堅守諸路關隘，不要出戰。不須一月，蜀兵自退。那時乘虛擊之，諸葛亮可擒也。」叡欣然曰：「卿既有先見之明，何不自引一軍以襲之？」懿曰：「臣非惜身重命，實欲存下此兵，以防東吳陸遜耳。孫權不久必將僭號稱尊；如稱尊號，恐陛下伐之，定先入寇也。臣故欲以兵待之。」

正言間，忽近臣奏曰：「曹都督奏報軍情。」懿曰：「陛下可即令人告戒曹真：凡追趕蜀兵，必須觀其虛實，不可深入重地，以中諸葛亮之計。」叡即時下詔，遣太常卿韓暨持節告戒曹真：「切不可戰，務在謹守；只待蜀兵退去，方可擊之。」司馬懿送韓暨於城外，囑之曰：「吾以此功讓與子丹，公見子丹，休言是吾所陳之意，只道天子降詔，教保守為上。追趕之人，切要仔細，勿遣性急氣躁者追之。」暨辭去。

卻說曹真正升帳議事，忽報天子遣太常卿韓暨持節至。真出寨接入；受詔已畢，退與郭淮、孫禮計議。淮笑曰：「此乃司馬仲達之見也。」真曰：「此見若何？」淮曰：「此言深識諸葛亮用兵之法。久後能禦蜀兵者，必仲達也。」真曰：「倘蜀兵不退，又將如何？」淮曰：「可密令人去教王雙，引兵於小路哨巡，彼自不敢運糧。待其糧盡兵退，乘勢追擊，可獲全勝。」

孫禮曰：「某去祁山虛裝做運糧兵，車上盡裝乾柴茅草，以硫黃燄硝灌之，卻教人虛報隴西運糧到。若蜀兵無糧，必然來搶。待入其中，放火燒車，外以伏兵應之，可勝矣。」真喜曰：「此計大妙！」即令孫禮引兵依計而行。又遣人教王雙於小路巡哨，郭淮引兵提調箕谷、街亭，令諸路軍馬把守險要。真又令張遼子張虎為先鋒，樂進子樂綝為副先鋒，同守頭營，不許出戰。

卻說孔明在祁山寨中，每日令人挑戰，魏兵堅守不出。孔明喚姜維商議曰：「魏兵堅守不出，是料吾軍中無糧也。今陳倉轉運不通，其餘小路盤涉❶艱難，吾算隨軍糧草，不敷一月用度，如之奈何？」

正躊躇間，忽報隴西魏軍運糧數千車於祁山之西，運糧官乃孫禮也。孔明曰：「其人如何？」有魏人告曰：「此人曾隨魏主出獵於大石山。忽驚起一猛虎，直奔御前，孫禮下馬拔劍斬之。從此封為上將軍。乃曹真心腹人也。」

孔明笑曰：「此是魏將料吾乏糧，故用此計。車上裝載者，必是茅草引火之物。吾平生專用火攻，彼乃欲以此計誘我耶？彼若知吾軍去劫糧草，必來劫我寨矣。可將計就計而行。」遂喚馬岱分付曰：「汝引三千軍逕到魏兵屯糧之所，不可入營，但於上風頭放火。若燒著車仗，魏兵必來圍吾寨。」又差馬忠、張嶷各引五千兵在外圍住，內外夾攻。

三人受計去了。又喚關興、張苞分付曰：「魏兵頭營接連四通之路。今晚若山西火起，魏兵必來劫

司馬懿所算，又在孔明算中。

❶ 盤涉：山路紆迴，多涉溪澗的意思。

吾營。汝二人卻伏於魏寨左右。等他兵出寨，汝二人便可劫之。」又喚吳班、吳懿分付曰：「汝二人各引一軍伏於營外。若魏兵到，可截其歸路。」

孔明分撥已畢，自在祁山上凭高而坐。魏兵探知蜀兵要來劫糧，慌忙報與孫禮。禮令人飛報曹真。真遣人去頭營分付張虎、樂綝：「看今夜山西火起，蜀兵必來救應。可以出軍，如此如此。」二人受計，令人登樓專看火號。

卻說孫禮把軍伏於山西，只待蜀兵到。是夜二更，馬岱引三千兵來，人皆銜枚，馬皆勒口。逕到山西，見許多車仗，重重疊疊，攢遶成營，車仗虛插旌旗。正值西南風起，岱令軍士逕去營南放火，車仗盡著，火光沖天。

孫禮只道蜀兵到魏寨內放火號，急引兵一齊掩至。背後鼓角喧天，兩路兵殺來，乃是馬忠、張嶷，把魏兵圍在垓心。孫禮大驚。又聽得魏軍中喊聲起，一彪軍從火光邊殺來，乃是馬岱。內外夾攻，魏兵大敗。火緊風急，人馬亂竄，死者無數。孫禮引中傷軍，沖煙冒火而走。

卻說張虎在營中，望見火光沖天，大開寨門，與樂綝盡引人馬，殺奔蜀寨來，寨中不見一人；急收軍回時，吳班、吳懿兩路兵殺出，斷其歸路。張、樂二將急衝出重圍，奔回本寨，只見土城之上，箭如飛蝗。原來卻被關興、張苞襲了營寨。魏兵大敗，皆投曹真寨來，方欲入寨，忽見一彪敗軍飛奔而來，乃是孫禮；遂同入寨見真，各言中計之事。

真聽知，謹守大寨，更不出戰。蜀兵得勝，回見孔明。孔明密令人授計與魏延，一面教拔寨齊起。楊儀曰：「今已大勝，挫盡魏兵銳氣，何故反欲收兵？」孔明曰：「吾兵無糧，利在急戰。今彼堅守不

巧於退兵，軍師妙計。

出，吾受其病矣。彼今雖暫時兵敗，中原必有增益。若以輕騎襲吾糧道，那時要歸不能。今乘魏兵新敗，不敢正視蜀兵，便可出其不意，乘機退去。所憂者但魏延一軍，在陳倉道口拒住王雙，急不能脫身。吾已令人授以密計殺王雙，使魏人不敢來追，只令後隊先行。」當夜孔明只留金鼓守在寨中打更。一夜兵已盡退，只落空營。

卻說曹真正在寨中憂悶，忽報左將軍張郃領兵到。郃下馬入帳謂真曰：「某奉聖旨，特來聽調。」真曰：「曾別仲達否？」郃曰：「仲達分付云：『吾軍勝，蜀兵必不退；若吾軍敗，蜀兵必即去矣。』今吾軍失利，都督曾往哨探蜀兵消息否？」真曰：「未也。」於是即令人往探之，果是虛營，只插著數十面旌旗，兵已去了二日也。曹真懊悔無及。

且說魏延受了密計，當夜二更拔寨，急回漢中。早有細作報知王雙，雙大驅軍馬，併力追趕。追到二十餘里，看看趕上，見魏延旗號在前，雙大叫曰：「魏延休走！」蜀兵更不回頭。雙拍馬趕來。背後魏兵大叫曰：「城外寨中火起，恐中敵人奸計。」

雙急勒馬回時，只見一片火光沖天，慌令退兵。行到山坡左側，忽一騎馬從林中驟出，大叱曰：「魏延在此！」王雙大驚，措手不及，被延一刀砍於馬下。魏兵疑有埋伏，四散逃走。延手下只有三十騎人馬，望漢中緩緩而行。後人有詩讚曰：

孔明妙算勝孫龐，耿若長星照一方。
進退行兵神莫測，陳倉道口斬王雙。

原來魏延受了孔明密計，先教存下三十騎，伏於王雙營邊；只待王雙起兵趕時，卻去他營中放火；待他回營，出其不意，突出斬之。魏延引兵斬了王雙，回到漢中見孔明，交割了人馬。孔明設宴大會，不在話下。

且說張郃追蜀兵不上，回到寨中。忽有陳倉城郝昭差人申報，言王雙被斬。曹真聞知，傷感不已，因此憂成疾病；遂回洛陽，命郭淮、孫禮、張郃守長安諸道。

卻說吳主孫權設朝，有細作人報知：「蜀諸葛丞相出兵兩次，魏都督曹真兵損將亡。」於是群臣皆勸吳王興師伐魏，以圖中原。權猶豫未決。張昭奏曰：「近聞武昌東山，鳳凰來儀；大江之中，黃龍屢現。主公德配唐、虞，明並文、武，可即皇帝位，然後興兵。」多官皆應曰：「子布之言是也。」遂選定夏四月丙寅日，築臺於武昌南郊。是日群臣請權登壇即皇帝位，改黃武八年為黃龍元年。諡父孫堅為武烈皇帝。母吳氏為武烈皇后，兄孫策為長沙桓王。立子孫登為皇太子。命諸葛瑾長子諸葛恪為太子左輔，張昭次子張休為太子右弼。

恪字元遜，身長七尺，極聰明，善應對。權甚愛之。年六歲時，值東吳宴會，恪隨父在座。權見諸葛瑾面長，及令人牽一驢來，用粉筆書其面曰：「諸葛子瑜。」眾皆大笑。恪趨至前，取粉筆書二字於其下曰：「諸葛子瑜之驢。」滿座之人，無不驚訝。權大喜，遂將驢賜之。

又一日，大宴官僚，權命恪把盞。巡至張昭面前，昭不飲曰：「此非養老之禮也。」權謂恪曰：「汝能強子布飲乎？」恪領命，乃謂昭曰：「昔姜尚父年九十，秉旄仗鉞，未嘗言老。今臨陣之日，先生在後；飲酒之日，先生在前；何謂不養老也？」張昭無言可答，只得強飲。權因此愛之，故命輔太子。張

頗覺前番之受九錫之無謂否？

昭佐吳王，位列三公之上，故以其子張休為太子右弼。又以顧雍為丞相，陸遜為上將軍，輔太子守武昌。權復還建業。群臣共議伐魏之策。張昭奏曰：「陛下初登寶位，未可動兵。只宜修文偃武，增設學校，以安民心；遣使入川，與蜀同盟，共分天下，緩緩圖也。」

權從其言，即令使命星夜入川，來見後主。禮畢，細奏其事。後主聞知，遂與群臣商議。眾議皆謂孫權僭越，宜絕其盟好。蔣琬曰：「可令人問於丞相。」後主即遣使到漢中問孔明。孔明曰：「可令人齎禮物入吳作賀，乞遣陸遜興師伐魏。魏必令司馬懿拒之。懿若南拒東吳，我再出祁山，長安可圖也。」

後主依言，遂令太尉楊震，將名馬玉帶、金珠寶貝，入吳作賀。震至東吳，見了孫權，呈上國書。權大喜，設宴相待，打發回蜀。權召陸遜入，告以西蜀約會興兵伐魏之事。遜曰：「此乃孔明懼司馬懿之謀也。既與同謀，不得不從。今卻虛作起兵之勢，遙與蜀兵為應。待孔明攻魏急，吾可乘虛取中原也。」即時下令，教荊、襄各處都要訓練人馬，擇日興師。

卻說陳震回到漢中，報知孔明。孔明尚憂陳倉不可輕進，先令人去哨探。回報說：「陳倉城中郝昭病重。」孔明曰：「大事成矣。」遂喚魏延、姜維分付曰：「汝二人領五千兵，星夜直奔陳倉城下；如見火起，併力攻城。」

二人俱未深信，又來問曰：「何日可行？」孔明曰：「三日都要完備；不須辭我，即便起行。」二人受計去了。又喚關興、張苞至，附耳低言，如此如此。二人各受密計而去。

且說郭淮聞郝昭病重，乃與張郃商議曰：「郝昭病重，你可速去替他。我自寫表申奏朝廷，別行定奪。」張郃引著三千兵，急來替郝昭。

時郝昭病危。當夜正呻吟之間，忽報蜀兵到城下了。昭急令人上城把守。時各門上火起，城中大亂。昭聽知驚死。蜀兵一擁入城。

卻說魏延、姜維引兵到陳倉城下看時，並不見一面旗號，又無打更之人。二人驚疑，不敢攻城。忽聽得一聲砲響，四面旗幟齊豎。只見一人綸巾羽扇，鶴氅道袍，大叫曰：「汝二人來的遲了。」二人視之，乃孔明也。

二人慌忙下馬，拜伏於地曰：「丞相真神計也！」孔明令放入城，謂二人曰：「吾打探得郝昭病重，吾令汝三日內領兵取城，此乃穩眾人之心也。吾卻令關興、張苞只推點軍，暗出漢中。吾即藏於軍中，星夜倍道逕到城下，使彼不能調兵。吾早有細作在城內放火，發喊相助，令魏兵驚疑不定。兵無主將，必自亂矣。吾因而取之，易如反掌。兵法云：『出其不意，攻其無備。』正謂此也。」

魏延、姜維拜伏。孔明憐郝昭之死，令彼妻小扶靈柩回魏，以表其忠。孔明謂魏延、姜維曰：「汝二人且莫卸甲，可引兵去襲散關。把關之人，若知兵到，必然驚走。若稍遲便有魏兵至關，即難攻矣。」魏延、姜維受命，引兵逕到散關。把關之人，果然盡走。二人上關纔要卸甲，遙見關外塵頭大起，魏兵到來。二人相謂曰：「丞相神算，不可測度！」急登樓視之，乃魏將張郃也。二人乃分兵守住險道。張郃見蜀兵守住要道，遂令退軍。魏延隨後追殺一陣。魏兵死者無數，張郃乃大敗而去。

魏延回到關上，令人報知孔明。孔明先自領兵，出陳倉斜谷，取了建威。後面蜀兵陸續進發。後主又命大將陳式來助。孔明驅大兵復出祁山。

安下營寨，孔明聚眾言曰：「吾二出祁山，未得其利；今又到此，吾料魏人必依舊戰之地，與吾相

正不知火自何來？

三出祁山。

敵。彼意疑我取雍、郿二處，必以兵拒守；吾觀武都、陰平與漢連接，若得此二郡，亦可分魏兵之勢。何人敢取之？」姜維曰：「某願往。」王平亦曰：「某亦願往。」孔明大喜；遂令姜維引兵一萬取武都，王平引兵一萬取陰平。二人受計去了。

再說張郃回到長安，見郭淮、孫禮說：「陳倉已失，郝昭已亡，散關亦被蜀兵占了。今孔明復出祁山，分道進兵。」淮大驚曰：「若如此，必取雍、郿矣！」乃留張郃守長安，令孫禮保雍城。淮自引兵星夜來郿城守禦，一面上表入洛陽告急。

卻說魏主曹叡設朝，近臣奏曰：「陳倉城已失，郝昭已亡，諸葛亮又出祁山，散關亦被蜀兵奪了。」叡大驚。忽又奏滿寵等有表說：「東吳孫權僭稱帝號，與蜀同盟。今遣陸遜在武昌訓練人馬，聽候調用。只在旦夕，必入寇矣。」

叡聞知兩處危急，舉止失措，甚是驚慌。此時曹真病未痊，即召司馬懿商議。懿曰：「以臣愚意所料，東吳必不舉兵。」叡曰：「卿何以知之？」懿曰：「孔明嘗思報猇亭之讎，非不欲吞吳也，只恐中原乘虛擊彼，故暫與東吳聯盟。陸遜亦知其意，故假作興兵之勢以應之，實是坐觀成敗耳。陛下不必防吳，只須防蜀。」叡曰：「卿真高見！」遂封懿為大都督，總攝隴西諸路軍馬，令近臣取曹真總兵將印來。懿曰：「臣自去取之。」遂辭帝出朝，逕到曹真府下，先令人入府報知，懿方進見。

問病畢，懿曰：「東吳、西蜀會合興兵入寇，今孔明又出祁山下寨，明公知之乎？」真驚訝曰：「吾家人知我病重，不令我知之。似此國家危急，何不拜仲達為都督，以退蜀兵耶？」懿曰：「某才薄智淺，不稱其職。」真曰：「取印與仲達。」懿曰：「都督少慮。某願助一臂之力，只不敢受此印也。」真躍

不出武侯所料。

極寫司

馬懿之詐。

起曰：「如仲達不領此任，中國危矣！吾當抱病見天子以保之！」懿曰：「天子已有恩命，但懿不敢受耳。」真大喜曰：「仲達今領此任，可退蜀兵。」懿見真再三讓印，遂受之，辭了魏主，引兵往長安來與孔明決戰。正是：舊帥印為新帥取，兩路兵惟一路來。未知勝負如何，且看下文分解。

第九九回　諸葛亮大破魏兵　司馬懿入寇西蜀

蜀漢建興七年，夏四月，孔明兵在祁山，分作三寨，專候魏兵。

卻說司馬懿引兵到長安，張郃接見，備言前事。懿令郃為先鋒，戴凌為副將，引十萬兵到祁山，於渭水之南下寨。郭淮、孫禮入寨參見。懿問曰：「汝等曾與蜀兵對陣否？」二人答曰：「未也。」懿曰：「蜀兵千里而來，利在速戰；今來此不戰，必有謀也。隴西諸路，曾有信息否？」淮曰：「已有細作探知各郡十分用心，日夜提防，並無他事。只有武都、陰平二處，未曾回報。」懿曰：「吾自差人與孔明交戰。汝二人急從小路去救二郡，卻掩在蜀兵之後，彼必自亂矣。」

二人受計，引五千兵，從隴西小路來救武都、陰平，就襲蜀兵之後。郭淮於路謂孫禮曰：「仲達比孔明如何？」禮曰：「孔明勝仲達多矣。」淮曰：「孔明雖勝，此一計足顯仲達有過人之智。蜀兵如正攻兩郡，我等自後抄到，彼豈不自亂乎？」

正言間，忽哨馬來報：「陰平已被王平打破了。武都已被姜維打破了。前離蜀兵不遠。」禮曰：「蜀兵既已打破了城池，如何陳兵於外？必有詐也，不如速退。」

郭淮從之。方傳令教軍退時，忽然一聲砲響，山背後閃出一枝軍馬來，旗上大書「漢丞相諸葛亮」；中央一輛四輪車，孔明端坐於上；左有關興，右有張苞。孫、郭二人見之，大驚。孔明大笑曰：「郭淮、孫禮休走！司馬懿之計，安能瞞得過吾？他每日令人在前交戰，卻教汝等襲吾軍後。武都、陰平吾已取了。汝二人不早來降，欲驅兵與吾決戰耶？」

（司馬懿所算，已在孔明算中。）

郭淮、孫禮聽畢，大慌。忽然背後喊殺連天，王平、姜維引兵從後殺來。興、苞二將又引兵從前面殺來。兩面夾攻，魏兵大敗。郭、孫二人棄馬爬山而走。張苞望見，縱馬趕來；不期連人帶馬，跌入澗內。後軍急忙救起，頭已跌破，孔明令人送回成都養病。

卻說郭、孫二人走脫，回見司馬懿曰：「武都、陰平二郡已失。孔明伏於要路，前後攻殺，因此大敗，棄馬步行，方得逃回。」懿曰：「非汝等之罪，孔明智在吾先。可再引兵把守雍、郿二城，切勿出戰。吾自有破敵之策。」

二人拜辭而去。懿又喚張郃、戴淩分付曰：「今孔明得了武都、陰平，必然撫百姓以安民心，不在營中矣。汝二人各引一萬精兵，今夜起身，抄在蜀兵之後，一齊奮勇殺將過來；吾卻引兵在前布陣，只待蜀兵勢亂，吾大驅人馬，攻殺進去：兩軍併力可奪蜀寨也。若得此地山勢，破敵何難？」

二人受計引兵而去。戴淩在左，張郃在右，各取小路進發，深入蜀兵之後。三更時分，來到大路，兩軍相遇，合兵一處，卻從蜀兵背後殺來。行不到三十里，前軍不行。張、戴二人自縱馬視之，只見數百輛草車，橫截去路。郃曰：「此必有準備。可急取路而回。」

纔傳令退兵，只見滿山火光齊明，鼓聲大震，伏兵四下皆出，把二人圍住。孔明在祁山上大叫曰：「戴淩、張郃可聽吾言。司馬懿料吾往武都、陰平撫民，不在營中，故令汝二人來劫吾寨，卻中吾之計也。汝二人乃無名下將，吾不殺害，下馬早降！」郃大怒，指孔明而罵曰：「汝乃山野村夫，侵吾大國境界，如何敢發此言！吾若捉住汝時，碎屍萬段！」言訖，縱馬挺槍，殺上山來。山上矢石如雨。郃不能上山，乃拍馬舞槍，衝出重圍，無人敢當。蜀兵困戴凌在垓心。郃殺出，不見戴凌，即奮勇翻身又殺入重圍，救出戴凌而回。孔明在山上，見郃在萬軍之中，往來衝突。英勇倍加，乃謂左右曰：「嘗聞張翼德大戰張郃，人皆驚懼。吾今日見之，方知其勇也。若留下此人，必為蜀中之害。吾當除之。」遂收兵回營。

卻說司馬懿引兵布成陣勢，只待蜀兵亂動，一齊攻之。忽見張郃、戴凌狼狽而來，告曰：「孔明先如此提防，因此大敗而回。」懿大驚曰：「孔明真神人也！不如且退。」即傳令教大軍盡回本寨，堅守不出。

堅守不出，是他看家拳頭。

且說孔明大勝，所得器械馬匹，不計其數，乃引大軍回寨。每日令魏延挑戰，魏兵不出。一連半月，不曾交戰。孔明正在帳中議事，忽報天子使侍中費禕齎詔至。孔明接入營中，焚香禮畢，開詔讀曰：

街亭之役，咎由馬謖；而君引愆，深自貶抑。重違君意，聽順所守。前年耀師，馘斬王雙；今歲爰征，郭淮遁走；降集氐羌，復興二郡；威震凶暴，功勳顯然。方今天下騷擾，元惡未梟，君受大任，幹國之重，而久自抑損，非所以光揚洪烈也。今復君丞相，君其勿辭！

孔明聽詔畢，謂費禕曰：「吾國事未成，安可復丞相之職？」堅辭不受。禕曰：「丞相若不受職，拂了天子之意，又冷淡了將士之心；宜且權受。」孔明方纔拜受。禕辭去。

孔明見司馬懿不出，思得一計，傳令教各處皆拔寨而起。當有司馬懿細作探知，說孔明退兵了。懿曰：「孔明必有大謀，不可輕動。」張郃曰：「此必因糧盡而回，如何不追？」懿曰：「吾料孔明上年大收，今又麥熟，糧草豐足；雖然轉運艱難，亦可支吾半載。安肯便走？彼見吾連日不出，故作此計引誘。可令人遠遠哨之。」

軍士探知，回報說：「孔明離此三十里下寨。」懿曰：「吾料孔明果不走。且堅守寨柵，不可輕進。」住了旬日，絕無信息，並不見蜀將來戰。懿再令人哨探，回報說：「蜀兵已起營去了。」懿未信，乃更換衣服，雜在軍中，親自來看，只見蜀兵又退三十里下寨。懿回營謂張郃曰：「此乃孔明之計也，不可追趕。」

又住了旬日，再令人哨探。回報說：「蜀兵又退三十里下寨。」郃曰：「孔明用緩兵之計，漸退漢中，都督何故懷疑，不早追之？郃願往決一戰！」懿曰：「孔明詭計極多，倘有差失，喪吾軍之銳氣，不可輕進。」郃曰：「某去若敗，甘當軍令。」懿曰：「既汝要去，可分兵兩枝。汝引一枝先行，須要奮力死戰。吾隨後接應，以防伏兵，汝次日先進，到半途駐紮，後日交戰，使兵力不乏。」

遂分兵已畢。次日，張郃、戴淩引副將數十員，精兵三萬，奮勇先進，到中途下寨。司馬懿留下許多軍馬守寨，只引五千精兵，隨後進發。原來孔明密令人哨探，見魏兵半路而歇。是夜；孔明喚眾將商議曰：「今魏兵來追，必以死戰，汝等須以一當十，吾以伏兵截其後。非智勇之將，不可當此任。」

寫仲達十分周密，不比他人。

言訖，以目視魏延，延低頭不語。王平出曰：「某願當之。」孔明曰：「若有失，如何？」平曰：「願當軍令。」孔明曰：「王平肯捨身親冒矢石，真忠臣也！雖然如此，奈魏兵分兩枝前後而來，斷吾伏兵在中，平縱然智勇，只可當一頭，豈可分身兩處？須再得一將同去為妙。怎奈軍中再無捨死當先之人！」

言未畢，一將出曰：「某願往！」孔明視之，乃張翼也。孔明曰：「張郃乃魏之名將，有萬夫不當之勇，汝非敵手。」翼曰：「若有失事，願獻首於帳下。」孔明曰：「汝既敢去，可與王平各引一萬精兵伏於山谷中；只待魏兵趕上，任他過盡，汝等卻引伏兵從後掩殺。若司馬懿隨後趕來，卻分兵兩頭：張翼引一軍當住後隊，王平引一軍截其前隊。兩軍須要死戰，吾自有別計相助。」

二人受計引兵而去。孔明又喚姜維、廖化分付曰：「與汝二人一個錦囊，引三千精兵，偃旗息鼓，伏於前山之上。如見魏兵圍住王平、張翼，十分危急，不必去救，只開錦囊看視，自有解危之策。」

二人受計引兵而去。又令吳班、吳懿、馬忠、張嶷四將，附耳分付曰：「如來日魏兵到，銳氣正盛，不可便迎，且戰且走。只看關興引兵來掠陣之時，汝等便回軍趕殺。吾自有兵接應。」

四將受計引兵而去。又喚關興分付曰：「汝引五千精兵，伏於山谷；只看山上紅旗颭動，卻引兵殺出。」興受計引兵而去。

卻說張郃、戴淩領兵前來，驟如風雨。馬忠、張嶷、吳懿、吳班四將接著，出馬交鋒。張郃大怒，驅兵追殺。蜀兵且戰且走；魏兵追趕約有二十餘里，時值六月天氣，十分炎熱，人馬汗如潑水，走到五十里外，魏兵盡皆氣喘。孔明在山上把紅旗一招，關興引兵殺出。馬忠等四將，一齊引兵掩殺回來。張郃、戴淩死戰不退。忽然喊聲大震，兩路軍殺出，乃王平、張翼也。各奮勇追殺，截其後路。張郃大叫眾將曰：「汝等到此，尚不決一死戰，更待何時！」

魏兵奮力衝突，不得脫身，忽然背後鼓角喧天，司馬懿自領精兵殺到。懿指揮眾將，把王平、張翼困在垓心。翼大呼曰：「丞相神人也！計已算定，必有良謀。吾等當決一死戰！」即分兵兩路：平引一軍截住張郃、戴凌；翼引一軍力當司馬懿。兩頭死戰，叫殺連天。

已在孔明算中。

姜維、廖化在山上探望，見魏兵勢大，蜀兵力危，漸漸抵當不住。維謂化曰：「如此危急，可開錦囊看計。」二人拆開視之，內書云：「若司馬懿兵來圍王平、張翼至急，汝二人可分兵兩枝，竟襲司馬懿之營，懿必急退，汝可乘亂攻之。營雖不得，可獲全勝。」二人大喜，即分兵兩路，逕向司馬懿營中而去。

原來司馬懿亦恐中孔明之計，沿途不住的令人傳報。懿正催戰間，忽流星馬飛報，言蜀兵分兩路逕取大寨去了。懿大驚失色，乃謂眾將曰：「吾料孔明有計，汝等不信，勉強追來，卻誤了大事！」即提兵急回，軍心惶惶亂走。張翼隨後掩殺，魏兵大敗。張郃、戴凌見勢孤，亦望山僻小路而走。蜀兵大勝。背後關興引兵接應諸路。

司馬懿大敗一陣，奔入寨時，蜀兵已自回去。懿收聚敗軍，責罵諸將曰：「汝等不知兵法，只憑血氣之勇，強欲出戰，致有此敗。今後切不許妄動。再有不遵，決正軍法！」眾皆驚慚而退。這一陣，死者極多，魏將遺棄馬匹器械無數。

卻說孔明收得勝軍馬入寨，又欲起兵進取。忽報有人自成都來，說張苞身死。孔明聞知，放聲大哭，口中吐血，昏絕於地。眾人救醒。孔明自此得病臥牀不起。諸將無不感激。後人有詩歎曰：

悍勇張苞欲建功，可憐天不助英雄。

武侯淚向西風洒，為念無人佐鞠躬。

旬日之後，孔明喚董厥、樊建入帳分付曰：「吾自覺昏沈，不能理事；不如且回漢中養病，再作良圖。汝等切勿走泄，司馬懿若知，必來攻擊。」遂傳號令，教當夜暗暗拔寨，皆回漢中。孔明去了五日，懿方得知，乃長歎曰：「孔明真有神出鬼沒之計，吾不能及也！」於是司馬懿留諸將在寨中，分兵把守各處隘口。懿自班師回。

卻說孔明將大軍屯於漢中，自回成都養病；文官武將出城迎接，送入丞相府中；後主御駕自來問病，命御醫調治，日漸痊可。

建興八年秋七月，魏都督曹真病可，乃上表說：「蜀兵數次侵界，屢犯中原，若不剿除，後必為患。今時值秋涼，人馬安閒，正當征伐。臣願與司馬懿同領大軍，逕入漢中，殄滅奸黨，以清邊境。」魏主大喜。問侍中劉曄曰：「子丹勸朕伐蜀，如何？」曄奏曰：「大將軍之言是也。今若不剿除，後必為大患。陛下便可行之。」叡點頭。曄出內回家，有眾大臣相探，問曰：「聞天子與公計議興兵伐蜀，此事如何？」曄應曰：「無此事也。蜀有山川之險，非可易圖。空費軍馬之勞，於國無益。」

漢不伐賊，賊必伐漢，果應出師表中之言。

眾官皆默然而退。楊暨入內奏曰：「昨聞劉曄勸陛下伐蜀，今日與眾臣議，又言不可伐，是欺陛下也。陛下何不召而問之？」叡即召劉曄入內。問曰：「卿勸朕伐蜀，今又言不可，何也？」曄曰：「臣細詳之，蜀不可伐。」叡大笑。少時，楊暨出內。曄奏曰：「臣昨勸陛下伐蜀，乃國之大事，豈可妄泄於人？夫兵者，詭道也。事未發，切宜秘之。」叡大悟曰：「卿言是也。」自此愈加敬重。

旬日內，司馬懿入朝，魏主將曹真表奏之事，逐一言之。懿奏曰：「臣料東吳必不敢動兵，今日正可乘此去伐蜀。」叡即拜曹真為大司馬征西大都督，司馬懿為大將軍征西副都督，劉曄為軍師。三人拜辭了魏主，引四十萬大兵，前行至長安，逕奔劍閣，來取漢中。其餘郭淮、孫禮等，各取路而行。

漢中人報入成都。此時孔明病好多時，每日操練人馬，習學八陣之法，盡皆精熟，欲取中原；聽得這個消息，遂喚王平、張嶷分付曰：「汝二人先引一千兵去守陳倉故道，以當魏兵；吾卻提大兵便來接應。」二人告曰：「人報魏兵四十萬，詐稱八十萬，聲勢甚大，如何只與一千兵去守隘口？倘魏兵大至，何以拒之？」孔明曰：「吾欲多與，恐士卒辛苦耳。」

只用一千兵，令人猜摸不出。

嶷與平面面相覷，皆不敢去。孔明曰：「若有疎失，非汝等之罪。不必多言，可疾去。」二人又哀告曰：「丞相若殺某二人，就此請殺，只不敢去。」孔明笑曰：「何其愚也！吾令汝等去，自有主見。吾昨夜仰觀天文，見畢星躔於太陰之分，此月內必有大雨淋漓。魏兵雖有四十萬，安敢深入險阻之地？因此不用多兵，決不受害。吾將大軍皆在漢中安居一月，待魏兵退，那時吾疾出以大兵掩之。以逸待勞，吾十萬之眾，可勝魏兵四十萬也。」

此處方才盡情說出。

二人聽畢，方大喜，拜辭而去。孔明遂統大軍出漢中，傳令教各處隘口，預備乾柴草料軍糧，俱夠一月人馬支用，以防秋雨；將大軍寬限一月，先給衣食，俟候出征。

卻說曹真、司馬懿同領大兵，逕到陳倉城內，不見一間房屋；尋土人問之，皆言孔明回時放火燒燬。曹真便要往陳倉道進發。懿曰：「不可輕進。我夜觀天文，見畢星躔於太陰之分，此月內必有大雨。若深入重地，或勝則可；倘有疎虞，人馬受苦，要退則難。且宜在城中搭起窩鋪❶住紮，以防陰雨。」

真從其言。未及半月，天雨大降，淋漓不止。陳倉城外，平地水深三尺，軍器盡溼，人不得睡，晝夜不安。大雨連降三十日，馬無料草，死者無數。軍士怨聲不絕。傳入洛陽，魏主設壇，求晴不得。黃門侍郎王肅上疏曰：

前志有之：「千里饋糧，士有饑色；樵蘇後爨，師不宿飽。」此謂平途之行軍者也。又況於深入險阻，鑿路而行，則其為勞，必相倍也。今又加之以霖雨，山坡峻滑，眾逼而不展，糧遠而難繼，實行軍之大忌也。

聞曹真發已踰月，而行未半谷，治道功大，戰士悉作；是彼偏得以逸待勞，乃兵家之所憚也。言之前代，則武王伐紂，出關而復還；論之近事，則武、文征權，臨江而不濟；豈非順天知時，通於權變者哉？願陛下念水雨艱劇之故，休息士卒；後日有釁，乘時用之。所謂悅以犯難，民忘其死者也。

魏主覽表，正在猶豫，楊阜、華歆亦上疏諫。魏主即下詔，遣使詔曹真、司馬懿還朝。

卻說曹真與司馬懿商議曰：「今連陰三十日，軍無戰心，各有思歸之意，如何禁止？」懿曰：「不如且回。」真曰：「倘孔明追來，怎生退之？」懿曰：「先伏兩軍斷後，方可退兵。」正議間，忽使命來召。二人於是將大軍前隊作後隊，後隊作前隊，徐徐而退。

卻說孔明計算一月秋雨，天氣未晴，自提一軍屯於城固，又傳令教大軍會於赤坡駐紮。孔明升帳喚

❶ 窩鋪：臨時搭蓋的草棚。

眾將言曰：「吾料魏兵必走，魏主必下詔來取曹真、司馬懿回兵。吾若追之，必有準備；不如任他且去，再作良圖。」忽王平令人來報說魏兵已回。孔明分付來人，傳與王平，不可追襲，吾自有破魏兵之策。正是：魏兵縱使能埋伏，漢相原來不肯追。未知孔明怎生破魏，且看下文分解。

第一〇〇回　漢兵劫寨破曹真　武侯鬬陣辱仲達

卻說眾將聞孔明不追魏兵，俱入帳告曰：「魏兵苦雨，不能屯紮，因此回去。正好乘勢追之，丞相如何不追。」孔明曰：「司馬懿善能用兵，今軍退必有埋伏。吾若追之，正中其計。不如縱他遠去，吾卻分兵逕出斜谷，而取祁山，使魏人不提防也。」

眾將曰：「取長安之地，別有路途，丞相只取祁山，何也？」孔明曰：「祁山乃長安之首也；隴西諸郡，倘有兵來，必經由此地。更兼前臨渭濱，後靠斜谷，左出右入，可以伏兵，乃用武之地，吾故欲先取此，得地利也。」

此之謂攻其無備。

眾將皆拜服。孔明令魏延、張嶷、杜瓊、陳式出箕谷；馬岱、王平、張翼、馬忠出斜谷；俱會於祁山。調撥已定，孔明自提大軍，令關興、廖化為先鋒，隨後進發。

卻說曹真、司馬懿二人，在後監督軍馬，令一軍往陳倉古道探視，回報說蜀兵不來。又行旬日，後面伏兵皆回，說蜀兵並無音耗。真曰：「連綿秋雨，棧道斷絕，蜀人豈知我等退兵耶？」懿曰：「蜀兵隨後出矣。」真曰：「何以知之？」懿曰：「連日晴明，蜀兵不趕，料吾有伏兵也，故縱吾兵遠去；待我兵過盡，他卻奪祁山矣。」

曹真不信。懿曰：「子丹如何不信？吾料孔明必從兩谷而來。吾與子丹各守一谷口，十日為期。若無蜀兵來，我面塗紅粉，身穿女衣，來營中伏罪。」真曰：「若有蜀兵來，我願將天子所賜玉帶一條，御馬一匹與你。」即分兵兩路：真引兵屯於祁山之西斜谷口；懿引軍屯於祁山之東箕谷口。

各下寨畢，懿先引一枝兵伏於山谷中；其餘兵馬，各於要路安營。懿更換衣裝，雜在眾軍之中，遍觀各營。忽到一營，見一偏將仰天而怨曰：「大雨淋了許多時，不肯回去，今又在這裡頓住，強要賭賽，卻不苦了官軍！」

懿聞言回寨升帳，聚眾將皆到帳下，挨出那將來。懿叱之曰：「朝廷養軍千日，用在一時。汝安敢口出怨言，以慢軍心。」其人不招。懿叫出同伴之人對證，那將不能抵賴。懿曰：「吾非賭賽，若勝蜀兵，令汝等各人有功回朝。汝乃妄出怨言，自取罪戾！」叱令武士推出斬之。須臾，獻首級於帳下。眾將悚然。懿曰：「汝等諸將皆要盡心以防蜀兵，聽吾中軍砲響，四面皆進。」眾將受命而退。

卻說魏延、張嶷、陳式、杜瓊四將，引二萬兵，取箕谷而進。正行之間，忽報參謀鄧芝到來，四將問其故。芝曰：「丞相有令：如出箕谷，提防魏兵埋伏，不可輕進。」陳式曰：「丞相用兵，何多疑耶？吾料魏兵連遭大雨，衣甲皆毀，必然急歸；安得又有埋伏？今吾兵倍道而進，可獲大勝，如何又教休進？」芝曰：「丞相計無不中，謀無不成，汝何敢違令？」式笑曰：「丞相若果多謀，不致有街亭之失！」

魏延想起孔明向日不聽其計，亦笑曰：「丞相若依吾言，逕出子午谷，此時休說長安，連洛陽皆得矣！今執定要出祁山，有何益耶？既令進兵，今又教休進，何其號令不明！」陳式曰：「吾自引五千兵，逕出箕谷，先到祁山下寨，看丞相羞也不羞！」芝再三阻當，式只不聽，逕自引五千兵出箕谷去了。鄧芝只得飛報孔明。

司馬懿之料武侯，又為武侯所料。

卻說陳式引兵行不數里，忽聽一聲砲響，四面伏兵皆出。式急退時，魏兵塞滿谷口，圍得鐵桶相似。式左衝右突，不能得脫。忽聞喊聲大震，一彪軍殺入，乃是魏延；救了陳式。回到谷中，五千兵只剩得四五百帶傷人馬。背後魏兵趕來，卻得杜瓊、張嶷引兵接應，魏兵方退。陳、魏二人方信孔明先見如神，懊悔不及。

且說鄧芝回見孔明言魏延、陳式如此無禮。孔明笑曰：「魏延素有反相，吾知彼常有不平之意；因憐其勇而用之。久後必生患害。」

正言間，忽流星馬報到，說陳式折了四千餘人，止有四五百帶傷人馬，屯在谷中。孔明再令鄧芝來箕谷撫慰陳式，防其生變；一面喚馬岱、王平分付曰：「斜谷若有魏兵把守，汝二人引本部軍越山嶺，夜行晝伏，速出祁山之左，舉火為號。」又喚馬忠、張翼分付曰：「汝等從山僻小路，晝伏夜行，逕出祁山之右，舉火為號，與馬岱、王平會合，共劫曹真營寨。吾自從谷中三面攻之，魏兵可破也。」四人領命，分頭引兵去了。孔明又喚關興、廖化分付曰：「如此如此。」二人受了密計，領兵而去。孔明自領精兵倍道而行。正行間，又喚吳班、吳懿授與密計，亦引兵先行。

卻說曹真心中不信蜀兵來，以此怠慢，縱令軍士歇息；只待十日無事，要羞司馬懿。不覺守了七日，忽有人報說谷中有些少蜀兵出來。真令副將秦良，引五千兵哨探，不許縱令蜀兵近界。秦良引兵剛到谷口，哨見蜀兵退去。良急引兵趕來，行到五六十里，不見蜀兵，心下疑惑，教軍士下馬歇息。忽哨馬報說：「前面有蜀兵埋伏。」良上馬看時，只見山中塵土大起，急令軍士提防。不一時，四壁廂喊聲大震，前面吳班、吳懿引兵殺出，背後關興、廖化引兵殺出。左右是山，皆無

此乃孔明所授密計也。

路走。山上蜀兵大叫：「下馬投降者免死！」魏軍大半皆降。秦良死戰，被廖化一刀斬於馬下。孔明把降卒拘於後軍，卻將魏兵衣甲與蜀兵五千人穿了，扮作魏兵，令關興、廖化、吳班、吳懿四將引著，逕奔曹真寨來；先令報馬入寨說：「只有些少蜀兵，已盡趕去了。」

真大喜。忽報司馬都督差心腹人至。真喚入問之。其人告曰：「今蜀兵用埋伏計，殺魏兵四千餘人。司馬都督致意將軍，教休將賭賽為念，務要用心防備。」真曰：「吾這裡並無一個蜀兵。」遂打發來人回去。忽又報秦良引兵回來。真自出帳迎之。比及到前，人報寨後兩處火起。真急回寨後看時，關興、廖化、吳班、吳懿四將，指揮蜀兵，就營前殺將進來。馬岱、王平從後面殺來；馬忠、張翼亦引兵殺到。魏軍措手不及，各自逃生。眾將保曹真望東而走，背後蜀兵趕來。

曹真正奔走，忽然喊聲大震，一彪軍殺到。真膽戰心驚；視之，乃司馬懿也。懿大戰一場，蜀兵方退。真得脫，羞慚無地。懿曰：「諸葛亮奪了祁山地勢，吾等不可久居此處；宜去渭濱安營，再作良圖。」真曰：「仲達何以知吾遭此大敗也？」懿曰：「見來人報稱子丹說並無一個蜀兵，吾料孔明暗來劫寨，因此知之，故相接應。今果中計，切莫言賭賽之事，只同心報國。」曹真甚是惶恐，氣成疾病，臥牀不起。兵屯渭濱，懿恐軍心有亂，不敢教真退兵。

卻說孔明大驅士馬，復出祁山。勞軍已畢，魏延、陳式、杜瓊、張嶷四將入帳，拜伏請罪。孔明曰：「是誰失陷了軍來？」延曰：「陳式不聽號令，潛入谷口，以此大敗。」式曰：「此事魏延教我行來。」孔明曰：「他倒救你，你反攀他！將令已違，不必巧說！」即令武士推出陳式斬之。須臾，懸首於帳前，以示諸將。此時孔明不殺魏延，欲留之以為後用也。

此是四出祁山。

孔明既斬了陳式，正議進兵，忽有細作報說曹真臥病不起，現在營中治病。孔明大喜，謂眾將曰：「若曹真病輕，必便回長安。今魏兵不退，必為病重，故留於軍中，以安眾人之心。吾寫下一書，教秦良的降兵持與曹真，真若見之，必然死矣。」乃喚降兵至帳下，問曰：「汝等皆是魏兵，父母妻子，皆在中原，不宜久居蜀中。今放汝等回家，若何？」眾軍泣淚拜謝。孔明曰：「曹子丹與吾有約，吾有一書，汝等帶回。送與子丹，必有重賞。」魏軍領了書，奔回本寨，將孔明書呈與曹真。真扶病而起，拆封視之。其書曰：

漢丞相武鄉侯諸葛亮，致書於大司馬曹子丹之前：竊謂夫為將者，能去能就，能柔能剛；能進能退，能弱能強。不動如山岳，難知如陰陽；無窮如天地，充實如太倉；浩渺如四海，眩明如三光。預知天文之旱澇，先識地理之平康。察陣勢之期會，揣敵人之短長。

嗟爾無學後輩，上逆穹蒼，助篡國之反賊，稱帝號於洛陽，走殘兵於斜谷，遭霖雨於陳倉！水陸困乏，人馬猖狂！拋盈郊之戈甲，棄滿地之刀槍！都督心崩而膽裂，將軍鼠竄而狼忙！無面見關中之父老，何顏入相府之廳堂！史官秉筆而紀錄，百姓眾口而傳揚！仲達聞陣而惕惕，子丹望風而遑遑！吾軍兵強而馬壯，大將虎奮而龍驤！掃秦川為平壤，蕩魏國作坵荒！

曹真看畢，恨氣填胸，至晚死於軍中。司馬懿用兵車裝載，差人送赴洛陽安葬。魏主聞知曹真已死，即下詔催司馬懿出戰。懿提大軍來與孔明交鋒，隔日先下戰書。孔明謂諸將曰：「曹真必死矣。」遂批回來日交鋒。使者去了。孔明當夜教姜維受了密計，如此而行；又喚關興分付，如此如此。

姓曹的如此無用，安得不以大事託之司馬？

次日，孔明盡起祁山之兵，前到渭河，——一邊是河，一邊是山，中央平川曠野，好片戰場！——兩軍相迎，以弓箭射住陣角。三通鼓罷，魏陣中門旗開處，司馬懿出馬，眾將隨後而出。只見孔明端坐於四輪車上，手搖羽扇。懿曰：「吾主上法堯禪舜，相傳二帝，坐鎮中原，容汝蜀、吳二國者，乃吾主寬慈仁厚，恐傷百姓也。汝乃南陽一耕夫，不識天數，強要相侵，理宜殄滅！如省心改過，宜即早回，各守疆界，以成鼎足之勢，免致生靈塗炭，汝等各得全生！」

孔明笑曰：「吾受先帝託孤之重，安肯不傾心竭力以討賊乎？汝曹氏不久為漢所滅。汝祖父皆為漢臣。世食漢祿，不思報效，反助篡逆，豈不自恥乎？」懿羞慚滿面曰：「吾與汝決一雌雄！汝若勝，吾誓不為大將！汝若敗時，早歸故里，吾亦不加害！」孔明曰：「汝欲對將？鬪兵？鬪陣法？」懿曰：「先鬪陣法。」孔明曰：「先布陣我看。」

懿入中軍帳下，手執黃旗，招颭左右軍動，排成一陣，復上馬出陣，問曰：「汝識吾陣否？」孔明笑曰：「吾軍中末將，亦能布之！此乃是『混元一氣陣』也。」懿曰：「汝布陣我看。」

孔明入陣，把羽扇一搖，復出陣前，問曰：「汝識我陣否？」懿曰：「量此『八卦陣』，如何不識！」孔明曰：「識便識了，汝敢來打我陣否？」懿曰：「既識之，如何不敢打。」孔明曰：「汝只管打來。」

司馬懿回到本陣，喚張虎、樂綝、戴淩三將，分付曰：「今孔明所布之陣，按休、生、傷、杜、景、死、驚、開八門。汝三人可從正東生門打入，往西南休門殺出，復從正北開門殺入，此陣可破。汝等小心在意！」

於是戴淩在中，張虎在前，樂綝在後，各引三十騎，從生門打入。兩軍吶喊相助。三人殺入蜀陣，只見陣如連城，衝突不出。三人慌引騎轉過陣腳，往西南衝去，卻被蜀兵射住，衝突不出。陣中重重疊疊，都有門戶，那裡分東西南北？三將不能相顧，只管亂撞，但見愁雲漠漠，慘霧濛濛。喊聲起處，魏軍一個個皆被縛了，遂送到中軍。

孔明坐於帳中，左右將張虎、樂綝，戴淩並九十個兵士，皆縛在帳下。孔明笑曰：「吾縱然捉得汝等，何足為奇！吾放汝等回去見司馬懿，教他再讀兵書，重看戰策，那時來決雌雄，未為遲也。汝等性命既饒，當留下軍器戰馬。」遂將眾人衣甲脫了，以墨塗面，步行出陣。司馬懿見之大怒，回顧諸將曰：「如此銼敗銳氣，有何面目回見中原大臣耶！」即指揮三軍，奮死掠陣。懿自拔劍在手，引百餘驍將，催督衝殺。

兩軍恰纔相會，忽然陣後鼓角齊鳴，喊聲大震，一彪軍從陣後西南上殺來，乃關興也。懿分後軍當之。復催軍向前廝殺，忽然魏兵大亂。原來姜維引軍悄地殺來。蜀兵三路夾攻，懿大驚，急忙退軍。蜀兵周圍殺到，懿引三軍死命望南衝出，魏兵十傷六七。司馬懿退在渭濱南岸下寨，堅守不出。

孔明收得勝之兵，回到祁山寨中之時，永安李嚴遣都尉苟安，解送糧米至軍中交割。苟安好酒，於路怠慢，違限十日。孔明大怒曰：「吾軍中專以糧為大事，誤了三日，便該處斬！汝今誤了十日，有何理說？」喝令武士推出斬之。長史楊儀曰：「苟安乃李嚴用人，又兼錢糧多出於西川，若殺此人，後無人敢送糧也。」

孔明乃叱武士去其縛，杖八十放之。苟安被責，心中懷恨，連夜引親隨六七騎，逕奔魏寨投降。懿喚入，苟安拜告前事。懿曰：「雖然如此，孔明多謀，汝言難信。汝能為我幹一件大功，吾那時奏准天

不殺此人，反

受其誤。

苟安之罪，上通於天。

子，保汝為大將。」安曰：「但有甚事，即當效力。」懿曰：「汝可回成都布散流言，說孔明有怨上之意，早晚欲稱為帝，使汝主召回孔明，便是汝之功。」

苟安允諾，逕回成都見了宦官，布散流言，說孔明自倚大功，早晚必將篡位。宦官聞之大驚，即入內奏帝，細言其事。後主驚訝曰：「似此如之奈何？」宦官曰：「可詔還成都，削其兵權，免生叛逆。」後主下詔，宣孔明班師回朝。蔣琬出班奏曰：「丞相自出師以來，累建大功，何故宣回？」後主曰：「朕有機密事，必須與丞相面議。」即遣使齎詔星夜宣孔明回。

使命逕到祁山大寨，孔明接入，受詔已畢，仰天歎曰：「主上年幼，必有佞臣在側！吾正欲建功，何故取回？我如不回，是欺主也。若奉命而退，日後再難得此機會也。」姜維問曰：「若大軍退，司馬懿乘勢掩殺，當復如何？」孔明曰：「吾今退兵，可分五路而退。今日先退此營。假如營內兵一千，卻掘二千竈。今日掘三千竈，明日掘四千竈，每日退軍，添竈而行。」

楊儀曰：「昔孫臏擒龐涓，用添兵減竈之法；今丞相退兵，何故增竈？」孔明曰：「司馬懿善能用兵，知吾兵退，必然追趕；心中疑吾有伏兵，定於舊營內數竈；見每日增竈，兵又不知退與不退，則疑而不敢追。吾徐徐而退，自無損兵之患。」遂傳令退軍。

卻說司馬懿料苟安行計停當，只待蜀兵退時，一齊掩殺。正躊躇間，忽報蜀寨空虛，人馬皆去。懿因孔明多謀，不敢輕追，自引百餘騎前來蜀營內踏看，教軍士數竈，仍回本寨；次日，又教軍士趕到那個營中，查點竈數。回報說：「這營內之竈，比前又增一分。」司馬懿謂諸將曰：「吾料孔明多謀，今果添兵增竈，吾若追之，必中其計；不如且退，再作良圖。」

於是回軍不追。孔明不折一人，望成都而去。次後川口土人來報司馬懿，說孔明退兵之時，未見添兵，只見增竈。懿仰天長歎曰：「孔明效虞詡之法，瞞過吾也！其謀略吾不如之！」遂引大軍回洛陽。

正是：棋逢敵手難相勝，將遇良才不敢驕。未知孔明回到成都，畢竟如何，且看下文分解。

第一〇一回　出隴上諸葛妝神　奔劍閣張郃中計

卻說孔明用減兵添竈之法，退兵到漢中；司馬懿恐有埋伏，不敢追趕，亦收兵回長安去了；因此罷兵，不曾折了一人。孔明大賞三軍已畢，回到成都，入見後主，奏曰：「老臣出了祁山，欲取長安，承陛下降詔召回，不知有何大事？」後主無言可對；良久乃曰：「朕因久不見丞相之面，心甚思慕，故特詔回，別無他事。」孔明曰：「此非陛下本心，必有奸臣在側，言臣有異志也。」

後主聞言，默默無語。孔明曰：「老臣受先帝厚恩，誓以死報。今若內有奸邪，臣何能討賊乎？」後主曰：「朕因過聽❶宦官之言，一時召回丞相。今日茅塞方開，悔之不及矣。」孔明遂喚眾宦官究問，方知是苟安流言；急令人捕之，已投魏國去了。孔明將妄奏的宦官誅戮，餘皆廢出宮外；又深責蔣琬、費禕等不能覺察奸邪，規諫天子。二人唯唯服罪。

活畫一昏庸之主。

孔明拜辭後主，復到漢中，一面發檄令李嚴應付糧草，仍運赴軍前；一面再議出師。楊儀曰：「前數興兵，軍力疲敝，糧又不繼；今不如分兵兩班，以三個月為期；且如二十萬之眾，只領十萬出祁山，住了三個月，卻教這十萬替回。循環相轉，使兵力不乏。然後徐徐而進，中原可圖矣。」孔明曰：「此言正合我意。吾伐中原，非一朝一夕之事，正當為此長久之計。」遂下令，分兵兩班，限一百日為期，

❶ 過聽：誤聽、錯聽。

循環相轉，違限者按軍法處治。

建興九年春二月，孔明復出師伐魏。時魏太和五年也。魏主曹叡知孔明又伐中原，急召司馬懿商議。懿曰：「今子丹已亡，臣願竭一人之力，剿除寇賊，以報陛下。」叡大喜，設宴待之。次日，人報蜀兵寇急。叡即命司馬懿出師禦敵，親排鑾駕送出城外。懿辭了魏主，逕到長安，大會諸路人馬，計議破蜀兵之策。張郃曰：「吾願引一軍去守雍、郿，以拒蜀兵。」懿曰：「郃前軍不能獨當孔明之眾，而又分兵為前後，非勝算也。不如留兵守上邽，餘眾悉往祁山，公肯為先鋒否？」郃大喜曰：「吾素懷忠義，欲盡心報國，惜未遇知己；今都督肯委重任，雖萬死不辭。」

於是司馬懿令張郃為先鋒，總督大軍；又令郭淮守隴西諸郡。其餘眾將各分道而進。前軍哨馬報說：「孔明率大軍望祁山進發，前部先鋒王平、張嶷，逕出陳倉，過劍閣，由散關望斜谷而來。」司馬懿謂張郃曰：「今孔明長驅大進，必將割隴西小麥，以資軍糧。汝可結營祁山，吾與郭淮巡略天水諸郡，以防蜀兵割麥。」郃領諾，遂引四萬兵守祁山。懿引大軍往隴西而去。

此是五出祁山。

卻說孔明兵至祁山，安營已畢，見渭濱已有魏兵提備，乃謂諸將曰：「此必是司馬懿也。即今營中乏糧，屢遣人催促李嚴運米應付，卻只是不到。吾料隴上麥熟，可密引兵割之。」於是留王平、張嶷、吳班、吳懿四將守祁山營，孔明自引姜維、魏延等諸將，前到鹵城。鹵城太守素知孔明，慌忙開城出降。孔明撫慰畢，問曰：「此時何處麥熟？」太守告曰：「隴上麥已熟。」孔明乃留張翼、馬忠守鹵城，自引諸將並三軍，望隴上而來。

前軍回報說：「司馬懿引兵在此。」孔明驚曰：「此人預知吾來割麥也！」即沐浴更衣，推過一般三輛四輪車來，車上俱要一樣粧飾。此車乃孔明在蜀中預先造下的。當下孔明令姜維引一千軍護車，五百軍擂鼓，伏在上邽之後；馬岱在左，魏延在右，亦各引一千軍護車，五百軍擂鼓。每一輛車，用二十四人，皂衣跣足，披髮仗劍，手執七星皂旛，在左右推車。

三人各受計，引兵推車而去。孔明又令三萬軍各執鐮刀、馱繩，伺候割麥。卻選二十四個精壯之士，各穿皂衣，披髮仗劍，簇擁四輪車，為推車使者。令關興結束做天篷模樣，手執七星皂旛，步行於車前。孔明端坐於上，望魏營而來。

哨探軍見之大驚，莫知是人是鬼，火速報知司馬懿。懿自出營視之，只見孔明簪冠鶴氅，手搖羽扇，端坐於車上；左右二十四人，披髮仗劍；前面一人，手執皂旛。隱隱似天神一般。懿曰：「這個又是孔明作怪也！」遂撥二千人馬分付曰：「汝等疾去，連車帶人，盡情都捉來！」

魏兵領命，一齊趕來。孔明見魏兵追趕，便教回車，遙望蜀營緩緩而行。魏兵皆驟馬追趕，但見陰風習習，冷霧漫漫。儘力趕了一程，追之不上，各人大驚，都勒住馬言曰：「奇怪！我等急急趕了三十里，只見在前，追之不上？如之奈何？」

孔明見魏兵不追，又令推車過來，朝著魏兵歇下。魏兵猶豫良久，又放馬過來。孔明復回車慢慢而行。魏兵又趕了二十里，只見在前，不曾趕上，盡皆癡呆。孔明教回過車，朝著魏兵，推車倒行。魏兵又欲追趕。後面司馬懿自引一軍到。傳令曰：「孔明善會八門遁甲，能驅六丁六甲之神。此乃六甲天書內『縮地』之法也，眾軍不可追之。」

眾軍方勒回馬時，左勢下戰鼓大震，一彪軍殺來，懿急令兵拒之。只見蜀兵隊裡二十四人，披髮仗劍，皂衣跣足，擁出一輛四輪車；車上端坐孔明，簪冠鶴氅，手搖羽扇。懿大驚曰：「方纔那個車上坐著孔明，趕了五十里，追之不上，如何這裡又有孔明？怪哉！怪哉！」

言未畢，右勢下戰鼓又鳴，一彪軍殺來，四輪車上亦坐著一個孔明；左右亦有二十四人，皂衣跣足，披髮仗劍，擁車而來。懿心中大疑，回顧諸將曰：「此必神兵也！」眾軍心下大亂，不敢交戰，各自奔走。

正行之際，忽然鼓聲大震，又一彪軍殺到，當先一輛四輪車，孔明端坐於上，左右推車使者，同前一般。魏兵無不駭然。司馬懿不知是人是鬼，又不知蜀兵多少，十分驚懼，急急引兵奔入上邽，閉門不出。

此時孔明早令三萬精兵將隴上小麥割盡，運赴鹵城打晒去了。司馬懿在上邽城中，三日不敢出城；後見蜀兵退去，方敢令軍出哨。於路捉得一蜀兵，來見司馬懿。懿問之，其人告曰：「小人乃割麥之人，因走失馬匹，被捉前來。」懿曰：「前者是何神兵？」答曰：「三路伏兵，皆不是孔明，乃姜維、馬岱、魏延也。每一路只有一千兵護車，五百兵擂鼓。只是先來誘陣的車上乃孔明也。」懿仰天長歎曰：「孔明有神出鬼沒之機！」

忽報副都督郭淮入見。懿接入禮畢。淮曰：「吾聞蜀兵不多，現在鹵城打麥，可以擊之。」懿細言前事。淮笑曰：「只瞞過一時；今已識破，何足道哉！吾引一軍攻其後，公引一軍攻其前，鹵城可破，孔明可擒矣。」懿從之，遂分兵兩路而來。

卻說孔明引軍在鹵城打晒小麥，忽喚諸將聽令曰：「今夜敵人必來攻城。吾料鹵城東西麥田之內，足可伏兵；誰敢為我一往？」姜維、魏延、馬忠、馬岱四將出曰：「某等願往。」

孔明大喜，乃命姜維、魏延各引二千兵，伏於東南西北兩處；馬岱、馬忠各引二千兵，伏在西南東北兩處：「只聽砲響，四角一齊殺來。」四將引兵，受計去了。孔明自引百餘人，各帶火砲出城，伏在麥田之內。

卻說司馬懿引兵逕到鹵城下，日已昏黑，乃謂諸將曰：「若白日進兵，城中必有準備；今可乘夜晚攻之。此處城低壕淺，可便打破。」遂屯兵城外。一更時分，郭淮亦引兵來。兩下合兵，一聲鼓響，把鹵城四面圍得鐵桶相似，城上萬弩齊發，矢石如雨，魏兵不敢前進。忽然魏軍中信砲連聲，三軍大驚，又不知何處兵來。

淮令人去麥田搜時，四角上火光沖天，喊聲大震，四路蜀兵，一齊殺至；鹵城四門大開，城內兵殺出；裡應外合，大殺一陣，魏兵死者無數。司馬懿引敗兵奮死突出重圍，占住了山頭；郭淮亦引敗兵奔到山後紮住。孔明入城，令四將於四角上安營。

郭淮告司馬懿曰：「今與蜀兵相持許久，無策可退；目下又被殺了一陣，折傷三千餘人；若不早圖，日後難退矣。」懿曰：「當復如何？」淮曰：「可發檄文調雍、涼人馬併力剿殺。吾願引兵襲劍閣，截其歸路，使彼糧草不通，三軍慌亂。那時乘勢擊之，敵可滅矣。」懿從之，即發檄文星夜往雍、涼調撥人馬。不一日，大將孫禮引諸郡人馬到。懿即令孫禮約會郭淮去襲劍閣。

卻說孔明在鹵城相拒日久，不見魏兵出戰，乃喚馬岱、姜維入城聽令曰：「今魏兵守住山險，不與吾戰，一者料吾麥盡無糧，二者令兵去襲劍閣，斷吾糧道也。汝二人各引一萬兵先去守住險要，魏兵見有準備，自然退去。」

二人引兵去了。長史楊儀入帳告曰：「向者丞相令大兵一百日一換，今已限足，漢中兵已出川口，前路公文已到，只待會兵交換；現存八萬軍，內四萬該與換班。」孔明曰：「既有令，便教速行。」眾軍聞知，各各收拾起程。忽報孫禮引雍、涼人馬二十萬來助戰，去襲取劍閣，司馬懿自引兵來攻鹵城了。蜀兵無不驚駭，楊儀入告孔明曰：「魏兵來得甚急，丞相可將換班軍且留下退敵，待新來兵到，然後換之。」孔明曰：「不可。吾用兵命將，以信為本。既有令在先，豈可失信？且蜀兵之應去者，皆準備歸計，其父母妻子倚扉而望；吾今便有大難，決不留他。」即傳令教應去之兵，當日便行。眾軍聞之，皆大呼曰：「丞相如此施恩，我等願且不回，各捨一命，大殺魏兵，以報丞相！」孔明曰：「爾等應該還家，豈可復留於此？」眾軍皆欲出戰，不願回家。孔明曰：「汝等既要與我出戰，可出城安營，待魏兵到，莫待他息喘，便急攻之；此以逸待勞之法也。」眾兵領命，各執兵器，懽喜出城，列陣而待。

以少勝眾，全虧以逸待勞。

卻說西涼人馬倍道而來，走的人馬困乏；方欲下營歇息，被蜀兵一擁而進，——人人奮勇，兵銳將驍，雍涼兵抵敵不住，望後便退。蜀兵奮力追殺，殺得那雍涼兵屍橫遍野，血流成渠。孔明出城，收聚得勝之兵，入城賞勞，忽報永安李嚴有書告急。孔明大驚，拆封視之。書云：

近聞東吳令人入洛陽，與魏連和。魏令吳伐蜀，幸吳尚未起兵。今嚴探知消息，伏望丞相早作良圖。

孔明覽畢，甚是驚疑，乃聚眾將曰：「若東吳興兵寇蜀，吾須緊速回也。」即傳令，教祁山大寨人馬，且退回西川；「司馬懿知吾屯軍在此，必不敢追趕」。於是王平、張嶷、吳班、吳懿分兵兩路，徐徐退入西川去了。

張郃見蜀兵退去，恐有計策，不敢來追，乃引兵來見司馬懿曰：「今蜀兵退去，不知何意？」懿曰：「孔明詭計極多，不可輕動。不如堅守，待他糧盡，自然退去。」大將魏平出曰：「蜀兵拔祁山之營而退，正可乘勢追之。都督按兵不動，畏蜀如虎，奈天下笑何？」懿堅執不從。

卻說孔明知祁山兵已回，遂喚馬忠、楊儀入帳，授以密計，令先引一萬弓弩手，去劍閣木門道，兩下埋伏；若魏兵追到，聽吾砲響，急滾下木石，先截其去路，兩頭一齊射之，二人引兵去了。又喚魏延、關興引兵斷後，城上四面遍插旌旗，城內亂堆柴草，虛放烟火。大兵盡望木門道而去。

魏營巡哨兵來報司馬懿曰：「蜀兵大隊已退，但不知城中還有多少兵？」懿自往視之，見城上插旗，城中烟起，笑曰：「此乃空城也。」令人探之，果是空城。懿大喜曰：「孔明已退，誰敢追之？」先鋒張郃曰：「吾願往。」懿阻曰：「公性急躁，不可去。」郃曰：「都督出關之時，命吾為先鋒；今日正是立功之際，卻不用吾，何也？」懿曰：「蜀兵退去，險阻處必有埋伏，須十分仔細，方可追之。」郃曰：「吾已知得，不必挂慮。」懿曰：「公自欲去，莫要追悔。」郃曰：「大丈夫捨身報國，雖萬死無恨。」懿曰：「公既堅執要去，可引五千兵先行；卻教魏平引二萬馬步兵後行，以防埋伏。吾自引三千兵隨後接應。」

寫仲達仔細之極。

張郃領命，引兵火速追趕。行到三十餘里，忽然背後喊聲大震，樹林內閃出一彪軍，為首大將，橫刀勒馬大叫曰：「賊將引兵那裡去！」郃回頭視之，乃魏延也。郃大怒，回馬交鋒。不十合，延詐敗而走。郃又追趕三十餘里，勒馬回顧，全無伏兵，又策馬前追。方轉過山坡，忽又喊聲大起，一彪軍擁出，為首大將，乃關興也，橫刀勒馬大叫曰：「張郃休走！有吾在此！」郃就拍馬交鋒。不十合，興撥馬便走。郃隨後追之。趕到一密林內，郃心疑，令人四下哨探，並無伏兵；於是放心又趕。

不想魏延又抄在前面；郃又與戰十餘合。延又敗走。郃憤怒趕來，又被關興抄在前面，截住去路。郃大怒，撥馬交鋒。戰不十合，蜀兵盡棄衣甲物件，塞滿道路。魏兵皆下馬爭取。延、興二人，輪流交鋒。張郃奮勇追趕。看看天晚，趕到木門道口，魏延撥回馬，高聲大罵曰：「張郃逆賊！吾不與汝相拒！汝只顧趕來，吾今與汝決一死戰！」郃十分忿怒，挺槍驟馬，直取魏延。延揮刀來迎，戰不十合，延大敗，盡棄衣甲、頭盔，匹馬引敗兵望木門道中而走。

張郃殺的性起，又見魏延大敗而逃，乃驟馬趕來。此時天色昏黑，一聲砲響，山上火光沖天，大石亂柴滾將下來，阻截去路。郃大驚曰：「我中計矣！」急回馬時，背後已被木石塞滿了歸路，中間只有一段空地，兩傍皆是峭壁，郃進退無路。忽一聲梆子響，兩下萬弩齊發，將張郃并百餘個部將皆射死於木門道中。後人有詩曰：

伏弩齊飛萬點星，木門道上射雄兵。
至今劍閣行人過，猶說軍師舊日名。

卻說張郃已死，隨後魏兵追到，見塞了道路，已知張郃中計。眾軍勒回馬急退。忽聽的山頭上大叫

此日之死，早在三出祁山伏之。

曰：「諸葛丞相在此！」眾軍仰視，只見孔明立於火光之中，指眾軍而言曰：「吾今日圍獵，欲射一『馬』，誤中一『獐』。汝各人安心而去，上覆仲達，早晚必為吾所擒矣。」

魏兵回見司馬懿，細告前事。懿悲傷不已，仰天歎曰：「張儁義身死，吾之過也！」乃收兵回洛陽。魏主聞張郃已死，揮淚歎息，令人收其屍，厚葬之。

卻說孔明入漢中，欲歸成都見後主。都護李嚴妄奏後主曰：「臣已備辦軍糧，行將運赴丞相軍前。不知丞相何故忽然班師。」後主聞奏，即命尚書費禕入漢中，見孔明，問班師之故。禕至漢中宣後主之意。孔明大驚曰：「李嚴發書告急，說東吳將興兵寇川，因此班師。」費禕曰：「李嚴奏稱軍糧已辦，丞相無故回師，天子因此命某來問耳。」

孔明大怒，令人訪察，乃是李嚴因軍糧不濟，怕丞相見罪，故發書取回，卻又妄奏天子，遮飾己過。孔明大怒曰：「匹夫為一己之故，廢國家大事！」令人召至，欲斬之。費禕勸曰：「丞相念先帝託孤之意，姑且寬恕。」孔明從之。費禕即具表啟奏天子。後主覽表，勃然大怒，叱武士推出李嚴斬之。參軍蔣琬出班奏曰：「李嚴乃先帝託孤之臣，望乞恩寬恕。」

後主從之，即謫為庶人，徙於梓潼郡閒住。孔明回到成都，用李嚴子李豐為長史；積草屯糧，講陣論武，整治軍器，存恤將士，三年然後出征。兩川人民軍士，皆仰其恩德。

光陰荏苒，不覺三年。時建興十三年春二月。孔明入朝奏曰：「臣今存恤將士，已經三年。糧草豐足，軍器完備，人馬雄壯，可以伐魏。今番若不掃清奸黨，恢復中原，誓不見陛下也！」後主曰：「方今已成鼎足之勢，吳魏不曾入寇，相父何不安享太平？」孔明曰：「臣受先帝知遇之恩，夢寐之間，未

先主能知馬謖，而不能知李嚴，可見知人之難。

嘗不設伐魏之策。竭力盡忠，為陛下克復中原，重興漢室，臣之願也。」言未畢，班部中一人出曰：「丞相不可興兵。」眾視之，乃譙周也。正是：武侯瘁盡惟憂國，太史知機又論天。未知譙周有何議論，且看下文分解。

第一〇二回　司馬懿戰北原渭橋　諸葛亮造木牛流馬

卻說譙周官居太史，頗明天文；見孔明又欲出師，入奏後主曰：「臣今職掌司天臺，但有禍福，不可不奏。近有群鳥數萬，自南飛來，投於漢水而死，此不祥之兆。臣又觀天文，見奎星躔於太白之分，盛氣在北，不利伐魏。又成都人民，皆聞柏樹夜哭。──有此數般災異，丞相只宜謹守，不可妄動。」孔明曰：「吾受先帝託孤之重，當竭力討賊，豈可以虛妄之妖氛，而廢國家大事耶？」遂命有司設太牢祭於昭烈之廟，涕泣拜告曰：「臣亮五出祁山，未得寸土，負罪非輕！今臣復統全部再出祁山，誓竭力盡心，剿滅漢賊，恢復中原，鞠躬盡瘁，死而後已！」

武侯此去，便與昭烈之廟永別。讀書至此，為之一哭！

祭畢，拜辭後主，星夜至漢中，聚集諸將商議出師。忽報關興病亡，孔明放聲大哭，昏倒於地，半晌方甦。眾將再三勸解。孔明歎曰：「可憐忠義之人，天不與以壽！我今番出師，又少一員大將也！」後人有詩歎曰：

生死人常理，蜉蝣一樣空。
但存忠孝節，何必壽喬松？

孔明引蜀兵三十四萬，分五路而進，令姜維、魏延為先鋒，皆出祁山取齊；令李恢先運糧草於斜谷道口伺候。

卻說魏國因舊歲有青龍自摩坡井內而出，改為青龍元年。此時乃青龍二年春二月也。近臣奏曰：「邊官飛報，蜀兵三十餘萬，分五路復出祁山。」

魏主曹叡大驚，急召司馬懿至，謂曰：「蜀人三年未曾入寇，今諸葛亮又出祁山，如之奈何？」懿奏曰：「臣夜觀天象，見中原旺氣正盛，奎星犯太白，不利於西川。今孔明自負才智，逆天而行，乃自取敗亡也。臣託陛下洪福，當往破之。但願保四人同去。」

叡曰：「卿保何人？」懿曰：「夏侯淵有四子：長名霸，字仲權；次名威，字季權；三名惠，字雅權；四名和，字義權。霸、威二人弓馬熟嫺；惠、和二人諳知韜略。此四人常欲為父報仇。臣今保夏侯霸、夏侯威為左右先鋒；夏侯惠、夏侯和為行軍司馬，共贊軍機，以退蜀兵。」

叡曰：「向者夏侯楙駙馬違誤軍機，失陷了許多人馬，至今羞慚不回。今此四人，亦與楙同否？」懿曰：「此四人非楙之比也。」

叡乃從其請，即命司馬懿為大都督，凡將士悉聽量才委用，各處兵馬皆聽調遣。懿受命，辭朝出城。叡又以手詔賜懿曰：

卿到渭濱，宜堅壁固守，忽與交鋒。蜀兵不得志，必詐退誘敵，卿慎勿追。待彼糧盡，必然自走，然後乘虛攻之，則取勝不難，亦免軍馬疲勞之苦。計莫善於此也。

司馬懿頓首受詔，即日到長安聚集各處軍馬，共四十萬，皆來渭濱下寨；又撥五萬軍，於渭水上搭

此是六出祁山。

武侯此算亦是妙著，但恨為司馬懿猜破耳！

起九座浮橋，令先鋒夏侯霸、夏侯威過渭水安營；又於大營之後，東原築起一城，以防不虞。

懿正與眾將商議間，忽報郭淮、孫禮來見。懿迎入禮畢。淮曰：「今蜀兵悉在祁山，倘跨渭登原，接連北山，阻絕隴道，大可虞也。」懿曰：「所言甚善。公可就督隴西軍馬，據北原下寨，深溝高壘，按兵不動；只待彼糧盡，方可攻之。」郭淮、孫禮領命，引兵下寨去了。

卻說孔明方出祁山，下五個大寨，按左右中前後；自斜谷直至劍閣，一連又下十四個大寨，分屯軍馬，以為久計，每日令人哨巡。忽報郭淮、孫禮領隴西之兵，於北原下寨。孔明謂諸將曰：「魏兵於北原安營者，懼吾取此路，阻絕隴道也。吾今虛攻北原，卻暗取渭濱。令人紮木筏百餘隻，上載草把，選慣熟水手五千人駕之。我夤夜只攻北原，司馬懿必引兵來救。彼若少敗，我把後軍先渡過岸去，然後把軍下於筏中，休要上岸，順水取浮橋放火燒斷，以攻其後。吾自引一軍去取前營之門。若得渭水之南，則進兵不難矣。」諸將遵令而行。

早有巡哨軍飛報司馬懿。懿喚諸將議曰：「孔明如此施設，其中必有計。彼以取北原為名，順水來燒浮橋，亂吾後，卻攻吾前也。」即傳令與夏侯霸、夏侯威曰：「若聽得北原發喊，即提兵於渭水南山之中，待蜀兵至擊之。」又令張虎、樂綝引二千弓弩手伏於渭水浮橋北岸：「若蜀兵乘木筏順水而來，可一齊射之，休令近橋。」又傳令郭淮、孫禮曰：「孔明來北原暗渡渭水，汝新立之營，人馬不多，可盡伏於半路。若蜀兵午後渡水，黃昏時分，必來攻汝。汝詐敗而走，蜀兵必追。汝等皆以弓弩射之。吾水陸並進。若蜀兵大至，只看我指揮擊之。」各處下令已畢，又令二子——司馬師、司馬昭，——引兵救應前營。懿自引一軍救北原。

卻說孔明令魏延、馬岱引兵渡渭水攻北原；令吳班、吳懿引木筏兵去燒浮橋；令王平、張嶷為前隊，姜維、馬忠為中隊，廖化、張翼為後隊，分兵三路，去攻渭水旱營。是日午時，人馬離大寨，盡渡渭水，列成陣勢，緩緩而行。

卻說魏延、馬岱將近北原，天色已昏。孫禮哨見，便棄營而走。魏延知有準備，急退兵時，四下喊聲大震；左有司馬懿，右有郭淮，兩路兵殺來。魏延、馬岱奮力殺出，蜀兵多半落於水中，餘眾奔逃無路。幸得吳懿兵殺來，救了敗兵過岸拒住。吳班分一半兵撐筏順水來燒浮橋，卻被張虎、樂綝在岸上亂箭射住。吳班中箭落水而死。餘軍赴水逃命。木筏盡被魏兵奪去。

王平、張嶷此時不知北原兵敗，直奔到魏營，已有二更天氣，只聽得喊聲四起。王平謂張嶷曰：「馬軍攻打北原，未知勝負。渭南之寨，現在面前，如何不見一個魏兵？莫非司馬懿知道了，先作準備也。我等且看浮橋火起，方可進兵。」

二人勒住軍馬，忽背後一騎馬來報說：「丞相教軍馬急回。北原兵、浮橋兵俱失了。」王平、張嶷大驚，急退兵時，卻被魏兵抄在背後，一聲砲響，一齊殺來，火光沖天。王平、張嶷引兵相迎，兩軍混戰一場。平、嶷二人奮力殺出，蜀兵折傷大半。孔明回到祁山大寨，收聚殘兵，約折了萬餘人，心中憂悶。

忽報費禕自成都來見丞相。孔明請入。費禕禮畢，孔明曰：「吾有一書，正欲煩公去東吳投遞，不知肯去否？」禕曰：「丞相之命，豈敢推辭？」孔明即修書付費禕去了。禕持書逕到建業，入見吳主孫權，呈上孔明之書。權拆視之。其略曰：

漢室不幸，王綱失紀，曹賊篡逆，蔓延及今。亮受昭烈皇帝寄託之重，敢不竭力盡心？今大兵已會於祁山，狂寇將亡於渭水。伏望陛下念同盟之義，命將北征，共取中原，同分天下。書不盡言，萬希聖聰！

權覽畢，大喜，乃謂費禕曰：「朕久欲興兵，未得會合孔明。今既有書到，即日朕自興兵，入居巢門，取魏新城；再令陸遜、諸葛瑾等屯兵於江夏沔口取襄陽；孫韶、張承等出兵廣陵，取淮陽等處；三路一齊進兵，共三十萬，剋日興師。」費禕拜謝曰：「誠如此，則中原不日自破矣！」

權設宴款待費禕。飲宴間，權問曰：「丞相軍前，用誰當先破敵？」禕曰：「魏延為首。」權笑曰：「此人勇有餘，而心不正。若一朝無孔明，彼必為禍。孔明豈未知耶？」禕曰：「陛下之言極當。臣今歸去，即當以此言告孔明。」遂拜辭孫權，回到祁山，見了孔明，具言吳主起大兵三十萬，御駕親征，兵分三路而進。孔明又問曰：「吳主別有所論否？」費禕將論魏延之語告之。孔明歎曰：「真聰明之主也！吾非不知此人，為惜其勇，故用之耳。」禕曰：「丞相宜早作區處。」孔明曰：「吾自有法。」

禕辭別孔明，自回成都。孔明正與諸將商議進征，忽報有魏將來投降。孔明喚入問之。答曰：「某乃魏國偏將鄭文也。近與秦朗同領人馬，聽司馬懿調用，不料司馬懿徇私偏向，加秦朗為前將軍，而視文如草芥，因此不平，特來投降丞相。望賜收錄。」

言未已，人報秦朗引兵在寨外，單搦鄭文交戰。孔明曰：「此人武藝比汝若何？」鄭文曰：「某當立斬之。」孔明曰：「汝若先斬了秦朗，吾方不疑。」鄭文欣然上馬出營，與秦朗交戰。孔明親自出營視之。只見秦朗挺槍大罵曰：「反賊盜我戰馬來此，可早早還我！」言訖，直取鄭文。文拍馬舞刀相迎，只一合，斬秦朗於馬下。魏兵各自逃走。鄭文提首級入營。

孔明到帳中坐定，喚鄭文至，勃然大怒，叱左右推出斬之。鄭文曰：「小將無罪。」孔明曰：「吾向識秦朗；汝今斬者，並非秦朗。安敢欺我！」文拜告曰：「此實秦朗之弟秦明也。」孔明笑曰：「司馬懿令汝來詐降，於中取事，卻如何瞞得我過！若不實說，必然斬汝！」

鄭文只得訴告其實是詐降，泣求免死。孔明曰：「汝欲求生，可修書一封，教司馬懿自來劫營，吾便饒汝性命。若捉住司馬懿，便是汝之功，還當重用。」鄭文只得寫了一書，呈與孔明。孔明令將鄭文監下。樊建問曰：「丞相何以知此人詐降？」孔明曰：「司馬懿不輕用人，若加秦朗為前將軍，必武藝高強；今與鄭文交馬只一合便為文所殺，必不是秦朗也，以故知其詐也。」

眾皆拜服。孔明選一舌辯之士，附耳分付如此如此。軍士領命，持書逕來魏寨，求見司馬懿。懿喚入拆書看畢，問曰：「汝何人也？」答曰：「某乃中原人，流落蜀中。鄭文與某同鄉。今孔明因鄭文有功，用為先鋒。鄭文特託某來獻書，約於明日晚間，舉火為號。望乞都督親提大軍前來劫寨。鄭文在內為應。」

司馬懿反覆詰問，又將來書仔細檢看，果然是實；即賜軍士酒食，分付曰：「本日二更為期，我自來劫寨。大事若成，必重用汝。」軍士拜別，回到本寨告知孔明。孔明仗劍步罡，禱祝已畢，喚王平、張嶷分付如此如此；又喚馬忠、馬岱分付如此如此；又喚魏延分付如此如此。孔明自引數十人，坐於高山之上，指揮眾軍。

卻說司馬懿見了鄭文之書，便欲引二子提大軍來劫蜀寨。長子司馬師諫曰：「父親何故據片紙而親入重地？倘有疏虞，如之奈何？不如令別將先去，父親為後應，可也。」懿從之，便令秦朗引一萬兵，去劫蜀寨。懿自引兵接應。是夜初更，風清月朗。將及二更時分，忽然陰雲四合，黑氣漫空，對面不見。懿大喜曰：「天使我成功也！」

懿之不死賴有此兒。

於是人盡銜枚，馬皆勒口，長驅大進。秦朗當先，引一萬兵直殺入蜀寨中，並不見一人。朗知中計，忙叫退兵。四下火把齊明，喊聲震地；左有王平、張嶷，右有馬岱、馬忠，兩路兵殺來。秦朗死戰，不能得出。背後司馬懿見蜀寨火光沖天，喊聲不絕，又不知魏兵勝負，只顧催兵接應，望火光中殺來。忽然一聲喊起，火砲震地，鼓角喧天；左有魏延，右有姜維，兩路兵殺來。魏兵大敗，十傷八九，四散逃奔。

此時秦朗所引一萬兵，都被蜀兵圍住，箭如飛蝗。秦朗死於亂軍之中。司馬懿引敗兵奔回本寨。三更以後，天復清朗。孔明在山頭上鳴金收軍，原來二更時陰雲四合，乃孔明用遁甲之法；後收兵已了，天復清朗，乃孔明驅六丁六甲掃蕩浮雲也。

當下孔明得勝回營內，將鄭文斬了，再議取渭南之策。每日令兵搦戰，魏軍只不出來。孔明自乘小車，來祁山前渭水東西踏看地理。忽到一谷口，見其形如葫蘆之狀，內中可容千餘人；兩山又合一谷，可容四五百人；背後兩山環抱只可通一人一騎。孔明看了，心中大喜，問鄉導官曰：「此谷何名？」答曰：「此名上方谷，又名葫蘆谷。」

孔明回到帳中，喚裨將杜叡、胡忠二人附耳授以密計。又喚集隨軍匠作一千餘人，入葫蘆谷中，製造「木牛流馬」一應用；又令馬岱領五百兵守住谷口。孔明囑馬岱曰：「匠作人等，不許放出；外人不許放入。吾還不時自來點視。捉司馬懿之計，只在此舉。切不可走漏了消息。」馬岱受命而去。杜叡等二人在谷中監督匠作，依法製造。孔明每日自來指示。

忽一日，長史楊儀入告曰：「即今糧米皆在劍閣，人夫牛馬，搬運不便，如之奈何？」孔明笑曰：「吾已運謀多時也。前者所積木料，並西川收買下的大木，教人製造木牛流馬，搬運糧米，甚是便利。牛馬皆不水食，可以搬運，晝夜不絕。」眾皆驚曰：「自古及今，未聞有『木牛流馬』之事。不知丞相有何妙法，造此奇物？」孔明曰：「吾已令人依法製造，尚未完備。吾今先將造木牛流馬之法，尺寸方圓，長短闊狹，開寫明白，汝等視之。」眾皆大喜。孔明即手書一紙，付眾觀看。眾將環繞而視。其造木牛之法云：

方腹曲脛，一腹四足。頭入領中，舌著於腹。載多而行少。獨行者數十里，群行者三十里。曲者為牛頭，雙者為牛足。橫者為牛領，轉者為牛腳。覆者為牛背，方者為牛腹。垂者為牛舌，曲者為牛肋。刻者為牛齒，立者為牛角。細者為牛鞅，攝者為牛鞦鞧。牛御雙轅。人行六尺，牛行四步。人不大勞，牛不飲食。

造流馬之法云：

肋長三尺五寸，廣三寸，厚二寸五分；左右同前，軸孔分墨去頭四寸，徑中二寸。前腳孔分墨去頭四寸五分，長一寸五分，廣一寸。前杠孔去前腳孔分墨三寸七分，孔長二寸，廣一寸。後軸孔去前杠孔分墨一尺五寸，大小與前同。後杠孔去後腳孔分墨一寸二分。後杠孔分墨四寸五分。前杠長一尺八寸，廣二寸，厚一寸五分。後杠與等。板方囊二枚，厚八分，長二尺七寸，高一尺六寸五分，廣一尺六寸。每枚受米二斛三斗。從上杠孔去肋下七寸，前後同。上杠孔去下杠孔分墨一尺三寸，孔長一寸五分，廣七分。八孔同。前後四腳廣二寸，厚一寸五分。形制如象，靬長四寸。徑面四寸三分。孔徑中三腳杠長二尺一寸，廣一寸五分，厚一寸四分。

眾將看了一遍，皆拜服曰：「丞相真神人也！」過了數日，木牛流馬皆造完備，宛然如活者一般；上山下嶺，皆盡其便。眾軍見之，無不欣喜。孔明令右將軍高翔，引一千兵駕著木牛流馬，自劍閣直抵祁山大寨，往來搬運糧草，供給蜀兵之用。後人有詩讚曰：

劍閣險峻驅流馬，斜谷崎嶇駕木牛。
後世若能行此法，轉輸安得使人愁？

若非神人，安能驅使草木！

卻說司馬懿正憂悶間，忽哨馬報說：「蜀兵用木牛流馬轉運糧米。人不大勞，牛馬不食。」懿大驚曰：「吾所以堅守不出者，為彼糧草不能接濟，欲待其自斃耳。今用此法，必為久遠之計也，不思退矣。如之奈何？」急喚張虎、樂綝分付曰：「汝二人各引五百軍，從斜谷小路抄出；待蜀兵驅過木牛流馬，任他過盡，一齊殺出；不可多搶，只搶三五匹便回。」

二人領命，各引五百軍，扮作蜀兵，夜間偷過小路，伏在谷中，果見高翔引兵驅木牛流馬而來。將次過盡，兩邊一齊鼓譟殺出。蜀兵措手不及，棄下數匹。張虎、樂綝歡喜驅回本寨。司馬懿看了，果然如活的一般，乃大喜曰：「汝會用此法，難道我不會用！」便令巧匠百餘人，當面拆開，分付依其尺寸長短厚薄之法，一樣製造木牛流馬。不消半月，造成二千餘隻，與孔明所造者一般法則，亦能奔走；遂令鎮遠將軍岑威，引一千軍驅駕木牛流馬，去隴西搬運糧草，往來不絕。魏營軍將，無不歡喜。

卻說高翔回見孔明，說魏兵搶奪木牛流馬各五六匹去了。孔明笑曰：「吾正要他搶去。我只費了幾匹木牛流馬，卻不久便得軍中許多資助也。」諸將問曰：「丞相何以知之？」孔明曰：「司馬懿見了木牛流馬，必然仿我法度一樣製造，那時我又有計策。」

數日後，人報魏軍也會造木牛流馬，往隴西搬運糧草。孔明大喜曰：「不出吾之算也。」便喚王平分付曰：「汝引一千兵，扮作魏兵，星夜偷過北原，只說是巡糧軍，混入彼運糧軍中，將運糧之人，盡皆殺散；卻驅木牛流馬而回，逕奔過北原來。此處必有魏兵追趕，汝便將木牛流馬口內舌頭扭轉過來，牛馬就不能行動，汝等竟棄之而走。背後魏兵趕到牽拽不動，扛抬不去，吾再有兵到，汝卻回身再將牛馬舌扭過來，長驅大行，魏兵必疑為怪也。」

前但說得造法，不曾說得用法。

王平受計引兵而去。孔明又喚張嶷分付曰：「汝引五百兵，都扮作六丁六甲神將，鬼頭獸身，用五綵塗面，妝作種種怪異之狀；一手執繡旗，一手仗寶劍；身挂葫蘆，內藏烟火之物，伏於山旁。待木牛流馬到時，一齊擁出，放起烟火，驅牛馬而行。魏兵見之，必疑是神鬼，不敢來追趕。」

張嶷受計，引兵而去。孔明又喚姜維、魏延分付曰：「汝二人同引一萬兵，去北原寨口接應木牛流馬，以防交戰。」又喚廖化、張翼分付曰：「汝二人引五千兵，去斷司馬懿來路。」又喚馬忠、馬岱分付曰：「汝二人引二千兵去渭南搦戰。」六人各各領令而去。

且說魏將岑威引軍驅木牛流馬，裝載糧米。正行之間，忽報前面有兵巡糧。岑威令人哨探，果是魏兵，遂放心前進。兩軍合在一處。忽然喊聲大震，蜀兵就本隊裡殺起，大呼「蜀中大將王平在此！」魏兵措手不及，被蜀兵殺死大半。岑威引敗兵抵敵，被王平一刀斬了。餘皆潰散。王平引兵盡驅木牛流馬而回。敗兵飛奔報入北原寨內。郭淮聞糧米被劫，疾忙引軍來救。王平令兵扭轉木牛流馬舌頭，俱棄於道中，且戰且走。郭淮教且莫追，只驅回木牛流馬。眾軍一齊驅趕，卻那裡驅趕得動？郭淮心中疑惑。

正無奈何，忽鼓角喧天，喊聲四起。兩路兵殺來，乃姜維、魏延也。王平復引兵殺回。三路夾攻，郭淮大敗而走。王平令軍士將牛馬舌頭，重復扭轉，驅趕而行。郭淮望見，方欲引兵再追，只見山後烟雲突起，一隊神兵擁出，一個個手執旗劍，怪異之狀，擁護木牛流馬，如風擁而去。郭淮大驚曰：「此必神助也！」眾軍見了，無不驚畏，不敢追趕。

卻說司馬懿聞北原兵敗，急引兵來救。方到半路，忽一聲砲響，兩路兵自險峻處殺出，喊聲震地。旗上大書「漢將張翼廖化」。司馬懿見了大慌。魏兵皆驚，各自逃竄。正是：路逢神將遭糧劫，身遇奇兵命又危。未知究竟如何，且看下文分解。

第一〇三回　上方谷司馬受困　五丈原諸葛禳星

卻說司馬懿被張翼、廖化一陣殺敗，匹馬單槍，望密林間而走。張翼收住後軍，廖化當先追趕。看看趕上，懿著慌遶樹而轉。化一刀砍去，正砍在樹上，及拔出刀時，懿已走出林外。廖化隨後趕出，卻不知去向，但見樹林之東，落下金盔一個。廖化取盔捎在馬上，一直望東追趕。原來司馬懿把金盔棄於林東，卻反向西走去了。

廖化追了一程，不見蹤跡，奔出谷口，遇見姜維。同回寨見孔明。張嶷早驅木牛流馬到寨。交割已畢，獲糧萬餘石。廖化獻上金盔，錄為頭功。魏延心中不悅，口出怨言，孔明只做不知。

且說司馬懿回到寨中，心甚惱悶。忽使命齎詔至，言東吳三路入寇，朝廷正議命將抵敵，令懿等堅守勿戰。懿受命已畢，深溝高壘，堅守不出。

卻說曹叡聞孫權分兵三路而來，亦起兵三路迎之：命劉劭引兵救江夏，田豫引兵救襄陽，叡自與滿寵率大軍救合淝。滿寵先引一軍至巢湖口，望見東岸戰船無數，旌旗整肅。寵入中軍奏魏主曰：「吳人必輕我遠來，未曾防備；今夜可乘虛劫其水寨，必得全勝。」魏主曰：「汝言正合朕意。」即令驍將張球領五千兵，各帶火具，從湖口攻之；滿寵引兵五千，從東岸攻之。

是夜二更時分，張球、滿寵各引兵悄悄望湖口進發；將近水寨，一齊吶喊殺入。吳兵慌亂，不戰而

與馬超追曹操相似。

走；被魏軍四下舉火，燒燬戰船糧草器具不計其數。諸葛瑾率敗兵逃走沔口。魏兵大勝而回。

次日，哨軍報知陸遜。遜集諸將議曰：「吾當作表申奏主上，請撤新城之圍，以兵斷魏兵歸路，吾率眾攻其前，彼首尾不敵，一鼓可破也。」

眾軍服其言。陸遜即具表，遣一小校密地齎往新城。小校領命，齎著表文，行至渡口，不期被魏兵伏路的捉住，解赴軍中見魏主曹叡。叡搜出陸遜表文，覽畢，歎曰：「東吳陸遜，真妙算也！」遂命將吳卒監下，令劉劭謹防孫權後兵。

卻說諸葛瑾大敗一陣，又值暑天，人馬多生疾病；乃修書一封，令人轉達陸遜，議欲撤兵回國。遜看畢，謂來人曰：「拜上將軍，吾自有主意。」使者回書諸葛瑾。瑾問：「陸將軍作何舉動？」使者曰：「但見陸將軍催督眾人於營外種荳菽，自與諸將在轅門射戲。」

瑾大驚，親自往陸遜營中，與遜相見；問曰：「今曹叡親來，兵勢甚盛，都督何以禦之？」遜曰：「吾前遣人表奏主上，不料為敵人所獲。機謀既洩，彼必知備；與戰無益，不如且退。已差人奉表約主上緩緩退兵矣。」瑾曰：「都督既有此意，即宜速退，何又遲遲？」遜曰：「吾軍欲退，當徐徐而動。今若退兵，魏人必乘勢追趕，此取敗之道也。足下宜先督戰船詐為拒敵之意。吾悉以人馬向襄陽而進，為疑敵之計，然後徐徐退歸江東，魏兵自不敢近耳。」瑾依其計，遜辭歸本營，整頓船隻，預備歸路。陸遜整肅部伍，張揚聲勢，望襄陽進發。

從容不迫，頗有名士風流。

早有細作報知魏主，說吳兵已動，須用提防。魏將聞之，皆要出戰。魏主素知陸遜之才，諭諸將曰：「陸遜有謀，莫非用誘敵之計，不可輕動。」眾將乃止。數日後，哨卒來報：「東吳三路兵馬皆退矣。」

魏主未信，再令人探之，回報果然皆退。魏主歎曰：「陸遜用兵，不亞孫吳，東吳未可平也。」遂飭諸將，各守險要，自引大軍屯合淝，以伺其變。

卻說孔明在祁山，欲為久駐之計，乃令蜀兵與魏民相雜種田；軍一分，民二分，並不侵犯，魏民皆安心樂業。司馬師入告其父曰：「蜀兵劫去我許多糧米，今又令蜀兵與我民相雜，屯田於渭濱，以為久計；似此真為國家大患。父親何不與孔明約期大戰一場，以決雌雄？」懿曰：「吾奉旨堅守，不可輕動。」正議間，忽報魏延將著元帥向日所失金盔，前來罵戰。眾將忿怒，俱欲出戰。懿笑曰：「聖人云：『小不忍則亂大謀。』但堅守為上。」諸將依令不出。魏延辱罵良久方回。

老兒油嘴，只是害怕耳！

孔明見司馬懿不肯出戰，乃密令馬岱造成木柵，營中掘下深塹，多積乾柴引火之物；周圍山上，多用柴草，虛搭窩鋪，內外皆伏地雷。置備停當，孔明附耳囑之曰：「可將葫蘆谷後路塞斷，暗伏兵於谷口。若司馬懿趕到，任他入谷，便將地雷乾柴一齊放起火來。」又令軍士晝舉七星號帶於谷口，夜設七盞明燈於山上，以為暗號。

馬岱受計引兵而去。孔明又喚魏延吩咐曰：「汝可引五百兵去魏寨討戰，務要誘司馬懿出戰。不可取勝，只可詐敗。懿必追趕，汝可望七星旗處而入；若是夜間，則望七盞燈處而走。只要引得司馬懿入葫蘆谷內，吾自有擒之之策。」

魏延受計，引兵而走。孔明又喚高翔吩咐曰：「汝將木牛流馬——或二三十為一群，或四五十為一群，——各裝米糧，於山路往來行走。如魏兵搶去，便是汝之功。」

高翔領計，驅駕木牛流馬去了。孔明將祁山兵一一調去，只推屯田；吩咐「如別兵來戰，只許詐敗；

自己不敢出頭，卻讓別人去試。

若司馬懿自來，方併力只攻渭南，斷其歸路」。孔明分撥已畢，自引一軍近上方谷下寨。

且說夏侯惠、夏侯和二人入寨告司馬懿曰：「今蜀兵四散屯田，各處結營，以為久計；若不趁此時除之，縱令安日久居，深根固蒂，難以搖動。」懿曰：「此必又是孔明之計。」二人曰：「都督若如此疑慮，寇敵何日得滅？我兄弟二人，當奮力決一死戰，以報國恩。」懿曰：「既如此，汝二人可分頭去戰。」遂令夏侯惠、夏侯和各引五千兵去訖。懿坐待回音。

卻說夏侯惠、夏侯和二人分兵兩路，正行之間，忽見蜀兵驅木牛流馬而來。二人一齊殺將過去，蜀兵大敗奔走，木牛流馬，盡被魏兵搶獲，解投司馬懿營中。次日又劫擄得人馬百餘，亦解赴大寨。懿將解到蜀兵，詰審虛實。蜀兵告曰：「孔明只料都督堅守不出，盡命我等四散屯田，以為久計；不想卻被擒獲。」懿即將蜀兵盡皆放回。夏侯和曰：「何不殺之？」懿曰：「量此小卒，殺之無益。不如放歸，令說魏將寬厚仁慈，釋彼戰心，此呂蒙取荊州之計也。」遂傳令今後凡有擒到蜀兵，俱當善遣之，仍重賞有功將吏。諸將皆聽令而去。

卻說孔明令高翔佯作運糧，驅駕木牛流馬，往來於上方谷口，夏侯惠等不時截殺，半月之間，連勝數陣。司馬懿見蜀兵屢敗，心中歡喜。一日，又擒到蜀兵數十人。懿喚至帳下問曰：「孔明今在何處？」眾告曰：「諸葛丞相不在祁山，在上方谷西十里下寨安住。今每日運糧屯於上方谷。」懿備細問了，即將眾人放去；乃喚諸將吩咐曰：「孔明今不在祁山，在上方谷安營。汝等於明日，可一齊併力攻取祁山大寨。吾自引兵來接應。」眾將領命，各各準備出戰。司馬師曰：「父親何故反欲攻其後？」懿曰：「祁山乃蜀人之根本，若見我兵攻之，各營必盡奔救；我卻取上方谷燒其糧草，使彼首尾不接，必大敗也。」司馬師拜服。懿即發兵起行，令張虎、樂綝各引五千兵，在後救應。

且說孔明正在祁山望見魏兵──或三五千一行，或一二千一行，──隊伍紛紛，前後顧盼，料必來取祁山大寨，乃密傳令眾將：「若司馬懿自來，汝等便往劫魏寨，奪了渭南。」眾將各各聽令。

卻說魏兵皆奔祁山寨來，蜀兵四下一齊吶喊奔走，虛作救應之勢。司馬懿見蜀兵都去救祁山寨，便引二子並中軍護衛人馬，殺奔上方谷來。魏延只盼司馬懿到來；忽見一枝魏兵殺到，延縱馬向前視之，正是司馬懿。延大喝曰：「司馬懿休走！」舞刀相迎。懿挺槍接戰。不上三合，延撥回馬便走，懿隨後趕來。延只望七星旗處而走。

懿見魏延只一人，軍馬又少，放心追之；令司馬師在左，司馬昭在右，懿自居中，一齊攻殺將來。魏延引兵皆退入谷中去。懿追到谷口，先令人入谷中哨探。回報谷內並無伏兵，山上皆是草房，懿曰：「此必是積糧之所也。」遂大驅士馬，盡入谷中。懿忽見草房上盡是乾柴，前面魏延已不見了。懿心疑，謂二子曰：「倘有兵截斷谷口，如之奈何？」

言未已，只聽得喊聲大震，山上一齊丟下火把來，燒斷谷口。魏兵奔逃無路。山上火箭射下，地雷一齊突出，草房內乾柴都著，刮刮雜雜❶，火勢沖天。司馬懿驚得手足無措，乃下馬抱二子大哭曰：「我父子三人，皆死於此處矣！」

正哭之間，忽然狂風大作，黑氣漫空；一聲霹靂響處，驟雨傾盆。滿谷之火，盡皆澆滅；地雷不震，火器無功。司馬懿大喜曰：「不就此時殺出，更待何時！」即引兵奮力衝殺。張虎、樂綝亦各引兵殺來

❶ 刮刮雜雜：形容枯柴燃火的聲音。

知其不可而強為之，亦欲自盡其人事耳！

接應。馬岱軍少，不敢追趕。司馬懿父子與張虎、樂綝合兵一處，同歸渭南大寨。不想寨柵已被蜀兵奪了。郭淮、孫禮正在浮橋上與蜀兵接戰。司馬懿等引兵殺到，蜀兵退去。懿燒斷浮橋，據住北岸。

且說魏兵在祁山攻打蜀寨，聽知司馬懿大敗，失了渭南營寨，軍心慌亂；急退時，四面蜀兵衝殺將來，魏兵大敗，十傷八九，死者無數，餘眾奔過渭北逃生。孔明在山上見魏延誘司馬懿入谷，一霎時火光大起，心中甚喜，以為司馬懿此番必死；不期天雨大降，火不能著，哨馬報說司馬懿父子俱逃去了。孔明歎曰：「『謀事在人，成事在天』，不可強也！」後人有詩歎曰：

谷口狂風烈焰飄，何期驟雨降青霄。
武侯妙計如能就，安得山河屬晉朝？

卻說司馬懿在渭北寨內傳令曰：「渭南寨柵，今已失了，諸將如再言出戰者斬。」眾將聽令，據守不出。郭淮入告曰：「近日孔明引兵巡哨，必將擇地安營。」懿曰：「孔明若出武功，依山而東，我等皆危矣；若出渭南，西止五丈原，方無事也。」令人探之，回報果屯五丈原。司馬懿以手加額曰：「大魏皇帝之洪福也！」遂令諸將堅守勿出，彼久必自變。

且說孔明自引一軍屯於五丈原，累令人搦戰，魏兵只不出。孔明乃取巾幗並婦人縞素之服，盛於大盒之內，修書一封，遣人送至魏寨。諸將不敢隱蔽，引來使入見司馬懿。懿對眾啟盒視之，內有巾幗婦人之衣，並書一封。懿拆視其書。略曰：

回，依期赴敵。

仲達既為大將，統領中原之眾，不思披堅執銳，以決雌雄，乃甘窟守土巢，謹避刀箭，與婦人又何異哉？今遣人持巾幗素衣至。如不出戰，可再拜而受之；倘恥心未泯，猶有男子胸襟，早與批

司馬懿看畢，心中大怒；乃佯笑曰：「孔明視我為婦人耶？」即受之，令重待來使。懿問曰：「孔明寢食及事之煩簡若何？」使者曰：「丞相夙興夜寐，罰二十以上皆親覽焉。所啖之食，日不過數升。」懿顧謂諸將曰：「孔明食少事煩，其能久乎！」

使者辭去，回到五丈原，見了孔明，訴說：「司馬懿受了巾幗女衣，看了書札，並不嗔怒，只問丞相寢食及事之煩簡，絕不提起軍旅之事。某如此應對，彼言『食少事煩，豈能長久？』」孔明歎曰：「彼深知我也！」

更無別策，只好咒他死。

主簿楊顒曰：「某見丞相常自校簿書，竊以為不必。夫為治有體，上下不可相侵。譬之治家之道，必使僕執耕，婢典爨，私業無曠，所求皆足，其家主從容自在，高枕飲食而已，若皆身親其事，將形疲神困，終無一成。豈其智之不如婢僕哉？失為家主之道也。是故古人稱坐而論道，謂之『三公』；作而行之，謂之『士大夫』。昔丙吉憂牛喘，而不問橫道死人；陳平不知錢穀之數，曰：『自有主者。』今丞相親理細事，汗流終日，豈不勞乎？司馬懿之言，真至言也。」孔明泣曰：「吾非不知，但受先帝託孤之重，惟恐他人不似我盡心也！」眾皆垂淚。自此孔明自覺神思不寧，諸將因此未敢進兵。

卻說魏兵皆知孔明以巾幗女衣辱司馬懿，懿受之不戰。眾將俱忿，入帳告曰：「我等皆大國名將，

安忍受蜀人如此之辱？願請出戰，以決雌雄。」懿曰：「吾非不敢出戰，而甘心受辱也；奈天子明詔，令堅守勿動。今若輕出，有違君命矣。」眾將俱忿怒不平。懿曰：「汝等既要出戰，待我奏准天子，同力赴敵，何如？」眾皆允諾。懿乃寫表遣使，直至合淝軍前，奏聞魏主曹叡。叡拆表覽之。其表略曰：

臣才薄任重，伏蒙明旨，令臣等堅守不戰，以待蜀人之自斃；奈今諸葛亮遺臣以巾幗，待臣如婦人，恥辱至甚。臣謹先達聖聰：旦夕將效死一戰，以報朝廷之恩，以雪三軍之恥。臣不勝激切之至！

叡覽畢，乃謂多官曰：「司馬懿堅守不出，今何故又上表求戰？」衛尉辛毗曰：「司馬懿本無戰心；必因諸葛亮恥辱，眾將忿怒之故，特上此表欲更乞明旨，以遏諸將之心耳。」叡然其言，即令辛毗持節至渭北寨傳諭，令勿出戰。司馬懿接詔入帳。辛毗宣諭曰：「如再有敢言出戰者，即以違旨論。」眾將只得奉詔。懿暗謂辛毗曰：「公真知我心也。」

於是令軍中傳說：魏主令辛毗持節，傳諭司馬懿勿得出戰。蜀將聞知，報與孔明。孔明笑曰：「此乃司馬懿安三軍之法也。」姜維曰：「丞相何以知之？」孔明曰：「彼本無戰心；所以請戰者，以示武於眾耳。豈不聞『將在外，君命有所不受』？安有千里而請戰者乎？此乃司馬懿因眾將忿怒，故借曹叡之意，以制眾人。今又播傳此言，欲懈我軍心也。」

正論間，忽報費禕到，孔明請入問之。禕曰：「魏主曹叡聞東吳三路進兵，乃自引大軍至合淝，令滿寵、田豫、劉劭分兵三路迎敵。滿寵設計，盡燒東吳糧草戰具，吳兵多病。陸遜上表於吳王，約會前

謀事在

人，成事在天，至此愈信。

後夾攻，不意齎表人中途被魏兵所獲；因此機關洩漏，吳兵無功而還。」孔明聞知此信，遂長歎一聲，不覺昏倒於地；眾將急救，半晌方甦。孔明歎曰：「吾心昏亂，舊病復發，恐不能生矣！」

是夜孔明扶病出帳，仰觀天文，十分驚慌；回帳謂姜維曰：「吾命在旦夕矣！」維曰：「丞相何出此言？」孔明曰：「吾見三臺星中，客星倍明，主星幽暗，相輔列曜，其光昏暗：天象如此，吾命可知！」維曰：「天象雖如此，丞相何不用祈禳之法挽回之？」孔明曰：「吾素諳祈禳之法，但未知天意若何。汝可引甲士四十九人，各執皂旗，穿皂衣，環繞帳外；我自於帳中祈禳北斗。若七日內主燈不滅，吾壽可增一紀；如燈滅，吾必死矣。閒雜人等，休令放入。凡一應需用之物，可令二小童搬運。」

姜維領命，自去準備。時值八月中秋。是夜銀河耿耿，玉露零零；旌旗不動，刁斗無聲。姜維在帳外引四十九人守護。孔明自於帳中設香花祭物。地上分布七盞大燈，於外布四十九盞小燈，內安本命燈一盞。孔明拜祝曰：「亮生於亂世，甘老林泉；承昭烈皇帝三顧之恩，託孤之重，不敢不竭犬馬之勞，誓討國賊。不意將星欲墜，陽壽將終。謹書尺素，上告穹蒼。伏望天慈，俯垂鑒聽，曲延臣算，使得上報君恩，下救民命，克復故物，永延漢祀。非敢妄祈，實由情切。」拜祝畢，就帳中俯伏待旦。次日，扶病理事，吐血不止；日則計議軍機，夕則步罡踏斗。

卻說司馬懿在營中堅守不出，忽一夜仰觀天文，大喜，謂夏侯霸曰：「吾見將星失位，孔明必然有病，不久便死。你可引一千兵去五丈原哨探。若蜀人攘亂不出接戰，孔明必然患病矣。吾當乘勢攻之。」霸引兵而去。

孔明在帳中祈禳已及六夜，見主燈明亮，心中甚喜。姜維入帳，正見孔明披髮仗劍，步罡踏斗，鎮壓將星。忽聽得寨外吶喊，方欲令人出問，魏延飛步入告曰：「魏兵至矣！」延腳步急，竟將主燈撲滅。孔明棄劍而歎曰：「死生有命，不可得而禳也！」魏延惶恐，伏地請罪。姜維忿怒，拔劍欲殺魏延。正是：萬事不由人做主，一心難與命爭衡。未知魏延性命如何，且看下文分解。

第一〇四回　隕大星漢丞相歸天　見木像魏都督喪膽

卻說姜維見魏延踏滅了燈，心中忿怒，拔劍欲殺之。孔明止之曰：「此吾命當絕，非文長之過也。」維乃收劍。孔明吐血數口，臥倒牀上，謂魏延曰：「此是司馬懿料吾有病，故令人來探視虛實，汝可急出迎敵。」

魏延領命，出帳上馬，引兵殺出寨來。夏侯霸見了魏延，慌忙引軍退走。延追趕二十餘里方回。孔明令魏延自回本寨把守。姜維入帳，直至榻前問安。孔明曰：「吾本欲竭忠盡力，恢復中原，重興漢室；奈天意如此，吾旦夕將死。吾平生所學已著書二十四篇，計十萬四千一百一十二字；內有八務、七戒、六恐、五懼之法。吾遍觀諸將，無人可授，獨汝可傳我書。切勿輕忽！」

維哭拜而受。孔明又曰：「吾有『連弩』之法，不曾用得。其矢長八寸，一弩可發十矢，皆畫成圖本，汝可依法造用。」維亦拜受。孔明又曰：「蜀中諸道，皆不必多憂；惟陰平之地，切須仔細。此地雖險峻，久必有失。」又喚馬岱入帳，附耳低言授以密計，囑曰：「我死之後，汝可依計行之。」

岱領計而出。少頃，楊儀入。孔明喚至榻前，授與一錦囊，密囑曰：「我死，魏延必反；待其反時，汝與臨陣，方開此囊。那時自有斬魏延之人也。」

孔明一一調度已畢，便昏然而倒，至晚方甦，便連夜表奏後主。後主聞奏大驚，急命尚書李福，星

抱病若此，料敵如神。

夜至軍中問安，兼詢後事。李福領命，趲程赴五丈原，入見孔明傳後主之命。問安畢，孔明流涕曰：「吾不幸中道喪亡，虛廢國家大事，得罪於天下。我死後，公等宜竭忠輔國。國家舊制，不可更易。吾所用之人，亦不可輕廢。吾兵法皆授與姜維，他自能繼吾之志，為國家出力。吾今命已在旦夕，當即有遺表上奏天子也。」

千古以下，同此悲憤。

李福領了言語，匆匆辭去。孔明強支病體，令左右扶上小車，出寨遍觀各營，自覺秋風吹面，徹骨生寒；乃長歎曰：「再不能臨陣討賊矣！悠悠蒼天，曷其有極！」歎息良久，回到帳中，病轉沈重，乃喚楊儀分付曰：「馬岱、王平、廖化、張翼、張嶷等，皆忠諒死節之士，久經戰陣，多負勤勞，堪可委用。我死之後，凡事俱依舊章而行。緩緩退兵，不可急驟。汝深通謀略，不必多囑。姜伯約智勇足備，可以斷後。」楊儀泣拜受命。孔明令取文房四寶，於臥榻上手書遺表，以達後主。表略曰：

伏聞生死有常，難逃定數。死之將至，願盡愚忠。臣亮賦性愚拙，遭時艱難；分符擁節，專掌鈞衡；興師北伐，未獲成功；何期病入膏肓，命垂旦夕；不及終事陛下，飲恨無窮！伏願陛下清心寡慾，約己愛民；達孝道於先皇，布仁恩於宇下；提拔幽隱，以進賢良；屏斥奸邪，以厚風俗。臣家有桑八百株，田五十頃，子孫衣祿，自有餘饒。至於臣在外任，隨身所需，悉仰於官，不別治生產。臣死之日，不使內有餘帛，外有餘財，以負陛下也。

孔明寫畢，又囑楊儀曰：「我死之後，不可發喪。可作一大龕，將吾屍坐於龕中；以米七粒，放吾口內；腳下用明燈一盞；軍中安靜如常，切勿舉哀：則將星不墜，吾陰魂更自起鎮之。司馬懿見將星不墜，必然疑驚。吾軍可令後軍先行，然後一營一營緩緩而退。若司馬懿來追，汝可布成陣勢，回旗反鼓。等他來到，卻將我先時所刻木像，安於車上，令大小將士，分列左右，推出陣前，懿見之必驚走矣。」楊儀一一領諾。是夜孔明令人扶出，仰觀北斗，遙指一星曰：「此吾之將星也。」眾視之，見其色昏暗。搖搖欲墜，孔明以劍指之，口中念咒。咒畢，急回帳時，不省人事。

眾將正慌亂間，忽尚書李福又至；見孔明昏絕，口不能言，乃大哭曰：「我誤國家之大事也！」須臾，孔明復醒，開目徧視；見李福立於榻前，孔明曰：「吾已知公復來之意也。」福謝曰：「福奉天子命，問丞相身後，誰可任大事者？適因悤遽，失於諮請，故復來耳。」孔明曰：「吾死之後，可任大事者，蔣公琰其宜也。」福曰：「公琰之後，誰可繼之？」孔明曰：「費文偉繼之。」福又問：「文偉之後，誰當繼之？」孔明不答。眾將近前視之，已薨矣。時建興十二年秋八月二十三日也。壽五十四歲。

費禕之後，漢祚亦終矣，孔明所以不答。

後杜工部有詩歎曰：

長星昨夜墜前營，訃報先生此日傾。虎帳不聞施號令，麟臺誰復著勳名。
空餘門下三千客，辜負胸中十萬兵。好看綠陰清晝裡，於今無復迓歌聲！

白樂天亦有詩曰：

先生晦跡臥山林，三顧欣逢賢主尋。魚到南陽方得水，龍飛天外便為霖。
託孤既盡慇懃禮，報國還傾忠義心。前後出師遺表在，令人一覽淚沾襟。

初蜀長水校尉廖立，自謂才名宜為孔明之副，嘗以職位閒散，怏怏不平，怨謗無已。於是孔明廢之為庶人，徙之汶山。及聞孔明亡，乃垂泣曰：「吾終為左衽矣！」李嚴聞之，亦大哭病亡。蓋嚴嘗望孔明復收己，得自補前過；度孔明死後，人不能用之故也。後元微之有詩贊孔明曰：

撥亂扶危主，慇懃受託孤。英才過管、樂，妙策勝孫、吳。
凜凜出師表，堂堂八陣圖。如公存盛德，應歎古今無！

是夜天愁地慘，月色無光，孔明奄然歸天。姜維、楊儀遵孔明遺命，不敢舉哀，依法成殮，安置龕中，令心腹將卒三百人守護；隨傳密令，使魏延斷後，各處營寨一一退去。

卻說司馬懿夜觀天文，見一大星，赤色，光芒有角，自東北方流於西南方，墜於蜀營內，三投再起，隱隱有聲。懿驚喜曰：「孔明死矣！」即傳令起大兵追之。方出轅門，忽又疑慮曰：「孔明善會六丁六甲之法，今見我久不出戰，故以此術詐死，誘我出耳。今若追之，必中其計。」遂復勒馬回寨不出，只令夏侯霸暗引數十騎，往五丈原山僻哨探消息。

既喜又疑，寫仲達畏懼孔明之甚。

卻說魏延在本寨中，夜作一夢，夢見頭上忽生二角，醒來甚是疑異。次日，行軍司馬趙直至，延請入問曰：「久聞足下深明易理，吾夜夢頭生二角，不知主何吉凶？煩足下為我決之。」趙直想了半晌，答曰：「此大吉之兆。麒麟頭上有角，蒼龍頭上有角，乃變化飛騰之象也。」延大喜曰：「如應公言，當有重謝！」

直辭去，行不數里，遇尚書費禕。禕問何來。直曰：「適至魏文長營中，文長夢頭生角，令我決其吉凶。此本非吉兆，但恐直言見責，因以麒麟蒼龍解之。」禕曰：「足下何以知非吉兆？」直曰：「角之字形乃刀下用也。今頭上有角，其凶甚矣。」禕曰：「公且勿洩漏。」

直別去。費禕至魏延寨中，屏退左右，告曰：「昨夜三更，丞相已去世矣。臨終再三囑付，令將軍斷後以當司馬懿，緩緩而退，不可發喪。今兵符在此，便可起兵。」延曰：「何人代理丞相之大事？」禕曰：「丞相一應大事，盡託與楊儀；用兵密法皆授與姜伯約。此兵符乃楊儀之令也。」延曰：「丞相雖亡，吾今尚在。楊儀不過一長史，安能當此大任？他只宜扶柩入川安葬。我自率兵攻司馬懿，務要成功。豈可因丞相一人而廢國家大事耶？」禕曰：「丞相遺令，教且暫退，不可有違。」延怒曰：「丞相當時若依我計，取長安久矣！吾今官任前將軍、征西大將軍南鄭侯，安肯與長史斷後！」禕曰：「將軍之言雖是，然不可輕動，令敵人恥笑。待吾往見楊儀，以利害說之，令彼將兵權讓與將軍，何如！」延依其言。禕辭延出營，急到大寨見楊儀，具述魏延之語。儀曰：「丞相臨終，曾密囑我曰：『魏延必有異志。』今我以兵符往，實欲探彼之心耳。今果應丞相之言，吾自令伯約斷後可也。」於是楊儀領兵扶柩先行，令姜維斷後；依孔明遺令，徐徐而退。

魏延在寨中，不見費禕來回覆，心中疑惑，乃令馬岱引十數騎往探消息。回報曰：「後軍乃姜維總督，前軍大半皆退入谷中去了。」延大怒曰：「豎儒焉敢欺我！我必殺之！」因謂岱曰：「公肯相助否？」岱曰：「吾亦素恨楊儀，願助將軍攻之。」延大喜，即拔寨引本部兵望南而行。

卻說夏侯霸引兵至五丈原看時，不見一人，急回報司馬懿曰：「蜀兵已退盡矣。」懿跌足曰：「孔明真死矣！可速追之！」夏侯霸曰：「都督不可輕追，可令偏將先往。」懿曰：「此番須吾自行。」遂引兵同二子，一齊殺奔五丈原來；吶喊搖旗，殺入蜀寨，果無 人。懿顧二子曰：「汝急催兵趕來，吾先引軍前進。」

於是司馬師、司馬昭在後催軍；懿自引軍先行，追到山下，望見蜀兵不遠，乃奮力追趕。忽然山後一聲砲響，喊聲大震。只見蜀兵俱回旗返鼓，樹影中飄出中軍大旗，上書一行大字曰：「漢丞相武鄉侯諸葛亮。」懿大驚失色。定睛看時，只見中軍數十員上將，擁出一輛四輪車來；車上端坐孔明，綸巾羽扇，鶴氅皂絛。懿大驚曰：「孔明尚在，吾深入其重地，墮其計矣！」急勒回馬便走。背後姜維大叫：「賊將休走！你中了我丞相之計也！」

魏兵魂飛魄散，棄甲丟盔，拋戈撇戟，各逃性命，自相踐踏，死者無數。司馬懿奔走了五十餘里，背後兩員魏將趕上，扯住馬嚼環叫曰：「都督勿驚。」懿用手摸頭曰：「我有頭否？」二將曰：「都督休怕，蜀兵去遠了。」懿喘息半晌，神色方定；睜目視之，乃夏侯霸、夏侯惠也；乃徐徐按轡，與二將尋小路奔歸本寨，使眾將引兵四散哨探。

過了兩日，鄉民奔告曰：「蜀兵退入谷中之時，哀聲震地，軍中揚起白旗，孔明果然死了，止留姜維引一千兵斷後。前日車上之孔明乃木人也。」懿曰：「吾能料其生，不能料其死也！」於是蜀中人諺曰：「死諸葛能走生仲達。」後人有詩歎曰：

長星半夜落天樞，奔走還疑亮未殂。
關外至今人冷笑，頭顱猶問有和無！

武侯原是如生，仲達幾乎嚇死。

司馬懿知孔明死信已確，乃復引兵追趕。行至赤岸坡，見蜀兵已去遠，乃引還，顧謂眾將曰：「孔明已死，我等皆高枕無憂矣。」遂班師回。一路見孔明安營下寨之處，前後左右，整整有法，懿歎曰：「此天下奇才也！」於是引兵回長安，分調眾將，各守隘口。懿自回洛陽面君去了。

卻說楊儀引姜維排成陣勢，緩緩退入棧閣道口，然後更衣發喪，揚旛舉哀。蜀兵皆撞跌❶而哭，至有哭死者。蜀兵前隊，正行到棧閣道口，忽見前面火光沖天，喊聲震地，一彪軍攔住去路。眾將大驚，急報楊儀。正是：已見魏營諸將去，不知蜀地甚兵來。未知來者是何處兵馬，且看下文分解。

❶ 撞跌：頭撞牆，腳跺地。形容非常沈痛悲傷的樣子。

第一〇五回　武侯預伏錦囊計　魏主拆取承露盤

卻說楊儀聞報前路有軍攔截，忙令人哨探。回報說魏延燒絕棧道，引兵攔路。儀大驚曰：「丞相在日，料此人久後必反，誰想今日果然如此。今斷吾歸路，當復如何？」費禕曰：「此人必先捏奏天子，誣吾等造反，故燒絕棧道，阻遏歸路。吾等亦當表奏天子，陳魏延反情，然後圖之。」姜維曰：「此間有一小徑，名槎山，雖崎嶇險峻，可以抄出棧道之後。一面寫表奏聞天子，一面將人馬望槎山小路進發。」

且說後主在成都，寢食不安，動止不寧；後作一夢，夢見成都錦屏山崩倒；遂驚覺，坐而待旦，聚集文武入朝圓夢。譙周曰：「臣昨夜仰觀天文，見一星，赤色，光芒有角，自東北落於西南，主丞相有大凶之事。今陛下夢山崩，正應此兆。」後主愈加驚怖。忽報李福到，後主急召入問之。福頓首泣奏丞相已亡；將丞相臨終言語，細述一遍。

泰山其頹，哲人其萎。

後主聞言大哭曰：「天喪我也！」哭倒於龍牀之上。侍臣扶入後宮。吳太后聞之，亦放聲大哭不已。多官無不哀慟，百姓人人涕泣。後主連日傷感，不能設朝。忽報魏延表奏楊儀造反，群臣大駭，入宮啟奏後主。時吳太后亦在宮中。後主聞奏大驚，命近臣讀魏延表。其略曰：

征西大將軍南鄭侯臣魏延，誠惶誠恐，頓首上言：楊儀自總兵權，率眾造反，劫丞相靈柩，欲引敵人入境，臣先燒絕棧道，以兵守禦。謹此奏聞。

讀畢，後主曰：「魏延乃勇將，足可拒楊儀等眾，何故燒絕棧道？」吳太后曰：「嘗聞先帝有言，孔明識魏延腦後有反骨，每欲斬之；因憐其勇，故姑留用。今彼奏楊儀等造反，未可輕信。楊儀乃文人，丞相委以長史之任，必其人可用。今日若聽此一面之詞，楊儀等必投魏矣。此事當深慮遠議，不可造次。」眾官正商議間，忽報長史楊儀，有緊急表到。近臣拆表讀曰：

長史綏軍將軍臣楊儀，誠惶誠恐，頓首謹表：丞相臨終，將大事委於臣，照依舊制，不敢變更，使魏延斷後，姜維次之。今魏延不遵丞相遺語，自提本部人馬，先入漢中，放火燒斷棧道，欲劫丞相靈車，謀為不軌。變起倉卒，謹飛章奏聞。

太后聽畢，問：「卿等所見若何？」蔣琬奏曰：「以臣愚見，楊儀為人，雖稟性過急，不能容物；至於籌度糧草，參贊軍機，與丞相辦事多時，今丞相臨終，委以大事，決非背反之人。魏延平日恃功務高，人皆下之。儀獨不假借，延心懷恨。今見儀總兵，心中不服，故燒棧道，斷其歸路，又誣奏而圖陷害。臣願將全家良賤，保楊儀不反；實不敢保魏延。」董允亦奏曰：「魏延自恃功高，常有不平之心，口出怨言。向所以不即反者，懼丞相耳。今丞相新亡，乘機為亂，勢所必然。若楊儀才幹敏達，為丞相所任用，必不背反。」後主曰：「若魏延果反，當用何策禦之？」蔣琬曰：「丞相素疑此人，必有遺計授與楊儀。若儀無恃，安能退入谷口乎？延必中計矣。陛下寬心。」

蔣琬料事如見，武侯

薦之不謬。

不多時，魏延又表至，告稱楊儀反了。正覽表之間，楊儀又表到，奏稱魏延背反。二人接連具表，各陳是非。忽報費禕到。後主召入，禕細奏魏延反情。後主曰：「若如此，且令董允假節釋勸，用好言撫慰。」允奉詔而去。

卻說魏延燒斷棧道，屯兵南谷，把住隘口，自以為得計；不想楊儀、姜維星夜引兵抄到南谷之後。儀恐漢中有失，令先鋒何平引三千兵先行。儀同姜維等引兵扶柩望漢中而來。

且說何平引兵逕到南谷之後，擂鼓吶喊。哨馬飛報魏延，說楊儀令先鋒何平，引兵自槎山小路抄來搦戰。延大怒，急披挂上馬。提刀引兵來迎。兩陣對圓，何平出馬大罵曰：「反賊魏延安在？」魏亦罵曰：「汝助楊儀造反，何敢罵我！」平叱曰：「丞相新亡，骨肉未寒，汝焉敢造反！」乃揚鞭指川兵曰：「汝等軍士，皆是西川之人，川中多有父母妻子，兄弟親朋。丞相在日，不曾薄待汝等，今不可助反賊，宜各回家鄉，聽候賞賜。」

眾軍聞言，大喊一聲，散去大半，延大怒，揮刀縱馬，直取何平。平挺槍來迎。戰不數合，平詐敗而走，延隨後趕來。眾軍弓弩齊發，延撥馬而回。見眾軍紛紛潰散，延轉怒，拍馬趕上，殺了數人；卻只止遏不住；只有馬岱所領三百人不動。延謂岱曰：「公真心助我，事成之後，決不相負。」遂與馬岱追殺何平。平引兵飛走而去。魏延收聚殘軍，與馬岱商議曰：「我等投魏，若何？」岱曰：「將軍之言，不智甚也。大丈夫何不自圖霸業，乃輕屈膝於人耶？吾觀將軍智勇足備，兩川之士，誰敢抵敵？吾誓同將軍先取漢中，隨後進攻兩川。」

延大喜，遂同馬岱引兵直取南鄭。姜維在南鄭城上，見魏延、馬岱耀武揚威，蜂擁而來。維急令拽起弔橋。延、岱二人，大叫：「早降」；姜維令人請楊儀商議曰：「魏延勇猛，更兼馬岱相助，雖然軍少，何計退之？」儀曰：「丞相臨終，遺一錦囊，囑曰：『若魏延造反，臨城對敵之時，方可開拆，便有斬魏延之計。』今當取出一看。」遂出錦囊拆封看時，題曰：「待與魏延對敵，馬上方許拆開。」維大喜曰：「既丞相有戒約，長史可收執。吾先引兵出城，列成陣勢。公可便來。」

姜維披挂上馬，綽槍在手；引三千軍，開了城門，一齊衝出，鼓聲大震，排成陣勢。維挺槍立馬於門旗之下，高聲大罵曰：「反賊魏延！丞相不曾虧汝，今日如何背反？」延橫刀勒馬而言曰：「伯約，不干你事，只教楊儀來！」儀在門旗影裡，拆開錦囊視之，如此如此。儀大喜，輕騎而出，立馬陣前，手指魏延而笑曰：「丞相在日，知汝久後必反，教我提備，今果應其言。汝敢在馬上連叫三聲：『誰敢殺我』，便是真大丈夫；吾就獻漢中城池與汝。」延大笑曰：「楊儀匹夫聽著！若孔明在日，吾尚懼三分；他今已亡，天下誰敢敵我？休道連叫三聲，便叫三萬聲，亦有何難？」遂提刀按轡，於馬上大叫曰：「誰敢殺我？」

來得突兀，出人意外。

一聲未畢，腦後一人厲聲而應曰：「吾敢殺汝！」手起刀落，斬魏延於馬下。眾皆駭然。斬魏延者，乃馬岱也。原來孔明臨終之時，授馬岱以密計，只待魏延喊叫時，便出其不意斬之；當日楊儀讀罷錦囊計策，已知伏下馬岱在彼，故依計而行，果然殺了魏延。後人有詩曰：

諸葛先機識魏延，已知日後反西川。
錦囊遺計人難料，卻見成功在馬前。

卻說董允未及到南鄭，馬岱已殺了魏延，與姜維合兵一處。楊儀具表星夜奏聞後主。後主降旨曰：「既已明正其罪，仍念前功，賜棺槨葬之。」楊儀等扶孔明靈柩到成都，後主引文武官僚，盡皆挂孝，出城二十里迎接。後主放聲大哭。上至公卿大夫，下及山林百姓，男女老幼，無不痛哭，哀聲震地。後主命扶柩入城，停於丞相府中。其子諸葛瞻守孝居喪。

後主還朝，楊儀自縛請罪。後主令近臣去其縛曰：「若非卿能依丞相遺教，靈柩何日得歸，魏延如何得滅。大事保全，皆卿之力也。」遂加楊儀為中軍師。馬岱有討逆之功，即以魏延之爵爵之。

儀呈上孔明遺表。後主覽畢，大哭，降旨卜地安葬。費禕奏曰：「丞相臨終，命葬於定軍山，不用牆垣磚石，亦不用一切祭物。」後主從之。擇本年十月吉日，後主自送靈柩至定軍山安葬。後主降詔致祭，謚號忠武侯；令建廟於沔陽，四時享祭。後杜工部有詩曰：

丞相祠堂何處尋？錦官城外柏森森。映階碧草自春色，隔葉黃鸝空好音。
三顧頻煩天下計，兩朝開濟老臣心。出師未捷身先死，長使英雄淚滿襟！

又杜工部詩曰：

諸葛大名垂宇宙，宗臣遺像肅清高。三分割據紆籌策，萬古雲霄一羽毛。
伯仲之間見伊呂，指揮若定失蕭曹。運移漢祚終難復，志決身殲軍務勞。

卻說後主回到成都，忽近臣奏曰：「邊庭報來，東吳令全綜引兵數萬，屯於巴丘界口，未知何意。」

說明全綜守巴丘之意。

防魏重於防吳。

後主驚曰：「丞相新亡，東吳負盟侵界，如之奈何？」蔣琬奏曰：「臣敢保王平、張嶷引兵數萬屯於永安，以防不測。陛下再命一人去東吳報喪，以探其動靜。」後主曰：「須得一舌辯之士為使。」一人應聲而出曰：「微臣願往。」眾視之，乃南陽安眾人，姓宗，名預，字德豔；官任參軍右中郎將。後主大喜，即命宗預往東吳報喪，兼探虛實。

宗預領命，逕到金陵，入見吳主孫權。禮畢，只見左右人皆著素衣。權作色而言曰：「吳、蜀已為一家，卿主何故而增白帝之守也？」預曰：「臣以為東益巴丘之戍，西增白帝之守，皆事勢宜然，俱不足以相問也。」權笑曰：「卿不亞於鄧芝。」乃謂宗預曰：「朕聞諸葛丞相歸天，每日流涕，令官僚盡皆挂孝。朕恐魏人乘喪取蜀，故增巴丘守兵萬人，以為救援，別無他意也！」預頓首拜謝。權曰：「朕既許以同盟，安有背義之理？」預曰：「天子因丞相新亡，特命臣來報喪。」權遂取金鈚箭一枝折之，設誓曰：「朕若負前盟，子孫絕滅！」又命使齎香帛奠儀，入川致祭。

宗預拜辭吳主，同吳使還成都，入見後主，奏曰：「吳主因丞相新亡，亦自流涕，令群臣皆挂孝。其益兵巴丘者，恐魏人乘虛而入，別無異心。今折箭為誓，並不背盟。」後主大喜，重賞宗預，厚待吳使去訖。遂依孔明遺言，加蔣琬為丞相大將軍，錄尚書事；加費禕為尚書令，同理丞相事；加吳懿為車騎將軍，假節督漢中；姜維為輔漢將軍平襄侯總督諸處人馬，同吳懿出屯漢中，以防魏兵；其餘將校，各依舊職。

楊儀自以為年宦❶先於蔣琬，而位出琬下；且自恃功高，未有重賞，口出怨言，謂費禕曰：「昔日

---

❶年宦：做官的年代、資歷。與今言年資同。

丞相初亡，吾若將全師投魏，寧當寂寞如此耶！」費禕乃將此言具表密奏後主。後主大怒，命將楊儀下獄勘問，欲斬之。蔣琬奏曰：「儀雖有罪，但日前隨丞相多立功勞，未可斬也。當廢為庶人。」後主從之，遂貶楊儀赴漢中嘉郡為民。儀羞慚自刎而死。

蜀漢建興十三年，魏主曹叡青龍三年，吳主孫權嘉禾四年，三國各不興兵。單說魏主封司馬懿為太尉，總督軍馬，安鎮諸邊。懿拜謝回洛陽去訖。魏主在許昌，大興土木，建蓋宮殿；又於洛陽造朝陽殿、太極殿，築總章觀，俱高十丈；又立崇華殿、青霄閣、鳳凰樓、九龍池，命博士馬鈞監造，極其華麗，雕樑畫棟，碧瓦金磚，光輝耀日。選天下巧匠三萬餘人，民夫三十餘萬，不分晝夜而造。民力疲困，怨聲不絕。

將三國總敘作一關鎖。

叡又降旨起土木於芳林園，使公卿皆負土樹木於其中。司徒董尋上表切諫曰：

> 伏自建安以來，野戰死亡，或門殫戶盡，雖有存者，遺孤老弱；今若宮室狹小，欲廣大之，猶宜隨時，不妨農務。況作無益之物乎？陛下既尊群臣，顯以冠冕，被以文繡，載以華輿，所以異於小人也；今又使負木擔土，沾體塗足，毀國之光，以崇無益，甚無謂也。孔子云：「君使臣以禮，臣事君以忠。」無忠無禮，國何以立？臣知言出必死；而自比於牛之一毛，生既無益，死亦無損。秉筆流涕，心與世辭。臣有八子，臣死之後，累陛下矣。不勝戰慄待命之至！

叡覽表怒曰：「董尋不怕死耶！」左右奏請斬之。叡曰：「此人素有忠義，今且廢為庶人。再有妄言者必斬！」時有太子舍人張茂，字彥材，亦上表切諫。叡命斬之，即日召馬鈞問曰：「朕建高臺峻閣，欲與神仙往來，以求長生不老之方。」鈞奏曰：「漢朝二十四帝，惟武帝享國最久，壽算極高，蓋因服天上日精月華之氣也。嘗於長安宮中，建柏梁臺；臺上立一銅人，手捧一盤，名曰『承露盤』，接三更北斗所降沆瀣之水❷，其名曰『天漿』，又曰『甘露』。取此水用美玉為屑，調和服之，可以返老還童。」叡大喜曰：「汝今可引人夫星夜至長安，拆取銅人，移置芳林園中。」

鈞領命，引一萬人至長安，令周圍搭起木架，上柏梁臺去。不移時間，五千人運繩引索，旋環而上。那柏梁臺高二十丈，銅柱圓十圍。馬鈞教先拆銅人。多人併力拆下銅人來，只見銅人眼中潸然淚下。眾皆大驚。忽然臺邊一陣狂風起處，飛砂走石，急若驟雨；一聲響亮，就如天崩地裂，臺傾柱倒，壓死千餘人。

興廢無常，成敗頓易，銅人安得不淚下！

鈞取銅人及金盤回洛陽，入見魏主，獻上銅人、承露盤。魏主問曰：「銅柱安在？」鈞奏曰：「柱重百萬斤，不能運至。」叡令將銅柱打碎，運來洛陽，鑄成兩個銅人，號為「翁仲」，列於司馬門外；又鑄銅龍鳳兩個，——龍高四丈，鳳高三丈餘，——立在殿前。又於上林苑中，種奇花異木，蓄養珍禽怪獸。少傅楊阜上表諫曰：

臣聞堯尚茅茨，而萬國安居；禹卑宮室，而天下樂業。及至殷周，或堂崇三尺，度以九筵耳。古之聖帝明王，未有宮室高麗，以凋敝百姓之財力者也。桀作璇室象廊，紂為傾宮鹿臺，致喪社稷。楚靈以築章華而身受其禍。秦始皇作阿房宮而殃及其子，天下背叛，二世而滅。夫不度萬民之力，

❷沆瀣之水：夜間由露氣凝結而成的水。

以從耳目之欲，未有不亡者也。陛下當以堯、舜、禹、湯、文、武為法，以桀、紂、秦、楚為誡；而乃自暇自逸，惟宮室是飾，必有危亡之禍矣。君作元首，臣為股肱，存亡一體，得失同之。臣雖駑怯，敢忘諍臣之義？言不切至，不足以感陛下，謹叩棺沐浴，伏候重誅。

表上，叡不省，只催督馬鈞建造高臺，安置銅人、承露盤；又降旨廣選天下美女，入芳林園中。眾官紛紛上表諫諍，叡俱不聽。

卻說曹叡之后毛氏，乃河內人也；先年叡為平原王時，最相恩愛；及即帝位，立為后；後叡因寵郭夫人，毛后失寵。郭夫人美而慧，叡甚嬖之，每日取樂，月餘不出宮闥。是歲春三月，芳林園中百花爭放，叡同郭夫人到園中賞玩飲酒。郭夫人曰：「何不請皇后同樂？」叡曰：「若彼在，朕涓滴不能下咽也。」遂傳諭宮娥，不許令毛后知道。毛后見叡月餘不入正宮，是日引十餘宮人，來翠花樓上消遣，只聽得樂聲嘹亮，乃問曰：「何處奏樂？」一宮官啟曰：「乃聖上與郭夫人於御花園中賞花飲酒。」毛后聞之，心中煩惱，回宮安歇。

次日，毛皇后乘小車出宮遊玩，正迎見叡於曲廊之間，乃笑曰：「陛下昨遊北園，其樂不淺也。」叡大怒，即令擒昨日侍奉諸人到，叱曰：「昨遊北園，朕禁左右不許使毛后知道，何得又宣露！」喝令宮官將諸侍奉人盡斬之。毛后大驚，回車至宮，叡即降詔賜毛皇后死，立郭夫人為皇后。朝臣莫敢諫者。

忽一日，幽州刺史毌丘儉上表，報稱遼東公孫淵造反，自號為燕王，改元紹漢元年，建宮殿，立官職，興兵入寇，搖動北方。叡大驚，即聚文武官僚，商議起兵退淵之策。正是：纔將土木勞中國，又見干戈起外方。未知何以禦之，且看下文分解。

第一〇六回　公孫淵兵敗死襄平　司馬懿詐病賺曹爽

卻說公孫淵乃遼東公孫度之孫，公孫康之子也。建安十二年，曹操追袁尚，未到遼東，康斬尚首級獻操，操封康為襄平侯；後康死，有二子，——長曰晃，次曰淵，——皆幼，康弟公孫恭繼職。曹丕時封恭為車騎將軍襄平侯。太和二年，淵長大，文武兼備，性剛好鬬，奪其叔公孫恭之位，曹叡封淵為揚烈將軍遼東太守。後孫權遣張彌、許宴齎金寶珍玉赴遼東，封淵為燕王。淵懼中原，乃斬張、許二人，送首與曹叡。叡封淵為大司馬樂浪公，淵心不足，與眾商議，自號為燕王，改元紹漢元年。副將賈範諫曰：「中原待主公以上公之爵，不為卑賤；今若背反，實為不順。更兼司馬懿善用兵，西蜀諸葛武侯且不能取勝，何況主公乎？」

淵大怒，叱左右縛賈範，將斬之。參軍倫直諫曰：「賈範之言是也。聖人云：『國家將亡，必有妖孽。』今國中屢見怪異之事。近有犬戴巾幘，身披紅衣，上屋作人行。又城南鄉民造飯，飯甑之中，忽有一小兒蒸死於內。襄平北市中，地忽陷一穴，湧出一塊肉，周圍數尺，頭面眼耳口鼻都具，獨無手足，刀箭不能傷，不知何物。卜者占之曰：『有形不成，有口不聲；國家亡滅，故現其形。』——有此三者，皆不祥之兆也。主公宜避凶就吉，不可輕舉妄動。」淵勃然大怒，叱武士綁倫直並賈範同斬於市，令大將軍卑衍為元帥，楊祚為先鋒，起遼兵十五萬，殺奔中原來。

何不於
武侯未

死之前為之？

邊官報知魏主曹叡。叡大驚，乃召司馬懿入朝計議。懿奏曰：「臣部下馬步官軍四萬，足可破賊。」叡曰：「卿兵少路遠，恐難收復。」懿曰：「兵不在多，在能設奇用智耳。臣託陛下洪福，必擒公孫淵以獻陛下。」叡曰：「卿料公孫淵作何舉動？」懿曰：「淵若棄城預走，是上計也；守遼東拒大軍，是中計也；至守襄平，是為下計，必被臣所擒矣。」叡曰：「此去往復幾時？」懿曰：「四千里之地，往百日，攻百日，還百日，休息六十日，大約一年足矣。」叡曰：「倘吳蜀入寇，如之奈何？」懿曰：「臣已定下守禦之策，陛下勿憂。」

叡大喜，即命司馬懿興師往討公孫淵。懿辭朝出城，令胡遵為先鋒，引前部兵先到遼東下寨。哨馬飛報公孫淵。淵令卑衍、楊祚分八萬兵屯於遼東，圍塹二十餘里，環遶鹿角，甚是嚴密。胡遵令人報知司馬懿。懿笑曰：「賊不與我戰，欲老我兵耳。我料賊眾大半在此，其巢穴空虛，不若棄卻此處，逕奔襄平；賊必往救，卻於中途擊之，必獲全功。」於是勒兵從小路向襄平進發。

卻說卑衍與楊祚商議曰：「若魏兵來攻，休與交戰。彼千里而來，糧草不繼，難以持久，糧盡必退；待他退時，然後出奇兵擊之，司馬懿可擒也。昔司馬懿與蜀兵相拒，堅守渭南，孔明竟卒於軍中。今日正與此理相同。」

二人正商議間，忽報：「魏兵往南去了。」卑衍大驚曰：「彼知吾襄平軍少，去襲老營也。若襄平有失，我等守此處無益矣。」遂拔寨隨後而起。

早有探馬飛報司馬懿。懿笑曰：「中吾計矣！」乃令夏侯霸、夏侯威各引一軍伏於濟水之濱：「如遼兵到，兩下齊出。」二人受計而往。早望見卑衍、楊祚引兵前來。一聲砲響，兩邊鼓譟搖旗，左有夏

武侯用兵，嚴以濟寬；懿之用兵，一於嚴耳。

侯霸，右有夏侯威，一齊殺出。卑、楊二人無心戀戰，奪路而走；奔至首山，正逢公孫淵兵到，合兵一處，回馬再與魏兵交戰。卑衍出馬罵曰：「賊將休使詭計！汝敢出戰否？」夏侯霸縱馬揮刀來迎。戰不數合，被夏侯霸一刀，斬卑衍於馬下，遼兵大亂。霸驅兵掩殺，公孫淵引敗兵奔入襄平城去，閉門堅守不出。

魏兵四面圍合。時值秋雨連綿，一月不止，平地水深三尺，運糧船自遼河口直至襄平城下。魏兵皆在水中，行坐不安。左都督裴景，入帳告曰：「雨水不住，營中泥濘，軍不可停，請移於前面山上。」懿怒曰：「捉公孫淵只在旦夕，安可移營？如有再言移營者斬！」裴景喏喏而退。

少頃，右都督仇連又來告曰：「軍士苦水，乞太尉移營高處。」懿大怒曰：「吾軍令已發，汝何敢故違！」即命推出斬之，懸首於南門外。於是軍心震懾。

懿令兩寨人馬暫退二十里，縱城內軍民出城樵採柴薪，牧放牛馬。司馬陳群問曰：「前太尉攻上庸之時兵分八路，八日趕至城下，遂生擒孟達而成大功；今帶甲四萬，數千里而來，不令攻打城池，卻使居泥濘之中，又縱賊眾樵牧，不知太尉是何主意。」懿笑曰：「公不知兵法耶？昔孟達糧多兵少，我糧少兵多，故不可不速戰；出其不意，突然攻之，方可取勝。今遼兵多，我兵少，賊飢我飽，何必力攻？正當任彼自走，然後乘機擊之。我今放開一條路，不絕彼之樵牧，是容彼自走也。」

陳群拜服。於是司馬懿遣人赴洛陽催糧。魏主曹叡設朝。群臣皆奏曰：「近日秋雨連綿，一月不止，人馬疲勞，可召回司馬懿，權且罷兵。」叡曰：「司馬太尉善能用兵，臨危制變，多有良謀；捉公孫淵計日而待，卿等何必憂也？」遂不聽群臣之諫，使人運糧解至司馬懿軍前。

懿在寨中，又過數日，雨止天晴。是夜懿出帳外，仰觀天文，忽見一星，其大如斗，流光數丈，自首山東北，墜於襄平東南。各營將士，無不驚駭。懿見之大喜，謂眾將曰：「五日之後，星落處必斬公孫淵矣。來日可併力攻城。」

眾將得令，次日侵晨，引兵四面圍合，築土山，掘地道，立砲架，裝雲梯，日夜攻打不息，箭如急雨，射入城去。公孫淵在城中糧盡，皆宰牛馬為食。人人怨恨，各無守心，欲斬淵首，獻城歸降。淵聞之，甚是驚憂，慌令相國王建、御史大夫柳甫，往魏寨請降。二人自城上繫下，來告司馬懿曰：「請太尉退二十里，我君臣自來投降。」懿大怒曰：「公孫淵何不自來？殊為無理！」叱武士推出斬之，將首級付與從人。

從人回報，公孫淵大驚，又遣侍中衛演來至魏寨。司馬懿升帳，聚眾將立於兩邊。演膝行而進，跪於帳下，告曰：「願太尉息雷霆之怒。剋日先送世子公孫修為質當，然後君臣自縛來降。」懿曰：「軍事大要有五：能戰當戰，不能戰當守，不能守當走，不能走當降，不能降當死耳。何必送子為質當？」叱衛演回報公孫淵。演抱頭鼠竄而去，歸告公孫淵。淵大驚，乃與子公孫修密議停當，選下一千人馬，當夜二更時分，開了南門，往東南而走。

司馬懿狠甚。

淵見無人，心中暗喜。行不到十里，忽聽得山上一聲砲響，鼓角齊鳴，一枝兵攔住，中央乃司馬懿也；左有司馬師，右有司馬昭，二人大叫曰：「反賊休走！」淵大驚，急撥馬尋路奔逃。早有胡遵兵到；左有夏侯霸、夏侯威，右有張虎、樂綝，四面圍得鐵桶相似。公孫淵父子，只得下馬納降。懿在馬上顧諸將曰：「吾前夜丙寅日，見大星落於此處，今夜壬申日應矣。」眾將稱賀曰：「太尉真神機也！」

懿傳令斬之。公孫淵父子對面受戮。司馬懿遂勒兵來取襄平。未及到城下時，胡遵早引兵入城中。人民焚香拜迎。魏兵盡皆入城。懿坐於衙上，將公孫淵宗族，並同謀官僚人等，俱殺之，計首級七十餘顆，出榜安民。人告懿曰：「賈範、倫直苦諫淵不可反叛，俱被淵所殺。」懿遂封其墓而榮其子孫；就將庫內財物，勞賞三軍，班師回洛陽。

封賞竟自己出，司馬氏專權之漸。

卻說魏主在宮中，夜至三更，忽然一陣陰風，吹滅燈光。只見毛皇后引數十個宮人哭至座前索命，叡因此得病。病漸沈重，命侍中光祿大夫劉放、孫資，掌樞密院一切事務；又召文帝子燕王曹宇為大將軍，佐太子曹芳攝政。宇為人恭儉溫和，不肯當此大任，堅辭不受。叡召劉放、孫資問曰：「宗族之內，何人可任？」二人久得曹真之惠，乃保奏曰：「惟曹子丹之子曹爽可也。」

叡從之。二人又奏曰：「欲用曹爽，當遣燕王歸國。」叡然其言。二人遂請叡降詔，齎出諭燕王曰：「有天子手詔，命燕王歸國，限即日就行；若無詔不得入朝。」燕王涕泣而去。遂封曹爽為大將軍，總攝朝政。叡病漸危，急令使持節詔司馬懿還朝。懿受命徑到許昌，入見魏主。叡曰：「朕惟恐不得見卿；今日得見，死無恨矣。」懿頓首奏曰：「臣在途中，聞陛下聖體不安，恨不肋生兩翼，飛至闕下。今日得覩龍顏，臣之幸也。」

叡宣太子曹芳，大將軍曹爽，侍中劉放、孫資等，皆至御榻之前。叡執司馬懿之手曰：「昔劉玄德在白帝城病危，以幼子劉禪託孤於諸葛孔明，孔明因此竭盡忠誠，至死方休。偏邦尚然如此，何況大國乎？朕幼子曹芳，年纔八歲，不堪掌理社稷。幸太尉及宗兄元勳舊臣，竭力相輔，無負朕心！」又喚芳曰：「仲達與朕一體，爾宜敬禮之。」遂命懿攜芳近前，芳抱懿頸不放。叡曰：「太尉勿忘幼子今日相戀之情！」言訖，潸然淚下。懿頓首流涕。魏主昏沈，口不能言，只以手指太子，須臾而卒；在位十三年，壽三十六歲。時魏景初三年春正月下旬也。

當下司馬懿、曹爽扶太子曹芳即皇帝位。芳字蘭卿，乃叡乞養之子，秘在宮中，人莫知其所由來，於是曹芳諡叡為明帝，葬於高平陵；尊郭皇后為皇太后；改元正始元年。司馬懿與曹爽輔政。爽事懿甚謹，一應大事，必先啟知。爽字昭伯，自幼出入宮中；明帝見爽謹慎，甚是愛敬。爽門下有客五百人，內有五人以浮華相尚：一是何晏，字平叔；一是鄧颺，字玄茂，乃鄧禹之後；一是李勝，字公昭；一是丁謐，字彥靜；一是畢範，字昭先。又有大司農桓範，字元則，頗有智謀，人多稱為「智囊」。此數人皆爽所信任。

何晏告爽曰：「主公大權，不可委託他人，恐生後患。」爽曰：「司馬公與我同受先帝託孤之命，安忍背之？」晏曰：「昔日先公與仲達破蜀兵之時，累受此人之氣，因而致死；主公如何不察也？」爽猛然省悟，遂與多官計議停當，入奏魏主曹芳曰：「司馬懿功高德重，可加為太傅。」芳從之，自是兵權皆歸於爽。爽命弟曹羲為中領軍，曹訓為武衛將軍，曹彥為散騎常侍，各引三千御林軍，任其出入禁宮；又用何晏、鄧颺、丁謐為尚書，畢範為司隸校尉，李勝為河南尹；此五人日夜與曹爽議事。

於是曹爽門下賓客日盛。司馬懿推病不出，二子亦皆退職閒居。爽每日與何晏等飲酒作樂。凡用衣服器皿，與朝廷無異；各處進貢玩好珍奇之物，先取上等者入己，然後進宮。佳人美女，充滿府院。黃門張當，諂事曹爽，私選先帝侍妾七八人，送入府中。爽又選善歌舞良家子女三四十人為家樂；又建重樓畫閣，造金銀器皿，用巧匠數百人，晝夜工作。

此時武侯若在，亦是伐魏一大機會。

卻說何晏聞平原管輅明數術，請與論易。時鄧颺在座，問輅曰：「君自謂善易，而語不及易中詞義，何也？」輅曰：「夫善易者，不言易也。」晏笑而讚之曰：「可謂要言不煩。」因謂輅曰：「試為我卜一卦，可至三公否？」又問：「連夢青蠅數十，來集鼻上，此是何兆？」輅曰：「元愷❶輔舜，周公佐周，皆以和惠謙恭，享有多福。今君侯位尊勢重，而懷德者鮮，畏威者眾，殊非小心求福之道。且鼻者，山也；山高而不危，所以長守貴也。今青蠅臭惡而集焉，位峻者顛，可不懼乎？願君侯裒多益寡，非禮勿履；然後三公可至，青蠅可驅也。」鄧颺怒曰：「此老生之常談耳！」輅曰：「老生者見不生，常談者見不談。」遂拂袖而去。二人大笑曰：「真狂士也！」

輅到家，與舅言之。舅大驚曰：「何、鄧二人，威權甚重，汝奈何犯之？」輅曰：「吾與死人語，何所畏耶？」舅問其故。輅曰：「鄧颺行步，筋不束骨，脈不制肉，起立傾倚，若無手足；此為鬼躁之相。何晏視候，魂不守宅，血不華色，精爽煙浮，容若槁木；此為鬼幽之相。二人早晚必有殺身之禍，何足畏也？」其舅大罵輅為狂子而去。

卻說曹爽嘗與何晏、鄧颺等畋獵。其弟曹羲諫曰：「兄威權太重，而好外出遊獵，倘為人所算，悔之無及。」爽叱曰：「兵權在吾手中，何懼之有？」司農桓範亦諫，不聽，時魏主曹芳，改正始十年為嘉平元年。曹爽一向專權，不知仲達虛實。適魏主除李勝為青州刺史，即令李勝往辭仲達，就探消息。勝逕到太傅府下，早有門吏報入。司馬懿謂二子曰：「此乃曹爽使來探吾病之虛實也。」乃去冠散髮，上牀擁被而坐；又令二婢扶策，方請李勝入府。

❶ 元愷：元，指八元，相傳是高辛氏時的八個才士；愷，指八愷，相傳是高陽氏時的八個才士。

勝至牀前拜曰：「一向不見太傅，誰想如此病重。今天子命某為青州刺史。特來拜辭。」懿佯答曰：「并州近朔方，好為之備。」勝曰：「除青州刺史，非并州也。」懿笑曰：「你方從并州來？」勝曰：「山東青州耳。」懿大笑曰：「你從青州來也。」勝曰：「太傅如何病得這等了？」左右曰：「太傅耳聾。」勝曰：「乞紙筆一用。」

左右取紙筆與勝。勝寫畢，呈上。懿看之，笑曰：「吾病的耳聾了。此去保重。」言訖，以手指口。侍婢進湯，懿將口就之，湯流滿襟，乃作哽噎之聲曰：「吾今衰老病篤，死在旦夕矣。二子不肖，望君教之。若見大將軍，千萬看覷二子！」言訖，倒在牀上，聲嘶氣喘。李勝拜辭仲達，回見曹爽，細言其事。爽大喜曰：「此老若死，吾無憂矣！」

司馬懿見李勝去了，遂起身謂二子曰：「李勝此去，回報消息，曹爽必不忌我矣。只待他出城畋獵之時，方可圖之。」

不一日，曹爽請魏主曹芳去謁高平陵，祭祀先帝。大小官僚，皆隨駕出城。爽引三弟，並心腹人何晏等，及御林軍護駕正行，司農桓範叩馬諫曰：「主公總典禁兵，不宜兄弟皆出。倘城中有變，如之奈何？」爽以鞭指而叱之曰：「誰敢為變！再勿亂言！」

當日司馬懿見爽出城，心中大喜，即起舊日手下破敵之人，並家將數十，引二子上馬，徑來謀殺曹爽。正是：閉戶忽然有起色，驅兵自此逞雄風。未知曹爽性命如何，且看下文分解。

病得快，好得快。

第一〇七回　魏主政歸司馬氏　姜維兵敗牛頭山

卻說司馬懿聞曹爽同弟曹羲、曹訓、曹彥並心腹何晏、鄧颺、丁謐、畢範、李勝等及御林軍，隨魏主曹芳，出城謁明帝墓，就去畋獵。懿大喜，即到省中令司徒高柔，假以節鉞行大將軍事，先據曹爽營；又令太僕王觀行中領軍事，據曹羲營。懿引舊官入後宮奏郭太后，言爽背先帝託孤之恩，奸邪亂國，其罪當廢。郭太后大驚曰：「天子在外，如之奈何？」懿曰：「臣有奏天子之表，誅奸臣之計，太后勿憂。」太后懼怕，只得從之。懿急令太尉蔣濟、尚書令司馬孚，一同寫表，遣黃門齎出城外，逕至帝前申奏。懿自引大軍，據武庫。

早有人報知曹爽家。其妻劉氏急出廳前，喚守府官問曰：「今主公在外，仲達起兵何意？」守門將潘舉曰：「夫人勿驚，我去問來。」乃引弓弩手數十人，登門樓望之。正見司馬懿引兵過府前，舉令人亂箭射下，懿不得過。偏將孫謙在後止之曰：「太傅為國家大事，休得放箭。」連止三次，舉方不射，司馬昭護父司馬懿而過，引兵出城屯於洛河，守住浮橋。

且說曹爽手下司馬魯芝，見城中事變，來與參軍辛敞商議曰：「今仲達如此變亂，將如之何？」敞曰：「可引本部兵出城去見天子。」芝然其言。敞急入後堂。其姊辛憲英見之，問曰：「汝有何事，慌速如此？」敞告曰：「天子在外，太傅閉了城門，必將謀逆。」憲英曰：「司馬公未必謀逆，特欲殺曹將軍耳。」敞驚曰：「此事未知如何。」憲英曰：「曹將軍非司馬公之對手，必然敗矣。」敞曰：「那日司馬教我同去，未知可去否？」憲英曰：「職守，人之大義也。凡人在難，猶或卹之。執鞭而棄其事，不祥莫大焉。」

敞從其言，乃與魯芝引數十騎，斬關奪門而出。人報知司馬懿。懿恐桓範亦走，急令人召之。範與其子商議。其子曰：「車駕在外，不如南出。」

範從其言，乃上馬至平昌門，城門已閉，把門將乃桓範舊吏司蕃也。範袖中取出一竹版曰：「太后有詔，可即開門。」司蕃曰：「請詔驗之。」範叱曰：「汝是吾故吏，何敢如此！」蕃只得開門放出。範出至城外，喚司蕃曰：「太傅造反，汝可速隨我去。」

蕃大驚，追之不及。人報知司馬懿。懿大驚曰：「智囊洩矣！如之奈何？」蔣濟曰：「駑馬戀棧豆，必不能用也。」懿乃召許允、陳泰曰：「汝去見曹爽，說太傅別無他事，只是削汝兄弟兵權而已。」

許、陳二人去了。又召殿中校尉尹大目至；令蔣濟作書，與目持去見爽。懿分付曰：「汝與爽厚，可領此任。汝見爽說吾與蔣濟指洛水為誓，只因兵權之事，別無他意。」尹大目依令而去。

恐其在外生變，故誘之使歸而就死耳。

卻說曹爽正飛鷹走犬之際，忽報城內有變，太傅有表。爽大驚，幾乎落馬。黃門官捧表跪於天子之前。爽接表，拆封令近臣讀之。表略曰：

征西大都督太傅臣司馬懿，誠惶誠恐，頓首謹表：臣昔從遼東還，先帝詔陛下與秦王及臣等，升御牀，把臣臂，深以後事為念。今大將軍曹爽，背棄顧命，敗亂國典；內則僭擬，外專威權；以黃門張當為都監，專共交關；看察至尊，伺候神器；離間二宮，傷害骨肉；天下洶洶，人懷危懼；此非先帝詔陛下，及囑臣之本意也。

臣雖朽邁，敢忘往言？太尉臣濟、尚書臣孚等，皆以爽為有無君之心，兄弟不宜典兵宿衛，今奏永寧宮皇太后，令敕臣表奏施行。臣輒敕主者及黃門令，罷爽、羲、訓吏兵以侯就第，不得逗遛，以稽車駕；敢有稽留，便以軍法從治，臣輒力疾將兵屯於洛水浮橋，伺察非常。謹此上聞，伏干聖聽。

魏主曹芳聽畢，乃喚曹爽曰：「太傅之言若此，卿如何裁處？」爽手足失措，回顧二弟曰：「為之奈何？」羲曰：「劣弟亦曾諫兄，兄執迷不聽，致有今日。司馬懿譎詐無比，孔明尚不能勝，況我兄弟乎？不如自縛見之，以免一死。」

言未畢，參軍辛敞、司馬魯芝到。爽問之，二人告曰：「城中把得鐵桶相似，太傅引兵屯於洛水浮橋，勢將不可復歸，宜早定大計。」

正言間，司農桓範驟馬而至，謂爽曰：「太傅已變，將軍何不請天子幸許都，調外兵以討司馬懿耶？」爽曰：「吾等全家皆在城中，豈可投他處求援？」範曰：「匹夫臨難，尚欲望活！今主公身隨天子，號令天下，誰敢不應？豈可自投死地乎？」

爽聞言不決，惟流涕而已。範又曰：「此去許都，不過半宿。城中糧草，足支數載。今主公別營兵馬，近在關南，呼之即至。大司馬之印，某將在此。主公可急行，遲則休矣。」爽曰：「多官勿太催逼，

無用之人。

待吾細細思之。」

少頃，侍中許允、尚書令陳泰至。二人告曰：「太傅只為將軍權重，不過削去兵權，別無他意。將軍可早歸城中。」爽默然不語。又只見殿中校尉尹大目至。目曰：「太傅指洛水為誓，並無他意。有蔣太尉書在此。將軍可削去兵權，早歸相府。」爽信為良言。桓範又告曰：「事急矣，休聽外言而就死地！」

曹氏子孫如此無用，當使奸雄氣沮。

是夜曹爽意不能決，乃拔劍在手，嗟歎尋思；自黃昏直流涕到曉，終是狐疑不定，桓範入帳催之曰：「主公思慮一晝夜，何尚不能決？」爽擲劍而歎曰：「我不起兵，情願棄官，但為富家翁足矣！」範大哭出帳曰：「曹子丹以智謀自矜，今兄弟三人，真豚犢耳！」痛哭不已。許允、陳泰令爽先納印綬與司馬懿，爽令將印送去。主簿楊綜扯住印綬而哭曰：「主公今日捨兵權自縛去降，不免東市受戮也。」爽曰：「太傅必不失信於我。」

於是曹爽將印綬與許、陳二人，先齎與司馬懿。眾軍見無將印，盡皆四散。爽手下只有數騎官僚。到浮橋時，懿傳令，教曹爽兄弟三人，且回私宅。餘皆發監聽候勅旨。爽等入城時，並無一人侍從。桓範至浮橋邊，懿在馬上以鞭指之曰：「桓大夫何故如此？」範低頭不語，入城而去。

於是司馬懿請駕拔營入洛陽。曹爽兄弟三人回家之後，懿用大鎖鎖門，令居民八百人圍守其宅。曹爽心中憂悶。羲謂爽曰：「今家中乏糧，兄可作書與太傅借糧。如肯以糧借我，必無相害之心。」爽乃作書令人持去。司馬懿覽書，遂遣人送糧一百斛，運至曹爽府內。爽大喜曰：「司馬公本無害我之心也。」遂不以為憂。

原來司馬懿先將黃門張當捉下獄中問罪。當曰：「非我一人，更有何晏、鄧颺、李勝、畢範、丁謐等五人，同謀篡逆。」懿取了張當供詞，卻捉何晏等勘問明白，皆稱三月間欲反。懿用長枷釘了。城門守將司蕃告稱桓範矯詔出城，口稱太傅謀反。懿曰：「誣人反情，抵罪反坐。」亦將桓範等皆下獄，隨押曹爽兄弟三人並一干人犯，皆斬於市曹，滅其三族；其家產財物，盡抄入庫。

時有曹爽從弟文叔之妻，乃夏侯令女也，早寡而無子。其父欲改嫁之。女截耳而自誓。及爽被誅，其父復將嫁之，女又斷去其鼻，其家驚惶，謂之曰：「人生世間，如輕塵棲弱草，何至自苦如此？且大家又被司馬氏誅戮已盡，守此欲誰為哉？」女泣曰：「吾聞『仁者不以盛衰改節，義者不以存亡易心』。曹氏盛時，尚欲保終；況今滅亡，何忍棄之，此禽獸之行，吾豈為乎？」懿聞而賢之，聽使乞子自養，為曹氏後。後人有詩曰：

弱草微塵盡達觀，夏侯有女義如山。
丈夫不及裙釵節，自顧鬚眉亦汗顏。

卻說司馬懿斬了曹爽，太尉蔣濟曰：「尚有魯芝、辛敞斬關奪門而出，楊綜奪印不與，皆不可縱。」懿曰：「彼各為其主，乃義人也。」遂復各人舊職。辛敞歎曰：「吾若不問於姊，失大義矣！」後人有詩讚辛憲英曰：

為臣食祿當思報，事主臨危合盡忠。
辛氏憲英曾勸弟，古今千載頌高風。

司馬懿饒了辛敞等，乃出榜曉諭：但有曹爽門下一應人等，盡皆免死；有官者照舊復職；軍民各守家業。內外安堵。何、鄧二人死於非命，果應管輅之言。後人有詩讚管輅曰：

傳得聖賢真妙訣，平原管輅相通神。
鬼幽鬼躁分何、鄧，未喪先知是死人。

卻說魏主曹芳封司馬懿為丞相，加九錫。懿固辭不肯受。芳不准，令父子三人同領國事。懿忽然想起曹爽全家雖誅，尚有夏侯霸守備雍州等處，係爽親族，倘驟然作亂，如何提備，必當處置；即下詔遣使往雍州，取征西將軍夏侯霸赴洛陽議事。夏侯霸聽知，大驚，便引本部三千兵造反。有鎮守雍州刺史郭淮，聽知夏侯霸反，即率本部兵來，與夏侯霸交戰。淮出馬大罵曰：「汝既是大魏皇族，天子又不曾虧汝，何故背反？」霸亦罵曰：「吾祖父於國家多建勳勞，今司馬懿何等人，滅吾曹氏宗族，又來取我，早晚必思篡位。吾仗義討賊，何反之有？」淮大怒，挺槍驟馬，直取夏侯霸，霸揮刀縱馬來迎。戰不十合，淮敗走，霸隨後趕來。忽聽得後軍吶喊，霸急回馬時，陳泰引兵殺來。郭淮復回。兩路夾攻，霸大敗而走，折兵大半；尋思無計。遂投漢中來降後主。

令人追憶魏公加九錫時。

有人報與姜維，維心不信，令人體訪❶得實，方教入城。霸拜見畢，哭告前事。維曰：「昔微子去

❶ 體訪：仔細訪問。

周，成萬古之名。公能匡扶漢室，無愧古人也。」遂設宴相待。維就席問曰：「今司馬懿父子掌握重權，有窺我國之志否？」霸曰：「老賊方圖謀逆，未暇及外。但魏國新有二人，正在妙齡之際。若使領兵馬，實吳、蜀之大患也。」

維問：「二人是誰？」霸告曰：「一人現為祕書郎，乃潁川長社人；姓鍾，名會，字士季；太傅鍾繇之子；幼有膽智。繇嘗率二子見文帝。會時年七歲，其兄毓年八歲。毓見帝惶懼，汗流滿面。帝問毓曰：『卿何以汗？』毓對曰：『戰戰惶惶，汗出如漿。』帝問會曰：『卿何以不汗？』會對曰：『戰戰慄慄，汗不敢出。』帝獨奇之。及稍長，喜讀兵書，深明韜略。司馬懿與蔣濟皆稱其才。一人現為掾吏，乃義陽人也；姓鄧，名艾，字士載。幼年失父，素有大志。但見高山大澤，輒窺度指畫，——何處可以屯兵，何處可以積糧，何處可以埋伏。人皆笑之，獨司馬懿奇其才，遂令參贊軍機。艾為人口吃，每奏事必稱『艾艾』。懿戲謂曰：『卿稱艾艾，當有幾艾？』艾應聲曰：『「鳳兮鳳兮」，故是一鳳。』其資性敏捷，大抵如此。此二人深可畏也。」

維笑曰：「量此孺子，何足道哉！」於是姜維引夏侯霸至成都，入見後主。維奏曰：「司馬懿謀殺曹爽，又來賺夏侯霸，霸因此投降。目今司馬懿父子專權，曹芳懦弱，魏國將危。臣在漢中有年，兵精糧足；臣願領王師，即以霸為鄉導官，進取中原，重興漢室，以報陛下之恩，以終丞相之志。」尚書令費禕諫曰：「近者，蔣琬、董允皆相繼而亡，內治無人。伯約只宜待時，不宜輕動。」維曰：「不然；人生如白駒過隙，似此遷延歲月，何日恢復中原乎？」禕又曰：「孫子云：『知己知彼，百戰百勝。』我等皆不如丞相遠甚，丞相尚不能恢復中原，何況我等？」維曰：「吾久居隴上，深知羌人之心，今若結羌人為援，雖未能克復中原，自隴而西，可斷而有也。」後主曰：「卿既欲伐魏，可盡忠竭力，勿墮銳氣以負朕命。」

於是姜維領勅辭朝，同夏侯霸逕到漢中，計議起兵。維曰：「可先遣使去羌人處通盟，然後出西平，近雍州。先築二城於麴山之下，令兵守之，以為犄角之勢。我等盡發糧草於川口，依丞相舊制次第進兵。」

此是一伐中原。

是年秋八月，先差蜀將句安、李歆同引一萬五千兵，往麴山前連築二城。句安守東城，李歆守西城。

早有細作報與雍州刺史郭淮。淮一面申報洛陽，一面遣副將陳泰引兵五萬來麴山與蜀兵交戰。句安、李歆各引一軍出迎；因兵少不能抵敵，退入城中。泰令兵四面圍住攻打，又以兵斷其漢中糧道。句安、李歆城中糧缺。郭淮自引兵亦到，看了地勢，忻然而喜；回到寨中，乃與陳泰計議曰：「此城山勢高阜，必然水少，須出城取水；若斷其上流，蜀兵皆渴死矣。」

遂令軍士掘土堰斷上流。城中果然無水。李歆引兵出城取水，雍州兵圍困甚急。歆死戰不能出，只得退入城去。句安城中亦無水，乃會了李歆，引兵出城，併在一處；大戰良久，又敗入城去。軍士枯渴。安與歆曰：「姜都督之兵，至今未到，不知何故。」歆曰：「我當捨命，殺出求救。」遂引數十騎，開了城門，殺將出來。雍州兵四面圍合，歆奮死衝突，方纔得脫；只落得獨自一人，身帶重傷，餘皆死於亂軍之中。是夜北風大起，陰雲布合，天降大雪；因此，城內蜀兵，分糧化雪而食。

卻說李歆衝出重圍，從西山小路行了兩日，正迎著姜維人馬。歆下馬伏地告曰：「麴山二城，皆被魏兵圍困，絕了水道。幸得天降大雪，因此化雪度日，甚是危急。」維曰：「吾非救遲；為聚羌兵未到，因此誤了。」

遂令人送李歆入川養病。維問夏侯霸曰：「羌兵未到，魏兵圍困麴山甚急，將軍有何高見？」霸曰：「若等羌兵到麴山，二城皆陷矣。吾料雍州兵，盡來麴山攻打。雍州城定然空虛，將軍可引兵逕往牛頭山，抄在雍州之後。郭淮、陳泰必回救雍州，則麴山之圍自解矣。」維大喜曰：「此計最善！」於是姜維引兵望牛頭山而去。

卻說陳泰見李歆殺出城去了，乃謂郭淮曰：「李歆若告急於姜維，姜維料吾大兵皆在麴山，必抄牛頭山襲吾之後。將軍可引一軍去取洮水，斷絕蜀兵糧道；吾分兵一半，逕往牛頭山擊之；彼若知糧道已絕，必然自走矣。」郭淮從之，遂引一軍暗取洮水。陳泰引一軍逕往牛頭山來。

卻說姜維兵至牛頭山，忽聽的前軍發喊，報說魏兵截住去路，維慌忙自到軍前視之。陳泰大喝曰：「汝欲襲吾雍州！吾已等候多時了！」維怒，挺槍縱馬，直取陳泰。泰揮刀而迎。戰不三合，泰敗走。維揮兵掩殺。雍州兵退回。占住山頭。維收兵就牛頭山下寨。維每日領兵搦戰，不分勝負。夏侯霸謂姜維曰：「此處不是久停之所。連日交戰，不分勝負，乃誘兵之計耳，必有異謀。不如暫退，再作良圖。」

正言間，忽報郭淮引一軍取洮水，斷了糧道。維大驚，急令夏侯霸先退。維自斷後。陳泰分兵五路趕來，維獨拒五路總口，戰住魏兵。泰勒兵上山，矢石如雨。維急退到洮水之時，郭淮引兵殺來。維引兵往來衝突。魏兵阻其去路，密如鐵桶。維奮死殺出，折兵大半，飛奔上陽平關來。

前面又一軍殺到；為首一員大將，縱馬橫刀而出。那人生得圓面大耳，方口厚脣，左目下生個黑瘤，瘤上生數十根黑毛，乃司馬懿長子驃騎將軍司馬師也。維大怒曰：「孺子焉敢阻吾歸路！」拍馬挺槍，直來刺師。師揮刀相迎。只三合，殺敗了司馬師，維脫身逕奔陽平關來。城上人開門放入姜維。司馬師

第一次出兵就見掣肘，不及武侯多

矣。

也來搶關，兩邊伏弩齊發，一弩發十矢，乃武侯臨終時所遺「連弩」之法也。正是：難支此日三軍敗，猶賴當年十矢傳。未知司馬師性命如何，且看下文分解。

第一〇八回　丁奉雪中奮短兵　孫峻席間施密計

卻說姜維正走，遇著司馬師引兵攔截。原來姜維取雍州之時，郭淮飛報入朝。魏主與司馬懿商議停當。懿遣長子司馬師引兵五萬，前來雍州助戰。師聽知郭淮殺退蜀兵，師料蜀兵勢弱，就來半路擊之；直趕到陽平關，卻被姜維用武侯所傳連弩法，於兩邊暗伏連弩百餘張，一弩發十矢，皆是藥箭。兩邊弩箭齊發，前軍連人帶馬射死不知其數。司馬師於亂軍之中，逃命而回。

卻說麴山城中，蜀將句安見援兵不至，乃開門降魏。姜維折兵數萬，領敗軍回漢中屯紮，司馬師自還洛陽。至嘉平三年秋八月，司馬懿染病，漸漸沈重，乃喚二子至榻前囑曰：「吾事魏歷年，官授太傅，人臣之位極矣；人皆疑吾有異志，吾嘗懷恐懼。吾死之後，汝二人善理國政。慎之！慎之！」言訖而亡。長子司馬師，次子司馬昭二人申奏魏主曹芳。芳厚加祭葬，優錫贈謚。封師為大將軍，總領尚書機密大事；昭為驃騎上將軍。

前是詐病，此是真病了。

卻說吳主孫權，先有太子孫登，乃徐夫人所生，於吳赤烏四年身亡，遂立次子孫和為太子，乃琅琊王夫人所生。和因與金公主不睦，被公主所譖，權廢之。和憂恨而死。又立三子孫亮為太子，乃潘夫人所生。此時陸遜、諸葛瑾皆亡，一應大小事務，皆歸於諸葛恪。

太和元年，秋八月初一日，忽起大風，江海湧濤，平地水深八尺。吳主先後所種松柏，盡皆拔起，直飛到建業城南門外，倒插在道上。權因此受驚成病。至次年八月內，病勢沈重，乃召太傅諸葛恪、大司馬呂岱，至榻前囑以後事。囑訖而薨。在位二十四年，壽七十一歲。乃蜀漢延熙十五年也。後人有詩曰：

紫髯碧眼號英雄，能使臣僚肯盡忠。
二十四年興大業，龍蟠虎踞在江東。

孫權既亡。諸葛恪立孫亮為帝，大赦天下，改元大興元年；諡權曰大皇帝，葬於蔣陵。早有細作探知其事，報入洛陽。司馬師聞孫權已死，遂議起兵伐吳。尚書傅嘏曰：「吳有長江之險，先帝屢次征伐，皆不遂意；不如各守邊疆，乃為上策。」師曰：「天道三十年一變，豈皇帝為鼎峙乎？吾欲伐吳。」昭曰：「今孫權新亡，孫亮幼懦，其隙正可乘也。」遂令征南大將軍王昶，引兵十萬攻東興；鎮南都督毌丘儉，引兵十萬攻武昌；三路進發。又遣弟司馬昭為大都督，總領三路軍馬。

不但欲滅吳，亦有吞魏之意。

是年冬十月，司馬昭兵至東吳邊界，屯住人馬，喚王昶、胡遵、毌丘儉到帳中計議曰：「東吳最緊要處，惟東興郡也。今他築起大堤，左右又築兩城，以防巢湖後面攻擊，諸公須要仔細。」遂令王昶、毌丘儉各引一萬兵，列在左右，且勿進發；待取了東興郡，那時一齊進兵。昶、儉二人受令而去。昭又令胡遵為先鋒，總領三路兵前去，先搭浮橋，取東興大堤；若奪得左右二城，便是大功。遵領兵來搭浮橋。

卻說吳太傅諸葛恪，聽知魏兵三路而來，聚眾商議。平北將軍丁奉曰：「東興乃東吳緊要處所，若

寫丁奉能戰，是老將之勇。

有失，則南郡武昌危矣。」恪曰：「此論正合吾意。公可就引三千水兵從江中去。吾隨後令呂據、唐咨、劉纂各引一萬馬步兵，分三路來接應。但聽連珠砲響，一齊進兵，吾自引大兵後至。」丁奉得令，即引三千水兵，分作三十隻船，望東興而來。

卻說胡遵渡過浮橋，屯軍於堤上，差桓嘉、韓綜攻打二城。左城中乃吳將全懌把守，右城中乃吳將劉略把守。此二城高峻堅固，急切攻打不下。全、劉二人見魏兵勢大，不敢出戰，死守城池。胡遵在徐州下寨。時值嚴寒，天降大雪，胡遵與眾將設席高會，忽報水上有三十隻戰船來到。遵出寨視之，見船將次傍岸，每船上約有百人，遂還帳中，謂諸將曰：「不過三千人耳，何足懼哉！」只令部將哨探！仍前飲酒。丁奉將船一字兒抛在水上，乃謂部將曰：「大丈夫立功名，正在今日。」遂令眾軍脫去衣甲，卸了頭盔，不用長槍大戟，止帶短刀。魏兵見之大笑，更不準備。

忽然連珠砲響了三聲，丁奉提刀當先，一躍上岸，眾軍皆拔短刀，隨奉上岸，砍入魏寨。魏兵措手不及，韓綜急拔帳前大戟迎之，早被丁奉搶入懷內，手起刀落，砍翻在地。桓嘉從左邊轉出，忙綽槍刺丁奉；被奉挾住槍桿，嘉棄槍而走，奉一刀飛去，正中左肩，嘉望後便倒。奉趕上，就以槍刺之。三千吳兵，在魏寨中左衝右突。胡遵急上馬奪路而走。魏兵齊奔上浮橋，浮橋已斷，大半落水而死；殺倒在雪地者，不知其數。車仗馬匹軍器，皆被吳兵所獲。司馬昭、王昶、毌丘儉聽知東興兵敗，亦勒兵而退。

卻說諸葛恪引兵至東興，收兵賞勞已畢，乃聚諸將曰：「司馬昭兵敗北歸，正好乘勢進取中原。」遂一面遣人齎書入蜀，求姜維進兵攻其北，許以平分天下；一面起大兵二十萬，來伐中原。臨行時，忽見一道白氣，從地而起，遮斷三軍，對面不見。蔣延曰：「此氣乃白虹也，主喪兵之兆。

太傅只可回朝，不可伐魏。」恪大怒曰：「汝安敢出不利之言，以慢吾軍心！」叱武士斬之。眾皆告免。恪乃貶蔣延為庶人，仍催兵前進。丁奉曰：「魏以新城為總隘口，若先取得此城，司馬昭破膽矣。」

恪大喜，即趲兵直至新城。守城牙門將軍張特，見吳兵大至，閉門堅守。恪令四面圍定。早有流星馬報入洛陽。主簿虞松告司馬師曰：「今諸葛恪圍新城，且未可與戰。吳兵遠來，人多糧少，糧盡自走矣。待其將走，然後擊之，必得全勝。但恐蜀兵犯境，不可不防。」師然其言，遂令司馬昭引一軍助郭淮防姜維，毌丘儉，胡遵拒住吳兵。

卻說諸葛恪連月攻打新城不下，令眾將併力攻城，怠慢者立斬。於是諸將奮力攻打，城東北角將陷。張特在城中定下一計，乃令一舌辯之士，齎捧冊籍，赴吳寨見諸葛恪，告曰：「魏國之法，若敵人圍城，守城將堅守一百日，而無救兵至，然後出城降敵者，家族不坐罪；今將軍圍城已九十餘日，望乞再容數日，某主將盡率軍民出城投降，今先具冊籍呈上。」

恪深信之，收了軍馬，遂不攻城。原來張特用緩兵之計，哄退吳兵，遂拆城中房屋，於破城處，修補完備，乃登城大罵曰：「吾城中尚有半年之糧，豈肯降吳狗耶！儘戰無妨！」恪大怒，催兵攻城。城上亂箭射下。恪額上正中一箭，翻身落馬，諸將救起還寨，金瘡舉發。眾軍皆無戰心；又因天氣亢炎，軍士多病。恪金瘡稍可，欲催兵攻城！營吏告曰：「人人皆病，安能戰乎？」恪大怒曰：「再說病者斬之！」眾軍聞之，逃者無數。

忽報都督蔡林引本部兵投魏去了。恪大驚，自乘馬遍視各營，果見軍士面色黃腫，各帶病容，遂勒兵還吳。早有細作報知毌丘儉。儉起大兵，隨後掩殺。吳兵大敗而歸。恪甚羞慚，託病不朝。吳主孫亮，

一勝不止，至

於敗而後止，是畫蛇添足矣。

自至其宅問安，文武官僚，皆來拜見。恪恐人議論，先搜求眾官將過失，輕則發遣邊方，重則斬首示眾。於是內外官僚，無不悚懼。又令心腹將張約、朱恩掌御林軍以為牙爪。

卻說孫峻字子遠，乃孫堅弟孫靜曾孫，孫恭之子也。孫權在日，甚愛之，命掌御林軍馬。今聞諸葛恪令張約、朱恩二人掌御林軍，奪其權，心中大怒。太常卿滕胤，素與諸葛恪有隙，乃乘間說峻曰：「諸葛恪專權恣虐，殺害公卿，將有不臣之心。公係宗室，何不早圖之？」峻曰：「我有是心久矣。今當即奏天子，請旨誅之。」

於是孫峻、滕胤入見吳主孫亮，密奏其事。亮曰：「朕見此人，亦甚恐怖，常欲除之，未得其隙。今卿等果有忠義，可密圖之。」胤曰：「陛下可設席召恪，暗伏武士於壁衣中，擲盃為號，就席間殺之，以絕後患。」亮從之。

卻說諸葛恪自兵敗回朝，託病居家，心神恍惚。一日偶出中堂，忽見一人麻衣掛孝而入。恪叱問之，其人大驚無措。恪令拏下拷問，其人告曰：「某因新喪父親，入城請僧追薦；初見是寺院而入，卻不想是太傅之府。卻怎生來到此處也！」恪怒，召守門軍士問之。軍士告曰：「某等數十人，皆荷戈把門，未嘗暫離，並不見一人入來。」恪大怒，盡數斬之。

是夜，恪睡臥不安，忽聽得正堂中聲響如霹靂。恪自出視之，見中樑折為兩段。恪驚歸寢室，忽然一陣陰風起處，見所殺披麻人與守門軍士數十人，各提頭索命。恪驚倒在地，良久方甦。次早洗面，聞水甚血臭。恪叱侍婢，連換數十盆，皆臭無異。

恪正驚疑間，忽報天子有使至，宣太傅赴宴。恪令安排車仗；方欲出府，有黃犬啣住衣服，嚶嚶作聲，如哭之狀。恪怒曰：「犬戲我也！」叱左右逐去之，遂乘車出府。行不數步，見車前一道白虹，自地而起，如白練沖天而去。恪甚驚怪。心腹將張約進車前密告曰：「今日宮中設宴，未知好歹，主公不可輕入。」

恪聽罷，便令回車。行不到十餘步，孫峻、滕胤乘馬至車前曰：「太傅何故便回？」恪曰：「吾忽然腹痛，不可見天子。」胤曰：「朝廷為太傅軍回，不曾面敘，故特設宴相召，兼議大事。太傅雖恙，還當勉強一行。」恪從其言，遂同孫峻、滕胤入宮。張約亦隨入。恪見吳主孫亮，施禮畢，就席而坐。亮命進酒，恪心疑，辭曰：「病軀不勝盃酌。」孫峻曰：「太傅府中常服藥酒，可取飲乎？」恪曰：「可也。」遂令從人回府取自製藥酒到，恪方纔放心飲之。

酒至數巡，吳主孫亮託事先起。孫峻下殿，脫了長服，著短衣，內披環甲，手提利刃上殿大呼曰：「天子有詔誅逆賊！」諸葛恪大驚，擲盃於地，欲拔劍迎之，頭已落地。張約見峻斬恪，揮刀來迎。峻急閃過刀尖，傷其左指。峻轉身一刀，砍中張約右臂。武士一齊擁出，砍倒張約，剁為肉泥。孫峻一面令武士收恪家眷，一面令人將張約並諸葛恪屍首，用蘆蓆包裹，以小車載出，棄於城南門外石子崗亂塚坑內。

從前種種災異，於此結局。

卻說諸葛恪之妻，正在房中，心神恍惚，動止不寧，忽一婢女入房。恪妻問曰：「汝遍身如何血臭？」其婢忽然反目切齒，飛身跳躍，頭撞屋樑，口中大叫曰：「吾乃諸葛恪也！被奸賊孫峻謀殺！」恪合家老幼，驚惶號哭。

不一時，軍馬至，圍住府第，將恪全家老幼，俱縛至市曹斬首。時吳大興二年冬十月也。昔諸葛瑾在日，見恪聰明盡顯於外，歎曰：「此子非保家之主也！」又魏光祿大夫張緝，曾對司馬師曰：「諸葛恪不久死矣！」師問其故，緝曰：「威震其主，何能久乎？」至此果中其言。

卻說孫峻殺了諸葛恪，吳主孫亮封峻為丞相大將軍富春侯，總督中外諸軍事。自此權柄盡歸孫峻矣。

且說姜維在成都，接得諸葛恪書，欲求相助伐魏，遂入朝，奏准後主，復起大兵，北伐中原。正是：

一度興師未奏績，兩番討賊欲成功。未知勝負如何，且看下文分解。

第一〇九回　困司馬漢將奇謀　廢曹芳魏家果報

蜀漢延熙十六年秋，將軍姜維起兵二十萬，令廖化、張翼為左右先鋒，夏侯霸為參謀，張嶷為運糧使，大兵出陽平關伐魏。維與夏侯霸商議曰：「向取雍州，不克而還；今若再出，必又有備。公有何高見？」霸曰：「隴上諸郡，只有南安錢糧最廣；若先取之，足可為本。向者不克而還，蓋因羌兵不至。今可遣人會羌人於隴右，然後進兵出石營，從董亭直取南安。」維大喜曰：「公言甚妙！」遂遣郤正為使，齎金珠蜀錦入羌，結好羌王。羌王迷當，得了禮物，便起兵五萬，令羌將俄何燒戈為大先鋒，引兵南安來。此是二伐中原。

魏左將軍郭淮聞報，飛奏洛陽。司馬師問諸將曰：「誰敢去敵蜀兵？」輔國將軍徐質曰：「某願往。」師素知徐質英勇過人，心中大喜，即令徐質為先鋒，令司馬昭為大都督，領兵望隴西進發。軍至董亭，正遇姜維，兩軍列成陣勢。徐質使開山大斧，出馬挑戰。蜀陣中廖化出迎。戰不數合，化拖刀敗回，張翼縱馬挺槍而迎；戰不數合，又敗入陣。徐質驅兵掩殺，蜀兵大敗，退三十餘里。司馬昭亦收兵回，各自下寨。

姜維與夏侯霸商議曰：「徐質勇甚，當以何策擒之？」霸曰：「來日詐敗，以埋伏之計勝之。」維曰：「司馬昭乃仲達之子，豈不知兵法？若見地勢掩映，必不肯追。吾見魏兵累次斷吾糧道，今卻用此計誘之，可斬徐質矣。」

遂喚廖化分付如此如此，又喚張翼分付如此如此。二人領兵去了。一面令軍士於路撒下鐵蒺藜，寨外多排鹿角，示以久計。徐質連日引兵搦戰，蜀兵不出。哨馬報司馬昭說：「蜀兵在鐵籠山後，用木牛流馬搬運糧草，以為久計，只待羌兵策應。」昭喚徐質曰：「昔日所以勝蜀者，因斷彼糧道也。今蜀兵在鐵籠山後運糧，汝今夜引兵五千，斷其糧道，蜀兵自退矣。」

徐質領命，初更時分，引兵望鐵籠山來，果見蜀兵二百餘人，驅百餘頭木牛流馬，裝載糧草而行。魏兵一聲喊起，徐質當先攔住。蜀兵盡棄糧草而走，質分兵一半；押送糧草回寨。自引兵一半追來，追不到十里，前面車仗橫截去路，質令軍士下馬拆開車仗，只見兩邊忽然火起。質急勒馬回走，後面山僻窄狹處，亦有車仗截路，火光迸起。質等冒煙突火，縱馬而出。一聲砲響，兩路兵殺來；左有廖化，右有張翼，大殺一陣，魏兵大敗。徐質奮死隻身而走，人困馬乏。

善學丞相火攻，是好徒弟。

正奔走間，前面一枝兵殺到，乃姜維也。質大驚無措；被維槍刺倒坐下馬，徐質跌下馬來，被眾軍亂刀砍死。質所分一半押糧兵，亦被夏侯霸所擒，盡降其眾。霸將魏兵衣甲馬匹，令蜀兵穿了，就令騎坐，打著魏軍旗號，從小路逕奔回魏寨來。魏軍見本部兵回，開門放入，蜀兵就寨中殺起。

司馬昭大驚，慌忙上馬走時，前面廖化殺來。昭不能前進，急退時，姜維引兵從小路殺到。昭四下無路，只得勒兵上鐵籠山據守。原來此山只有一條路，四下皆峻險難上；其上惟有一泉，止彀百人之飲。此時昭手下有六千人，被姜維絕其路口。山上泉水不敷，人馬枯渴。昭仰天長歎曰：「吾死於此地矣！」

讀至此，令人拍案一快。

後人有詩曰：

妙算姜維不等閑，魏師受困鐵籠間。
龐涓始入馬陵道，項羽初圍九里山。

主簿王韜曰：「昔日耿恭受困，拜井而得其泉；將軍何不效之？」昭從其言，遂上山頂泉邊，再拜而祝曰：「昭奉詔來退蜀兵，若昭合死，令甘泉枯渴，昭自當刎頸，教部軍盡降；如壽祿未終，願蒼天早起甘泉，以活眾命！」祝畢，泉水湧出，取之不竭；因此人馬不死。

此天助晉。

卻說姜維在山下困住魏兵，謂眾將曰：「昔日丞相在上方谷，不曾捉住司馬懿，吾深為恨；今司馬昭必被吾擒矣。」

卻說郭淮聽知司馬昭困於鐵籠山上，欲提兵來。陳泰曰：「姜維會合羌兵，欲先取南安。今羌兵已到，將軍若撤兵去救，羌兵必乘虛襲我後也。可先令人詐降羌人，於中取事。若退了此兵，方可救鐵籠之圍。」

郭淮從之，遂令陳泰引五千兵，逕到羌王寨內，解甲而入，泣拜曰：「郭淮妄自尊大，常有殺泰之心，故來投降，郭淮軍中虛實，某俱知之。只今夜願引一軍前去劫寨，便可成功。如兵到魏寨，自有內應。」

迷當大喜，遂令俄何燒戈同陳泰來劫魏寨。俄何燒戈教泰降兵在後，令泰引羌兵為前部。是夜二更，竟到魏寨，寨門大開。陳泰一騎馬先入。俄何燒戈驟馬挺槍入寨之時，只叫得一聲苦，連人帶馬，跌在陷坑裡。陳泰從後面殺來，郭淮從左邊殺來，羌兵大亂，自相踐踏，死者無數，生者盡降。俄何燒戈自刎而死。

郭淮、陳泰引兵直殺到羌人寨中，迷當大驚，急出帳上馬時，被魏兵生擒活捉，來見郭淮。淮慌下馬，親去其縛，用好言撫慰曰：「朝廷素以公為忠義，今何故助蜀人也？」迷當慚愧伏罪。淮乃說迷當曰：「公今為前部，去解鐵籠山之圍，退了蜀兵，吾奏准天子，自有厚賜。」

迷當從之，遂引羌兵在前，魏兵在後，逕奔鐵籠山。時值三更。先令人報知姜維。維大喜，教請入相見。魏兵多半雜在羌人部內；行到蜀寨前，維令大兵皆在寨外屯紮，迷當引百餘人到中軍帳前。姜維、夏侯霸二人出迎。魏將不等迷當開言，就從背後殺將起來。維大驚，急上馬而走。羌、魏之兵，一齊殺入。蜀兵四紛五落，各自逃生。

維手無器械，腰間懸有一付弓箭，走得慌忙，箭皆落了，只有空壺。維望山中而走，背後郭淮引兵趕來；見維手無寸鐵，乃驟馬挺槍追之。看看至近，維虛拽弓弦，連響十餘次。淮連躲數番，不見箭到，知維無箭，乃挂住鋼槍，拈弓搭箭射之。維急閃過，順手接了，就扣在弓弦上；待淮追近，望面門上儘力射去，淮應弦落馬。

得此一箭，稍快人意。

維勒回馬來殺郭淮，魏軍驟至。維下手不及，只掣得淮槍而去。魏兵不敢追趕，急救淮歸寨，拔出箭頭，血流不止而死。司馬昭下山引兵追趕，半途而回。夏侯霸隨後逃至，與姜維一齊奔走。維折了許多人馬，一路收紮不住，自回漢中。雖然兵敗，卻射死郭淮，殺死徐質，挫動魏國之威，將功補罪。

卻說司馬昭犒勞羌兵，發遣回國去訖，班師回洛陽，與兄司馬師專制朝權，群臣莫敢不服。魏主曹芳每見師入朝，戰慄不已。如針刺背。一日，芳設朝，見師挂劍上殿，慌忙下榻迎之。師笑曰：「豈有

寫得司馬師聲勢，依稀曹操當年。

君迎臣之禮也？請陛下穩便。」

須臾，群臣奏事，司馬師俱自剖斷，並不啟奏魏主。少時師退，昂然下殿，乘車出外，前遮後擁，不下數千人馬，芳退入後殿，顧左右止有三人，乃太常夏侯玄、中書令李豐、光祿大夫張緝。緝乃張皇后之父，曹芳之皇丈也。芳叱退近侍，同三人至密室商議。芳執張緝之手而哭曰：「司馬師視朕如小兒，覷百官如草芥，社稷早晚必歸此人矣！」

言訖大哭。李豐奏曰：「陛下勿憂。臣雖不才，願以陛下之明詔，聚四方之英傑剿此賊。」夏侯玄奏曰：「臣兄夏侯霸降蜀，因懼司馬兄弟謀害故耳。今若剿除此賊，臣兄必回也。臣乃國家舊戚，安敢坐視奸賊亂國？願同奉詔討之。」芳曰：「但恐不能耳。」三人哭奏曰：「臣等誓當同心討賊，以報陛下！」

芳脫下龍鳳汗衫，咬破指尖，寫了血詔，授與張緝，乃囑曰：「朕祖武皇帝誅董承，蓋為機事不密也。卿等須謹慎，勿泄於外。」豐曰：「陛下何出此不利之言？臣等非董承之輩，司馬師安比武祖也？陛下勿疑。」

三人辭出，至東華門左側，正見司馬師帶劍而來，從者數百人，皆持兵器。三人立於道旁。師問曰：「汝三人退朝何遲？」李豐曰：「聖上在內觀書，我三人侍讀故耳。」師曰：「所看何書？」豐曰：「乃夏、商、周三代之書也。」師曰：「上見此書，問何故事？」豐曰：「天子所問，伊尹扶商，周公攝政之事；我等皆奏曰：『今司馬大將軍，即伊尹、周公也。』」師冷笑曰：「汝等豈將吾比伊尹、周公！其心實指吾為王莽、董卓！」三人皆曰：「我等三人皆將軍門下之人，安敢如此？」師大怒曰：「汝等乃口訣❶之人！適間與天子在密室中所哭何事？」三人曰：「實無此狀。」師叱曰：「汝三人淚眼尚紅，如何抵賴！」

夏侯玄知事已泄，乃厲聲大罵曰：「吾等所哭者，為汝威震其主，將謀篡逆耳！」師大怒，叱武士捉夏侯玄。玄揮拳裸袖，逕擊司馬師，卻被武士擒住。師令將各人搜檢，於張緝身畔搜出一龍鳳汗衫，上有血字。左右呈與司馬師，師視之，乃密詔也。詔曰：

司馬師兄弟，共持大權，將圖篡逆。所行詔制，皆非朕意。各部官兵將士，可同仗忠義，討滅賊臣，匡扶社稷。功成之日，重加爵賞。

司馬師看畢，勃然大怒曰：「原來汝等正欲謀害吾兄弟！情理難容！」遂令將三人腰斬於市，滅其三族。三人罵不絕口。比臨東市中，牙齒盡被打落，各人含糊數罵而死。師直入後宮，魏主曹芳正與張皇后商議此事。皇后曰：「內廷耳目頗多，倘事泄露，必累妾矣！」

正言間，忽見師入，皇后大驚。師按劍謂芳曰：「臣父立陛下為君，功德不在周公之下。臣事陛下亦與伊尹何別乎？今反以恩為讎，以功為過，欲與二三小臣，謀害臣兄弟，何也？」芳曰：「朕無此心。」師袖中取出汗衫，擲之於地曰：「此誰人所作耶？」

芳魂飛天外，魄散九霄，戰慄而答曰：「此皆為他人所逼故也。朕豈敢興此心。」師曰：「妄誣大臣造反，當加何罪？」芳跪告曰：「朕合有罪，望大將軍恕之！」師曰：「陛下請起。國法未可廢也。」

---

❶ 口訣：拍馬屁。

乃指張皇后曰：「此是張緝之女，理當除之！」芳大哭求免，師不從，叱左右將張后捉出，至東華門內，用白練絞死。後人有詩曰：

當年伏后出宮門，跣足哀號別至尊。
司馬今朝依此例，天教還報在兒孫。

次日，司馬師大會群臣曰：「今主上荒淫無道，褻近娼優，聽信讒言，閉塞賢路，其罪甚於漢之昌邑，不能主天下。吾謹按伊尹、霍光之法，別立新君，以保社稷，以安天下，如何？」眾皆應曰：「大將軍行伊、霍之事，所謂應天順人，誰敢違命？」

師遂同多官入永寧宮，奏聞太后。太后曰：「大將軍欲立何人為君？」師曰：「臣觀彭城王曹據，聰明仁孝，可以為天下之主。」太后曰：「彭城王乃老身之叔，今立為君，我何以當之？今有高貴鄉公曹髦，乃文皇帝之孫。此人溫恭克讓，可以立之。卿等大臣，從長計議。」

一人奏曰：「太后之言是也。便可立之。」眾視之，乃司馬師宗叔司馬孚也。師遂遣使往元城召高貴鄉公，請太后升太極殿，召芳責之曰：「汝荒淫無度，褻近娼優，不可承天下；當納下璽綬，復齊王之爵，目下起程，非宣召不許入朝。」芳泣拜太后，納了國寶，乘車大哭而去。只有數員忠義之臣，含淚而送。後人有詩曰：

昔日曹瞞相漢時，欺他寡婦與孤兒。

誰知四十餘年後，寡婦孤兒亦被欺！

卻說高貴鄉公曹髦，字彥士，乃文帝之孫，東海定王霖之子也。當日司馬師以太后命宣至，文武官僚，備鑾駕於南掖門外拜迎。髦慌忙答禮。太尉王肅曰：「主上不當答禮。」髦曰：「吾亦人臣也，安得不答禮乎？」文武扶髦上輦入宮，髦辭曰：「太后詔命，不知為何，吾安敢乘輦而入？」遂步行至太極東堂。司馬師迎著，髦先下拜，師急扶起。問候已畢，引見太后。太后曰：「吾見汝年幼時，有帝王之相；汝今可為天下之主，務須恭儉節用，布德施仁，勿辱先帝也。」髦再三謙辭。師令文武請髦出太極殿。是日立為新君，改嘉平六年為正元元年，大赦天下，假大將軍司馬師黃鉞，入朝不趨，奏事不名，帶劍上殿。文武百官，各有封賜。正元二年春正月，有細作飛報，說鎮東將軍毌丘儉、揚州刺史文欽，以廢主為名，起兵前來。司馬師大驚。正是：漢臣曾有勤王志，魏將還興討賊師。未知如何迎敵，且看下文分解。

與曹操無異。

第一一〇回 文鴦單騎退雄兵 姜維背水破大敵

卻說魏正元二年正月，揚州刺史鎮東將軍領淮南軍馬毌丘儉，字仲聞，河南聞喜人也；聞司馬師擅行廢立之事，心中憤怒。長子毌丘甸曰：「父親官居方面❶，司馬師專權廢主，國家有累卵之危，安可晏然自守？」儉曰：「吾兒之言是也。」

遂請刺史文欽商議。欽乃曹爽門下客；當日聞儉相請，即來拜謁。儉邀入後堂，禮畢；說話間，儉流淚不止。欽問其故。儉曰：「司馬師專權廢主，天地反覆，安得不傷心乎？」欽曰：「都督鎮守方面，若肯仗義討賊；欽願捨死相助。欽中子文淑，小字阿鴦，有萬夫不當之勇，常欲殺司馬師兄弟，與曹爽報讎；今可令為先鋒。」

儉大喜，其時酹酒為誓。二人詐稱太后有密詔，令淮南大小官兵將士，皆入壽春城，立一壇於西，宰白馬歃血為盟，宣言司馬師大逆不道，今奉太后密詔，令盡起淮南軍馬，仗義討賊。眾皆悅服。儉提六萬兵，屯於項城。文欽領兵二萬在外為遊兵，往來接應。儉移檄諸郡。令各起兵相助。

以其能討賊，故存其官，並書其地、書其字。

卻說司馬師左眼肉瘤，不時痛癢，乃命醫官割之，以藥封閉，連日在府養病；忽聞淮南告急，乃請太尉王肅商議。肅曰：「昔關雲長威震華夏，孫權令呂蒙襲取荊州，撫恤將士家屬，因此關公軍勢瓦解。

❶ 官居方面：做著總攬一個地區軍政大權的長官。

今淮南將士家屬，皆在中原，可急撫恤，更以兵斷其歸路，必有土崩之勢矣。」師曰：「公言極是。但吾新割目瘤，不能自往；若使他人，心又不穩。」

時中書侍郎鍾會在側。進言曰：「淮楚兵強，其鋒甚銳；若遣人領兵去退，多是不利。倘有疏虞，則大事廢矣。」師蹶然起曰：「非吾自往，不可破賊！」遂留弟司馬昭守洛陽，總攝朝政。師乘軟輿，帶病東行。令鎮東將軍諸葛誕，總督豫州諸軍，從安風津取壽春；又令征東將軍胡遵，領青州諸軍，出譙宋之地，絕其歸路；又遣豫州刺史監軍王基，領前部兵，先取鎮南之地。師領大軍屯於襄陽，聚文武於帳下商議。

光祿勳鄭褒曰：「毌丘儉好謀而無斷，文欽有勇而無智，今大軍出其不意。江淮之卒，銳氣正盛，不可輕敵；只宜深溝高壘，以挫其銳。此亞夫之長策也。」監軍王基曰：「不可。淮南之反，非軍民思亂也；皆因毌丘儉勢力所逼，不得已而從之。若大軍一臨，必然瓦解。」師曰：「此言甚妙。」遂進兵於㶏水之上，中軍屯於㶏橋。基曰：「南頓極好屯兵，可提兵星夜取之；若遲則毌丘儉必先至矣。」師遂令王基前部兵來南頓下寨。

卻說毌丘儉在項城，聞知司馬師自來，乃聚眾商議。先鋒葛雍曰：「南頓之地，依山傍水，極好屯兵；若魏兵先占，難以驅遣，可速取之。」

儉然其言，起兵投南頓來。正行之間，前面流星馬報說南頓已有人馬下寨。儉不信，自到軍前視之，果然旌旗遍野，營寨齊整。儉回到軍中，無計可施。忽哨馬飛報：「東吳孫峻提兵渡江襲壽春來了。」儉大驚曰：「壽春若失，吾歸何處！」是夜退兵於項城。

司馬師見毌丘儉軍退，聚多官商議。尚書傅嘏曰：「今儉兵退者，憂吳人襲壽春也，必回項城分兵拒守。將軍可令一軍取樂嘉城，一軍取項城，一軍取壽春，則淮南之卒必退矣。兗州刺史鄧艾，足智多謀；若領兵逕取樂嘉，更以重兵應之，破賊不難也。」師從之，急遣使持檄文，教鄧艾起兗州之兵破樂嘉城，師隨後引兵到彼會合。

卻說毌丘儉在項城，不時差人去樂嘉城哨探；只恐有兵來，請文欽到營共議。欽曰：「都督勿憂。我與拙子文鴦，只消五千兵，敢保樂嘉城。」儉大喜。欽父子引五千兵投樂嘉來。前軍報說：「樂嘉城西，皆是魏兵，約有萬餘。遙望中軍，白旄黃鉞，皂蓋朱旛，簇擁虎帳。內豎立一面錦繡帥字旗，此必司馬師也。安立營寨，尚未完備。」

時文鴦懸鞭立於父側，聞知此語，乃告父曰：「趁彼營寨未成，可分兵兩路，左右擊之，可全勝也。」欽曰：「何時可去？」鴦曰：「今夜黃昏，父引二千五百兵，從城南殺來；兒引二千五百兵，從城北殺來。三更時分，要在魏寨會合。」欽從之，當晚分兵兩路。

且說文鴦年方十八歲，身長八尺，全裝貫甲，腰懸鋼鞭，綽槍上馬，遙望魏寨而進。是夜司馬師兵到樂嘉，立下營寨，等鄧艾未至。師為眼下新割肉瘤，瘡口疼痛，臥於帳中，令數百甲士環立護衛。三更時分，忽然寨內喊聲大震，人馬大亂。師急問之。人報曰：「一軍從寨北斬圍直入，為首一將，勇不可當。」師大驚，心如火烈，眼珠從肉瘤瘡口內迸出，血流遍地，疼痛難當；又恐有亂軍心，只咬被頭而忍，被皆咬爛。

想其怒目視曹芳之時，當受此報。

原來文鴦軍馬先到，一擁而進；在寨中左衝右突，所到之處，人不敢當；有相拒者，槍搠鞭打，無不被殺。鴦只望父到，以為外應，並不見來。數番殺到中軍，皆被弓弩射回。鴦直殺到天明，只聽得北邊鼓角喧天。鴦回顧從者曰：「父親不在南面為應，卻從北至，何也？」鴦縱馬看時，只見一軍行如猛風，為首一將，乃鄧艾也，縱馬橫刀大叫曰：「反賊休走！」鴦大怒，挺槍迎之。戰有五十合，不分勝負。

正鬭間，魏兵大進，前後夾攻。鴦部下兵各自逃走，只文鴦單人獨馬，衝開魏兵，望南而走。背後數百員將，抖擻精神，驟馬追來；將至樂嘉橋邊，看看趕上。鴦忽然勒回馬大喝一聲，直衝入魏將陣中來，鋼鞭起處，紛紛落馬，各自倒退。鴦復緩緩而行。魏將聚在一處，驚訝曰：「此人尚敢退我等之眾耶！可併力追之！」

於是魏將百員，復來追趕。鴦勃然大怒曰：「鼠輩何不惜命耶！」提鞭撥馬，殺入魏將叢中，用鞭打死數人，復回馬緩轡而行。魏將連追四五番，皆被文鴦一人殺退。後人有詩曰：

寫文鴦如生龍活虎。

長坂當年獨拒曹，子龍從此顯英豪。
樂嘉城內爭鋒處，又見文鴦膽氣高。

原來文欽被山路崎嶇，迷入谷中；行了半夜，比及尋路而出，天色已曉，文鴦人馬不知所向。只見魏兵大勝，欽不戰而退。魏兵乘勢追殺，欽引兵望壽春而走。

卻說魏殿中校尉尹大目，乃曹爽心腹之人；因爽被司馬懿謀殺，故事司馬師，常有殺師報爽之心；又素與文欽交厚；今見師眼瘤突出，不能動止，乃入帳告曰：「文欽本無反心，今被毌丘儉逼迫，以致如此。某去說之，必然來降。」

師從之。大目頂盔貫甲，乘馬來趕文欽；看看趕上，乃高聲大叫曰：「文刺史見尹大目麼？」欽回頭視之，大目除盔放於鞍鞽之前，以鞭指曰：「文刺史何不忍耐數日也？」此是大目知師將亡，故來留欽。欽不解其意，厲聲大罵，便欲開弓射之。大目大哭而回。欽收聚人馬奔壽春時，已被諸葛誕引兵取了；欲復回項城時，胡遵、王基、鄧艾三路兵皆到。欽見勢危，遂投東吳孫峻去了。

卻說毌丘儉在項城內，聽知壽春已失，文欽勢敗，城外三路兵到，儉遂盡撤城中之兵出戰。正與鄧艾相遇，儉令葛雍出馬，與艾交鋒，不一合，被艾一刀斬之，引兵殺過陣來。毌丘儉死戰相拒。江淮兵大亂。胡遵、王基引兵四面夾攻。毌丘儉敵不住，引十餘騎奪路而走。前至慎縣城下，縣令宋白，開門接入，設席待之。儉大醉，被白令人殺了，將頭獻於魏兵。於是淮南平定。

司馬師臥病不起，喚諸葛誕入帳，賜以印綬，加為征東大將軍，都督揚州諸路軍馬；一面班師回許昌。師目痛不止，每夜只見李豐、張緝、夏侯玄三人立於榻前。師心神恍惚，自料難保，令人往洛陽取司馬昭到。昭哭拜於牀下。師遺言曰：「吾今權重，雖欲卸肩，不可得也。汝繼我為之，大事切不可輕託他人，自取滅族之禍。」言訖，以印綬付之，淚流滿面。昭正欲問時，大叫一聲，眼睛迸出而死。時正元二年二月也。

兩目俱出，此目無天子之報。

於是司馬昭發喪，中奏魏主曹髦。髦遣使持詔到許昌，即命暫留司馬昭屯軍許昌，以防東吳。昭心中猶豫未決。鍾會曰：「大將軍新亡，人心未定，將軍若留守於此，萬一朝廷有變，悔之何及？」昭從之，即起兵還屯洛水之南。

髦聞之大驚。太尉王肅奏曰：「昭既繼其兄掌大權，陛下可封爵以安之。」髦遂令王肅持詔，封司馬昭為大將軍錄尚書事。昭入朝謝恩畢。自此，中外大小事情，皆歸於昭。

卻說西蜀細作，哨知此事，報入成都。姜維奏後主曰：「司馬師新亡，司馬昭初握重權，必不敢擅離洛陽。臣請乘間伐魏，以復中原。」後主從之，遂命姜維興師伐魏。維到漢中，整頓人馬。征西大將軍張翼曰：「蜀地淺狹，錢糧淺薄，不宜遠征；不如據險守要，恤軍愛民。此乃保國之計也。」維曰：「不然。昔丞相未出茅廬，已定三分天下，然且六出祁山以圖中原；不幸半途而喪，以致功業未成。今吾既受丞相遺命，當盡忠報國以繼其志，雖死而無恨也。今魏有隙可乘，不就此時伐之，更待何時？」夏侯霸曰：「將軍之言是也。可將輕騎先出枹罕。若得洮西、南安，則諸郡可定。」張翼曰：「向者不克而還，皆因軍出甚遲也。兵法云：『攻其無備，出其不意。』今若火速進兵，使魏人不能提防，必然全勝矣。」

亦學武侯死而後已之語。

於是姜維引兵百萬望枹罕進發。兵至洮水，守邊軍士報知雍州刺史王經、副將軍陳泰。王經先起馬步兵七萬來迎。姜維分付張翼如此如此，又分付夏侯霸如此如此。二人領計去了，維乃自引大軍背洮水列陣。王經引數員牙將出而問曰：「魏與蜀吳，已成鼎足之勢；汝累次入寇，何也？」維曰：「司馬師無故廢主，鄰邦理宜問罪，何況讎敵之國乎？」

此是三伐中原。

經回顧張明、花永、劉達、朱芳四將曰：「蜀兵背水為陣，敗則沒於水矣。姜維驍勇，汝四將可戰之。彼若退動，便可追擊。」四將分左右而出，來戰姜維。維略戰數合，撥回馬望本營便走。王經大驅士馬，一齊趕來。維引兵望洮西而走；將次近水，大呼將士曰：「事急矣！諸將何不努力。」

衆將一齊奮力殺回，魏兵大敗。張翼、夏侯霸抄在魏兵之後，分兩路殺來，把魏兵困在垓心。維耀武揚威，殺入魏軍之中，左衝右突，魏兵大亂，自相踐踏，死者大半，逼入洮水者無數，斬首萬餘，疊屍數里。王經引敗兵百騎奮力殺出，逕往狄道城而走；奔入城中，閉門保守。

姜維大獲全功，犒軍已畢，便欲進兵攻打狄道城。張翼諫曰：「將軍功績已成，威聲大震，可以止矣，今若前進，倘不如意，正如畫蛇添足也。」維曰：「不然。向者兵敗，尚欲進取，縱橫中原；今日洮水一戰，魏人膽裂，吾料狄道唾手可得，汝勿自墮其志也。」張翼再三勸諫，維不從，勒兵來取狄道城。

卻說雍州征西將軍陳泰，正欲起兵與王經報兵敗之讎，忽兗州刺史鄧艾引兵到。泰接著禮畢。艾曰：「今奉大將軍之命，特來助將軍破敵。」泰問計於鄧艾。艾曰：「洮水得勝，若招羌人之眾，東爭關隴，傳檄四郡，此吾兵之大患也。今彼不思如此，卻圖狄道城，其城垣堅固，急切難攻，空勞兵費力耳。吾今陳兵於項嶺，然後進兵擊之，蜀兵必敗矣。」陳泰曰：「真妙論也！」遂先撥二十隊兵，每隊五十人，盡帶旌旗鼓角烽火之類，日伏夜行，去狄道城東南高山深谷之中埋伏；只待兵來，一齊鳴鼓吹角為應，夜則舉火放砲以驚之。調度已畢，專候蜀兵到來。於是陳泰、鄧艾各引二萬兵相繼而進。

卻說姜維圍住狄道城，令兵八面攻之，連攻數日不下，心中鬱悶，無計可施。是日黃昏時分，忽三五次流星馬報說：「有兩路兵來，旗上明書大字。一路是征西將軍陳泰，一路是兗州刺史鄧艾。」維大驚，遂請夏侯霸商議。霸曰：「吾向嘗為將軍言，鄧艾自幼深明兵法，善曉地理。今領兵到，頗為勁敵。」維曰：「彼軍遠來，我休容他住腳，便可擊之。」乃留張翼攻城，命夏侯霸引兵迎陳泰。維自引兵來迎鄧艾。

行不到五里，忽然東南一聲砲響，鼓角震地，火光沖天。維縱馬看時，只見周圍皆是魏兵旗號。維大驚曰：「中鄧艾之計矣！」遂傳令教夏侯霸、張翼各棄狄道而退，於是蜀兵皆退歸漢中。維自斷後，只聽得背後鼓聲不絕。維退入劍閣之時，方知火鼓二十餘處，皆虛設也。維收兵退屯於鍾堤。

且說後主因姜維有洮西之功，降詔封維為大將軍。維受了職，上表謝恩畢，再議出師伐魏之策。正是：成功不必添蛇足，討賊猶思舊虎威。未知此番北伐如何，且看下文分解。

第一一一回　鄧士載智敗姜伯約　諸葛誕義討司馬昭

卻說姜維退兵屯於鍾堤，魏兵屯於狄道城外。王經迎接陳泰、鄧艾入城，拜謝解圍之事，設宴相待，大賞三軍。泰將鄧艾之功，申奏魏主曹髦。髦封艾為安西將軍，假節領護東羌校尉，同陳泰屯兵於雍、涼等處。鄧艾上表謝恩畢，陳泰設宴與鄧艾拜賀曰：「姜維夜遁，其力已竭，不敢再出矣。」艾笑曰：「吾料蜀兵其必出有五。」

鄧艾居然將才。

泰問其故。艾曰：「蜀兵雖退，終有乘勝之勢；吾兵終有弱敗之實：其必出一也。蜀兵皆是孔明教演，精銳之兵，容易調遣；吾將不時更換，軍又訓練不熟：其必出二也。蜀人多以船行，吾軍皆是旱地。勞逸不同：其必出三也。狄道、隴西、南安、祁山四處，皆是守戰之地；蜀人或聲東擊西，指南攻北，吾兵必須分頭把守；蜀兵合為一處而來，以一分當我四分：其必出四也。若蜀兵自南安、隴西，則可取羌人之穀為食；若出祁山，則有麥可就食：其必出五也。」

陳泰歎服曰：「公料敵如神，蜀兵何足慮哉！」於是陳泰與鄧艾結為忘年之交。艾遂將雍、涼等處之兵，每日操練；各處隘口，皆立營寨，以防不測。

卻說姜維在鍾堤大設筵宴，會集諸將，商議伐魏之事。令史樊建諫曰：「將軍屢出，未獲全勝；今日洮西之戰，魏人既服威名，何故又欲出也？萬一不利，前功盡棄。」維曰：「汝等只知魏國地寬人廣，急不可得；卻不知攻魏者有五可勝。」

眾問之。維答曰：「彼洮西一敗，挫盡銳氣，吾兵雖退，不曾損折，今若進兵，一可勝也。吾兵船載而進，不致勞困，彼兵從旱地來迎，二可勝也。吾兵久經訓練之眾，彼皆烏合之徒，不曾有法度，三可勝也。吾兵自出祁山，掠抄秋穀為食，四可勝也。彼兵雖各守備，軍力分開，吾兵一處而去，彼安能救？五可勝也。不在此時伐魏，更待何時耶？」

夏侯霸曰：「艾年雖幼，而機謀深遠。近封為安西將軍之職，必於各處準備，非同往日矣。」維厲聲曰：「吾何畏彼哉！公等休長他人銳氣，滅自己威風！吾意已決，必先取隴西。」眾不敢諫。維自領前部，令眾將隨後而進。於是蜀兵盡離鍾堤，殺奔祁山來。

此是四伐中原。

哨馬報說魏兵已先在祁山立下九個寨柵。維不信，引數騎憑高望之，果見祁山九寨勢如長蛇，首尾相顧。維回顧左右曰：「夏侯霸之言，信不誣矣。此寨形勢絕妙，止吾師諸葛丞相能之。今觀鄧艾所為，不在吾師之下。」遂回本寨，喚諸將曰：「魏人既有準備，必知吾來矣，吾料鄧艾必在此間。汝等可虛張吾旗號，據此谷口下寨，每日令百餘騎出哨。每出哨一回，換一番衣甲。旗號按青黃赤白黑五方，旗幟更換。吾卻提大兵偷出董亭，逕襲南安去也。」遂令鮑素屯於祁山谷口。維盡率大兵，望南安進發。

卻說鄧艾知蜀兵出祁山，早與陳泰下寨準備；見蜀兵連日不來搦戰，一日五番哨馬出寨，或十里，或十五里而回。艾憑高望畢，慌入帳與陳泰曰：「姜維不在此間，必取董亭襲南安去了。出寨哨馬只是這幾匹，更換衣甲，往來哨探，其馬皆困乏，主將必無能者。陳將軍可引一軍攻之，其寨可破也。破了寨柵，便引兵襲董亭之路，先斷姜維之後。吾當先引一軍救南安，逕取武城山。若先占此山頭，姜維必取上邽。上邽有一谷，名曰段谷；地狹山險，正好埋伏。彼來爭武城山時，吾先伏兩軍於段谷，破維必矣。」泰曰：「吾守隴西二三十年，未嘗如此明察地理。公之所言，真神算也。公可速去，吾自攻此處寨柵。」

於是鄧艾引軍星夜倍道而行，逕到武城山；下寨已畢，蜀兵未到，即令子鄧忠，與帳前校尉師纂，各引五千兵，先去段谷埋伏，如此如此而行。二人受計而去。艾令偃旗息鼓，以待蜀兵。

卻說姜維從董亭望南安而來，至武城山前，謂夏侯霸曰：「近南安有一山，名武城山；若先得了，可奪南安之勢。只恐鄧艾多謀，必先提防。」

正疑慮間，忽然山上一聲砲響，喊聲大震，鼓角齊鳴，旌旗遍豎，皆是魏兵。中央風飄起一黃旗，大書「鄧艾」字樣。蜀兵大驚。山上數處精兵殺下，勢不可當，前軍大敗。維急率中軍人馬去救時，魏兵已退。維直來武城山下搦鄧艾戰，山上魏兵並不下來。維令軍士辱罵，至晚，方欲退軍，山上鼓角齊鳴，卻又不見魏兵下來。維欲上山衝殺，山上砲石甚嚴，不能得進。守至三更，欲回，山上鼓角又鳴。維移兵下山屯紮。比及令軍搬運木石，方欲豎立為寨，山上鼓角又鳴，魏兵驟至。蜀兵大亂，自相踐踏，退回舊寨。

次日，姜維令軍士運糧草車仗，至武城山，穿連排定，欲立起寨柵，以為屯兵之計。是夜二更，鄧艾令五百人，各執火把，分兩路下山，放火燒車仗。兩兵混殺了一夜，營寨又立不成。維復引兵退，再與夏侯霸商議曰：「南安未得，不如先取上邽。上邽乃南安屯糧之所；若得上邽，南安自危矣。」遂留霸屯於武城山。維盡引精兵猛將，逕取上邽。行了一宿，將及天明，見山勢狹峻，道路崎嶇，乃問鄉導官曰：「此處何名？」答曰：「段谷。」維大驚曰：「其名不美，『段谷』者，『斷谷』也。倘有人斷其谷口，如之奈何？」

正躊躇未決，忽前軍來報：「山後塵頭大起，必有伏兵。」維急令退兵，師纂、鄧忠兩軍殺出。維且戰且走。前面喊聲大震，鄧艾引兵殺到，三路夾攻，蜀兵大敗。幸得夏侯霸引兵殺到，魏兵方退，救了姜維，欲再往祁山。霸曰：「祁山寨已被陳泰打破，鮑素陣亡，全寨人馬皆退回漢中去了。」維不敢取董亭，急投山僻小路而回。後面鄧艾急追，維令諸軍前進，自為斷後。

正行之際，忽然山中一軍突出，乃魏將陳泰也。魏兵一聲喊起，將姜維困在垓心。維人馬困乏，左衝右突，不能得出。盪寇將軍張嶷，聞姜維受困，引數百騎殺入重圍，維因乘勢殺出。嶷被魏兵亂箭射死。維得脫重圍，復回漢中；因感張嶷忠勇，歿於王事，乃表贈其子孫。於是蜀中將士，多有陣亡者，皆歸罪於姜維。維照武侯街亭舊例，乃上表自貶為後將軍行大將軍事。

卻是鄧艾見蜀兵退盡，乃與陳泰設宴相賀，大賞三軍。泰表鄧艾之功，司馬昭遣使持節，加艾官爵，賜印綬，並封其子鄧忠為亭侯。時魏主曹髦，改正元三年為甘露元年。司馬昭自為天下兵馬大都督，出入常令三千鐵甲驍將前後簇擁，以為護衛；一應事務，不奏朝廷，就於相府裁奪。自此常懷篡逆之心。

宛然曹操後身。

有一心腹人，姓賈，名充，字公閭，乃故建威將軍賈逵之子，為昭府下長史。充語昭曰：「今主公掌握大柄，四方人心必然未安；且當暗訪，然後徐圖大事。」昭曰：「吾正欲如此。汝可為我東行，只推慰勞出征軍士為名，以探消息。」

賈充領命，逕到淮南，入見鎮東大將軍諸葛誕，誕字公休，乃瑯琊南陽人，即武侯之族弟也；向仕於魏，因武侯在蜀為相，因此不得重用；後武侯身亡，誕在魏歷任重職，封高平侯，總攝兩淮軍馬。當日賈充託名勞軍，至淮南見諸葛誕。誕設宴待之。

酒至半酣，充以言挑誕曰：「近來洛陽諸賢，皆以主上懦弱，不堪為君。司馬大將軍三世輔國，功德彌天，可以禪代魏統，未審鈞意若何？」誕大怒曰：「汝乃賈豫州之子，世食魏祿，安敢出此亂言！」充謝曰：「某以他人之言告公耳。」誕曰：「朝廷有難，吾當以死報之。」

充默然。次日辭歸，見司馬昭細言其事。昭大怒曰：「鼠輩安敢如此！」充曰：「誕在淮南，深得人心，久必為患，可速除之。」昭遂暗發密書與揚州刺史樂綝，一面遣使齎詔徵誕為司空。誕得了詔書，已知是賈充告變，遂捉來使拷問。使者曰：「此事樂綝知之。」誕曰：「他如何得知？」使者曰：「司馬將軍已令人到揚州送密書與樂綝矣。」

誕大怒，叱左右斬了來使，遂起部下兵千人，殺奔揚州來。將至南門，城門已閉，吊橋拽起。誕在城下叫門，城上並無一人回答。誕大怒曰：「樂綝匹夫，安敢如此！」遂令將士打城。手下十餘驍騎，下馬渡河，飛身上城，殺散軍士，大開城門。於是諸葛誕引兵入城，乘風放火，殺至綝家，綝慌上樓避之。誕提劍上樓，大喝曰：「汝父樂進昔日受魏國大恩，不思報本，反欲順司馬昭耶？」

綝未及回言，為誕所殺。一面具表數司馬昭之罪，使人申奏洛陽；一面大聚兩淮屯田戶口十餘萬，並揚州新降兵四萬餘人，積草屯糧，準備進兵。又令長史吳綱送子諸葛靚入吳為質求援，務要合兵誅討司馬昭。

志自可取，不必以成敗論之

此時東吳丞相孫峻病亡，從弟孫綝輔政。綝字子通，為人強暴，殺大司馬滕胤、將軍呂據、王惇等；

因此權柄皆歸於綝。吳主孫亮，雖然聰明，無可奈何。

於是吳綱將諸葛靚至石頭城，入拜孫綝，綝問其故，綱曰：「諸葛誕乃蜀漢諸葛武侯之族弟也，向事魏國；今見司馬昭欺君罔上，廢主弄權，欲興師討之，而力不及，故特來歸降。誠恐無憑，專送親子諸葛靚為質，伏望發兵相助。」

綝從其請，便遣大將全懌、全端為主將，于詮為合後，朱異、唐咨為先鋒，文欽為鄉導，起兵七萬，分三隊而進。吳綱回壽春報知諸葛誕，誕大喜，遂陳兵準備。

卻說諸葛誕表文到洛陽，司馬昭見了大怒，欲自往討之。賈充諫曰：「主公乘父兄之基業，恩德未及四海，今棄天子而去，若一朝有變，後悔何及？不如奏請太后及天子一同出征，可保無虞。」昭喜曰：「此言正合吾意。」遂入奏太后曰：「諸葛誕謀反，臣與文武官僚，計議停當，請太后同天子御駕親征，以繼先帝之遺意。」

太后畏懼，只得從之。次日，昭請魏主曹髦起程。髦曰：「大將軍都督天下軍馬，任從調遣，何必朕自行也？」昭曰：「不然。昔日武祖縱橫四海，文帝、明帝有包括宇宙之志，併吞八荒之心，凡遇大敵，必須自行。陛下正宜追配先君，掃清故孽，何自畏也？」

髦畏威權，只得從之。昭遂下詔，盡起兩都之兵二十六萬，命征南將軍王基為正先鋒，安東將軍陳騫為副先鋒，監軍石苞為左軍，兗州刺史周太為右軍，保護車駕，浩浩蕩蕩，殺奔淮南而來。東吳先鋒朱異，引兵迎敵。兩軍對圓，魏軍中王基出馬，朱異來迎。戰不三合，朱異敗走；唐咨出馬，戰不三合，亦大敗而走。王基驅兵掩殺，吳兵大敗，退五十里下寨，報入壽春城中。諸葛誕自引本部銳兵，會合文欽並二子——文鴦、文虎，——雄兵數萬，來敵司馬昭。正是：方見吳兵銳氣墮，又看魏將勁兵來。未知勝負如何，且看下文分解。

第一一二回　救壽春于詮死節　取長城伯約鏖兵

利與義相對，不為義，則必為利。

卻說司馬昭聞諸葛誕會合吳兵前來決戰，乃召散騎長史裴秀、黃門侍郎鍾會，商議破敵之策。鍾會曰：「吳兵之助諸葛誕，實為利也；以利誘之，則必勝矣。」昭從其言，遂令石苞、周太引兩軍於石頭城埋伏，王基、陳騫領精兵在後，卻令偏將成倅引兵數萬先去誘敵；又令陳俊引車仗牛馬驢騾，裝載賞軍之物，四面聚集於陣中，如敵來則棄之。

是日諸葛誕令吳將朱異在左，文欽在右；見魏陣中人馬不整，誕乃大驅士馬逕進，成倅退走，誕驅兵掩殺，見牛馬驢騾，遍滿郊野，南兵爭取，無心戀戰。忽然一聲砲響，兩路兵殺來；左有石苞，右有周太。誕大驚，急欲退時，王基、陳騫精兵殺到。誕兵大敗。司馬昭又引兵接應。誕引敗兵奔入壽春，閉門堅守。昭令兵四面圍困，併力攻城。

時吳兵退屯安豐，魏主車駕駐於項城。鍾會曰：「今諸葛誕雖敗，壽春城中糧草尚多，更有吳兵屯安豐以為犄角之勢，今吾兵四面攻圍，彼緩則堅守，急則死戰。吳兵或乘勢夾攻，吾軍無益，不如三面攻之，留南門大路，容賊自走；走而擊之，可全勝也。吳兵遠來，糧必不繼。我引輕騎抄在其後，可不戰而自破矣。」昭撫會背曰：「君真吾之子房也！」遂令王基撤退南門之兵。

卻說吳兵屯於安豐，孫綝喚朱異責之曰：「量一壽春城不能救，安可併吞中原？如再不勝必斬！」

朱異乃回本寨商議。于詮曰：「今壽春南門不圍，某願領一軍從南門入去，助諸葛誕守城。將軍與魏兵挑戰，我卻從城中殺出，兩路夾攻，魏兵可破矣。」異然其言。於是全懌、全端、文欽等皆願入城。遂同于詮引兵一萬，從南門而入城。魏兵不得將令，未敢輕敵，任吳兵入城，乃報知司馬昭。昭曰：「此欲與朱異內外夾攻，以破我軍也。」乃召王基、陳騫分付曰：「汝可引五千兵截斷朱異來路，從背後擊之。」二人領命而去。朱異正引兵來，忽背後喊聲大起；左有王基，右有陳騫，兩路軍殺來，吳兵大敗。朱異回見孫綝，綝大怒曰：「累敗之將，要汝何用！」叱武士推出斬之；又責全端子全禕曰：「若退不得魏兵，汝父子休來見我！」

一味好殺，安能成功！

於是孫綝自回建業去了。鍾會與昭曰：「今孫綝退去，外無救兵，城可圍矣。」昭從之，遂催兵攻圍。全禕引兵殺入壽春，見魏兵勢大，尋思進退無路，遂降司馬昭，昭加禕為偏將軍，禕感昭恩德，乃修家書與父全端、叔全懌言孫綝不仁，不若降魏，將書射入城中。懌得禕書，遂與端引數千人開門出降。諸葛誕在城中憂悶。謀士蔣班、焦彝進言曰：「城中糧少兵多，不能久守，可率吳、楚之眾，與魏兵決一死戰。」誕大怒曰：「吾欲守，汝欲戰，莫非有異心乎！再言必斬！」二人仰天長歎曰：「誕將亡矣！我等不如早降，免至一死！」

是夜二更時分，蔣、焦二人踰城降魏，司馬昭重用之；因此城中雖有敢戰之士，不敢言戰。誕在城中見魏兵四下築起土城，以防淮水，只望水泛衝倒土城，驅兵擊之。不想自秋至冬，並無霖雨，淮水不泛。城中看看糧盡，文欽在小城內與二子堅守，見軍士漸漸餓倒，只得來告誕曰：「糧草盡絕，軍士餓損，不如將北方之兵，盡放出城以省其食。」誕大怒曰：「汝教我盡去北軍，欲謀我耶！」叱左右推出斬之。

文鴦、文虎見父被殺，各拔短刀，立殺數十人，飛身上城，一躍而下，越壕赴魏寨投降。司馬昭恨文鴦昔日單騎退兵之讎。欲斬之。鍾會諫曰：「罪在文欽，今文欽已亡，二子勢窮來歸，若殺降將，是堅城內人之心也。」

昭從之，遂召文鴦、文虎入帳，用好言撫慰，賜駿馬錦衣，加為偏將軍，封關內侯。二子拜謝上馬，遶城大叫曰：「我二人蒙大將軍赦罪賜爵，汝等何不早降！」城內人聞言，皆計議曰：「文鴦乃司馬氏讎人，尚且重用，何況我等乎？」於是皆欲投降。諸葛誕聞之大怒，日夜自來巡城，以殺為威。鍾會知城中人心已變，乃入帳告昭曰：「可乘此時攻城矣。」

昭大喜，遂激三軍四面雲集，一齊攻打。守將曾宣獻了北門，放魏兵入城。誕知魏兵已入，慌引麾下數百人，自城中小路突出，至弔橋邊，正撞著胡遵，手起刀落，斬誕於馬下，數百人皆被縛。王基引兵殺到西門，正遇吳將于詮。基大喝曰：「何不早降！」詮大怒曰：「受命而出，為人救難，既不能救，又降他人，義所不為也！」乃擲盔於地，大呼曰：「人生在世，得死於戰場者，幸耳！」急揮刀死戰三十餘合，人困馬乏，為亂軍所殺。後人有詩讚曰：

司馬當年圍壽春，降兵無數拜車塵。
東吳雖有英雄士，誰及于詮肯殺身？

孔曰成仁，孟曰取義，于詮有焉。

司馬昭人壽春，將諸葛誕老少盡皆梟首，滅其三族。武士將所擒諸葛誕部卒數百人縛至。昭曰：「汝等降否？」眾皆大叫曰：「願與諸葛公同死，決不降汝！」昭大怒，叱武士盡縛於城外，逐一問曰：「降者免死。」並無一人言降。直殺至盡，終無一人降者。昭深加歎息不已，令皆埋之。後人有詩讚曰：

有卒如此，可不愧諸葛二字！

忠臣矢志不偷生，諸葛公休帳下兵。
薤露歌聲應未斷，遺蹤直欲繼田橫。

卻說吳兵大半降魏，裴秀告司馬昭曰：「吳兵老小，盡在東南江淮之地，今若留之，久必為變，不如坑之。」鍾會曰：「不然；古之用兵者，全國為上，戮其元惡而已。若盡坑之，是不仁也。不如放歸江南，以顯中國之寬大。」昭曰：「此妙論也。」遂將吳兵盡皆放歸本國。唐咨因懼孫綝，不敢回國，亦來投魏。昭皆重用，令分布三河之地。淮南已平。正欲退兵，忽報西蜀姜維引兵來取長城，邀截糧草。昭大驚，與多官計議退兵之策。

從來成大事者，必能用善言。

時蜀漢延熙二十年，改為景耀元年。姜維在漢中選川將兩員，每日操練人馬：一是蔣舒，一是傅僉。二人頗有膽勇，維甚愛之。忽報淮南諸葛誕起兵討司馬昭，東吳孫綝助之，昭大起兩淮之兵，將魏太后並魏主一同出征去了。維大喜曰：「吾今番大事濟矣！」遂表奏後主，願興兵伐魏。中散大夫譙周聽知，歎曰：「近來朝廷溺於酒色，信任中貴黃皓，不理國事，只圖歡樂；伯約累欲征伐，不恤軍士；國將危矣！」乃作讎國論一篇，寄與姜維。維拆封視之。論曰：

或問古往能以弱勝強者，其術何如？曰：處大國無患者，恒多慢；處小國有憂者，恒思善。多慢則生亂，思善則生治，理之常也，故周文養民，以少取多；句踐恤眾，以弱斃強。此其術也。或曰：曩者楚強漢弱，約分鴻溝，張良以為民志既定，則難動也，率兵追羽，終斃項氏；豈必由文王句踐之事乎！曰：商周之際，王侯世尊，君臣久固，當此之時，雖有漢祖，安能仗劍取天下乎？及秦罷侯置守之後，民疲秦役，天下土崩，於是豪傑並爭。今我與彼，皆傳國易世矣。既非秦末鼎沸之時，實有六國並據之勢。故可以為文王，難為漢祖。時可而後動，數合而後舉；故湯武之師，不再戰而克，誠重民勞而度時審也。如遂極武黷征，不幸遇難，雖有智者，不能謀之矣。

姜維看畢，大怒曰：「此腐儒之論也！」擲之於地。遂提川兵來取中原。又問傅僉曰：「以公度之，可出何地？」僉曰：「魏屯糧草，皆在長城；今可逕取駱谷。度沈嶺，直到長城，先燒糧草，然後直取秦川，則中原指日可得矣。」維曰：「公之見與吾計暗合也。」即提兵逕取駱谷，度沈嶺，望長城而來。

此是五伐中原。

卻說長城鎮守將軍司馬望，乃司馬昭之族兄也。城內糧草甚多，人馬卻少。望聽知蜀兵到，急與王真、李鵬二將引兵離城二十里下寨。次日蜀兵來到，望引二將出陣。姜維出馬，指望而言曰：「今司馬昭遷主於軍中，必有李傕、郭汜之意也。吾今奉朝廷明命，前來問罪，汝等早降。若還愚迷，全家誅戮！」望大聲而答曰：「汝等無禮，數犯上國，如不早退，令汝片甲不歸！」

言未畢，望背後王真挺槍出馬，蜀陣中傅僉出迎。戰不十合，僉賣個破綻，王真便挺槍來刺。傅僉

寫傅僉

閃過，活捉真於馬上，便回本陣。李鵬大怒，縱馬輪刀來救。僉故意放慢，等李鵬將近，努力擲真於地，

不惟能謀，且又能勇。

暗掣四楞鐵鐧在手；鵬趕上舉刀待砍，傅僉偷身回顧，向李鵬面門只一鐧，打得眼珠迸出，死於馬下。王真被蜀軍亂槍刺死。姜維驅兵大進。司馬望棄寨入城，閉門不出。維下令曰：「軍士今夜且歇一宿，以養銳氣。來日須要入城。」

次日平明，蜀兵爭先大進，一擁至城下，用火箭火砲打入城中。城上草屋，一派燒著，魏兵自亂。維又令人取乾柴堆滿城下，一齊放火，烈焰沖天。城已將陷，魏兵在城內嚎啕痛哭，聲聞四野。

正攻打之間，忽然背後喊聲大震，維勒馬回看，只見魏兵鼓譟搖旗，浩浩而來。維遂令後隊為前隊，自立於門旗下候之。只見魏陣中一小將全裝貫帶，挺槍縱馬而出，年約二十餘歲，面如傅粉，脣似抹硃，厲聲大叫曰：「認得鄧將軍否！」維自思曰：「此必是鄧艾矣。」挺槍縱馬而來。二人抖擻精神，戰到三四十合，不分勝負。那小將軍槍法無半點放閒。維心中自思：「不用此計，安得勝乎？」便撥馬望左邊山路中而走。

那小將驟馬追來，維挂住鋼槍，暗取雕弓羽箭射之。那小將眼乖，早已見了，弓弦響處，把身望前一倒，放過羽箭。維回頭看小將已到，挺槍來刺；維閃過，那槍從肋旁邊過，被維挾住，那小將棄槍，望本陣而走。維嗟歎曰：「可惜！可惜！」再撥馬趕來。追至陣門前，一將提刀而出曰：「姜維匹夫，忽趕吾兒！鄧艾在此！」

維大驚，原來小將乃鄧艾之子鄧忠也。維暗暗稱奇；欲戰鄧艾，又恐馬乏，乃虛指艾曰：「吾今日識汝父子也。且各收兵，來日決戰。」艾見戰場不利，亦勒馬應曰：「既如此，各自收兵。暗算者非丈夫也。」

如司馬懿受巾幗時。

於是兩軍皆退。鄧艾據渭水下寨，姜維跨兩山安營。艾見蜀兵地理，乃作書於司馬望曰：「我等切不可戰，只宜固守。待關中兵至時，蜀兵糧草皆盡，三面攻之，無不勝也。今遣長子鄧忠相助守城。」一面差人於司馬昭處求救。

卻說姜維令人於艾寨中下戰書，約來日大戰，艾佯應之。次日五更，維令三軍造飯，平明布陣等候。艾營中偃旗息鼓，卻如無人之狀。維至晚方回。次日又令人下戰書，責以失期之罪。艾以酒食相待，答曰：「微軀小疾，有誤相持，明日會戰。」次日，維又引兵來，艾仍前不出。

如此五六番，傅僉謂維曰：「此必有謀也。宜防之。」維曰：「此必捱關中兵到，三面擊我耳。吾今令人持書與東吳孫綝，使併力攻之。」忽探馬報說「司馬昭攻打壽春，殺了諸葛誕，吳兵皆降。昭班師回洛陽，便欲引兵來救長城」。維大驚曰：「今番伐魏，又成畫餅矣，不如且回。」正是：已歎四番難奏績，又嗟五度未成功。未知如何退兵，且看下文分解。

第一一三回　丁奉定計斬孫綝　姜維鬬陣破鄧艾

卻說姜維恐救兵到，先將軍器車仗一應軍需，步兵先退，然後將馬軍斷後。細作報知鄧艾。艾笑曰：「姜維知大將軍兵到，故先退去。不必追之，追則中彼之計也。」乃令人哨探，回報果然駱谷狹窄之處，堆積柴草，準備要燒追兵。眾皆稱艾曰：「將軍真神算也！」遂遣使齎表奏聞。於是司馬昭大喜，又奏賞鄧艾。

卻說東吳大將軍孫綝。聽知全端、唐咨等降魏，勃然大怒，將各人家眷，盡皆斬之。吳主孫亮，時年方十七，見綝殺戮太過，心甚不然。

一日出西苑，因食生梅，令黃門取蜜，須臾取至，見蜜內有鼠糞數枚，召藏吏責之。藏吏叩首曰：「臣封閉甚嚴，安有鼠糞？」亮曰：「黃門曾向爾求蜜食否？」藏吏曰：「黃門於數日前曾求蜜食，臣實不敢與。」亮指黃門曰：「此必汝怒藏吏不與爾蜜，故置糞於蜜中，以陷之也。」黃門不服。亮曰：「此事易知耳。若糞久在蜜中，則內外皆濕；若新在蜜中，則外濕內燥。」命剖視之，果然內燥。黃門服罪。亮之聰明，大抵如此。雖然聰明，卻被孫綝把持，不能主張。綝之弟威遠將軍孫據入蒼龍宿衛；武衛將軍孫恩、偏將軍孫幹、長水校尉孫闓分屯諸營。

一日，吳主孫亮悶坐，黃門侍郎全紀在側，紀乃國舅也。亮因泣告曰：「孫綝專權妄殺，欺朕太甚；

圖之，必為後患。」紀曰：「陛下但有用臣處，臣萬死不辭。」亮曰：「卿可只今點起禁兵，與將軍劉丞各守城門，朕自出殺孫綝。但此事切不可令卿母知之。卿母乃綝之姊也，倘若泄漏，誤朕匪輕。」紀曰：「乞陛下草詔與臣。臨行事之時，臣將詔示眾，使綝手下人皆不敢妄動。」亮從之，即寫密詔付紀。紀受詔歸家，密告其父全尚。尚知此事，乃告妻曰：「三日內殺孫綝矣。」妻曰：「殺之是也。」口雖應之，卻私令人持書報知孫綝。綝大怒，當夜便喚弟兄四人，點起精兵，先圍大內；一面將全尚、劉丞並其家小俱拿下。

比及平明，吳主孫亮聽得宮門外金鼓大震。內侍慌入奏曰：「孫綝引兵圍了內苑。」亮大怒，指全后罵曰：「汝父兄誤我大事矣！」乃拔劍欲出。全后與侍中近臣，皆牽其衣而哭，不放亮出。孫綝先將全尚、劉丞等殺訖，然後召文武於朝內，下令曰：「主上荒淫久病，昏亂無道，不可以奉宗廟，今當廢之。汝諸文武，敢有不從者，以謀叛論！」眾皆畏懼，應曰：「願從將軍之令。」

與司馬師廢曹芳一樣手段。

尚書桓懿大怒，從班部中挺然而出，指孫綝大罵曰：「今上乃聰明之主，汝何敢出此亂言！吾寧死不從賊臣之命。」綝大怒，自拔劍斬之，即入內指吳主孫亮罵曰：「無道昏君，本當誅戮，以謝天下！看先帝之面，廢汝為會稽王，吾自選有德者立之！」叱中書郎李崇奪其印綬，令鄧程收之。亮大哭而去。後人有詩歎曰：

亂賊誣伊尹，奸臣冒霍光。
可憐聰穎主，不得蒞朝堂。

孫綝遣宗正孫楷、中書郎董朝，往虎林迎請瑯琊王孫休為君。休字子烈，乃孫權第六子也；在虎林夜夢乘龍上天，回顧不見龍尾，失驚而覺。次日，孫楷、董朝至，拜請回都。行至曲阿，有一老人，自稱姓于，名休，叩頭言曰：「事久必變，願殿下速行。」

休謝之。行至布塞亭，孫恩將車駕來迎。休不敢乘輦，乃坐小車而入。百官拜謁道傍，休慌忙下車答禮。孫綝出，令扶起，請入大殿，升御座即天子位。休再三謙讓，方受玉璽。文官武將朝賀已畢，大赦天下，改元永安元年；封孫綝為丞相、荊州牧；多官各有封賞；又封兄之子孫皓為烏程侯。孫綝一門五侯，皆典禁兵，權傾人主。吳主孫休，恐其內變，陽示恩寵，內實防之。綝驕橫愈甚。

冬十二月，綝奉牛酒入宮上壽，吳主孫休不受，綝怒，乃以牛酒詣左將軍張布府中共飲。酒酣，乃謂布曰：「吾初廢會稽王時，人皆勸吾為君。吾為今上賢，故立之。今我上壽而見拒，是將我等閒相待。吾早晚教你看！」布聞言，唯唯而已。

次日，布入宮密奏孫休。休大懼，日夜不安。數日內孫綝遣中書郎孟宗，撥與中營所管精兵一萬五千，出屯武昌；又盡將武庫內軍器與之。於是將軍魏邈、武衛士施朔二人密奏孫休曰：「綝調兵在外，又搬盡武庫內軍器，早晚必為變矣。」

休大驚，急召張布計議。布奏曰：「老將丁奉，計略過人，能斷大事，可與議之。」休乃召奉入內，密告其事。奉奏曰：「陛下勿憂，臣有一計，為國除害。」休問何計。奉曰：「來朝臘日，只推大會群臣，召綝赴席，臣自有調遣。」休大喜。奉令魏邈、施朔為外事，張布為內應。

是夜狂風大作，飛沙走石，將老樹連根拔起。天明風定，使者奉旨來請孫綝入宮赴宴。孫綝方起牀，平地如人推倒，心中不悅。使者十餘人，簇擁入內。家人止之曰：「一夜狂風不息，今早又無故驚倒，恐非吉兆，不可赴宴。」綝曰：「吾兄弟共典禁兵，誰敢近身？倘有變動，於府中放火為號。」囑訖，升車入內。吳主孫休慌下御座迎之，請綝高坐。酒行數巡，眾驚曰：「宮外望有火起。」綝便欲起身。休止之曰：「丞相穩便，外兵自多，何必懼哉？」

言未畢，左將軍張布拔劍在手，引武士三十餘人，搶上殿來，口中厲聲而言曰：「有詔擒反賊孫綝！」綝急欲走時，早被武士擒下。綝叩頭曰：「願徙交州歸田里。」休叱曰：「爾何不徙滕胤、呂據、王惇耶？」命推下斬之。於是張布牽孫綝下殿東斬訖。從者皆不敢動，布宣詔曰：「罪在孫綝一人，餘皆不問。」眾心乃安。

布請孫休升五鳳樓，丁奉、魏邈、施朔等擒孫綝兄弟至。休命盡斬於市。宗黨死者數百人，滅其三族，命軍士掘開孫峻墳墓，戮其屍首。將被害諸葛恪、滕胤、呂據、王惇等家，重建墳墓，以表其忠。其牽累流遠❶者，皆赦還鄉里。丁奉等重加封賞。馳書報入成都。後主劉禪遣使回賀，吳使薛珝答禮。珝自蜀中歸，吳主孫休問蜀中近日作何舉動。珝奏曰：「近日中常侍黃皓用事，公卿多阿附之。入其朝，不聞直言；經其野，民有菜色。所謂『燕雀處堂，不知大廈之將焚』者也。」休歎曰：「若諸葛武侯在時，何至如此乎！」於是又寫國書，教人齎入成都，說司馬昭不日篡魏，必將侵吳、蜀以示威，彼此各宜準備。

姜維聽得此信，忻然上表，再議出師伐魏。時蜀漢景耀元年冬，大將軍姜維，以廖化、張翼為先鋒，

❶ 流遠：流放到很遠的地方。

王含、蔣斌為左軍，蔣舒、傅僉為右軍，胡濟為合後。維與夏侯霸總中軍，共起蜀兵二十萬，拜辭後主，逕到漢中，與夏侯霸商議，當先攻取何地。霸曰：「祁山乃用武之地，可以進兵，故丞相昔日六出祁山。因他處不可出也。」

此是六伐中原。

維從其言，遂令三軍並望祁山進發，至谷口下寨。時鄧艾正在祁山寨中，整點隴右之兵。忽流星馬到，報說蜀兵現下三寨於谷口。艾聽知，遂登高看了，回寨升帳，大喜曰：「不出吾之所料也！」原來鄧艾先度了地脈，故留蜀兵下寨之地；地中自祁山寨直至蜀寨，早挖了地道，待蜀兵至時，於中取事。此時姜維至谷口分作三寨，地道正在左寨之中，乃王含、蔣斌下寨之處。鄧艾喚子鄧忠，與師纂各引一萬兵，為左右衝擊；卻喚副將鄭倫，引五百掘子軍❷，於當夜二更，逕於地道直至左營，從帳後地下擁出。

卻說王含、蔣斌，因立寨未定，恐魏兵來劫寨，不敢解甲而寢。忽聞中軍大亂，急綽兵器上得馬時，寨外鄧忠引兵殺到。內外夾攻，王、蔣二將奮死抵敵不住，棄寨而走。姜維在帳中聽得左寨中大喊，料道有內應外合之兵，遂急上馬，立於中軍帳前，傳令曰：「如有妄動者斬！便有敵兵到營邊，休要問他，只管以弓弩射之！」一面傳示右營，亦不許妄動。果然魏兵十餘次衝擊，皆被射回。只衝殺到天明，魏兵不敢殺入。鄧艾收兵回寨，乃歎曰：「姜維深得孔明之法！兵在夜而不驚，將聞變而不亂，真將才也！」

次日，王含、蔣斌收聚敗兵，伏於大寨前請罪。維曰：「非汝等之罪，乃吾不明地脈之故也。」又撥軍馬，令二將安營訖，卻將傷死屍身，填於地道之中，以土掩之，令人下戰書單搦鄧艾來日交鋒。艾

---

❷掘子軍：掘地道的工兵。

忻然應之。

次日，兩軍列於祁山之前，維按武侯八陣之法，依天地風雲鳥蛇龍虎之形，分布已定。鄧艾出馬，見維布成八卦，乃亦布之，左右前後，門戶一般。維持槍縱馬大叫曰：「汝效吾排八陣，亦能變陣否？」艾笑曰：「汝道此陣只汝能布耶？吾既會布陣，豈不知變陣！」艾便勒馬入陣，令執法官把旗左右招颭，變成八八六十四個門戶；復出陣前曰：「吾變法若何？」維曰：「雖然不差，汝敢與吾入陣相圍麼？」艾曰：「有何不敢！」

兩軍各依隊伍而進。艾在中軍調遣兩軍衝突，陣法不曾錯動。姜維到中間，把旗一招，忽然變成「長蛇捲地陣」，將鄧艾困在垓心，四面喊聲大震。艾不知其陣，心中大驚。蜀兵漸漸逼近，艾引眾將衝突不出。只聽得蜀兵齊叫曰：「鄧艾早降！」艾仰天長歎曰：「我一時自逞其能，中姜維之計矣！」

出於意外，令人廢書一歎。

忽然西北角上一彪軍殺入，艾見是魏兵，遂乘勢殺出。救鄧艾者，乃司馬望也。比及救出鄧艾時，祁山九寨，皆被蜀兵所奪。艾引敗兵，退於渭水南下寨。艾謂望曰：「公何以知此陣法而救出我也？」望曰：「吾幼年遊學荊南，曾與崔州平、石廣元為友，講論此陣。今日姜維所變者，乃『長蛇捲地陣』也，若他處擊之，必不可破。吾見其頭在西北，故從西北擊之，自破矣。」艾謝曰：「我雖學得陣法，實不知變法。公既知此法，來日以此法復奪祁山寨柵，如何？」望曰：「我之所學，恐瞞不過姜維。」艾曰：「來日公在陣上與他鬬陣法，我卻引一軍暗襲祁山之後。兩下混戰，可奪舊寨也。」

於是令鄭倫為先鋒，艾自引軍襲山後；一面令人下戰書，搦姜維來日鬬陣法。維批回去訖，乃謂眾將曰：「吾受武侯所傳密書，此陣變法，共三百六十五樣，按周天之數。今搦吾鬬陣法，乃『班門弄斧』

耳！但中間必有詐謀，公等知之乎？」廖化曰：「此必賺我鬪陣法，卻引一軍襲我後也。」維笑曰：「正合吾意。」即令張翼、廖化引一萬兵去山後埋伏。

次日，姜維盡拔九寨之兵，分布於祁山之前。司馬望引兵離了渭南，逕到祁山之前，出馬與姜維答話。維曰：「汝請吾鬪陣法，汝先布與我看。」望布成了八卦。維笑曰：「此即吾所布八陣之法也，汝今盜襲，何足為奇！」望曰：「汝亦竊他人之法耳！」維曰：「此陣凡有幾變？」望笑曰：「吾既能布，豈不會變？此陣有九九八十一變。」維笑曰：「汝試變來。」

望入陣變了數番，復出陣曰：「汝識吾變否？」維笑曰：「吾陣法按周天三百六十五變，汝乃井底之蛙，安知玄奧乎！」望自知有此變法，實不曾學全，乃勉強析辯曰：「吾不信，汝試變來。」維曰：「汝教鄧艾出來，吾當布與他看。」望曰：「鄧將軍自有良謀，不好陣法。」維大笑曰：「有何良謀！不過教汝賺吾在此布陣，他卻引兵襲吾山後耳！」望大驚，恰欲進兵混戰，被維以鞭梢一指，兩翼兵先出，殺的那魏兵棄甲拋戈，各逃性命。

讀至此又令人拍案一快。

卻說鄧艾催督先鋒鄭倫來襲山後。倫方轉過山角，忽然一聲砲響，鼓角喧天，伏兵殺出；為首大將，乃廖化也。二人未及答話，兩馬交處，被廖化一刀，斬鄭倫於馬下。鄧艾大驚，急勒兵退時，張翼引一軍殺到。兩下夾攻，魏兵大敗。艾捨命突出，身被四箭。奔到渭南寨時，司馬望亦到，二人商議退兵之策，望曰：「近日蜀主劉禪，寵幸中貴黃皓，日夜以酒色為樂。可用反間計召回姜維，此危可解。」艾問眾謀士曰：「誰可入蜀交通黃皓？」

言未畢，一人應聲曰：「某願往。」艾視之，乃襄陽黨均也。艾大喜，即令黨均齎金珠寶物，逕到成都結連黃皓，布散流言，說姜維怨望天子，不久投魏。於是成都人人所說皆同。黃皓奏知後主，即遣人星夜宣姜維入朝。

卻說姜維連日搦戰，鄧艾堅守不出，維心中甚疑。忽使命至，詔維入朝。維不知何事，只得班師回朝。鄧艾、司馬望知姜維中計，遂拔渭南之兵，隨後掩殺。正是：樂毅伐齊遭間阻，岳飛破敵被讒回。未知勝負如何，且看下文分解。

第一一四回　曹髦驅車死南闕　姜維棄糧勝魏兵

卻說姜維傳令退兵。廖化曰：「『將在外，君命有所不受。』今雖有詔，未可動也。」張翼曰：「蜀人為大將軍連年動兵，皆有怨望；不如乘此得勝之時，收回人馬，以安民心，再作良圖。」維曰：「善。」遂令各軍依法而退。命廖化、張翼斷後，以防魏兵追襲。

卻說鄧艾引兵追趕，只見前面蜀兵旗幟整齊，人馬徐徐而退。艾歎曰：「姜維深得武侯之法也！」因此不敢追趕，勒軍回祁山寨去了。

且說姜維至成都，入見後主，問召回之故。後主曰：「朕為卿在邊庭，久不還師，恐勞軍士，故詔卿回朝，別無他意。」維曰：「臣已得祁山之寨，正欲收功，不期半途而廢。此必中鄧艾反間之計矣。」後主默然不語。姜維又奏曰：「臣誓討賊，以報國恩。陛下休聽小人之言，致生疑慮。」後主良久乃曰：「朕不疑卿；卿且回漢中，俟魏國有變，再伐之可也。」姜維歎息出朝，自投漢中去訖。

活畫一昏庸之主。

卻說黨均回到祁山寨中，報知此事。鄧艾與司馬望曰：「君臣不和，必有內變。」就令黨均入洛陽，報知司馬昭。昭大喜，便有圖蜀之心，乃問中護軍賈充曰：「吾今伐蜀如何？」

充曰：「未可伐也。天子方疑主公，若一旦輕出，內難必作矣。舊年黃龍兩見於寧陵井中，群臣表賀，以為祥瑞。天子曰：『非祥瑞也。龍者君象，乃上不在天，下不在田，而在井中，是幽囚之兆也。』

遂作潛龍詩一首。詩中之意，明明道著主公。其詩曰：

傷哉龍受困，不能躍深淵。上不飛天漢，下不見於田。
蟠居於井底，鰍鱔舞其前。藏牙伏爪甲，嗟我亦同然！」

司馬昭聞之大怒，謂賈充曰：「此人欲效曹芳也！若不早圖，彼必害我。」充曰：「某願為主公早晚圖之。」時魏甘露五年夏四月。司馬昭帶劍上殿，髦起迎之。群臣皆奏曰：「大將軍功德巍巍，合為晉公，加九錫。」髦低頭不答。昭厲聲曰：「吾父子兄弟三人有大功於魏，今為晉公，得毋不宜耶？」髦乃應曰：「敢不如命？」昭曰：「潛龍之詩，視吾等如鰍鱔，是何禮也？」

曹操受九錫尚能假意託辭，司馬昭受九錫卻是公然索取。

髦不能答。昭冷笑下殿，眾官凜然。髦歸後宮，召侍中王沈、尚書王經、散騎常侍王業三人入內計議。髦泣曰：「司馬昭將懷篡逆，人所共知！朕不能坐受廢辱，卿等可助朕討之！」王經奏曰：「不可。昔魯昭公不忍季氏，敗走失國❶；今重權已歸司馬氏久矣，內外公卿，不顧順逆之理，阿附奸賊，非一人也。且陛下宿衛寡弱，無用命之人。陛下若不隱忍，禍莫大焉。且宜緩圖，不可造次。」髦曰：「『是可忍也，孰不可忍也！』朕意已決，便死何懼！」言訖，即入告太后。王沈、王業謂王經曰：「事已急矣，我等不可自取滅族之禍。當往司馬公府中出首，以免一死。」經大怒曰：「主憂臣辱，主辱臣死，敢懷二心乎？」王沈、王業見經不從，逕自往報司馬昭去了。

❶ 魯昭公不忍季氏二句：春秋時，魯大夫季孫氏掌握兵權，魯君空有虛名。魯昭公心中不服，派兵攻打季氏，結果失敗逃齊。

少頃，魏主曹髦出內，令護衛焦伯，聚集殿中宿衛蒼頭官僮三百餘人，鼓譟而出。髦仗劍升輦，叱左右逕出南闕。王經伏於輦前，大哭而諫曰：「今陛下領數百人伐昭，是驅羊而入虎口耳。空死無益，臣非惜命，實見事不可行也。」髦曰：「吾軍已行，卿勿阻當。」遂望龍門而來。

只見賈充戎服乘馬，左有成倅，右有成濟，引數千鐵甲禁兵，吶喊殺來。髦仗劍大喝曰：「吾乃天子也！汝等突入宮庭，欲弒君耶？」禁兵見了曹髦，皆不敢動。賈充呼成濟曰：「司馬公養你何用？正為今日之事也。」濟乃綽戟在手，回顧充曰：「當殺耶？當縛耶？」充曰：「司馬公有令，只要死的。」成濟撚戟直奔輦前。髦大喝曰：「匹夫敢無禮乎！」

從前天子遇害，未有如此之慘者。

言未訖，被成濟一戟刺髦胸前，撞出輦來；再一戟，刃從背上透出，死於輦旁。焦伯挺槍來迎，被成濟一戟刺死。眾皆逃走。王經隨後趕來，大罵賈充曰：「逆賊安敢弒君耶！」充大怒，叱左右縛定，報知司馬昭。昭入內，見髦已死，乃佯作大驚之狀。以頭撞輦而哭，令人報知各大臣。

時太傅司馬孚入內，見髦屍，首枕其股而哭曰：「弒陛下者，臣之罪也！」遂將髦屍用棺槨盛貯，停於偏殿之西。昭入殿中，召群臣會議。群臣皆至，獨有尚書僕射陳泰不至。昭令泰之舅尚書荀顗召之。泰大哭曰：「論者以泰比舅，今舅實不如泰也。」乃披麻帶孝而入，哭拜於靈前。昭亦佯哭而問曰：「今日之事，何法處之？」泰曰：「獨斬賈充，少可以謝天下耳。」

助亂賊者，即為亂賊所殺，

昭沈吟良久，又問曰：「再思其次。」泰曰：「惟有進於此者，不知其次。」昭曰：「成濟大逆不道，可剮之，滅其三族。」濟大罵昭曰：「非我之罪，是賈充傳汝之命！」昭令先割其舌，濟至死叫屈不絕。弟成倅亦斬於市，盡滅三族。後人有詩歎曰：

何為而助亂賊也。曹操讓皇帝與曹丕做，司馬昭亦讓皇帝與司馬炎做。欲篡其子

司馬當年命賈充，弒君南闕戰袍紅。
卻將成濟誅三族，只道軍民盡耳聾。

昭又使人收王經全家下獄。王經正在廷尉廳下，忽見縛其母至。經叩頭大哭曰：「不孝子累及慈母矣！」母大笑曰：「人誰不死？恐不得死所耳。以此棄命，何恨之有？」次日，王經全家皆押赴東市，王經母子含笑受刑。滿城士庶，無不垂淚。後人有詩曰：

漢初誇伏劍，漢末見王經，真烈心無異，堅剛志更清。
節如泰華重，命似羽毛輕。母子聲名在，應同天地傾。

太傅司馬孚請以王禮葬曹髦，昭許之。賈充等勸司馬昭受魏禪，即天子位。昭曰：「昔文王三分天下有其二，以服事殷，故聖人稱為至德。魏武帝不肯受禪於漢，猶吾之不肯受禪於魏也。」賈充等聞言，已知司馬昭留意於子司馬炎矣，遂不復勸進。是年六月，司馬昭立常道鄉公曹璜為帝，改元景元元年。璜改名曹奐，字景召，乃武帝曹操之孫，燕王曹宇之子也。奐封昭為丞相晉公，賜錢十萬，絹萬疋。其文武多官，各有封賞。

早有細作報入蜀中。姜維聞司馬昭弒了曹髦，立了曹奐，喜曰：「吾今日伐魏，又有名矣。」遂發書入吳，令起兵問司馬昭弒君之罪；一面奏准後主，起兵十五萬，車乘數千輛，皆置板箱於上；令廖化、張翼為先鋒。——化取子午谷，翼取駱谷，——維自取斜谷，皆要出祁山之前取齊。三路兵並起，殺奔

孫，而即學其祖先之法，哀哉！

此是七伐中原。

祁山而來。

時鄧艾在祁山寨中，訓練人馬，聞報蜀兵三路殺到，乃聚諸將計議。參軍王瓘曰：「吾有一計，不可明言。現寫在此，謹呈將軍台覽。」艾接來展看畢，笑曰：「此計雖妙，只怕瞞不過姜維。」瓘曰：「某願捨命前去。」艾曰：「公志若堅，必能成功。」

遂撥五千兵與瓘。瓘連夜從斜谷迎來，正撞蜀兵前隊哨馬。瓘叫曰：「我是魏國降兵，可報與主帥。」哨軍報知姜維，維令攔住餘兵，只叫為首的將來見。瓘拜伏於地曰：「某乃王經之姪王瓘也。近見司馬昭弒君，將叔父一門皆戮，某痛恨入骨。今幸將軍興師問罪，故特引本部兵五千來降。願從調遣，剿除奸黨，以報叔父之恨。」

維大喜，謂瓘曰：「汝既誠心來降，吾豈不誠心相待；吾軍中所患者，不過糧耳。今有糧草，現在川口，汝可運赴祁山。吾只今去取祁山寨也。」瓘心中大喜，以為中計，忻然領諾。姜維曰：「汝去運糧，不必用五千人，但引三千人去，留下二千引路，以打祁山。」

瓘恐維疑惑，乃引三千兵去了。維令傅僉引二千魏兵隨征聽用。忽報夏侯霸到。霸曰：「都督何故聽信王瓘之言也？吾在魏，雖不知備細，未聞王瓘是王經之姪。其中多詐，請將軍察之。」維大笑曰：「我已知王瓘之詐，故分其兵勢，將計就計而行。」霸曰：「公試言之。」維曰：「司馬昭奸雄比於曹操，既殺王經，滅其三族，安肯存親姪於關外領兵？故知其詐也。仲權之見與我暗合。」

於是姜維不出斜谷，卻令人於路暗伏，以防王瓘奸細。不旬日，果然伏兵捉得王瓘回報鄧艾下書人來見。維問了情節，搜出私書，書中約於八月二十日，從小路運糧送歸大寨，卻教鄧艾遣兵於壜山谷中接應。維將下書人殺了，卻將書中之意，改作八月十五日，約鄧艾自率大兵於壇山谷中接應。一面令人扮作魏軍往魏營下書；一面令人將現有糧車數百輛卸了糧米，裝載乾柴茅草引火之物，用青布罩了，令傅僉引二千原降魏兵，執打著運糧旗號。維卻與夏侯霸各引一軍，去山谷中埋伏。令蔣舒出斜谷，廖化、張翼俱各進兵，來取祁山。

卻說鄧艾得了王瓘書信，大喜，急寫回書，令來人回報。至八月十五日，鄧艾引五萬精兵逕往壇山谷中來，遠遠使人憑高眺望，只見無數糧車，接連不斷，從山凹中而行。艾勒馬望之，果然皆是魏兵。左右曰：「天已昏暮，可速接應王瓘出谷口。」艾曰：「前面山勢掩映，倘有伏兵，急難退步；只可在此等候。」

正言間，忽兩騎馬驟至，報曰：「王將軍因將糧草過界，背後人馬趕來，望早救應。」艾大驚，急催兵前進。時值初更，月明如晝。只聽得山後吶喊，艾只道王瓘在山後廝殺。逕奔過山後時，忽樹林後一彪軍撞出，為首蜀將傅僉，縱馬大叫曰：「鄧艾匹夫！已中吾主將之計！何不早早下馬受死！」艾大驚，勒回馬便走。車上火盡著，那火便是號火。兩山下蜀兵盡出，殺得魏兵七斷八續，但聞山下山上，只叫「拏住鄧艾的，賞千金，封萬戶侯！」嚇得鄧艾棄甲丟盔，撇了坐下馬，雜在步軍之中，爬山越嶺而逃。姜維、夏侯霸只望馬上為首的逕來捉擒，不想鄧艾步行走脫，維領得勝兵去接王瓘糧草。

卻說王瓘密約鄧艾，先期將糧草車仗，整備停當，專候舉事。忽有心腹人報：「事已洩漏，鄧將軍大敗，不知性命如何？」瓘大驚，令人哨探，回報三路兵圍殺將來，背後又有塵土大起，四下無路。瓘叱左右令放火，盡燒糧草車輛。

一霎時，火光突起，烈燄騰空。瓘大叫曰：「事已急矣！汝等宜死戰！」乃提兵望西殺出。背後姜維三路追趕；維只道王瓘捨命撞回魏國，不想反殺入漢中而去。瓘因兵少，只恐追兵趕上，遂將棧道並各關隘盡皆燒燬。姜維恐漢中有失，遂不追鄧艾，提兵連夜抄小路來追殺王瓘。瓘被四面蜀兵攻擊，投黑龍江而死。餘兵盡被姜維坑之。

維雖然勝了鄧艾，卻折了許多糧草，又毀了棧道，乃引兵還漢中。鄧艾引部下敗兵，逃回祁山寨內，上表請罪，自貶其職。司馬昭見艾數有大功，不忍貶之，復加厚賜。艾將厚賜財物，盡分給被害將士之家。昭恐蜀兵又出，遂添兵五萬，與艾守禦。姜維連夜修了棧道，又議出師。正是：連修棧道兵連出，不伐中原死不休。未知勝敗如何，且看下文分解。

第一一五回　詔班師後主信讒　託屯田姜維避禍

卻說蜀漢景耀五年，冬十月，大將軍姜維，差人連夜修了棧道，整頓軍糧兵器；又於漢中水路調撥船隻。俱已完備，上表奏後主曰：「臣累出戰，雖未成大功，已挫動魏人心膽；今養兵日久，不戰則懶，懶則致病。況今軍思效死，將思用命。臣如不勝，當受死罪。」

後主覽表，猶豫未決。譙周出班奏曰：「臣夜觀天文，見西蜀分野，將星暗而不明。今大將軍又欲出師，此行甚是不利，陛下可降詔止之。」後主曰：「且看此行若何。果然有失，卻當阻之。」譙周再三諫勸不從，乃歸家歎息不已，遂推病不出。

卻說姜維臨興兵，乃問廖化曰：「吾今出師，誓欲恢復中原，當先取何處？」化曰：「連年征伐，軍民不寧；兼魏有鄧艾，足智多謀，非等閒之輩；將軍必欲行強為之事，此化所以不敢專也。」維勃然大怒曰：「昔丞相六出祁山，亦為國也。吾今八次伐魏，豈為一己之私哉？今當先取洮陽，如有逆吾者必斬！」遂留廖化守漢中，自同諸將提兵三十萬，逕取洮陽而來。

早有川口人報入祁山寨中。時鄧艾正與司馬望談兵，聞知此信，遂令人哨探，回報蜀兵盡從洮陽而出。司馬望曰：「姜維多計，莫非虛取洮陽而實來取祁山乎？」鄧艾曰：「今姜維實出洮陽也。」望曰：「公何以知之？」艾曰：「向者姜維累出吾有糧之地，今洮陽無糧，維必料吾只守祁山，不守洮陽，故逕取洮陽，如得此城，屯糧積草，結連羌人，以圖久計耳。」望曰：「若此如之奈何？」艾曰：「可盡撤此處之兵，分為兩路去救洮陽。離洮陽二十五里，有侯河小城，乃洮陽咽喉之地。公引一軍伏於洮陽，偃旗息鼓，大開四門，如此如此而行。我卻引一軍伏侯河，必獲大勝也。」籌畫已定，各各依計而行。只留偏將師纂守祁山寨。

卻說姜維令夏侯霸為前部，先引一軍逕取洮陽，霸提兵前進，將近洮陽，望見城上並無一桿旌旗，四門大開。霸心下疑惑，未敢入城，回顧諸將曰：「莫非詐乎？」諸將曰：「眼看得是空城，只有些小百姓，聽知大將軍兵到，盡棄城而走了。」

霸未信，自縱馬於城南視之，只見城後老小無數，皆望西北而逃。霸大喜曰：「果空城也。」遂當先殺入。餘眾隨後而進。方到瓮城❶邊，忽然一聲砲響，城上鼓角齊鳴，旌旗遍豎，拽起弔橋。霸大驚曰：「誤中計矣！」慌欲退時，城上矢石如雨。可憐夏侯霸同五百軍，皆死於城下。後人有詩歎曰：

大膽姜維妙算長，誰知鄧艾暗提防。
可憐投漢夏侯霸，頃刻城邊箭下亡。

司馬望從城內殺出，蜀兵大敗而逃。隨後姜維引接應兵到，殺退司馬望，就傍城下寨。維聞夏侯霸射死，嗟傷不已。是夜二更，鄧艾自侯河城內，暗引一軍潛地殺入蜀寨。蜀兵大亂，姜維禁止不住。城上鼓角喧天，司馬望引兵殺出。兩下夾攻，蜀兵大敗。維左衝右突，死戰得脫，退二十餘里下寨。

❶ 瓮城：即甕城。

蜀兵兩番敗走之後，心中搖動。維與諸將曰：「勝敗乃兵家之常。今雖損兵折將，不足為憂。成敗之事，在此一舉。汝等始終勿改，如有言退者立斬。」張翼進言曰：「魏兵皆在此處，祁山必然空虛。將軍與鄧艾交鋒。攻打洮陽、侯河；某引一軍取祁山。取了祁山九寨，便驅兵向長安，此為上計。」

維從之，即令張翼引後軍逕取祁山。維自引兵到侯河搦鄧艾交戰，艾引兵出迎。兩軍對圓，二人交鋒數十餘合，不分勝負，各收兵回寨。次日，姜維又引兵挑戰，鄧艾按兵不出。姜維令軍辱罵，鄧艾尋思曰：「蜀人被吾大殺一陣，全然不退，連日反來搦戰，必分兵去襲祁山寨也。守寨將師纂，兵少智寡，必然敗矣。吾當親往救之。」乃喚子鄧忠分付曰：「汝用心把守此處，任他搦戰。卻勿輕出。吾今夜引兵去祁山救應。」

是夜二更，姜維正在寨中設計，忽聽得寨外喊聲震地，鼓角喧天。人報鄧艾引三千精兵夜戰，諸將欲出。維止之曰：「勿得妄動。」原來鄧艾引兵至蜀寨前哨探了一遍，乘勢去救祁山。鄧忠自入城去了。姜維喚諸將曰：「鄧艾虛作夜戰之勢，必然去救祁山寨矣。」乃喚傅僉分付曰：「汝守此寨，勿輕與敵。」囑畢，維自引三千兵來助張翼。

卻說張翼正到祁山攻打，守寨將師纂，兵少支持不住。看看待破，忽然鄧艾兵至，衝殺了一陣，蜀兵大敗，把張翼隔在山後，絕了歸路。

正慌急之間，忽聽的喊聲大震，鼓角喧天，只見魏兵紛紛倒退。左右報曰：「大將軍姜伯約殺到。」翼乘勢驅兵相應。兩下夾攻，鄧艾折了一陣，急退上祁山寨不出。姜維令兵四面攻圍。

話分兩頭。卻說後主在成都，聽信宦官黃皓之言，又溺於酒色，不理朝政，時有大臣劉琰妻胡氏，極有顏色；因入宮朝見皇后，后留在宮中，一月方出。琰疑其妻與後主私通，乃喚帳下軍士五百人，列於前，將妻綁縛，令每軍以履撻其面數十，幾死復甦。後主聞之大怒，令有司議劉琰罪。有司議得：卒非撻妻之人，面非受刑之地，合當棄市。遂斬劉琰。自此命婦不許入朝。然一時官僚以後主荒淫，多有疑怨者。於是賢人漸退，小人日進。

時右將軍閻宇，身無寸功；只因阿附黃皓，遂得重爵；聞姜維統兵在祁山，乃說皓奏後主曰：「姜維屢戰無功，可命閻宇代之。」後主從其言，遣使齎詔，召回姜維。維正在祁山攻打寨柵，忽一日三道詔至，宣維班師。維只得遵命，先令洮陽兵退，次後與張翼徐徐而退。鄧艾在寨中，只聽得一夜鼓角喧天，不知何意。至平明，人報蜀兵盡退，止留空寨。艾疑有計，不敢追襲。

姜維逕到漢中，歇住人馬，自與使命入成都見後主。後主一連十日不朝，維心中疑惑。是日至東華門，遇見秘書郎郤正，維問曰：「天子召維班師，公知其故否？」正笑曰：「大將軍何尚不知？黃皓欲使閻宇立功。奏聞朝廷，發詔取回將軍；今聞鄧艾善能用兵，因此寢其事矣。」維大怒曰：「我必殺此宦豎！」郤正止之曰：「大將軍繼武侯之事，任大職重，豈可造次？倘若天子不容，反為不美矣。」維謝曰：「先生之言是也。」

次日，後主與黃皓在後園宴飲，維引數人徑入。早有人報知黃皓，皓急避於湖山之側。維至亭下，拜了後主，泣奏曰：「臣困鄧艾於祁山，陛下連降三詔，召臣回朝，未審聖意為何？」後主默然不語。維又奏曰：「黃皓奸巧專權，乃靈帝時十常侍也。陛下近則鑒於張讓，遠則鑒於趙高。早殺此人，朝廷自然清平，中原方可恢復。」

後主笑曰：「黃皓乃趨走小臣，縱使專權，亦無能為。昔者董允每切齒恨皓，朕甚怪之。卿何必介意？」維叩頭奏曰：「陛下今日不殺黃皓，禍不遠也。」後主曰：「『愛之欲其生，惡之欲其死』，卿何不容一宦官耶？」令近侍於湖山之側，喚出黃皓至亭下，命拜姜維伏罪。皓哭拜維曰：「某早晚趨侍聖上而已，並不干與國政。將軍休聽外人之言，欲殺某也。某命係於將軍，惟將軍憐之。」言罷，叩頭流涕。

維忿忿而出，即往見郤正，備將此事告之。正曰：「將軍禍不遠矣。將軍若危，國家隨滅。」維曰：「先生幸教我以保國安身之策。」正曰：「隴西有一去處，名曰沓中。此地極其肥壯。將軍何不效武侯屯田之事，奏知天子，前去沓中屯田？一者，得麥熟以助軍實；二者，可以盡圖隴右諸郡；三者，魏人不敢正視漢中；四者，將軍在外掌握兵權，人不能圖，可以避禍；此乃保國安身之策也，宜早行之。」維大喜，謝曰：「先生金玉之言也。」

次日，姜維表奏後主，求沓中屯田，效武侯之事。後主從之，維遂還漢中，聚諸將曰：「某屢出師，因糧不足，未能成功。今吾提兵八萬，往沓中種麥屯田，徐圖進取。汝等久戰勞苦，今日斂兵聚穀，退守漢中；魏兵千里運糧，經涉山嶺，自然疲乏；疲乏必退，那時乘虛追襲，無不勝矣。」遂令胡濟守漢壽城，王含守樂城，蔣斌守漢城，蔣舒、傅僉同守關隘。分撥已畢，維自引兵八萬，來沓中種麥，以為久計。

卻說鄧艾聞姜維在沓中屯田，於路下四十餘營，連絡不絕，如長蛇之勢。艾遂令細作相了地形，畫成圖本，具表申奏。晉公司馬昭見之，大怒曰：「姜維屢犯中原，不能剿除，是吾心腹之患也。」賈充曰：「姜維深得孔明傳授，急難退之。須得一智勇之將，往刺殺之，可免動兵之勞。」從事中郎荀勗曰：「不然：今蜀主劉禪溺於酒色，信用黃皓，大臣皆有避禍之心。姜維在沓中屯田，正避禍之計也；若令大將伐之，無有不勝，何必用刺客乎？」

昭大笑曰：「此言最善。吾欲伐蜀，誰可為將？」荀勗曰：「鄧艾乃世之良材，更得鍾會為副將，大事成矣。」昭大喜曰：「此言正合吾意。」乃召鍾會入而問曰：「吾欲令汝為大將，去伐東吳，可乎？」會曰：「主公之意，本不欲伐吳，實欲伐蜀也。」昭大笑曰：「子誠識吾心也。但卿往伐蜀，當用何策？」會曰：「某料主公欲伐蜀，已畫圖樣在此。」

昭展開視之，圖中細載一路安營下寨屯糧積草之處，從何而進，從何而退，一一皆有法度。昭看了，大喜曰：「真良將也！卿與鄧艾合兵取蜀，何如？」會曰：「蜀川道廣，非一路可進；當使鄧艾分兵各進，可也。」昭遂拜鍾會為鎮西將軍，假節鉞，都督關中人馬，調遣青、徐、兗、豫、荊、揚等處；一面差人持節令鄧艾為征西將軍，都督關外隴上，使約期伐蜀。

次日，司馬昭於朝中計議此事，前將軍鄧敦曰：「姜維屢犯中原，我兵折傷甚多；只今守禦，尚自未保，奈何深入山川危險之地，自取禍亂耶？」昭怒曰：「吾欲興仁義之師，伐無道之主。汝安敢逆吾意？」叱武士推出斬之。須臾，呈鄧敦首級於階下，眾皆失色。

昭曰：「吾自征東以來，歇息六年，治兵繕甲，皆已完備，欲伐吳、蜀久矣。今先定西蜀，乘順流之勢，水陸並進，併吞東吳，此滅虢取虞之道也。吾料西蜀將士，守成都者八九萬，守邊境者不過四五萬，姜維屯田者不過六七萬。吾今已令鄧艾引關外隴右之兵十餘萬，絆住姜維於沓中，使不得東顧；遣鍾會引關中精兵二三十萬，直抵駱谷，三路以襲漢中。蜀主劉禪昏暗，邊城外破，士女內震，其亡可必矣。」眾皆拜服。

卻說鍾會受了鎮西將軍之印，起兵伐蜀。會恐機謀或洩，卻以伐吳為名，令青、兗、豫、荊、揚等五處各造大船；又遣唐咨於登、萊等州傍海之處，拘集海船，司馬昭不知其意。遂召鍾會問之曰：「子從旱路收川，何用造船耶？」會曰：「蜀若聞我兵大進，必求救於東吳也。故先布聲勢，作伐吳之狀，吳必不敢妄動。一年之內，蜀已破，船已成，而伐吳，豈不順乎？」

昭大喜，選日出師。時魏景元四年，秋七月初三日，鍾會出師，司馬昭送之於城外十里方回。西曹掾邵悌密謂司馬昭曰：「今主公遣鍾會領十萬兵伐蜀，愚料會志大心高，不可使獨掌大權。」昭笑曰：「吾豈不知之？」悌曰：「主公既知，何不使人同領其職？」昭言無數語，使邵悌疑心頓釋。正是：方當士馬驅馳日，早識將軍跋扈心。未知其言若何，且看下文分解。

第一一六回　鍾會分兵漢中道　武侯顯聖定軍山

卻說司馬昭謂西曹掾邵悌曰：「朝臣皆言蜀未可伐，是其心怯；若使強戰，必敗之道也。今鍾會獨建伐蜀之策，是其心不怯；心不怯，則破蜀必矣；蜀既破，則蜀人心膽已裂。『敗軍之將，不可以言勇；亡國之大夫，不可以圖存』。會即有異志，蜀人安能助之乎？至若魏人得勝思歸，必不從會而反，更不足慮耳。此言乃吾與汝知之，切不可泄漏。」邵悌拜服。

卻說鍾會下寨已畢，升帳大集諸將聽令。時有監軍衛瓘，護軍胡烈，大將田續、龐會、田章、爰彭、丘健、夏侯咸、王買、皇甫闓、句安等八十餘員。會曰：「必須一大將為先鋒，逢山開路，遇水疊橋，誰敢當之？」一人應聲曰：「某願往。」會視之，乃虎將許褚之子許儀也。眾皆曰：「非此人不可為先鋒。」會喚許儀曰：「汝乃虎體猿臂之將，父子有名；今眾將亦皆保汝，汝可掛先鋒印，領五千馬軍，一千步軍，徑取漢中。兵分三路：汝領中路，出斜谷；左軍出駱谷；右軍出子午谷。此皆崎嶇山險之地，當令軍填平道路，修理橋梁，鑿山破石，勿使阻礙。如違必按軍法。」許儀受命，領兵而進。鍾會隨後提十萬餘眾，星夜起程。

卻說鄧艾在隴西，既受伐蜀之詔，一面令司馬望往遏羌人，又遣雍州刺史諸葛緒、天水太守王頎、隴西太守牽弘、金城太守楊欣，各調本部兵前來聽令。比及軍馬雲集，鄧艾夜作一夢，夢見登高山，望

是有意思人。

漢中，忽於腳下迸出一泉，水勢上湧；須臾驚覺，渾身汗流，遂坐而待旦，乃召護衛邵緩問之。緩素明周易。艾備言其夢。緩答曰：「易云：『山上有水曰蹇。蹇卦者，利西南不利東北。』孔子云：『蹇利西南，往有功也；不利東北，其道窮也。』將軍此行必然克蜀。但可惜蹇滯不能還。」

艾聞言，愀然不樂。忽鍾會檄文至，約艾起兵，於漢中取齊。艾遂遣雍州刺史諸葛緒，引兵一萬五千，先斷姜維歸路；次遣天水太守王頎，引兵一萬五千，從左攻沓中；隴西太守牽弘，引一萬五千人，從右攻沓中；又遣金城太守楊欣，引一萬五千人，於甘松邀姜維之後。艾自引兵三萬，往來接應。

卻說鍾會出師之時，有百官送出城外，旌旗蔽日，鎧甲凝霜，人強馬壯，威風凜凜，人皆稱羨；惟有相國參軍劉實，微笑不語。太尉王祥見實冷笑，就馬上握其手而問曰：「鍾、鄧二人此去可平蜀乎？」實曰：「破蜀必矣；但恐皆不得還都耳。」王祥問其故，劉實但笑而不答。祥遂不復問。

卻說魏兵既發，早有細作入沓中報知姜維。維即具表申奏後主，請降詔，遣左車騎將軍張翼領兵守護陽平關，右車騎將軍廖化領兵守陰平橋：「這二處最為要緊，若失二處，漢中不保矣。一面當遣使入吳求救。臣一面自起沓中之兵拒敵。」

時後主改景耀五年，為炎興元年，日與宦官黃皓在宮中遊樂。忽接姜維之表，即召黃皓問曰：「今魏國遣鍾會、鄧艾大起人馬，分道而來，如之奈何？」皓奏曰：「此乃姜維欲立功名，故上此表。陛下寬心，勿生疑慮。臣聞城中有一師婆，供奉一神，能知吉凶，可召來問之。」

後主從其言，於後殿陳設香花紙燭享祭禮物，令黃皓用小車請入宮中，坐於龍牀之上。後主焚香祝畢。師婆忽然披髮跣足，就殿上跳躍數十遍，盤旋於案上。皓曰：「此神人降矣，陛下可退左右親禱之。」

後主盡退侍臣，再拜祝之。師婆大叫曰：「吾乃西川土神也。陛下欣樂太平，何為求問他事？數年之後，魏國疆土亦歸陛下矣，陛下切勿憂慮。」言訖，昏倒於地，半晌方甦。後主大喜，重加賞賜。自此深信師婆之說，遂不聽姜維之言，每日只在宮中飲宴歡樂。姜維屢申告急表文，皆被黃皓隱匿，因此誤了大事。

與張讓隱匿黃巾消息，前後如出一轍。

卻說鍾會大軍，迤邐望漢中進發。前軍先鋒許儀，要立頭功，先領兵至南鄭關。儀謂部將曰：「過此關即漢中矣。關上不多人馬，我等便可奮力搶關。」眾將領命，一齊併力向前。原來守關蜀將盧遜，早知魏兵將到，先於關前木橋左右，伏下軍士，裝起武侯所遺十矢連弩；比及許儀兵來搶關時，一聲梆子響處，矢石如雨。儀急退時，早射倒數十騎。魏兵大敗。

儀回報鍾會。會自提帳下甲士百餘騎來看，果然箭弩一齊射下。會撥馬便回，關上盧遜引五百軍殺下來。會拍馬過橋，橋上土塌，陷住馬蹄，險些兒掀下馬來。馬掙不起，會棄馬步行；跑下橋來時，盧遜趕上，一槍刺來，卻被魏軍中荀愷回身一箭，射盧遜落馬。鍾會麾眾乘勢搶關，關上軍士因有蜀兵在關前，不敢放箭。被鍾會殺散，奪了山關，即以荀愷為護軍，以全副鞍馬鎧甲賜之。

會之不死，實由天幸。

會喚許儀至帳下，責之曰：「汝為先鋒，理合逢山開路，遇水疊橋，專一修理橋梁道路，以便行軍。吾方纔到橋上，陷住馬蹄，幾乎墜馬；若非荀愷，吾已被殺矣！汝既違軍令，當按軍法！」叱左右推出斬之。諸將告曰：「其父許褚，有功於朝廷，望都督恕之。」會怒曰：「軍法不明，何以令眾？」遂令斬首示眾，眾將無不駭然。

時蜀將王含守樂城，蔣斌守漢城，見魏兵勢大，不敢出戰，只閉門自守。鍾會下令曰：「兵貴神速，不可少停。」乃令前軍李輔圍樂城，護軍荀愷圍漢城，自引大軍取陽平關。守關蜀將傅僉與副將蔣舒商議戰守之策；舒曰：「魏兵甚眾，勢不可當；不如堅守為上。」僉曰：「不然。魏兵遠來，必然疲乏，雖多不足懼。我等若不下關戰時，漢、樂二城休矣。」蔣舒默然不答。

忽報魏兵大隊已至關前，蔣、傅二人至關上視之。鍾會揚鞭大叫曰：「吾今統十萬之眾到此，如早早出降，各依品級陞用；如執迷不降，打破關隘，玉石俱焚！」傅僉大怒，令蔣舒把關，自引三千兵殺下關來。鍾會便走，魏兵盡退。僉乘勢追之，魏兵復合。僉欲退入關時，關上已豎起魏家旗號。只見蔣舒叫曰：「吾已降了魏也！」

僉大怒，厲聲罵曰：「忘恩背義之賊，有何面目見天子乎！」撥回馬復與魏兵接戰。魏兵四面合來，將傅僉圍在垓心。僉左衝右突，往來死戰，不能得脫；所領蜀兵，十傷八九。僉乃仰天歎曰：「吾生為蜀臣，死亦當為蜀鬼！」乃復拍馬衝殺，身被數槍，血盈袍鎧，坐下馬倒，僉自刎而死。後人有詩歎曰：

一日抒忠憤，千秋仰義名。
寧為傅僉死，不作蔣舒生。

蔣舒能不愧死！

鍾會得了陽平關，關內所積糧草軍器極多，大喜，遂犒三軍。是夜魏兵宿於陽平城中，忽聞西南上喊聲大震。鍾會慌忙出帳視之，絕無動靜。魏軍一夜不敢睡。次夜三更，西南上喊聲又起。鍾會驚疑，向曉，使人探之。回報曰：「遠哨十餘里並無一人。」會驚疑不定，乃自引數百騎，俱全裝貫帶，望西南巡哨。前至一山，只見殺氣四面突起，愁雲布合，霧鎖山頭。會勒住馬，問鄉導官曰：「此何山也？」

答曰：「此乃定軍山，昔日夏侯淵歿於此處。」

會聞之，悵然不樂，遂勒馬而回。轉過山坡，忽然狂風大作，背後數千騎突出，隨風殺來。會大驚，引眾縱馬而走。諸將墜馬者，不計其數。及奔到陽平關時，不曾折一人一騎，只跌損面目，失了頭盔。皆言曰：「但見陰雲中人馬殺來，比及近身，卻不傷人，只是一陣旋風而已。」會問降將蔣舒曰：「定軍山有神廟乎？」舒曰：「並無神廟，惟有諸葛武侯之墓。」會驚曰：「此必武侯顯聖也。吾當親往祭之。」

次日，鍾會備祭禮，宰太牢，自到武侯墓前再拜致祭。祭畢，狂風頓息，愁雲四散。忽然清風習習，細雨紛紛。一陣過後，天色晴朗。魏兵大喜，皆拜謝回營。是夜鍾會在帳中伏几而寢，忽然一陣清風過處，只見一人綸巾羽扇，道衣鶴氅，素履皂絛，面如冠玉，脣若塗硃，眉清目朗，身長八尺，飄飄然有神仙之概。其人步入帳中，會起身迎之曰：「公何人也？」其人曰：「今早重承見顧，吾有片言相告。雖漢祚已衰，天命難違，然兩川生靈，橫罹兵革，誠可憐憫。汝入境之後，萬勿妄殺生靈。」言訖，拂袖而去。會欲挽留之，忽然驚醒，乃是一夢。會知是武侯之靈，不勝驚異。於是傳令前軍，立一白旗，上書「保國安民」四字；所到之處，如妄殺一人者償命。於是漢中人民，盡皆出城拜迎。會一一撫慰，秋毫無犯。後人有詩讚曰：

數萬陰兵遶定軍，致令鍾會拜靈神。
生能決策扶劉氏，死尚遺言保蜀民。

至今如聞其聲。

朗朗數語，迄今如聞其聲。

卻說姜維在沓中，聽知魏兵大至，傳檄廖化、張翼、董厥提兵接應；一面自分兵列將以待之。忽報魏兵至。維引兵出迎。魏陣中為首大將乃天水太守王頎也。頎出馬大呼曰：「吾今大兵百萬，上將千員，分二十路而進，已到成都。汝不思早降，猶欲抗拒，何不知天命耶！」

維大怒，挺槍縱馬，直取王頎。戰不三合，頎大敗而走。姜維驅兵追殺，至二十里，只聽得金鼓齊鳴，一枝兵擺開，旗上大書「隴西太守牽弘」字樣。維笑曰：「此等鼠輩，非吾敵手！」遂催兵追之。又趕到十里，卻遇鄧艾領兵殺到。兩軍混戰。維抖擻精神，與艾戰有十餘合，不分勝負，後面鑼鼓又鳴。維急退時，後軍報說：「甘松諸寨，盡被金城太守楊欣燒燬了。」

維大驚，急令副將虛立旗號，與鄧艾相拒，維自撤後軍，星夜來救甘松，正遇楊欣。欣不敢交戰，望山路而走。維隨後趕來。將至山巖下，巖上木石如雨，維不能前進。比及回到半路，蜀兵已被鄧艾殺敗，魏兵大隊而來，將姜維圍住。維引眾騎殺出重圍，奔入大寨，堅守以待救兵。忽然流星馬到，報說：「鍾會打破陽平關，守將蔣舒歸降，傅僉戰死，漢中已屬魏矣。樂城守將王含，漢城守將蔣斌，知漢中已失，亦開門而降。胡濟抵敵不住，逃回成都求援去了。」

維大驚，即傳令拔寨。是夜兵至疆川口，前面一軍擺開，為首魏將，乃是金城太守楊欣。維大怒，縱馬交鋒；只一合，楊欣敗走，維拈弓射之，連射三箭皆不中。維轉怒，自折其弓，挺槍趕來，戰馬前失；姜維跌在地上，楊欣撥回馬來殺姜維。維躍起身，一槍刺去，正中楊欣馬腦。背後魏兵驟至，救欣去了。

真是絕處逢生。

維騎上戰馬欲待追時，忽報後面鄧艾兵到。維首尾不能相顧，遂收兵要奪漢中。哨馬報說：「雍州刺史諸葛緒已斷了歸路。」維據山險下寨。魏兵屯於陰平橋頭。維進退無路，長歎曰：「天喪我也！」副將甯隨曰：「魏兵雖斷陰平橋，雍州必然兵少，將軍若從孔函谷，逕取雍州，諸葛緒必撤陰平之兵救雍州，將軍卻引兵奔劍閣守之，則漢中可復矣。」

維從之，即發兵入孔函谷，詐取雍州。細作報知諸葛緒。緒大驚曰：「雍州是吾合兵之地，倘若疎失，朝廷必然問罪。」急撤大兵從南路去救雍州，只留一枝兵守橋頭。

姜維入北道，約行三十里，料知魏兵起行，乃勒回兵，後隊作前隊，逕到橋頭，果然魏兵大隊已去，只有些小兵把守；被維一陣殺散，盡燒其寨柵。諸葛緒聽知橋頭火起，復引兵回。姜維兵已過半日了，因此不敢追趕。

卻說姜維引兵過了橋頭，正行之間，前面一軍來到，乃左將軍張翼，右將軍廖化也。維問之。翼曰：「黃皓聽信師巫之言，不肯發兵。翼聞漢中已危，自起兵來，時陽平關已被鍾會所取。今聞將軍受困，特來接應。」遂合兵一處。化曰：「今四面受敵，糧道不通，不如退守劍閣，再作良圖。」

維疑慮未決。忽報鍾會、鄧艾分兵十餘路殺來。維欲與翼、化分兵迎之。化曰：「白水地狹路多，非戰爭之所，不如且退，去救劍閣可也。若劍閣一失，是絕路矣。」維從之，遂引兵來投劍閣。將近關前，忽然鼓角齊鳴，喊聲大起，旌旗遍豎，一枝軍把住關口。正是：漢中險峻已無有，劍閣風波又忽生。未知何處之兵，且看下文分解。

第一一七回　鄧士載偷渡陰平　諸葛瞻戰死綿竹

卻說輔國將軍董厥，聞魏兵十餘路入境，乃引二萬兵守住劍閣；當日見塵頭大起，疑是魏兵，急引軍把住關口。董厥自臨軍前視之，乃姜維、廖化、張翼也。厥大喜，接入關上，禮畢，哭訴後主黃皓之事。維曰：「公勿憂慮；若有維在，必不容魏來吞蜀也。且守劍閣，徐圖退敵之計。」厥曰：「此關雖然可守，爭奈成都無人；倘為敵人所襲，大勢瓦解矣。」維曰：「成都山險地峻，非可易取，不必憂也。」正言間，忽報諸葛緒領兵殺至關下，維大怒，急引五千兵殺下關來，直撞入魏陣中，左衝右突，殺得諸葛緒大敗而走，退數十里下寨。魏軍死者無數。蜀兵搶了許多馬匹器械。維收兵回關。

卻說鍾會離劍閣二十五里下寨，諸葛緒自來伏罪。會怒曰：「吾令汝把守陰平橋頭，以斷姜維歸路，如何失了；今又不得吾令，擅自進兵，以致此敗！」緒曰：「維詭計多端，詐取雍州，緒恐雍州有失，引兵去救；維乘機走脫，緒因趕至關下，不想又為所敗。」會大怒，叱令斬之。監軍衛瓘曰：「緒雖有罪，乃鄧征西所督之人，不該將軍殺之，恐傷和氣。」會曰：「吾奉天子明詔，晉公鈞命，特來伐蜀，便是鄧艾有罪，亦當斬之。」眾皆力勸。會乃將諸葛緒用檻車載赴洛陽，任晉公發落；隨將緒所領之兵，收在部下調遣。

會與艾不睦，自此始。

有人報知鄧艾，艾大怒曰：「吾與汝官品一般，吾久鎮邊疆，於國多勞，汝安敢妄自尊大耶！」子鄧忠勸曰：「『小不忍則亂大謀』。父親若與他不睦，必誤國家大事，望且容忍之。」艾從其言，然畢竟心中懷怒，乃引十數騎來見鍾會。

會聞艾至，便問左右：「艾引多少軍來？」左右答曰：「只有十數騎。」會乃令帳上帳下列武士數百人。艾下馬入見。會接入帳禮畢。艾見軍容甚肅，心中不安，乃以言挑之曰：「將軍得了漢中，乃朝廷大幸也，可定策早取劍閣。」會曰：「將軍之明見若何？」艾再三推稱無能。會固問之。艾答曰：「以愚意度之，可引一軍從陰平小路出漢中德陽亭，用奇兵逕取成都，姜維必撤兵來救，將軍乘虛就取劍閣，可獲全功。」會大喜曰：「將軍此計甚妙！可即引兵去。吾在此專候捷音。」

一片奸詐。

二人飲酒相別。會回本帳與諸將曰：「人皆謂鄧艾有能，今日觀之，乃庸才耳！」眾問其故。會曰：「陰平小路，皆高山峻嶺，若蜀以百餘人守其險要，斷其歸路，則鄧艾之兵皆餓死矣。吾只以正道而行，何愁蜀地不破乎！」遂置雲梯砲架，只打劍閣關。

卻說鄧艾出轅門上馬，回顧從者曰：「鍾會待吾若何？」從者曰：「觀其辭色，甚不以將軍之言為然，但以口強應而已。」艾笑曰：「彼料我不能取成都，我偏欲取之！」回到本寨，師纂、鄧忠一班將士接問曰：「今日與鍾鎮西有何高論？」艾曰：「吾以實心告彼，彼以庸才視我。彼今得漢中，以為莫大之功；若非吾在沓中絆住姜維，彼安能成功耶！吾今若取了成都，勝取漢中矣！」當夜下令，盡拔寨望陰平小路進兵，離劍閣七百里下寨。有人報鍾會，說：「鄧艾要去取成都了。」會笑艾不智。

卻說鄧艾一面修密書遣使馳報司馬昭，一面聚諸將於帳下問曰：「吾今乘虛去取成都，與汝等立功[illegible]朽，汝等肯從乎？」諸將應曰：「願遵軍令，萬死不辭！」

艾乃先令子鄧忠引五千精兵，不穿衣甲，各執斧鑿器具，凡遇峻危之處，鑿山開路，搭造橋閣，以便行軍。艾選兵三萬，各帶乾糧繩索進發。約行百餘里，選下三千兵，就彼紮寨；又行百餘里，又選三千兵下寨。是年十月自陰平進兵，至於巔崖峻谷之中，凡二十餘日，行七百餘里，皆是無人之地。

魏兵沿途下了數寨，只剩下二千人馬。前至一嶺，名摩天嶺。馬不堪行，艾步行上嶺，只見鄧忠與開路軍士盡皆哭泣。艾問其故。忠告曰：「此嶺西背是峻壁巔崖，不能開鑿，虛廢前勞，因此哭泣。」艾曰：「吾軍到此，已行了七百餘里，過此便是江油，豈可復退？」乃喚諸軍曰：「『不入虎穴，焉得虎子！』吾與汝等來到此地，若得成功，富貴共之。」眾皆應曰：「願從將軍之命。」

欲求生富貴，先下死工夫。

艾令先將軍器攛將下去。艾取氈自裹其身，先滾下去。副將有氈衫者裹身滾下，無氈衫者各用繩索束腰，攀木掛樹，魚貫而進。鄧艾、鄧忠並二千軍，及開山壯士，皆渡了摩天嶺。方纔整頓衣甲器械而行，忽見道傍有一石碣，上刻「丞相諸葛武侯題」。其文云：「二火初興，有人越此。二士爭衡，不久自死。」艾觀訖大驚，慌忙對碣再拜曰：「武侯真神人也！艾不能以師事之，惜哉！」後人有詩曰：

陰平峻嶺與天齊，玄鶴徘徊尚怯飛。
鄧艾裹氈從此下，誰知諸葛有先機？

卻說鄧艾暗渡陰平，引兵行時，又見一個大空寨。左右告曰：「聞武侯在日，曾發一千兵守此險隘，今蜀主劉禪廢之。」艾嗟呀不已，乃謂眾人曰：「吾等有來路而無歸路矣。前江油城中，糧食足備。汝等前進可活，後退即死。須併力攻之。」眾皆應曰：「願死戰於此！」鄧艾步行，引二千餘人，星夜倍

置之死地而後

生，即韓信背水陣之意。

道來搶江油城。

卻說江油城守將馬邈；聞東川已失，雖為準備，只是提防大路；又仗著姜維全師，守住劍閣關，遂將軍情不以為重。當日操練人馬回家，與妻李氏擁爐飲酒。其妻問曰：「屢聞邊情甚急，將軍全無憂色，何也？」邈曰：「大事自有姜伯約掌握，干我甚事？」其妻曰：「雖然如此，將軍所守城池，不為不重。」邈曰：「天子聽信黃皓，溺於酒色，吾料禍不遠矣。魏兵一到，降之為上，何必慮哉？」其妻大怒，唾邈面曰：「汝為男子，先懷不忠不義之心，枉受國家爵祿，吾有何面目與汝相見！」

馬邈羞慚無語。忽家人慌入報曰：「魏將鄧艾不知從何而來，引二千餘人，一擁而入城矣。」邈大驚，慌出納降，拜伏於公堂之下，泣告曰：「某有心歸降久矣。今願招城中居民，及本部人馬，盡降將軍。」艾准其降。遂收江油軍馬於部下調遣，即用馬邈為鄉導官。忽報馬邈夫人自縊身死。艾問其故，邈以實告。艾感其賢，令厚禮葬之，親往致祭。魏人聞者，無不嗟歎。後人有詩讚曰：

後主昏迷漢祚顛，天差鄧艾取西川。
可憐巴蜀多名將，不及江油李氏賢！

鄧艾取了江油，遂接陰平小路。諸軍皆到江油取齊，逕來攻涪城。部將田續曰：「我軍涉險而來，甚是勞頓，且當休養數日，然後進兵。」艾大怒曰：「兵貴神速，汝敢亂我軍心耶！」喝令左右推出斬之。眾將苦告方免。艾自驅兵至涪城。城內官吏軍民疑從天降，盡皆出降。蜀人飛報入成都。後主聞知，慌召黃皓問之。皓奏曰：「此詐傳耳。神人必不肯誤陛下也。」

後主又召師婆問時，卻不知何處去了。此時遠近告急表文，一似雪片飛來；使者絡繹不絕。後主設朝計議，多官面面相覷，並無一言。郤正出班奏曰：「事已急矣，陛下可宣武侯之子商議退兵之策。」原來武侯之子諸葛瞻，字思遠。其母黃氏，即黃承彥之女也。母貌甚陋，而有奇才：上通天文，下察地理；凡韜略遁甲諸書，無所不曉。武侯在南陽時，聞其賢，求以為室。武侯之學，夫人多所贊助焉。及武侯死後，夫人尋逝，臨終遺教，惟以忠孝勉其子瞻。瞻自幼聰明，尚❶後主女為駙馬都尉。後襲父武鄉侯之爵。景耀四年，遷行軍護衛將軍。時為黃皓用事，故託病不出。

此時何不治黃皓隱匿之罪？

後主有佳兒，亦有佳婿。

當下後主從郤正之言，即時連發三詔，召瞻至殿下。後主泣訴曰：「鄧艾兵已屯涪城，成都危矣。卿看先君之面，救朕之命！」瞻亦泣奏曰：「臣父子蒙先帝厚恩，陛下殊遇，雖肝腦塗地，不能補報。願陛下盡發成都之兵，與臣領去決一死戰。」

後主即撥成都兵將七萬與瞻。瞻辭了後主，整頓軍馬，聚集諸將，問曰：「誰敢為先鋒？」言未訖，一少年將出曰：「父親既掌大權，兒願為先鋒。」眾視之，乃瞻長子諸葛尚也。尚時年一十九歲，博覽兵書，多習武藝。瞻大喜，遂命尚為先鋒。是日大軍離了成都，來迎魏兵。

卻說鄧艾得馬邈獻地理圖一本，備寫涪城至成都一百六十里，山川道路，關隘險峻，一一分明。艾看畢，大驚曰：「吾只守涪城，倘被蜀人據住前山，何能成功耶？如遷延日久，姜維兵到，我軍危矣。」速喚師纂並子鄧忠，分付曰：「汝等可引一軍，星夜逕去綿竹，以拒蜀兵。吾隨後便至。切不可怠緩。若縱他先據了險要，決斬汝首！」

❶ 尚：這裡是婚配的意思。

師、鄧二人引兵將至綿竹，早遇蜀兵。兩軍各布成陣。師、鄧二人勒馬於門旗下，只見蜀兵列成八陣。三通鼓罷，門旗兩分，數十員將簇擁一輛四輪車，車上端坐一人，綸巾羽扇，鶴氅方裾，車上展開一面黃旗，上書「漢丞相諸葛武侯」。嚇得師、鄧二人汗流遍身，回顧軍士曰：「原來孔明尚在，我等休矣！」

急勒兵回時，蜀兵掩殺將來，魏兵大敗而走。蜀兵掩殺二十餘里，遇鄧艾援兵接應。兩家各自收兵。艾升帳而坐，喚師纂、鄧忠責之曰：「汝二人不戰而退，何也？」忠曰：「但見蜀陣中諸葛孔明領兵，因此奔還。」艾怒曰：「縱使孔明更生，我何懼哉！汝等輕退，以致於敗，宜速斬以正軍法！」眾皆苦勸，艾方息怒。令人哨探，回說孔明之子諸葛瞻為大將，瞻之子諸葛尚為先鋒，車上坐者乃木刻孔明遺像也。

艾聞之，謂師纂、鄧忠曰：「成敗之機，在此一舉。汝二人再不取勝，必當斬首！」師、鄧二人又引一萬兵來戰。諸葛尚匹馬單槍，抖擻精神，戰退二人。諸葛瞻指揮兩掖兵衝出，撞入魏陣中，左衝右突，往來殺有數十番，魏兵大敗，死者不計其數。師纂、鄧忠中傷而逃。瞻驅軍馬隨後掩殺二十餘里，紮營相拒。師纂、鄧忠回見鄧艾。艾見二人俱傷，未便加責，乃與眾將商議曰：「蜀有諸葛瞻善繼父志，兩番殺吾萬餘人馬，今若不速破，後必為禍！」監軍丘本曰：「何不作一書以誘之？」

第一番勝是武侯餘威。

艾從其言，遂作書一封，遣使送入蜀寨。守門將引至帳下，呈上其書。瞻拆封視之。書曰：

征西將軍鄧艾，致書於行軍護衛將軍諸葛思遠麾下：竊觀近代賢才，未有如公之尊父也；昔自出茅廬，一言已分三國，掃平荊、益，遂成霸業，古今鮮有及者；後六出祁山，非其智力不足，乃天數耳。今後主昏弱，王氣已終，艾奉天子之命，以重兵伐蜀，已皆得其地矣。成都危在旦夕，公何不應天順人，仗義來歸？艾當表公為瑯琊王，以光耀祖宗，決不虛言。幸存照鑒。

瞻看畢，勃然大怒，扯碎其書，叱武士立斬來使，令從者持首級回魏營見鄧艾，艾大怒，即欲出戰。丘本諫曰：「將軍不可輕出，當用奇兵勝之。」艾從其言，遂令天水太守王頎、隴西太守牽弘伏兩軍於後。艾自引兵而來。此時諸葛瞻正欲搦戰，忽報鄧艾自引兵到，瞻大怒，即引兵出，逕殺入魏陣中。鄧艾敗走，瞻隨後掩殺將來。忽然兩下伏兵殺出，蜀兵大敗，退入綿竹。艾令圍之。於是魏兵一齊吶喊，將綿竹圍的鐵桶相似。

諸葛瞻在城中，見事勢已逼，乃令彭和齎書殺出，往東吳求救。和至東吳，見了吳主孫休，呈上告急之書。吳主看罷，與群臣計議曰：「既蜀中危急，孤豈可坐視不救？」即令老將丁奉為主帥，丁封、孫異為副將，率兵五萬，前往救蜀。丁奉領旨出師，分撥丁封、孫異引兵二萬向沔中而進，自率兵三萬向壽春而進，分兵三路來援。

卻說諸葛瞻見救兵不至，謂眾將曰：「久守非良圖。」遂留子尚與尚書張遵守城，瞻自披挂上馬，引三軍大開三門殺出。鄧艾見兵出，便撤兵退。瞻奮力追殺，忽然一聲砲響，四面兵合，把瞻困在垓心。瞻引兵左衝右突，殺死數百人。艾令眾軍放箭射之，蜀兵四散。瞻中箭落馬，乃大呼曰：「吾力竭矣！當以一死報國！」遂拔劍自刎而死。

此寫瞻

之死忠。

此寫尚之死孝。

其子諸葛尚在城上，見父死於軍中，勃然大怒，遂披挂上馬，張遵諫曰：「小將軍勿得輕出。」尚歎曰：「吾父子祖孫，荷國厚恩，今父既死於敵，我何用生為！」遂策馬殺出，死於陣中。後人有詩讚瞻、尚父子曰：

不是忠臣獨少謀，蒼天有意絕炎劉。
當年諸葛留嘉胤，節義真堪繼武侯。

鄧艾憐其忠，將父子合葬，乘虛攻打綿竹。張遵、黃崇、李球三人各引一軍殺出。蜀兵寡，魏兵眾，三人亦皆戰死，艾因此得了綿竹。勞軍已畢，遂來取成都。正是：試觀後主臨危日，無異劉璋受逼時。未知成都如何守禦，且看下文分解。

第一一八回　哭祖廟一王死孝　入西川二士爭功

卻說後主在成都，聞鄧艾取了綿竹，諸葛瞻父子已亡，大驚，急召文武商議。近臣奏曰：「城外百姓扶老攜幼，哭聲大震，各逃生命。」後主驚惶無措。忽哨馬報說，魏兵將近城下。多官議曰：「兵微將寡，難以迎敵；不如早棄成都，奔南中七郡：其地險峻，可以自守，就借蠻兵，再來克復未遲。」光祿大夫譙周曰：「不可。南蠻久反之人，平昔無惠；今若投之，必遭大禍。」多官又奏曰：「蜀、吳既同盟，今事急矣，可以投之。」周又諫曰：「自古以來，無寄他國為天子者。臣料魏能吞吳，吳不能吞魏。若稱臣於吳，是一辱也。若吳被魏所吞，陛下再稱臣於魏，是兩番之辱矣。不如不投吳而降魏。魏必裂土以封陛下，則上能自守宗廟，下可以保安黎民。願陛下思之。」

後主未決，退入宮中。次日眾議紛紛。譙周見事急，復上疏諍之。後主從譙周之言。正欲出降，忽屏風後轉出一人，厲聲而罵周曰：「偷生腐儒，豈可妄議社稷大事！自古安有降天子哉！」後主視之，乃第五子北地王劉諶也。後主生七子：長子劉璿，次子劉瑤，三子劉琮，四子劉瓚，五子即北地王劉諶，六子劉恂，七子劉璩。七子中惟諶自幼聰明，英敏過人，餘皆懦善。

先主無兒，後主有子。

後主謂諶曰：「今大臣皆議當降，汝獨仗血氣之勇，欲令滿城流血耶？」諶曰：「昔先帝在日，譙周未嘗干預國政；今妄議大事，輒起亂言，甚非理也。臣切料成都之兵，尚有數萬；姜維全師，皆在劍閣；若知魏兵犯闕，必來救應，內外攻擊，可獲大功。豈可聽朽儒之言，輕廢先帝之基業乎？」後主叱之曰：「汝小兒豈識天時！」諶叩頭哭曰：「若勢窮力極，禍敗將及，便當父子君臣背城一戰，同死社稷，以見先帝可也；奈何降乎！」後主不聽。諶放聲大哭曰：「先帝非容易創立基業；今一旦棄之，吾寧死不辱也！」後主令近臣推出宮門，遂令譙周作降書，遣私署侍中張紹、駙馬都尉鄧良，同譙周齎玉璽來雒城請降。

此言降不如戰，戰不如守。

時鄧艾每日令數百鐵騎來成都哨探。當日見立了降旗，艾大喜。不一時，張紹等至，艾令人迎入。三人拜伏於階下，呈上降款玉璽。艾拆降書視之，大喜，受下玉璽，重待張紹、譙周、鄧良等。艾作回書，付三人齎回成都，以安人心。三人拜辭鄧艾，逕還成都，入見後主，呈上回書，細言鄧艾相待之善。後主拆封視之，大喜，即遣太僕蔣顯齎敕令姜維早降；遣尚書郎李虎，送文簿與艾。共戶二十八萬，男女九十四萬，帶甲將士十萬二千，官吏四萬，食糧四十餘萬，金銀三千斤，錦綺絲絹各二十萬疋。餘物在庫，不及具載。擇十二月初一日，君臣出降。

北地王劉諶聞知，怒氣沖天，帶劍入宮。其妻崔夫人問曰：「大王今日顏色異常，何也？」諶曰：「魏兵將近，父皇已納降款，明日君臣出降，社稷從此殄滅。吾欲先死以見先帝於地下，不屈膝於他人也！」崔夫人曰：「賢哉！賢哉！得其死矣！妾請先死，王死未遲。」諶曰：「汝何死耶？」崔夫人曰：「王死父，妾死夫，其義同也。夫亡妻死，何必問焉？」言訖，觸柱而死。諶乃自殺其三子，並割妻頭，提至昭烈廟中，伏地哭曰：「臣羞見基業棄於他人，故先殺妻子，以絕罣念，後將一命報祖！祖如有靈，知孫之心！」大哭一場，眼中流血，自刎而死。蜀人聞之，無不哀痛。後人有詩讚曰：

凜凜烈烈，如聞其聲，如見

其人。

君臣甘屈膝，一子獨悲傷。去矣西川事，雄哉北地王！
殞身酬烈祖，搔首泣穹蒼。凜凜人如在，誰云漢已亡。

後主聽知北地王自刎，乃令人葬之。次日，魏兵大至。後主率太子諸王，及群臣六十餘人，面縛輿櫬❶，出北門十里而降。鄧艾扶起後主，親解其縛，焚其輿櫬，並車入城。後人有詩歎曰：

魏兵數萬入川來，後主偷生失自裁。黃皓終存欺國意，姜維空負濟時才。
全忠義士心何烈，守節王孫志可哀。昭烈經營良不易，一朝功業頓成灰。

於是成都之人，皆具香花迎接。艾拜後主為驃騎將軍，其餘文武各隨高下拜官，請後主還宮，出榜安民，交割倉庫。又令太常張峻、益州別駕張紹，招安各郡軍民。又令人說姜維歸降。一面遣人赴洛陽報捷。艾聞黃皓奸險，欲斬之。皓用金寶賂其左右，因此得免。自是漢亡。後人因漢之亡，有追思武侯詩曰：

猿鳥猶知畏簡書，風雲應為護儲胥。徒勞上將揮神筆，終見降王走傳車。
管、樂有才真不忝，關、張無命欲何如？他年錦里經祠廟，梁父吟成恨有餘！

❶ 面縛輿櫬：古時戰敗投降的儀式。面縛，雙手綁在背後，面向著勝利者。輿櫬，車上載著棺材，表示放棄抵抗，俯首受刑。

且說太僕蔣顯到劍閣入見姜維，傳後主敕令，言歸降之事。維大驚失語。帳下眾將聽知，一齊怨恨，咬牙怒目，鬚髮倒豎，拔刀砍石大呼曰：「吾等死戰，何故先降耶！」號哭之聲，聞數十里。維見人心思漢，乃以善言撫之曰：「眾將勿憂。吾有一計，可復漢室。」眾將求問。姜維與諸將附耳低言，說了計策。即於劍閣關遍豎降旗，先令人報入鍾會寨中，說姜維引張翼、廖化、董厥前來降。會大喜，令人迎接維入帳，會曰：「伯約來何遲也？」維正色流涕曰：「國家全師在吾，今日至此，猶為速也。」

如此口氣，便是姜維用詐處。

會甚奇之，下座相拜，待為上賓。維說會曰：「聞將軍自淮南以來，算無遺策；司馬氏之盛，皆將軍之力；維故甘心俯首。如鄧士載，當與決一死戰。安肯降之乎？」會遂折箭為誓，與維結為兄弟，情愛甚密，仍令照舊領兵。維暗喜，遂令蔣顯回成都去了。

卻說鄧艾封師纂為益州刺史，牽弘、王頎等各領州郡；又於綿竹築臺以彰戰功，大會蜀中諸官飲宴。艾酒至半酣，乃指眾官曰：「汝等幸遇我，故有今日耳。若遇他將，必皆殄滅矣。」多官起身拜謝。忽蔣顯至，說姜維自降鍾鎮西了。艾因此痛恨鍾會，遂修書令人齎赴洛陽致晉公司馬昭。昭得書視之。書曰：

臣艾竊謂兵有先聲而後實者。今因平蜀之勢以乘吳，此席捲之時也。然大舉之後，將士疲勞，不可便用；宜留隴右兵二萬，蜀兵二萬，煮鹽興冶，並造舟船，預備順流之計；然後發使，告以利害，吳可不征而定也。更以厚待劉禪，以攻孫休，若便送禪來京，吳人必疑，則於向化之心不勸；

且權留之於蜀，須來年冬月抵京。今即可封禪為扶風王，錫以貲財，供其左右，爵其子為公卿，以顯歸命之寵；則吳人畏威懷德，望風而從矣。

司馬昭覽畢，深疑鄧艾有自專之心，乃先發手書與衛瓘，隨後降封艾詔曰：

征西將軍鄧艾，耀威奮武，深入敵境，使僭號之主，係頸歸降；兵不踰時，戰不終日，雲撤席捲，蕩定巴蜀；雖白起破強楚，韓信克勁趙，不足比勳也。其以艾為太尉，增邑二萬戶，封二子為亭侯，各食邑千戶。

鄧艾受詔畢，監軍衛瓘，取出司馬昭手書與艾。書中說鄧艾所言之事，須候奏報，不可輒行。艾曰：「『將在外，君命有所不受』。吾既奉詔專征，如何阻當。」遂又作書，令來使齎赴洛陽。時朝中皆言鄧艾必有反意，司馬昭愈加疑忌。忽使命回，呈上鄧艾之書。昭拆封視之，書曰：

艾銜命西征，元惡既服，當權宜行事，以安初附。若待國命，則往復道途，延引日月。春秋之義，大夫出疆，有可以安社稷，利國家，專之可也。今吳未賓，勢與蜀連，不可拘常以失事機。兵法進不求名，退不避罪。艾雖無古人之節，終不自嫌，以損於國也。先此申狀，見可施行。

司馬昭看畢大驚，慌與賈充計議曰：「鄧艾恃功而驕，任意行事，反形露矣；如之奈何？」賈充曰：「主公何不封鍾會以制之？」昭從其議，遣使齎詔封會為司徒，就令衛瓘監督兩路軍馬，以手書付瓘，使與會伺察鄧艾，以防其變。會接讀詔書，詔曰：

鎮西將軍鍾會，所向無敵，前無強梁，節制眾城，網羅迸逸；蜀之豪帥，面縛歸命；謀無遺策，舉無廢功；其以會為司徒，進封縣侯，增邑萬戶，封子二人亭侯，邑各千戶。

鍾會既受封，即請姜維計議曰：「鄧艾功在吾之上，又封太尉之職；今司馬公疑艾有反志，故令衛瓘為監軍，詔吾制之，伯約有何高見？」維曰：「愚聞鄧艾出身微賤，幼為農家養犢，今僥倖自陰平斜徑，攀木懸崖，成此大功；非出良謀，實賴國家洪福耳。若非將軍與維相拒於劍閣，又安能成此功耶？今欲封蜀主為扶風王，乃大結蜀人之心，其反情不言可見矣。晉公疑之是也。」會深嘉其言。維又曰：「請退左右，維有一事密告。」會令左右盡退。維袖中取出一圖與會，曰：「昔日武侯出草廬時，以此圖獻先帝，且曰：『益州之地，沃野千里，民殷國富，可為霸業。』先帝因此遂創成都。今鄧艾至此，安得不狂？」

會大喜，指問山川形勢。維一一言之。會又問曰：「當以何策除艾？」維曰：「乘晉公疑忌之際，當急上表，言艾反狀；晉公必令將軍討之，一舉而可擒矣。」會依言，即遣人齎表進洛陽，言鄧艾專權恣肆，結好蜀人，早晚必反矣。於是朝中文武皆驚。會又令人於中途截了鄧艾表文，按艾筆法，改寫傲慢之辭，以實己之語。

司馬昭見了鄧艾表章，大怒，即遣人到鍾會軍前，令會收艾，又遣賈充引三萬兵入斜谷，昭乃同魏主曹奐御駕親征。西曹掾邵悌諫曰：「鍾會之兵，多鄧艾六倍，當令會收艾足矣；何必明公自行耶？」

奸雄心事，正與曹操彷彿。

昭笑曰：「汝忘了舊日之言耶？汝曾道會後必反，吾今此行，非為艾，實為會耳。」悌笑曰：「某恐明公忘之，故以相問。今既有此意，切宜秘之，不可泄漏。」昭然其言，遂提大兵起程。時賈充亦疑鍾會有變，密告司馬昭。昭曰：「如遣汝，吾亦疑汝耶？且到長安，自有明白。」

早有細作報知鍾會，說昭已至長安，會慌請姜維商議收艾之策。正是：纔見西蜀收降將，又見長安動大兵。未知姜維用何策收艾，且看下文分解。

第一一九回　假投降巧計成虛話　再受禪依樣畫葫蘆

卻說鍾會請姜維計議收鄧艾之策。維曰：「可先令監軍衛瓘收艾。艾欲殺瓘，反情實矣。將軍卻起兵討之，可也。」會大喜，遂令衛瓘引數十人入成都，收鄧艾父子。瓘部卒止之曰：「此是鍾司徒令鄧征西殺將軍，以正反情也。切不可行。」瓘曰：「吾自有計。」遂先發檄文二三十道。其檄曰：「奉詔收艾，其餘各無所問。若早來歸，即加爵賞；敢有不出者，滅三族。」隨備檻車兩乘，星夜望成都而來。

妙在先散其羽翼。

比及雞鳴，艾部將見檄文者，皆來投拜於衛瓘馬前。時鄧艾在府中未起。瓘引數十人突入，大呼曰：「奉詔收鄧艾父子！」艾大驚，滾下牀來。瓘叱武士縛於車上。其子鄧忠出問，亦被捉下，縛於車上。府中將吏大驚，欲待動手搶奪，早望見塵頭大起，哨馬報說鍾司徒大兵到了。眾各四散奔走。

鍾會與姜維下馬入府，見鄧艾父子已被縛。會以鞭撻鄧艾之首而罵曰：「養犢小兒，何敢如此！」姜維亦罵曰：「匹夫行險徼倖，亦有今日耶？」艾亦大罵。會將艾父子送赴洛陽。

會入成都，盡得鄧艾軍馬，威聲大震，乃謂姜維曰：「吾今日方趁平生之願矣。」維曰：「昔韓信不聽蒯通之說，而有未央宮之禍❶。大夫種不從范蠡於五湖，卒伏劍而死❷。斯二子者，其功名豈不赫

---

❶韓信不聽蒯通之說二句：韓信是漢朝開國的功臣。當他總攬兵權的時候，蒯通曾勸他起兵打劉邦；韓信不聽。後來劉邦設計把他逮住；呂后又把他騙到未央宮殺掉了。

分明教他謀反，妙在隱而不言。

然哉？徒以利害未明，而見機之不早也。今公大勳已就，威震其主，何不泛舟絕迹，登峨嵋之嶺，而從赤松子遊❸乎？」

會笑曰：「君言差矣。吾年未四旬，方思進取，豈能便效此退閒之事？」維曰：「若不退閒，當早圖良策。此則明公智力所能，無煩老夫之言矣。」會撫掌大笑曰：「伯約知吾心也。」

二人自此每日商議大事。維密與後主書曰：「望陛下忍數日之辱，維將使社稷危而復安，日月幽而復明，必不使漢室終滅也。」

卻說鍾會正與姜維謀反，忽報司馬昭有書到。會接書，書中言：「吾恐司徒收艾不下，自屯兵於長安；相見在近，以此先報。」會大驚曰：「吾兵多艾數倍，若但要我擒艾，晉公知吾獨能辦之；今日自行兵來，是疑我也。」

遂與姜維計議。維曰：「君疑臣則臣必死，豈不見鄧艾乎？」會曰：「吾意決矣。事成則得天下，不成則退西蜀，亦不失作劉備也。」維曰：「近聞郭太后新亡，可詐稱太后有遺詔，教討司馬昭，以正弒君之罪。據明公之才，中原可席捲而定。」會曰：「伯約當作先鋒。成事之後，同享富貴。」維曰：「願效犬馬微勞，但恐諸將不服耳。」會曰：「來日元宵佳節，於故宮大張燈火，請諸將飲宴。如不從

---

❷ 大夫種不從范蠡於五湖二句：文種、范蠡，同是春秋時越王句踐的謀臣，曾幫助句踐滅掉吳國。范蠡在成功後，認為句踐不能共富貴，就偷偷走了。臨行曾約文種一路走，文種不聽。後來句踐果然把文種殺了。

❸ 從赤松子遊：張良是漢高祖的功臣。成功之後，他看到劉邦殺戮功臣，就跟著赤松子學道去了。赤松子，當時傳說是一個神仙。

者盡斬之。」維暗喜。

次日，會、維二人請諸將飲宴。數巡後，會執杯大哭。諸將驚問其故。會曰：「郭太后臨崩有遺詔在此，為司馬昭南闕弒君，大逆無道，早晚將篡魏，命吾討之。汝等各自簽名，共成此事。」眾皆大驚，面面相覷。會拔劍出鞘曰：「違令者斬！」眾皆恐懼，只得相從。畫字已畢，會乃困諸將於宮中，嚴兵禁守。維曰：「我見諸將不服，請坑之。」會曰：「吾已令宮中掘一坑，置大棒數千，如不從者，打死坑之。」

時有心腹將丘建在側，建乃護軍胡烈部下舊人也。時胡烈亦被監在宮。建乃密將鍾會所言，報知胡烈。烈大驚，泣告曰：「吾兒胡淵，領兵在外，安知會懷此心耶？汝可念向日之情，透一消息，雖死無恨。」建曰：「恩主勿憂，容某圖之。」遂出告會曰：「主公軟監諸將在內，水食不便，可令一人往來傳遞。」

會素聽丘建之言，遂令丘建監臨。會分付曰：「吾以重事託汝，休得洩漏。」建曰：「主公放心。某自有緊嚴之法。」建暗令胡烈親信人入內，烈以密書付其人，其人持書火速至胡淵營內，細言其事，呈上密書。淵大驚，遂遍示諸營知之。眾將大怒，急來淵營商議曰：「我等雖死，豈肯從反臣耶？」淵曰：「正月十八日中，可驟入內，如此行之。」監軍衛瓘，深喜胡淵之謀，即整頓了人馬，令丘建傳與胡烈。烈報知諸將。

卻說鍾會請姜維問曰：「吾夜夢大蛇數千條咬吾，主何吉凶？」維曰：「夢龍蛇者，皆吉慶之兆也。」會喜，信其言，乃謂維曰：「器仗已備，放諸將出問之。若何？」維曰：「此輩皆有不服之心，

事之將敗，所託非人。

天命已然，人謀何為？

久必為害，不如乘早戮之。」

會從之。即命姜維領武士往殺眾魏將。維領命，方欲行動，忽然一陣心疼，昏倒在地；左右扶起，半晌方甦。忽報宮外人聲沸騰。會方令人探時，喊聲大震，四面八方，無限兵到。維曰：「此必是諸將作亂，可先斬之。」

忽報兵已入內。會令關上殿門，使軍士上殿屋以瓦擊之，互相殺死數十人。宮外四面火起，外兵砍開殿門殺入。會自掣劍立殺數人，卻被亂箭射倒。眾將梟其首。維拔劍上殿，往來衝突，不幸心疼轉加。維仰天大叫曰：「吾計不成，乃天命也！」遂自刎而死；時年五十九歲。宮中死者數百人。衛瓘曰：「眾軍各歸營所，以待王命。」魏兵爭欲報讎，共剖維腹，其膽大如雞卵。眾將又盡取姜維家屬殺之。鄧艾部下之人，見鍾會、姜維已死，遂連夜去追劫鄧艾。

早有人報知衛瓘。瓘曰：「是我捉艾，今若留他，我無葬身之地矣。」護軍田續曰：「昔鄧艾取江油之時，欲殺續，得眾官告免。今日當報此恨。」瓘大喜，遂遣田續引五百兵趕至綿竹，正遇鄧艾父子放出檻車，欲還成都。艾只道是本部兵到，不作準備；欲待問時，被田續一刀斬之。鄧忠亦死於亂軍之中。後人有詩歎鄧艾曰：

自幼能籌畫，多謀善用兵。凝眸知地理，仰面識天文。
馬到山根斷，兵來石徑分。功成身被害，魂繞漢江雲。

又有詩歎鍾會曰：

髫年稱早慧，曾作秘書郎。妙計傾司馬，當時號子房。
壽春多贊畫，劍閣顯鷹揚。不學陶朱隱，遊魂悲故鄉。

又有詩歎姜維曰：

天水誇英俊，涼州產異才。系從尚父出，術奉武侯來。
大膽應無懼，雄心誓不回。成都身死日，漢將有餘哀。

卻說鍾會、姜維、鄧艾已死，張翼等亦死於亂軍之中。太子劉璿、漢壽亭侯關彝皆被魏兵所殺。軍民大亂，互相踐踏，死者不計其數。旬日後，賈充先至，出榜安民，方始寧靖。留衛瓘守成都，乃遷後主赴洛陽。止有尚書令樊建、侍中張紹、光祿大夫譙周、秘書郎郤正等數人跟隨。廖化、董厥皆託病不起，後皆憂死。

時魏景元五年，改為咸熙元年。春三月，吳將丁奉見蜀已亡，遂收兵還吳。中書丞華覈奏吳主孫休曰：「吳、蜀乃脣齒也。『脣亡則齒寒』。臣料司馬昭伐吳在即，乞陛下深加防禦。」休從其言，遂命陸遜子陸抗為鎮東大將軍，領荊州牧，守江口；左將軍孫異守南徐諸處隘口；又沿江一帶，屯兵數百營，老將丁奉總督之，以防魏兵。

建寧太守霍戈聞成都不守，素服望西大哭三日。諸將皆曰：「既漢主失位，何不速降？」戈泣謂曰：「道路隔絕，未知吾主安危若何？若魏主以禮待之，則舉城而降，未為晚矣；萬一危辱吾主，則主辱臣死，何可降乎？」眾然其言，乃使人到洛陽，探聽後主消息去了。

死，與早降者，不啻天淵。

且說後主至洛陽時，司馬昭已自回朝。昭責後主曰：「公荒淫無道，廢賢失政，理宜誅戮。」後主面如土色，不知所為。文武皆奏曰：「蜀主既失國紀，幸早歸降，宜赦之。」昭乃封禪為安樂公，賜住宅，月給用度，賜絹萬疋，僮婢百人。子劉瑤及群臣——樊建、譙周、郤正等，——皆封侯爵。後主謝恩出內。昭因黃皓蠹國❹害民，令武士押出市曹，凌遲處死。

快事！快事！

時霍戈探聽得後主受封，遂率部下軍士來降。次日，後主親詣司馬昭府下拜謝。昭設宴款待，先以魏樂舞戲於前，蜀官感傷，獨後主有喜色。昭令蜀人扮蜀樂於前，蜀官盡皆墮淚，後主嬉笑自若。酒至半酣，昭謂賈充曰：「人之無情，乃至於此！雖使諸葛孔明在，亦不能輔之久全，何況姜維乎？」乃問後主曰：「頗思蜀否？」後主曰：「此間樂，不思蜀也。」

須臾，後主起身更衣，郤正跟至廂下曰：「陛下如何答應不思蜀也？倘彼再問，可泣而答曰：『先人墳墓，遠在蜀地，乃心西悲，無日不思。』晉公必放陛下歸蜀矣。」後主牢記入席。酒將微醉，昭又問曰：「頗思蜀否？」後主如郤正之言以對，欲哭無淚，遂閉其目。昭曰：「何乃似郤正語耶？」後主開目驚視曰：「誠如尊命。」昭及左右皆笑之。昭因此深喜後主誠實，並不疑慮。後人有詩歎曰：

寫得後主如畫。

追歡作樂笑顏開，不念危亡半點哀。
快樂異鄉忘故國，方知後主是庸才。

❹ 蠹國：像蠹蟲侵蝕東西般的損害國家。

卻說朝中大臣因昭收川有功，遂尊之為王，表奏魏主曹奐。時奐名為天子，實不能主張，政皆由司馬氏，不敢不從，遂封晉公司馬昭為晉王，諡父司馬懿為宣王，兄司馬師為景王。昭妻乃王肅之女，生二子：長曰司馬炎，人物魁偉，立髮垂地，兩手過膝，聰明英武，膽量過人；次曰司馬攸，性情溫和，恭儉孝悌，昭甚愛之，因司馬師無子，嗣攸以繼其後。昭常曰：「天下者，乃吾兄之天下也。」

於是司馬昭受封晉王，欲立攸為世子。山濤諫曰：「廢長立幼，違禮不祥。」賈充、何曾、裴秀亦諫曰：「長子聰明神武，有超世之才；人望既茂，天表如此，非人臣之相也。」昭猶豫未決。太尉王祥、司空荀顗諫曰：「前代立少，多致亂國。願殿下思之。」

昭遂立長子司馬炎為世子。大臣奏稱：「當年襄武縣，天降一人，身長二丈餘，腳跡長三尺二寸，白髮蒼髯，著黃單衣，裹黃巾，拄藜頭杖，自稱曰：『吾乃民王也。今來報汝：天下換王，立見太平。』如此在市遊行三日，忽然不見。此乃殿下之瑞也。殿下可戴十二旒冠冕，建天子旌旗，出警入蹕，乘金根車，備六馬，進王妃為王后，立世子為太子。」

昭心中暗喜；回到宮中，正欲飲食，忽中風不語。次日病危，太尉王祥、司徒何曾、司馬荀顗及諸大臣入宮問安，昭不能言，以手指太子司馬炎而死。時八月辛卯日也。何曾曰：「天下大事，皆在晉王；可立太子為晉王，然後祭葬。」是日司馬炎即晉王位，封何曾為晉丞相，司馬望為司徒，石苞為驃騎將軍，陳騫為車騎將軍，諡父為文王。

安葬已畢，炎召賈充、裴秀入宮問曰：「曹操曾云：『若天命在吾，吾其為周文王乎？』果有此事否？」充曰：「操世受漢祿，恐人議論篡逆之名，故出此言；乃明教曹丕為天子也。」炎曰：「孤父王

令人追想曹操封魏王時。

一片權詐。

借司馬炎口中，替漢朝出氣。

比曹操何如？」充曰：「操雖功蓋華夏，下民畏其威而不懷其德。子丕繼業，差役甚重，東西驅馳，未有寧歲。後我宣王、景王累建大功，布恩施德，天下歸心久矣。文王併吞西蜀，功蓋寰宇，又豈操之可比乎？」炎曰：「曹丕尚紹漢統，孤豈不可紹魏統耶？」賈充、裴秀二人再拜而奏曰：「殿下正當法曹丕紹漢故事；復築受禪臺，布告天下，以即大位。」

炎大喜，次日帶劍入內。此時魏主曹奐，連日不曾設朝，心神恍惚，舉止失措。炎直入後宮，奐慌下御榻而迎。炎坐定問曰：「魏之天下，誰之力也？」奐曰：「皆晉王父祖之賜耳。」炎笑曰：「吾觀陛下，文不能論道，武不能經邦，何不讓有才德者主之？」

奐大驚，口噤不能言。傍有黃門侍郎張節大喝曰：「晉王之言差矣！昔日魏武祖皇帝，東蕩西除，南征北討，非容易得此天下；今天子有德無罪，何故讓與人耶？」炎大怒曰：「此社稷乃大漢之社稷也。曹操挾天子以令諸侯，自立魏王，篡奪漢室，吾祖父三世輔魏，得天下者，非曹氏之能，實司馬氏之力也。四海咸知，吾今日豈不堪紹魏之天下乎？」節又曰：「欲行此事，是篡國之賊也！」炎大怒曰：「吾與漢家報讎，有何不可！」

叱武士將張節亂棍打死於殿下。奐泣淚跪告。炎起身下殿而去。奐謂賈充、裴秀曰：「事已急矣，如之奈何？」充曰：「天數盡矣，陛下不可逆天，當照漢獻帝故事，重修受禪臺，具大禮，禪位與晉王。上合天心，下順民情，陛下可保無虞矣。」

奐從之，遂令賈充築受禪臺。以十二月甲子日，奐親捧傳國璽，立於臺上，大會文武。後人有詩歎曰：

魏吞漢室晉吞曹，天運循環不可逃。
張節可憐忠國死，一拳怎障泰山高？

請晉王司馬炎登壇，授與大禮。奐下壇，具公服立於班首。炎端坐於臺上。賈充、裴秀列於左右，執劍，令曹奐再拜伏地聽命。充曰：「自漢建安二十五年，魏受漢禪，已經四十五年矣。今天祿永終，天命在晉，司馬氏功德彌隆，極天際地，可即皇帝正位，以紹魏統。封汝為陳留王，出就金墉城居止。當時起程，非宣詔不許入京。」

與華歆叱獻帝語，前後一轍。

奐泣謝而去。太傅司馬孚哭拜於奐前曰：「臣身為魏臣，終不背魏也。」炎見孚如此，封孚為安平王。孚不受而退。是日文武百官，再拜於臺下，三呼萬歲。炎紹魏統，國號大晉，改元為太始元年，大赦天下。魏遂亡。後人有詩歎曰：

晉國規模如魏王，陳留蹤跡似山陽。
重行受禪臺前事，回首當年止自傷。

晉帝司馬炎追謚司馬懿為宣帝，伯父司馬師為景帝，父司馬昭為文帝，立七廟以光祖宗。那七廟？漢征西將軍司馬鈞，鈞生豫章太守司馬亮，亮生潁川太守司馬雋，雋生京兆尹司馬防，防生宣帝司馬懿，懿生景帝司馬師、文帝司馬昭：是為七廟也。大事已定，每日設朝計議伐吳之策。正是：漢家城郭已非舊，吳國江山將復更。未知怎生伐吳，且看下文分解。

第一二〇回　薦杜預老將獻新謀　降孫皓三分歸一統

卻說吳主孫休，聞司馬炎已篡魏，知其必將伐吳，憂慮成疾，臥牀不起，乃召丞相濮陽興入宮中，令太子孫𩅦出拜。吳主把興臂，手指𩅦而卒。興出與群臣商議，欲立太子孫𩅦為君。左典軍萬彧曰：「𩅦幼不能專政，不若取烏程侯孫皓立之。」左將軍張布亦曰：「皓才識明斷，堪為帝王。」丞相濮陽興不能決，入奏朱太后。太后曰：「吾寡婦人耳，安知社稷之事？卿等斟酌立之，可也。」

興遂迎皓為君。皓字元宗，大帝孫權太子孫和之子也。當年七月，即皇帝位，改元為元興元年，封孫𩅦為豫章王，追謚父和為文皇帝，尊母何氏為太后，加丁奉為左右大司馬。次年改為甘露元年。皓凶暴日甚，酷溺酒色，寵幸中常侍岑昏。濮陽興、張布諫之，皓怒斬二人，滅其三族。由是廷臣緘口，不敢再諫。又改寶鼎元年，以陸凱、萬彧為左右丞相。時皓居武昌，揚州百姓泝流供給，甚苦之；又奢侈無度，公私匱乏。陸凱上疏諫曰：

首殺顧命定策大臣，其亡可知。

今無災而民命盡，無為而國財空，臣竊痛之。昔漢室既衰，三家鼎立；今曹劉失道，皆為晉有；此目前之明驗也。臣愚但為陛下惜國家耳。武昌土城險瘠，非王者之都。且童謠云：「寧飲建業水，不食武昌魚。寧還建業死，不止武昌居。」此足明民心與天意也。今國無一年之蓄，有露根之漸；官吏為苛擾，莫之或恤。大帝時，後宮女不滿百；景帝以來，乃有千數；此耗財之甚者也。又左右皆非其人，群黨相挾，害忠隱賢，此皆蠹政病民者也。願陛下省百役，罷苛擾，簡出宮女，清選百官，則天悅民附而國安矣。

疏奏，皓不悅，又大興土木，作昭明宮，令文武各官入山採木；又召術士尚廣，令筮蓍問取天下之事。尚對曰：「陛下筮得吉兆，庚子歲青蓋，當入洛陽。」皓大喜，謂中書丞華覈曰：「先帝納卿之言，分頭命將，沿江一帶，屯數百營，命老將丁奉總之。朕欲兼并漢土，以為蜀主復讎，當取何地為先？」覈諫曰：「今成都不守，社稷傾崩，司馬炎必有吞吳之心。陛下宜修德以安吳民，乃為上計。若強動兵甲，正猶披麻救火，必致自焚也。願陛下察之。」皓大怒曰：「朕欲乘時恢復舊業，汝出此不利之言，若不看汝舊臣之面，斬首號令！」叱武士推出殿門。華覈出朝歎曰：「可惜錦繡江山，不久屬於他人矣！」遂隱居不出。於是皓令鎮東將軍陸抗，部兵屯江口，以圖襄陽。

早有消息報入洛陽。近臣報知晉主司馬炎，晉主聞陸抗寇襄陽，與眾官商議。賈充出班奏曰：「臣聞吳國孫皓，不修德政，專行無道。陛下可詔都督羊祜率兵拒之，俟其國中有變，乘勢攻取，東吳反掌可得也。」炎大喜，即降詔遣使到襄陽，宣諭羊祜。祜奉詔，整點軍馬，預備迎敵。自是羊祜鎮守襄陽，甚得軍民之心。吳人有降而欲去者，皆聽之。減戍邏之卒，用以墾田八百餘頃。其初到時，軍無百日之糧。及至來年，軍中有十年之積。祜在軍，嘗著輕裘，繫寬帶，不披鎧甲，帳前侍衛者不過十餘人。

一日，部將入帳稟祜曰：「哨馬來報吳兵皆懈怠，可乘其無備而襲之，必獲大勝。」祜笑曰：「汝

彬彬然有儒雅之風。

眾人小覷陸抗耶？此人足智多謀，日前吳主命之攻拔西陵，斬了步闡及其將士數十人，吾救之無及。此人為將，我等只可自守；候其內有變，方可圖取。若不審時勢而輕進，此取敗之道也。」眾將服其論，只自守疆界而已。

一日，羊祜引諸將打獵，正值陸抗亦出獵。羊祜下令：「我軍不許過界。」眾將得令，止於晉地打圍，不犯吳境。陸抗望見，歎曰：「羊將軍兵有紀律，不可犯也。」日晚各退。

祜歸至軍中，察問所得禽獸，被吳人先射傷者皆送還。吳人皆悅，來報陸抗。抗召來人入問曰：「汝主帥能飲酒否？」來人答曰：「必得佳釀則飲之。」抗笑曰：「吾有斗酒，藏之久矣；今付與汝持去，拜上都督。此酒陸某親釀自飲者，特奉一勺，以表昨日出獵之情。」來人領諾，攜酒而去。左右問抗曰：「將軍以酒與彼，有何主意？」抗曰：「彼既施德於我，我豈得無以酬之？」眾皆愕然。

卻說來人回見羊祜，以抗所問，並奉酒事，一一陳告。祜笑曰：「彼亦知吾能飲乎？」遂命開壺取飲。部將陳元曰：「其中恐有奸詐，都督且宜慢飲。」祜笑曰：「抗非毒人者也，不必疑慮。」竟傾壺飲之。自是使人通問，常相往來。

一日，抗遣人候祜。祜問曰：「陸將軍安否？」來人曰：「主帥臥病數日未出。」祜曰：「料彼之病，與我相同。吾已合成熟藥在此，可送與服之。」來人持藥回見抗。眾將曰：「羊祜乃是吾敵也，此藥必非良藥。」抗曰：「豈有酖人羊叔子哉？汝眾人勿疑。」遂服之。次日病愈，眾將皆拜賀。抗曰：「彼專以德，我專以暴，是彼將不戰而服我也。今宜各保疆界而已，無求細利。」

眾將領命。忽報吳主遣使來到，抗接入問之。使曰：「天子傳諭將軍，作急進兵，勿使晉人先入。」

抗曰：「汝先回，吾隨有疏章上奏。」使人辭去，抗即草疏遣人齎到建業。近臣呈上，皓拆觀其疏，疏中備言晉未可伐之狀，且勸吳主修德慎罰，以安內為念，不當以黷武為事。吳主覽畢，大怒曰：「朕聞抗在邊境與敵人相通，今果然矣！」遂遣使罷其兵權，降為司馬，卻命左將軍孫冀代領其軍。群臣皆不敢諫。

吳主皓自改元建衡，至鳳凰元年，恣意妄為，窮兵屯戍，上下無不嗟怨。丞相萬彧、將軍留平、大司農樓玄三人見皓無道，直言苦諫，皆被所殺。前後十餘年，殺忠臣四十餘人。皓出入常帶鐵騎五萬。群臣恐怖，莫敢奈何。

卻說羊祜聞陸抗罷兵，孫皓失德，且吳有可乘之機，乃作表遣人往洛陽請伐吳。其略曰：

> 夫期運雖由天所授，而功業必因人而成。今江淮之險，不如劍閣；孫皓之暴，過於劉禪；吳人之困，甚於巴蜀；而大晉兵力，盛於往時，不於此際平一四海，而更阻兵相守，使天下困於征戍，經歷盛衰，不可長久也。

司馬炎觀表，大喜，便令興師。賈充、荀勗、馮紞三人力言不可，炎因此不行。祜聞上不允其請，歎曰：「天下不如意者，十常八九。今天與不取，豈不大可惜哉！」

至咸寧四年，羊祜入朝奏辭歸鄉養病。炎問曰：「卿有何安邦之策，以教寡人？」祜曰：「孫皓暴虐已甚，於今可不戰而克。若皓不幸而歿，更立賢君，則吳非陛下所能得也。」炎大悟曰：「卿今便提兵往伐，若何？」祜曰：「臣年老多病，不堪當此任。陛下另選智勇之士，可也。」遂辭炎而歸。

是年十一月，羊祜病危，司馬炎車駕親臨其家問安。炎至臥榻前，祜下淚曰：「臣萬死不能報陛下也！」炎亦泣曰：「朕悔不能用卿伐吳之事。今日誰可繼卿之志？」祜含淚而言曰：「臣死矣，不敢不盡愚誠。右將軍杜預可任。若欲伐吳，須當用之。」炎曰：「舉善薦賢，乃美事也；卿何薦人於朝，即自焚其奏稿，不令人知耶！」祜曰：「拜官公朝，謝恩私門，臣所不取也。」

言訖而亡，炎大哭回宮，勅贈太傅鉅平侯。南州百姓聞羊祜死，罷市而哭。江南守邊將士，亦皆哭泣，襄陽人思祜存日，常遊於峴山，遂建廟立碑，四時祭之。往來人見其碑文者，無不流涕，故名為「墮淚碑」。後人有詩歎曰：

曉日登臨感晉臣，古碑零落峴山春。
松間殘露頻頻滴，疑是當年墮淚人。

晉主以羊祜之言，拜杜預為鎮南大將軍都督荊州事。杜預為人老成練達，好學不倦，最喜讀左丘明春秋傳，坐臥常自攜，每出入必使人持左傳於馬前，時人謂之「左傳癖」；及奉晉主之命，在襄陽撫民養兵，準備伐吳。

此時吳國丁奉、陸抗皆死，吳主皓每宴群臣，皆令沈醉；又置黃門郎十人為糾彈官。宴罷之後，各奏過失，有犯者或剝其面，或鑿其眼。由是國人大懼。晉益州刺史王濬上疏請伐吳。其疏曰：

孫皓荒淫凶逆，宜速征伐。若一旦皓死，更立賢君，則張敵也；臣造船七年，日有朽敗；臣年七

如此則免朝廷朋黨之疑，可為萬世人臣之法。

十，死亡無日；三者一乖，則難圖矣。願陛下無失事機。

晉主覽疏，遂與群臣議曰：「王公之論，與羊都督暗合。朕意決矣。」侍中王渾奏曰：「臣聞孫皓欲北上，軍伍已皆整備，聲勢正盛，難與爭鋒。更遲一年以待其疲，方可成功。」晉主依其奏，乃降詔止兵莫動，退入後宮，與秘書丞相張華圍棋消遣，近臣奏邊庭有表到。晉主開視之，乃杜預表也。表略云：

往者，羊祜不博謀於朝臣，而密與陛下計，故令朝臣多異同之議。凡事當以利害相較。度此舉之利，十有八九，而其害止於無功耳。自秋以來，討賊之形頗露；今若中止，孫皓恐怖，徙都武昌，完修江南諸城，遷其民居，城不可攻，野無所掠，則明年之計亦不及矣。

晉主覽表纔罷，張華突然而起，推卻棋枰，斂手奏曰：「陛下聖武，國富兵強；吳主淫虐，民憂國敝。今若討之，可不勞而定。願勿以為疑。」晉主曰：「卿言洞見利害，朕復何疑？」即出升殿，命鎮南大將軍杜預為大都督，引兵十萬出江陵；鎮東大將軍瑯琊王司馬伷出滁中；征東大將軍王渾出橫江；建威將軍王戎出武昌；平南將軍胡奮出夏口；各引兵五萬，皆聽預調用。又遣龍驤將軍王濬、廣武將軍唐彬浮江東下。水陸兵二十餘萬，戰船數萬艘。又令冠南將軍楊濟出屯襄陽，節制諸路人馬。」

早有消息報入東吳。吳主皓大驚，急召丞相張悌、司徒何植、司空滕修，計議退兵之策。悌奏曰：「可令車騎將軍伍延為都督，進兵江陵，迎敵杜預；驃騎將軍孫歆，進兵拒夏口等處軍馬。臣敢為將，率領左將軍沈瑩、右將軍諸葛靚，引兵十萬，出屯牛渚，接引諸路軍馬。」

皓從之，遂令張悌引兵去了。皓退入後宮，面有憂色。幸臣中常侍岑昏問其故。皓曰：「晉兵大至，諸路已有兵迎之，爭奈王濬率兵數萬，戰船齊備，順流而下，其鋒甚銳，朕因此憂也。」昏曰：「臣有一計，令王濬之舟，皆為虀粉矣。」

皓大喜，遂問其計。岑昏奏曰：「江南多鐵，可打連環索百餘條，長數百丈。每環重二三十斤，於沿江緊要去處橫截之。再造鐵錐數萬，長丈餘，置於水中。若晉船乘風而來，逢錐則破，豈能渡江也？」皓大喜，傳令撥匠工於江邊連夜造成鐵索、鐵錐，設立停當。

卻說晉都督杜預兵出江陵，令牙將周旨引水手八百人，乘小舟暗渡長江，夜襲樂鄉，多立旌旗於山林之處，日則放砲擂鼓，夜則各處舉火。旨領命，引眾渡江，伏於巴山。次日，杜預領大軍水陸並進。前哨報道：「吳主遣伍延出陸路，陸景出水路，孫歆為先鋒，三路來迎。」

杜預引兵前進，孫歆船早到。兩兵初交，杜預便退。歆引兵上岸，迤邐追時，不到二十里，一聲砲響，四面晉兵大至，吳兵急回。杜預乘勢掩殺，吳兵死者，不計其數。孫歆奔到城邊，周旨八百軍混雜於中，就城上舉火。歆大驚曰：「北來諸軍乃飛渡江也！」急欲退時，被周旨大喝一聲，斬於馬下。

陸景在船上，望見江南岸上一片火起，巴山上風飄出一面大旗，上書「晉鎮南將軍杜預」。陸景大驚，欲上岸逃命，被晉將張尚馬到斬之。伍延見各軍皆敗，乃棄城走，被伏兵捉住，縛見杜預。預曰：「留之無用！」叱令武士斬之，遂得江陵。

於是沅、湘一帶，直抵黃州諸郡，守令皆望風齎印而降。預令人持節安撫，秋毫無犯，遂進兵攻武昌，武昌亦降。杜預軍威大振，遂大會諸將，共議取建業之策。胡奮曰：「百年之寇，未可盡服；方今春水泛漲，難以久住，可俟來春，更為大舉。」預曰：「昔樂毅濟西一戰，而併強齊；今兵威大震，如破竹之勢，數節之後，皆迎刃而解，無復有著手處也。」遂馳檄約會諸將，一齊進兵，攻取建業。

時龍驤將軍王濬，率水兵順流而下。前哨報說：「吳人造鐵索，沿江橫截；又以鐵錐置於水中為準備。」濬大笑，遂造大筏數十萬，上縛草為人，披甲執仗，立於周圍，順水放下。吳兵見之，以為活人，望風先走，暗錐著筏，盡提而去。又於筏上作火炬，長十餘丈，大十餘圍，以麻油灌之，但遇鐵索，燃炬燒之，須臾皆斷，兩路從大江而來。所到之處，無不克勝。

卻說東吳丞相張悌，令左將軍沈瑩、右將軍諸葛靚來迎晉兵。瑩謂靚曰：「上流諸軍不作提防，吾料晉軍必至此，宜盡力以敵之。若幸得勝，江南自安。今渡江與戰，不幸而敗，則大事去矣。」靚曰：「公言是也。」

言未畢，人報晉兵順流而下，勢不可當。二人大驚，慌來見張悌商議。靚謂悌曰：「東吳危矣，何不遁去？」悌垂泣曰：「吳之將亡，賢愚共知；今若君臣皆降，無一人死於國難，不亦辱乎？」諸葛靚亦垂泣而去。張悌與沈瑩揮兵抵敵，晉兵一齊圍之。周旨首先殺入吳營。張悌獨奮力搏戰，死於亂軍之中。沈瑩被周旨所殺。吳兵四散敗走。後人有詩讚張悌曰：

杜預巴山建大旗，江東張悌死忠時。
已拼王氣南中盡，不忍偷生負所知。

卻說晉兵克了牛渚，深入吳境。王濬遣人馳報捷音。晉主炎聞知大喜。賈充奏曰：「吾兵久勞於外，不服水土，必生疾病。宜召軍還，再作後圖。」張華曰：「今大兵已入其巢，吳人膽落，不出一月，孫皓必擒矣，若輕召還，前功盡廢，誠可惜也。」晉主未及應，賈充叱華曰：「汝不省天時地利，欲妄邀功勳，困弊士卒，雖斬汝不足以謝天下！」炎曰：「此是朕意，華但與朕同耳，何必爭辯？」

> 賈充更無他長，但會相幫弒君耳。

忽報杜預馳表到。晉主視表，亦言宜急進兵之意。晉主遂不復疑，竟下進征之命。王濬等奉了晉主之命，水陸並進，風雷鼓動，吳人望旗而降。吳主皓聞之，大驚失色。諸臣告曰：「北兵日近，江南軍民不戰而降，將如之何？」皓曰：「何故不戰？」眾對曰：「今日之禍，皆岑昏之罪，請陛下誅之。臣等出城決一死戰。」皓曰：「量一中貴，何能誤國？」眾大叫曰：「陛下豈不見蜀之黃皓乎？」遂不待吳主之命，一齊擁入宮中，碎割岑昏，生啖其肉。陶濬奏曰：「臣領戰船皆小，願得二萬兵乘大船以戰，自足破之。」皓從其言，遂撥御林諸軍與陶濬上流迎敵。前將軍張象，率水兵下江迎敵。二人部兵正行，不想西北風大起，吳兵旗幟，皆不能立，盡倒豎於舟中；兵各不肯下船，四散奔走，只有張象數十軍待敵。

卻說晉將王濬，揚帆而行，過三山，舟師曰：「風波甚急，船不能行；且待風勢少息行之。」濬大怒。拔劍叱之曰：「吾目下欲取石頭城，何言住耶！」遂擂鼓大進。吳將張象引從軍請降。濬曰：「若是真降，便為前部立功。」象回本船，直至石頭城下，叫開城門，接入晉兵。

孫皓聞晉兵入城，欲自刎。中書令胡沖、光祿勳薛瑩奏曰：「陛下何不效安樂公劉禪乎？」皓從之，亦輿櫬自縛，率諸文武，詣王濬軍前歸降。濬釋其縛，焚其櫬，以王禮待之。唐人有詩歎曰：

王濬樓船下益州，金陵王氣黯然收。千尋鐵鎖沈江底，一片降旛出石頭。
人世幾回傷往事，山形依舊枕寒流。今逢四海為家日，故壘蕭蕭蘆荻秋。

於是東吳四州八十三郡，三百一十三縣，戶口五十二萬三千，軍吏三萬二千，兵二十三萬，男女老幼二百三十萬，米穀二百八十萬斛，舟船五千餘艘，後宮五千餘人，皆歸大晉。大事已定，出榜安民，盡封府庫倉廩。次日，陶濬兵不戰自潰。瑯琊王司馬伷并王戎大兵皆至；見王濬成了大功，心中忻喜。次日，杜預亦至，大犒三軍，開倉賑濟吳民。於是吳民安堵。惟有建平太守吳彥，拒城不下，聞吳亡乃降。

王濬上表報捷。朝廷聞吳已平，君臣皆賀上壽。晉主執杯流涕曰：「此羊太傅之功也，惜其不親見之耳！」驃騎將軍孫秀退朝，向南面哭曰：「昔討逆壯年，以一校尉創立基業，今孫皓舉江南而棄之，悠悠蒼天，此何人哉！」

卻說王濬班師還，吳主孫皓赴洛陽面君。皓登殿稽首以見晉帝。帝賜坐曰：「朕設此座以待卿久矣。」皓對曰：「臣於南方，亦設此座以待陛下。」帝大笑。賈充問皓曰：「聞君在南方，每鑿人眼目，剝人面皮，此何等刑耶？」皓曰：「人臣弒君及奸佞不忠者，則加此刑耳。」充默然甚愧。帝封皓為歸命侯，子孫封中郎，隨降宰輔皆封列侯。丞相張悌陣亡，封其子孫。封王濬為輔國大將軍。其餘各加封賞。

自此三國歸於晉帝司馬炎，為一統之基矣。此所謂「天下大勢，合久必分，分久必合」者也。

後來後漢皇帝劉禪亡於晉太康七年，魏主曹奐亡於太康元年，吳主孫皓亡於太康四年。皆善終。後

令人追想孫策破劉繇時。

以三國之主作結，方

篇，以敘其事曰：

高祖提劍入咸陽，炎炎紅日升扶桑。光武龍興成大統，金烏飛上天中央。
哀哉獻帝紹海宇，紅輪西墜咸池傍！何進無謀中貴亂，涼州董卓居朝堂。
王允定計誅逆黨，李傕、郭汜興刀槍。四方盜賊如蟻聚，六合奸雄皆鷹揚。
孫堅、孫策起江左，袁紹、袁術興河梁。劉焉父子據巴蜀，劉表軍旅屯荊襄。
張修、張魯霸南鄭，馬騰、韓遂守西涼。陶謙、張繡、公孫瓚，各逞雄才占一方。
曹操專權居相府，牢籠英俊用文武。威震天子令諸侯，總領貔貅鎮中土。
樓桑玄德本皇孫，義結關、張願扶主。東西奔走恨無家，將寡兵微作羈旅。
南陽三顧情何深，臥龍一見分寰宇。先取荊州後取川，霸業王圖在天府。
嗚呼三載逝升遐，白帝託孤堪痛楚！孔明六出祁山前，願以隻手將天補。
何期曆數到此終，長星夜半落山塢！姜維獨憑氣力高，九伐中原空劬勞。
鍾會、鄧艾分兵進，漢室江山盡屬曹。丕、叡、芳、髦纔及奐，司馬又將天下交。
受禪臺前雲霧起，石頭城下無波濤。陳留歸命與安樂，王侯公爵從根苗。
紛紛世事無窮盡，天數茫茫不可逃。鼎足三分已成夢，後人憑弔空牢騷。

中國古典名著

專家校注考訂　古典小說戲曲大觀

世俗人情類

紅樓夢
脂評本紅樓夢
金瓶梅
老殘遊記
平山冷燕
品花寶鑑
野叟曝言
綠野仙踪
禪真逸史
海上花列傳
九尾龜
醒世姻緣傳
三門街
花月痕
孽海花
男子
玉梨魂（合
浮生六記
玉嬌梨
好逑傳
啼笑因緣
歧路燈

公案俠義類

水滸傳
兒女英雄傳
三俠五義
七俠五義
小五義
續小五義
蕩寇志
綠牡丹
羅通掃北
楊家將演義
萬花樓演義
粉妝樓全傳
七劍十三俠
包公案
海公大紅袍全傳
施公案
乾隆下江南

歷史演義類

三國演義
東周列國志
東西漢演義
隋唐演義
說岳全傳
大明英烈傳

神魔志怪類

西遊記
封神演義
濟公傳
三遂平妖傳
南海觀音全傳　達
磨出身傳燈傳（合
刊）

諷刺譴責類

儒林外史
官場現形記
文明小史
鏡花緣
二十年目睹之怪現
狀
何典　斬鬼傳　唐
鍾馗平鬼傳　（合
刊）

擬話本類

拍案驚奇
二刻拍案驚奇
喻世明言
警世通言
醒世恒言
今古奇觀
豆棚閒話　照世盃
（合刊）
石點頭
十二樓
西湖佳話
西湖二集
型世言

著名戲曲選

竇娥冤
漢宮秋
梧桐雨
琵琶記
第六才子書西廂記
牡丹亭
荊釵記
荔鏡記
長生殿
桃花扇
雷峰塔
倩女離魂

隋唐演義

褚人穫／著　嚴文儒／校注
劉本楝／校閱

《隋唐演義》以隋唐歷史為題材，內容繁富，人物眾多，將帝王后妃、達官貴人生活的奢靡與爭權奪利融入歷史事件中，組織巧妙，是部廣受讀者歡迎的歷史演義小說。其以史為經、以人物事件為緯，使一般大眾可以藉小說認識歷史；性格化的語言，使人物形象鮮明，值得讀者細細品味，一探究竟。

書館出版品預行編目資料

三國演義／羅貫中撰;毛宗崗批；饒彬校注.——三版
三刷.——臺北市：三民，2023
面；　公分.——（中國古典名著）

ISBN 978-957-14-7054-2（一套：平裝）

857.4523　　　　　　　　　　　　　109020018

中國古典名著

三國演義（下）

作　　者	羅貫中
批　　者	毛宗崗
校 注 者	饒　彬
發 行 人	劉振強
出 版 者	三民書局股份有限公司
地　　址	臺北市復興北路 386 號（復北門市） 臺北市重慶南路一段 61 號（重南門市）
電　　話	(02)25006600
網　　址	三民網路書店 https://www.sanmin.com.tw
出版日期	初版一刷 1971 年 4 月 二版十三刷 2019 年 1 月 三版一刷 2021 年 1 月 三版三刷 2023 年 9 月
書籍編號	S851720
I S B N	978-957-14-7054-2

三民書局